"十四五"国家重点图书出版规划项目

本书为2021年度南开大学文科发展基金项目
"历代词学书札文献整理与研究"（批准号：ZB21BZ0328）成果

新辑词学珍稀文献丛刊

历代词学书札汇编

杨传庆

编著

天津出版传媒集团

天津教育出版社

图书在版编目（CIP）数据

新辑词学珍稀文献丛刊. 历代词学书札汇编 / 杨传
庆编著. -- 天津：天津教育出版社，2023.12
（中国古典词学 / 孙克强主编）
ISBN 978-7-5309-8956-2

Ⅰ.①新… Ⅱ.①杨… Ⅲ.①词学—中国—丛刊
联-作品集-中国-当代 Ⅳ.①I217.1

中国国家版本馆CIP数据核字(2023)第246535号

新辑词学珍稀文献丛刊·历代词学书札汇编
XINJI CIXUE ZHENXI WENXIAN CONGKAN. LIDAI CIXUE SHUZHA HUIBIAN

出 版 人	黄　沛
作　　者	杨传庆
责任编辑	谢　芳
装帧设计	郭亚非

出版发行　天津出版传媒集团
　　　　　天津教育出版社
　　　　　天津市和平区西康路35号 邮政编码300051
　　　　　http://www.tjeph.com.cn 电话:(022)23378789

经　　销	新华书店
印　　刷	天津新华印务有限公司
版　　次	2023年12月第1版
印　　次	2023年12月第1次印刷
规　　格	16开（787毫米×1092毫米）
字　　数	730千字
印　　张	51.75
定　　价	248.00元

目录

中国古典词学新辑词学珍稀文献丛刊

编辑凡例

一　本编所收书札起自北宋，迄于民国。另设附编部分，分别为中华人民共和国成立以来词学书札选编和所见域外词学书札。

二　本编书札大致按作者生年先后排序，生年不详者，参照其科第、交游等酌定。

三　本编对书札作者及收信之人均撰以小传，收信人小传缀于札末按语之中。小传简介字号、籍贯、仕旅、著述诸项，生平不详者暂付阙如。书札作者或收信人重复出现时不再介绍。

四　书札中对收信人的称谓在书写上往往不固定，如称王国维为"静庵"或"静安"，称夏承焘为"癯禅""瞿禅""臞禅"等，为保持书札原貌，并且为使上下解释性文字与书札保持一致，此类情况均不作统一处理。另外，书札中的一些具有时代特征的称谓今已不再使用，如称"新加坡"为"星家坡"等，为存旧札面目，今亦不作修改。

五　原书札中错字、别字径改，不一一注明；原书札中异体字，今统一为常用简体字；原书札中有生僻字且无法用简体字代替者，为保持书札原貌，该生僻字予以保留。原书札无法辨识之字均以□示之；录自已整理书札者，若有错讹或句读不妥处径改，不一一注明；部分书札中与词学无关部分省略，以……代之。

六　所录书札行文中的夹注及行间小字均加括号以示区别，书札末敬语、落款、日期等都依据原稿，不作格式上的统一处理。

　　七　书札在原文献中的名称于札后按语中注明，所收书札均在札末注明其原始出处。

　　八　本编末附书札作者及收信之人的人名索引，以拼音为序。

前　言

　　书札，或称手札、尺牍、书简，历史悠久，是自古及今文人之间传递信息、交流情感的重要方式。其文短可片语，长可千言，内容繁富，或宣情、或论学、或述事，正如顾廷龙先生所言："书牍者，所以通情愫，商学术，传见闻，道阔契者也。"①以今人之眼来看，书札是中国传统文化的宝贵遗产，于书札之中可见喜乐悲哀之情，可见行云流水之美，可见嬉笑怒骂之真，因此它兼具审美价值、鉴藏价值及文献史料价值，于学术研究而言，后者尤被看重。书札是历史研究的重要史料，在正式文献中难觅踪影，或记载不确之处，在书札中往往有一些珍贵的记录。在中国学术史上，文人学者之间的论学书札具有重要地位，如南北朝之论佛，宋、明之论理学、心学即为例证。就中国文学批评史而言，此类书札数量不多，价值却不小，曹丕、曹植、韩愈、柳宗元、白居易、苏轼、李贽、汤显祖、袁宏道、金圣叹等人正是用书札来表达他们对文学的卓越见解。特别是在明清两代，书札成了文人交流诗文心得的有力工具，论诗、论文之书札在文人文集中比比皆是。

　　词之一体，历唐、宋、元、明、清，千年而不辍，特别是在清代艳称"中兴"，这不仅仅体现在创作上，也反映在对词的评论、研究

---

① 顾廷龙《近代名人手札真迹序》，《顾廷龙文集》，北京：北京图书馆出版社，上海：上海科学技术文献出版社，2002年，第346页。

上。在词学"中兴"的背景之下，清代词学书札日益增多，到了清季民国时期，词学昌明，学人之间的词学书札更是非常丰富。词学书札指文人之间评论词作、交流词学见解、记录词学活动的书札。①它们本是交流信息的记录，对于后世研究者而言，又成为词学研究的重要史料。这些书札，展现了易被忽略的历史细节，揭示了词学史讨论的具体问题，对于厘清词学史脉络，丰满词学史不无价值。

一、丰富词学批评理论

词学书札是词学家词学批评文献的载体之一。词学史上有的词学家尽管有丰富系统的论词文献，但词学书札仍是他们鲜明表达词学观点的重要方式。如汪森致周篔札云："读白石词，见其用笔精严，有镕锤而无痕迹，如良工刻玉，雕镂极精，更有天然之致，南渡以还，一人而已。"②汪森与朱彝尊同编《词综》，一起鼓吹南宋词风，他认为白石词句琢字炼，精雅天然，南宋词人无过白石者，学词者自然须以白石为宗。汪森之论在柳、周，苏、辛之外构建唐宋词坛"第三派"上功劳不小，但此狭仄之言也是浙西词派走向衰亡之因，浙派后劲如厉鹗、王昶将其论变得更加拘泥与偏执，最终将浙派词学带进了死胡同。对于没有系统论词文献的词学家而言，词学书札则是承载他们词学观点的珍贵词学文献，此以张尔田与吴庠为例略作说明。

张尔田辑有《近代词人轶事》，发表在《词学季刊》，后为《词话丛编》所收，仅记载郑文焯、况周颐等轶事，并未表达自我的词学见解。实则张尔田是清季民国词坛非常活跃的词学家，他前与郑文焯、朱祖谋、王国维等为友，后与龙榆生、夏承焘等相交，是承接遗老名流与词学新秀的中间人物。张尔田从郑文焯学词，成长历程中多受常州词派词学思想的薰染，故其对词之特性的认识鲜明体现了常州派色彩。其致潘正铎札云：

---

① 词学书札还包括词人间相互寄赠研阅的词作手稿——词札，本编于此略有涉及。
　　对晚近词札的搜集、整理、考释将在《晚近词札辑证》一书中初步呈现。
② 汪森《与周笃谷》，《小方壶文钞》卷五，清康熙五十六年刻本。

　　尝谓词也者，所以宣泄人之情绪者也。情绪之为物，其起端也，不能无所附丽，而此附丽者，又须有普遍性，方能动人咏味。其知者可以得其意内，而不知者亦可以赏其言外，故古人事关家国，感兼身世，凡不可明言之隐，往往多假男女之爱以为情绪之造端，以男女之爱最为普遍，亦即精神分析学中所谓变相以出之者也。①

张氏之论明显吸纳了常派开山张惠言所主张的"意内而言外谓之词"，"其缘情造端，兴于微言，以相感动。极命风谣里巷男女哀乐，以道贤人君子幽约怨悱不能自言之情，低徊要眇以喻其致。"②张尔田认为词为宣泄情绪之具，情绪的宣泄需要找到一个普遍性的表达方式，具备意内言外的特征，才能动人，才能耐人玩索。而这种普遍性的方式就是将家国身世等不可明言之情借男女之爱来表达，用这种方式所作之词才是词之正宗。受到常派词学思想影响的张尔田在对词风的品评上并不拘守，不论何种风格之词，都需要词中有意有情。他在致龙榆生书中说，清代词家，约可分为三派：效苏、辛者，失之粗豪；效秦、柳者，失之侧艳；学姜、张者，流为纤佻。但"宋人词，非无粗豪、侧艳、纤佻者，而读之不觉粗豪、侧艳、纤佻，何也？则以其用思能沉，下笔能超故也。写实而兼能写意，是谓之沉。写景而兼能写情，是谓之超。果其能超能沉，则所谓粗豪也、侧艳也、纤佻也，未始非词中之一条件，正不必绝之太过"③。可见宋人词不同于清词之失者正在于其"沉"其"超"，即词中有意有情，因此进行词的创作，不能只关注词之表面风格，更应注重其内在情意。其致夏承焘论词云：

　　　　词之为道，无论体制，无论宗派，而有一必要之条件焉，则曰

---

① 张尔田《与光华大学潘正铎书》，《小雅》，1930年第二期。
② 张惠言《词选序》，唐圭璋编《词话丛编》，北京：中华书局，1986年，第1617页。
③ 张尔田《与龙榆生论词书》，《同声月刊》第一卷第八号（1941年7月）。

真。不真则伪（真与实又不同，不可以今之写实派为真也），伪则其道必不能久，披文相质，是在识者。今天下纷纷宫调，率有年学子，无病而呻，异日者，谁执其咎？则我辈唱导者之责也。彊村诸公，固以词成其家者，然与谓其词之可贵，无宁谓其人之可贵。若以词论，则今之词流，岂不满天下耶？古有所谓试帖诗，若今之词，殆亦所谓试帖词耶？每见近出杂志，必有诗词数首充数，尘羹土饭，了无精采可言。①

清季民初，词学昌明，王鹏运、郑文焯、朱祖谋等词坛大家校刻唐宋词籍，推动词的创作，因此民国之时，作词之风兴盛。词流满天下，但词坛之弊端非常明显，学词之人只知模拟，无病呻吟，词中毫无真情可言，词坛充斥的多是伪词，张尔田冠之以"试帖词"之名。为针砭词坛之"伪"，必须高扬"真"之大旗，所以张尔田强调无论何种体制、何种宗派之词，都须遵守"真"这一必要条件。由于晚清四大家皆于梦窗词浸淫颇深，特别是词坛宗师朱祖谋又被目为梦窗化身，故民国词坛梦窗之风劲吹。但是很多学梦窗者无才、无情，徒效梦窗皮相，流弊甚大。对于效梦窗所滋之弊，张尔田致龙榆生札云：

> 弟所以不欲人学梦窗者，以梦窗词实以清真为骨，以词藻掩过之，不使自露，此是技术上一种狡狯法，最不易学，亦不必学。……盖先有真情真景，然后求工于字面。近之学梦窗者，其胸中本无真情真景，而但摹仿其字面，那得不被有识者所笑乎？②

张尔田认为梦窗词有意隐晦，其真切情意被词藻所掩盖，因此梦窗词之表达情意的方式不易掌握，故不易学。在张氏看来，只要心中有真情，不必拘泥于以何种风格呈现，又何必矻矻学梦窗，故梦窗又不必

---

① 《天风阁学词日记》，《夏承焘集》第五册，杭州：浙江教育出版社、浙江古籍出版社，1997年，第326页。

② 张尔田《与龙榆生论词书》，《同声月刊》第一卷第三号（1941年2月）。

学。然而词坛上众多学梦窗者只知摹仿梦窗词字面，故作艰深，实成伪词。此皆因作者胸中无真情真景，词中没有寄托之故。因此张尔田特意对效梦窗者视为宗师的朱祖谋的词加以分析，说明其超出众人之处正在于词中有寄托。他在致夏承焘札中说：

> 仆谓彊村词深于碧山，谓其从寄托中来也。学梦窗者多不尚寄托，彊翁不然，此非梦窗法乳。盖彊翁早年从半塘游，渐染于周止庵绪论也深。止庵论词，以有托入，以无托出，彊翁实深得此秘。若论其面貌，则固梦窗也。此非识曲听真者，未易辨之。虽其晚年感于秦晦鸣师词贵清雄之言，间效东坡，然大都系小令。至于长调，则仍不尔。故彊翁之学梦窗，与近人陈述叔不同。述叔守一先生之言，彊翁则颇参异己之长。而要其得力，则实以碧山为之骨，以梦窗为之神，以东坡为之姿态而已。此其所以大欤。①

张尔田指出彊村深于碧山之词，其学词受王鹏运、周济之论影响，深得常派寄托理论之神妙。彊村虽学梦窗之词，但有一寄托在心中，故其词有梦窗面貌，更有寄托之情意。此为空效梦窗表皮者无可梦到之处。另外，彊村之词以碧山为骨，以梦窗为神，以东坡为姿态，能参异己之长，并非拘泥梦窗排斥其他者。此亦为仅尊梦窗者未能明了之处。

张尔田针对词坛出现的无病呻吟的"试帖词"，欲以常派"寄托"之论来纠正流弊，故其词学思想具有明显的常州词派的痕迹。但他以"真"论词，强调词人心中的真情真景，又不似常派之狭隘，体现了常派词学在民国词坛的新变化。

与张尔田相仿，吴庠也对当代词坛甚为不满，渴望革除词坛学梦窗所生之伪体。其致夏承焘书札云：

> 孟劬翁题品晚清词手，首推陈兰甫先生。聆其弦外之音，盖致

①《天风阁学词日记》，《夏承焘集》第五册，第437页。

慨于伪体梦窗四稿耳。庠于此道，粗窥门径，私心不喜，约有三端：当代词人，务填涩体，字荆句棘，性梏情囚，心力虚抛，语言鲜妙，此其一也。谓填创调，必依四声，本不能歌，乃矜合律。且四声之中，古有通变，入固可以代平，上亦可以代入。沤尹丈洞明此理，故当时朋辈以"律博士"推之。乃彼迂拘，一声不易，如斯泥古，大可笑人，此其二也。吾家梦窗，足称隐秀，相皮可爱，学步最难。近代词坛，瓣香所奉，类皆涂抹脂粉，碎裂绮罗，字字饾饤，语语襞积，土木之形骸略具，乾坤之清气毫无，作者先难其详，读者更莫名其妙，此其三也。[①]

吴庠认为词坛之弊有三：一为务填涩体，性情桎梏；二为必依四声，泥古不化；三为饾饤襞积，词情晦涩。诸弊皆与效梦窗有关，针对伪体词，吴庠提出了"清气"一说。其致夏承焘札又云：

> 居恒于一切文艺，每以有无清气为衡量，于填词尤甚。……晚清词人学梦窗者，以沤尹年丈、述叔两家为眉目。读其晚年诸作，何尝不清气往来。顾今之以梦窗自矜许者，愚以为率堆砌填凑，语多费解，乃复以四声之说，呫哔向人，殊不知四声便算一字不误，其词未必便工也。且意内言外谓之词。古所谓词，自非今之长短句，要其理可通。意之在内者，诚难尽语人，言之在外者，当先求成理。彼学梦窗者，偏以言不成理为佳，此则不佞所大惑不解者也。……奈英敏少年，一切废书不读，辄云我能梦窗，我依四声，一若其词已足名家，何勇于自信至此？庠所学一无成就，于填词持论亦甚寻常。清气之说，非专指"清空"一派，即"质实"一派，亦须有此清气，方可言词。[②]

吴庠以"清气"论词，首先强调词需有"气"，他认为词坛死守四声

---

① 吴庠《致瞿禅书》，《同声月刊》第一卷第三号（1941年2月）。
② 吴庠《覆复瞿禅书》，《同声月刊》第一卷第三号（1941年2月）。

者，所作词"奄奄无生气"，"近今学梦窗者，彼谓能守四声，愚谓率多死语，直是无气，尚谈不到清浊"。作词要"不断词气。有气则生，无气则死"。①所谓"气"，即生气，人体无生气，则奄奄不振；词作无生气，则不能生动感人。吴庠强调作词要有生气，要求词作情志表达得生动有力，打动读者。而词作之有生气，又需要词人心中蕴藏怊怅感人之情。吴氏此论正为词坛挦撦梦窗、死守四声，桎梏性情而发。吴庠论词，首重"词气"，但是"气"又须有"清"的品格。其所谓"清"，来自于张炎所言"清空"，即词作呈现出清虚疏宕、空灵明朗的风格。吴庠强调"清"，针砭的正是词坛以梦窗自矜者堆砌填凑、艰涩费解、言不成理的不正之风。合而观之，吴庠所言"清气"指的是词作须具有动人的词情与清空的词境，其欲标举张炎来矫正词坛学梦窗之风。夏承焘曾云"眉翁深于玉田，不喜梦窗，所取皆妥溜浏亮之作"。②不过吴氏主玉田与浙西词派末流不同，因为他把"词气"放在第一位。吴庠说"清气"非专指"清空"一派，"质实"一派亦须有"清气"，此中似有扞格处，实则此论亦是渊源有自。清季著名词学家郑文焯论梦窗词云：

> 梦窗词自玉田有"七宝楼台"之喻，世眼恒以恢奇宏丽，目为惊采绝艳。学之者遂致艰涩，多用代字雕润，甚失梦窗精微之旨。……其行气存神之妙，不得徒于迹象求之。③
>
> 至人谓其词为涩体，不知其行气清空，正如朱霞白鹤，飞荡云表。④

曾经师事郑文焯的张尔田在对梦窗词的认识上延续了其师之论，他

---

① 吴庠《与夏瞿禅书》，《同声月刊》第一卷第三号（1941年2月）。
② 《天风阁学词日记》，《夏承焘集》第六册，第276页。
③ 郑文焯《郑文焯手批梦窗词》，台湾"中央研究院"中国文哲研究所筹备处1996年编印。
④ 郑文焯《手批唐五代词选》，《文字同盟》第二卷，日本东京汲古书院，平城二年（1990）印。

说："梦窗以清空为骨，而以辞藻掩饰之，初学词人不可学。"①二人都指出学梦窗者只知摹仿字面辞藻，而于梦窗词中所蕴涵的深厚情感这一根本却丢弃了。他们用"清空"来改变词坛对梦窗词"质实"的定位，"清空""质实"是一对矛盾，却也可以统一。而二者之可能统一也就在于梦窗词有"行气存神"之妙，在于其能化实为虚，在于其能惝怳切情，富有生气，能以感情来驾驭字面，这样"质实"的"七宝楼台"也可以蕴含词人深沉丰富的情感。此即吴庠所言"质实"也须有"清气"的含义。《天风阁学词日记》记吴庠"又谓玉田以质实讥梦窗，其实质者本色，实者说老实话，'空梁落燕泥'，'池塘生春草'乃足当之。梦窗是浑空，而非质实"②。吴庠对张尔田论词颇为向往，故其以"清气"属梦窗，以"浑空"易"质实"，延续了郑文焯、张尔田之说，这也体现了晚近词学思想的承续与演进。

张尔田与吴庠的词学主张在当时颇有影响，龙榆生云：

> 吴氏与张孟劬、夏瞿禅两先生，往复商讨，力言词以有无清气为断，而深诋襞积堆砌者之失，孟劬先生亦然其说，而以情真景真，为词家之上乘，补偏救弊，此诚词家之药石也。③

龙氏对张、吴词论针砭词坛、补偏救弊的现实指向给予了高度评价，二人蕴藏在书札中的"真"与"清气"之论是民国词学不可忽视的批评范畴。

二、辩议词学论题

词学书札是关系亲密的友朋之间交流词学观点的方式，这种私人书札不以公开发表为目的，词学家可以在书札中自由表达自己对词学

---

① 此为夏承焘记张尔田致其书札中语，见《天风阁学词日记》（1940年7月27日）。《夏承焘集》第六册，第214页。

② 《天风阁学词日记》，《夏承焘集》第六册，第291页。

③ 龙榆生《晚近词风之转变》，《同声月刊》第一卷第三号（1941年2月）。

论题的真实见解而少有顾忌。例如词学书札对作词是否遵词谱、依四声问题的争论就为我们直观真切地把握民国词坛脉动提供了帮助。

民国词学四声论争之因来自当时词坛对四声的拘守。由于郑文焯、朱祖谋、况周颐等大家的倡导，清季以来，严守四声成为词坛的金科玉律。吴梅论及这一风气时曾云："近二十年中，如沤尹、夔笙辈，辄取宋人旧作，校定四声，通体不改易一音。"①民国词坛以朱祖谋为宗师，词人作词多依照宋词四声，严守平上去入，往往一字不易。这种对四声的过于讲求，遭到了"体制外派"与"体制内派"不同程度的反对。②

新文化运动之际，胡适就主张"推翻词调曲谱的种种束缚，不拘格律，不拘平仄，不拘长短"③，尝试以白话作词，改造旧体词。到了20世纪30年代，如何变通词体进行创作为众多作家、学人所关注，其中以曾今可发起的"词的解放运动"和陈柱倡导的"自由词"较有影响。1933年，曾今可与柳亚子、赵景深等发起了"词的解放运动"，他们在《新时代月刊》上开辟"词的解放运动专号"讨论词体解放问题，发表了柳亚子《词的解放》，曾今可《词的解放运动》，董每戡《与曾今可论词书》，章石承《论词的解放运动》，赵景深《词的通信》等文章。④他们多主张解放四声，平不分阴阳，仄不辨上去入，用白话写词。但他们在"解放"的程度上也有差异，如董每戡就说："我觉得'依谱填词'这一着，在每个学填词的人是必须遵守的，但是可活用'死律'"⑤，他仍然主张不废词谱，活用平仄。不过对于曾今可等人的解放，翁漫栖觉得并不彻底，他说："我的改善很不像曾今可先生那样只解放小部分的一小部分（只把阴阳的平仄解放而已）。

① 吴梅《词学通论》，上海：复旦大学出版社，2005年，第5页。

② "体制外派""体制内派"借鉴胡明先生的提法，见胡明《一百年来的词学研究：诠释与思考》，《文学遗产》1998年，第4期，第20页。

③ 胡适《谈新诗》，《胡适古典文学研究论集》，上海：上海古籍出版社，1988年，第511页。

④ 诸人文章见《新时代月刊》第四卷第一期"词的解放运动"专号（1933年2月）。

⑤ 董每戡《与曾今可论词书》，《新时代月刊》第四卷第一期（1933年2月）。

我以为这种解放脚而不解放乳的解放，似乎太于无聊，所以我自己的改善却是把词谱完全解放。"他强调作词者"不应照着老古董的格式去填"，要自己创谱，因为这是破坏旧词体的精彩工作。①与翁漫栖的意见相近，陈柱也反对作词遵守古人词谱，他说：

> 窃以为今人作词，必斤斤于填古人之词谱，实大愚不解也。……吾昔日尝为自由词、自由曲，盖取词曲长短之声调，随意为之，而不守其谱，亦不用其名也，世有通人，不必以我为妄。②

陈柱主张创作"自由词"，只取词之长短声调，无须依照词谱，也无须词牌之名。他认为词谱束缚了作者的创作自由，影响了词的创作成就，其云：

> 故欲于词坛中，推一人足以配韩、杜、颜者，终无有也。此其何故哉？岂非以词拘于刻板之律，缚于不可知之谱之故乎？此如缠足女子，虽不无美者，而求其能高举阔步则难矣。今若只取其天然之音调，解其向来之束缚，则既不失词之体格，而又无向来之顾忌，则作者既可高举阔步，而知音者亦可按词制谱，似于最初创词之原意，乃或反有合也。③

在陈柱看来，词坛无人可媲美韩愈、杜甫、颜真卿，而其原因就在于被刻板的词律束缚住了手脚，不能阔步前行。只要摆脱旧谱的束缚，发挥作者的创造力，创制新谱，就能写出具有天然音调与词之体格的新词。陈柱的"自由词"创作得到了陈钟凡的肯定，他说："兄以清丽俊爽之笔，抒旷放萧疏之怀，虽自为己律，或任意浩歌，无不优。

---

① 翁漫栖《致〈新园地〉主笔》，《波罗蜜》（第二辑），上海：上海群英书社，1935年。
② 陈柱《答学生萧莫寒论诗词书》，《大夏》1934年，第1期第七卷。
③ 陈柱《答陈斠玄教授论自由词书》，《学术世界》1935年，第一卷第12期。

为何必倚刻板之声，按不可知之谱，而后始谓之乐章哉？"①叶恭绰也说"尊著自由词实即愚所主之歌"②，将陈柱引为同调。

"体制外派"反对作词守词谱、遵四声的主张对爱好写词的普通作者的影响是很大的，比如爱好写词者乔雅邠致信《唯美》杂志说：

> 近几年里，我最爱填词，有了余闲，就胡乱地填一下。不过拙作以消遣为宗旨，不喜过分去讲求声律，可是旧谱已失，还是空费时间，和文字的实质上，没有什么帮助呢。③

可以说，像乔雅邠这样认为讲求声律空费时间，于文字无助的人，是那个时期众多"爱填词"者的代表。

与"体制外派"反对守四声意见基本一致不同，"体制内派"的词学家就四声问题是争执不断，各抒己见，其中以冒广生、吴庠最为著名。④民国词坛，"体制内派"对墨守四声抨击最为猛烈者当属冒广生。他在致吕碧城札中说：

> 近年词家，人人梦窗，开口辄高谈四声。心滋疑焉。梦窗时无《词律》，所守之律殆即清真之词也。乃先取清真词之同调者，次方、杨、陈三家和词，再次梦窗与清真同调之词，一一对勘，乃无一首一韵四声同者。乃至句读可破，平仄可易。始悟工尺只有高低，无平仄；嘌唱只有断续，无句读。而当世无一开眼之人。自万红友倡千里和清真词无一字四声不合之说，郑叔问扬其波，朱古微拾其唾，天下学子皆受其桎梏。诸人何尝下此死功将周、方词逐首对勘耶？

---

① 陈钟凡《与陈柱尊教授论自由词书》，《学术世界》1935年，第一卷第12期。

② 叶恭绰《与陈柱尊教授论自由词书》，《学术世界》1935年，第一卷第12期。

③ 《乔雅邠君论词》，《唯美》1935年，第五期。

④ "体制外派"词学家之外，民国词学家于宋词四声之意见约可分为三派：一为反对者，以冒广生、吴庠为代表；二为坚守者，以仇埰、易孺等为代表；三为折衷者，以夏承焘、龙榆生为代表。其中折衷者所受支持较广，像夏敬观、张尔田这样的词坛尊宿也基本持此观点。

其四声者，指宫调言，非指字句也；指宫商角羽言，非指平上去入也。唐宋合乐以琵琶为主，琵琶四弦有宫商角羽，而无徵弦，故曰四声。仆近成《四声钩沉》一书，欲为词家解放。①

冒广生青年时即与郑文焯、朱祖谋交往颇密，诗词唱酬，其藏札中还有与郑文焯关于词作四声安排的讨论。但为了宏扬其"极不主词辨四声之说"，②只能将昔日师友之情割舍。此札中对郑、朱的挞伐之音，远较其《四声钩沉》激烈。冒广生将清真所作同调词，方千里、杨泽民、陈允平三家和清真词，梦窗与清真同调词仔细比勘，结果无一首四声全合者。因此，他对四声的倡导者万树及鼓吹者郑文焯、朱祖谋大加批评，进而认为四声乃指宫调之宫、商、角、羽，而非字句之平、上、去、入。冒广生对死守四声的抨击源于其对词坛效梦窗之风的强烈不满。夏承焘1938年9月10日记其拜访冒广生并谈词学事，夏记云"鹤翁甚不满梦窗"，"此老读词极细心，尝遍校方千里与清真词四声多不合，谓文小坡、万红友谓其尽依四声，实等放屁。大抵反四声、反梦窗为此老论词宗旨"。③作为午社元老，冒广生社集时也标举自己反四声的主张，如1939年7月30日午社社宴，"疢翁与映翁言语时时参商"；本年12月21日，午社社宴时"席间疢翁排击作词守四声者，颇多议论"。④冒广生反对四声的主张贯穿终生，特别是对朱祖谋的批评声音不断，在冒氏眼中，朱祖谋乃"大倡依四声之说"⑤者，直接对这位词坛宗师进行批评，对词风之扭转，自然效果更佳。1952年2月，冒广生改定吴湖帆〔莺啼序〕词时云："如此长篇而墨守四

---

① 冒广生致吕碧城札为龙榆生旧藏，见张寿平辑释《忍寒庐劫后所存词人书札》
（上），台湾"中央研究院"中国文哲研究所2005年编印《近代词人手札墨迹》上册，第81页。

② 《天风阁学词日记》，《夏承焘集》第六册，第113页。

③ 《天风阁学词日记》，《夏承焘集》第六册，第45、46页。

④ 《天风阁学词日记》，《夏承焘集》，第六册，分见第117、144页。

⑤ 《天风阁学词日记》1940年3月23日夏承焘记冒氏语，《夏承焘集》第六册，第187页。

声，以《梦窗集》中三首校之，虽君特亦平仄不尽同也。海上词家，吾许汪旭初为作手，而时时篇为句累，句为字累，通人之蔽，作俑者其万与朱乎。"本年9月，冒氏评定陈匪石题《螺川诗屋雅集图》词时又云："此君词学确深，若不泥于四声，受彊村之毒，骚坛飞将军也。"①显然，冒广生将民国词坛作词墨守四声之弊归咎于朱祖谋之倡导。

值得注意的是吕碧城曾将冒广生致其书札寄给了龙榆生，希望龙榆生能将其发表在《词学季刊》上，但此札最终被龙氏搁藏，沉湮大半个世纪。龙榆生主编的《词学季刊》设有"通讯"一栏，专门发表学人论词之书，而此札不被发表，自是有意为之，其因自是维护老师，然亦可见双方词学思想的差异。

实际上龙榆生也非盲目学彊村者，他对词坛宗彊村，学梦窗之流弊同样有清醒的认识。他自然不能批判自己的词学导师，而是撇清末流之弊与彊村之关联。他说：

> 往岁彊村先生虽有"律博士"之称，而晚年常用习见之调。尝叩以四声之说，亦谓可以不拘。然好事之徒乃复斤斤于此，于是填词必拈僻调，究律必守四声，以言宗尚所先，必惟梦窗是拟。其流弊所极，则一词之成，往往非重检词谱，作者亦几不能句读，四声虽合，而真性已漓。……以此言守律，以此言尊吴，则词学将益沉埋，而梦窗又且为人诟病，王、朱诸老不若是之隘且拘也。②

可以说对词坛学梦窗、宗彊村而导致的泥于四声，情性不存的弊端，龙榆生与冒广生的认识是一致的。但是龙意在调和，指出过不在彊村，彊村于四声并不拘泥狭隘。就对四声的认识而言，冒是反四声，而龙仍是重四声，特别是沿袭万树之见，于去声尤重。

在四声之争中，另一位颇有影响的人物是吴庠。吴庠"极以近人

---

① 冒怀苏编著《冒鹤亭先生年谱》，上海：学林出版社，1998年，第525页、541页。
② 龙榆生《晚近词风之转变》，《同声月刊》第一卷第三号（1941年2月）。

中国古典词学
新辑词学珍稀文献丛刊

作词守四声为不然"①，"谈词不当有四声。眉孙于鹤老《四声钩沉》甚推服"②。可见，吴庠在反对墨守四声上与冒广生意见一致。作为午社社员，吴庠不满社友仇埰好用涩调，夏承焘记云"彼于仇述翁每词死守四声极不满"③。"早九时过眉孙翁。谓近以撰《午社词刊序》，隐讥社中死守四声者，仇述翁不以为然，坚欲其改，眉翁执不肯易，各甚愤愤"。"述翁为论守四声事，与眉翁意见参商。席间颇多是非"。④对于词社中如仇埰等严守四声者的拘泥，吴庠亦不欲与其为伍，夏承焘记吴庠致其书札云："谓词社吟兴日减，来年欲与冒鹤翁同避席矣。"⑤吴庠对于四声的看法集中在致张尔田、夏承焘的书札中。他在致夏承焘书中批评了词坛务填涩调、拘泥四声的现象：

> 当代词人，务填涩体……谓填创调，必依四声，本不能歌，乃矜合律。且四声之中，古有通变，入固可以代平，上亦可以代入。……乃彼迂拘，一声不易，如斯泥古，大可笑人。⑥

与冒广生的作法一致，吴庠也是采用对勘同一词人的同调词、不同词人同调词字声的办法，论证宋代词人作词不拘四声。他说："两宋名手，一调两词，其四声并不尽同，有时且出入甚大。南宋词人，填北宋之调，亦不尽依其四声。"⑦对于字声与文辞的关系，吴庠首肯张炎所云"音律所当参究，辞章尤宜精思"之语，而死守四声者未能领悟此理。他通观词史，指出作词守四声者，宋人如方千里、杨泽民、陈允平，清人如戈载、谢元淮等所作词皆不佳，即便是当代词人膜拜之吴文英，其词也是"辞之受累于声"。因此，他主张青年学子学习作

---

① 《天风阁学词日记》，《夏承焘集》第六册，第216页。
② 《天风阁学词日记》，《夏承焘集》第六册，第164页。
③ 《天风阁学词日记》，《夏承焘集》第六册，第216页。
④ 《天风阁学词日记》，《夏承焘集》第六册，分见第271、279页。
⑤ 《天风阁学词日记》，《夏承焘集》第六册，第211页。
⑥ 吴庠《致夏瞿禅书》，《同声月刊》第一卷第三号（1941年2月）。
⑦ 吴庠《与友人论填词四声书》，《同声月刊》第一卷第三号（1941年2月）。

词"与使先声而后词，毋宁先词而后声"①。

尽管抨击词坛死守四声，但与冒广生颠覆宋词字句四声不同，吴庠认为宋词仍有平仄四声，夏承焘记云："眉孙谓冒鹤翁以词不分四声平仄，只有高低声，此仅指吹弹而言，故只有高低。若论歌曲，则必有字句。有字句，则安能无平仄四声。"②其又云：

> 愚尝谓，按谱填词，参之《词律》《词谱》二书，解得某字可平可仄，某字宜仄，如作诗者，解得声调谱之例，能有当于吟讽，斯可矣。再如沈伯时说，于去声字加之意焉，斯亦精矣。若必逐字依声，不识有何精义。③

可见，吴庠反对的是作词逐字依声，主张化繁为简，不被四声禁锢，但并不废弃词之平仄四声。他的这种反对之中又肯定的见解与折衷四声者有相同之处。因此吴庠对夏承焘的"不破词体，不诬词体"之论称赏有加，④而冒广生则对夏氏的《四声平亭》论四声"甚不以为然"，"甚不满"。⑤

"体制外派"与"体制内派"学者的词学书札展现了民国词坛四声之争的热烈场景，真实记录了他们对词坛的反思与批判，其目的都是为了改革流弊，渴望词坛重现勃勃生机。比较而言，"体制外派"对词律四声的批判显得简单粗暴，而"体制内派"则更具学理色彩，特别是夏承焘、龙榆生对四声的探讨代表了民国词律研究的最高水平。

---

① 吴庠《与夏瞿禅书》，《同声月刊》第一卷第三号（1941年2月）。

② 夏承焘《天风阁学词日记》，《夏承焘集》第六册，第237页。与吴庠相仿，当时如夏敬观、张尔田等均不认同冒广生宋词官调四声之论，在与夏承焘所通书札中均表达了这一观点。见《天风阁学词日记》1940年8月17日、9月8日、9月9日、9月10日日记，分见《夏承焘集》第六册221页、228页。

③ 吴庠《四声说》，《同声月刊》第一卷第六号（1941年5月）。

④ 吴庠《与夏瞿禅书》，《同声月刊》第一卷第三号（1941年2月）。

⑤ 《天风阁学词日记》，《夏承焘集》第六册，分见第221页、265页。

三、保存词学史细节

词学书札与系统的词学论著相比，显得零散琐碎，但是其中所记的不见于正式论著的历史细节，对认识词学史上一些重要的词学问题颇有价值。例如论词书札中对王国维《人间词话》一鳞半爪的评议，就为我们认识王国维词学及《人间词话》的际遇，提供了宝贵材料。

今天所见评论《人间词话》的最早文献是吴昌绶致王国维的三通书札，其一云：

> 奉读尊著，矗然有当于心，钦叩无似。《词话》称美稼轩，与鄙意正同。南渡以后，词家针缕日密，天真日阏，赖此一派，能自树立。如于湖、履斋、石湖、南涧，其胸襟气象固非村学究所能知，亦非江湖文士所能办也。惟《梦窗》四卷，尚祈更一审之。①

吴昌绶对王国维于稼轩词有"性情"、有"境界"、有"气象"的评论高度认同，认为稼轩一派是南宋词坛独树一帜者。但吴昌绶对王国维论梦窗之语却有不同意见，希望他"更一审之"，在吴氏看来，王国维论梦窗有草率欠妥之处。因此他在致王国维另一札中申说云：

> 梦窗词诚如尊论，惟词体至此已数百年，天真之后不能免人事，性灵之中不能不讲功夫，能深入乃能显出，则梦窗超然独异，非西麓、玉田一辈比矣。白石近疏瘦，梦窗近绵肥。②

王国维认为梦窗词之病在"隔"，在"凌乱"，在"乡愿"，辞藻秾丽，不见性灵。吴昌绶承认梦窗词存在这些特征，但这些特征不一定就是病态，他认为梦窗词的"人事"与"功夫"是词体发展的结果，梦窗词是能用"功夫"将"性灵""深入"者，故能"超然独异"，非西

① 国家图书馆古籍馆编《国家图书馆藏王国维往还书信集》，北京：中华书局，2017年，第五册，第1820页。
② 《国家图书馆藏王国维往还书信集》，第1777页。

麓、玉田可比。吴氏说梦窗词"性灵""深入",与郑文焯说梦窗词"行气存神"①,况周颐说梦窗词有"沉挚之思"②,含义相近,确能反映梦窗词创作的特点,可谓持论有见。吴昌绶与郑文焯、朱祖谋为词友,他和王国维于梦窗词的不同意见,也恰是朱祖谋、郑文焯、况周颐等清季崇梦窗者与王国维词学分野的体现。对于吴昌绶论梦窗之见解,王国维并未接受,如《人间词话》(《国粹学报》本,1908年)在论稼轩词性情、气象后为"宁后世龌龊小生所可拟耶"之语,而其在重编《人间词话》将其发表在《盛京时报》(1915年)上时将此处改为"岂梦窗辈龌龊小生所可语耶",更加明确猛烈地抨击梦窗!于此也见王国维对自己学术立场的坚守。

吴昌绶除就梦窗词与王国维商榷外,对《人间词话》中的"新名词"也表达了自己的看法:

> 尊著融会群言,断制精审,且发挥尽致,实有裨古学之书。公于斯事,洵称绝诣,非浅陋所能献疑,惟愚见求稍删易新名词,更为雅赡。③

吴昌绶所说的"新名词"所指当然是《人间词话》中诸如有我之境与无我之境、优美与宏壮、理想家与写实家、主观与客观这些受西方美学和哲学思想影响的名称。吴昌绶希望王国维"删易新名词",表明他对王氏移用西学话语论词持反对意见。值得注意的是,吴昌绶所言的"新名词",在王国维发表的《盛京时报》本《人间词话》中已

---

① 郑文焯《郑文焯手批梦窗词》,台湾"中央研究院"中国文哲研究所筹备处1996年编印。

② 况周颐《蕙风词话》卷二,孙克强辑考《蕙风词话 广蕙风词话》,郑州:中州古籍出版社,2003年,第34页。

③ 《国家图书馆藏王国维往还书信集》,第1767页。

"删略殆尽",体现了明显的"去西方化"色彩。①当然,王国维删除"新名词"的原因是复杂的,不过吴昌绶代表传统词学的观念应该对其删订会有影响。

《人间词话》刊出后,在很长一段时间里处于沉寂状态,但1926年俞平伯将其标点单独出版后,开始引人注目,特别是1927年王国维去世后,因其在学术上的巨大影响,《人间词话》开始风行。面对《人间词话》的崇拜热潮,张尔田在数通书札中表达了不同意见,并对王国维晚年于《人间词话》的复杂心态有所揭示。其致黄节书云:

> 比阅杂报,多有载静庵学行者,全失其真,令人欲呕。呜呼!亡友死不瞑目矣。……世之崇拜静庵者,不能窥见其学之大本大原,专喜推许其《人间词话》《戏曲考》种种,而岂知皆静庵之所吐弃不屑道者乎!惟其于文事似不欲究心,然亦多独到之论。其于文也,主清真,不尚模仿,而尤恶有色泽而无本质者。又尝谓读古书当以美术眼光观之,方可一洗时人功利之弊。亦皆为名言。……呜呼!静庵之学,不特为三百年所无,即其人亦非晚近之人也。今静庵死矣,何处再得一静庵?②

在书札中,张尔田高度评价了王国维的学术,说静庵之学是"三百年所无",认为其学术"奄有三百年声韵、训诂、目录、校勘、金石、舆地之长而变化之",又"见新出史料最夥",故而精博过人。而对世人专喜推许的《人间词话》,张尔田说是静庵"吐弃不屑道者",并不将其作为静庵学术的代表。张尔田不看重《人间词话》,但对王国维的文艺观又高度肯定,认为是"独到之论","皆为名言"。而崇尚自

---

① 关于《盛京时报》本《人间词话》对西学话语的删减,详参彭玉平《被冷落的经典——论〈盛京时报〉本〈人间词话〉在王国维词学中的终极意义》一文,《文学遗产》2009年,第1期。

② 张尔田《与黄晦闻书》,《学衡》第六十期《文苑·文录》(按:《学衡》第六十期出版时间署为1926年,实为1927年底刊行),后又以《呜呼亡友死不瞑目矣》之名发表于《文字同盟》(1927年)第四号"王国维专号"。

然天真，反对雕琢藻饰，以及以"美术眼光"论词等"独到之论"，在《人间词话》中都有鲜明体现。可见，张尔田并非否定《人间词话》，他强调《人间词话》是静庵晚年"吐弃不屑道者"的原因，在于世人片面、狭隘地崇拜《人间词话》《戏曲考》，于王国维学术而言是丢本逐末。他希望世人能真正鉴识静庵学术之本真大原，而非仅仅崇拜其《人间词话》，否则将是对静庵集大成学问的湮没。

张尔田此札重在宣扬静庵之学，但其中所言王国维对《人间词话》"不屑道"的态度还是让我们对晚年王国维眼中的《人间词话》到底如何充满好奇。胡适在1935年寄任访秋札曾云："静庵先生的《人间词话》是近年才有印本的，我在他死前竟未见过此书。他晚年和我住的相近，见面时颇多，但他从未提起此书。"①朱东润转述罗根泽之语云：

> 罗根泽先生曾告我：王国维先生晚年在清华教书时，有人询以《红楼梦》及论词主张，王辄瞠目以对，说是从来没有这回事。罗先生平生不妄语，我所深知，王尤为众口交推，可是明明有这回事而说没有，盖晚年心有专注，遂不更着意故也。②

如此看来，王国维晚年不向人道《人间词话》应该是可信的事实。那王国维为何晚年不道《人间词话》，其真实原因何在？这与王国维辛亥革命前后思想世界的变革有很大关联，张尔田在致黄节书札中描述了这一变化：

> 忆初与静安定交，时新从日本归，任苏州师范校务，方治康德、叔本华哲学，间作诗词。其诗学陆放翁，词学纳兰容若，时时引用

① 耿云志主编《胡适遗稿及秘藏书信》第十九册，合肥：黄山书社1992年影印本，第81—82页。
② 朱东润致林东海函，见林东海《师友风谊》引，北京：人民文学出版社2007年，第15页。

新名词作论文，强余辈谈美术，固俨然一今之新人物也。其与今之新人物不同者，则为学问，研究学问，别无何等作用。彼时弟之学亦未有所成，殊无以测其深浅，但惊为新而已。其后十年不见，而静庵之学乃一变。鼎革以还，相聚海上，无三日不晤，思想言论，粹然一轨于正，从前种种绝口不复道矣。①

在张尔田看来，王国维的学术在辛亥革命前后经历了由"新"到"正"的转变。王国维曾是新思想的先锋，痴迷于康德、叔本华之学，他认为近代中国则需要从西方思想寻求新生力量。按照罗振玉的说法，王国维"当时在想搞思想革命"②，所以有学者称"他是辛亥以前中国思想现代化的过程上最'激进'的先驱之一"，他"接受西方思想的范围之广和程度之深，在辛亥以前无出其右者"。③王国维吸收西方思想，酷嗜的是"伟大之形而上学、高严之伦理学与纯粹之美学"④。《人间词话》正是其融会西学思想，用"新名词"，以"美术"眼光论词的代表著作。但如此种种，在经历辛亥革命后，王国维都"绝口不复道"了。

王国维在辛亥革命后，随罗振玉流亡日本，二人开始反思以往所推重的"西人学术"。罗振玉在王国维去世后所作的《海宁王忠悫公传》对王辛亥前后学术思想的转向做了生动的回忆，他说王国维早年"从藤田博士治欧文，并研究西洋哲学、文学、美术，尤喜韩图、叔本华、尼采诸家之说，发挥其旨趣，为《静安文集》，在吴刻所为诗词，在都门攻治戏曲。著书甚多，并为艺林所推重"。到了辛亥国变，二人流亡日本时，罗振玉对王国维说："欧西哲学，其立论多似周秦

---

① 见《学衡》第六十期《文苑·文录》。

② 刘蕙孙《我所了解的王静安先生》，《王国维先生学术研究论集》第三辑，上海：华东师范大学出版社，1990年，第461页。

③ [美]周明之《近代中国的文化危机：清遗老的精神世界》，济南：山东大学出版社，2009年，第12、21页。

④ 王国维《静安文集续编自序二》，谢维扬、房鑫亮主编《王国维全集》第十四卷，杭州：浙江教育出版社，广州：广东教育出版社，2009年，第121页。

诸子。如尼采诸家学说，贱仁义，薄谦逊，非节制，欲创新文化以代旧文化，则流弊滋多。""士生今日，万事无可为。欲拯此横流，舍反经信古末由也。"他期望王国维抛弃西学，以小学为根基，成就经世致用的学问。罗振玉之语让王国维"闻之悚然，自怼以前所学未醇，乃取行箧《静安文集》百余册，悉摧烧之"[①]。王国维焚烧《静安文集》，象征着他将抛弃西学思想，走向经世致用的传统学术。狩野直喜曾云：

> 我觉得他来京都以后，王君的学问有一些变化。也就是说，他似乎重新开始研究中国的经学，并提出了新的见解。可能他想改革中国经学研究。聊天的时候我偶尔提到西洋哲学，王君总是苦笑着说他不懂，一直避开这个话题。[②]

王国维是清季研究西洋哲学最有深度的人，他说自己不懂西洋哲学，表明他在辛亥鼎革后，否定了自己对西洋哲学的选择。他在政治立场上倾向恢复清朝，支持张勋复辟，因其忠心，他也成为溥仪小朝廷的股肱之臣。这位曾经抨击孔子为"陋儒"的新人物，在思想信仰上回归了孔孟之道，在学术研究上去西方化也成为必然。1921年，王国维编选历年所作，辑成《观堂集林》，其助手赵万里说他编选旧作时"去取至严，凡一切酬应之作，及少作之无关弘旨者，悉淘去不存"[③]。《观堂集林》所辑所有的文和诗都是1911年之后所作，只有词为1905—1909年间作，也是全集唯一辛亥以前的文字。罗振玉在论及《观堂集林》的编选时也说王国维对辛亥以前的文字"弃之如土苴"[④]。《观堂集林》的选辑表明，王国维辛亥以前的哲学、美学、文学批评等文字在其心目中都成了"无关弘旨"之作，而这其中就包括

---

① 罗振玉《海宁王忠悫公传》，《王国维全集》第二十卷，第228—229页。
② [日]狩野直喜《回忆王静安君》，《王国维全集》第二十卷，第372页。
③ 赵万里《王静安先生年谱》，《王国维全集》第二十卷，第462页。
④ 罗振玉《海宁王忠悫公传》，《王国维全集》第二十卷，第229页。

《人间词话》。所以王国维晚年不提《人间词话》，不仅仅是学术转向，其根源是王国维辛亥以后思想信仰的转变，这也是他在《盛京时报》本《人间词话》中删除"新名词"的根本原因。1925年，王国维同意陈乃乾重印《人间词话》，但他在复函时强调"请声明系弟十四五年前所作"①为要，也表明其心中对《人间词话》所反映的昔今学术思想之别的清楚定位。

除言及王国维不道《人间词话》的态度之外，张尔田在书札中对《人间词话》"意境"说的流弊大加批评，并说王国维晚年对《人间词话》有"悔"作的心态，此说颇有影响。夏承焘记张尔田致其书云：

> 得孟劬翁函，论四声。又谓王静安为词，本从纳兰入手，后又染于曲学，于宋词本是门外谈。其意境之说，流弊甚大。晚年绝口不提《人间词话》，有时盛赞皋文寄托之说，盖亦悔之矣。②

张尔田强调王国维为词从纳兰入手，后又染于曲学，所指当是王国维词学对"自然"与"真"的强调，若秉此标准以衡宋词，确有偏颇之处，对周邦彦、姜夔、吴文英词的贬低是必然之事。张尔田依此发论，认为王国维"于宋词是门外谈"。对于王国维"意境说"的流弊，张尔田致龙榆生书札在论及词坛风气时云：

> 以为欲挽末流之失，则莫若盛唱北宋，而佐之以南宋之辞藻，庶几此道可以复兴。晚近学子，稍知词者，辄喜称道《人间词话》，赤裸裸谈意境，而吐弃辞藻，如此则说白话足矣，又何用词为？既欲为词，则不能无辞藻。此在艺术，莫不皆然。词亦艺也，又何独不然？③

---

① 《王国维全集》第十五卷，第703页。
② 《天风阁学词日记》，《夏承焘集》第六册，第323页。
③ 张尔田《与龙榆生论词书》，《同声月刊》第一卷第八号（1941年7月）。

张尔田论词亦主"真"，与王国维倡导北宋有一致之处，但他又不弃南宋之辞藻。他所言王国维"意境"说之不足是客观存在的，强调真情、真景是"意境"说的主要内涵，但过于强调"自然"与"真"，就会流于白话，产生直露贫陋的弊病。艺术追求的是意味，作词如果完全离开文辞的藻饰，结构的安排，自然会缺少言外之味。至于张尔田说王国维有时盛赞张惠言的寄托之说，也是可能的。王国维晚年主张经世致用之学，对重政教寄托的常派词学有所肯定，对《人间词话》所体现的"美术"眼光的改变也是可以理解的。但张尔田所说的"绝口不提《人间词话》"与"有时盛赞皋文寄托"这两点都不能成为王国维对《人间词话》所论具体内容有所"悔"的铁证，特别是后者反而让我们看到了王国维晚年词学思想的发展。

作为王国维的知交好友，张尔田在王身后对《人间词话》的描述与评价对后学产生了重要影响。龙榆生就说："近人况周颐著《蕙风词话》，王国维著《人间词话》，庶几专门批评自学矣。而王书早出，未为精审，晚年亦颇自悔少作（张孟劬先生说）。"①龙榆生又对黄濬宣称静庵"自悔少作"之说，所以黄濬也云："静庵先生老年深悔少作。"②吴梅的弟子戚法仁《〈人间词话〉补笺序》谈到王国维在《人间词话》与《清真先生遗事》中对周邦彦词评价的巨大差异时说："及后更著《清真先生遗事》，乃尽反前说，殆亦悔其少作。"③不难看出，龙榆生诸人所理解的王国维对《人间词话》的"悔"已对张尔田之说做了进一步推演，他们认为王国维晚年对《人间词话》所论的具体内容是有所"悔"的。

民国时期，受传统词学思想深刻影响的词学家少有捧场《人间词话》者，面对《人间词话》的盛行，说王国维晚年不道《人间词话》是"自悔少作"则是推扬自我的一种策略。实则王国维晚年"绝口不

---

① 龙榆生《词学研究之商榷》，《词学季刊》第一卷第四号（1934年4月）。
② 黄濬《花随人圣庵摭忆》，上海：上海书店出版社，1998年，第19页。
③ 戚法仁《〈人间词话〉补笺序》，靳德峻笺证、蒲菁补笺《人间词话》，成都：四川人民出版社，1981年，第2页。

提"《人间词话》的原因是其对西学话语的摒弃，并非像张尔田、龙榆生等所认为的那样，是王国维认识到了《人间词话》对词史、词人评骘存在偏颇之处。他同意重印《人间词话》，也就说明其晚年对《人间词话》的态度非如张尔田所云到了"吐弃不屑"的程度。张尔田的弟弟张东荪后来也对兄长之言表达了不同意见，他在致龙榆生札中说："王、胡虽有偏见，然亦有绝精到处，似不可一笔抹煞。想公亦谓然。又王对先兄之言恐专指时流利用一点，至于根本主张恐仍未必轻弃。"①张东荪认为王国维、胡适的词学见解既有偏见，又有精到处，不可一笔抹煞。王国维对张尔田言及的对《人间词话》的"吐弃"，可能是不满时流利用所致，并非王国维改变了他论词的根本主张。在王国维眼中，《人间词话》是昨天的学术，特别是在思想信仰改变之后，没有向人道之必要；但在其心中，对词史发展的认识、对词人的褒贬定位并未改变，他一直坚守着他的学术判断。

四、记录词学家的词学履迹

　　词学家之间的往还书札往往会生动记录他们的活动轨迹，这是我们考察他们的词学活动与词学研究最直接、最重要的史料。例如吴昌绶的涉词书札就生动记录了这位清季民初著名的词学家的词学履迹，若无其书札，今天很难对其词学活动做出全面了解。

　　吴昌绶是集词籍收藏、校勘、刻印于一身的学者，其于珍本词籍的搜藏孜孜不辍，其致缪荃孙书云：

　　　　绶于买词刻词，绝无退步，祈勿念。……景朴孙处《于湖集》宋本，精甚，但索值千五百元，今年穷薄，无此资本，俟缓筹之。②

① 张东荪致龙榆生札见张寿平辑释《忍寒庐劫后所存词人书札》（上），台湾"中央研究院"中国文哲研究所2005年编印《近代词人手札墨迹》上册，第311页。
② 钱伯城、郭群一整理，顾廷龙校阅《艺风堂友朋书札》，上海：上海人民出版社，2018年，第1133页。

于此可见吴昌绶矢志于词籍收藏的决心，然而耗费赀财购藏词籍只是其词学事业的第一步，对词籍的精心校勘是可称其为词学家的根本所在。人多因吴昌绶《双照楼景刊宋元本词》影写宋元善本，于原本阙误一仍其旧，不做校勘，遂以为吴氏于词是刻而不校，实际并非如此。以上札提及的《于湖词》为例，其致缪荃孙札又云：

> 《于湖词》五卷、《拾遗》一卷（一百七十四首），绶有校抄本（此事在七八年前）。毛刻篇数相同（一百八十一首，内复一首。），所不合者，毛先刻廿四首，后删去别刻耳（此词绶与古微屡校，心知其详。）。又见旧抄一残本，只百五十四首，但已比宋乾道本多四十首，次序不合。心久疑为集本。授经屡云集本无词，遂置不论。及闻意园书散出，有宋本《于湖集》，绶欲买之，为景朴孙所据，索四千金。绶给价千五百元，未成，于是神游目想于集中四卷之词，吾师可借阅或抄示，感荷无极。绶但欲一观，即可刻成。①

札中所云《于湖词》五卷、《拾遗》一卷校抄本，乃光绪乙巳年（1905）董康（授经）赠与吴氏者。此校抄本今藏于南开大学图书馆，吴昌绶记云："光绪乙巳岁除，授经比部以所校《于湖》《蒲江》二集精钞见寄，欣快无极。"②董康校抄本《于湖词》曾被朱祖谋称为"最完备"之本，但吴昌绶将所见旧抄残本与董康校抄本比勘之后，疑此残本乃从《于湖集》析出者，因此他非常渴望得到《于湖集》，故请缪荃孙帮忙借抄。在得到《于湖集》之后，吴昌绶对《于湖词》版本源流及篇帙差异做出了清晰校订，其致缪荃孙云：

> 昔年授经得传抄乾道本《于湖长短句》五卷、《拾遗》一卷，即从瞿氏、朱氏本出。因以所收《南词》中《于湖词》对校，为《补

---

① 《艺风堂友朋书札》，第1124页。
② 《景宋乾道于湖先生长短句》，董康诵芬室蓝格钞本，朱祖谋、吴昌绶批校，南开大学图书馆藏。

遗》一卷，并录见寄。时绶尚在沪，比到京见《南词》本，覆核再四，私计此即集本。但求全集，杳不可得。今始蒙抄示，则果不出所料。《南词》所据集本缺一卷，故授经所补尚未全，今得四卷，再核其源流本末，皆了然矣。集本一百八十二首，应据景宋本补卅七首，汲古本补四首，共为二百二十三首，方始完备。（汲古四首既不见集中，又不见景宋，颇可疑。顷从《全芳备祖》检得一首，余三首尚未知所由来，或即《花庵》所选，俟再考之。）景宋乾道本一百七十四首，应据集本补四十五首，汲古本补四首，共为二百二十三首，亦成完本。（汲古本多六首，集中已有二首。）此今日细心斟核，而得两本互异如此。①

瞿氏《铁琴铜剑楼书目》与朱氏《结一庐藏书目》均记有《于湖先生长短句》五卷、《拾遗》一卷影钞宋本，故董康所得传抄乾道本即从瞿氏、朱氏本出。董康得此集后，又以所藏《南词》本《于湖词》二卷与之互勘，为《补遗》一卷。吴昌绶经过详细核查，认为董康《补遗》所据的《南词》本《于湖词》即从《于湖集》出，由于所据集本缺一卷，故董康所补未全。在见到影宋乾道本《于湖先生长短句》和宋本《于湖集》两个于湖词最重要版本后，吴昌绶将两本细心斟核，终成于湖词完本。董康校抄《于湖先生长短句》寄与吴昌绶之目的，当在供吴氏雕版之用，但欲存古刻真面目的吴昌绶并未采用。后来宋椠《于湖集》为袁克文所得，吴昌绶遂假袁藏本影写刊刻，由于影宋乾道本《于湖先生长短句》足与集本互证，吴昌绶又据瞿氏藏本摹写刊刻，此即《景刊宋金元明本词》中所存的两种于湖词。两刻于湖词，鲜明体现了吴昌绶保旧存真的独特刻词理念，而其信札中于于湖词的细致校订，也反映了其刻词背后的词学研究功力。

王国维是吴昌绶词学事业上另一位重要伙伴，吴向王提供词籍，王则为吴校勘词籍，二人交往密切，互为对方词学研究出谋划策。王国维编纂《词录》时，吴昌绶云"《词录》之成，非藉手雅材，不克

---

① 《艺风堂友朋书札》，第1128—1129页。

集事，弟当尽括所存为助"①。可见吴为王之《词录》襄助不少。吴昌绶常就自己的词学研究与王国维商讨，其致王国维札云：

> 日前所商拙辑词目之名，反复思之，竟无善法。拟于首行直题曰"双照楼词目"，次行署名，三行以下为书，分三卷。其式如下：
>
> 词目一：别集上（或云五代宋人别集）；
>
> 词目二：金元人别集；
>
> 词目三：总集。
>
> 词话、词韵寥寥，决计去之，或附总集后何如？每词之下各著其来处，似不嫌攘美。乞兄为更筹之。倘有善法，必遵改也。日内拟先做出十余家，求兄审定。注语不少，随文互见。如《乐章》《白石》皆最难做者，因始终未有定本。②

此札吴氏就欲著词目之名称、格式、卷数安排、内容去取等方面与王国维相商，希望王氏能提供意见。吴昌绶也会向王国维献计，其云：

> 顷为公思得一法，专搜五代唐宋元人词之遗佚者。凡有集者不采，见于《花间》《尊前》《草堂》、凤林书院诸选者亦不采（以元人选本为断），譬如孙渊如辑《续古文苑》既不收本集，并不收《文选》《文苑英华》。如此即路径较窄，于古人甚有功，惠广异闻，但须别辑词家故事为一书，如何？③

吴昌绶向王国维献上辑佚一法，搜辑唐宋词之遗佚者汇为一编，既有功古人，亦有功词学。吴氏建议王国维搜辑佚词恰合王国维学术转型之需，故为王采纳，其辑佚唐五代词汇编成《唐五代二十一家词辑》，当与吴昌绶所献之法相关。

---

① 《国家图书馆藏王国维往还书信集》，第1826页。
② 《国家图书馆藏王国维往还书信集》，第1803页。
③ 《国家图书馆藏王国维往还书信集》，第1822页。

吴昌绶对王国维校词能力非常信赖，并给予高度评价。其云：
"史忠定词略校一过，句读谬误甚多，误字亦未能正。求公细阅改
定。"又云："宋本《酒边集》校以《乐府雅词》，悉合，真可贵重。
拙校太草草，有不应改处，公为正之。"

又云：

> 夏剑臣代小坡刻《清真词》，弟不以为然。此事惟公考之最详、
> 最确。兹寄上，求公随笔纠其谬误。至所引各书，无一古刻，专以
> 毛本、王本、《词萃》《词律》为言，可谓托体不尊矣。①

吴昌绶对郑文焯所校《清真词》不以为然，他批评郑氏参校各书无一
古刻，故不足为据，因此将郑校本寄给王国维，请其纠谬。王国维也
在致缪荃孙的信中说：

> 去年文小坡刻《清真集》，印臣曾寄以见示，不独所见本太少，
> 乃至书题亦复不通，后跋亦不知所云，远不如毛刻尚存强本之真、
> 王刻亦仍元刊之旧，此刊殊为赘设，谅长者亦见之矣。②

王国维对郑校本《清真集》提出了严厉的批评，其批评的依据就是郑
校未能存真保旧，而其主张的存旧文的校勘理念正与吴昌绶一致，这
也是吴氏对其校词格外信赖的原因。

除吴昌绶书札外，夏承焘致赵尊岳书札亦是生动记录词学履迹之
佳证。夏承焘致赵尊岳书札，收入《赵凤昌藏札》之中，国家图书馆
藏。书札计五通，夏承焘《天风阁学词日记》未录，《夏承焘集》亦
失收。结合夏氏生平与《天风阁学词日记》可知，五札均写于1930

---

① 《国家图书馆藏王国维往还书信集》，第1792页。
② 《王国维全集》第十五卷，第36页。

年，清晰记录了初涉词学研究的夏承焘的重要词学活动。①其致赵氏第一札云：

> 曩读《蕙风词话》，知先生嗣法况翁，为声家名辈。……承焘曩亦学为倚声，七八年前以湖州林铁尊道尹之介，呈数词请益于况翁。妄拟于半塘、伯宛、彊村诸老校勘、蒐讨之外，勉为论世知人之事，成白石、萧闲、子野、东山词集考证数种，词人年谱十余家。琐琐掇拾，颇费时日。而频年客处，见书不广，不敢遽以问世。项与彊老数书往复，复拟理董旧闻，先写定《白石歌曲考证》一种。惟乾隆中姜虹绿写本白石集（嘉泰壬戌后白石手定稿），屡求不获。此书初藏灵鹣阁，况翁曾借得移录一本（见《香东漫笔》）。光绪间，江建霞举以贻郑叔问（见叔问沈逊斋本白石词校语，钞本）。郑、况卒后，不知流落何许，彊老亦谓未见。先生收罗况翁遗书定多，倘搜访有获否？姜词刻本十余种，承焘止见数种，邺架所藏，拟乞写目见示，为弇陋张目。

此札用"浙江省立第九中学信笺"，浙江省立第九中学即严州中学。可知作此札时，夏承焘尚在严州中学教书。据吴无闻编辑《夏承焘教授学术活动年表》（下文称《年表》）之1930年部分，本年1月，夏氏初与赵尊岳通信，所发信函应为此札。②此时夏氏正开始专心治白石词，四处求书。他与朱祖谋、龙榆生结交均在此时，不时写信向他们求教。夏氏知赵尊岳为况周颐弟子，且富藏书，因此主动致函赵氏，希望得到他的帮助。

夏氏在此札中言及他学术方向的选择。半塘、伯宛、彊村创立了词籍校勘之学，成就巨大，但他却不愿走旧路，欲在词学研究中别开一境——年谱之学。夏氏曾云："念治词方法，亦必须自开新径，不

---

① 《赵凤昌藏札》对夏氏书札的编排有错乱之处，文中所引已改正，并据《天风阁学词日记》及夏氏生平资料将其按时间先后编次。

② 吴无闻编《夏承焘教授纪念集》，北京：中国文联出版公司，1988年，第226页。

蹈故常",①可知其治词之初即有高远志向和清晰的学术道路选择。夏承焘作此札的主要目的是向赵尊岳打听姜虬绿写本白石集,并请教白石词集版本。姜虬绿写本白石集是清乾隆九年(1744)姜夔二十世孙姜虬绿杂取各种刊本,并附以历代诗话掌故,缮写而成。清季归江标灵鹣阁,江氏后贻郑文焯。况周颐曾过录一本,并记其梗概于《香东漫笔》,以之为瑰宝。夏承焘正是从郑文焯、况周颐的著述中得知白石词此集概貌,极为渴望获得,故写信给赵尊岳,希冀赵氏能给予帮助。由于初通书信,赵尊岳并未及时给予回复,但夏再次去书向赵尊岳恳切求助。第二札云:

> 近得郑叔问校沈逊斋本白石词写稿一本,知灵鹣阁藏乾隆间姜虬绿写本白石集,江建霞光绪中曾以贻叔问,此本为许增、朱彊村校刻姜词所未见者,且经白石手删。嘉泰壬戌刻本今既不可复见,此本如尚在天壤,犹在陶南村钞本之上(况夔笙曾从建霞借录一本,见其《香东漫笔》)。先生见闻交游甚广,知曾寓目否?如承代为寻访,俾得写定旧稿,则赵菊庄千岁令威之叹,重为先生发之,洵词林之快事矣!盼祷盼祷!

此札值得注意之处是夏承焘此时对姜虬绿写本的评价,他认为此本为许增、朱祖谋校刻白石词时所未见,曾经白石亲自删定,其价值要高于陶宗仪钞本,因为嘉泰壬戌刻本已经亡佚,那么此本可谓是研治白石词最为重要的版本了。由于夏承焘未亲见姜虬绿写本,只是道听途说,因此他此时对这一写本的研究价值给出了极高评定。然而等到他亲见写本之后,它对此本的评价发生了根本的转变。

1930年4月,夏承焘利用春假专程从严州赴上海,拜访朱祖谋、龙榆生,而其更现实的目的则是为了见到赵尊岳所藏白石词集。他两次去申报馆见赵,都因赵繁忙未得相见。尽管访赵不值,但他在返回

---

① 《天风阁学词日记》,《夏承焘集》第六册,第98页。

严州后再次致书赵氏，表达渴慕之情。或许被夏承焘治学的热忱与执著打动，本年11月，赵尊岳终将所辑《白石大全集》寄给了夏氏，并叮嘱仔细保护。夏承焘得书后非常高兴，其《日记》记云："接赵叔雍挂号信，寄来《白石大全集》，甚喜。此书叔雍依姜虬绿写本编次，附录张文虎校语，即予梦寐存念者。叔雍允更出所藏，助予著述。"①赵尊岳此时致书夏氏，并借阅珍贵文献，可以说是二人真正词学之交的开始。之后，二人于词学研究多有联系，互通有无。

在亲见姜虬绿写本白石词后，夏承焘对这一写本进行了深入研究，他在致赵氏第五札中说：

> 姜钞比世本多词三首，〔越女镜心〕第二首，《阳春白雪》作赵闻礼，《绝妙好词》《历代诗余》作楼采，显非石帚手笔。惟〔月上海棠〕难得确处，此词《钦定词谱》较尊钞"悄月上"句多一"悄"字，其他字句亦微有异同。《词谱》"姝丽"作"殊丽"，"美人"作"人面"，"辽韶光"作"遇韶光"，"日叹"作"自叹"。不敢妄改。啸山校语有显是尊钞偶误者，皆已代加是正。如ㄢ作"可"，ㄆ作"四"等字。姜钞不分自度曲、自制曲，甚合愚见。惟〔杏花天影〕〔鬲溪梅令〕〔玉梅令〕〔醉吟商小品〕〔霓裳中序第一〕诸首，每阕结拍皆作ㄣ，与自度曲皆作ㄆ者不同。世本与自度曲分列，或有微意。姜钞惟此点可疑。尊见以为何如？

此札是夏氏抄毕姜虬绿写本白石词后所作，最堪注意的就是他对此写本的态度已由之前的推崇转向了怀疑。首先是此写本中〔越女镜心〕一词显非白石所作，乃他人之作羼入者，且写本中词作字句也与其他版本中所载词作偶有不同。从这个角度看，写本自然不可能是白石手自删定了。此外，写本不分自度曲与自制曲，将〔杏花天影〕〔鬲溪梅令〕〔玉梅令〕〔醉吟商小品〕〔霓裳中序第一〕合入自度曲中。尽管此时夏承焘也赞成白石词不应自制曲与自度曲分列，但是这五首词

---

① 《天风阁学词日记》，《夏承焘集》第五册，第168页。

结拍旁谱与自度曲显然不同，又让他对写本将其合并感到疑惑，并认为陶宗仪钞本系统分列二者或有微意。

经过日后的深入研究，夏承焘将此时的对姜虬绿写本的怀疑变成了彻底的否定，论定其为伪书。他说："近世忽有姜忠肃祠堂钞本出现，云是白石晚年手定。……清乾隆九年甲子，二十世孙虬绿，取各刊本校雠，附以历代诗话掌故，写为今本。""是若真出于白石手定，发现于六七百年之后，诚可谓书林星凤，词家球璧矣。顷者略为寻绎，乃知其全出伪托。"他认为〔越女镜心〕及〔月上海棠〕词乃是抄袭清初洪正治重刊陈撰所辑白石诗词之误，而况周颐以之为白石词则是"千虑一失"。针对〔杏花天影〕等五词并入自度曲，他说："今细按旁谱：前五首结拍皆作〻，与后十二首结拍皆作〻者不同；宋本分列，当有微意；此本混而同之，亦作伪者昧于音律之一证。"①否定了写本混合自度曲与自制曲的做法。

夏承焘致赵尊岳书札是其治白石词的生动记录，尽管只是他数十年词学研究生涯中一个短暂的片段，但是与赵的交往，对他的白石词研究很有意义。白石词版本研究自此开始积淀，日后他成为研究白石词成就最大的学者。而通过夏氏与赵尊岳的信札交往，也让我们看到了"一代词宗"的学术品格。夏承焘在词学研究之初，一直是在借书做学问，他在向朱祖谋、吴梅、龙榆生、赵尊岳等询书之时，多次说自己客处偏僻，无师友之助。为了求得一书，不惮多次写信求救，其诚恳执着的态度令人动容。与龙榆生、唐圭璋、赵尊岳这样的词学家相比，夏承焘没有他们从事词学研究的便利条件，但是他依靠勤恳努力，终成享誉海内外的词学宗师。

与词学论著相比，词学书札显得琐碎零散，但其进入学者的视野，并以之作为词学史料的时间并不短暂。例如晚清词学家郑文焯的论词书札，早在1910年就由张尔田结为一束，以《鹤道人论词书》之名发表于《国粹学报》第六十六期（1910年）。后来叶恭绰辑郑文焯

---

① 夏承焘《白石词集辨伪》，见《姜白石词编年笺校》，上海：上海古籍出版社，1981年，第179—182页。

致张尔田论词书为《郑大鹤先生论词手简》，发表于《词学季刊》第一卷第三号（1933年）；龙榆生辑郑文焯致夏敬观论词书为《与夏映庵书》，发表于《词学季刊》第二卷第四号（1935年）；戴正诚辑郑文焯致朱祖谋书为《大鹤先生手札汇钞》，发表于《词学季刊》第三卷第三号（1936年）。唐圭璋先生又将上述书札收入了《词话丛编》中，作为郑氏词学资料的一部分。有意识地搜集刊布论词书札，为词学书札的保存流播做出重要贡献的当属龙榆生。他在主编《词学季刊》《同声月刊》时，不仅注重辑录刊载前辈词学家的论词遗札，还专设"通讯"栏目，及时公布当代词学家之间的论词书，于此可见其自觉保存词学文献之苦心。此外，民国期间的其他报刊上也不乏论词书的刊载，公开发表论词书札是学者表达词学观点的一种直接有力的方式。不过在之后的很长一段时间里，罕见有词学家论词书的刊布。20世纪80年代之后，一些学者着意整理发表名人书札，其中不乏沉湮已久的涉词书札。特别是整理出版的一些词学家全集、书信集及名人尺牍、书札、藏札中包含了数量可观的与词学相关的内容。例如2005年台湾"中央研究院"中国文哲研究所编印出版了龙榆生旧藏、张寿平辑释、林玫仪校读的《近代词人手札墨迹》三册，其中收录的众多书札涉及词坛之事，为研究民国以来的词学提供了极有价值的材料。在词学研究领域，从理论上较早阐明词学书札的意义与价值的是孙克强先生，他在言及清代词学特征时，明确将有关词学的书札作为词学理论的文献载体，认为论词书札极具理论价值，是词学理论的特殊形式。克强先生对论词书札的价值定位也是本编编纂之动因。

近年来，词学书札越来越为词学界所重视。本编在之前《词学书札萃编》（南开大学出版社2015年版）的基础上再加扩充，吸纳了多位学人关于词学书札的整理成果，在此表示感谢！当然由于闻见有限，其间遗漏也自然不免。希望是编能有益于词学研究，相信词学书札的披露、整理也会日臻丰富。词学书札多为散碎史料，但正如罗志田所言："微末细节的建设性意义，正在于从中可能看到与整体相关的重要问题。"①通过细节史料的考索，并以之丰富整体研究，做到因碎立通，这应是词学书札研究需要努力的方向。

---

① 罗志田《非碎无以立通：简论以碎片为基础的史学》，《近代史研究》2012年，第4期。

宋代至明代

潘 阆

潘阆（962?—1010），字逍遥，号逍遥子，大名（今属河北）人，一说扬州（今属江苏）人。性格疏狂，曾卷入宫廷斗争。宋太宗时赐进士及第，宋真宗时授滁州参军。有诗名，曾与柳开、寇准、孙何等唱和，亦工词，今存《酒泉子》十首。

致茂秀

茂秀茂秀，颇有吟性，若或忘倦，必取大名。老夫之言，又非佞也。闻诵诗云："入郭无人识，归山有鹤迎。"又云："犬睡长廊静，僧归片石闲。"虽无妙用，亦可播于人口耶。然诗家之流，古自尤少，间代而出，或谓比肩。当其用意欲深，放情须远，变风雅之道，岂可容易而闻之哉！其所要〔酒泉子〕曲子十一首，并写封在宅内也。若或水榭高歌，松轩静唱，盘泊之意，缥缈之情，亦尽见于兹矣。其间作用，理且一焉。即勿以礼翰不谨而为笑耶。阆顿首。

王鹏运辑《四印斋汇刻宋元三十一家词》

（上海古籍出版社1989年影印本）

【按】 此札称《与茂秀小简》，南京图书馆藏清钞《宋金元明十六家词》本《逍遥词》后引。王鹏运辑《四印斋汇刻宋元三十一家词》本《逍遥词》后附录。茂秀，生平不详。

苏 轼

苏轼（1037—1101），字子瞻，号东坡居士。眉山（今四川眉山）人。宋仁宗嘉祐二年（1057）进士，任大理评事、凤翔府签判。宋神宗元丰二年（1079）知湖州，以讪谤系御史台狱，贬黄州团练使。后历官中书舍人、翰林学士、知制诰。宋哲宗亲政后，远贬惠州、儋州，元符三年（1100）被召北归，次年卒于常州。苏轼诗、文、词、书、画均有极高成就，著有《东坡全集》。

致鲜于侁

忝厚眷，不敢用启状，必不深讶。所惠诗文，皆萧然有远古风味。然此风之亡也久矣。欲以求合世俗之耳目，则疏矣。但时独于闲处开看，未尝以示人，盖知爱之者绝少也。所索拙诗，岂敢措手，然不可不作，特未暇耳。近却颇作小词，虽无柳七郎风味，亦自是一家。呵呵。数日前，猎于郊外，所获颇多。作得一阕，令东州壮士抵掌顿足而歌之，吹笛击鼓以为节，颇壮观也。写呈取笑。

孔凡礼点校《苏轼文集》

（中华书局 1986 年版）

【按】此札原称《与鲜于子骏》。鲜于侁（1019—1087），字子骏，阆州（今四川阆中）人。宋仁宗景祐五年（1038）进士。历官太常少卿、左谏议大夫、集贤殿修撰、京东路转运使、扬州知州等。著有《诗传》《易断》等。

致章楶

《柳花》词妙绝，使来者何以措词。本不敢继作，又思公正柳花飞时出巡按，坐想四子，闭门愁断，故写其意，次韵一首寄去，亦告不以示人也。七夕词亦录呈。

孔凡礼点校《苏轼文集》

（中华书局 1986 年版）

【按】此札为《与章质夫三首》之一。章楶（1027—1102），字质夫。建宁军浦城县（今福建浦城）人。宋英宗治平二年（1065）进士及第。历任陈留知县、京东转运判官、提点湖北刑狱、成都路转运使、吏部员外郎等，卓有政绩。宋哲宗元祐六年（1091）任环庆路经略安抚使，后以对西夏作战战功卓著累官至同知枢密院事、资政殿学士。谥赠庄敏。著有《成都古今诗集》，已散佚。

致蔡承禧（二通）

一

颁示新词，此古人长短句诗也。得之惊喜，试勉继之，晚即面呈。

孔凡礼点校《苏轼文集》
（中华书局1986年版）

二

承爱女微疾，今已必全安矣。某病咳逾月不已，虽无可忧之状，而无憀甚矣。临皋南畔，竟添却屋三间，极虚敞便夏，蒙赐不浅。胊山临海石室，信如所谕。前某尝携家一游，时家有胡琴婢，就室中作《濩索凉州》，凛然有冰车铁马之声。婢去久矣，因公复起一念，果若游此，当有新篇。果尔者，亦当破戒奉和也。呵呵。

孔凡礼点校《苏轼文集》
（中华书局1986年版）

【按】此二札原称《与蔡景繁》。蔡承禧（1035—1084），字景繁，江西临川人。宋仁宗嘉祐二年（1057）进士，历任大理寺丞、太子中允、监察御史里行等。著有《论语指归》等。

致陈慥（二通）

一

……日夜望季常入州，但可惜公择将至，若不争数日，而吾三人者不一相聚剧饮数日，为可惜耳。有人往舒，五七日必回，可见其的。若不来，续以书布闻。茶白更留作样几日。近者新阕甚多，篇篇皆奇。迟公来此，口以传授。余惟万万自爱。

孔凡礼点校《苏轼文集》
（中华书局1986年版）

【按】此札为《与陈季常》十六首之九。陈慥，生卒年不详，字季常，自称龙丘先生，又曰方山子。眉州青神（今属四川）人。少尚侠义，苏轼任凤翔签判时，其父陈希亮任知府。后隐于光州、黄州间歧亭，读书参禅。苏轼贬黄州时，二人交往颇密。

二

别后凡四辱书，一一领厚意。具审起居佳胜，为慰。又惠新词，句句警拔，诗人之雄，非小词也。但豪放太过，恐造物者不容人如此快活，一枕无碍睡，辄亦得之耳。公无多奈我何，呵呵。所要谢章寄去。闻车马早晚北来，恐此书到日，已在道矣。故不觑缕。

孔凡礼点校《苏轼文集》
（中华书局1986年版）

【按】此札为《与陈季常》十九首之十三。

致刘攽

某启。示及回文小阕，律度精致，不失雍容，欲和殆不可及，已授歌者矣。

孔凡礼点校《苏轼文集》
（中华书局1986年版）

【按】 此札为《与刘贡父》七首之三。刘攽（1023—1089），字贡夫，一作贡父、赣父，号公非。临江新喻（今江西新余）人，一说江西樟树人。宋仁宗庆历六年（1046）进士，历任曹州、兖州、亳州、蔡州知州，官至中书舍人。潜心史学，协助司马光纂修《资治通鉴》，著有《东汉刊误》等。

致李常

某启。杜门谢客，甚安适。……效刘十五体，作回文〔菩萨蛮〕四首寄去，为一笑。不知公曾见刘十五词否？刘造此样见寄，今失之矣。得渠消息否？莘老必时得书，在徐乐乎？

孔凡礼点校《苏轼文集》
（中华书局1986年版）

【按】此札为《与李公择》十七首之十三。李常（1027—1090），字公择，南康军建昌（今江西永修）人。宋仁宗皇祐元年（1049）进士。历官蕲州推官、滑州通判、鄂州知州、提点淮南西路刑狱、太常少卿、吏部侍郎、户部尚书、御史中丞兼侍读等。著有《文集奏议》《诗传》《元祐会计录》等。

致陈轼

某启：递中奉状，不审已达否？比日起居何如？奉违如宿昔尔，遂两改岁。浮幻变化，念念异观，闲居静照，想已超然。某蒙庇粗遣，遂为黄人矣。何时握手一笑，临书怅然，惟万万珍重。因周宣德行，奉状上问。周令行速，殊草略，乞恕之。比虽不作诗，小词不碍，辄作一首，今录呈，为一笑。九郎不及奉启。

孔凡礼点校《苏轼文集》

（中华书局1986年版）

【按】 此札为《与陈大夫书》八首之三。陈轼，字君式，江西临川人。苏轼谪居黄州时，陈轼任黄州知州，二人颇相得。后以朝奉大夫致仕。

致杨绘

笔冻，写不成字，不罪！不罪！舍弟近得书，无恙，不知相去几里，但递中书须半月乃至也。奇方承录示，感戴不可言，固当珍秘也。近一相识，录得公明所编《本事曲子》，足广奇闻，以为闲居之鼓吹也。然切谓宜更广之，但嘱知识间令各记所闻，即所载日益广矣。辄献三事，更乞拣择，传到百四十许曲，不知传得足否？

孔凡礼点校《苏轼文集》

（中华书局1986年版）

【按】 此札为《与杨元素》十七首之七。杨绘（1027—1088），字元素，自号无为子。汉州绵竹（今属四川）人。宋仁宗皇祐五年（1053）进士，授通判荆南府。后历任修起居注、知制诰、知谏院、翰林学士、御史中丞、天章阁待制等职。著有《无为编》《群经索蕴》等，已佚。

致苏不疑

兄才气何适不可，而数滞留蜀中。此回必免冲替。何似一入来，寄家荆南，单骑入京，因带少物来，遂谋江淮一住计，亦是一策。

试思之，他日子孙应举宦游，皆便也。弟亦欲如是，但先人坟墓无人照管，又不忍与子由作两处。兄自有三哥一房乡居，莫可作此策否？又只恐亦不忍与三哥作两处也。吾兄弟俱老矣，当以时自娱。世事万端，皆不足介意。所谓自娱者，亦非世俗之乐，但胸中廓然无一物，即天壤之内，山川草木虫鱼之类，皆是供吾家乐事也。如何！如何！记得应举时，见兄能讴歌，甚妙。弟虽不会，然常令人唱，为作词。近作得〔归去来引〕一首，寄呈，请歌之。送长安君一盏，呵呵。醉中，不罪。

孔凡礼点校《苏轼文集》

（中华书局1986年版）

【按】此札原称《与子明兄》。苏不疑，字子明，苏轼堂兄，伯父苏涣之子。曾任承议郎、嘉州通判。

致朱寿昌

阁名久思，未获佳者，更乞详阁之所向及侧近故事故迹，为幸。董义夫相聚多日，甚欢，未尝一日不谈公美也。旧好诵陶潜《归去来》，常患其不入音律，近辄微加增损，作般涉调〔哨遍〕，虽微改其词，而不改其意，请以《文选》及本传考之，方知字字皆非创入也。谨作小楷一本寄上，却求为书，抛砖之谓也。亦请录一本与郭元弼，为病倦，不及别作书也。数日前，饮醉后作顽石乱篠一纸，私甚惜之。念公笃好，故以奉献，幸检至。

孔凡礼点校《苏轼文集》

（中华书局1986年版）

【按】此札为《与朱康叔》二十首之十三。朱寿昌，字康叔，扬州天长（今安徽天长）人。以父荫守将作监主簿，历任陕州通判、阆州知州、广德军知军等职，累官司农少卿，迁中散大夫。有吏干，事母以孝闻。

黄庭坚

黄庭坚（1045—1105），字鲁直，号山谷道人、山谷老人、涪翁等，洪州分宁（今江西修水）人。宋英宗治平四年（1067）进士及第，历任叶县县尉、秘书省校书郎、《神宗实录》编修官、集贤校理、鄂州知州、涪州别驾、太平州知州等。著有《豫章黄先生文集》等。

致王观复

一

顿首。某去国八年，重以得罪，来御魑魅，抱疾杜门，屏绝人事，虽邻州守官者，或不知姓字，如是者三年于兹矣。忽奉来教，乃承官守在阆中，虽寡友朋，藏修游泳，自放文字之间，此亦吏隐之嘉趣也。蒙不鄙昏耄，远寄述作，璆琳琅玕，森然在列，如行山阴道中，风光物采，来照映人，顾接不暇。后生可畏，反视老拙重迟，甚羞愧也。承索鄙文，岂复有此？顷或作乐府长短句，遇胜日樽前，使善音者试歌之，或可千里对面，故往手抄一卷。无缘会集求琢磨之益，于不肖有所闻，不外教戒之。

《山谷老人刀笔》

刘琳等点校《黄庭坚全集》

（中华书局2021年版）

【按】此札原称《答王观复》。王蕃，字观复，文正公王曾之后，益都（今山东青州）人，宋徽宗年间曾任夔州路运判、广西转运副使等。

二

……见和东坡七夕长短句及"可惜骑鲸人去"之语，既嘉足下好贤，又深叹古来文章之士未尝不尔也。草草和成二章，言无可采，当面一笑耳。鄙文一编，所得何其多邪？其中亦多少时文字，气嫩语艰，不足存者。此所无者，谩抄下以与门生儿侄辈；彼所无者，亦有三分之一，匆匆未果录去，他日可寄也，但有乐府长短句数篇谩往。……

《山谷老人刀笔》

《黄庭坚全集》

（中华书局2021年版）

【按】此札原称《答王观复》。

中国古典词学
新辑词学珍稀文献丛刊

致宋子茂

……闲居亦强作文字，有乐府长短句数篇，后信写寄，未缘会集，千万勤官自寿。偷余日，近诗书。

《山谷老人刀笔》

《黄庭坚全集》

（中华书局2021年版）

【按】此札原称《答宋子茂殿直》。《山谷集·别集》卷十五亦载此札，"强作"作"绝不作"。宋子茂，暂不详。

致徐俯

……老懒，作文不复有古人关键，时有所作，但随缘解纷耳。谩寄乐府长短句数篇，亦诗之流也。观一节，可知侏儒矣。……

《山谷老人刀笔》

《黄庭坚全集》

（中华书局2021年版）

【按】此札原称《答徐甥师川》。徐俯（1075—1141），字师川，自号东湖居士，洪州分宁（今江西修水）人，黄庭坚外甥。宋高宗绍兴二年（1132）赐进士出身。历任翰林学士、签书枢密院事、参知政事等。著有《东湖集》。

致李献父

……遍观古碑刻，无有用草书者，自于体制不相当，如子瞻以〔哨遍〕填《归去来》，终不同律也。……

《山谷集·别集》

《黄庭坚全集》

（中华书局2021年版）

【按】此札原称《与李献父知府书》。李献父，暂不详。

致郭英发

昨日辱手笔，留来使取答，会彭守报过，遂不得遣。经宿，伏想日用轻安。所作乐府，词藻殊胜，但此物须兼缘情绮靡，体物浏亮，乃能感动人耳。辄拟作三篇，不知可用否？

《山谷集·别集》

《黄庭坚全集》

（中华书局2021年版）

【按】此札原称《与郭英发帖》。郭英发，暂不详。

陈师道

陈师道（1053—1102），字履常，一字无己，号后山居士，徐州彭城（今江苏徐州）人。宋哲宗元祐初年（1086）得苏轼举荐，任徐州教授，历仕太学博士、颍州教授、秘书省正字。著有《后山集》。

致黄庭坚（二通）

一

……罢官六年，内无一钱之入，艰难困苦，无所不有。沟壑之忧，近在朝夕。甚可笑也。自私自幸者，大儿年十六，解作史论；小儿八岁，能赋绝句，时有好语，聊为绝倒。不知天欲穷之邪？欲达之邪？迩来绝不为诗文，然不废书，时作小词以自娱，用以卒岁，勿以为念也。

《后山居士文集》卷十

（上海古籍出版社1984年版）

【按】此札原称《与鲁直书》。

二

……迩来起居何如？不至乏绝否？何以自存？有相恤者否？令子能慰意否？风土不甚恶否？平居有谁相从？有可与语否？仕者不相陵否？何以遣日？亦著书否？近有人传〔调金门〕词，读之爽然，便如侍语，不知此生能复相从如前日否？朱时发能复相济否？

《后山居士文集》卷十

（上海古籍出版社1984年版）

【按】此札原称《与鲁直书》。

朱 熹

朱熹（1130—1200），字元晦、仲晦，号晦庵，晚称晦翁，谥文，世称朱文公。祖籍婺源（今江西婺源），生于南剑（今属福建南平）。历任江西南康、福建漳州知府、浙东巡抚，官拜焕章阁待制兼侍讲。著名理学家，后世尊称朱子。著述甚丰，有《四书章句集注》《诗集传》《太极图说解》《近思录》《朱子语类》《楚辞集注》《晦庵先生朱文公文集》等，今人编为《朱子全书》。

致陈亮（二通）

一

九月十五日，某顿首再拜同甫上舍老兄：夏中朱同人归，辱书，始知前事曲折，深以愧叹。寻亦尝别附问，不谓尚未达也。……熹衰病杜门，忽此生朝，孤露之余，方深哽怆，乃蒙不忘，远寄新词，副以香果佳品；至於裛材，又出机杼，此意何可忘也？但两词豪宕清婉，各极其趣，而投之空山樵牧之社，被之衰退老朽之人，似太不著题耳。示谕缕缕，殊激懦衷。以老兄之高明俊杰，世间荣悴得失，本无足为动心者，而细读来书，似未免有不平之气。区区窃独妄意，此殆平日才太高、气太锐、论太险、迹太露之过，是以困于所长，忽于所短。虽复更历变故，颠沛至此，而犹未知所以反求之端也。……

《晦庵先生朱文公文集》卷三十六

（《四部丛刊》初编本，商务印书馆1929年版）

【按】此札原称《答陈同甫》。

二

自闻荣归，日欲遣人致问未能。然亦尝附邻舍陈君一书于城中转达，不知已到未也？专使之来，伏奉手诲，且有新词。厚币佳实之贶，感认不忘之意，愧怍亡喻。然衰晚病疾之余，霜露永感，每辱记存，始生过为之礼，只益悲怆，自此告略去之也。比日秋阴，伏惟尊候万福。熹既老而病，无复强健之理，比灼艾后，始粗能食，然亦未能如旧，且少宽旬月，未即死耳。新词宛转，说尽风物好处，但未知"常程正路"与"奇遇"是同是别，"进御"与"不进御"相去又多少？此处更须得长者自下一转语耳。……

《晦庵先生朱文公文集》卷三十六

（《四部丛刊》初编本，商务印书馆1929年版）

【按】此札原称《答陈同甫》。

致廖德明

坡公海外意况，深可叹息，近见其晚年所作小词，有"新恩虽可冀，旧学终难改"之句，每讽咏之，亦足令人慨然也。二诗亦未甚晓，不敢又便率然奉答，然恐亦只是旧来意思，但请只就前说观之，恐亦可自见得矣。盖性命之理虽微，然就博文约礼实事上看，亦甚明白，正不须向无形象处东捞西摸，如捕风系影，用意愈深，而去道愈远也。

《晦庵先生朱文公文集》卷四十五

（《四部丛刊》初编本，商务印书馆1929年版）

【按】此札原称《答廖子晦书》。廖德明，字子晦。南剑人（今福建南平）。宋孝宗乾道五年（1169）进士，以宣教郎知莆田县，后历浔州知府、广东提举刑狱、广州知州等。受业于朱熹，曾任广东韶州濂溪书院山长。著有《文公语录》《春秋会要》《槎溪集》。

致孙自修

……小词前辈亦有为之者，顾其词义如何，若出于正，似无甚害，然能不作更好也。

《晦庵先生朱文公文集》卷六十三

（《四部丛刊》初编本，商务印书馆1929年版）

【按】此札原称《答孙敬甫》。孙自修，字敬甫、敬父。安徽宣城人。朱熹门人。追记朱熹传训为《甲寅问答》，附于《朱子语录》。后于宣城传承朱子学。

吴　泳

吴泳，生卒未详，字叔永，号鹤林。潼川（今四川三台）人。宋宁宗嘉定元年（1208）进士。历官著作郎兼权直舍人院、秘书少监，仕至起居舍人，兼直学士院，权刑部尚书，进宝章阁学士，知泉州。著有《鹤林集》。

致魏了翁

……然尚有可商量者，记、序、铭、说、诗、词各自有体。虽文公老先生，素号秉笔太严，而乐府十三篇咏梅花、与人作生日，清婉骚润，未尝不合节拍。如侍郎歌词内"重卦三三，后天八八"，"三三律管""九九玄经"等语，觉得竟非词人之体，是虽胸次义理之富，浇灌于舌本，滂沛于笔端，不自知其然而然。但恐或者见之，乃谓侍郎尽以《易》元之妙，谱入歌曲，是则可惧也。……

《鹤林集》卷二十八

（影印文渊阁《四库全书》本，上海古籍出版社2009年版）

【按】此札原称《与魏鹤山书》。魏了翁（1178—1237），字华父，号鹤山。邛州蒲江（今属四川）人。宋宁宗庆元五年（1199）进士，授签书剑南西川节度判官厅公事，后历官秘书省正字、兵部郎中、潼川路安抚使、权礼部尚书等，赠太师、秦国公，谥文靖。推崇程朱理学。著有《鹤山全集》《九经要义》《古今考》等，词有《鹤山长短句》。

致罗嗣贤

某去秋八月访寻碧梧翠竹之游，文闱已锁醉翁矣。霜月之夜，细敲棋子，空落灯花，怀我良朋，莫适其愿。迨理行舻东去，又弗克干一语为标月指，怅然而已。府教学宏而诣，文丽以则，每见之词翰间，清腴奇峭，殆欲谢朝华之已披，启夕秀之未振。视某辈学植之槁、笔路之荒，大有径庭。然探"黄离""畜牝"之旨，味"中庸""尚纲"之训。昔之圣贤所以修身立命，体受归全，自有可尊可贵者在，而直不以文字语言为事业。就文字中言之，则又当如"清水出芙蓉，天然去雕饰"，而后为至也。向来兄弟亦好为文词，粗识减字、换字法。今年渐长，看来都靠不得。日夕戒谨恐惧，实惧为宵人之归，故每读一书，必择紧要用功处潜玩体索，令帖着身上来。

盖以我观书，则随悟而有益；以书博我，则释卷而茫然，此理甚昭昭灼灼。修之家庭，用之天子之廷，不过将此体段充广。去嗣贤所谓幼学壮行之诲，大约其谓此耶？……

《鹤林集》卷三十二

（影印文渊阁《四库全书》本，上海古籍出版社2009年版）

【按】此札原称《答罗嗣贤书》。罗嗣贤，生平不详。

陈 亮

陈亮（1143—1194），字同甫，号龙川。婺州（今浙江永康）人。喜谈兵，关心国事，宋孝宗乾道五年（1169）以布衣身份上《中兴五论》，反对朝廷与金媾和。宋光宗绍熙四年（1193）状元及第，授签书建康府判官公事，未行即卒。有《龙川文集》传世。

致杜旟

……叔昌能馆贤者，慰喜不自胜。两简与其兄弟，得便达之为祷。仲高之词，叔高之诗，皆入能品。时得以洗老眼，在亮何其幸；而一言之不信，在诸贤何其辱也！左右笔力如川之方至，无使楚汉专美于前，乃副下交之望。是非久当自定，在我不当有一毫之慊耳。讯后尊用复何如？岁将易矣，愿自加护，以当世道之事。匆匆不宣。

《陈亮集》卷十九

（中华书局1974年版）

【按】此札原名《复杜伯高》。杜旟，生卒年不详。字伯高，号桥斋，金华（今浙江金华）人。尝登吕祖谦之门。宋孝宗淳熙、宁宗开禧间（1174—1207）以制科荐，与陆游、陈亮、叶适交往。著有《桥斋集》，今不传。

致杜旃

……别去第有怅仰，忽永康递到所惠教，副以高文丽句。读之一过，见所谓"半落半开花有恨，一晴一雨春无力"，已令人眼动；及读到"别缆解时风度紧，离觞尽处花飞急"，然后知晏叔原之"落花人独立，微雨燕双飞"，不得长擅美矣。"云破月来花弄影"，何足以劳欧公之拳拳乎？世无大贤君子为之主盟，徒使如亮辈得以肆其大嚼，左右至此亦屈矣。虽然，不足念也。伯高之赋如奔风逸足，而鸣和鸾，俯仰于节奏之间；叔高之诗如干戈森立，有吞虎食牛之气；而左右发春妍以辉映于其间。此非独一门之盛，盖亦可谓一时之豪矣。薄力虽不能为足下之重，然众力又何足以过方至之川哉！愿加勉之而已。

《陈亮集》卷十九
（中华书局1974年版）

【按】此札原名《复杜仲高》。杜旃，生卒年不详。字仲高，号癖斋。金华人，杜旟之弟。著有《杜诗发微》《癖斋稿》。

致郑伯英

……闲居无用心处，却欲为一世故旧朋友，作近拍词三十阕，以创见于后来。本之以方言俚语，杂之以街谭巷歌，抟搦义理，劫剥经传，而卒归之曲子之律，可以奉百世豪英一笑；顾于今未能有为我击节者耳。并七月三十日已成十一阕，并香一片，押罗一端，祈千百之寿。能为我令善歌者一歌之以侑一觞，自举之而还以酹我乎？不欲专人相扰，附德载端便，决不浮沉也。未承集间，千万为久大之业厚自崇护。

《陈亮集》卷二十一
（中华书局1974年版）

【按】此札原名《与郑景元提干伯英》。郑伯英（1130—1192），字景元，号归愚翁，郑伯熊之弟。浙江永嘉人。宋孝宗隆兴元年（1163）进士。治理学，与陈傅良、叶适、陈亮、陈谦等人论学。曾任秀州判官，杭州、泉州推官。著有《归愚翁集》。

汤显祖

汤显祖（1550—1616），字义仍，号海若、若士、清远道人。江西临川人。明神宗万历十一年（1583）进士，历任太常寺博士、礼部主事、遂昌知县。戏曲家，著有《玉茗堂四梦》《玉茗堂集》，今人编有《汤显祖全集》。

致孙俟居

兄以"二梦"破梦，梦竟得破耶？儿女之梦难除，尼父所以拜嘉鱼，大人所以占维熊也。更为兄向南海大士祝之。曲谱诸刻，其论良快。久玩之，要非大了者。庄子云："彼乌知礼意。"此亦安知曲意哉？其辨各曲落韵处，粗亦易了。周伯琦作《中原韵》，而伯琦于伯辉、致远中无词名。沈伯时指乐府迷，而伯时于花庵、玉林间非词手。词之为词，九调四声而已哉！且所引腔证，不云未知出何调犯何调，则云又一体又一体。彼所引曲未满十，然已如是，复何能纵观而定其字句音韵耶？弟在此自谓知曲意者，笔懒韵落，时时有之，正不妨拗折天下人嗓子。兄达者，能信此乎。何时握兄手，听海潮音，如雷破山，吾然而笑也。

《汤显祖全集》卷四十六

（北京古籍出版社1999年版）

【按】此札原题《答孙俟居》。孙如法（1559—1615），号俟居，别署柳城翁，浙江余姚人。官至刑部主事，卒赠光禄寺少卿。精通词曲，擅书法。著有《春秋古四传》《广战国策》。

清代

徐士俊

徐士俊（1602—1681），字三友，号野君，又号紫珍道人，浙江仁和（今属杭州）人。家于郏水，筑雁楼以居。一生著书甚丰，达六十余种。著有《雁楼集》二十五卷，有《诗余》一卷，另与卓人月共同选辑《古今词统》十六卷。

致邵于王

诗从情生也，而词之为道，更加委曲缠绵，大都胸中自有一段不容遏处，借笔墨以发抒之，故片刻镂心，遂足千古。若强为雕饰，无生趣以行其间，即不作可耳。弟见仁兄于亲友之际，最为有情，而又酷爱诗词，则是两美已相合矣。从此挥洒而出，必大有可观，不识得惠教否？至作词之法，昔人讥稼轩为词论，子瞻为词诗，嫌太豪放，不类软温，故当以秦、周为正派，此在有情之人，自能辨之。弟与珂月旧有《词统》一书，颇堪寓目，近闻仁兄亦已购得，竟作案头怪石供可也。昨岁南洲看花，藉尊公为贤主人，聊此申谢，不一。

《雁楼集》卷二十《尺牍》

（清顺治刻本）

【按】 此札原题为《与邵于王》。邵于王，生平不详。与徐士俊、毛先舒、洪昇、陆进等结集唱和。

毛先舒

毛先舒（1620—1688），字稚黄，初名骙，字驰黄，浙江仁和（今属杭州）人。与毛奇龄、毛际可齐名，时人称"浙中三毛，文中三豪"。明亡之际，与沈谦、张丹日登南楼，舒啸高吟，时称"南楼三子"；又与陆圻、孙治、柴绍炳、丁澎等并称"西泠十子"，是清初西泠派重要人物。著有《思古堂文集》《东苑文钞》；诗有《蕊云集》《东苑诗钞》；词则有《鸾情集选填词》三卷，并《填词名解》《填词图谱》等多种。

致沈谦（二通）

一

足下《云华词稿》一编，妙丽缠绵，俯睨盛宋。清弹朗歌，穷写纤隐，于古靡所不合，而微指所向则祢祀柳七。仆谓柳不足为足下师也。盖词家之旨，妙在离合。或感忆之作，时见欣怡；风流之绪，更出凄断。或本题咏物，中去而言情；或初旨述怀，末乃专摛一鸟一卉。盖兴缘鸟卉，雅志昭焉。是按语斯离，谋情方合者也。夫语不离，则调不变。宕情不合，则绪不联贯。每见柳氏句句粘合，意过久许，笔犹未休，此是其病，不足可师。又情景者文章之辅车也。故情以景幽，单情则露；景以情妍，独景则滞。仆观高制恒情多景少，当是虑写及月露，使真意浅耳。然昔之善述情者，多寓诸景。梨花榆火，金井玉钩，一经染翰，使人百思哀乐，移神故不在歌哭也。又云才藻所极，宜归诗体；词流载笔，白描称隽。仆抑谓不然。大抵词多绮语，必清丽相须，但避痴肥，无妨金粉，故唐宋以来作者，多情不掩才，譬则肌理之与衣裳，钿翘之与鬟髻，互相映发，百媚斯生，何必裸露，翻称独立。且闺襜好语，吐属易尽，巧竭思匮，则鄙亵随之。真则近俚，刻又伤致，皆词之累也。至若语句参差，本便旖旎，然雄放磊落，亦属伟观。成都、太仓稍胪上次，而持厥成言，又益增峻。遂使大江东去，竟为逋客，三径初成，没齿长窅，揆之通方，酷未昭晰。借云词本卑格，调宜冶唱，则等是以降，更有时曲，今南北九宫，犹多聱铎之响。况古创兹体，原无定画。何必抑彼南辕，同还北辙，抽儿女之狎亵，顿狂士之愤薄哉？

《倚声初集》卷二《词话》二

（清顺治十七年刻本）

【按】此书原题《与沈去矜论填词书》，又见《毛稚黄集》卷五。

二

相聚才一日耳，言别何遽，殊怏怏。《词苑手镜》一书必行必传，然鄙意只名《词学几书》为雅。《南曲正韵》仆书已是论定，但《正韵》外尚当参以《中原》及足下《词韵》耳。前论填词分句法，仆思止是四字句当别出一三句法，如〔行香子〕第六句是也；五字句当别出三二句法，七字句当别出三四句法，九字句当分四五与五四两样句法，此外更不必多所分别，但当听人神而明之。此是确有所见者，但言长须面得尽。又曲谱亦须指陈要者，无用过苛。即如〔黄莺儿〕（满城风雨还重九），三上声字音调固佳，但谓凡作者必当如此，则亦拘矣。谱中他处持论率多如此。窃谓立法不可太略，亦不可太烦，太烦反是一蔽，且使后人生驳议，将并废全书矣。范昆白撰《中州全韵》，分阴去、阳去、阴入、阳入，其法密于周挺斋，亦未尝不是，而后人终莫遵用者，法太烦故也。况法外多生支节者乎？此事虽属小道，然亦须使考质千古，无悖无疑，若徒作聪明，以苦来学，恐非重远意也。愿雅思再垂详寻，自当涣释。秋来准望见过。

《巽书》卷七

（清康熙刻思古堂十四种书本）

【按】此札原名《与去矜书》。

致赵钥

不揣荒陋，妄肆论列，乃更蒙不择细流，虚襟下问，此古人高义也。词韵丧失千年，今一朝欲为论定，其事至难，诚不可不慎且断也。先生于韵，上下古今，又从去矜一书决择裁酌，而今又诹及下愚，必求其是，可谓慎矣。某窃敢以断之一字进焉。如物部当入月曷，不当入质陌，真当断以持之者也。虽然岂武断哉？物部字见于旧词者绝少，某云多者，就少中求得二三，即谓之多。如东坡〔念奴娇〕词，"物"与"雪""杰""发""灭""发""月"押，而中止阑入一"壁"字，此即从多从同之一端也。又王介甫〔雨淋铃〕词，"矻""窟""卒""渤""佛""没""物""屈""突"相押，而中止阑入一"出"字，亦同且多也。稼轩〔满江红〕通篇质陌，而止阑入一"物"字，亦少矣。又稼轩南宋人，南宋作者韵多漫通，而稼轩尤恣，故不得与北宋敌，又一稼轩不得敌苏、王之二，是又多与同之义也。某又考宋诗，东坡"灯青火冷不成眠，一夜捻须吟喜雪。诗成就我觉观处，我穷正与君仿佛"。颍滨"时蒙好事过，解榻时一拂""隐居便醉睡，世路多颠蹶"。宋韵物、月通，此又一证也。由是观之，物部虽可与诸韵合用，倘欲分属，则自应入月曷边矣。今既欲鳌清词韵，将质陌与月曷判开，物部不归月曷，谁归哉？某又观韵部，如相通者其字亦多相类。如古韵江通冬东，则江即从工，腔即从空，庬即从龙，淙即从宗之类，即某《韵学通指》中所谓案文是也。今观物部有弗、绋、制诸字，而月部有舥，物部有屈、厥、掘、诎诸字，而月部有涠、窟、杌、咄，物部有綍字，而月部有焞、涽、渤，物部有乞、吃、讫、屹诸字，而月部有乾、讫、纥，物部有勿、汤诸字，而月部有智、笏，物部有绂、帗、韍、翇诸字，而曷部有跋、靾、芨、魃。考诸质、陌、锡、职、缉诸部与物部字，未有如此其同且多者，则物韵当属之此耶？属之彼耶？先生云渊明《责子》诗不得已而旁引借证，某谓填词乃近今之制，与其借证于晋，不若借证于宋为近，则二苏诗虽非确据，其则不远，若苏、王二公词与文字相类，当可证欤？前此词家用韵既或失之滥，或失之拘，论者纷纷茫无成。是此书一定百世为准，当如治乱丝，大经既理，其余绪棼如则刀以斩之而已。言之无文，幸赐裁择。

《巽书》卷六
（清康熙刻思古堂十四种书本）

【按】此札原名《答赵千门先生论词韵书》。赵钥，字千门，号南金。山东莱阳人。清顺治十五年（1658）与邹祗谟、王士禛同科中进士。曾官南昌府推官。与宋琬、王士禛、王士禄、王晫等唱酬交往，《倚声初集》录其词。又通词韵之学，著有《词韵》，沈雄《古今词话》录其论词韵之语。

致孙默

昔者相如以赋为文，李、杜以诗为文，韩退之以文为诗，欧、苏诸公以记为赋，揆之作者，元非本色，然乃有酷爱之者，传至于今不废，何者？文字以精神所至为主，而格律固不可尽拘也。仆才劣劣，焉敢比方古人？然小词历落疏纵，当其神来，亦复自喜，豪苏腻柳，总付水滨，后有嗜痂之人，当必有好之者。今人论文每云某家某派某格某调，不知所谓古人家、派、格、调又从何出？其初亦皆是自创耳。方其一番开山，亦未尝无纷纷同异，久之论定，遂更奉之为家、派耳。古来作者率如此规规然奉一先生而摹画之，不堪其苦矣。足下解人，闻此或必有当心处，故相为陈之，仆词不足道也。

《巽书》卷七
（清康熙刻思古堂十四种书本）

【按】此札原名《答孙无言书》。孙默（1613—1678），字无言，又字桴庵，号黄岳山人，室名留松阁。安徽歙县人。流寓扬州，与当时文坛名流交游吟咏，为清初广陵词坛重要人物。著有《留松阁集》，另外汇编刊刻王士禛、陈维崧、吴伟业、龚鼎孳等十六位词家词集为《国朝名家诗余》，促进了清初词坛的发展。

沈 谦

沈谦（1620—l670），字去矜，号东江，浙江仁和（今属杭州）人。明思宗崇祯十五年（1642）补县学生员。"南楼三子"之一，又与柴绍炳、丁澎等称"西泠十子"。入清后，不图仕进，肆力于诗古文，尤工词。著有《东江集钞》《东江别集》《词学》《填词杂说》《词韵略》等书。

致毛先舒

昨省览赐书，论列填词之旨，一何其辨而博也。但仆九岁学诗，今且三十有二，头髻欲白，而闻道无期，岂天之所靳，实人事有未尽也。至于填词，仆当垂髫之年，间复游心，音节乖违，缠绵少法。窃见旧谱所胪，言情十九，遂尔拟撰，仆意旨所好，不外周、柳、秦、黄、南唐李主、易安、同叔，俱所愿学而曾无常师。晓风残月，累德实多，阳五伴侣，必且为当世所唾耳。此后既人事日繁，即文史无暇该览，况兹琐事而复流连，聊为足下陈之。仆惟填词之源，不始太白，六朝君臣，赓酒送色，《朝云》《龙笛》《玉树后庭》，厥惟滥觞，流风不泯。迨后三唐继作，此调为多。飞卿新制，号曰《金荃》；崇祚《花间》，大都情语。艳体之尚，由来已久，奚俟成都、太仓，始分上次。及夫盛宋，美成就官考谱，七郎奉旨填词，径辟歧分，不无阑入。甚至燔柴凤驾，庆年颂治；下及退闲高咏，登眺狂歌，无不寻声按字，杂然交作。此为词之变调，非词之正宗也。至夫苏、辛壮采，吞跨一世，何得非佳？然方之周、柳诸君，不无伧父。而"大江"一词，当时已有关西之讽，后山又云：正如教坊雷大使舞，虽极天下之工，要非本色。小吏不讳于面讯，本朝早已定其月旦。秦七雅词，多属婉媚，即东坡亦推为今之词手。他如子野"秋千"、子京"红杏"，一时传诵，岂皆激厉为工，奥博称艳哉。至于情文相生，著述皆尔。浮言胪事，淘汰当严。仆于诗文亦然，非特填词而异也。若夫狎色之喻，仆复有言。夫宣姜好发，不屑鬒髢；虢国秀眉，并捐黛粉；丹漆白玉，永谢文珧。吾恐西施蒙秽，湔涤尚堪；嫫母假饰，訾厌百倍。以仆向作，政复病此。不图足下反以单情见让也。嗟乎，人生旦暮，不朽有三。琐词不足语耳。仆之向与足下论及者，正以宋世寡识，谬以里巷鄙音设官立府，几隶太常，将与《咸池》《韶濩》相上下，郑声乱雅，莫此为甚，又何文质之足讥也哉！

《东江集钞》卷七

（清康熙十五年刻本）

【按】此为沈谦回复毛先舒书，原题为《答毛稚黄论填词书》。

致邹祗谟

每读《三家诗余》，辄叹风流之美。阮亭就官燕邸，美门与足下则近在数百里之内也。时欲扁舟一见，写其劳剧，而波驳雨瀋，动踰岁时，无能与足下数衽论心，考宫商，数杯酌，终日怊怅，情何可言。昨奉清尘，积忧冰释。更荷倚声之惠，感知遇之深。然仆以填词一途于今为盛，亦为极衰。约者见肘，丰者假皮。学周、柳或近于淫哇，仿苏、辛半入于噍杀。生香真色，磊砢不群，此三家所以独绝也。仆童年刻意过深，时多透露，前蒙登拔，皆其少篇。近亦幡然一变，将尽扫云华之旧，不知足下之许我否也？旅次应酬，不能多录，所望弹射极尽，勿复为嫌，则幸矣。

《东江集钞》卷七
（清康熙十五年刻本）

【按】 此札原题为《与邹程村》。邹祗谟（1627—1670），字吁士，号程村，别号丽农山人，江苏武进（今属常州）人。清顺治十五年（1658）进士。工诗词，与董以宁并称邹董；又与陈维崧、董以宁、黄永有"毗陵四才子"之目。词名则与王士禛、彭孙遹并重。著有《程村文选》《邹吁士诗选》，有《丽农词》二卷。与王士禛同辑《倚声初集》二十卷，为清初大型词选总集，《倚声初集》后附刻祗谟《远志斋词衷》一卷，辨识词韵颇精。

李式玉

李式玉（1622—1683），字东琪，号鱼川，浙江钱塘（今杭州）人。明思宗崇祯十一年（1638）补诸生。后七次乡试不第。与毛先舒、洪昇等友善。著有《南肃堂申酉集》八卷、《巴余集》十卷。

致毛先舒

仆向喜作曲，不甚作词，以曲能畅耳，近颇涉猎，然于此中实未深也。顾其腔，独可推于曲而知之。窃以柳七为当行，而苏大为溢格，无暇旁证博引，即《琵琶》一书，盖伶人所童而习之者也。如〔梅花引〕即"伤心满目故人疏"也；〔齐天乐〕即"凤凰池上归环佩"也；〔祝英台近〕即"绿成阴，红似雨"也；〔念奴娇〕即"楚天过雨"也；〔点绛唇〕即"月淡星稀"也；〔虞美人〕即"青山今古何时了"也；〔宝鼎现〕即"小门深巷"也；〔鹊桥仙〕即"披香随宴"也；〔意难忘〕即"绿鬓仙郎"也；〔忆秦娥〕即"长吁气"也；〔高阳台〕即"梦远亲闱"也；〔满庭芳〕即"飞絮沾衣"也；〔满江红〕即"嫩绿池塘"也，详见仆《词说》中。以此而准，诸调悉然。歌之，无不出以婉转，节柔而声长，故名之曰"慢"。然则文与音协，斯为合调，稼轩诸作，未免伧父耳。昨读足下《鸳情集》，耀艳深华，邈焉难及，然间有疵累，亦略可商。如〔清平乐〕览古，若"君子大公应物，何妨与世同春"；又"成败论人可笑，腐儒那识英雄"；又"同舍有情应式好，何必翻然太矫"；又"歌就五噫激楚，怨讪君父为名"等句，筋骨太露。如〔水调歌头〕"心欲小之又小，气欲敛之又敛"；又"此乃自然之气，譬若人之有怒"；如〔汉宫春〕"天地大哉，果生才不尽，其妙无穷"等句，稍涉陈腐。刘潜夫《端午》、秦少游《七夕》，仆已嫌其率尔，今足下笔兴所至，过于唐突，不无"铁绰板"之诮。盖《琵琶》诸曲，止用截板，无迎头与腰板。则知有一定之腔，必有一定之体。苏辛诸公，自属闰位，故敢索瘢求疵。惟高明翻然并佐所不逮，亦风雅得失之会也。外录小词一帙附政，其有未安，并望教督。

《巴余集》卷八（《清代诗文集汇编》第七八册）

（上海古籍出版社2010年版）

【按】上札原题为《与毛稚黄论词书》。

董以宁

董以宁（1629—1669），字文友，号宛斋，江苏武进（今属常州）人。诸生。少负文名，与邹祇谟齐名，时称邹董。又与陈维崧、邹祇谟、黄永号称"毗陵四才子"。著有《正谊堂文集》《正谊堂诗集》，有《蓉渡词》三卷，康熙间，孙默刻入留松阁《国朝名家诗余》。

致黄翁期

前门下书来，问以古韵通用、转用及词韵仄声合用之法，会往江北未报，今归稍暇，特为门下言其大略。门下亦知沈约之韵，虽非古韵，而原未尝变古韵乎？古韵分类甚繁，每韵中所统之字甚少，以其有通用、转用之法，故其用不穷。沈特举其通用者并之，并之犹未尽也。至于词韵，则又举沈韵之相近者，而再并之耳。如东、冬二韵，而冬韵中又本有冬、钟二韵，为虞头收鼻，鱼头收鼻之分不相合也，而特可以相通。沈约因其可相通，而遂并钟于冬，词又并冬于东，而为一韵。但古韵之三江通阳而转入东，故江夏黄童，以叶天下无双。自沈约既并以来，江遂与东无涉，而与阳亦反不相通，江、阳之通则始于词韵矣。若词韵之四支与五微、八齐同用，以古韵微与齐皆通支也。不知四支之中，古又有支与脂之之三韵，亦以字之发音而分。惟脂与之，古本通支，故沈约并之。惟齐与微古亦通支，故词又并之。特佳之转通支者，今总不复转通，则亦如江之于东耳。推之各韵，无不类然。今自律诗用沈约韵外，但溯沈约未并以前用其本相通者，而古诗之韵不舛矣。于沈约既并之后兼用其并之未尽者，而词之韵亦不舛矣。且知其可通者用之，则其必不相通，如侵之独用，与庚、青、蒸之别于真、文、元，又何至于舛哉？虽然平韵之不舛易，而仄韵则难，词之仄韵则其不舛更难。盖用仄声者，每不知仄韵所自来，皆由沈韵中平声与仄声多寡不均之故。平声共三十韵，而上声少一，入声少十三，去声虽亦三十，而人总不明其多寡之故，遂以土音误用。须知一字四声，而亦有止于三声与二声者，如东、董、送、屋、江、讲、绛、觉之类，凡十七韵，四声相通，而支、微、齐、鱼、虞、佳、灰、萧、肴、豪、歌、麻、尤凡十三韵，皆有上去声，而无入声。蒸韵有入声，而无上去声。佳韵去声，至有泰、卦二韵，今第于相连者，而以前相通之法通之。知东冬通，则知董与肿、送与宋、屋与沃亦相通也。知江阳通，则知讲与养、绛与漾、觉与药亦相通也。至真文与庚青不通，则轸稳与梗近、震问与敬径、质物与锡陌亦俱不通，侵与真文、庚青俱不通，则寝沁缉亦不与其上去入声通。虽词韵借用，于十三元半入先韵，似属可疑，然沈韵未合时，元、魂本属二韵，今以元之所领者入先，而以魂之所领者归真文，此亦一定而非可意为之矣。余少时所作，间多谬用，自同吴公冉渠考订，始尽正之。草复，不尽爽徹，能使人人明晓。

《正谊堂文集》
（清康熙刻本）

【按】 此札原题为《答黄翁期问韵学书》。黄翁期，生平不详。

王　晫

王晫（1636—1698后），原名棐，字丹麓，一字木庵，号松溪子，自称松溪主人，浙江仁和（今属杭州）人。清顺治间诸生。以诗文鸣海内四十年，其读书处曰"霞举堂"，又名"墙东草堂"。著有《霞举堂集》《今世说》等，有《峡流词》（一名《墙东草堂词》）三卷。

致友人

夫历下选唐诗，非选唐诗也，选唐诗之似历下者，是以历下选历下也。竟陵选唐诗，亦非选唐诗也，选诗之似竟陵者，是以竟陵选竟陵也。此论最确。今之选词亦然。习周、柳者，尽黜苏、辛；好苏、辛者，尽黜周、柳。使二者可以偏废，则作者似宜专工。何以当日有苏、辛，又有周、柳，即选者亦宜独存。何以旧选列周、柳，又列苏、辛，况苏、辛亦有便娟之调，周、柳亦有豪宕之音，何可执一以概百也。故操选者如奏乐，然必八音竞奏，然后足以悦耳；如调羹，然必五味咸调，然后足以适口。如执一音以为乐，执一味以为羹，而谓足以适口悦耳者，断断无是理也。虽然此犹为习尚言之也。若夫交深者，词虽不工，亦选至什百；交不深者，词虽工，亦不过二三。爱者存之，憎者删之，夫选政为何事，而以交情爱憎为也。虽然此其小焉者也。至有资者，词固不求工，亦可不论交，必列如数；无资者，交且不论，又何暇论词，必弃如遗，往往以刻资之厚薄为选之多寡。亦时有以酒席之丰俭，为词之去留。嗟乎！选者贪鄙若此，其为书不大可见耶。甚有名登仕版，毋论素不工词，并不知词为何物，亦必多方伪作，以存其名。若韦布之士，毋论词所素工，且有全稿，或有刻本，必相訾议曰：是非香奁语也，是为应酬作也，概置不录。推其心，多列贵人，贵人或恩我，庶可望以周旋，而不知此辈梦梦焉。虽一部尽刻贵人之名，彼所喜不在是，初不以为恩也。是贵人未必知感，而所为韦布之士且怨之入骨矣。操选者恩怨固不必避，然而选政至此，尚忍言哉？虽然不独选词也，诸选皆然。吾见少年以所选为羔雁之具，藉此纳交于大人宿儒，以所选为声气之媒，藉此取润于当事。有刻一封面，而其书终身不完。有遍索刻费，而其余尽充橐橐，比比而是。吾安得起昭明于九原，一登《文选》之楼而正其罪耶？足下选词，冰鉴朗议，自能力矫诸弊。然仆更有进者，首宜选人，海内名词家，为数原不能多，人数果定，自无庸恶陋劣之徒见种种诸相矣。然后取数中人之词而衡量之，毋以己意横于胸中。第就本集中孰佳，孰为尤佳，细加论定，则便娟者无失其为便娟，豪宕者无失其为豪宕。合苏、辛、周、柳于一堂，何致如历下、竟陵，贻笑后人耶。吾知天下后世必等是书，于钧天之奏，麟脯之馔，岂止五味八音而已哉？

黄九烟先生曰：江河日下，得此快论，足以砥柱狂澜。结构完密。

方文虎曰：词至今日，流靡已极，闺帏房闼之间，作者匪冶容不言，选者非目挑不录。班姬团扇，苏氏回文，邈不可得矣。丹麓论词，一比八音，再比五味，意皆取其正而无邪。而其反覆致诚于操选之人，总欲使正始之音洋洋盈耳，此书所以讽刺之义多欤？

《霞举堂集》卷五
（清康熙刻本）

【按】此札原题为《与友论选词书》。

致吴逢原

诗词一道，事关千古。能者自优为之，不能者无庸强也。窃怪近日选家，只取要津大僚，及二三暱友，明知其人之不能，必多方假饰，为邀利弋名之计。彼方自以为得，而议者早已鄙之，鄙之者众，其书终不克行于当时，安望其千古哉。足下《今词选》之刻，人咸绣虎，家擅灵蛇，如栴檀片片皆香，使人不知所择。传之艺苑，自应名寿山河，岂止海内词人争为帐秘。承厕仆名，幸藉不朽，知己之感，正不在多。又寄拙稿三卷，借此奉教左右，不敢得陇复望蜀也。惟公勿疑。

《霞举堂集·尺牍偶存》卷下
（清康熙刻本）

【按】 上札原题为《与吴枚吉》。吴逢原，生卒不详。字枚吉，江苏阳羡（今宜兴）人。与陈维崧、徐喈凤等为友，他与陈维崧、吴本嵩、潘眉合作编刻的《今词苑》是清初阳羡词人的一部重要词选。

致董俞

始读足下词，自以为能过足下。试效足下所为，尽力规模，便只可仅似足下。迨越数日复观之，声律神气之间，益远不及足下矣。始信姑射仙姿，尘世美人，亦望而却步，乃村姑里媪遽欲与之较其短长，何其不知量也。

《霞举堂集·尺牍偶存》卷下
（清康熙刻本）

【按】 此札原题为《与董苍水孝廉》。董俞（1631—1688），字苍水，号樗亭，一号莼乡钓客，江南华亭（今上海金山）人。清顺治十七年（1660）举人。与钱芳标齐名，人称钱董。善赋，工诗词，有《玉凫词》，一名《盟鸥草阁词》。

致孙默

诗余至今日而盛矣。剪彩者愈剪愈新，雕琼者益雕益巧，几令《花间》《草堂》诸公无专坐处。然非得足下为之左提右挈，集其大成，又谁知当世词坛之盛，一至此乎！仆于此道，近颇留意，有词三卷，名曰《峡流》，但未知与孙郎有缘否？偶然谈及，得无疑亲为说客耶！

《霞举堂集·尺牍偶存》卷下
（清康熙刻本）

【按】 此札原题为《与孙无言》。

顾贞观

顾贞观（1637—1714），初名华文，字华封，改华峰，号梁汾，江苏无锡人。明末东林党领袖顾宪成曾孙。清康熙十五年（1676），馆太傅纳兰明珠家，结识明珠长子性德，为忘年交。贞观文备众体，能诗，尤工词，为清初重要词人。著有《积书岩集》《弹指词》等，编辑《唐五代词删》《宋词删》，并与纳兰性德合选《今词初集》二卷。

致陈聂恒

判袂十余年，栩园之名既成，愿且遂矣。悬知近岁风采倍常，而玉山朗朗，在老人心目间者，尚依然向日栩园也。忆曾有拙诗题〔金缕曲〕云："人因慧极难兼福，天与情多却费才。"后闻恰续鸾胶，便亦懒寻鱼素，然未尝旬月不廑企想。忽承来翰，深荷见存，欲令野老姓名附尊词以不朽；而厚意虚怀，至如昔人所云"不蕲其知吾之所已就，而蕲其知吾之所未就"，抑何问之下而恭也。年力如栩园，夫孰得而轻量其所就者。而余因窃叹天下无一事不与时为盛衰。即以词言之，自国初辇毂诸公，尊前酒边，借长短句以吐其胸中。始而微有寄托，久则务为谐畅。香严、倦圃领袖一时。唯时戴笠故交，担簦才子，并与燕游之席，各传酬和之篇。而吴越操觚家，闻风竞起，选者作者，妍媸杂陈。渔洋之数载广陵，实为斯道总持，二三同学，功亦难泯。最后吾友容若，其门地才华，直越晏小山而上之，欲尽招海内词人，毕出其奇。远方骎骎渐有应之者，而天夺之年，未几风流云散。渔洋复位高望重，绝口不谈。于是向之言词者，悉去而言诗古文辞，回视《花间》《草堂》，顿如雕虫见耻于壮夫矣。虽云盛极必衰，风会使然，然亦颇怪习俗移人，凉燠之态，浸淫而入于风雅，为可太息。假令今日更得一大有力者，起而倡之，众人幡然从而和之，安知衰者之不复盛邪？故余之于词，不能无感，而于栩园，实不能无望。虽然，将何以益栩园？唯余受知香严，而于词尤服膺倦圃。容若尝从容问余两先生意指云何，余为述倦圃之言曰："词境易穷。学步古人，以数见不鲜为恨；变而谋新，又虑有伤大雅。子能免此二者，欧、秦、辛、陆何多让焉？"容若盖自是益进。今栩园之倾倒于余，不减容若。且此中甘苦，皆能自知之而自言之，二者之患，吾知免矣。读其词者，方不胜望洋向若，茫焉而莫测其所就。而犹歉然自以为有所未能，何也？倘亦有"及之而后知，履之而后难"者乎？吾又以知栩园之所就，有深于此矣。而何以益栩园邪？栩园行以名进士出宰百里，抵都时倘举余语质之渔洋，必有相视而笑，且相视而叹者。起衰之任，幸已有属，但不知我辈犹及见否耳。秋暑长途，珍重珍重。不备。七月二十六日，石仙山樵顾贞观顿首复。

《栩园词弃稿》

（康熙且朴斋刻）

【按】 此书作于清康熙四十三年（1704）七月，陈聂恒刻《栩园词弃稿》（康熙且朴斋刻）时将其置于卷首，原题"顾梁汾先生书"，后又被人称《答秋田求词序书》《与栩园论词书》，又见谢章铤《赌棋山庄词话续编》卷三。陈聂恒（1673—1723后），原名鲁得，字秋田，一字曾起，江苏武进（今属常州）人。清康熙三十九年（1700）进士。历官长宁知县、刑部主事。著有《朴斋文集》十六卷、《栩园词弃稿》四卷，作有《论词绝句》六首。

周 篆

周篆（1642—1706），字籀书，号草亭，江南青浦（今属上海）人。问学于顾炎武，博究经史，主张经世致用。著有《草亭先生集》《杜诗集说》等。

致友人

篆再拜。古未有所谓填词者。其弊盖始于元，而充塞于明之隆万以后，皆世道衰微所致。以足下之明，而亦好焉，仆深惜之。既辱交游之末，可墨墨已耶夫？填词为义亦近耳。足下好之，必有以取之。使仆仅言其若何为害志，若何为挠气，若何为废时失事，传之后世，必使观者败其守，闻者丧其心，弊俗伤教，足下必以为迂，不敢复进。窃意足下有取于此者，其故有二，曰才，曰情。才，其才非君子之所谓才；情，其情非君子之所谓情。古之人视才甚重道德经济，仅谓之才。故曰才难，又曰如有周公之才。虽艺如冉有，博如子产，皆不足以与此。今技能记问，皆目为才，而才始轻。殊不知文者，道之余；诗者，文之余；词者，诗之余；而填词者，又词之余也。其源益远，其流益卑。若是而谓之才，微乎末矣。隆万以降，士无学术。穷则专力于帖括，达则声色利禄从而牿之。夫专力于帖括，则其学隘；声色利禄从而牿之，则其气昏。然其心思，终不能无所寄，可以娱其耳目，夸示无识者，此耳。遂相率而为之，共诧以为才，虽入于俳优而不耻。顾其闲，非无一二纤新可喜之语，抑亦小道之可观，不为君子所贵。若夫情，尤非填词足以当之。城北徐君有同美焉，郑卫之淫圣人恶之。故言情而本诸性，其发也必正；止乎礼义，其极也不流。自古以情为性之用，今直以淫昵视之，甚矣，其不善言情也。以气为性，以欲为情，于是蔑礼法为土梗，嫉道义为仇雠。启祯之世，有请禁言性命于朝者，有谓六经乱天下者，而其害不可胜言，皆不明性情之所致。今足下所为，幸不至此。然风化所在，君子当深为之防，何但效其尤，以避立异之名为。夫流俗倡之，足下继之，异日者娼优侏儒相与传习之。呜呼！吾未见为尊己也。或曰足下欲以文名天下，恐知者少，故先示此以取重。夫文之传与不传，顾所为何如？扬雄、退之之在当日，亦莫有知之者，至今愈不可泯灭。足下必假此为嚆矢，譬之王嫱、西子，反借饰于里妇，一何不自信。与昔退之就试，自取所试读之，以为类于俳优，而甚惭。我不知俳优反足以重文士否也？仆固陋，不能远见，窃以为不可。是以悉陈之足下，以为有当乎？无当乎？幸有以教我。篆再拜。

《草亭先生集·文集》卷二
（清嘉庆二十五年晚香亭刻本）

【按】 此书原题为《与人论填词书》。

汪 森

汪森（1653—1726），字晋贤，号碧巢。浙江桐乡人，祖籍安徽休宁。官桂林府通判、户部江西司郎中。工诗词，家富藏书，早年从学周篔，后又与黄宗羲、朱彝尊等往还，学业益进。著有《小方壶存稿》《月河词》《桐扣词》《碧巢词》。汪森有名于词坛，乃因其助朱彝尊编纂《词综》，并继之增补十卷，故全书共三十六卷。汪森又撰《〈词综〉序》一文，推尊词体，为浙西词派前期词学理论做出重要贡献。

致周篔

隔阔数旬，倾想何已，只足下亦悬悬于仆也。读白石词，见其用笔精严，有镌锤而无痕迹，如良工刻玉，雕镂极精，更有天然之致，南渡以还，一人而已。闻分虎自都门归携，有《花庵》所未载者数十解，为弟道念，得邮示否？独乐不若与人，愿分老勿以枕秘为也。凉飔夕起，离思盈襟，东望海云，弥深翘切。

《小方壶文钞》卷五
（清康熙五十六年刻本）

【按】 此札原题为《与周笪谷》。周篔（1623—1687），初名筠，字公贞，更字青士，又作清士，别字笪谷。浙江嘉兴人。明诸生。入清后弃举子业，隐于米市，且贾且读。好为诗词，与同里王翊、朱彝尊、朱一是等相唱酬，尝以诗法授人。工词学。曾协助朱彝尊编辑《词综》二十六卷，并负责校勘。又与汪森增补十卷，合成三十六卷。著有《采山堂诗》，辑有《词纬》《今词综》。其词未见有集流传，存于《瑶华集》《梅里词绪》《国朝词雅》诸选本之中。

纳兰性德

纳兰性德（1655—1685），原名成德，字容若，号楞伽山人。父明珠，官大学士、太子太傅。性德聪敏好学，钟情诗文，与朱彝尊、陈维崧、顾贞观、姜宸英、严绳孙、秦松龄、梁佩兰等唱和。性德好观五代北宋之作，主张"舒写性灵"，故与顾贞观编《今词初集》。著有《通志堂经解》《通志堂诗集》《渌水亭杂识》，词初集名《侧帽词》，后经顾贞观增补为《饮水词》，后人又汇辑成《纳兰词》。

致梁佩兰

仆少知操觚，即爱《花间》致语，以其言情入微，且音调铿锵，自然协律。唐诗非不整齐工丽，然置之红牙银拨间，未免病其版相矣。从来苦无善选，惟《花间》与《中兴绝妙词》差能蕴藉。自《草堂》《词统》诸选出，为世脍炙，便陈陈相因。不意铜仙金掌中竟有尘羹涂饭，而俗人动以当行本色诩之，能不齿冷哉？近得朱锡鬯《词综》一选，可称善本。闻锡鬯所收词集凡百六十余种，网罗之博，鉴别之精，真不易及。然愚意以为吾人选书不必务博，专取精诣杰出之彦，尽其所长，使其精神风致涌现于楮墨之间。每选一家，虽多取至什至百无厌，其余诸家不妨竟以黄茅白苇概从芟薙。青琐绿疏间，粉黛三千，然得飞燕、玉环，其余颜色如土矣。天下惟物之尤者，断不可放过耳。江瑶柱入口，而复咀嚼鲍鱼、马肝有何味哉？仆意欲有选，如北宋之周清真、苏子瞻、晏叔原、张子野、柳耆卿、秦少游、贺方回，南宋之姜尧章、辛幼安、史邦卿、高宾王、程钜夫、陆务观、吴君特、王圣与、张叔夏诸人，多取其词，汇为一集，余则取其词之至妙者附之，不必人人有见也。不知足下乐与我同事否？有暇及此否？处雀喧鸠闹之场，而肯为此冷淡生活，亦韵事也。望之，望之！

《通志堂集》卷十三

（清乾隆刻本）

【按】此书原题为《与梁药亭书》。梁佩兰（1629—1705），字芝五，号药亭，广东南海（今属广州）人。以诗名，与屈大均、陈恭尹合称"岭南三大家"，又与同邑程可则、番禺方殿元以及陈恭尹、方还、方朝、王邦畿等结兰湖社，称"岭南七子"。著有《六莹堂集》，《诗余》附后。

楼俨

楼俨（1669—1745），字敬思，号西浦。浙江义乌人。工于词学，由孙致弥荐入京都纂修词谱。后历任桂林府灵川县知县、广州理瑶同知、广州知府、广东提刑按察使、江西提刑按察使。著有《洗砚斋集》《蓑笠轩仅存稿》。

致友人

宋葛立方《韵语阳秋》以白太傅《霓裳羽衣歌》可想见当时按舞节奏，予读宋词亦然。如晏殊〔玉楼春〕词之"重头歌韵响铮铮，入破舞腰红乱旋"，又"当头一曲情无限，入破铮铮金凤旋"，又"红绡约束琼肌稳，拍碎香檀催急滚"。欧阳修〔浣溪沙〕词之"双手舞余拖翠袖"，〔木兰花〕词之"舞余裙带绿双垂"。柳永〔玉楼春〕词之"香檀敲缓玉纤迟，画鼓声喧莲步紧"。〔柳腰轻〕词之"乍入霓裳促遍，逞盈盈渐催檀板。慢垂霞袖，急趋莲步，进退奇容千变"。张先〔天仙子〕词之"斜雁轧弦随步趁。小凤累珠光绕鬓。密教持履恐仙飞，催拍紧，惊鸿奔。风袂飘摇无定准"。贺铸〔玉楼春〕词之"银簧雁柱香檀拨。镂板三声催细抹。舞腰轻怯绛裙长，羞按筑球花十八"。按，《中山诗话》："重头""入破"皆弦管家语。《蔡宽夫诗话》：唐起乐皆以丝声，竹声次之，乐家所谓细抹将来者是也，故王建词之"琵琶先抹绿腰头，小管叮咛侧调愁"。近世多以管色起乐，而犹存"细抹"之语，盖沿袭弗倍尔。予则以为宋时舞队率是大曲，或十三遍、十二遍、十遍不等，其云"当头"者，度即排遍之第一；"重头"者，度即排遍之幺曲；入破者，大曲至第五遍声繁，例必入破，宋词或名"破子"者是也。其云催拍、促遍、急衮者，大曲入破后例有虚催衮遍、催拍衮遍。急者，急曲子也；促者，凡曲将毕，皆声拍促速也。其云"香檀敲缓玉纤迟"者，即白傅诗注"散序六遍无拍，故不舞也"。其云"画鼓声喧莲步紧"者，即《乐录》所谓雷鼓动即旋转如风是也。其云"慢垂霞袖，急趋莲步"及"催拍紧，惊鸿奔"者，《乐府杂录》所谓大垂小垂手，或如惊鸿，或如飞燕，即白诗"散序六奏未动衣，阳台宿云慵不飞。中序擘騞初入拍，秋竹竿裂春冰坼。飘然转旋回雪轻，嫣然纵送游龙惊。小垂手后柳无力，斜曳裾时云欲生"诸句之意也。每一吟讽，物人情态恍如目前，谁谓宋词不如唐诗耶？

《洗砚斋集》

（《清代诗文集珍本丛刊》，国家图书馆出版社2017年版）

【按】此札原称《答友人问舞曲节奏》。

致友人

歌词双遍者，其第二遍必多一字或少一字，不然押一短韵，此即倚声家所谓减字、添字、添声、偷声也。所以曰换头，又曰过变。若两起句字同者即为重头，见《墨庄漫录》。关注〔桂华明〕词两起句"缥缈神仙开洞府""碧玉词章教仙女"谓之重头小令也。

《洗砚斋集》

（《清代诗文集珍本丛刊》，国家图书馆出版社2017年版）

【按】此札原称《答友人问词遍换头重头》。

致友人

万红友《词律》一书，乃撰于岭外制府署中者，所见不广，难免挂漏之讥。不但语焉不详，择焉不精已也。惟论去声字不可更易，上去、去上皆关音律，最为得之。此论本明沈璟《九宫谱》，而沈又本元周德清《中原音韵》，周又本宋沈伯时《乐府指迷》，倚声家不可不知耳。弟曩在词谱馆中，曾驳正红友《词律》百余条，为毗陵友人所怒。平心而论，红友于一腔一词必有发明，所言亦中肯綮，犹是个中人，不若张綖之《诗余图谱》、程明善之《啸余谱》、毛先舒之《词学全书》一味乱道，满纸讹谬也。即以词韵言之，真文元之通庚青蒸，真庚六韵之通十二侵，元寒删先之通覃盐咸，虽遵古韵而似宽实严，不通者必不可通也。至于入声十七韵回环通转，无不可押，尤为变化。度宋人必有绪言，惜乎其不传耳。探讨愈深，则愈渺茫。两月以来，心力几瘁，而尚未敢脱稿，或俟三。脱稿后，庶乎可观词韵之难如此，况其为宫调之出入，音律之离合哉？宦海中作冷淡生涯，依然穷措大面目。发函伸纸，得不为喷饭否？书来正逢七夕，微吟淮海〔鹊桥仙〕词"两情若是久长时，又岂在朝朝暮暮"，不觉听然一笑。

《洗砚斋集》

（《清代诗文集珍本丛刊》，国家图书馆出版社2017年版）

【按】此札原称《与友人论词书》。

致友人

两奉手书，论词最详，而弟不敢遽答者，诚以此道难言，当代之人又少见多怪也。虽然，来意良厚，不可以不答。词者，诗之余也。诗可以言志，而词独不可言志乎？诗可以观风，而词独不可观风乎？尝谓《国风》好色而不淫，《小雅》怨诽而不乱，惟楚骚有之。若词之感人者深，尤不可不寓此意也。惟是唐初歌词，率皆五六七言近体诗，必须杂以虚声，乃可被之弦管，而后人以其虚声谱入实字，始有长短句之辞，今〔生查子〕〔木兰花〕〔玉楼春〕〔瑞鹧鸪〕〔三台〕〔菩萨蛮〕诸腔可考，或减字，或添字，或添声，或偷声，或摊破，其五六七言面目犹存也。唐之末世，温、韦倡之，五代十国，孙、和、冯、李和之。迨入宋，而骎骎盛矣。北宋人工令词，欧阳（修）、晏（殊、几道）、毛（滂）、贺（铸）、秦（观）、张（先）、柳（永）、周（邦彦）其尤也，而苏东坡之清空为别调。南宋人工慢词，姜（夔）、高（观国）、吴（文英）、史（达祖）、周（密）、陈（允平）、张（炎）、王（沂孙）其尤也，而辛稼轩之奔放为别调。即道学如刘屏山、朱紫阳、真西山、魏鹤山，皆能倚声中律吕；而名公钜卿，刊诗文集者，率以乐章附后；上自帝王，下及妇女、释道、鬼怪，莫不填词，亦可谓一道同风者矣。洎乎金元，不乏作者：遗山用事炼句，媲却周、秦；蜕岩乐府，瓣香白石老仙。而明初刘基、杨基、高启、王行、张肯，尽有可观，中间文徵明仅免鄙俚，桂洲曲子亦殊凡猥，而杨慎、王世贞、屠隆强作解人，尤其无识者也。末年云间陈、李《幽兰》《湘真》，亦未免为门外汉。惟至本朝，香严（龚鼎孳）、衍波（王士禛）诸老，始力为振之，朱

中国古典词学新辑词学珍稀文献丛刊

检讨（彝尊）《江湖载酒集》、陈检讨（维崧）《迦陵集》、钱舍人（芳标）《湘瑟词》、李征士（良年）《秋锦词》、沈秀才（岸登）《黑蝶斋词》，皆其杰出者也。此外孙学士（致弥）《梅沜词》、查编修（慎行）《余波词》、龚侍御（翔麟）《红藕庄词》、沈郡丞（皞日）《柘西精舍词》、李秀才（符）《耒边词》、魏孝廉（坤）《水村琴趣》、高通政（层云）《改虫斋词》、毛检讨（奇龄）晚年未刻词，皆能划削靡曼之习，自成一家之言。而毗陵词派，则顾舍人（贞观）、严检讨（绳孙）为之冠。大江以北，成（德）、曹（贞吉）诸家，大江以南，邹（祗谟）、董（文友）诸家，伯仲之间也。要其大旨，则以雅为归。夫惟大雅，卓尔不群。宋人有《乐府雅词》，有《复雅歌词》，有《紫微雅词》，胥此志也。而且志士劳人，微文不少，美人以喻君子，芳草以喻士孙。动故宫禾黍之悲，兴前王麋鹿之感。登山临水，于是乎问俗焉；投赠饯送，于是乎托讽焉。岂独花天月地，舞裙歌扇而已哉！即以选本言之，唐人《花间》《尊前》两集，而《尊前》已不如《花间》之精粹。宋人《乐府雅词》、《花庵绝妙词》、《草堂诗余》、《绝妙好词》、《全芳备祖》词、《梅苑词》、《高丽史·乐志》大晟赐乐宋词。内惟《绝妙好词》所收最高，《草堂》词所收最下。金人《中州乐府》出自遗山之手，自然不同。元人《天下同文》词、《凤林书院》词，所采甚少。《鸣鹤余音》词则杂入叶儿乐府，又半属道士家鼓子词。而明词本子流布绝少，风雅一线，似乎中断。惟明人之选唐宋金元词者，则有杨慎之《词林万选》，陈耀文之《花草粹编》，沈际飞之《草堂诗余别集》，卓人月之《词统》，而总不若吾师竹垞先生之《词综》不芜不秽，一开生面，其别裁伪体，可继周草窗《绝妙好词》。曾端伯《乐府雅词》犹逊其高洁矣。若夫本朝词客，指不胜屈，《倚声》《清平》《瑶华》三集，大抵同人标榜，借此延誉，挂漏颇多，未为定本也。即以词谱言之，宋修内司所判《乐府混成集》，最为精详，四声二十八调，大曲小曲，有字有谱，前明文渊阁书目有之，而今不可得见。若明之《啸余谱》《诗余图谱》，本朝之《词学全书》《词律》，《词律》犹可，而《啸余》三书皆乱道也。曩在里门辑《群雅集》，一禀秀水先师之训，亦以四声二十八调为之经，而以词之有宫调者为之纬，并以词之无宫调者，依世代为先后，附于其下而别俟再考。秀水师作序，其目已传播都门矣，而卷帙颇繁，未遑开雕也。康熙己丑，被命与修《词谱》，日与杜五吉士辨晰体制，考订源流，自谓可胜《词律》，而傍以红圈、白圈、半红半白圈作谱，犹袭《啸余》之谬，业已奏定，不敢再改，竟不能如《浑成集》之详注工尺，此中至今未安也。即以词韵言之，宋朱敦儒拟颂韵十六条，张辑释之，冯取洽增之，陶九成讥其侵寻、监咸、廉纤三韵混入，拟为改定，而今亦不及见矣。钱塘沈谦、宜兴曹亮武均撰词韵，而约略言之，不知古人之所当然，又安知古人之所以然，分合之间，殊多可议。此头白书生触暑篝灯妄思论定，欲窥见古人于万一也。嗟乎，六律六吕五音六十调、七音八十四调，雅乐也。降而俗乐四声二十八调（七宫、七商、七角、七羽）。宋之教坊，又止奏十八调（去四高调、四角调不奏）。今之宋词宫调可考者，犹存二十一调（七宫、七商、六羽、一角）。探其源，即旋宫之法，岂小技云乎哉？而世之耳食者流未免少见多怪，且以词为酒边花外之事，辄以外篇呵之，此所以向来默然，不啬三缄其口也。弟今年五十又五，不获立德立功垂不朽于后世，而徒以寻章摘句，消磨残暑，言之可愧，亦可慨，又可哀也。恃老友爱我，敢肆其狂瞽而洋缠及之，幸一一指摘，有以附其不逮，毋效浅交之附和并阿其所好。幸甚幸甚！

《洗砚斋集》

（《清代诗文集珍本丛刊》，国家图书馆出版社2017年版）

【按】此札原称《再与友人论词书》。

郑燮

郑燮（1693—1765），字克柔，号板桥道人。江苏兴化人。清乾隆元年（1736）进士，曾任山东潍县令。后以请赈忤大吏落职南还，往来于兴化、扬州间，与人诗酒唱和，鬻书画为生。板桥诗词书画无不精绝，与金农、汪士慎、罗聘等合称"扬州八怪"，词与蒋士铨齐名。著有《板桥诗钞》《板桥词钞》《板桥道情》《板桥题画》等，汇编为《郑板桥集》刻行。

致江昱、江恂

学者当自树其帜。……词与诗不同，以婉丽为正格，以豪宕为变格。燮窃谓以剧场论之：东坡为大净，稼轩外脚，永叔、邦卿正旦，秦淮海、柳七则小旦也；周美成为正生，南唐后主为小生，世人爱小生定过于爱正生矣。蒋竹山、刘改之是绝妙副末，草窗贴旦，白石贴生。不知公谓然否？

板桥弟郑燮顿首宾谷七哥、禹九九哥二长兄文几。

乾隆戊辰九日，潍县顿首

《郑板桥集·补遗》

（上海古籍出版社1979年版）

【按】 此札原名为《与江宾谷江禹九书》。江昱（1706—1775），字宾谷，安徽歙县人。寓居扬州。乾隆间廪生。家富藏书，精于诗，工咏物，好为词，推尊南宋。著有《山中白云词疏证》《蘋洲渔笛谱疏证》，另有《松泉诗集》六卷、《梅鹤词》四卷等。江恂，字禹九，号蔗畦，江苏仪征人。江昱弟。曾官徽州知府。工诗善画，富收藏。著有《蔗畦诗钞》。

致金农

词学始于李唐人，惟青莲诸子略见数首，余未有闻也。太白〔菩萨蛮〕二首，诚千古绝调矣。作词一道，过方则近于诗，过圆则流于曲，甚矣词学之难也。承示新词数阕，俱不减苏、辛也。燮虽酷好填词，其如珠玉在前，翻多形秽耳。

板桥弟燮书寄寿门老哥展。

《郑板桥集·补遗》

（上海古籍出版社1979年版）

【按】 此札原名为《与金农书》。金农（1687—1764），字寿门，又字司农，号冬心先生。浙江杭州人。早岁从毛奇龄、何焯游。清乾隆元年

（1736）举博学鸿词，不就。晚岁寄寓扬州，鬻书画自给，"扬州八怪"之一。著有《金寿门遗集》《冬心先生集》等。

高云老人

高云老人，即释元弘（宏），字石庭，别号杜鹃和尚，又称高云上人。浙江会稽（今属绍兴）人。清雍正、乾隆年间为津门海光寺名僧。精于诗画，与查日乾、查为仁父子为友。查为仁《莲坡诗话》记其著有《高云诗集》《红雪秋声词》。

致查为仁（二通）

一

相别忽又半月，不得消息，深为念之。日来人觉淹淹，行期即果亦不能行也。雪珂因尊人病，笔墨少疏，不得遣人问讯。吾越来明仲即雪珂之表弟，学问渊博，见地超脱，不事滥交，适观尊作，心醉神往。昨过寓见邀偕行，余又不能力疾，第其兴不可遏，特入白云相见，自成水乳也。前别后归寓，即填词二阕，自愧老拙，复作此技，虽不足为花影写照，聊存寒石莲坡一番梦幻耳，当为我点定之，率勒附寄，缕不尽言。雪珂属笔并致白云监院前，更祈均为道意，腊月十日复住人鸿合爪，致花影庵主。

踏莎行　寄花影庵主　高云

漏静钟鸣，霜寒月冷，群阴剥尽春将醒。满腔碧血阿谁知，百年心事传花影。　去去留留，潜潜等等，高云一样踪无定。玲珑梦破玉壶中，翩翩光映摩尼顶。

金缕曲　题花影庵兼别莲坡　高云

两度长安客。这回来、依稀隔世，不堪重说。老去天涯谁是伴，花影一堆红雪。记西庙、七过愁绝。我欲呼开云雾障，向蟠根扫尽繁枝叶。似杜宇，空啼血。　多情你也休饶舌，对冰霜、三生旧约，而今方彻。细看年来多少事，梦里分明消歇。亲送我，芦沟话别。

折柳赠梅诗句好，泪痕犹洒黄巾衲。将归去，问明月。

《蔗塘外集》

（《清代诗文集汇编》二七三册，上海古籍出版社2010年版）

【按】此札原名《老人来札》。

二

自十七别来，冒寒淹淹至今，惟与雪老垂帘相向，然吾两人之心，固无日不在白云花影间也。接手札知动静佳胜，且知花影白云心亦在琉璃世界也。诗扇俱领到，读之洒然清芬，可以出入怀袖，如同晤对。前所寄〔满庭芳〕一词，风韵天然，酷似淮海。老僧不自量，次原韵以博一笑何如？极欲再披花影，作数日欢聚，重话别怀。奈亦有临去缠绵雪，江南行不果，老僧只好别行一路，今结伴万柳堂主人，彼订初十或准在望之左右，所谓再见何时，实有同心耳。诸容晤不宣，春分日，鸿老僧顿复。

满庭芳 和花影庵主寄怀原韵 高云

皎皎驹声，离离鸿影，依依柳色江干。东风送暖，犹自怯春寒。人在桃花源里，对刘郎情态多端。此去也，江南香雪满路，向谁看。　关心凝望处，烟迷烟树，人隔幽兰。漫回环佳句，追忆清谈。待到杜鹃啼候，应忆我，旧雨松坛。更要问白云出岫，芳草梦魂残。

《蔗塘外集》

（《清代诗文集汇编》二七三册，上海古籍出版社2010年版）

【按】此札原名《老人覆札》。查为仁（1695—1749），字心谷，号莲坡，又号莲坡居士。直隶宛平（今北京丰台）人，后迁天津水西庄。广交南北名流，与厉鹗合笺《绝妙好词笺》，著有《蔗塘未定稿》《莲坡诗话》等。

王 昶

王昶（1725—1806），字德甫，号述庵，又号兰泉。江苏青浦（今属上海）人。清乾隆十九年（1754）进士，历官刑部右侍郎、鸿胪寺卿、大理寺卿、都察院右副都御使，曾参加平定大小金川之役。金石学家，致力于搜罗商周铜器及历代碑刻拓本，编撰《金石萃编》一百六十卷。工诗文，与王鸣盛、吴泰来、钱大昕、赵文哲、曹仁虎、黄文莲并称"吴中七子"。著有《春融堂集》《征缅纪闻》等，辑有《明词综》《国朝词综》《湖海诗传》《湖海文传》等。有《琴画楼词》四卷。

致赵文哲

不见足下者几二载，使来辱赐书，且示以作词之道，谓当为古人子孙，不当为古人奴隶。此非独词之谓，凡为学者，莫不宜然。古之人之于诗、古文辞必有所规橅，缘以从入。至于究也，上下千古，含咀酝酿，冲瀜演迤，汩汩然，洒洒然，随所之以出之，意与辞化，不自知其所自，而人亦卒莫得测其涯略。譬于水合众山之泉以为源，源既盛矣，放乎长流，又有诸水以汇之，故能如此也。不然割裂襞绩，句比而字仿焉，是真夷于奴隶已矣。某愚且陋，分不足以与此，然寔力于诗、古文也久，将求所为含咀酝酿者几焉，未知果能与否，亦冀与足下共进而勉之，词特其一端而已。承命作序，非敢缓，以足下词必传于后无疑，不敢率然以应，幸姑竢焉。不宣。

《春融堂集》卷三十《书》一

（上海文化出版社2013年版）

【按】此札原称《与赵升之书》。赵文哲（1725—1773），字损之、升之，号璞庵、璞函。江苏上海县（今属上海）人。官户部主事。清乾隆三十八年（1773）殉木果木之难，赠光禄寺少卿。以诗、文、词、书法著名，"吴中七子"之一。著有《媕雅堂诗集》《媕隅集》等。

史承豫

史承豫，生卒年均不详，约1767年前后在世。字衍存，号蒙溪。史承谦弟。诸生。与兄并擅词名。辑有《荆南风雅》《国朝词隽》，著有《苍雪斋诗文集》《苍雪斋词》《苍雪随笔》。

致马缙贤

某白。昨晚接手书并词稿一册，属为删定。仆出游数年，不见足下词久矣，亟呼灯读之。喜其吐言清胜，韵致芊眠，写闺襜事不涉一猥亵语，境诣较前大进，顿兴刮目之思。甚慰甚慰！辄以鄙意为去取点存七十余阕，皆可付梓者。承以词学源流暨古今得失醇驳之故见询，仆于此事致力未深，然嗜之有年，其中精微曲折颇能言之，遂不惜觏缕，径为足下粗陈其略。溯词之体制，托始于唐，沿五代而渐繁，至两宋而大盛。顾求词于宋以前，犹诗之有汉魏六朝也。格韵天然，难以措手，故言词者必以两宋为断。汴京去唐未远，犹存古意，语虽藻丽，多属浑成，如晏氏父子及永叔、子野、方回、东坡、耆卿、少游、美成诸家，李易安以一妇人参与其间，皆名手也，而声情之妙、采色之精，美成为尤至。近人先迁甫比之于诗家之杜子美，非诳誉矣。迨至南渡，格调渐变，作者愈夥，自姜、史以下，如竹屋、稼轩、梦窗、西麓、碧山、草窗、玉田，暨吾邑之竹山蒋氏，皆卓然名家。核其结体高超，无逾白石；言情婉丽，首数梅溪。两君声价，难以低昂。竹垞先生推白石为第一，不为无见，然论词之本色，梅溪似尤为近，当时白石亦心折之。至苏、辛两公，则变格之绝调，自当另为一宗耳。今欲学北宋，当得其含蓄温和之妙，而不可失之于旧；仿南宋，当挹其清新俊雅之致，而不可仅窃其肤。会心于漠，索解于微，是在学人之神契，有非语言之所得宣者。元代词家惟张蜕庵一人，至明则作者寥寥，竟无好手。我朝词学大振，国初之香岩、倦圃两公，并以豪宕见奇；嗣后则羡门、阮亭、迦陵、竹垞、华峰、秋锦、容若、秋田诸先生接踵而起，各奏雅音。彭、王、顾、成多宗北宋，彭似专师片玉，顾则兼采梅溪，迦陵、竹垞则姜西溟所云"颉唐于稼轩""湔洗于白石"，二语评骘得当，此四家者为我朝乐府之大宗。羽翼接武，则阮亭以下诸公是已。浙西后来诸子惟取纤冷侧艳，遂成一种赝派，此仿南宋而仅窃其肤之故，不得归过于竹垞也。近人如钱塘之江研南、归安之姚秉衡，邑中储长源、任淡存暨亡兄位存，皆可参作者之席，而亡兄天分尤胜，其深情独到处，窃谓不减古之梅溪、近之弹指。足下素爱亡兄词，当知此言非阿好语。足下于古今词家已能窥见其门户，至升堂入室尚须精研探索之功。足下年尚少，才与情与词为甚近，古人云既已为之，则欲其有成，吾愿足下慎毋得半而自足也。足下于词雅喜取韵，颇近华峰，但通体语意尚欠明亮，转接承递之处多未妥溜。盖词之章法，不宜太显，然断不可竟涉模糊，至用虚字尤须一一软帖，炼警句必要字字轻圆。足下握管时固而存之，不以轻心掉之，自当日臻妙境。至拣调拣题诸诀，则张玉田《乐府指迷》言之至精且悉，足下所当取置案头，奉为圭臬者也。草草不宣。

《苍雪斋古文》

（南京图书馆藏嘉庆刻本）

【按】此札原称《与马缙贤论词书》。马缙贤，生平暂未详。

吴锡麒

吴锡麒（1746—1818），字圣征，号谷人，自署东皋生。浙江钱塘（今杭州）人。工骈体，为清中叶骈文大家。亦擅诗词，是朱彝尊、厉鹗之后的浙派大家。著有《有正味斋全集》七十三卷。词有《有正味斋词》。

致董国华

前承示《楚香山馆词钞》一卷，含深隽之味，写跌宕之怀，由此而进之，则蹑姜、史之后尘，追苏、辛之逸轨。铿锵合奏，笙磬同音矣。而仆窃有说者。盖词虽后起，音犹古初，长短或区，节簇无迁。都护之曲，倡始彭城；相思之吟，权舆于孝穆。殆时代屡易，风气益开，奇秾播于晚唐，哀艳溢于五代。极之南宋，遂畅厥流，派演支分，盖有二焉。残月晓风，诵屯田之句；微云衰草，传女婿之篇。香草能愁，落花易怨，意徘徊而不尽，韵缥缈而长留，所谓丽而不淫，可供之浅斟低唱者也。琼楼玉宇，听水调之歌；翠袖红巾，按龙吟之谱。秋涛善怒，老竹偏豪，气飒爽而难平，调激昂而自喜，所谓慨当以慷，可付之铁拨铜琶者也。论其正则以雅洁为宗，推其变亦以纵横见赏。而要之黄钟大吕，非山水之音；骞腹厚唇，岂闺房之乐？是必引申琴趣，仿写笛家，要眇以致其幽，清泠以流其韵。一字之选，如锦在梭；全调之成，若金受范。忏除绮语，被濯凡材，白云自高，春水弥绿，大晟有作，无得而讥。且夫哀弦感精，池跃蕤宾之铁；大乐通气，檐鸣姑洗之钟。惟神运于微，故理征于显。今宫调之不明也久矣，继声者转喉而见戾，自度者矫舌而失调，遂致事谢伶伦，音沉律管。不知阴阳互变，和缪交生。律隔八而声相旋，声隔八而律相应。但使窥寻坠绪，洞究前修。则尧章标扁指之声，君特严煞尾之字。三隅之反，固有在也。乃或徒习皇荂，固知春蕛。改千古不移之宫羽，快一时自便之齿牙，转使雌霓莫谐，纣红贻诮。饰西施之足，书混沌之眉，不亦惑乎？足下天姿英妙，思致幽元，敢托心知，愿同印证。点瑟方鼓，秫琴更张。当此寒月一弯，梅花三九，溪白如雪，林空欲云。泛绿酒以助吟，命红牙而按拍。几所谓四声十二律四十八调者，皆可依旧谱而求之。我歌且谣，当令众山皆响也。冰霜保重，不尽区区。

《有正味斋集·骈体文》卷十七
（清嘉庆戊辰刻本）

【按】此书原题为《与董琴南论词书》。董国华（1773—1850），字荣若，号琴南。江苏吴县（今属苏州）人。有《香影庵词》一卷。

张 琦

张琦（1764—1833），初名翊，字翰风，号宛邻，义号默成居士，江苏武进（今属常州）人。张惠言弟。清嘉庆十八年（1813）举人。历任邹平、章丘、馆陶知县，有政绩。通医道，精舆地学。擅长诗、词、古文。著有《战国策释地》《素问释义》《宛邻文集》等。与兄张惠言合编《宛邻词选》（通称《词选》），影响深远。有《立山词》一卷，与朋辈唱和词有《蓉影词》。

致吴德璇

仲伦足下：

奉书殷殷，以道德相勖，以少年子弟之习为戒，非足下爱之深期之厚焉能为言乎？琦之得此于友朋者，数十年来，盖可一二指耳，则琦之感足下当何如耶？琦困于京师五六年矣，不能顾妻子，又无以自赡，此事之有无殆不足深辨，然道路之口亦非无因。琦虽穷困落寞，然不能守枯寂如穷山野衲，楼馆剧戏时一至焉。酒食征逐，苟非不可与游者，未尝拒之。穷老抑郁，无聊不平之概，触于物而形于言，于是有《蓉影词》及《艳品》之作，盖亦痛哭之不可而托焉者也。传之者遂以为有声色之好，过矣。然此亦学日损，道气益寡，不自检束，颓然以放至此，岂敢自饰哉？今闻足下之教，瞿然惊顾，又不敢不尽其情，故为足下言之如此。琦老矣，愆尤将日积，尚望足下不弃而时时策之。幸甚，不宣。琦再拜。

《宛邻文集》卷三

（《丛书集成续编》第一三三册，上海书店1994年版）

【按】此札原题为《答吴仲伦书》。吴德璇（1767—1840），字仲伦。江苏宜兴人。初与张惠言同学古文，后师事姚鼐，得桐城义法，当时人恽敬、陆继辂、吕璜等皆推重之。著有《初月楼文钞》《初月楼诗钞》《初月楼古文绪论》等，又措意书法，著《初月楼论书随笔》。

宋翔凤

宋翔凤（1776—1860），字于庭，江苏长洲（今属苏州）人。清嘉庆五年（1800）举人，官湖南宝庆府同知。从张惠言受古今文法，为张氏经学弟子之一。兼工诗词。著有《论语说义》《五经通义》《忆山堂诗录》，词有《浮溪精舍词》，内含《香草词》《洞箫词》《碧云庵词》各一卷。又有词话《乐府余论》一卷行世。

致陆继辂

昨展手翰暨续刻词一卷，托遥情于古怨，追前修为嗣音。念自

中国古典词学
新辑词学珍稀文献丛刊

离索，生于忧患。方深岁月之感，而动江湖之思。故居虽殊方，言同一致。鄙人之作，偶尔寄怀，莫协音声，况乎矩则？然颇辨其流别，求其本原。盖歌词之始，必生于情，情之所钟，由于恻怛，伦常之大，交际之广，以及动植之触感，时序之流连，罔不索之沉冥，寄乎遥远。故咏其词者，分辙于郁陶；论其世者，别涂于深浅。张氏之学，抉词之原。曩之作者，境有未到，而追其夐绝之理，遂有至当之归，亦犹窃取之义，反过鲁史之文。苟浼懘前事，妄声掎摭，致使绝学贻讥浅人，可为太息。近代以来，倚声不绝，然多未能升堂入室者，正坐思短不足引申耳。要之此事解者日稀，问之涂人，转益诧怪，愿与足下寻千载寂寂，听一世之悠悠，藏之心中，自为杅轴也。

《朴学斋文录》卷一
（嘉庆二十五年刻《浮溪精舍丛书》本）

【按】 此札原题为《与陆祁生书》。陆继辂（1772—1834），字祁孙，又作祁生，一字季木，号霍庄，别号修平居士，江苏阳湖（今属常州）人。精音韵，喜金石。撰有《崇百药斋集》三十六卷，有《清邻词》，又著《词律评》《词综评》等。

汪全泰

汪全泰，生卒年不详，字竹海，江苏仪征人。清嘉庆九年（1804）举人。工诗词，著有《铁盉居士诗稿》三卷、《铁盉居士诗余》一卷。

致夏宝晋

慈仲仁兄足下：

得手教并《琴隐词》一卷，感羁宦之孤踪，望故山而不见。文以情变，乃至此乎？至格律之矜严，气韵之高洁，视前集为尤进。行水之暇，深夜读之，几与黄河跌宕之声相合而莫可辨也。近世致力于此事者，推郭频翁为第一，众体悉备，多而能精，比之竹垞，不但无愧而已。足下为其馆甥，亲承指授，遂得真传。至于边塞诸作，悲壮苍凉，音情顿挫，则又频翁集中所少也。尝闻先君之论：词学至南宋而始极其盛，微婉曲折，情味无穷。彼持言不尽意之说者，寂寥短章，雷同数语，奚能毕臻其妙哉？泰浮湛郎署二十年，此事久废，欲于作郡余闲，补成卷帙，而事与愿违，负薪从役，方与老校退革相尔汝，无复有语言文字之乐。足下劳于州郡，尚能敛心力而为之。虽有忧思，不累其志，豪情逸气，何减当年，竟忘斯人之久于为吏也。词以《琴隐》为名，殆欲以吏隐自居耶？盖必具此胸情而后不为俗务所困，风尘奔走，穷达皆然。欲寄兴于樽前、花间，恐我辈无此福耳！因便泐复，即颂道履，不宣。

全泰顿首

《琴隐词》

（道光刻本）

【按】 此札为《琴隐词》之序。夏宝晋（1790—1867），字玉延，号慈仲。江苏高邮人。清嘉庆十八年（1813）举人，官山西朔州知州。有《笛椽词》二卷、《琴隐词》一卷、《湖中明月词》一卷，三者合称《冬生草堂词》，与同名诗文录合刊。

潘德舆

潘德舆（1785—1839），字彦甫，号四农。江苏山阳（今淮安）人。清道光八年（1828）举人，六应会试不售。后入扬州盐署姚莹馆幕，晚任阜宁观海书院、安东清涟书院讲席。为嘉道间名诗人。著有《养一斋集》《养一斋诗话》《养一斋李杜诗话》，有《养一斋词》三卷。

致叶名沣

叶生足下：

昨论诗偶及词，承以阳湖张氏《词选》见示。其序颇为大言，谓词学亡于宋，四百年来作者安蔽乖方，不知门户，因选此编，塞流导源，使人知风雅，惩鄙俗，可谓抗志希古，高标揭已者矣。仆究其所录，则宏音雅调多被排摈，纤猥之作，时一采之。如太白之

〔忆秦娥〕，雄视百代，犹待其外孙补入。其序称南唐、孟蜀君臣，颇有绝伦之篇，而蜀主昶摩诃池上一作，风格天秀，本无可訾，东坡因追忆未真，故为点窜，讵能冰寒于水？此编舍昶取坡，岂为解人？其他五代北宋有自昔传诵，非徒只句之警者，张氏亦多恝然置之。岂力求翻案，故遇此名构转加芟薙欤？窃谓词滥觞于唐，畅于五代，而意格之闳深曲挚，则莫盛于北宋。词之有北宋，犹诗之有盛唐，至南宋则稍衰矣。张氏于北宋知名之篇削之不顾，南宋尚何问焉？若飞卿〔菩萨蛮〕诸作，语倍奇丽，要亦张氏序中所讥雕琢曼词者，自录至十八首。董氏补录玉田之作亦至二十三首。唐飞卿、宋玉田固称俊杰，然通唐宋两代所录不过二百余首，何于温、张多取如是？夫欲求复古，而以温、张之雕研示人，其何能复古也？至附录序文谓词学之衰数百年，而其友七人断然千古，大言如此，及反复咀诵，距宋人尚远，复古谈何容易。列之唐宋正编、补编间，夸而不量力矣。仆于词夙未致精，酒余枕上信手成篇，近录之，得三四卷，不敢示人。张氏昆弟立言太侈，仆虽谫劣，尚能一辨，以求是非之公，足下其参订之。不尽。

《养一斋集》卷二十二

（清道光刻本）

【按】此札原题为《与叶生名沣书》。叶名沣（1811—1859），字翰源，又字润臣。湖北汉阳人，原籍江苏溧水（今属南京）。自幼勤敏，少有文名。著有《敦夙好斋诗集》《读易丛记》《桥西杂志》等。

戈　载

戈载（1786—1856），字弢甫，号顺卿，又号宝士。江苏吴县（今属苏州）人。诸生。曾任国子监典籍。居姑苏，常与吴下文人结社雅集，与朱绶、沈传桂、王嘉禄、沈彦曾、吴嘉洤、陈彬华合称"后吴中七子"。著有《翠薇花馆诗》《翠薇花馆词》《词林正韵》，编有《词律订》《词律补》《续绝妙好词》《宋七家词选》等。戈载一生精研词律，堪称词学声律专家，对晚清词坛影响甚巨。

致张鸣珂

玉珊词兄足下：

久饮香名，时深洄溯。兹从雷约轩兄处接奉华缄，并颂佳什，盥薇洛诵，齿颊生芬。承示《秋风红豆词》卷，属为订谱，弟适卧疴，笔墨久废，近始就痊。讽咏数回，引人入胜。管见所及，辄注一二，以副下问之意。仍托约兄送缴，伏乞检收是幸。专此布复，并谢大教，谨请吟安，不庄不备。

愚弟戈载顿首

《清代名人书札》

（北京师范大学出版社2009年版）

项鸿祚

项鸿祚（1798—1835），原名继章，字子彦，后改名廷纪、鸿祚，字莲生。浙江钱塘（今杭州）人。清道光十二年（1832）举人，两应会试不第。穷愁而卒。著有《忆云词甲乙丙丁稿》《小墨林诗钞》等。

致友人

承教惶悚，私幸得交谅友，循诵至再，不能不有贡于足下。人苦不自知，诚如足下言，虽然，知人亦不易也。来书不暇他及，断断以好填词为仆戒，曰是非君子所为。足下所谓君子者，何如人哉？足下笃志应世有用之学，六经四子书外不屑妄窥一字，何异桃源中人，不知有汉，无论魏晋。惟闻世间诗、古文之末，又有所谓词者。不问古之作词者何人，古人之词何若，但以其名为诗之余而仅得居乎曲之上，则诋之，亦不为枉。然则足下非不知仆也，不知词也。不知词，不必与足下论词。乃足下因词而咎诗，曰诗能穷人，且规仆为承平雅颂之音，而以仆诗无病呻吟，足以损年折禄。嗟乎！足下何爱仆之深，望之厚，而辞之激也。

仆先世颇不贫，至仆而贫且好诗，实无解乎穷人之说。方今东南荐饥，流鸿满野，宛转沟壑，仆自顾虽穷，犹得啸歌一室以自遣，未尝不叹彼嗷嗷者之穷更甚于诗人也。国家功令，经义之外未尝废诗，是岂以穷人之具劝天下士哉？然而足下必有辨矣，曰："吾所谓诗，非是之谓；谓夫古今律绝之纷纭倡和流而不知所届者也。"然则足下之咎诗，殆又不知诗者也。

且夫声音之道，由人心生；其哀心感者，其声噍以杀。丑寅以来，仆所遭之死丧患难，有人所不能堪者，其惨酷百倍于病，偷生戢影以至今。苟以足下易地处此，虽欲不呻吟而不得矣，尚能为承平雅颂之声哉？且足下所谓雅颂者，《诗》之列于经者耶？抑以喻夫世之所称台阁体者耶？经之雅颂，则束皙补亡，去之千里，仆何敢知。若世所称台阁体，则足下仰之弥高，仆向叱为一钱不直，信如昌黎所云"可无学而能"者。今穷而在下，托为间巷之讴吟，以寄其志分也。足下欲我学养子而后嫁，思之辄面发赪。惟读至"著述关乎人品"一语，不觉汗下。虽然，仆亦尝读六经四子书矣。圣人之教人也，道德、仁义、礼、知、信而已；先王之取士也，贤能、俊秀而已；圣门之设科也，德行、言语、政事、文学而已，未闻论人以品。及班固作《汉书》，自上古以迄秦，列九等之叙，亦无所为品。即以品论，《太玄》成于扬雄，而后且投阁；陶潜殁谥靖节，而亦赋《闲情》。设足下生当其时，不且奉《剧秦美新》为台阁体，而斥陶潜之田园傲寄为瓠落无成耶？要之，君子疾没世而不称，盖棺定论，仆与足下皆不及知也。然仆未尝不自知短处：好遨游、好色、好摴蒱戏弄，足下置之不问，而独切责于不足重轻之诗若词，使仆得肆逞其耻过饰非之说以拒足下。然则足下真不知仆也，若知而不言，则是足下之谅而不谅也。主臣。

《项莲生集》

（浙江古籍出版社2018年版）

【按】此札原题《答友人书》。

近代民国

潘曾莹

潘曾莹（1808—1878），字申甫，号辛斋，亦作星斋、悍斋。江苏吴县（今属苏州）人。潘世恩子。清道光二十一年（1841）进士，历官翰林院编修、云南乡试考官、光禄寺卿、吏部左侍郎、工部左侍郎。曾莹幼承家学，精经史，善书画，与兄曾沂、弟曾绶并擅诗词。著有《红蕉馆诗钞》《小鸥波馆文钞》《画品》等，词有《小鸥波馆词钞》《花间笛谱》《鹦鹉帘枕词钞》。

致杜煦

与足下别后，惝然若有所失，得书甚慰。足下超然物外，不以利禄为念而刻厉为学，自经史以及诸子百家，无不强识博闻，以归于有用，可称杜万卷矣。词律自宋元而后，已渐成广陵散。足下考据精确，阴阳清浊不失累黍。生平以白石为宗而能自成一家，绝不依傍门户。国朝自小长芦后，君其嗣响与？昔白石寓水磨镇，与白石洞天为邻。或泛小舟相羊荷花中，新月初出，啸傲忘倦，读其词可想见其人。今足下山水娱性，烟霞悦魂，佳儿撰杖，小妞焚香，殆亦不减此清致也。仆近词复得二卷，苦乏钞胥，未得就正知音人为憾耳。昨岁小住家园，匆匆北上，软红栗六，无善可报。关山迢递，殊怅怅也。风便裁书，伏惟自爱不尽。

《小鸥波馆文钞》卷二

（民国二十六年吴县潘氏岁可堂刻《小鸥波馆集》四种本）

【按】 此札原题为《与杜尺庄书》。杜煦（1780—1850），字春晖，一字尺斋，号尺庄。浙江山阴（今绍兴）人。清嘉庆十二年（1807）举人，道光元年（1821）举孝廉方正。嗜藏书，能诗词，著有《苏甘廊诗集》《越中金石记》等。

毕华珍

毕华珍，生卒年不详，字子筠。江苏镇洋（今太仓）人。曾官浙江淳安、慈溪等地知县。工山水画。与舒位、王昙交游。著有《梅巢杂诗》。

致张金镛

所示《梧叶秋声词》，瓣香南宋而得其心髓。仆年来久断绮语，故欲题辄止。惟近闻吾吴戈君讲词调甚严，未睹其书。今观签语论韵处，则古人用韵本是如此，并非创说也。盖古人韵缓，不烦改字，故亦不消叶韵。近世惟顾氏音学根据精博，秀水朱氏用韵最严。然《诗》《骚》以后，前人通用之韵，未有明其所以然者。仆以为辨得收声，自然与古吻合，不烦支支节节而论之也。盖东、冬、江、阳、庚、青、蒸并收鼻音，支、微、齐、佳、灰并收夷字，真、文、元、寒、删、先并收唇音，萧、肴、豪、尤并收吴字，侵、覃、盐、咸并闭口收音，鱼、虞、歌、麻并直出无收。然吴字在内，故亦与萧、肴等韵通。若收声不同，则必不可通也。质之大雅，以为何如？足下将远行，仆老且病，此中不无桹触，能挐舟过草堂一晤否？余不尽。

毕华珍顿首

《绛跗山馆词录》

（同治十年刻本）

【按】 此札为《绛跗山馆词录》之跋。张金镛（1805—1860），字良甫，改字笙伯，号海门，一号忍龛。浙江平湖人。清道光二十一年（1841）恩科进士，改庶吉士，散馆授编修，咸丰五年（1855）典山西乡试，督湖南学政，七年（1857）转翰林院侍讲。有《绛跗山馆词录》（又名《躬厚堂词录》）附于《躬厚堂集》。

张文虎

张文虎（1808—1885），字孟彪，号啸山，别号天目山樵。江苏南汇（今属上海）人。曾入曾国藩幕，后主讲南菁书院。通天文、算学，尤长于考据。能诗词，有《索笑词》二卷。

致杜文澜

承询姜白石词旁谱配今谱之理，此不可考矣。姜谱瞀乱脱误，无善本校勘，虎徒以意更定，犹未知其是否宋人以声配律，致为巨谬。今用上、尺、工、凡、六、五、乙七字配七声，视五字所在旋宫转调以为七调，直截易知。以此推之，陈氏《乐书》云今太常笛从下，而上一穴为太簇，半窍为大吕，次上一穴为姑洗，半窍为夹钟，次上一穴为仲吕，次上一穴为林钟，半窍为蕤宾，次上一穴为南吕，半窍为夷则。变声为应钟，谓用黄钟清与仲吕双发为变声。半窍为无射，后一穴为黄钟清，然则其以翕声为黄钟也。黄钟为宫，合二十八调之正宫，以上字配之于今调，为一字调矣。余皆仿此演为谱，如别纸。然宋人以合字配黄钟，则第一穴当四字（大吕太簇同用四），第二穴当一字（夹钟姑洗同用一），第三穴当上字（仲吕），第四穴当尺字（蕤宾用勾即低尺，林钟用尺），第五穴当工字（夷则南吕同用工），第三、第六穴双发，当凡字（无射应钟同用凡），第六穴当六字（黄钟清），于今调为工字调。宫立宫，羽主调。以黄钟合字为宫，则南吕工字为羽，然则正宫为工字调矣。于是高宫为凡字调，中吕宫为六字调，道调宫为五字调，南吕宫为乙字调，仙吕宫为上字调，黄钟宫为尺字调，其调名皆当羽位，亦合旋宫转调之理，未知古人何途之从。而又考之今唱曲家，遇南吕宫调每唱作工字调，仙吕宫调每唱作凡字调，越调每唱作六字调，则正宫为五字调矣。唱家名五字调为正调，亦曰正宫调，其为自古相传如此，或后世之乐迭高于前代，而翻工字调为五字调，皆未可知也。管窥蠡测，不足以当雅问，聊述所怀，惟当再质之审音者。

阁下欲讨论宋人歌词之法，宋人词集今存者惟姜词有旁谱，其以宫调分编者，惟张子野、柳耆卿两家。柳词舛误脱漏甚多，虎曾有据戈慎卿校宋本及各书校正本，今尚存。其论宫调及歌词之书则有王晦叔《碧鸡漫志》、张叔夏《词源》二书，《漫志》刊于《知不足斋丛书》，《词源》刊于江都秦氏《词学丛书》，而校订未善。虎昔为金山钱氏校刊入《守山阁丛书》，书板虽毁，印本尚可求。盖取此五书合刊之，以存宋人词谱之一隅，亦大有功于倚声家也。

《舒艺室尺牍偶存》

（光绪十五年刻本）

【按】 此札原题《复杜小舫廉访》。

潘曾绶

潘曾绶（1810—1883），字若甫，一字绂庭。江苏吴县（今属苏州）人。清道光二十年（1840）举人，官内阁侍读。工词。著有《陔兰书屋词集》，含词六种：《睡香花室词》《秋碧词》《同心室词》《忆佩居词》《蝶园词》《花好月圆室词》。

致张鸣珂

得九月十三日手函，备纫心注。因悉公束仁兄近祉增绥，吟祺纳吉，式洽颂忱。大词三纸，戛然而清，悠然而远，空山无人，忽闻鹤声，皓月在水，独与鸥语。时斋中黄梅盛开，花下读之，移我情矣。《晚学斋诗》《谪麐堂集》收到，谢谢。弟自去春三月家兄去世，心绪甚恶，多病不出户，近眠食如旧，唯易于失跌，故莼客时通札，亦久不晤矣！江西再有新刻书，经济、理学均欲观也。益甫久未通书，闻已卸事，现在省否？此问即佳，不尽缕缕。

弟绶顿首

十一月十九日

《清代名人书札》

（北京师范大学出版社2009年版）

杜文澜

杜文澜（1815—1881），字小舫，浙江秀水（今嘉兴）人。诸生。经太平天国战事，以功晋布政使衔，官两淮盐运使。杜氏为咸同年间泰州、兴化、东台地区词群之核心人物。刻有《曼陀罗华阁丛书》，词有《采香词》四卷。又撰《憩园词话》六卷，为清代词学重要著作，并著有《词律校勘记》二卷、《词律补遗》一卷，重刊吴文英、周密二家词集。

致俞樾

荫翁仁兄大人阁下：

廿四日奉复谕，知前寄小说已收到。……弟因夏间无可消遣，拟作《昭代词话》。敝处仅有《古今词话》及《莲子居词话》二种。宋人说词之书极多，而直名"词话"者不多见。邺架如有词话及近人新词，望便中检讨一读。此书非三五月所能奏功，姑尽其力所能到，如能脱稿，非大手笔鉴正，亦不敢示人也。因搜词之便，时触词兴，连曾经就正者十余首，已得四十余首，容再录求改削。因恐笔墨太冗，又不敢频渎也。

此叩侍安，不一。

小弟文澜顿首

廿四

《曲园所留信札》

（上海科学技术出版社2011年版）

恩 锡

恩锡（1818—1877），字竹樵，苏完瓜尔佳氏，满洲正白旗人。荫生，曾官奉天府尹、江苏布政使。有《蕴兰吟馆诗余》三卷。

致俞樾

荫甫仁兄大人阁下：

奉书，承询拙词兼字韵系用尊说抑或别有所本，查赵子昂原词用第七部寒删先韵，前段第四句尾之"禁苑"，后段句尾之"舜韶"，《钦定词谱》俱作句，徐本"苑"字作仄叶，"韶"字作句。阁下谓"韶"字应叶，不叶或是"弦"字之误，盖叶平也。弟词前段用仄叶，虽与《词谱》两歧，不过偶合；后段"韶"字，《词谱》、徐本俱作句，阁下疑是平叶，亦未指实，因于第十四部覃盐韵中检一"兼"字为句尾，既非寒删本部，可借以叶音，亦可为句，于三说又皆不相背。质之高明，以为然否？至"惠风"句近泛，诚如台论，然为声律所缚，一时竟未能易之。……

此复，敬请祝安。

恩弟恩锡顿首

《曲园所留信札》

（上海科学技术出版社2011年版）

谢章铤

谢章铤（1820—1903），字枚如，福建长乐（今属福州）人。曾官内阁中书，后主江西白鹿洞书院、福建致用书院等。少苦读，专力于经世之学。治诗古文词数十年，以词为胜。谢为闽地"聚红榭词社"的组织者，词论为近代一大家。著有《酒边词》八卷，《赌棋山庄词稿》一卷。另有《赌棋山庄词话》十二卷、《续编》五卷。

致黄彭年

子寿太史足下：

　　章铤数年以来始闻大名，继读大作，心向往之。今年由颖叔幸得一见，率然以所业进，猥蒙不弃。示诲恳到，其推许不敢当，其指摘则确无以易，快甚。至于填词一道，抑然自下，若讶章铤之误而诱之使言者，此意亦何可负也。章铤于词，始固不敢为，为之既久，甚有所疑，亦若颇有所得。窃谓词以声为主，宋词固可歌，而亦不可尽歌，至今人不能歌宋词，犹宋人不能歌唐人绝句。既不能歌，则徒文也，亦求尽乎为文之道而已矣。词之兴也，大抵由于尊前惜别、花底谈心，率多亵近；数传而后，俯仰激昂，时有寄托，然而其量未尽也。故赵宋一代作者，苏、辛之派不及姜、史，姜、史之派不及晏、秦，此固正变之推未穷，而亦以填词为小道，若其量之只宜如此者。国初诸老奋兴，宗唐祖宋，词学固为最盛，复古不已，继以审音，持论愈精，用功愈密矣。然渐流渐衰，耳食之徒，或袭其貌，而不究其心，音节虽具，神理全非，题目概无关系，语言绝少性情，未及终篇，废然思返，岂按吕协律之作，必为是味同嚼蜡而后可乎？甚且冷典厄词，轇轕满幅，专以竹垞、樊榭咏物为宗，则尤为黄茅白苇矣。而其时之素谙声律者，如藏园、梦楼诸公，其词又未尝不摆脱一切，言所欲言，乃知诗词同源，夫词固亦有词之量矣。若"意内言外"之说，则词家敷假古义，以自贵其体也。词之兴最晚，许叔重之时，安所有减字、偷声之长短句者？且此注见于大徐本，若小徐则曰"音内言外"。谓词在音之内，在言之外，即后人之称语助者。核以传注："某，词也。""某，词也"之训正合，而移其说于填词则大非。词调长者百余字，短者亦数十字、十数字，安得不用意、不选言，而第以虚腔见美，将"妃呼豨""儿郎伟"之类即为千古之绝妙乎？乾嘉以来，汉学盛行，学者见此义出于《说文》，遂奉为长短句金针，不知旁训非正训也。虽然，凡为文皆当意、言兼美，则以"意内言外"论词，未尝不深中肯綮。第今之为词者，求其"意"不知起止，殆迁就于"内"而已矣；求其"言"又漫无归宿，殆涂泽于"外"而已矣。如儿女子呫嗫于帏闼之中，不敢出堂皇半步。噫！果填词之界限如是之严划鸿沟乎？夫声音一途，真知灼见非无神瞽其人，然章铤尝见能度曲者，亦能自度其词，按其抗坠抑扬，犹是世俗之昆谱；问以九宫八十一调、务头、鬲指、大晟之雅音，反茫然以为无用，然则其自谓阳春白雪者，无亦英雄欺人，贤者不免乎？故常自嘅曰：弹唱非吾事也，曷姑听客之所为乎！昔江子屏有言："近日大江南北，盲词哑曲塞破世界，人人以姜、张自命者，幸无老伶俊唱窃笑之耳。"然子屏能为此言，而子屏之词则未有闻焉。且执此而论诗：乐本合诗，不合乐，请终身不作诗可矣，何责于词？故章铤之所为者，正子屏之所谓"盲词哑曲"，断不敢以姜、张自命者也。足下学有本原，若怜其盲哑而终教之，幸甚。企踵以望。

《赌棋山庄文集》卷五

（清光绪刻本）

【按】 此札原题为《与黄子寿论词书》。黄彭年（1824—1890），字子寿，号陶楼、陶庐，晚号更生，贵州贵筑县（今贵阳）人。尝掌教保定莲池书院，官至江苏布政使。工书画，长诗文，著有《陶楼诗文集》等。

应时良

应时良（1784—1856），字虞卿，号竺湖。浙江海宁人。清道光七年（1827）岁贡。著有《百一山房集》十卷，内收词一卷。

致钟景

前由官封递到惠函，并大著倚声一集。时方倚枕，不能亟读。今年春夏间稍稍健旺，乃于明窗净几焚香诵之。荷远注之勤拳，爱骈词之工妙。聚六朝金粉，为五色云霞。翡翠兰苕，珊瑚玉树。石曼卿云："乐意相关禽对语，生香不断树交花。"文境差堪仿佛。不胜心悦诚服之至。惟奖借过当，能无汗流？至手稿一册，尤极清新俊逸。言情、写景、咏物，靡不态浓意远，细腻熨帖，玉田、梅溪不足专美于前矣。惜某非公瑾，顾误徒惭。谬加墨圈于旁，不知是否，窃恐句读处且多错误也。贱躯自庚寅冬呕血数斗，一病七年，长在床褥，心肾交枯，气不绝者如缕。一身半死，百念全灰。笔墨久置之高阁，即寻常通问信札，一概荒废。实缘三寸毛锥，举若千钧之重耳。近状坐食卧游，水穷山尽，首阳之厄，虑不能免，旦暮恐即为异物矣。小稿半皆零笺断纸，涂改糊涂，他人不能代钞，本为覆酱之物，弃之何惜。每当忧懑之时，辄欲取以代薪。阁下闻之，应为三叹。他日荣旋，倘以白酒一尊，呼我吟魂于秋坟宿草间，当有悲风绕君衣袂三匝也。兹力疾草此并尊稿一册，嘱韵清汇封驰寄，伏希检照。匆匆即问起居，不尽欲言，掷笔惘惘。

应时良顿首

《红芜词》

（清刻本）

【按】 此札为《红芜词》之序。钟景，生卒年不详，字嵩生，号红芜主人。浙江海宁人。诸生。官直隶东光知县。颇有词名。著有《簫云书屋诗钞》，附《红芜词钞》二卷。

方 朔

方朔（1817—?），字小东，号果斋，又号顽仙。安徽怀宁人。受知于沈维鐈，文宗桐城派方苞、姚鼐，与梅曾亮、朱琦等相切磋。后为江苏省候补同知。筑室于金陵，名其堂曰枕经堂。著有《枕经堂文钞》《枕经堂诗钞》《枕经堂骈体文》《枕经堂金石题跋》等。

致钮福畴

虎啸风冽，山崩钟鸣。千里应声，尺书如面。重阳后六日得闰月海阳见和长调词，慨然增远别之思，深知音之感也。不弃荁菲，敢布苓芄。窃以为词者诗之余，胎源六代，流衍三唐。小令推五季为射雕，长歌至北宋乃入格。若夫称砥柱于中流，穷笛家之极轨，其惟南渡诸子乎？盖以烟花胜地，戎马新疆。西湖风月，每收中露之吟；北地燕支，多入黍离之咏。况乎运之所至，艺有独工。家征歌于濞宫蛾眉，人问曲于梨园白发。过腔之题，标之白石；煞尾之字，严于梦窗。类能推阐新声，共鸣绝调。所以上下百六年，横斜十五路，俱成弦诵山河，舞歌世界，固不仅《词源》二卷辨律吕于窈渺，示指趣于纤微也。阁下菰城华族，苕水才人。文如兔颖，擢秀于一门；材比吴绫，充贡于上国。自为仙吏，大播循声。尤难得者，载户飞凫之下，不废吟哦；棠阴驻马之时，自成风雅。见和〔貂裘换酒〕词二阕，秉体于叔夏，取气于幼安，采奇于邦卿，将险于君特。而涉趣则露东仙之绮，用情等则参竹屋之痴。尧章骚雅，或涌毫端；守斋谨严，时形字里。文不过二百言之多，业却为半千载所少。诚足追踪秀水，继武钱塘。为生乎词人故国之殿也已。朔细习倚声，偶能顾曲。家在大江东上，亦吟"惊涛""乱石"之篇；身当锦瑟年华，不少"彩笔""断肠"之句。兼之爱历江湖，叩舷多唱；连为宾客，弹铗有歌。然而足不出吴楚，胸不脱米盐。傥无文献之真传，岂造牙弦之绝境乎？所望公余成曲，即卷邮筒；书后剩行，更添近作。阳春之调虽高，郢中之人必和。要亦不失趋步，便可直继音声。又闻阁下现在已授石梁，今冬明春，即赴新住。石梁于南省不二百里近，他日就试秋闱，或孥访戴之舟，或载问奇之酒。辛老帅淮，不必定招刘过；范公爱士，自当异待姜夔。不识镂心呕血，可能为〔念奴娇〕〔暗香〕〔疏影〕诸阕一供词场佳话耳？见和之章，依韵奉答。海阳留别，已刻诸诗，亦题二律于后，伏望纳之。围炉吮墨，掬雪搞文。慈竹红梅，诸惟珍重，不宣。

《亦有秋斋词钞》
（民国十年印本）

【按】此札为《亦有秋斋词钞》之序。钮福畴（1799—?），字西农。浙江乌程（在今湖州）人。曾任安徽舒城知县。著有《亦有秋斋词钞》二卷。

俞 樾

俞樾（1821—1907），字荫甫，一字中山，号绚岩，晚号曲园居士。浙江德清人。清道光三十年（1850）进士，曾任翰林院编修、河南学政。晚年侨居苏州，致力于经学研究。曾主讲杭州诂经精舍长达三十年，为一时朴学之宗。工诗文，兼及小说、戏曲。著有《春在堂全集》。有《春在堂词录》三卷、《曲园未刊词》。

致杜文澜

筱舫仁兄大人阁下：

得手书，久未复。日来早晚凉爽，尊候想必胜常，尊夫人所患当亦霍然矣。承示《词话》，具见体会入微，不胜佩服。弟于律卤莽，未足以赞助精深，姑于字句间校定一二，聊副下问之怀，幸惟裁定。此下各卷均全录人词，则"说词琐语"诚不足以该之，或当更定佳名也。

肃复，敬颂著安。

小弟樾顿首，十七

《曲园所留信札》

（上海科学技术出版社2011年版）

致郑文焯

小坡孝廉吟席：

前日读手书，并实甫世兄序文，甚佳甚佳。读此二序即可想见诸君子之词矣。属撰弁言，率笔成之，着粪佛头，罪过罪过。实甫文亦奉还。偶识数言，未知是否。手此，敬颂文安。世愚弟俞樾顿首，八月二十九日。

余雅不善词，行于世者，有词三卷，于律未谐，不足言词也。然词之门径亦略闻之。词起于唐而盛于宋，美成、伯可，各树坛坫，其后姜白石出，以隽永委婉为工，不以组织涂泽为尚，令人慨然有登高望远之意，感今悼往之思，洵得词中三昧者矣。比年来，吴下名流翕集，接芬错芳，咸同以来，于斯为盛。实甫、由甫今之坡、颍也，郑子小坡，昔之王、谢也，子市、次香，亦一时之潘、陆也。花之晨，月之夕，山之岬，水之湑，兴往情来，行歌在答，乃用韩孟联句、东坡和陶之例，联句和白石道人词，得若干首，都为一集。

其于律也无龃龉，其于韵也无强勉，虽五人者为之，而如成于一手，如出于一口。《五侯鲭》欤？《五杂俎》欤？一气之沆瀣也，飒飒乎移我情矣。昌黎云："唱妍亦酬声，俯仰但称嗟"。诸君子可谓唱妍酬声矣，余惟俯仰称嗟，不知所云。丁亥仲秋，曲园居士书。

张燕婴整理《俞樾函札辑证》

（凤凰出版社2014年版）

叶衍兰

叶衍兰（1823—1897），字兰台，号南雪，晚号秋梦主人。广东番禺（今属广州）人。清咸丰六年（1856）进士，曾任户部郎中。晚年辞官归里，教书授徒。衍兰与汪瑔、沈世良称"粤东三家"，为岭南著名文人。幼耽填词，所作多散佚。晚年搜检词作，名之曰《秋梦庵词》。谭献将其词与汪、沈二家词合之为《岭南三家词钞》。

致张鸣珂（二通）

一

玉珊仁兄大人阁下：

凤仰芝仪，莫由葭倚，江云燕电，徒切驰想。遥维才誉益隆，荣闻休畅，甚善甚善。前在樊云门兄处拜读足下书扇诗余数首，清超绵邈，婉约风流。知玉照《白云》，师承家学，不胜佩服之至。弟家本东浙，寄籍岭南，舞勺之年，即好辞藻，赋性愚瞀，不知所从。自入京都，逐逐软红，俗缘坌集，孤吟易辍，知音盖稀。岁月不居，朱颜顿改；吹花嚼蕊，吟兴胥捐。近来倚声一道，谈者益鲜，如足下之清响独标，深情若揭者，实未易觏。私衷钦迟，结轖难忘。独惜南北暌，不获仰接光仪，纵谈蕴蓄，怅也如何。特呈上素笺四纸，伏求将平日锦囊佳制，赐书数阕（大著如已付刻，赐寄数本，尤所深感），以当萱苏。毋吝金玉，幸甚盼甚。云天在望，延企为劳，书此代面，敬请著安，诸惟荃照，不备。

愚弟叶衍兰顿首

二月廿三日

再，贱号南雪，一号兰台，如荷赐复，祈写明寄至京师顺治门外米市胡同中间路西军机叶宅便可接得。又及。

《清代名人书札》

（北京师范大学出版社2009年版）

二

公束仁兄大人阁下：

炎景流金，招凉无术。朵云一片与薰风偕来，幸甚幸甚。就审履缋益荣，道绌增胜，想电扫庭讼，响答诗筒，知足乐也。蒙赐书大作，花光洗雾，玉暖蒸云，悱恻缠绵，哀艳骚屑，洵足继武玉田，追踪石帚，浣藴洛诵，佩服奚如，谨当锦裹纱笼，珍逾球璧矣。承示秋间即将大著词本与《说文佚字考》同授梓人，剞劂告竣，务求赐寄一份，俾先读为快。弟弱龄弄翰，即好辞章，兵燹之余，尽遭毁失。自入都后，软红十丈，遂逐轮蹄，孤弦不张，吟怀斯辍。即偶有怅触，亦蛩吟蝉噪，终不成声，何敢以折杨之唱，上尘大雅耶？……

愚弟叶衍兰顿首

七月廿二日

《清代名人书札》

（北京师范大学出版社2009年版）

致谭献（三通）

一

仲修先生仁兄大人阁下：

……大著各种，承益斋兄两次寄来，诗文皆汉魏遗音，词则姜、张正轨。《箧中》之选，格律精严，盟诵回环，久已钦迟在抱。故敢以巴人俚曲，尘涴骚坛，猥荷荮菲不遗，指定纰缪，一字之师，情同受业，定文铭感，永矢勿忘。去冬已写付梓人，现仅刻成上卷，谨将赐改之处悉行更正。……芜词一阕，聊表谢忱，另录敬求雅政。……祇请道安，诸惟霭照不备。

弟叶衍兰顿首

孟夏四月初

落拓江湖，频年载酒，踏歌呼侣。缠绵写恨，影瘦万花红处。诉衷情、短琴独张，自弹夜月秋声碎。谢词仙拂拭，芳襟遥证，剪灯凄语。　愁绪。伤心泪，且细数筝言，静邀笛趣。双鬟赌唱，莫问旗亭金缕。怅天涯、日暮碧云，怀人添赋相思句。感飞蓬、书客飘零，断肠幽梦阻。　调寄〔琐窗寒〕

仲修仁兄大人代订拙词，赋此寄谢，即求拍政。弟叶衍兰初稿。

《复堂师友手札菁华》

（人民文学出版社2015年版）

二

复堂先生有道：

……三家词重蒙选次，费神惭感。蕴梅同选，示撰弁言，剞劂告竣，即当呈教。近来想纂著日隆，丛书定有续刻，《箧中词》又增几许，赐读为快。两湖经心，皋比何处，名山事业，定不碍邪？时事如此，可为病哭。粤人日居厝薪中，桃源无路，奈何！极目汉皋，心驰神溯。手肃，爰请照不备。

弟叶衍兰顿首

五月廿五日

《复堂师友手札菁华》

（人民文学出版社2015年版）

三

复堂先生阁下：

……三家词之选，叙文寄到。猥荷品题，实增惭恧。惟选出之目，未见寄来，翘盼甚殷。求赐寄而勿迟为祷。各集内挨次标调、标题，一纸尽录，到粤时照写入词，即克付梓。工竣寄呈数十本以备分送。如归入尊刻丛书内，卑贱名附骥，尤深感也。《箧中词》续刻近来又增几许？续二第卅二页以后如有添入者，恳赐寄数篇以便钉入。前书卅二页以前不必重寄也。岁暮天寒，积怀成痗。凤便求赐德音，幸甚盼甚！手肃，祗请道安，惟照不备。

弟叶衍兰顿首
嘉平六日
《复堂师友手札菁华》
（人民文学出版社2015年版）

许　增

许增（1824—1903），字益斋，号迈孙，浙江仁和（今属杭州）人。官道员。有《煮梦庵词》。又汇辑前人词二十八种为《榆园丛刻》。

致刘炳照

昨诵惠告，盛承藻缋，惭皇无既。大著造端比兴，融会意言，豪放、缠绵兼而有之。赠词推许过情，至不敢当。叔夏逸事最少，得大雅订正，足诏来学。甲寅以后，亦尚有足纪者。袁清容谓为循王五世孙，亦不甚确。世系具存，可按也。附呈《白云词》两册，藉供插架。姜集正待续印，箧中已无存本。弟方心木舌，于此事未得门径，不敢附庸风雅，顾以姜、张各集近无传本，强作解人，藉附姓名于简末，不欲使孤诣绝业中坠耳。先生谬采虚声，殷殷下询，益增芒背。

手肃，敬诵撰福，并璧谦俦。

愚弟许增顿首
《留云借月庵词》卷首《赠言》
（清光绪十九年刻本）

致谭献（二通）

一

新刻词续二中，间有疑误，别纸求教，望批示。……昨晤青耜丈，其仰佩词学之深，几至倒地百拜，有"如小十岁年纪，方欲执贽门下"之语。不知老兄何以得此老如此之佩服云。《箧中词》比皋文《词选》高出十倍，《词选》每阕后必欲砌入南宋国是，此却鄙人素不谓然者。新凉爽适，而肝疾又发，浑身是病做成，如何是好！复翁座右。增叩首。

《复堂师友手札菁华》
（人民文学出版社2015年版）

二

《词律补遗》以两先生订政便成世间精本，养夜卒读，感佩之至。繁甫论平仄不论分句之论，拟全删乙，不欲贻误后人也。邵青门必有文集，是何名目，有处借否？幸指示。此上，复翁左右。增顿首。

《复堂师友手札菁华》
（人民文学出版社2015年版）

张景祁

张景祁（1827—约1898），原名左钺，字孝威，更字蘩甫，号韵梅、蕴梅，别号新蘅主人。浙江钱塘（今杭州）人。清同治十三年（1874）进士，改庶吉士，后外放官福建连江、仙游、浦城等县知县，晚岁游台湾，宦游淡水、基隆等地。历经中法、中日战争。景祁弱冠即喜为填词，曾受教于黄曾、黄燮清，后又为薛时雨门下士。著有《研雅堂诗集》《文集》，词有《新蘅词》九卷，《外集》一卷。

致刘炳照

三月初旬接奉正月杪惠函，仰荷推衿送袍，藻饰过情，洛诵回环，只增惭恧。承视大著《留云借月庵》雅词，腴秀柔厚，丽而不纤，秾而不缛，清而不剽，豪而不犷，茗柯而后，此其嗣音。钦佩私衷，以手加额。本拟即时裁答，适值柘溪卸篆，买櫂回榕。应官鱼鹿，濡滞之愆，知己当不我责也。景祁幼好倚声，至老不废。惟词境最隘，难得到恰好处，浙派饾饤，常派甜熟，各有受病之根。得能划除而澡涤之，尺木皆美材也。拙词七八两卷续刻已成，托许迈孙刷印百部，迄未寄到，兹先寄呈旧刻六卷，伏乞椽笔斧正。尚有误字未及改刻者，缘在杭州书局开雕，修改不便耳。
肃复，敬请著安。诸希雅鉴，不宣。

小弟张景祁顿首

甲午四月浴佛日

《留云借月庵词》卷首《赠言》

（清光绪十九年刻本）

吕耀斗

吕耀斗（1828—1895），字庭芷，一字定子，号鹤园，一作鹤缘。
江苏阳湖（今属常州）人。清道光三十年（1850）进士，曾任福建船
政局提调，授直隶永定河道。工词善画，著有《鹤缘词》。

致张鸣珂

公束词伯仁兄有道：

　　商飙送秋，残暑渐退。适般弟寄到四月抄惠缄，发函伸纸，顿
慰天末之思。承示新词两阕，婉约的宗秦、柳，秾丽俊雅又与梦窗、
西麓为近，触手芬芳，当装之宝轴。甄录节孝，积成巨帙，行与中
垒并垂不朽。

弟耀斗顿首

八月初五蔼寓寄

《清代名人书札》

（北京师范大学出版社2009年版）

张鸣珂

张鸣珂（1829—1908），字玉珊，一字公束，晚号窳翁、寒松老
人。浙江嘉兴人。尝受业于黄燮清。工诗词及骈体文。著有《寒松阁
诗》《寒松阁骈体文》，有《寒松阁词》四卷，又有《国朝词续选》
《寒松阁谈艺录》等。

致谭献（二通）

一

仲修先生仁弟阁下：

……惠寄庄氏《周易》及《箧中词》均已收到，词选精美之至，草窗《绝妙好词》之后，可以雄据一席矣。来书云《历代词录》行将登梓，乞愿先睹为快也。兄去岁编定拙词两卷，意欲付劂工精刻，至今未暇。……《箧中词》索者甚多，兄所携一部为陈伯潜学使取去，如邺架有印本，便中再惠数分为盼。中法和局已成，竹篔此行当无顾虑也。专肃布复，祇请升安。诸惟荃察不已。

如小兄鸣珂顿首

五月十三日余干官廨作

《复堂师友手札菁华》

（人民文学出版社2015年版）

二

肠断江南，甚梅雨、酿成愁病。忆那日、吟笺砚匣，绮窗安顿。贳酒仅消司马渴，寻春易惹樊川恨。问五湖、烟水是何时，风波定。　　眉待画，羞妆镜。心仍怯，惊铃韵。笑当初，只道迦陵共命。百不由人风絮转，一年又盼秋期近。漫从头、清楚记悲欢，徒搔鬓。

庚午五月十六日，桐孙杭州书来，附录江秋珊《愿为明镜室词》中〔满江红〕一阕见示，哀感顽艳，言愁欲愁，梅雨浪浪，益增怅触。剪灯孤馆，依韵和之。录呈复堂主人大词坛教正。红豆词人鸣珂，时客吴门。

风雨萧萧，最无奈、茂陵秋病。叹我已、家徒四壁，归难栖顿。未免有情谁遣此，不因无益翻添恨。指伊人、门巷是相思，前缘定。　　搴翠幕，重亏镜。拈红豆，曾酬韵。愿采丝，系臂祝卿长命。生怕东西沟水逝，那堪哀乐中年近。剩落花、禅榻感茶烟，丝丝鬓。

次日晨起，愁霖不止，复和一阕，回肠荡魄之语，以铜琶铁拨写之，未免有拘牵之苦、粗犷之病矣。慧修又识。

《复堂师友手札菁华》

（人民文学出版社2015年版）

庄械

庄械（1830—1878），字希祖，一字中白，号蒿庵。江苏镇江人。捐官为主事衔，太平天国后，应曾国藩之聘在扬州、江宁等地校书。治《易》与《春秋公羊传》。作词与谭献齐名，并称"庄谭"。著有《蒿庵遗集》《周易通义》《静观堂文》《蒿庵词》等。

致谭献

仲修足下：

……又有丁至和字保庵者，江都人，云："吾于诗不知，而工于词。大凡词有三变，其近世之〔霜花腴〕〔念奴娇〕一派也。由此而上溯于五代十国，兼及于清真、淮海，又一派也。然与词中升降大相背。词上承为诗，而下降为曲。诗散而词整。诗句在激扬，而词在矜炼。五代十国诗余，非词也。曲之音促，而词之音缓。元人之词，曲也，非词也。殆知北宋为词与诗余之分界，南宋与元为词与曲之关津，又一派也。"……此颂春安。

弟械顿首

正月四日白门旅店泐

《复堂师友手札菁华》

（人民文学出版社2015年版）

李慈铭

李慈铭（1830—1894），初名模，字式侯，更名后字㤅伯，号莼客，晚号越缦，别署霞川花隐生。浙江会稽（今绍兴）人。清光绪六年（1880）进士，历官户部江南司郎中、山西道监察御史。慈铭于经、史、子、集、稗史、佛典、词曲、小说无不涉及，著有《越缦堂诗集》《越缦堂文集》《读史札记》《越缦堂日记》及《湖塘林馆骈体文钞》等，有《霞川花隐词》二卷、《越缦堂词录》二卷。

致王鹏运（四通）

一

幼霞仁兄同年大人阁下：

久苦俗冗，兼年老多病，未克相晤，甚念！前承雅属为宋四贤词序，于风雅中激扬名教，甚盛事也。录录久未下笔，然稍暇必为之。顷辱手教，欲改为《炎兴三贤词》，以赵、李、胡三公同朝合为一集，知人论世，益足令读者兴感。然鄙意"炎兴"二字究犯蜀汉年号，况高宗之中兴实不足言，以今日而目以炎兴亦似未妥。先庄简公讳光与忠定同朝至好，与赵忠简同年，后与胡忠简同在海外，往还甚密。集无刻本，弟于《四库》书钞得之，是从《永乐大典》掇拾而成。弟久拟付刊，因无善本可校，脱误甚多。集中附词十三阕，虽苦太少，然与三公真一家眷属也，若并而刻之，名为《南宋四名臣词》，似较稳妥，未知尊意以为何如？阁下耆古博搜，日以流通秘籍为事，此为功于古人不少。杭人许益斋（增）深于词学，近拟校刻浙西后六家词，中有项莲生《忆云词》，有甲乙而无丙丁。益斋春初寄书相询，弟蓄诗词甚少，尊藏有传本否？如可借钞以寄益斋，其人老矣，好事弥甚。倘有先庄简公集，更能假一阅，感幸尤多。余容晤谈，即请著安，不宣。

年愚弟慈铭顿首

闰月十一日

《四印斋所刻词·南宋四名臣词集》

（上海古籍出版社1989年影印本）

二

手示敬悉。承惠新刻白兰谷《天籁集》，平生未见书也，谢谢！四名臣词先庄简公词，小儿早已录出。因尚有误字，再校两过，重命缮录。顷尚有两阕未竟，容午后并原册送上，拙序亦当明早奉缴耳。兄孜孜文献，此举尤足廉顽立懦，非仅声音感人。衰病久稽，无任皇恐，弟自痰厥后，久未复元。前日有乡人强邀皖馆乐宴，下车时马惊，被蹶伤胫，幸无大碍。复请著安。

弟慈铭顿首

重九前二日

《四印斋所刻词·南宋四名臣词集》

（上海古籍出版社1989年影印本）

三

幼霞仁兄同年侍读阁下：

　　顷奉手教，并校刻《四名臣词》样本一册敬悉。先庄简词当即命小儿谨取原本再校一过，并拙序明日奉上。读执事后序，激昂奋迅，能抉四公之深心，有功词学甚巨，非止字句警卓可传也。弟比因感寒身热，前月二十六日，力疾赴觐，是日又被旨派监试，现任笔帖式及译汉官。八日方出，病益加重，容俟小愈趋谈。敬请著安，惟鉴不尽。

弟慈铭顿首

十一月十日

《四印斋所刻词·南宋四名臣词集》

（上海古籍出版社1989年影印本）

四

　　委撰《南宋四名臣词序》，比日小极，兼以校订《宋史·艺文志》，纷纭数日。今日大风，掩关匆匆撰成，即命小儿录奉，伏希察正。此刻为功甚巨，故发明盛意，不觉词繁。至执事之深究《词源》，雅怀搜眇，俱不暇及，体例宜然，亮蒙鉴察。至尊意欲并刻拙札数通，固近者痴，亦足征往复之谊，惟裁夺之。余容晤罄，不一一。敬请幼霞仁兄同年大人著安。

弟慈铭顿首

十一月十二日三鼓作

《四印斋所刻词·南宋四名臣词集》

（上海古籍出版社1989年影印本）

黄炳堃

黄炳堃（1832—1904），字笛楼，别号迁道人。广东新会人。精于琴，为清末岭南派琴家。又能诗词，著《希古堂集》，有《希古堂词存》二卷。

致吴彬乡

滇中游人词客落落，鄙人所心折者，惟执事与頯青而已。頯青趋事此间，未及一载，趋从最密，颇能窥其底蕴。大率用意则私淑草窗，选事则雅法梦窗。鄙人学步，颇资其劘，兼擅昆弋之讴，往往酒酣兴发，旁若无人，儿曹拍手不顾也。去冬远涉重洋，言旋故国，自冬徂夏，文酒阒如。执事倚声更迈頯青，允推词场飞将，所惜东距三十亭，不克近侍笙笛，不禁悒悒。犹喜邮筒易达，承教匪艰。

《希古堂尺牍》卷下

（民国二十年刻本）

【按】 此札原题为《致永昌釐员吴彬乡》。吴彬乡，黄炳堃客滇时词友，生平不详。

谭 献

谭献（1832—1901），原名廷献，字仲修，号复堂。浙江仁和（今属杭州）人。少孤，负志节，通知时事。清同治六年（1867）中举，曾任浙江秀水教谕、安徽歙县、全椒等县知县。后辞官归里，锐意著述，于诗学、经学皆有成就。著有《复堂类集》《复堂诗录》《复堂文录》《复堂日记》等。又工词，善评论。有《复堂词》三卷。辑有《箧中词》，为清末词坛重要词学读本，其论词文字由弟子徐珂辑录成《复堂词话》。

致缪荃孙

一

《常州词》校改处均已寓目，不误。大序引鄙论为同心之言，亦牙旷之赏矣。目中避家讳字已划缺。窃以为人姓名似不必拘，已改亦可耳。志例目原本及宋样，仍交傅掌柜，候兄审定。再承起居。献又顿首。

《艺风堂友朋书札》（下）

（上海人民出版社2018年版）

二

恽氏（武进人，丹阳吴维室。八月夫死，遗腹子名思祖，授以诗书，为名诸生，有《咏怀集》。）

望江南

秋来也，罗带不胜腰。绿暗红稀芳信改，只余怨种与愁苗。常伴可怜宵。

《词综续编》恽词录上，如尚须校写他家，当全书送览。《常州词集》全本，颇思先睹，翻帑一过，亦欲补《箧中词》也。此上筱珊先生。献顿首。廿六晨。

《艺风堂友朋书札》（下）

（上海人民出版社2018年版）

【按】 缪荃孙（1844—1919），字炎之，号筱珊，晚榜所居堂曰"艺风"，世称艺风先生。江苏江阴人。曾主讲江宁钟山书院，专办江南图书馆。曾加入郑文焯、刘炳照在苏州主持的鸥隐词社。著有《艺风堂文集》《艺风堂藏书记》等，有《碧香词》一卷，与《艺风堂诗存》合刊。另辑录有《常州词录》《云自在龛汇刻名家词》。

致刘炳照（二通）

一

天涯同气，相望相思。颜笑语言，千里一室。昨奉清问，知不遐遗。耿耿绵绵，相见有日。授读词集，沬胝倾企，而尤心折于束啸吾一调十二字，与卅年持论有笙磬之同，遂达神旨，撰叙以应教。献仲春之晦，自鄂归里，偃蹇杜门，随身药裹，而索居无俚，夏间仍有楚游。武林朋好如雨，啸吾、晋壬久为异物，筱圃、笏臣持檄履公，竺潭在此，亦未接襫。叔夜之懒，不可治如此。左右洗研名园，兴复不浅。吴中胜流，与几辈周旋邪？何当过从，以疗朝饥。献甄录《箧中词续》卷四未刻，已选集中〔柳梢青〕（又是今宵）、〔清平乐〕（韶光虚度）、〔喝火令〕（酒醒诗魂瘦）、〔梅子黄时雨〕（无数楼台）、〔贺新凉〕（雪意浓于酒）五篇，附尘雅听。复颂动定翔吉。

学小弟谭献顿首

甲午暮春望日，杭州贯巷赁庑泖上

《留云借月庵词》卷首《赠言》

（清光绪十九年刻本）

二

昨与筱圃、竺潭清集，正念大雅。复辱存问。惯迟作答，惠书来矣。新蘅老友海国廿年，乐府横逸，而初刻幽微之致，不无变徵改弦。煮梦庵精鉴而不多作，且多不存稿也。弟十日之内仍有鄂游，将来尚乞雅词二三册，分贻梁节厂（客鄂）、万剑盟（客沪）诸同调。《箧中词续》卷四至鄂补刻，缓寄，兹以旧本先奉，《类集》附呈教正。前贶书件诵佩，惠章奖借，赓和别上。郑叔问，今之二窗，先生曾与赠缟否？公车罢后，仍客吴下否？亦闻声未通馨欬。杜刻《词律》，蕴梅与弟先后补校，榆园将补刻卷端。剞劂未成，故久未印行，四方知好，亦多欲先睹者。

率尔布复，顺承著祉。今秋尚有白下看山之兴邪？

学小弟谭献顿首

四月下旬五日，复堂倚装

《留云借月庵词》卷首《赠言》

（清光绪十九年刻本）

丁 丙

丁丙（1832—1899），字嘉鱼，号松生，晚号松存。浙江钱塘（今杭州）人。家富资财，爱藏书，藏书楼名"八千卷楼""善本书室"，为清末四大藏书楼之一。与兄丁申重视乡帮文献的整理，编刊《武林往哲遗著》《武林掌故丛编》等。撰有《善本书室藏书志》等。

致刘炳照

久贯雷名，未亲风教，忽承惠翰，并示嘉编，就谂安研留园，秉笔谱录，名山著述，仰企何如！尹书草缀纲目，单刻已稀，递昌王氏月洞吟、郑氏杂录，插架都具，得此鼎峙，拜惠良多。尊著《留云借月庵词》，上溯南唐，下揖两宋，胜流论定，奚俟蠡窥。际此炎威，遁逃无地，幸披瑶帙，秋风顿生，嚼雪含冰，胜茶瓜十倍矣。《西湖集览》、杭词六家并亡荆诗词，聊奉词坛。

肃颂道祺，诸惟垂察。

丁丙顿首

《留云借月庵词》卷首《赠言》

（清光绪十九年刻本）

沈景修

沈景修（1835—1899），字蒙叔，号蒙庐，别号寒柯。浙江秀水（今嘉兴）籍，流寓江苏吴江盛泽（今属苏州）。少有才名。历署萧山县、宁波府训导，寿昌、分水教谕。善诗词古文，与薛时雨、谭献友善。著有《蒙庐诗》《井华词》。

致张鸣珂

公束吾兄同年大人如胞：

前得手书，谨悉一是。……想寒松阁稿中又增新词几许矣。弟近颇有志倚声之学，而苦书少，祈将应读者开示一目录寄下，以便觅购也。并求老兄为我留意，遇着即买，其值一总奉缴。近来填词家，韵梅、仲修外，即推老兄（同调绝少），必须各张旗鼓，不致此事成广陵散也。老兄其许我否？双修阁额及楹联附奉。天气渐寒，诸维珍重。

如年小弟景修顿首

十月初十日

《清代名人书札》

（北京师范大学出版社2009年版）

致谭献（四通）

一

仲修老兄师事：

昨寄一函，想尚在途中。兹寄赠家南一丈全集一部，此老师事美髯公（见《词坛点将录》），文派恪守桐城，后有诗余一卷，能选二三入《箧中》否？陈子松先生邃于经学，其词不多作，豪放之气，独往独来，寄上十八阕，能选三四最妙。又杨辛甫丈为东甫之从兄，工夫较胜，寄上《潜吉堂集》一本（选后掷还，此书绝无仅有），弟意三四可选。此三君词后，老兄能总跋数语，阐幽之功大矣。……

小弟景修顿首

《复堂师友手札菁华》

（人民文学出版社2015年版）

二

仲修老兄先生师表：

……吴江诸生杨东甫（栋）工诗词，善墨兰。弟少时与结忘年交，嗜酒放旷，大有晋人风味，临终自焚其稿，可哀也。有词十余阕，系从李咏裳广文处钞得者，特寄呈左右，如续刻《箧中词》，能选入一阕以存其姓氏，亦阐幽之义也。……肃此，敬颂潭喜。

小弟景修顿首

九月廿二日

《复堂师友手札菁华》

（人民文学出版社2015年版）

三

复堂先生吾兄如手足：

前日托高达甫兄寄一函，今又托仲恕附奉一笺，祈垂览焉。拙稿续刻序子虞作得骈文一首，惟词序非老兄赐墨不可。弟之词旨与尊选《箧中词》相吻合。与兄别后便搁笔不作，今年肆力为之，不废丹黄，已得词十六阕，似比向时为进境。吾兄回杭有期，当面晤就正。如不即归，当命儿子录稿寄呈，惟序文必须早日赐下。弟前作吾兄皆见过，必能道出真际。弟笃好纳兰、莲生两家，灵芬非不可人，微嫌脆薄，不耐久咀，老兄以为然否？近人中以老兄为最，非阿私所好也。周止庵论词实获我心矣。专此布臆，敬颂著安。鸿便时惠好音为盼。

如小弟景修顿首

光绪乙未秋七月十日

《复堂师友手札菁华》

（人民文学出版社2015年版）

四

复堂老兄吾师：

……拙稿已灾梨枣，秋冬之间当可成书。续刻序子虞许为之，词序仍思借重椽笔，能许我否？《箧中词》有续选否？近人刘光珊《留云借月庵词》自是能品，弟嫌其太能而少拙趣。老兄以为然否？弟今年填十余阕，较前似有进境，惜道远不能就正。……

如小弟景修顿首

六月廿七日

《复堂师友手札菁华》

（人民文学出版社2015年版）

吴重憙

吴重憙（1838—1918），字仲饴（仲怡、仲怿），号石莲，晚号石莲老人，室名石莲庵。山东海丰（今无棣）人。历任福建按察使、江宁布政使、河南巡抚等职。解职后，闲居天津。著有《石莲庵诗》，辑刻《吴氏石莲庵刻山左人词》等。

致缪荃孙（三通）

一

小山先生年世大人阁下：

甫由马递托王鹿峰兄寄上一函，适又有回宁妥便，仍将《山左词》红本八册、《孔氏词钞》一本，先行寄上，冀可早成样本，《稼轩词》卷十一，三、四两页一错一行，一脱二行，亟须另刻。弟之行止迟早，须视代理者来之迟速，不能自券耳。再请台安。年教弟重憙顿首。

《艺风堂友朋书札》（下）

（上海人民出版社2018年版）

二

小山先生年世大人阁下：

彼此一笺，鱼雁互左。及到宁晋谒，则台驾犹在江阴，至未能面答衷曲，怅惘奚似。寄件如函收到。《山左词》幸已竣工，惟尚有数处须更补者，前在宁面交一册于刻坊，兹一并寄上，伏望检饬更正，即令印红本十部，遇便寄下，须用丹黄色，勿用洋色为要。……廉生新寄来《阙里孔氏词钞》一种，欲同刻一处，但有专集、总集之别，能不紊其例否，祈察而教之。其待访词目，弟亦曾写一纸，互勘之各有遗漏。兹汇写之，可为全备，拟刻数页附后，并多刷此目，遍寄同人，冀代搜求也。……

王禹偁、李师中、柳永、晁补之、冲之、端礼、李冠、杨适、李邴、侯置、王千秋、韩维、赵磻老，宋待访十三人，不知《宋六十家词》中能得一二否？冯选不在手下，请拨冗一检，如有录者，可向王氏钞取也。内柳永、晁补之、晁端礼、王千秋、侯寘五家，竹垞翁及见专集，汲古或取一二，未可知也。柳屯田注乐安人，不知青州外别有乐安否？并示。弟再启。

《艺风堂友朋书札》（下）

（上海人民出版社2018年版）

三

炎之仁兄同年大人阁下：

奉惠示，并刘孔词一册。时代相悬，须再辑几种，作为续集。兹又得王景文《雪山词》一种，吴印臣辑赵立之《钓月词》，均可补入《山左人词》内。兹将钞底呈上，请付梓人。午帅出京，当亦不远。得执事重来，再图快晤，至盼至盼。敬请台安。弟重熹顿首。初八。

《艺风堂友朋书札》（下）

（上海人民出版社2018年版）

邓嘉纯

邓嘉纯（1838—1906），字筠臣，江苏江宁（今属南京）人。清光绪六年（1880）进士，官浙江处州知府。有《空一切庵词》一卷。

致刘炳照

承寄词稿，苏豪柳腻兼善其长。每日于画诺余闲，凭隐囊，坐桐阴下读之，真觉两腋生风，清凉无汗，不复知有酷暑时也，快哉快哉！拟即倚声奉题，以志钦佩，未敢轻易落笔，容缓为之。

嘉纯顿首

《留云借月庵词》卷首《赠言》

（清光绪十九年刻本）

孙德祖

孙德祖（1840—1905），字彦清，号寄龛。浙江会稽（今绍兴）人。同治举人。官训导。著有《寄龛文存》《寄龛诗质》《寄龛词问》等。

致刘炳照

饮井水处都唱香词，钦迟之日久矣。猥以弇鄙，粗解倚声，不恤先投珠玉以引碔砆。乃获披锦制之初，正忏除绮语之后。遂至蚕吟螳唱，无缘登大雅之堂。不揣谫陋，曾以拙刻三种介朗侪陈君，仰酬厚意。不意并世作者，不以老生常谈，斥为迂腐，重操手翰，所以奖进之者甚至。并蒙赐以《人范须知》，得奉为圭臬，资以斅学。《广训集证》《右文掌录》两书，亦深济所之，奚啻百朋之赐，铭感何涯。会以家兄之慽，乞假奔丧。淹滞十旬，前函由湖递越，在泪枯肠绝之时，以致久稽笺谢，弥深悚惕。伏承鸿才硕学，兼擅三长，扫榻名园，贤嘉水乳，人生乐事，莫过于斯！又况金风玉露，转瞬高秋。锦标在手，作南州冠冕，非惟秦淮凉月，增无限清词丽句已也。引领下风，可胜健羡。德祖半生煮字，案萤就枯，敝帚自享。有十年以前小文四卷，灾及梨枣，文牍庸训，亦陆续增补，辱承垂注，敢以就正。此外如古今体诗暨杂著数种，尚未写定，未谂何日可博名贤一粲也。古人千里神交，未须识面；遥睇青云，可当今雨。不辞琐屑，用答殷拳。伏中暑感，幸惟为道加摄，无任驰仰。

甲午六月二十四日，会稽孙德祖再拜上

《留云借月庵词》卷首《赠言》

（清光绪十九年刻本）

冯 煦

冯煦（1843—1927），字梦华，号蒿庵，晚号蒿叟，辛亥革命后自称蒿隐公。江苏金坛（今属常州）人。清光绪十二年（1886）进士。历任山西河东道、四川按察使、安徽巡抚等职。冯煦少喜词赋，有"江南才子"之称，曾协助谭献校《箧中词》。后以达官而为词人，为近代著名词家。著有《蒿庵类稿》《蒿叟随笔》等，词有《蒙香室词》（一名《蒿庵词》）二卷。又据毛晋汲古阁汇刊《宋六十一家词》精选为《宋六十一家词选》十二卷，《蒿庵论词》一书即移录词选例言而成。

致谭献（九通）

一

仲修尊兄先生有道：

奉到手告并诗词，读竟钦佩无地。大词真有《小雅》之怨悱，人始不敢薄此事为小道。惜骈体文未录示，犹为怏怏，能令小吏一写否？此亦他日一段公案也。《周易通义序》立言甚有体要，中白吾乡人，同为感荷，已转付恭老上板矣。县考当已了手，此邦尚得人否？词集已付写入，弟意此次仍全数录出，弟有所献替，签于上方，仍候老兄自定。弟拟作一小序附名集中，拙词虽无足采，然亦愿得兄一言为重也。弟终日做猢狲王，敝精神于诗云子曰，凡所欲为者皆不得为，去兄万万，可知宰官身之愈于措大也。此请道安。

弟期冯煦顿首

二

公愤私忧，日棘襟抱，得手告如同心。大词尤不堪辛读，有此手笔，人始不敢薄倚声为小道。弟日咿唔为童子师，甚无赖，欲有所作亦不成，得此又使我怦怦心动。前函所已及者，不具白。《箧中词》校竟即奉上也。再请仲修尊兄先生大安。

弟期冯煦顿首

三

仲修尊兄先生有道：

　　足来奉手毕，并于饴澍处读近诗，高旷之怀，温厚之旨，得之言外。以此临民，必大异于凡近，窃为椒民贺矣。《箧中词》已付写人，当再将红格交去补录二卷（有便再寄若干），恐后仍有续入者。弟意此次每人换纸，将来增补较易，不过多费数百番纸，想不吝也。《颜氏学记》印得即寄，各书亦留意。中白杂稿一册，弟略为看过，非另写清本不可，且须弟在旁指点，亦拟一写，何如？附上拙词一册就正。弟少颇嗜此，而未得导师，如冥行无烛，必至堕落坑堑。兄今之导师，乞为我一一点勘，劣者竟汰去，而存其差可者，仍须一字一句逐加挑剔，若以虚言相市，则非弟求学之意矣。大稿再当细读，如有可质疑处，亦必随时奉闻。知己定文，先生既命之矣。私窃自揣所学所知，不逮兄万一，然嗜好不甚相远，或当从君之后附骥尾而彰耳。草此布复，敬请台安，并贺任喜。六月二十二日。

弟期冯煦顿首

《词学》第三十一辑

（华东师范大学出版社2014年版）

【按】　以上冯煦致谭献札见上海图书馆藏《谭献友朋尺牍》，王风丽将其整理并以《冯煦致谭献手札十一通》之名发表于《词学》第三十一辑，上录其与词学相关者三通。

四

仲修仁兄我师：

　　前得手毕，悉一一。《箧中词》已修一过，仍有草事处，卷三一卷刻手极劣，此弟办事不力之咎。现仍饬加工细修，先寄上初样五册，乞更严批发下。卷首兄有小序，未经列入，乞录副本。大集前庄《序》亦录一纸。岁事渐逼，不能多述，此承起居。新年凡百吉羊。

小弟冯煦顿首

《复堂师友手札菁华》

（人民文学出版社2015年版）

五

仲修尊兄先生有道：

得教知所处极凌杂。君犹得一官，自不觉此，弟则一穷措大，不亦苦酬答之烦？益无谓矣。日来疲苶万分，皆人事所迫也。《箧中词》又得三、四二册写样，其四册尚未校，先以奉上。词中校字者乃宝应成漱泉孝廉肇麐，书局同事，弟之中表兄弟，好词，与兄弟同癖，所作极清，因稿子不在此，故未录正。明春当写得奉去，补入五卷中。册首尾之骈文乃马湘帆先生沉稿子，江南有刻之者，手民年底尚须稍有所资，仍于函丈求之矣。此叩道安。

弟煦顿首
《复堂师友手札菁华》
（人民文学出版社2015年版）

六

仲修尊兄先生有道：

久未奉书，甚念。闻使星三耀，供张不支，大雅作粗官，固应有此磨蝎也。《箧中词》前四册已校毕，其第五册尚未发写。弟又有一亡友之词，乞采一二。此君早逝，所学未成，不过附名卷中耳。其第一册薛师敦迫上板，已付手民，有样再寄上。弟今年将儿子携入塾中，终日咿唔在耳，便不能看书作文字，恐以句读师老矣。甚矣，贫之不可为也。伏承起居。

二月十八日，弟煦拜伏
《复堂师友手札菁华》
（人民文学出版社2015年版）

七

仲修我兄先生有道：

前答一函，计达左右，比又得两书，悉一一。弟今年之旁午，实生平所未有，故书不时达，知己想谅之也。秋驾竟不克相见，以兄之文望，而不使之与文事，当轴之用才于此可见。抑亦敝省文运未有转，而我辈当不遇邪？一叹！《箧中词》久成，只大词尚少数页，月半总可出书。今以两样寄上，其纸之大小、纸色之□下，并乞批明用何种。印若干部，书签作何字，并一一开示为荷。弟昨又丧一老乳母，心绪万分恶劣。《箧中词》前当仍如尊旨跋数语。大词本拟作一序，而此时意绪竟不能就，只得俟场后矣。皖中大水后，人有鬻女者，乞为买一婢，至小亦须十岁内外，过小则不可。因人之灾以自便，自愧非仁者所为。第至弟处，尚不至失所耳。恭甫皖游，初未闻，或亦他有所谋邪？前刻词之款，弟处尚余十番（未细核），以外印赀亦不汲汲也。手此奉复，敬颂起居。凉燠不时，千万珍重，不尽。

七月朔，弟煦顿首

《复堂师友手札菁华》

（人民文学出版社2015年版）

八

仲修我兄有道：

奉到手毕，知《箧中词》已达。前收之百元，计钱百二十千，前四卷支去七十七千四百三十七，余四十二千五百六十三，归入后账，乞察入。弟场作极不称意，负良友之期望。卷六误字示知再改，其小红字则径由安庆刻，以免转持何如？考容未去，心绪焚如，不具白。此问起居，不宣。

八月十八日，弟煦顿首

《复堂师友手札菁华》

（人民文学出版社2015年版）

九

仲修我兄有道：

词已开印，八月初当可寄到。秋暑方酷，槐市已喧，苦于应接不暇，实亦无心绪也。恭甫初八日归扬，十六日暴卒，伤哉！二十年相识，十年共事，江左可与文苑者，又少一人。真可叹思。去年《箧中词》前四卷刻成，曾有一细账奉览。记忆所余当四五十千，而弟处底子遗失，此何知会计之疏。请为一检寄下，以便办报销也。印赀俟算结后再寄，弟已代垫矣。事冗心恶，不多及。此请道安。同调无多，千万珍重。七月二十二日夜，冯煦顿首。昨一知已达矣。

《复堂师友手札菁华》

（人民文学出版社2015年版）

致朱祖谋

古微老前辈同年大人左右：

苏台于役，一奉清尘，谈宴之欢，足惬孤抱。别又匝月，靡日不思。冬阳不潜，道履佳邕。比者词坛专尚柳调，诚足避俗。然棘喉钩吻，读之使人不爽。且不善学之，亦易流为俳体。似仍不若周、姜习用之调之流转自如也。弇陋之见，尚乞教之。夏、陈皆词家巨擘，其所著乞代索一足本，冀广所未睹耳。侍于此事，所涉至浅。今更颓唐，不复能学邯郸之步矣。苹珊有书否，钱生当与之俱北耶。地震彗变，天象极可畏，杞忧正未艾也。敬请道安。年侍煦再拜。咏春同年，并乞寄声。

《词学季刊》创刊号

（1933年4月）

【按】此札原题《近代名贤论词书札·金坛冯梦华煦先生与朱彊村书》，为龙榆生所录，发表于《词学季刊》创刊号。唐圭璋编《词话丛编》将其作为《彊村老人评词》附录，然错植于《沈寐叟与朱彊村书》之后。

李超琼

李超琼（1846—1909），字惕夫，一字紫璈。四川合江（今属泸州）人。清光绪五年（1879）举人，分发江苏，历任溧阳、阳湖、无锡、吴县、长洲等地知县。著有《石船居古今体诗剩稿》《船石居日记》等。

致刘炳照

驱车问俗，言循通德之乡；奉篚伸眉，喜得山公之简。辱存雅眷，縢以华编。韵播麋丸，神传湘管。渊微入妙，则空翠欲飞；欬唾皆馨，与天花并落。洵词人之令椠，为大雅之嗣音。伏念执事，星辰在手，蛟龙入怀。奇谲纷其满衿，欣戚融于寸衷。拥平舆之席，抗衡前贤；寓沁水之园，移情天末。固已皋劳百氏，创制一家。乃搴蘅芷之芳，代写萱苏之意。声逾脆管，艳溢云屏。在狭袊单慧者，安能测其涯涘也。弟自惭伛督，重以诟尤。壮岁浪游，悔登边徼。中年作宦，颇倦轮蹄。王晞致慨粗官，东坡难谋归计。亦尝侘傺不聊，歌呼间作。古风谁挽，诮元子之声雌；有美在前，忘东施之貌丑。敢因鄙著，用谂知音。蝉唱蛩吟，只堪供夫目笑；零珠碎佩，亮有待于指陈。所愿雅欢可挹，词盟不渝。惠我一言，相迟于望湖阁下；思君两地，寄怀在寒碧庄前。

　　手肃，敬讯道安，统惟荃照。

愚弟李超琼顿首

《留云借月庵词》卷首《赠言》

（清光绪十九年刻本）

刘炳照

　　刘炳照（1847—1917），字光珊，号蕡塘，又号语石词隐，晚号复丁老人、泡翁等。江苏阳湖（今武进）人。诸生。一生漂荡，抑抑不得志。能书画，工诗文，尤擅长填词。曾与郑文焯、夏孙桐、张上龢、费念慈等结鸥隐词社，又与俞樾、谭献等往还唱酬，是谭献之后江浙词坛尊宿。著有《无长物斋诗存》六卷，《留云借月庵词》九卷，后又重编成《梦痕词》二卷、《焦尾词》二卷、《春丝词》一卷，凡五卷，总称《无长物斋词存》。

致谭献（三通）

一

复堂先生函丈：

　　……入冬以来，贱恙时发，守株待兔，不能奋飞，离群索居，学殖荒落。惟叔问过从较密，长夜清话，藉遣牢愁。……大著新刻乞见示，浣诵聊当晤对。前允索赠榆园精刻各种，颇以先睹为快，倘或难窥全豹，除白石、玉田、纳兰、频伽、忆云各词已得外，择其尤者寄贻，以慰渴忱，至深瓣祷。手此，敬颂道履，临颖主臣。子月初五日，刘炳照顿首上。

《复堂师友手札菁华》

（人民文学出版社2015年版）

二

仲修先生左右：

　　……贱躯素弱，自客岁大病后迄未复元，杜门日多，感深离索。幸赖叔问、石瞿、绎堂三君时相过从，清谈竟夕，藉遣牢愁。叔问医理极精，词学亦粹。针盲起废，可称益友。前月既望同探灵岩、玄墓诸胜，各有纪游之作，随后汇录就正。……大著近有续刻否？《箧中词》有续选否？并乞随时寄读。前承俯允，假度手批《词律》，梦寐系之，乞即封交妥便寄苏，以偿夙愿。至深瓣祷，专肃布臆，敬叩颐安。凉风天末，并盼良箴，无任主臣。十月十三日，刘炳照顿首谨上。

　　赐复仍寄苏州阊门外花步街盛氏留园帐房转交不误。

《复堂师友手札菁华》

（人民文学出版社2015年版）

三

仲修我师函丈：

　　昨奉赐答，恍领麈谭。《箧中词》续四讹夺较多，原本涂乙殆遍，无从着墨，望另印清样，当为细校。前三卷亦有讹夺数处，未识已添改否？拙词辱蒙著录，自愧续貂，幸容附骥，感佩莫可名言。尊评《词辨》直抉苦心，具征诱掖。……敢请发棠，嘉惠初学。叔问属谢，颇以未奉雅教为憾。榆园增订《词律》何日印行？同调均以先睹为快，便希询示。湛生有秋间南旋之意，届时如与筱珊太史同至，遍邀吴下词人会于留园，甚盛事也。未识天假之缘否？缪信一函祈即饬送是荷。肃复，敬颂道安，无任驰仰。六月既望，炳照叩上。

《复堂师友手札菁华》

（人民文学出版社2015年版）

致缪荃孙（四通）

一

艺风先生史席：

客春详复一函，计早上登签阁，迄未奉复，驰企良殷。比维餐卫咸宜，纂述益富，下风引领，无任钦迟。炳照自去岁夏秋之际，随侍旭丈，同寓沪上者半载。芳园逭暑，绮阁征歌，风雅道衰，殊乖夙好。甬江饯腊，西泠饯春，目耕所入，聊为载酒之资。夏至遄归，俗冗蜂集，应接不暇。仍转磨驴之陈迹，待寻哺燕之新巢。酷暑方长，暂安雌伏。秋凉仍拟逍遥海上，借拓心胸。彭城公相依虽久，貌合神离，盖好货好色之流，必不能贵德而劝士也。客杭两月，仅一饮钱江画舫，一游云栖古寺，吟屐所至，同志寥寥。未获遍揽南北诸胜，岂山灵欲回俗士驾邪？复堂仅晤一次，腰脚不健，笑谈犹豪。老夫爱怜少子，属向大理说项，奢愿难偿。粟香近为驵侩所绐，游兴顿减，书去亦未得复。石臞一病不起，遗稿待刊，有子三人，年逾弱冠，均不能读父书，良可慨也。执事校艺余闲，有无新著，汇刻名家词，又添几种？夔生舍人，现客何所？金陵书局已撤，局书寄售何所？并希详示。拙词经江浙同好集资，陆续刻成八卷，尚须修改，再印呈正。年来拟辑词话，搜罗不下二百种，奔走衣食，不遑伏案，迄未成书。近人倚声别集，邺架藏弆最夥，乞将所有者倩人录目寄下，如须借观，再当专函奉挽。素荷裁成，亮不见却也。专肃布臆，敬颂道安。临颖怀仰，不尽言宣。己亥天贶节后十日。刘炳照顿首拜上。

《艺风堂友朋书札》（下）

（上海人民出版社2018年版）

二

艺风先生函丈：

客岁湘翁来苏，句留十日，述及前由上海邮政局寄呈一书，早达典签。年矢又催，思与时积，此间腊雪颇盛，三日不止，平地盈尺。迄今阴雨连绵，天公毫无放晴之意。献岁以来，遥惟新祉繁厘，合府迪吉，为颂为慰。复堂书来，述及执事近为刘氏校刊丛书，吴仲怿布政所辑《山左词钞》，亦由大雅裁择，仰见课士余闲，不废铅椠校雠之学，视子政氏为益精矣。翘瞻绛帐，曷禁神驰。丛书实值若干，恐非寒士所能购备，词钞卷帙无多，索赠亮尚不难。常郡词录续编，已付剞劂否？名家词集又添新刻几种？遇便均求赐读为幸。炳照戊、己两年，出游日多，颇得觞咏投报之欢，所作较夥，连前未刻词，删存二卷，顷已写定。仲春拟付手民，刻资及印订百部，约需佛番六十尊。湘生、季庵诸创议集资，每股三元，江浙知交各认十股，以期轻而易举。良朋爱我，有加无已，情殊可感。执事提倡有素，不识能为将伯之助否？吴会同声，续兴词社，炳照推复堂为祭酒，以老疾辞，谬引下走为词掌，名曰寒碧，每月两期。但以邮筒往来，借免宴集之烦。现已四期，社作容缓录副寄呈。今科为旭公乡举周甲之期，恩赏侍郎衔，洵称异数，拟作纪事诗四章。吾郡前辈重宴鹿鸣者，及前庚子科各省贤书，无可稽考，颇难下笔。我公熟悉前闻，乞示一二为祷。专肃，敬贺春禧，顺请道安，无任企仰。庚子新正五日。炳照拜上。

《艺风堂友朋书札》（下）

（上海人民出版社2018年版）

三

敬再启者：

炳照戊、己之岁，校艺武林，与山阴金夔伯（名石，别号石翁）订交。初次绘一舸载诗图扇照行，二次合照桐阴词话图，以志踪迹。撰赠《词续骈言》，颇有石笥遗风，简札往还，月无虚至。寒碧词社，命名虽出鄙见，而创议实由于石翁。拟选两年投报各作，及今年社课，合刻一集，名曰《石言》，已乞复堂作序。我公垂青逾格，在远不遗，不拘《石言》《词续》，乞赐骈文弁首，俾贱名获附大集以传，企幸之私，难宣楮墨。尊处倘有征题之材，可写节略寄下，附入社课何如？载肃沥恳，统希霁鉴，炳照叩头。

第一期，补题汤芷卿先生《采石酹诗图卷子》（贞愍公遗笔）。第二期，白石道人小象，谱〔暗香〕〔疏影〕题后，谨次原韵。第三期，《一斤山人村居图》题词。第四期，追咏云林居士〔江南春〕词，即次原均。第五期，夔伯新制一琴，字曰默君，乞铭以词。

书局已撤，局书寄售何所，乞示其详。

附：

醉翁操

夔石新制一琴，字曰默君，乞铭以词。按此调本系琴曲，东坡词集不载，自稼轩续作，编入词集后，遂沿为词调。宋贤只此两阕，他无作者。予合按两谱，依声填字，传诸好事，庶古调不至终湮尔。　　寒碧词社第五集

秋林。萧森。眠琴。只知音难寻。山虚水深斜阳沉。举头明月高临。来素心。妙契德愔愔。曰关睢乐而不淫。　　子期死后，牙叹孤吟。蔡邕去后，焦尾清声久喑。羌舞鸾于遥岑。忽跃鱼于寒浔。无弦超古今。无言澄烦襟。肯许俗尘侵。默君知我书作箴。

念奴娇

祥符周季贶太守，旧藏新莽宜子孙镜，径莽尺七寸二分强，铭文五十一字，太守子云将大令释文云：惟始建国二年新家尊，（句韵）诏书颁下大多恩，（句叶）价事和乐躬啬田，（句叶）更作辟雍治校官，（句叶）五谷成孰天下安，（句叶）有志之士得蒙恩，（句叶复韵）宜官秩葆子子孙。（句叶）中央七乳，间以宜子孙三字。今归太守外孙如皋冒鹤亭孝廉，拓本索题。　　词社第八集

圆冰一片，有亡新二年，题字吉语。中央周四角，妄冀长宜孙子。贡媚文辞，蒙恩官秩，愧杀当时士。问奇相过，一般遗臭如此。　遥溯炎祚中微，黄皇室主，镜破朝慵起。为问菱华知也未，羞对汉宫梳洗。劫火频经，岁华牢记，枉铸相思泪。旧时明月，阅人今世何世。

百字令

明姜如农给谏宣州老兵遗砚，阳湖左氏所藏，名流题

咏成帙；经乱失去，斯砚独存。　词社第九集

端溪片石，是明贤贞毅，先生遗物。四字千秋留直笔，抵得手书碑碣。榛莽难除，蛟龙不瞩，铭语深衷揭。五丁同守，可称姜氏双壁。（嘉兴张少泉孝廉亦藏公遗砚一，铭曰：尔有目，蛟龙之窟不能瞩；我有锄，榛莽之区不能除。末署丁丑冬日姜埰铭。丁丑，崇祯十年也。少泉以光绪三年得此研，前后相距凡阅五丁丑，绘图征咏，名曰五丁守研图。）　身死心恋宣州，敬亭山麓，何幸埋忠骨。劫火重经余手泽，呵护不教磨灭。我客吴门，同游艺圃，谏草楼空屹。（苏郡西偏有艺圃焉，为公侨寓之所，予昔年偕同好结鸥隐词社于此，谏草楼遗址犹存。）输他鹳眼，见公钩画银铁。

辘轳金井

明黄梨洲先生遗研，秀水施拥百藏。研中今营造尺直四寸、横三寸二分，左侧缺一角，锐上如削。面作井文，井上一眠犊凸起：制极精。背作插手式，中空斜向，上处有铭曰：先公党祸，顾义而喟，安得父子农夫没世。每念斯言，求死无地，委身砚北，盖非素志。砚上有井，井上有犊，井改犊丧，此恨何既。姚江黄宗羲铭。　词社第十集

我心非石，石心坚，不与劫灰同毁。鸬眼如生，有孤儿血作平泪。农夫没世。砚田守，顿违初志。党籍朝中，逋臣海上，磨人何既。　沧桑后，眷怀井里。任躬耕叱犊，致身无地。闭户著书，备

前朝遗史。波澜不起。箬肥遁老怀盟水。漳浦碑残，宣州铭质，同珍千祀。（黄忠烈有墨妙亭断碑砚。）

庚子仲春，语石词隐录稿。

《艺风堂友朋书札》（下）

（上海人民出版社2018年版）

【按】　上录四词为刘炳照寄缪荃孙寒碧词社社集词札，因寒碧词社罕有提及，故录四词以备一观。

四

艺风先生函丈：

正深驰仰，适由苏递到沪发手书，并蒙赐读大集，《藏书记》《乐章集》各种，一一拜领。《乐章》讹脱最多，校勘精当，允推柳氏功臣。《藏书记》后附题跋，足资考订文集，于史部尤为详赡，非揣摩声调，雕琢字句者所能望其项背。拙图题词，载在别集，贱名获附骥尾以传，曷胜忻幸。雅词略诵一过，尚未细校，拟寄石翁，乞作骈叙，请以精刻酬之。经幢题词，容即转致心庵手收。赐题诗梦，暇乞重书寄下，以便汇付装池。苏寓已移刘家浜许姓宅内，风余词社应者寥寥。朱古微侍郎典试粤东，又少一北道主人。惟先生奖劝而提倡之，同深企祷。专肃鸣谢，敬承起居万福，不尽言宣。炳照叩头。九月二十五日。

《艺风堂友朋书札》（下）

（上海人民出版社2018年版）

致冒广生

损书具审。承惠《秋梦庵词》，幽蒨秀逸，虽不及兰修之浑厚，与沈、王二家异曲同工，珍袭浣诵，受益良多。《心日斋词》敞斋所藏，仅《梦月》《怀梦》二种，其《鸿雪》《退庵》二种，似稍逊前卷。中用朱笔标出，极有见解，不知何人手笔。《十六家词录》均有目共赏之作，拟录序目，以备参阅。令叔祖大人赐题《填词图》五律，老树着花无丑枝，钦佩无似，乞为道谢。余俟开岁晤謦。此颂鹤亭仁兄大人道履。

炳照拜复

上海博物馆图书馆编《冒广生友朋书札》

（上海书画出版社2009年版）

致程心庵

心庵仁兄有道：

昨披手答，掳谦逾分，奖饰过情，忸颜无地。赐题〔一剪梅〕词，丰神跌宕，如接清芬，墨缘遥结，缣素有光矣。〔暗香〕、〔疏影〕为白石自度腔，平仄一字不可移易。原词多以入作平之字，弟与夔伯细检梦窗、玉田各词，逐字校雠，如"月色"之"月"字，"玉人"之"玉"字，换头之第一"寂"字，"夜雪"之"雪"字，"玉龙"之"玉"字，皆其显然者也。至若"怪得""竹外"之"得"字"竹"字，亦系以入作平，则从吴、张两词看出也。辱承虚衷下问，竭诚贡愚，聊备采览。手此布复，顺颂动定翔吉。

《同声月刊》第一卷第四号

（1941年3月）

【按】 此札原题《刘炳照与程心庵论白石暗香疏影书》，为朱居易辑《近贤论词遗札》之一。程心庵，生平不详。

王鹏运

王鹏运（1848—1904），字幼霞，又作佑遐、幼遐，中年自号半塘老人，晚年自号半僧、鹜翁、半塘僧鹜。广西临桂（今桂林）人。历任内阁中书、江西道监察御史、礼科掌印给事中等职。王鹏运与郑文焯、朱祖谋、况周颐称"晚清四大词人"，并为之首。词作共编为七稿九集（乙稿，《袖墨集》《虫秋集》；丙稿，《味梨集》；丁稿，《鹜翁集》；戊稿，《蜩知集》；己稿，《校梦龛集》；庚稿，《庚子秋词》《春蛰吟》；辛稿，《南潜集》），统名《半塘词稿》，晚年删定为《半塘定稿》，朱祖谋后又编《半塘剩稿》刻印行世。王鹏运论词力尊词体，提倡"重、拙、大"，又致力于校勘词集，刊刻《四印斋所刻词》《四印斋汇刻宋元三十一家词》等，又与朱祖谋合校《梦窗词》，开创词籍校勘之学。

致冯永年（二通）

一

十年阔别，万里相思。往在京华，得《寄南园二子诗钞》，尝置座隅，不时循诵，以当晤言。去秋与家兄会于汉南，又读《看山楼词》，不啻与故人烟语于匡番寒翠间，麈柄炉香，可仿佛接。尤倾倒者在言情令引。少游晓风之词，小山蘋云之唱，我朝唯纳兰公子深入北宋堂奥。遗声坠绪，二百年后，乃为足下拾得，是何神术，钦佩钦佩！佽涸迹金门，素衣缁尽。闲较倚声之作，谬邀同辈之知。既奖藉之有人，渐踊跃以从事。私心窃比，乃在南宋诸贤。然毕力奔赴，终彳亍于绝潢断港间。于古人之所谓康庄亨衢者，不免有望洋向若之叹。天资人力，百不如人，奈何奈何！万氏持律太严，弊流于拘且杂，识者至訾为痴人说梦，未免过情。然使来者之有人，综群言于至当，俾倚声一道，不致流为句读不葺之诗，则荜路开基，红友实为初祖。不审高明以为然否？往岁校刻姜、张诸词集，计邀青睐，祈加匡订。此外如周、辛、王、史诸家，皆世人所欲见，又绝无善本单行。本拟雠刊，并公同好。又拟辑录同人好词，为笙磬同音之刻。自罹大故，万事皆灰。加以病竖相缠，精力日荼，不识此志能否克遂。它日残喘稍苏，校刻先人遗书毕，当再鼓握铅之气。足下博闻强识，好学深思，其有关于诸集较切者，幸示一二。盼盼。归来百日，日与病邻。丧葬大事，都未尽心毫末。负诶高厚，尚复何言。饥能驱人，杜门未遂。涉淞渡湖，载入梁园。今冬明春，当返都下。一是家兄当详述以闻，不再觏缕。白雪曲高，青云路阻。双江天末，瞻企为劳。附呈拙制，祈不吝金玉，启诱蒙陋。风便时锡好音，诸惟为道珍重，不备。

《餐樱庑词话》

（1920年《小说月报》第11卷12期）

二

倚声夙昧，律吕尤疏。特以野人击壤，孺子濯缨，天机偶触，长谣斯发。深惭红友之持律，有愧碧山之门风。意拍指訾，遑恤颜厚。兹录辛巳所造，得若干阕就正。嗟夫，樗散空山，大匠不视。桐焦爨下，中郎赏音。得失何常，真赏有在。传曰："子今不订吾文，后世谁知订吾文者。"谬附古谊，率辱雅裁，幸甚幸甚。

《餐樱庑词话》

（1920年《小说月报》第11卷12期）

【按】 上二札原为况周颐所藏，况氏将其录入《餐樱庑词话》。1960年人民文学出版社印行《蕙风词话》，校订者王幼安将其编入《蕙风词话续编》卷一。1981年，收入修订版《词话丛编》时，又加上"半塘杂文"标题。冯永年，字恩江，广东番禺（今属广州）人。曾官江西南康知县。著有《看山楼诗钞》《看山楼词》。

致缪荃孙

筱珊仁兄先生讲席：

伯约前辈到京，奉到惠书，辱荷注存，铭感之至。春气日和，伏唯道履胜常，起居多适，如颂为慰。尊恙想已大愈。吾辈蠹鱼身世，使一日不与线装墨本为缘，如孺子之失乳，行客之无归，怅怅惶惶，不可终日。昔年在汴小病，医者力禁伏案，行之数日，竟不能如约。伏读手谕，深知此境之闷损人也。常州词选足备国朝词家流别同异，得失盛衰之故，不独为珂乡文献之征，而只字片言，穷儒笔墨，借以流传者，亦复阴德不浅，甚盛举也。足下著作满家，固不仅此，然此亦千秋不朽之盛业矣。夔笙未上计车，近以近刻见寄，词笔亦似渐退；会典保案仅得分发同知，恐此后不能见谅，鄙人亦当在骂中，自为荆棘，于人何尤。从来曾力劝之，如不从何！去年弃归时，檿叟曾贻书属为规劝，然岂弟所能做到耶！天生美材，不自顾惜，真有爱莫能助之叹，亦殊引为内愧耳！时事日坏一日，目前已不能了。无论何以善其后，自惭识力卑下，即欲稍有所陈，为万分一之补，思之亦不可得，不入文字又有日矣。执事江湖魏阙之思，必不能恝然置，高见何似，能开示一二，以开茅塞之胸否？盼甚盼甚。拙刻凡已成者，皆已寄呈。兹再奉上一分，托伯约带呈。近年兴会大减，即铅椠旧嗜，亦久已不亲。前年在丁松生先生处抄得宋元词廿余家，秘本佳词正复不少。唯《樵歌》苦不可得，如何如何。顷见铁琴铜剑斋书目内载《天下同文集》，亦元词上选未有刊本者，执事能为鄙人一物色否？如可抄得，或可一鼓梨枣精神耳。近况逯趚，万无佳理，询伯约可略悉。唯与次珊、古微、梦湘二三同志为倚声之会，月两三集。开年以来将十次，联吟独咏，今年得词已四十余阕。《味梨》刻后，又有百余阕。年内拟付梓人，就正有道，此则可为知我矜诧者。忆云生所谓不为无益事，何以遣有涯之生。旨哉言乎！下徵拙书，弥切知己之感，草草涂上，幸不吝教益，大为指疵。闻近来邺架得古拓佳本极夥，惜不克快阅，一洗尘眯也。榱叟晤希致声。此复，即颂道安，唯照不次。弟王鹏运顿首。上闰三月朔。

《艺风堂友朋书札》（下）
（上海人民出版社2018年版）

致郑文焯（三通）

一

拓本已装成小副，悬之画室，以祓不详，而迓嘉福。……在焦山有一词，自谓不恶，另纸写上，以我公之和否，断此词之优劣。……朱古微学丈来书，尝拳拳于执事，前亦致书以通殷勤否？吟讽有暇，盍作一缄，古微公当信是我辈，且于公甚倾倒。《冷红》《南音》，盖不时出入怀中者，亦一知己也。

《词学》第七辑
（华东师范大学出版社1989年版）

二

兼以酷热不可耐，闭户裸陈，几不知我为何物。蚊蚋攒肤，爬搔不已，始知此身尚有血肉，犹知痛痒，奈何！……端节狂窘，无可奈何，只得借词出气，两日所得，竟有六七阕。然不佳知矣。古微时来谭艺，稍慰寂寥，此外所闻，深恨不聋耳。

《词学》第七辑

（华东师范大学出版社1989年版）

三

叔问先生吟席：

重九后一日，同乡陈小敬转到惠书。困处危城中已余两月，如在万丈深井中。望天末故人，不啻白鹤朱霞，翱翔云表。又尝与古微言，当此时变，我叔问必有数十阕佳词，若杜老天宝、至德间哀时感事之作，开倚声家从来未有之境。但悠悠此生，不识当能快睹否？不意名章清问，意外飞来。非性命至契，生死不遗，何以得此？与古微且诵且泣下。徘徊展望，纸欲生毛。古微于七月中旬兵事棘时，移榻来四印斋，里人刘伯崇亦同时来下榻。两月来，尚未遽作芙蓉城下之游，两公之力也。古微于五六月间，封事再三上，皆与朝论不合，而造膝之言，则尤为侃侃。同人无不为之危，而古微处之泰然。七月三日之役，不得谓非幸免。人生有命，于此益可深信，人特苦见理不真耳。鄙人尝语天下断无生自入棺之人，亦断无入棺不盖之理。若今年五月以后之事，非生自入棺耶，七月以后之我，非入棺未盖耶。以横今振古未有之奇变，极人生不忍见，不忍闻，不忍言之事，皆于我躬丁之，亦何不幸置耳目于此时此地而不聋不盲也。八月以来，日盼傅相到京，庶几稍有生机，乃到京已将一月，而所谓生机者，仍在五里雾中。京外臣工，屡请銮舆回，銮舆乃日去日远，且日促各官赴行在。论天下大势，与近日都门残破满眼，即西迁亦未为非策，特外人日以此为要挟，和议恐目前之大梗。况此次倡谋首祸诸罪臣，即以国法人心论，亦万不可活，乃屡请，亦迄未报。七月诸公归元之易，而此辈绝颈之难也。是非不定，赏罚未明，在承平不能为国，况今日耶？郁郁居此，不能奋飞，相见之期有无，尚未可必。弟是死过来人，恐未易一再逃死。生生之气，自五月以来，消磨净尽，不唯无以对良友，且无以质神明。晚节颓落，但有百愧，尚何言哉。中秋以后，与古微、伯崇每夕拈短调，各赋词一两阕，以自陶写，闻闻冗冗，充积郁塞，不略为发泄，将膨胀以死，累君作挽词，而不得死之所以然，故至今未尝辍笔。近稿用遁法唱酬例，合编一集，已过二百阕，芸子检讨属和，亦将五十阕，天公不绝填词种子，但得乱定后始死，此集必流传，我公必得见其全帙。兹先挥录十余阕呈政，词下未注明谁某，想我公暗中摩索，必能得其主名。伯崇词于公为初交，然鄙人与古微之作，公所素识。

《词学》第七辑

（华东师范大学出版社1989年版）

【按】 以上三通书札均录自黄墨谷辑录《〈词林翰藻〉残璧遗珠》之《王鹏运致郑文焯书》。《词林翰藻》是王鹏运、朱祖谋、郑文焯的往来书札，共十本，原为郑文焯之婿戴正诚所藏，1959年黄墨谷曾借阅抄录部分，后毁佚。

致朱祖谋

沤尹大兄阁下：

前上书之次日，邮局即将《东塾读书记》《无邪堂答问》各书交来。大集琳琅，读之尤欣快无量。日来料量课事讫，即焚香展卷，细意披吟，宛与故人酬对。昨况夔笙渡江见访，出大集，共读之。以目空一切之况舍人读至《梅州送春》《人静庐话旧》诸作，亦复降心低首，曰：吾不能不畏之矣。夔笙素不满某某，尝与吾两人异趣，至公作则直以独步江东相推，非过誉也。若编集之例，则弟日来一再推求，有与公意见不同之处，请一陈之。公词庚、辛之际是一大界限，自辛丑夏与公别后，词境日趋于浑，气息亦益静，而格调之高简，风度之矜庄，不惟他人不能及，即视疆村己亥以前词，亦颇有天机人事之别。鄙意欲以已见《庚子秋词》《春蛰吟》者编为别集，己亥以前词为前集，而以庚子〔三姝媚〕以次以迄来者为正集。各制嘉名，各不相杂，则后之读者亦易分别。叔问词刻集胜一集，亦此意也。至于去取，则公自为沙汰之严，已毫无尘杂。俟放暑假后再为吹求，续行奉告。自世之人知学梦窗，知尊梦窗，皆所谓但学兰亭面者。六百年来真得髓者，非公更有谁耶？夔笙喜自诧，读大集竟浩然曰：此道作者固难，知之者并世能有几人？可想见其倾倒矣。拙集既用《味梨集》体例，则春明、花事诸词其题目拟金明池下书扇子湖荷花，题序则另行低一格，而去其第一、第二等字，似较大方。公集去之良是，体例决请如此改缮。暑假不远，拟之若耶上冢，便游西湖、江干。暑湿不可久留，南方名胜当亟游，以便北首。此颂起居。

弟王鹏运再拜上言
五月廿六日

予素不解倚声，岁丙申，重至京师，半塘翁时举词社，强邀同作。翁喜奖藉后进，于予则绳检不少贷。微叩之，则曰：君于两宋途径固未深涉，亦幸不睹明以后词耳。贻予《四印斋所刻词》十许家，复约校《梦窗四稿》，时时语以源流正变之故，旁皇求索，为之且三寒暑。则又曰：可以视今人词矣，示以梁汾、珂雪、樊榭、稚圭、忆云、鹿潭诸作。会庚子之变，依翁以居者弥岁，相对咄咄，倚兹事度日，意似稍稍有所领受，而翁则翩然投劾去。明年秋，遇翁于沪上，出示所为词九集，将都为《半塘定稿》，且坚以互相订正为约。予强作解事，于翁之阄指高韵无能举似万一，翁则敦促录副去，许任删削。复书至未浃月，而翁已归道山矣。自维劣下靡所成就，即此趄趄小言，度不能复有进益，而人琴俱逝，赏音阒然，感叹畴昔，惟有腹痛。既刊翁《半塘定稿》，复用翁旨，薙存拙词若干首，姑付剞氏，即以翁书弁之首，以永予哀云。乙巳夏五月，上彊村人记。

《彊村词剩稿》
（《彊村丛书·附遗书》，上海古籍出版社1989年影印本）

【按】此札原名《与朱彊村书》，后编入《彊村词剩稿》，为《彊村词原序》，置于《彊村词剩稿》卷首。

叶昌炽

叶昌炽（1849—1917），字兰裳，又字鞠裳、鞠常，自署歇后翁，晚号缘督庐主人。江苏长洲（今苏州）人。清光绪十五年（1889）进士。授翰林院编修，后为国史馆协修、纂修、总纂等。清光绪二十八年（1902），任甘肃学政。辛亥后以藏书、校勘典籍为业。著有《藏书纪事诗》《寒山寺志》《缘督庐日记》《邠州石室录》《语石》等。

致潘祖年

再恳者：前约半月，朱古惟前辈来言，武林吴印臣孝廉（名昌绶，在清史馆）工倚声之学，辑刻宋元人词集已多种，尊处所藏《淮海居士长短句》已蒙传录一本付之，但其意在于仿宋影刻，欲借出一二月，炽告以精本恐未便借出，又请写生诣尊府影钞，如有损坏，欲为担任云云。再三言之，不能不为转达。是否可行，乞即示知，以便回复前途，感荷感荷！再颂校安。名心又顿首。

古惟顷来一涵，附呈。初意以宕局了之，不意其又来催促也。

梁颖整理《缘裻庐遗札》（上）

（《历史文献》第十八辑）

【按】潘祖年（1870—1925），字西园、拙逡，号仲午，室名拙逡斋。江苏吴县（今苏州）人。潘世恩孙、潘曾绶次子、潘祖荫弟。著有《拙逡诗存》。

沈曾植

沈曾植（1850—1922），字子培，号乙庵，又号逊斋，晚号寐叟。浙江嘉兴人。清光绪六年（1880）进士，历官刑部郎中、江西按察使、安徽布政使署巡抚。清亡后，退隐上海，以遗老自居，与陈三立、梁鼎芬等唱和。沈曾植学识淹博，于蒙古舆地、元史及佛学有深入研究。又工诗，为晚清"同光体"诗派一大作手。著有《海日楼诗集》《蒙古源流笺证》《元秘史笺证》等。词有《僿词》《海日楼余音》《东轩语业》《曼陀罗寱词》等集，后由朱祖谋删定为《曼陀罗寱词》一卷。

致朱祖谋

古微仁兄大人阁下：

冶城分道，瞬已逾年。冬月明圣泛舟，灵山韶濩，颇有领会，惜不得与公偕行共证也。献岁以来，伏惟起居集福。坡词校例精详，恐当为七百年来第一善本。愿记数语，发挥此意，机绪尚未凑拍也。杭游得诗十余首，录奉教览，以当晤谈。颇有邓尉探梅之意，天气稍和，即当买棹，但须公作导师耳。甚望复我数字。此请道安。

植

初九日

《词学季刊》创刊号

（1933年4月）

【按】 此札原题《近代名贤论词书札·嘉兴沈寐叟曾植先生与朱彊村书》，为龙榆生所录，发表于《词学季刊》创刊号。唐圭璋编《词话丛编》将其作为《彊村老人评词》附录，题为《近人与朱祖谋论词札·沈寐叟与朱彊村书》。

奭 良

奭良（1851—1930），字召南，镶红旗满州人，裕瑚鲁氏，承龄之孙，有"八旗才子"之称。历任山西河东道，湖北荆宜道等省道员，辛亥革命后入清史馆。著有《野棠轩文集》《史亭识小录》，词集名《野棠轩词集》。

致夏孙桐

闰庵世先生道履：

昨奉赐柬，滞相之说，期期不谓然。一题到手，必当发挥正面，力破余地。长调不能无关合映带，要须亲切，方见真实，非可泛填。仆谓公"扫"韵之佳者，今年春寒本剧也。草长始莺飞，草初生则莺声自小也。"草"字韵旁犯本题，大都推开说，而能作本色语，自然佳妙。下阕尤佳。愁根三语，即"野火烧不尽"之意，而又此题之微旨也。"到"字韵触景生情，行文顺境，惟肖惟妙，以此为滞乎？"悄"韵不甚响，第参军赋在语自典饬。"少"韵关合自然。吾辈生世不谐，赋咏不能无寄慨，亦须语不离宗。用之尾声，尤为恰当。宋人诗云："诗传画外意，贵有画中态"。公词尽画中态矣，非弟哓哓作护法也。公不惮烦，手录俞词见示而盛誉之，则亦未敢仰同。词家者流，动言不说尽，不说出，以为超诣。按之柳、周、王、张诸家，已不尽然。又为避浅显则替代以申之，为叶四声则扭捏以申之。其按切本题与否，所不计也。真气贯注，宛转关生，则不知也。俞词颇近此病。弟之学词也，谨守家学，未能深造，苟求文从字顺切题而已，要不敢自欺。硁硁之见，宁为公之滞相，不欲为无边际之空相也。汲生又妄发矣，愿终教之。

《同声月刊》第一卷第四号

（1941 年 3 月）

【按】上札原题为《奭召南与夏闰庵论词书》，为朱居易辑《近贤论词遗札》之一。

严 复

严复（1854—1921），字又陵，一字几道，晚号愈野老人。福建侯官（今属福州）人。严复会通中西学术，翻译了大量西方经典。诗文亦佳。著有《严几道诗文钞》《严复集》，其词见《严复集》。

致朱祖谋（三通）

一

昨承枉教，为赐甚厚。去后极思更有所作，以邀教益。刻乃勉成〔解连环〕一阕，谨录呈左右，伏望佛不吝法，更与指点。裕之有云：文章有圣处，正脉要人传。果他日此学成就，则先生的髓法嗣也。不胜竚仰之至。此颂疆村词伯旅安。

复顿首

附：

解连环　己酉灯节呈彊村，用梦窗韵

绾同心结（别作"襄裳佩结"）。正春舒柳眼，嫩条柔极（别作"柔条嫩极"）。料庾信愁满江关，更吴雨潇潇（别作"酥雨寒寒"），落梅风色。社酒犹赊，燕泥冷郁金梁（别作"堂"）北。问巢痕东阁（别作"东观"又作"藻井"），伞影西清（别作"斧廊"），可堪重忆。　试灯（一作"遨春"）故情未揭。为（别作"替"）东风作主，商略红白。怕元都去（一作"此"）后桃花，又浥露泛霞，自骄绀碧（别作"别饶缃碧"）。玉宇孤蟾，瞰来去（别作"阅日夜"）沧溟潮汐。且寻伊（别作"有霜腴"）玉龙怨调，倚声撷得（别作"傍墙撷得"）。

二

沤尹侍郎先生执事：

得正月廿三日损书，及新刻重斠《梦窗四稿》，知先生指导之意无穷也。不胜感，不胜感。来教以浣花、玉溪于诗，犹清真、梦窗於词，斯诚笃论。复于《清真词》不尽见，就其得见者言。窃谓梦窗词旨，实用玉溪诗法。咽抑凝回，辞不尽意。而使人自遇于深至。钩铢杂碎，或学者之过。犹西昆末流，诚不可归狱梦窗。至于清真之似子美，则拙钝犹未之窥见也。别纸所示，都中症结。初学人能得法师如此，不禁窃熹自负耳。谨再磨琢奉呈，伏惟垂诲。

复顿首

二月朔日

三

彊村词老执事：

顷承手教，于鄙作尽无所否，非所望也。复以为词之为道，秬叔夜"手挥""目送"二语尽之。至于形色,尤不可苟。而声情神思,则作者各有天焉,不得强而致也。先生以为然乎?前作去后,尚有商量数处,不过取其圆溜。惟"东阁""阁"字,必应改作"观"字。谨别纸更录呈政,并颂兴居。

复再顿首

春水、梦窗二家,短长安在,望破例相告。

《词学季刊》创刊号
(1933 年 4 月)

【按】 上三札作于清宣统元年(1909),严复时任京师大学堂校长。札为龙榆生所录,发表于《词学季刊》创刊号,原题《近代名贤论词书札·侯官严几道复先生与朱彊村书》,唐圭璋编《词话丛编》将其作为《彊村老人评词》附录,题为《近人与朱祖谋论词札·严几道先生与朱彊村书》。

致夏敬观

昨宵今日俯读戊申大稿讫,但徊叹挹恨,向者知足下不尽也。复于诗词皆未成熟,而词尤门外汉,实于高明无能为益,勉欲仰副盛情。窃谓公此后于盘硬处着四成力,而于妥帖则用六成,务使辞义、篇律、起伏、根叶一无所憾而后已,则道成。吾公勿谓此易与事,仅诗如山谷,词如梦窗,密切求之,不无遗议。无遗议者独少陵、昌黎、半山、尧章诸公,此其所为不可跂耳。乱说乱说,死罪。此上剑成老兄世大人台座。

弟复皇恐再拜
正月十九
《夏敬观友朋书札》
(复旦大学出版社 2021 年版)

吴东园

吴东园(1854—1940),字子融,又字紫蓉。安徽歙县人。晚清秀才,工诗文词曲。民国初年,曾投笔从戎,任新安五军第七路军秘书，后卸甲归隐，寄寓江苏盐城伍佑场。并在伍佑成立国粹保存社，教授诗词学。著有《六朝文挈补释》《东园传奇十八种》《东园丛编》等。

致黄花奴

花奴同社：

顷损手书，敬铭心版。承询词学，敢贡刍言。凡词各有宫调，宫调者，六律六吕，皆有五音，演而为宫为调。宫者，正宫、道宫、黄钟宫、仙吕宫之类；调者，音调、越调、大石调、正平调之类。其起调别曲，当用何字，有一定不易之则。起者，始韵；毕者，末韵，而又有住字以别之。白石所谓住字，即玉田所谓结声，收足本音，方能融入本调。词之合律与否，全在乎韵。韵有四呼七音三十一等，而其要则穿鼻、展辅、敛唇、抵颚、直喉、闭口六条。吴门戈顺卿《词林正韵》例言亦尝详述。词至姜白石（夔）、王碧山（沂孙）、张玉田（叔夏）鼎足而立之，三人词皆雅正，故玉田云词欲雅而正。玉田所谓雅正者，洵词学之津梁，实为自家之面目，知此始可与言词，始可与言玉田之词。玉田空灵婉丽，开词家雅正之宗。白石、碧山后先一揆。然今之学词者，如以空灵为主，但学其空灵，而笔不转深，则其意浅，非入于滑，即入于粗矣。以婉丽为宗，但学其婉丽，而句不炼精，则其音卑，非近于弱，即近于靡矣。吾辈为词，不难于作，而难于协。此中造诣，可与知者道，难于俗人言。以足下年少多才，减字偷声之末学，当优为之。辱承明问，敢布屡屡，巴人之说，幸垂谅焉。

东园谨白

《小说新报》

（1916年2卷7期）

【按】此札原题《与黄花奴论词书》，见《小说新报》1916年2卷7期《艺府》专栏。黄花奴（亦称花奴），原名黄中，江苏宝山（今属上海）人。"鸳鸯蝴蝶派"作家，民国时期《上海秘幕》的编辑主任，热衷写作黑幕小说。著有小说《江山青峰记》等。

中国古典词学
新辑词学珍稀文献丛刊

邓　濂

邓濂（1855—1899），字广文，又字似周，号石瞿、羿庵。江苏金匮（今无锡）人。能诗，"梁溪七子"之一。著有《羿庵集》。

致刘炳照

杜门养疴，百事俱废，文字结习，交游萦心，颓弃之余，惟此耿耿。远承嘉贶，获诵新词，载奉瑶华，如亲玉麈，兰雪沁齿，蕙风披衿，旧疢新愁，豁然若失。每念盛孝章、董子仪之流，旷代相感，尚友为劳，不图穷途，乃觏玄赏。自惟黥浅，学无师承，四方之游，幸接耆旧，入扬子之室，从康成之车。自更忧患，久荒问学，聪明尽矣。贫病间之，顾景西蠛，伊郁谁语，乃辱大雅一再尉诲，若置于素交之列，复何敢以孱病自弃，庶或晚闻，以答□顾。足下逸才丰艺，士林归慕，出其余技，已足千秋。乐府一集，清丽婉约，分镳清真，平睨方回，毗陵多贤，谁与抗手。濂少岁亦颇嗜此，近以多病，冰弦久枯，偶一吟弄，音韵悽瑟，哀蝭思鸟，听者无欢，覆瓿犹惭，遑敢问世，远承垂问，愧负良多。友朋中有会稽陶子缜、金坛冯梦华、仁和谭仲修皆称作者，谭有《复堂词》，冯有《梦香词》，陶久谢世，遗著零落，每一念及，辄有绝轸之痛也。董先生《齐物论斋词》，久觅未得，邺架有此，望假录一通，此愿倘偿，则病榻微吟，亦岁事中佳话矣。

专肃布臆，敬颂著安。邓濂叩头。

《留云借月庵词》卷首《赠言》

（清光绪十九年刻本）

致谭献（四通）

一

复堂先生有道：

……昨晤同乡薛观察，知大集已寿枣人，喜慰无量。川陆虽阻，邮筒可传，幸付来鸿，庶窥全豹。朋交中欲觅《箧中词》者尤多，亦求赐寄数册。《词录》如未授梓，其《论词》一卷尤愿先睹，倘能录副寄我，盼祷何如。……向爱项莲生《忆云词》，而未得全本，能觅寄一册否？……濂又白。

《复堂师友手札菁华》

（人民文学出版社2015年版）

二

仲仪先生有道：

　　……倚声之学自皋闻、止庵之论出，而其体始尊，然两家之词或犹未餍人意，惟复堂词沉郁柔厚，冠绝古今，非徒色飞魂绝而已。《词录》一书盍先刊行，遗饷学子。濂于此事致力颇久，日来稍暇，正拟整理旧作，上奉清娱。而薛观察言先生不日将有皖行，云得之袁尧年之口，不知果确否？因先复此笺，拙稿俟录成再寄，先生幸必为我序之。《忆云词》残本卷帙无多，可否付之抄胥，寄我一读？庄中白久闻其名，恨未得见，遗书零落，故人收之。其《周易通义》闻有传本，能分惠一册否？许迈孙才气豪迈，襄客秦澹叟处，即知其人。今以先生之言作书通问，幸转致之。山川修阻，合拜何期，拉杂作此，聊报无恙。伫闻还驿，以慰相思。伏维起居万福。

邓濂叩头

《复堂师友手札菁华》

（人民文学出版社2015年版）

三

复堂先生左右：

　　尊选《箧中词》为词选中最善之本，续词能戬毂重定为佳。特网罗别集殊非易易。暇当为君物色之。如有所得寄奉也。鄙意刊成后尚当精校一过，如沈通骏〔玉楼春〕一阕"早乌啼起银蟾落"，后又刻作闺阁金庄词，此必误刊。幸校正之。《忆云》残编如得写入，尚求惠寄一读。许君当常晤面，榆园十种已否竣工？颇盼念也。见时望代致拳拳。……

邓濂叩头

《复堂师友手札菁华》

（人民文学出版社2015年版）

四

复堂先生有道：

  ……叔问、语石时相过从，每与清话，辄念先生不置。濂于大著《复堂类集》无一字不细读，胝沫者已数四。尤神往于《词录》一书，何不早付剞氏。前在语石处见先生诗集日记，俱有续刻者，如有零种，乞惠我一二册。《词录》有清本，颇思为先生刻之，未知能偿此愿否？……

髀庵弟邓濂顿首

《复堂师友手札菁华》

（人民文学出版社2015年版）

郑文焯

  郑文焯（1856—1918），字俊臣，号小坡，又号叔问、冷红词客、大鹤山人、鹤道人，奉天铁岭（今属辽宁）人，隶内务府正白旗籍。陕西巡抚瑛棨之子。清光绪元年（1875）举人。捐官内阁中书。居苏州三十余年，曾为江苏巡抚陈启泰诸人幕宾。辛亥革命后，以遗老自居，业医卖画，老而食贫。文焯工诗词，擅医道，又精于金石书画，音律乐理，兼通园艺，特以词名，为"晚清四大家"之一。著有《大鹤山房全书》，其中收《瘦碧词》《冷红词》《比竹余音》《樵风乐府》《苕雅余集》五种词集，另有《词源斠律》及其他著作多种。

致张尔田（九通）

一

昨感知音之雅，载挹撝谦之光，抑抑冲怀，弥殷臧写。前以谔见，举似野言，冀赞名章，效壤流之助，奚足补三语掾，感遽当一字师邪？兹复以曩所偬得，任笔记之。辄尽数纸，匪好学深思如吾贤，更曷敢轻枉高听。若词之大旨，伯时、叔夏固择精语详，不复词费。总之体尚清空，则藻不虚绮，语必妥溜。斯文无撮囊，慧心人定引为知言，不屏为怪侣。幸甚幸甚。附上谰言，无复诠第。敬承孟劬仁兄有道动定，弟文焯白疏。

二

余龆龀时，好读唐诗，日课十数首，辄能背诵。年十一，侍先中丞公游洛阳，一日，出城西，观樱桃沟，率成绝句云："樱桃红涨雨纤纤，京洛风光旧未谙。绝似熟梅好天气，衣篝香里梦江南。"其时未识江南梅黄天气如何光景，率尔操觚，意若有会。迨廿五岁，南游客吴，匆匆几月，每值满城梅雨，襟袖酥凝。美成词所云："地卑山近，衣润费炉烟。"盖纪梅天以熏篝除湿，而少作转成落南之诗谶，亦足征漂泊生涯，匪偶然也。沈伯时论词云："读唐诗多，故语多雅淡。"宋人有隐括唐诗之例。玉田谓："取字当从温、李诗中来。"今观美成、白石诸家，嘉藻纷缛，靡不取材于飞卿、玉溪，而于长爪郎奇隽语，尤多裁制。尝究心于此，觉玉田言不我欺。因暇熟读长吉诗，刺其文字之惊采绝艳，一一汇录，择之务精。或为妃俪，顿获巧对。温八叉本工倚声，其诗中典要，与玉溪"獭祭"稍别，亦自可缀以藻咏，助我词华。必不可臆造纤靡之辞，自落轻俗之习，务使运用无一字无来历。熟读诸家名制，思过半已。夫文者，情之华也；意者，魄之宰也，故意高则以文显之，艰深者多涩，文荣则以意贯之，涂附者多庸。又笔欲其曲，虽放不粗，语欲其新，实费而隐，前辈谓无理之理，无体之体，犹隔一尘。

三

唐五代及两宋词人，皆文章尔雅，硕宿耆英，虽理学大儒，亦工为之，可征词体固尊，非近世所鄙为淫曲箧弄者可同日而语也。自君相以逮学士大夫，畸人才流，迁客怨女，寒畯隐沦，靡不歌思泣怀，兴来情往。甚至名伎高僧，顽仙艳鬼，托寄深远，属引湛冥，其造端甚微，而极命风谣，感音一致，蔚为群雅之材，焕乎一朝之粹。至美成提举大晟（音盛，见徽宗《宫词》），演为曼声，三犯四犯，变调纂繁，美且备已。白石以沉忧善歌之士，意在复古，进《大乐议》，率为伶伦所厄，其志可悲，其学自足千古。叔夏论其词，如"野云孤飞，去留无迹"，百世兴感，如见其人。自乙酉、丙戌之年，余举词社于吴，即专以连句和姜词为程课，继以宋六十一家，择其菁英，咸为嗣响。今同社诸子，零落殆尽，半箧秋词，但有余泣，此近十年所为伤心之极致，虽长歌不能造哀已。惜曩和姜全词，及鄙人《补白石传》，并未付锓，且遗一叶，箧稿零迭，不省措久已。

《国粹学报》第六十六期

（1910年5月）

四

玉田崇四家词，黜柳以进史，盖以梅溪声韵铿訇，幽约可讽，独于律未精细。屯田则宋专家，其高浑处不减清真，长调尤能以沉雄之魄、清劲之气，写奇丽之情，作挥绰之声，犹唐之诗家，有盛晚之别。今学者骤语以此境，诚未易谙其细趣，不若绅绎白石歌曲，得其雅淡疏宕之致，一洗金钗钿合之尘，取其全词，日和一章，以验孤进。其它如《绝妙好词》，亦可选其雅句，日夕玩索，以草窗所录，皆南宋元初词人也。

《国粹学报》第六十六期

（1910年5月）

五

声调从律吕而生，依永和声，声文谐会，乃为佳制。然词原于燕乐，非专于乐府中求生活者。自古音谱失图，所可见只《词源》一书耳。故凌仲子著《燕乐考原》，苦无图说，以阐发秘奥。至晚岁，始得玉田书，研究之颇有创获。虽仲子书不为词旨昌明，而其所造，终不出燕乐章本，会心正不在远。曩尝博征唐宋乐纪，及管色八十四调，求之三年，方稍悟乐祖微眇，悉取《词源》之言律者，锐意笺释，斠若画一，岂旦夕能毕其说耶？今苏布政陈公，曾于甲午之夏，持拙编《斠律》二卷，见访于沽上客楼，殷殷下问，意在尽得其指要，卒之未竟其绪，但辨以宫位所在，能知戈氏自诩知律之谬诞而已。（朱文公尝云，"不知宫位究在那里"，其全书中有记俗谱管色，益错乱已。此老不为考据训故之学，固未为知乐也。）

六

近世词家，谨于上去，便自命甚高。入声字例，发自鄙人，征诸柳、周、吴、姜四家，冥若符合，乃知词学之微，等之诗亡。元曲盛行，弥以伧靡，失其旧体。国朝诸家，鲜所折衷。良以攻朴学者薄词为小道，治古文者又放为郑声。自宋迄今将千年，正声绝，古节陵，变风小雅之遗，骚人比兴之旨，无复起其衰而提倡之者，宜夫朱厉雕琢为工，后进驰逐，几欲奴仆命骚矣。独皋文能张词之幽隐，所谓"不敢以诗赋之流，同类而风诵之"，其道日昌，其体日尊。近卅年作者辈出，罔敢乖刺，自蹈下流。然求其述造渊微，洞明音吕，以契夫意内言外之精义，殆十无二三焉。此词律之难工，但勿为"转折怪异不祥之音"，斯得之已。姑舍是。词之难工，以属事遣词，纯以清空出之。务为典博，则伤质实；多著才语，又近昌狂。至一切隐僻怪诞、禅缚穷苦、放浪通脱之言，皆不得着一字，类诗之有禁体。然屏除诸弊，又易失之空疏，动辄局踏。或于声调未有吟安，则拚舍好句，或于语句自知落韵，则俯就庸音，此词之所为难工也。而律吕之几微出入，犹为别墨焉。所贵清空者，曰骨气而已。其实经史百家，悉在镕炼中，而出以高澹，故能骚雅，渊渊乎文有其质。如石帚之用"三星"，则取之诗"跂彼织女"之疏，梦窗之用"棠笏"，则取之《旧唐书》李蓁之传，余类不可胜数。若子集中之所取裁者益夥，读者贵博观其通耳。

《国粹学报》第六十六期
（1910年5月）

七

余少日最不喜为帖括，为文专拟六朝，诗则学东川，取径虽高，才力苦弱。迨南游获交高君碧湄、张君啸山、强君赓廷、李君眉生，始稍稍务博，而所造不克精进，略别文章原流，间得奇可，虽契古人，辄惊呼狂喜。然每有所作，未尝不叹学之远道也。及晤王壬老，闻其余绪，而文一变。世士尝谓训故考据之举，有妨词章。余治经、小学及墨家言二十余年，攻许学则著有《说文引群说故》二十七卷（今刻有《扬雄说诂》），《六书转注旧艺》四卷，自谓发前人所未发。研经余日，未尝废文，独于词学，深鄙夷之。故本朝诸名家，悉未到眼一字。为词实自丙戌岁始，入手即爱白石骚雅，勤学十年，乃悟清真之高妙，进求《花间》，据宋刻制令曲，往往似张舍人，其哀艳不数小晏风流也。若夫学文英之秾，患在无气；学龙洲之放，又患在无笔，二者洵后学所厚诫，未可率拟也。复堂谓余"善学清真"，吾斯未信。

【按】《词话丛编》此句后尚有："词无学以辅文，则失之黯浅；无文以达意，则失之隐怪，并不足与言词，而猥曰不屑小道，吾不知其所为远大者又何如耶。"

《国粹学报》第六十六期
（1910年5月）

八

凡为文章，无论词赋诗文，不可立宗派，却不可偭体裁。盖无体则恒钉窦窄，所谓"安蔽乖方，迷不知门户"者也。不知所以裁之，则冗滥敷庸，放者为之，或矜才使气，靡靡无所底止，又所谓"杂乱无章"者也。作词尤诚此二弊，一由"蔽所希见"，一由"予智自雄"。比尝见并世词人，陈陈相因，得门实寡。即有志师古者，亦往往为律所缚，顿思破析旧格，以为腔可自度，黠者或趋于简便，借口古人先我为之，此"畏难苟安"之锢习使然，甚无谓也。然则今之妄托苏、辛，鄙夷秦、柳者，皆巨怪大谬，岂值一哂耶？宣尼论学，"以约失之者鲜"，请进此旨以言词，贵能精择以自镜得失耳。拉杂书之，不复诠第。冀宏达广吾艺焉。

右叔问丈论词书数则，乃曩岁从丈学词所条示者。丈词名满大江南北，而于四上声变尤臻神窟。昔红友严于持律，而所作实不逮；茗柯善言词，而宫调未谙，丈殆兼之矣。此区区者虽为下学指迷，而明阴洞阳，深抉词隐，视紫霞翁有过之无不及也。急写副墨持寄秋枚道兄，著诸竹帛，愿与海内词流共津逮焉。庚戌小暑节，张采田谨记。

《国粹学报》第六十六期

（1910年5月）

九

孟劬太守仁兄铃下：

前者退楼饯春，小集同志，如沤尹、伯弢，皆有和清真之作。鄙人不揆狂简，辄赋〔瑞龙吟〕二解，亦次韵。以诸家墨版，咸载是篇弁首，盖犹宋本之旧次。原注云："此谓之双拽头。一属正平调。自'前度刘郎'以下，即犯大石调，属第三段。至'归骑晚'以下四句，再归正平调。坊刻皆于'声价如故'句分段者非。世士今知此盖寡矣！"兹录拙制，奉博知音一粲。比患臂痛，搦管若锥，书不成字，尚希宥之。梦窗词讹误二字，曩已手校。其鸿字，今沤公刊本已改正。半塘沿汲古之舛驳甚多，拙校几十过，惜今刻未尽从耳。前题一长跋，显若针砭，斠若画一，首在正名。以为甲乙丙丁稿之目，实毛氏无据之题，不得已，只可谓之《梦窗词》。以见之宋元诸词人所称，并无甲乙丙丁一说。且文英字君特，与美成为邦彦甫同例。若清真乃美成自名其集者，（见《宋史·艺文志》及《周传》）疑梦窗亦然，非文英字也明甚。故尹惟晓诸人，皆以梦窗与清真对举，此一佳证。草窗题其词卷，辄隐属分切梦窗二字，更可征为其集名。下走力陈前失，及所勘订数十条，自信确然，无可疑议。今沤公在沪开雕，徒以吴伯宛墨守汲古一家之言，终多遗憾，何事再版？沤公已将拙题刊列卷首，等诸异撰，甚亡谓也。即如来书所校"轻藜"二字，"藜"确为"藤"之误。此即白石"翠藤共闲穿径竹"句，同作杖解。且"藤"亦韵。以吴词〔木兰花慢〕是句无不用短叶例。适与沤公言之，至云："是词'临'字亦非韵，词中无十一真及文元通十蒸十二侵之例。"余旧纂词韵辨例，即据北宋晏、柳、周，南宋吴、姜诸名家韵例，历驳戈氏巨谬，极辨《广韵》古通转音例，仅可论诗，不可绳词。菉斐轩韵，亦未得幼眇，平水韵部，更不足征。盖词为乐府之遗，本乎歌谣，极命风骚，出入正变，纯以古音之谐，契夫人籁之旨，齐以亢坠，系以和声，渢渢古燕乐之原，其惟此一綖哉！近以同人说词中韵例，颇鲜折中，爰尽发梦窗用韵微意，举似音谱，证以白石旁缀字律，案之五音，悉相吻合。恨年来衰病，无是精力，手写净本，又未克假手友生，审稿箧中，久将沦佚，如何如何！至尊斟"藤"字为协，曾亦考订，所见从同。若谓蒸韵不可通，即以吴词乙集中〔丑奴儿慢〕通首押庚青韵，而煞拍独着一"层"字，岂非蒸部通转一证？故尝谓词律之严密，不在韵而在声，犹见唐以前古乐遗制，如六经有韵之文，但有谐音，无所谓通转义例也。质诸敏求深思之君子，当弗河汉斯言。悾悾不尽区区，敬承动定安善。

郑文焯顿首

《同声月刊》第一卷第四号

（1941年3月）

【按】以上九通书札，第一至第八通为张尔田所录，署名《鹤道人论词书》。后叶恭绰将这八通书札合并为五通，以《郑大鹤先生论词手简》之名发表于《词学季刊》一卷三号，《同声月刊》二卷八号重见。唐圭璋编《词话丛编》将其收录，作为《大鹤山人词话》的附录。叶氏所辑与张尔田所录文字偶有差异。此据《国粹学报》辑录，并参叶氏所录。第九通原题《郑文焯与张尔田论词书》，为朱居易辑《近贤论词遗札》之一。

致夏敬观（七〇通）

一

执诲有溢美之誉，弥用愧悚。属写聚头扇，今夕即落墨，但恶札不足当清风一拂耳。垂示新制，音节浏亮，摇荡情灵，能无心折，拟附韵末，勉一效颦，旦夕奉教，何如？敬承映庵词掌道履。文焯再拜，即夕。

《夏敬观友朋书札》

（复旦大学出版社2021年版）

二

昨奉诲音，兼诵高制，骄才雄力，丽采英声，匪独宋参军，不辟危仄；直如齐记室，特出奇崭，正心折无已。清真此解，自十年前与易叔由同年连句和之，讫今不敢着想。忽睹嘉藻，弥用敛手，兹附上《国粹学报》近刻拙诗文数篇，欲探月旦，幸有以裁之，感甚感甚。（嘉鱼笺从何处觅来，并乞示及，俾索其版，当易得之。）映堪先生察书。文焯敬白。三月廿日。

《夏敬观友朋书札》

（复旦大学出版社2021年版）

三

损答兼拜雪茄之赐，珍谢无已，得此已悉其售处，不敢烦源源相济也。第三方试服后，有殊效，幸见示，更须进一服理阴和中汤头，即占勿药矣。承命写聚头扇，旦夕即录近制。箧稿旧有咏石涛和尚鼻烟壶一词，容检写奉政，且拟求和也。此报，敬候映庵先生起居。文焯白疏。廿六日。

《夏敬观友朋书札》

（复旦大学出版社2021年版）

四

百五日韶光，廿四番风信，只销得两三点雨。一霎阑干，怀古阳春，那不头白。想渊思洞赏，怊怅感时，定有高制，续方回"江南断肠"句也。沤公沪游，迄未言旋，值此夏始，风日清和，正宜拍浮补饯春近局。拟俟二三隽侣，兴余谋一醵饮，作连词小集，容与沤公商略，何如？此上祇承映庵先生道履。文焯再拜言。四月朔日。

《夏敬观友朋书札》

（复旦大学出版社2021年版）

五

前夕听枫园饮席，仍苦竹胜于肉，后逢须如尊约，或可摆脱尘襟，趣作文字饮耳。但虑瞻园引去，风流顿尽，如何如何。中丞乞退一疏，今日当有批反，有确闻幸示及。承惠漉水瓶，试之果捷于它器，洵抵一服清凉散也，敬谢高义，有加无已，不知所以报之。作伯弢书示近制〔大酺〕，致多俊语，微嫌文荣意悴，有才大难用之慨，然渠意甚得，未可遽为轩轾。盖由于着想太高，触笔廉断，正如袁嘏之诗，须人捉着，不尔便飞去矣。下走廿年前曾有和清真之作，刻之《瘦碧词》初稿，版久沦轶，兹偶忆写上，颇愧中有鄙直处，惟紫霞拍定。当时意锐才弱，且多不协，欲拉杂摧烧之久已。拟闲中更和一解就正，苦乏好怀，奈何。余驰谒不次，敬承映庵词掌先生动定。文焯顿首。四月二十八日。

附上《艺概》二册，聊充邺架，其中论词亦有微妙也。又及。

《夏敬观友朋书札》

（复旦大学出版社2021年版）

六

自昨闻府主瞿公薨耗，怆恨迄今，痛耆隽之奄零，感知旧之寥落。玉音不嗣，辍弦增悲，不自觉老泪横膺也。权抚属谁，旦晚当有消息，想甸公今已电闻。云门藩使，其券获邪。有确信，幸见示一一。下走南遁三十年，诸侯残客，哀逝忧生，曷云能已，独于此老有邦国殄瘁之悲，惛凄如何。亮吾贤感遇知深，定亦为之累欷擎涕也。匆匆驰臆，祗承映庵先生使君起居。文焯顿白。五月四日。

《夏敬观友朋书札》
（复旦大学出版社2021年版）

七

执诲感甚。拙制《金陵怀古》，端取桓宣武登平乘楼北眺数语，摭写近事。老子婆娑，亦陶侃讽时之辞。正谓玄谈诸君，以清言品骘过江名士，遂致神州陆沉耳。比岁社会清流，痛哭高谈，颇类晋客，吁可悲已。大著〔江南春〕，只结韵微涩，拟易叠字，何如，并乞裁定。又"女墙"似与上"堞"韵嫌复，妄拟以"缭"字，不审当否。余俱隽逸，无懈可击。此承剑承先生使君起居。文焯顿白。初八日。

《夏敬观友朋书札》
（复旦大学出版社2021年版）

八

一昨沤尹见过，始审尊状，深用悬悬。伯夔书至，盛述秣陵近会，虽有湘绮翁，恐一堕乌帽尘中，便落莺脰湖派，无足歆藉也。下走自入伏后，畏暑枯卧，饮馔都废，惟思甘瓜啖之。安得一服清凉散，为涤烦襟邪？挽瞿公一联，无限感怀，发言辄哀断，不能尽此幽素。想公当有高制，幸示及。附上拙作，乞改定是企。此上，敬承映庵先生道履。文焯再拜。六月十一日。

《夏敬观友朋书札》
（复旦大学出版社2021年版）

九

前夕以未获嗣音，阙然展谒，深用遄回。昨枉报章，垂示拙制联语，重费宏裁，感幸靡已，兹仍就初作，拈得陈氏故实，上下恰

中国古典词学
新辑词学珍稀文献丛刊

如素分，较为妥帖易施，质诸大雅，当亦首肯也。晚凉少间，当更走谈。此上映庵先生道案。文焯敬白。十六日。

《夏敬观友朋书札》
（复旦大学出版社2021年版）

一〇

前损答疏，有溢美之誉，弥用弱颜。今日度从者沪行当归，吴城僦馆，佳居良难，不审公已觅得无，深以为念。敝处前巷，记曾有丁氏别室，曩赁于福观察，未知今有出租否，但精而未必广垲耳。长沙中丞开奠两日，想为绅与官别，何日属绅，幸即示及。瞻老已来此，无其踪迹，问颂陔当知之，沤尹犹在沪邪？附上近制小词，冀得紫霞齐以乐句再定稿，何如？白此代面，祗候映庵先生道履。（伯弢期服之假，左右知其所属否，乞示及。）文焯顿首。廿二日。

《夏敬观友朋书札》
（复旦大学出版社2021年版）

一一

前夕盛饫丰饪，饱德无量，乃衰齿折福，昨晨频辅肿痛，铺啜都废，今牙车犹凿凿甲错也。伯弢及瓜而代，以去年同时摄官者，皆次第更替，匪伊向隅，然延此月余，徒增累耳。吴会又多一词侣，密迩倡酬，秋夜当谋近局，时相唤酒，亦一欣也。偶忆与沤公述蜇老近事。感秋而作，得小词，先奉紫霞翁定拍，幸有以裁之。意欲学柳，苦才力弱，奈何。此上，祗承映庵吟掌先生道履。文焯敬白。七月十七日。

《夏敬观友朋书札》
（复旦大学出版社2021年版）

一二

昨写上小词，阙然教益。意将有金玉嗣音，绰以藻咏邪？愿一倾耳，砭我箧弄，迟之迟之。前夜忽闻南雁，秋思苍茫，顿增怀旧之感。枕上又得〔木兰花慢〕，既无好怀，弥乏新意。未敢享帚，录请一笑。至〔湘春夜月〕，略改窜数字，并乞郢斤削之。匆匆上。祗承剑丞词长使君起居。文焯再拜。十九日。

《夏敬观友朋书札》

（复旦大学出版社2021年版）

一三

昨载诵高制，并见和《闻雁》之作，骨气清雄，深入六一翁三昧，非寻常词客所证声闻果也。佩之无斁。顷再写上近制小令二解，就正有道。吾党同志日希，宜以风义相切磨，幸无为过情之誉。至祝至祝。比以舍侄辈来自九江，未免清事一挠耳。映庵先生道案，文焯敬白。七月廿二日。

《夏敬观友朋书札》

（复旦大学出版社2021年版）

一四

前诵嘉藻，极耐玩味。近得沤公和梦窗〔江南春〕一解，苦为韵缚，未尽能事。比来颇觉其作意略入晦涩，好为人所难能。终虑以次公面谀，误以追骏处末耳。鄙制乃力求疏澹，欲举似相规，窃未敢遽发。如何如何。兹写上二令就正，幸教之。此上，祗承剑承先生道履。文焯顿白。七月廿九日。

附上〔虞美人〕一曲，并乞诲拍，幸甚。

新居尚未获一诣，此心阙然。旦夕家事粗了，当向晚走谒一谈。谅不至相失也。又及。

《夏敬观友朋书札》

（复旦大学出版社2021年版）

一五

前得诵嘉制〔竹马子〕词，极疏快之致，一洗窸窣雕琢之尘。

中国古典词学
新辑词学珍稀文献丛刊

匪得唐人诗境三昧，不能发此奥悟也。但下走窃有贡疑。尝以北宋词之深美，其高健在骨，空灵在神，而意内言外，仍出以幽窈咏叹之情。故耆卿、美成，并以苍浑造端，莫究其托谕之旨，卒令人读之歌哭出地，如怨如慕，可兴可观。有触之当前即是者，正以委曲形容所得感人深也。毛先舒云：不可以气取，不可以声求。洵先得我心矣。盖学之者写景易惊露，切情难深折。稍一纵，便放笔为直干，恐失词之本色尔。昔齐袁嘏语徐太保尉云：我诗有生气，须人捉着，不尔便飞去。敢以举似。高制幸无以怪侣见屏焉。诸作终当以〔采桑子〕新定稿为超绝，佩之畏之。秋夕南濠水燕，群公到者几人？幸豫示及，必偕泅公同践也。附上改定前词一解，惟诲拍为感。此复上映庵先生道案。文焯顿首。八月十二日。

晚饭后拟走访谈艺何如？

《夏敬观友朋书札》

（复旦大学出版社2021年版）

一六

昨晤老友王少谷，述及重九前一日与公同飞车回苏。节物凄凉，又是一年风雨，想清致所逮，定有高唱也。前夕填得〔木兰花慢〕一解，即守柳体短协下四字句法。因绅绎《乐章集》中，多存北宋故谱，故繁音促拍，视他家作者有别。南渡后乐部放失，古曲坠佚，大半虚谱无辞。白石补亡，仅数阕尔。赖柳集传旧京遗音，亦倚声家所宜研讨者也。泅公索折阅，不得遂游白下。闻颂陔云，尚拟作平原十日饮耳。拙词写上，就正有道，幸实诲之。尊处近有无佳便如沪，走有书籍数部，欲存之秋枚书楼也。此上，敬承映庵先生道履。文焯顿首。

《夏敬观友朋书札》

（复旦大学出版社2021年版）

一七

昨归卧空园，夜雨。枕上率尔得小令一解，都无雕润，录似赏音，定为悄然同一凄异也。即以报谢。如从者今夕无近局，当走诣一谈，何如？此颂剑丞先生道履。文焯顿首。十六日。

《夏敬观友朋书札》

（复旦大学出版社2021年版）

一八

晓起绕阑独步，雨余苔净，芙蓉乱发，烟醉露啼，有寂寞秋江之感。芳时易失，赏心难并。盍于日未暮时，泛绿依红之眼，过我连情一咏。使此花不向东风怨后开也。小令附上就正。又及。

《夏敬观友朋书札》

（复旦大学出版社2021年版）

一九

昨言永夕，薄解胸春。今晚嘉招如不观剧，盍谋近局？如鼎和居酒楼后一间亦便清谈也。兹有故人江建霞京卿旧刊景宋本《唐人五十家小集》，审是临安陈道人旧椠，实为盛唐美备之观。昨从江家送到初印本数部，俱散之书坊，下走亦以廉值得一部，尚余一篋，实价八银，较坊间诚便宜多多，倘左右欲购致之，即付价交奉是幸，否则罢议可也。昨承示《清真集》〔双头莲〕一解颇合奥旨，惟"合有人相识"句似脱一字。因检集中〔迎春乐〕第三首有"人人"二字连用之例，即个人之义，纳兰词惯学之。或此句夺一"人"字邪？幸赐裁定。余不一一。此上，映庵先生棐几。弟文焯顿首。廿二日中。

《夏敬观友朋书札》

（复旦大学出版社2021年版）

二〇

昨晨方写拙制二解就有道正。适奉来章，凄异感人。如诵《九辨》，弥钦怀旧之蓄念，不同无病之呻吟。紬绎嘉藻，近著中当以此为孤进之绝诣。且兹调拗折，极不易协律。清真嗣响，诚足当之。顾下阕"红颜"句，窃于义未安。拟易以"念珠玉波沉"，何如？即美成"念珠玉、临水犹悲感"之意。谫见所逮,幸无见尤。此上剑丞先生道案。文焯顿白。十月十日。

府主今有沪行,回辕何日?念之。又及。

《夏敬观友朋书札》

(复旦大学出版社2021年版)

二一

高制温丽古澹,骎骎美成,三复心折。窃有微义只字未安,敢以奉质。〔采云归〕第三句"思"字,仍未若径用"看"字叶平。又"璃窗"似与"锦幄"嫌复,"蓉裳"拟僭易"云裳",以"蓉"字不合于此见也。结处亦微觉疏宕过情,不审伯弢推敲如何,愿示其旨。《秋思》一解,酷似漱玉,得风人哀而不伤之义,使人心神俱服。特"井梧"句"已""渐"二字音欠响,兹妄拟"又渐疏",何如?拙作〔夜半乐〕已写请伯弢审订,容即奉教。此上映庵先生道案。文焯顿首。

伯弢顷复书,酌定两去声字律,特写上,幸裁正之。又及。

《夏敬观友朋书札》

(复旦大学出版社2021年版)

二二

损书,兼诵新制〔兰陵王〕,劲气直达,却能于疏宕中别具幽宛之致,与前作异曲同工。昨夕与沤公赏击不置。微觉煞拍六字稍稍虚薄,能回应第一段最妙。切"草"而推入苍茫,亦是一格。此处工之至难。去上字律固宜墨守,而字面益不易著也。承教益下问,敢以请质,何如。拙词辱示两字宜用上去声,诚于细律有关键。近悟宋人词中著去上字例,如尊议前结二句第二字,若先用去,则下句第二字即宜以上声为协,反是亦合。试验柳词是解前后结皆然,足征上去字须参差叶律。柳作后煞即先上后去,不沾沾一节也。映庵先生于意云何。文焯顿首。十三日。

《夏敬观友朋书札》

(复旦大学出版社2021年版)

二三

提学何日相印，幸示及，当一醉三堂酒也。前垂示〔夜飞鹊〕新制，"回"字韵以上，并深得清真浑茂之旨，非敢贡谀。"商叶"二字，见何出典，极新异。再四句自仍从重起为工。"姿"字韵似亦以"辉"为佳，"天西"拟易作"平西"，何如？谬见惟鉴谅。不宣。此颂剑丞提学使君洪熹，文焯再拜。甘四日。

《夏敬观友朋书札》

（复旦大学出版社2021年版）

二四

诣贺未及登拜堂皇，歉甚歉甚。损书并残菊廿本，即付园丁移植，岁寒篱落，傲骨犹存，来年花时，当平分秋色也。属题《灵台招隐图》，俟潢治成册，必补一词，以张高躅。昨以吴世兄阗生使君见过，函拟以尊酒，尽一日之雅，迟公洎沤尹翁同临一叙。旋闻廉使有宿约，而阗生又定今日沪行，竟不果谋此近局，奈何。伯弢游白云，当有佳咏也。此颂映庵先生学使台祺。文焯顿白。十月晦日。

"商叶"出东野廋句，取为词材，自成馨逸，不嫌生涩也。

《夏敬观友朋书札》

（复旦大学出版社2021年版）

二五

一昨小至之夜，辱公简舆枉过，绪言余论，解我胸春，感慰曷已。伏颂高制，泊《赠别》一篇，厥旨渊放，置之《南丰集》中，殆无以辨，真当持一瓣香奉之。新建书楼之议，闻沤公云已在学务处谋，始此间搢绅之义，微嫌可园地偏，第务为大者，又虑矩画宏模，商略旷日，劳费多而少成事，且焉知来者之尽如今耶？一事之集，经始良难，惟公图之。去春长沙抚部，广张文襄保存国萃之义，奏设存古学校，以简易规，则志在雄成。当时儒绅蒋翰林，犹抵书讦诘，目为迂阔。幸赖瞿老毅然任之，克期蒇役，群彦观成，蔚为美迹。以下走粗通经籍，谬延逮及，忝预总校之末。年余课绘，虽英造少闻，而拔科前选，犹得其七，惜朣老已不及见之。自是流风渐沫，玉振声希，节端固未暇及此，诸生瞻忽，兴感莫由。至定章应行学期考试，今岁春余，会朣老病革，遂未举行，不日年例休假，兹役将竟阙焉。下走向于院试校课总其成尔，一枝栖息，窃有未安，推原故府主提倡之盛心，能无冥冥之负。敢陈颠末，冀使君有以宏斯诣焉。幸甚幸甚。附上近作小词一解，乞垂鉴诲。又游天平山旧咏，并以就正。寻驰诣不次。此上，祗承映庵先生学使起居。文焯再拜。十六日，左冲。

《夏敬观友朋书札》
（复旦大学出版社2021年版）

二六

昨暮趋诣不值，殊有室迩之叹。近制小词，手钞三解就正，才情老退，都无好怀，聊答知音，幸为裁定。前呈上拙著数种，倘并新作，附寄海上国风报馆，或获同志切磨之益，亦云幸矣。宏纂《映庵词集》，即乞见饷数册是企。虞山之游，定于何日，览胜所至，如到赵㧑甫园中，有旧藏一小瓦屋，大可尺许，昔出之直北古冢中者，㧑甫不甚珍秘，置之石床，廿年前曾见之。若此物犹存，切望代为物色携来，但勿损泐耳，其价殆亦至廉，本民间掘得之，非取诸骨董家也。此上，敬承映庵先生道履。文焯顿首。

《夏敬观友朋书札》
（复旦大学出版社2021年版）

二七

前夕以经过之便，方思通谒，似闻高斋有盍簪盛会，怀刻而归，怊怅自失。昨在植园府主宴席，晤彊村翁，亦述及日来未见叔度，清风不来，秋阳转酷，郁陶如何。邓秋枚昨有书至，见示新出《美术丛编》一目，欲得同志招徕，想太丘道广，当有以宏致之。附上书目二纸。余不一一。此上映庵词长先生左右。文焯白。七月朔日。

《夏敬观友朋书札》
（复旦大学出版社2021年版）

二八

两月来仆仆道途，殊乏清致，昨得竹珊书，述及公与沤尹诸贤，金陵彦会，风月喝于，嘉藻连篇，洵堪歆美，不审次山同年曾否渡江，豫登高之赋？去月渠有书见招也。劝业会何日结局，颇思月杪往观，有无名物之适吾侪用者，愿闻其旨要焉。此上，敬承映庵先生道履。文焯顿白。十二日。

《夏敬观友朋书札》

（复旦大学出版社2021年版）

二九

连雨听秋，园卉晚荣，芙蓉冷艳，烂若野锦。正好扶醉，题香切情，旧赏乃高躅，既有涉江之咏。沤公复留沪滨，梦窗词云"芳节多阴，兰情稀会"，真令人玩味不置，对话三叹也。昨夕成〔瑞鹤仙〕一解，感怀故人张君子馥而作，写上吟席，当亦为之怃然。登高嘉宴，更图一醉何如？此承映庵先生道履。文焯顿首。廿八日。

《夏敬观友朋书札》

（复旦大学出版社2021年版）

三〇

相违匆匆旬余，所思如何，想文墨填委，日昃不遑，公干所谓"释此出西城，登高且游观"，隽语可味，此其时也。沤公盖已赴皖，未有归日，亦徒靡靡，致扰清趣耳。近念秋晚西阑芙蓉向残，顿触秋江摇落之悲，托寄声永，得〔六丑〕一阕，极意追摹清真，苦不得其深秀之致。是调只十三年前与中实、伯弢连句一和，固知效颦大难，今微有心得，辄忘柔翰已。敢以奉质，幸裁之。此上，敬承映庵先生道履。文焯顿首。重九前一日。

《夏敬观友朋书札》

（复旦大学出版社2021年版）

三一

前枉存述及天平之游，补作重九，想白云红叶间，登高能赋，当与诸公连篇发藻，愿得佳什，一颁光诵之末。回首十年前，泉亭旧步，半塘老人屐齿诗痕，依依犹在冷枫怪石间也。比日走以舍弟行将西去，日暮途远，垂老言别，能无黯然？秋来清事久废，离恨颇侵，思如年时，连筒喁于之乐，便难一二。天方荐瘥，丧乱宏多，感慨系之矣。伯弢先生累札谦让，诚以贤者久困，朋知之责，顾以孤微言扬，安能券获府主新知，曷云速济，匪谋不忠，如彼不谅何？公既与有寅恭之旧，重以文章风义，素分绸缪，能一放文子、同叔乎？走以闲逸为幕府残客，穷于椎毂，惟悾悾内疚而已。如何如何。附上陈函，庶见其近状焉。此上，敬承映庵先生道案。文焯顿白。九月十八日。

《夏敬观友朋书札》

（复旦大学出版社2021年版）

三二

累日为府主属撰植园榜记，兼须部署休沐之地，颇复碌碌，歌谱未及制成，以其调舒徐而节甚希，略似〔谪仙怨〕〔河渎神〕诸解耳。昨夕沤公见过，会在节端未返，阙然展待。旋闻其欲赴高斋，遣仆询之，知亦未至，良用怊怅自失，如何如何。兹有友人见贻辜鸿铭近著附上，聊供一噱。余诣谈不一。此上，敬承映庵先生道案。文焯白。十月四日。

《夏敬观友朋书札》

（复旦大学出版社2021年版）

三三

昔东坡以多难畏事，不愿出近作示人，今虽文网大弛，似亦少敛为佳，匪特意兴萧瑟也。灵岩绝顶，吴故宫城在焉，正堪凭吊，发思古之幽情。公天才英逸，当有嘉什，以壮昨游，愿一振先声，俾附韵末，何如？此上敬承映庵先生起居。文焯顿首。十月七日。

《夏敬观友朋书札》

（复旦大学出版社2021年版）

三四

昨以小儿女生朝，偶为傀儡之戏，致枉过，阙然展待，罪过罪过。诵来告，裴回小城，烟月空寒，与梦窗"隔墙闻箫鼓声"之作，当同一清致也。承示大著二解，容细意绁绎之，再当献替，何如？今夕清兴有无闲暇一谈，幸示及，极有磊块欲销也。此尘映庵先生道案。文焯顿。十一日。

《夏敬观友朋书札》

（复旦大学出版社2021年版）

三五

损书陈义甚高，感喟靡已，下走生平拙于生事，又不欲多丐诸人，诚以安邑猪肝负俗之累，易取憎多口耳。澹翁素持宁静，即文字亦示谦光，更未可浼其代谋鹤料，幸出自高谊，庶不以尸素见讥耳。新制三复，深美宏约，殊愧鄙作为糠秕之导，倾到如何。复上映庵先生棐几。文焯再拜。十一月六日。

《夏敬观友朋书札》

（复旦大学出版社2021年版）

三六

雪意沉沉，暝阴暴沍，一寒至此。天时人事，正复相同，悢悢如何。走少壮漂零南遁，以笔札自给，萧然三十余年。自信于公私取舍之间，未尝有斯须之苟。即从事节端，迭更府主，亦绝无豪末半牍之请。坐是落寞，垂老无依。先公自关中罢抚，归橐唯法书名画数箧，已复典质殆尽。故山荒落，无寸田尺宅以自存。离乱中更，无家归得。生平简澹，久孤于世，不欲危身以治生。所依恃者，惟良师益友，佽助以义。四海知旧，情逾骨肉。韩子所谓若肌肤性命之不可易者，此固由文章风义之感发，亦吾党后天失时之悲也。微公同志知爱之笃，曷可语此。三复来告，代筹深切。高义美成，感且不朽。顷澹庵先生亦有书见招，至酒楼密语。虽未显陈近意，殆亦为强移一枝栖息耳。惟近自沪归，冗迫无状，复为寒疾所撄，彻晓失眠。畏风如虎，衰景颓侵，恐无复久恋人世。沤公知我，屡索拙著零叠诸稿，怀袖以去。意在宏护矜全故人身后名，吁可感也。前承示清真〔双头莲〕校义至精，昨与沤公翻检柳词，得〔曲玉管〕一解，直是同谱异曲。起调两段，乃与清真冥合。审是则词之过片三字，确为属上无疑。虽平侧之调稍异，而句律则同一格，当据以引申补入《校录》。实佩审音，亟函以达。至〔芳草渡〕新制，容细意诵之，再奉布谫见，不敢率尔贡谀也。晚来清宴，能过敝庐一话不？月当头夕，拟作岁寒小集，何如？此上，祗承映庵先生道履。文焯敬白。十一月十日。

《夏敬观友朋书札》

（复旦大学出版社2021年版）

三七

昨撮题近意，顿忘夅鄙，想贤者达节，当亦念岁晚忧生，为之浩叹也。顷睡起，微觉寒候稍减，因思走此次归自沪江，尚未与竹山先生晤言，深为歉歉。昨夕渠有鼎和酒楼之约，复以沤公赴茗上未还，辞以异日。兹因其来函有相商一语，即拟订今薄暮，仍置尊鼎和居，期准六下钟，奉迟公偕竹翁一叙，并乞诣府时先代约定，宾主惟我三人，不须客气，亦醉翁意不在酒也。绅绎高制，清逸似书舟，知下阕"啼"字及煞拍微乏劲致耳。余面罄，不一一。此上，映庵道长左右。文焯顿首。十一日巳刻。

《夏敬观友朋书札》

（复旦大学出版社2021年版）

三八

比以扰于世故，卒卒无弄笔之暇。此胸惟柴棘三斗，词兴坐是索然，乃叹贤者飞觳往还，殆无虚日，而高咏不已，若大声之发于海上，其精力诚足以吞百川而走鲸鳄，岂独好整以暇耶，能无折退避三舍？昨沤公书述及缶庐固请我公，已致定晦日为消寒第三集。澹堪马首欲东，切情怊怅，走订今夕移尊鼎和居后楼，为之一饯，已折柬相邀，亮无坚拒。敬乞公趣府时，再为切约，偕此良会，聊当祖席。坐中惟沤公而已。苏堪先生令弟，想已言旋，能得公洎澹翁代致拳拳，相携款逮，惠然肯来，益所企幸焉。此上祗候映庵先生道履。文焯状。廿八日。

《夏敬观友朋书札》

（复旦大学出版社2021年版）

三九

昨夕苦无选具娱宾，唯清谈可以饱耳。《清真集》得公以雄成，俾世士获睹完帙，下走附骥而致青云，诚天幸也。沤公写本遗强焕一叙，又《四库提要》一则，并乞暇为补录，列于首叶。但《西泠词萃》刻强序，前云《片玉词》序，此乃巨缪。盖未考"片玉"之题号，昉于元人，有巾箱本刘必钦序文可证。今宜止刻强序，不须书集名，以免专辄之诮。又日内下走当拟一小序，记校勘始末，并特彰两贤宏赞之功不可没也。比见公于周、柳、吴诸名词，精粹数条，皆能抉择窾要，洞见症结，匪衰朽所逮，极为心折。《乐章集》有灼见处，即乞标识简端，以资佳证，亮无隐也。至幸甚幸。兹附上拙刻旧纂《医诂》上下篇一部，又《冷红》《比竹》二词稿，并望转致贞翁为企。渠豪于诗，闻声相慕。旧已亟思诵其篇什，如柴几有其近作，幸赐一读，何如。匆匆手奏，敬承映庵先生道履。文焯顿首。正月五日。

《夏敬观友朋书札》

（复旦大学出版社2021年版）

四〇

三日感触，凤恙腹疾讫未脱。然今晨起偶检新历，陡见注礼拜字样，为之愕叹，遂以入小词，过片下尚是学人所当加意者，即以录呈，审削裁示。幸甚感甚。尚有新制〔阳台曲〕长调追和梅溪，旦夕锻就即写上就正何如？匆匆，敬承映庵先生起居安稳。文焯顿首。谷日。

《清真集》比想精研，当更有新获也。贞壮何日赴鄂？念之。

《夏敬观友朋书札》

（复旦大学出版社2021年版）

四一

日来峭寒中人，园梅南枝犹靳。忽承故人折赠红萼，着手成春，真所谓东风第一枝也。拟赋〔江南春〕报谢，苦闻西北警息，夜不能寐，危自中起。项口占数语云："插青冥好山无数。斜阳空送今古。无端西北忧天缺，片石更教谁补。危睎处。挂一发中原，烟际微茫树。"吟至此，老泪涔涔，不能长语，如何如何。植园嘉宴，亦得诗四首，暇当录进斧削。旦夕走诣，藉斗酒浇垒块已耳。前晤府主，谈及竹珊为疫阻于沈阳兼旬，大约春初甫到吉林，归期恐无准也。此承映庵先生道履。文焯顿首。廿四日。

《夏敬观友朋书札》

（复旦大学出版社2021年版）

四二

昨夜闻雨，平晓益增怊怅。乃就枕改词，得"托"字韵，自觉惬心。并上阕全易语义，直撼胸臆，似较前清异。感君之绪余，益我匪浅。更悟词人当沉吟煅炼之际，不可有古人一字到眼，方能行气。养空而游，开径自行，平时又不可无古人字字在眼，使其歌笑出地，尽如吾胸所欲言。此境即项平斋所谓杜诗柳词皆无表德也。谅知音当弗河汉斯言，敢以请益映庵先生。高制如修饰竟，幸即垂示。文焯白笺。二月四日。

《夏敬观友朋书札》

（复旦大学出版社2021年版）

四三

西北风云甚恶，近郡草泽间又时闻呼啸声。吾侪犹日夕云倡雪和，笠泽翁所谓流宕如此，可叹也夫。恪公果到来无。昨遣问至再，犹未问跫跫耳。小词近又得一〔瑞鹤仙〕咏落梅，又〔浣溪沙〕二解，兹录其一上紫霞翁定拍，余俱稿上沤公，旦晚必可就正。又新校出清真〔水龙吟〕咏梨花一韵，确可订元本汲古刻本之误，亦在听枫处也。此承映庵先生道履。文焯顿首。二月八日。

《夏敬观友朋书札》

（复旦大学出版社2021年版）

四四

前当游舸待发，雨雪霏霏，峭寒不减，旧腊自断，孱躯弗克强起，雅奉高逸，相从于林景水光之间，此心阙然，殆所谓违己交病者欤？但既孤胜约，重念昔游，弥复怊怅，因次韵白石《梅花八咏》，放其体格，各疏旧迹附词末，顷已录寄沤公，属其定拍，后即传稿，就诸同志正之。兼拟旦夕治蔬酌，迟群贤惠然作半日清话，何如？倘有高制，幸先见示勿隐。向晚当诣访，一敞游踪，藉慰幽独，会心人当不在远也。此上鹤、恪、映翁先生左右。郑文焯白。十三日。

又：损答敬悉恪士远别，不获以尊酒尽一日之雅，为之悯然，未审其在沪尚有几日留，但得抽身，更拟一追随胜饯焉。比乞代为致声，并可以前函及词笺示之，以志惓惓。兹闻台从诘朝复有沪行，用贾勇书《梅花八咏》奉教（腕已脱，不知其间有讹误字无）。匆匆不及觏缕。鄙事幸更敦趣，勿使口惠。至祝至祝。此承映庵先生起居。文焯顿首。十三日。

《夏敬观友朋书札》

（复旦大学出版社2021年版）

四五

昨夜谈，极惬幽素。拙制小诗，皆廿年前无体之作，殊不足观。

襄于己丑岁质之壬秋翁，以为有可存者百余首，因别以墨圈识之，余悉别为一稿，留以自镜得失。比年从事于词，遂不暇他治。前夕偶与诸公说诗，于败簏中检得旧草，匆匆分缮各体一二首，聊供一笑。苦无钞胥，手写纷乱，不堪浣目，尚乞裁定。若有疵类，慎勿付时贤，徒博人齿冷无益也（如愿寄报社，须请详审字迹讹舛，恐多误笔，益见荒率）。余供明晚诣言。不次。映翁先生鉴。文焯顿首。三月四日。

再，前沤尹为王振声大令赋闲，近况渐不能支，公曾拟以校医一席，豫为位置，月俸两处约可得六十钣。当即商诸振翁，宣述高义，渠极言感荷，愿以方技效德，故乞美成在即，切为提携，所欲匪奢，易偿逋诺。其人清洁自好，澹然寡营，定能胜任愉快也。至襄碧近以鱼讯多风，竟至大亏素课，时运使然。如何如何。其所贻白鸟，敝处仅活其一，不知尊养何如。又及。

《夏敬观友朋书札》

（复旦大学出版社2021年版）

四六

昨写上近制，谅达吟席。顷再录二解，迄未定稿，并乞诲示，至幸至幸。园中新萎华亭鹤，每晨夕闻西南飞车之声，辄引凄嗥，悲动林谷。昨与沤公言及，乃大悟风声鹤唳之解释，岂战伐恶声邪？因于结拍寓此微义，幸有以裁之。再闻高斋后圃，杏花盛发，愿撷得一枝，聊分邻墙春色耳。此上映庵先生道案。文焯顿首。三月六日。

《夏敬观友朋书札》

（复旦大学出版社2021年版）

四七

损答有溢美之誉，弥用弱颜。切磨之义，仍望良友勿以荒伦为不足其诗也，幸甚幸甚。承赐家刻《屈贾文合编》精本，珍领敬谢。凡唐以前文家，皆宝若吉光片羽，矧千古大文，复得善本校注，重为刊布，洵可耆秘也。新制二解，愈致高健，匪苟为今曲者所可同日语。谛审句中"九重"字，微嫌惊露。"肠"字韵，既用"断"，则"回"字宜酌。次阕惟"中"字稍重，余则无懈可击，但有倾到，不厌百回读也。此上映庵词伯道案。附上近作求削正。文焯顿首。初八日。

《夏敬观友朋书札》

（复旦大学出版社2021年版）

四八

前奉手答，敬审非金之善自为谋，不值一噱，但伯严顿失其半，来日大难，吾曹乃连蹇至是，惟以啸歌伤怀，徒为此辈所姗笑，造物固弄人耶？昨复和白石〔念奴娇〕一解，洵伤春感旧之作，未暇简炼写上紫霞翁定拍，且以征与沤公联吟新制，无自秘金玉也。明夕拟邀中芤尚衣过敝庐拍照，园梅经雨尚未摧残，岂此花高致，亦欲见桃李颠嫁东风欤？即订诘朝迟存赏之。此致映庵词长先生道案。文焯顿首。

《夏敬观友朋书札》

（复旦大学出版社2021年版）

四九

顷布荒函，谅彻醇听。东坡〔南柯子〕用仙村，见《参同契》。云得长生居仙村，证以下句义正合。且此二字亦习见之，苏诗有"那知竹里是仙村"之句。又"嘉与吾友寻仙村"，是髯翁所用常语可信。而别本作"材"之讹，不攻自破已。即以奉白，聊佐斠订之雅，亦疑义与析之一欣也。寻诣谈不次。此上映庵词长棐几。文焯敬白。十七日。

《夏敬观友朋书札》

（复旦大学出版社2021年版）

五〇

昨感夏至节气，竟日僵卧，衰放可悲。秋后生事，都不暇计，史迁所谓贤者不危身以治生。自谋固拙，复遭此百罹，恐无脱颖之地。吾生有涯，将长是无涯之戚邪？如何如何？知爱如公，其曷以策之？近作和贞壮二诗，无复当意，聊尘高鉴，惟老斫轮削之，幸甚幸甚。寻诣谈不次。敬承映公先生知己起居。文焯顿首。廿七日。

《夏敬观友朋书札》

（复旦大学出版社2021年版）

五一

累日感寒，触河鱼腹疾，甚惫。今日甫起，绐绎新制，真足愈我头风。改句深美宏约，只"神京"意稍惊露，下阕"醒"字韵宜对，且嫌率尔操觚。周、柳词高健处惟在写景，而景中人自有无限凄异之致，令人歌笑出地。正如黄祖叹祢生，悉如吾胸中所欲言，诚非深于比兴，不能到此境也。尊著《元夕闻雨》一解，前阕即有清真浑妙，至为心折。走近神衰，颇难造遣新意，奈何奈何。〔阳台曲〕迄未定稿，侯从者三日归来，当写上奉教。贞壮赴鄂期想尚未定。念之。《清真》校本已否交付，尚有须商榷者。此复。敬承映龕先生道履，文焯顿首。

《夏敬观友朋书札》

（复旦大学出版社2021年版）

五二

前夕谈艺，得少清欢。昨竟日植园嘉会，广坐骈筵，缙绅泰半。忽于谈次得诵七言律二章，江左文采风流，于此叹观止已。顷从何太守录示属和，意在提倡胜地胜事，其格调姑舍弗论，但据所作"左司"一联，三索不得其解。杜子美以襄阳徙籍巩县，具于《文苑》本传，而此作乃谓夔府士杜工部，殆以其为严节度参谋而谬赞，鄙人已敬谢不敏。向来诗人多于词客，是以不敢言诗耳。此上映龕先生道履。文焯顿首。十四日。

《夏敬观友朋书札》

（复旦大学出版社2021年版）

五三

昨自听枫园归，奉手毕，兼诵高制，当与沤公喁于同工，容更玩索，以为善颂，不敢晦论赞一词也。比以府主封翁寿，幕府群材顿以文言属之，下走兼颂雅币，由佑嘉一再致声。窃惟盛府元僚，一时隽选，有若友卿、仲仁诸贤，皆并世文雄；佑嘉亦骈裁妍手，出其绪余，润色鸿业，以祈国耆固优为之，何有取于衰伧荒语邪？诚以卅年来颓放不任，宿素衰落，常年一入畏景，灾恙百侵，并手钞旧制，亦为之搁笔。矧复为人造遒，冀博润豪，江文通所谓知"所短"而"不可韦弦"者也。已坚意谢绝，倘公于节端彦会时为之一申近状，益所感幸。寻驰谒不次。敬承映庵先生道履。文焯再拜。五月十五日。

《夏敬观友朋书札》
（复旦大学出版社2021年版）

五四

清真词既得沤尹录副覆校，又承公先付高赏，属贞壮先生董而理之，以雄其成，诚三益之宏助也。可深感幸。昨见示写样，但从瘦硬加意，体欲其长方，凡省笔字，尤宜改细，不须强作满格便合欧宋旧式矣。如复贞翁书，切乞代致拳拳依迟之忱，尚有小诗寄赠也。匆匆白上映庵词掌左右，文焯顿首。廿日。

《夏敬观友朋书札》
（复旦大学出版社2021年版）

五五

前撮题近意，闻从者又有沪行。昨夕复言旋已，方叹王官不治，生生之道日穷。以公天诞英逸，坐使骄才雄力，半销磨于轮铁声中，为之惋抑。今夕拟访沤公一谈，谅清兴攸同，幸谐是聚。再昨阅报端有《楞华庵随笔》，载刘龙洲祠垄在昆山马鞍山下，近为一议员创建公园，发掘靡遗，夷为平地，令人悲诧。考改之为庐陵人，以诗词豪于江表，客稼轩幕，倡酬极相得。宋人说部但述其放浪吴楚，一生羁

中国古典词学新辑词学珍稀文献丛刊

旅。未言其晚寓昆山，没葬山下。因思其人于公有西江同原之雅，当能考见其生平，用以附及。此上映庵先生词长。文焯敬白。廿三日。

《夏敬观友朋书札》

（复旦大学出版社2021年版）

五六

昨午后，沤公过谈半日，屡遗问高踪，斁然未逮，怊怅良深。《清真》校本，想已专属贞壮先生，幸勿遗忘。何日偕往金陵，甚念甚念。柳词阅竟，望检还，因有一解须勘证也。〔阳台曲〕过片，确有可疑。谛审扬补之此句却连上，决无脱误。而梅溪之多一字，唯见汲古本，未可援据。按红友所引，即无是"结"字。半塘刻史词，亦仅据毛本，注云别本脱结字。盖所见诸选本并无此字可信，似不当专依汲古之孤证，遂信为旧体。考扬为高宗时人，史则与张镃同时，或稍后耳。鄙意宜从三字句连上为是，想卓见定亦谓然。匆匆奉布，祗承映庵先生道履。文焯顿首。廿八日。

沤公有新制二阕，想已见之。

《夏敬观友朋书札》

（复旦大学出版社2021年版）

五七

累日雷雨。……已想见名士过江风度。昔日新亭残泪，依稀山河犹是，不枉伤高一搁也。昨日得彊村书，甚美海上之游。乞晤逊斋先生，为寄声道忆，且烦语以石印姜词，已为下走校订，所获不少，更欲得数本耳。匆匆，上映公使君词掌左右。文焯顿首。六月十四日。

《夏敬观友朋书札》

（复旦大学出版社2021年版）

五八

昨白两笺，嗣音阒然，深用悬念。兹仿西式用可可果粉制得糕冻，因君嗜此甚笃，特以奉佐夕飧饤盘之具，不足为外人道也。再前属沤公代致清真词，留容校注数行，即乞速寄鄂省，俾付汇锲。幸甚幸甚。此上敬承映庵先生起居。文焯白。十七日。

《夏敬观友朋书札》

（复旦大学出版社2021年版）

五九

昨薄暮赴萧巷，观宋本《道藏》残卷，归已二更，载披手告，为之怊怅。猥以前夕不腆之将适投竺嗜，犹屑齿及，愧愧。此小女偶试微技，炼鹤一羹，奚云秘授，旦夕当再制，以佐飧胜，何如？清真词补校，承代寄鄂，感甚。寻驰谒不次，此上敬承映庵词掌道履。文焯顿白。廿日。

《夏敬观友朋书札》

（复旦大学出版社2021年版）

六〇

前当从者东游，曾一致候，旋亦匆匆有白门之役。勾留十数日，归来探闻公亦既言旋，复如沪渎，度今日当还，为之欣企。竹山有十九日石湖泛月之约，属为敦趣，原函附上。再鄂刻《清真集》，昨始由沤公交下，校竟当即并书签奉上，何如？余容晤言，不一。此上映庵词长先生道案。文焯敬白。中秋后一日。

《夏敬观友朋书札》

（复旦大学出版社2021年版）

六一

昔梦华谓柳词曲处能直，疏处能密，鬃处能平，语似近之。今更下一转语，递推之，便尽其妙致。词坛以为何如？昨夕以改词不及谐谈，孤负梧桐秋月矣。有劳虚竚，皇歉万端。兹再写上昨制〔阳台路〕一曲，较〔临江仙引〕略易继声，然幽拗处同一难学也。近制两解，觉结处微得周、柳掉入苍茫之概。急起直追，或能得其仿佛邪？向夕走谒不次，映庵先生垂目。文焯顿首。十三日冲。

再，〔临江仙〕柳词，宋本有"引"字，是也。谛审此调宜下平声之清扬，方得哀艳之致。紫霞翁审音刊律，以为何如？旦夕拟一嗣音，但恐邯郸学步，不能工耳。又及。

《夏敬观友朋书札》

（复旦大学出版社2021年版）

六二

前辱枉过，相对哀叹，近闻北耗甚恶，与君同唱〔念家山破〕，如何如何。小词枕上所得，都无好声，不欲终秘，有类越吟，写上就正。瞻园流离脱险，不名一钱，吾侪正亦穷无所告，不克连难相济，愧恨曷已。……上映庵先生左右。文焯顿首。九月十三日。

《夏敬观友朋书札》

（复旦大学出版社2021年版）

六三

昨夕累欷相对，哀断无言。念自武昌发难，仅期月间，使我江上故人，一别如雨，从此孤梦踯躅，满地沧波，恨恨何如？走头白为傅，遘罹世变，行见赍志以没，夫复何？犹以使君识时俊杰，岁路方强，乃尔数奇，能无搤击？伏冀为道自重，爱护波涛，幸甚幸甚。旋沪何所？并望亦及，俾便缄达，愿毋相忘。附上近制，惟宏雅有以裁之。临题荒哽，百感横膺。祇承映翁先生动定。九月廿八日。文焯敬白。

再，《清真集》盛荷斠订，雕板孤行，此义千古。但武昌兵火中，原椠恐不可搜致，良用悄然。从者抵沪后，倘与同志商榷，即以是本付之石印，俾无沦缺之憾，感幸何如？其间小舛，及增注一条，惟乞精心甄定，锡以叙言。至企至企。又及。

《夏敬观友朋书札》

（复旦大学出版社2021年版）

六四

映庵先生侍者：

秣陵还辕，未纡高驾，望尘莫及，惓惓如何。彊村翁昨已践友人焦山之约，云将便道如沪，不日当获良晤也。承许重订润格，游扬藉重，感叹弥衿，史迁所谓不危身以治生，岂必去文学而趋利哉？今奉上旧刻书画润毫例二纸，略删其陈言，即求嗤点，或付石印，能得尺寸之效，莫非大贤之所赐也。至幸至企。哈少甫君已否约期，尚乞美成在速，预示以便展待。秋枚先生去夏亦曾相邀，旋以人事间阻，并望代谋，亟思大蠲物累，不必皆求善价而沽诸，亦达士之模耳。《清真集》已拟一小叙，近于《直斋书录》中，颇获佳证，其集刻封页，亦即落墨，不烦谆谆。倘晤沤老，乞询吴伯宛在京居处示及，因其新刻《樵风乐府》属校，须作书报之。匆匆叙意，不尽愿言。敬承道履，仁闻还驿，次于詹对。文焯白。七月廿三日。

《夏敬观友朋书札》

（复旦大学出版社2021年版）

六五

映庵先生侍者：

执告怆然增异世之感。监督何日视事，倘值经过，便念来存故人，固所深企也。拙作旧润格，自以绘刻大字者为多得钱，一经题拂，收名定价，感叹何如。书画样颇难偏徇世好，尚待踌躇，惟鉴谅之。逐董客承招致，幸甚。生事汲汲，虽无俚之画，亦足遣有涯之生也。《清真集》封页，日昨并已写竟，送沤公处，而渠已如沪，不审其几日勾留，幸为转达，余不缕缕。敬承起居安稳。樵风逸民白。廿八日。

《夏敬观友朋书札》

（复旦大学出版社2021年版）

六六

映庵先生侍者：

　　载诵诲帖，猥以下走薄技，盛荷游扬，重辱楚卿、秋枚诸贤之高义，合力襄赞，可云宏奖风流，不将齿牙余论，自惟拙卷，盛叹弥襟。至润例须益得大贤洎鹤公裁定折中，益深钦迟，倘付石印，俾获流播沪市，正所以扩而充之。虽为无俚之画，聊以遣有涯之生，老怆恃此庶免转徙沟壑，亦云幸已。惟知已哀此穷独，不厌推援，但得源源而来，何有冥冥之负，起懒癖而箴膏肓，端赖先生有以振之。《清真集》昨承沤老先印成数十部，极精雅之致，若以皖造古色纸浓印，宛然宋本。书内封题，七月中曾写付，而沤老适如沪上，不及见。今已属穆工补刊，里页题岁月及尊贯姓字、开雕颠末。少暇必撰小叙记之，因近日检《直斋书录》，新获《清真集》佳证数事，不可不采按也。下走以出售张二水画册，将于廿日内外赴秋枚之招，不审从者京江之行，约在何日，甚念甚念。良晤或不致相左耶？拙绘二扇，拟即携去作样，何如？寻诣谈不次，此上拉杂奉报，祗承动定，临题怀仰。文焯白疏。八月十七日。

　　再，润例前所有小引，乞代浼子言先生审定，应取何人所题，即望裁使付印，亦标榜之道也。润格似宜稍宽大，庶近雅驯，其印值容后于润赀中扣除，何如？樵风佚民附识。

《夏敬观友朋书札》

（复旦大学出版社2021年版）

六七

　　比以触热患河鱼腹疾，快然望前，归去樵风少延清致，屡思造访，苦未预期，恐蹉跎相失。昨梅道士过谈，云从别有天嘉会散，惜未作不速之客耳。拙校《清真集》，承高义墨版，行世未广，宜及此补正。近年复校误，颇得未曾有，彊村悉知之。有亟须勘定致刻者，暇当条具奉寄，或尊处当有印本，即乞日内检下，便尔斠过，亦一适也。……。此承映庵先生道履。大鹤再拜。夏至日。

《夏敬观友朋书札》

（复旦大学出版社2021年版）

六八

映庵先生道案：

执省良讯，猥以衰躯，迟迟吾行，重荷同志诸贤眷逮之雅，心路咫尺，感叹弥裣。走自秋分后，肺病复作，夜辄嗽上气，彻晓不寐。药券盈把，益复无聊，亟思沪游，一吸空气。至宿顿尚未知所止，欲主亲旧处，又虑逼仄，多所扰累，窃有未安，仍以客舍旅逸为优。比因伯宛趣录寄拙稿《茗雅词》，趁夜来病隙删写，已得三四卷，颇拟藏役携就吾贤裁定，约三日当可治装。登高彦会，庶不叹黄花于人无分欤？卖文润例，承君提倡，群雅奖成，无惜齿牙余论，感幸无已。次山前已于四月杪言旋，彊村亲预饯席，岂迫于鄂乱重来，念之念之。苏城近亦有讹言可诧，逾此数日，必自灭也。从者京江之役，当犹少待，良晤密迹，不致蹉跎相失，幸甚幸甚。匆匆再复，敬承动定。临题神往。九月朔日。文焯白。

《夏敬观友朋书札》

（复旦大学出版社2021年版）

六九

昨夕与彊村叙意，感叹余生，虽作南朝旷达，能无悲从中来。侧闻吾贤近获新擢，藉手小试，郁为时栋，亦足以臧。走忧生念乱，垂老靡依，既绝拙养之资，奚当宏济之选。天放佯狂，惟冀速化，与气运同尽耳。詹言。同志弥用深衰，异日埋骨青山，无忘斗酒只鸡，久要之甚幸已。昨枕上得小词一解，伧歌荒语，凄唳遗嘶，□导珠玉，亦风人维忧用老，作歌告哀之义也。临题惶遽。敬承动定。映庵先生察书。文焯白疏。九月廿六日。

《夏敬观友朋书札》

（复旦大学出版社2021年版）

七〇

念奴娇

曩与同社张兄子复观梅玄墓山中，撤笛行歌，野兴闲适，尝连句次韵白石是曲,为山僧贯澈题梅花画册,一时游者属和,传为韵事。辛亥春,沤尹、映庵两词客过此山楼,见旧题,感赏不置,亦连吟和之。余既以衰懒未预斯游,伤今怀旧,辄复继声。汉诗所谓"放故歌,心所作",徒使观者苦尔。

夜寒鹤梦,正沉沉云海,犹呼沤侣。自见伤春花溅泪,此恨都无年数。笛步波遥,诗痕雪在,曾卧山楼雨。苔阑如绣,胜看纱影笼句。　　长忆一别文园,蜀弦肠断,锦卷空江去。花月十年怊怅地,绿遍行吟烟浦。古寺遗芳,小城孤影,留着樵风住。游情重省,乱丝多少歧路。

小词初稿录上,映翁先生正拍。

叔问文焯记在小城东墅

"数"字韵,宋李超老和作用上声字,别是一解。此韵固和之难工,余并此阕已次韵至三,犹未惬也。兹又作"纵使东风花有信,老伴应无多数",于意云何?又及。

《夏敬观友朋书札》
(复旦大学出版社2021年版)

【按】以上七○札,均录自《夏敬观友朋书札》(复旦大学出版社2021年版)。龙榆生所辑《大鹤山人论词遗札·与夏映庵书二十四则》(实为二十三则)(发表于《词学季刊》第二卷第四号,后收入唐圭璋编《词话丛编》,为《大鹤山人词话》附录);另辑有《大鹤山人遗札·与夏剑丞》十一通(发表于《同声月刊》第二卷第十一号),二稿均据夏敬观所藏郑文焯书札整理,间有错讹。今据《夏敬观友朋书札》装池顺序(原《夏剑丞友朋书札》第三册、第四册、第十四册)选录关涉词学之札。

致朱祖谋(七六通)

一

彊村先生侍者:

天际轻阴,园梅零乱,又是去年闻雨伤春时也。才因老退,疾与年并,顾此恨恨,危自中起,如何可言。一昨展瞻园报书,怆然增远别之恨。人言愁我始欲愁,爰复寄声送之。及其未行,惟旦晚附致，幸甚。前夕谈际，复承高义，许以海鹤见遗。忆自西园仙蜕，载瘗落铭，思闻华亭清唳久已。兹得支公近玩，代为养翮，恨不复假其羽毛，一作凌霄逸势耳。愿以逋山仙客视之。脱惠嗣音，庶慰翘想，聊陈近意。敬问起居。文焯白疏。

二

昨夕得手告及《归鹤图卷》。贞翁诗自得逸致，但谓出自朱方，殆本瘗鹤铭化于朱方语，而未谛审其地之要实耳。走曩尝辨焦山石铭，又再手抚其迹而摩挲之。既历征皮袭美之悼鹤诗叙，证以咸通十三年日休方为军事判官，从北固至姑苏，正与铭中壬辰甲午岁合。其集内有南阳博士华阳润卿，亦皆不书姓字。陆鲁望亦有寄华阳山人诗，并足为此铭佳证。更无论其书体文体，纯为唐人所作无疑。自黄伯思误以为陶贞白手迹，世士好奇，聚讼千古。惟张力臣辟易群言，独具只眼，至为精审确核，亦据《松陵集》考定，诚足窜疑辨惑矣。独于朱方地未详。窃考汉《地理志》，丹徒在春秋时谓之朱方。又《六朝事迹编类》丹杨门引志，建业自溧阳九县皆隶丹阳郡，属扬州所统。注云：丹杨山多赤柳，在郡西，故曰丹杨。丹徒古名朱方，是可证今鹤铭正在丹徒焦山下，所谓化于朱方是也。梁简文与刘孝仪令，有及参朱方一语，亦足征其地。此可补前人考辨所未逮者。按铭云，得于华亭，化于朱方。是明谓华亭之产，不得云出自朱方也。走每于经籍及碑版之剩义，辄不惜攻苦为之辨晰，必泠然而后适。徒自敝其精神才力，垂老而信好弥坚。砣砣穷年，至于衰疾而不悔。将史迁所云，抱咫尺之义，久孤于世。岂若卑论侪俗，与世湛浮而取荣名哉。以同志之雅，聊复叙怀。庶验之昔贤作者，无一字无来历。生平于此，深用惘惘耳。春融少健，当钞《樵风词》，并为伯宛题镜册，以报其高义，不食言也。（又甘遁图念兹在兹，苦力不足耳。）率复敬承彊村先生起居。文焯顿白。正月十日。

再：前绘《听枫园图》一幅，盍亦付装。俾走题旧作〔瑞龙吟〕，亦胜以前之画扇。尊旨以为何如。

《词学季刊》第三卷第三号

（1936年9月）

三

文人相轻，自昔而然，走居恒引为厚诚。落南三十余年，深获知旧切磋之益。窃未敢以得之己者妄施诸人，正恐蹈相轻之习，而文字之祸滋深。苟非降德忘年，冲抑如吾贤，鲜不屏为怪侣已。兹三复来告，宏奖过情，但有惭悚。新制情喻渊放，不失雅宗。"期"字韵下阕复出，疑是笔误。发端微觉质实，与通体未洽。"携"字短协亦嫌重。走久未造道，近思极涩。不审拟议有无一当。项从映庵见示贞翁《人日游》诗，其"觞"字韵用渊明《斜川》题意甚佳。但上句云"遂各疏年纪乡里"，似于陶句未之精审。按《斜川》题叙所谓"各疏年纪乡里，以记其时日"者，承上文"悼吾年之不留"而作。盖谓兹游宾侣各条疏其行年里贯，以示胜集之难再。故诗中有"未知从今去，当复如此否"之语。意甚分明，今贞翁误为断句，以为"疏年"是纪年之谓。斯下文记其时日为赘疣矣。敢以请益，幸无以之语诸人也。刘禹锡谓诗用僻字，须要有来去处。近人往往不求甚解，但务冷俊，触目皆疢痏，奈何。此答。敬承彊村先生起居。文焯白。十一日。

《词学季刊》第三卷第三号

（1936年9月）

四

昨归三复嘉制，有巢父掉头之高致，令人感喟。如诵少陵《秋兴》及《咏怀古迹》诸什，但有江山摇落之悲耳，那不退避三舍。恃知爱之雅，匪敢贡谀，僭评谬见，兼以献替。妄注奉商，伏惟大贤采纳。幸甚。此间消息至微，不尽于一二声调，规规于平侧已也。"树"字韵酷似坡老苍莽之态，易一足字，颇自谓心安理得。不审群贤以为何如。

伏读十一日上谕，直追咎各督抚要求。而以"确有体验"四字欲幸其灾也，政府诚何心耶，可叹可泣。

彊村词掌察书。文焯顿首。十四日。

五

来告宏饰过情，弥用愧奋。承示柳词"舍"字非协，至云起三句，句句用韵，易致转折怪异之音。按清真〔解连环〕起调，确直连三句为韵。梦窗赋此解，犹墨守惟谨。盖两宋大家，如柳、周、姜、史词，往往句中夹协，似韵非韵。于句投尤多见之。屯田是句似亦偶合，不须深究谱例。但取其音折铿訇，讽入吟口，无复凝滞。即依永和声，已得空积忽微之旨。下走当咏摇嗟叹时，初无容心也。昨映庵亦据是义例下问，想会心当不在远。红友固未足征据耳。牓题款字大佳，已付工檏勒。敬谢敬谢。寻晤述不一。此上彊村先生道案。文焯白疏。三月十二日。

六

昨夜谈艺甚洽。〔湘春夜月〕一曲，写上定拍，幸一和之。可汇寄蛰老，以见幽忧同病也。近作拟专意学柳之疏宕，周之高健。虽神韵骨气，不能遽得其妙处。尚不失白石之清空骚雅，取法固宜语上也。愿举似以证同志之造诣，而词家流别，亦于是定。大贤以为何如。此上敬承沤尹先生动定。文焯顿首。十八日。

七

前夕酒楼草草钉盘，咄嗟便办。苦无兼味，良负彦会，此心阙然。小园蚕豆已实，待半肥时，撷鲜供客，差可下饭。少迟当更作夜谈近局也。兹采得新金华菜一筐，尚其挑嫩食之，诚野人一芹之献耳。大著〔安公子〕词，前已涂抹泰半。不自知其疏妄，唯以元作发端奇逸，诵不去口，聊以浅闇演赞未备之义。乃辱矜许，重以诿誧，载把虚襟，敢辞润色。至上阕"那"字韵有待商略者，考"那"在今韵歌哿部为一义，《玉篇》训何，《集韵》训安，即唐宋诗词中所恒用"无那"是也。又属个韵者为语助，汉《韩康传》所云"公是韩伯休那"。俗言那人义出此，其本音并不入马祃二部。古韵固与哿个通用，第词中声转，窃有未安，拟为僭易之。何如。走近又得送春〔水龙吟〕一解，亦类茗华悯时之作，改定当写上就正。余不一一。《归鹤图》亦即并陆扇落墨，不久稽也。疆村词掌先生垂鉴。文焯敬白。四月六日。

《词学季刊》第三卷第三号

（1936年9月）

八

昨辱惠存，适服药再眠，乍觉汗出。闻趿然至，顿狂跃起，亟思晤言，一倾积愫。乃臧获姑息，以病谢客。展待阒然，罪过罪过，度知深弗我尤也。昨竟日拥裘，犹肌栗凛凛。今已愈，渴于言，侍儿举来告，奉答一二。并题签一纸附上。案骛翁原刻，旧有景宋鄂州本云云，刊于封叶。此既付石印，何以缺佚重题。岂渠所得者固遗其旧椠，抑别有用意邪。下走十年前有校勘记，多依据明万历间归安茅一桢刻本订正。又近考《金荃词》及毛熙震、欧阳炯三家词，见于《花间集》者并完帙，非选家节取例也，似发人所未发。傥沪友意在阐明斯集大旨，有取于拙议，得附篇末以传，亦云幸已。拟请公暇日致书为之揄扬，从夷附锓，庶预是有益乎。载绎大著〔西河〕，未卒读，不禁老泪涔涔，如闻邻笛。题叙意极哀宛，而辞未达。向夕当更校定就商，何如。裛碧已有函来诘，并亲存之，亦未及晤。所事在沪已闻剑丞言之凿凿。特未可操券耳。此上疆村词长先生道案。郑文焯顿白。十一月四日。

伯宛舍人索《樵风集》甚殷，即当写上，必不久稽，负我良友也。再此行得从王罍山观盛氏图书，中有唐人小集百家，明校精完，谛审即江建霞所谓影宋本。据罍山云：实发端于小山旧藏，以其残卷五十家，重值归江氏，因影刻以传。却非陈道人书棚本也。又及。

九

前夕清谭，可云彦会，惜未及以吟尊雅奉闲逸耳。伯宛舍人远寄书籍，兼乡味种种。际此米珠薪桂，长安居大不易，犹复念及江皋一二知旧，有故人禄米之风，良可感叹。方之正辅之遗坡老全面岑茶，其高义诚有过之。乞先为寄声报谢，幸甚幸甚。至其近印劳氏《碎金》一册，昨一翻䌋，所校词集，多出传钞。展转丛残，疢痏满目。盖当避寇流离之际，行滕编削，得一旧本，已叹大难，固未遑窜疑辨惑也。兹偶举一端，以质宏达。篇中校《金奁集》，为《金荃》之讹固已。而放翁一跋，亦有蹉驳。考飞卿词唯见于《花间集》之六十有六首。虽顾氏秀野草堂所称宋椠一卷，未见刊行。而弘基在五代之初，去晚唐未远，宜其甄录所得为多。（《花间集》卷一全属温词，卷二又得十六首。）自后《古今词话》之误以〔春晓曲〕为〔玉楼春〕，《全唐诗》附载又羼入袁国传之〔菩萨蛮〕。下走曩作《金荃词考略》，已深切著明。是渌饮所云温词只八十三首，未足征信。此必明初坊写俗本，见《四朝名贤词》，飞卿首列，遂以此一卷全为《金荃》。又讹"荃"作"奁"。姑舍是勿论。独放翁两跋《花间集》，汲古仅载其一。此跋所云，谓其专属《金荃》，殊亦无据。案飞卿无〔南乡子〕词。《花间》载有〔南歌子〕七首，类宫怨之作，不得比之〔竹枝〕。惟欧阳舍人〔南乡子〕八首，实皆纪岭海风土，语义与〔竹枝〕为近。然则放翁所称追配禹锡者，当不谓飞卿可证。汉赵邠卿《孟子题辞》所谓"宜在条理之科"。篇中是类甚夥，此条拟亦附之。拙纂《考略》，亦足多也。究之斠订之学，后起者洵易为功。顾士夫生丁世难，穷困苦中，而不遗铅椠。往哲流风，正非衰挽取及。宜伯宛系志乡献，汲汲墨版以传也。其《天下同文》一卷，节缩泰甚。所见不逮所闻。且元人词率于音吕失考。（如此编〔大酺〕〔霓裳中序〕〔疏影〕，按律并宜侧调，其他出入益多。）《明秀》《蛾术》二集外，等诸既灌而已，敢以谫闻，妄逞一得，幸勿为过。此上敬承彊村先生动定。文焯白疏。三月十四日。

《词学季刊》第三卷第三号

（1936年9月）

一〇

昨检败簏中，得昔年写词家大意残纸三叶，亦间有道着处，特奉上请益。知此旨之微妙，惟公可与语，吁可慨也。夜来绅绎大著余阕，怨深文绮。其高健处不亚中仙，残膏剩馥，沾丐后人不少。忝附雅旧知爱之深，重以谆谆箠诿，曷敢效薄俗贡谀。不揆愚管，妄有献替。辄注简眉牍尾，以竭微诚，冀尘高听。倘不以寡闇见嗤而恕其狂瞽欤，伏惟作者裁之。幸甚幸甚。拙制闰集，都为伧歌，归来尚未料简，少间必写续稿纳上，以副盛义。春寒不减旧腊，羼躯畏风如虎，却甚望从者枉过，作竟日话，诚非忠恕之道。然昌黎渴思大颠师一披接，固谓劳于一来，安于所适，道故如是。其语甚辩，或亦"大寒朋来"之占应也。人日良辰，甚盼顿驾，以慰竚詹。至祝至祝。沪上子纯消息何如，念念。此上彊村词掌左右。樵风白。

《词学季刊》第三卷第三号

（1936年9月）

一一

昨辱答，兼蒙题亡兄遗札，感不去怀，诵之泫然。命书词签，旦夕即奉报，不更稽滞也。伏读新制写扇，题目既佳，词复绝妙。匪吾贤高节贞行，乌能摅此衷曲。尤喜疏放似张于湖，忠愤所发，必传之作也。若夫寄托凄凉，则兰成《枯树赋》，差堪比拟。百复不厌，即当写抚桐图小帧持赠。下走感怆由中，竟破三年戒，率尔属和。惟久未缀思，不免荒闇。梁简文所谓虽是庸鲁，不能阁笔。幸知音有以裁之。向晚闲步，拟走访，或不至于左邪。此上敬承彊村词掌道履。樵风言。六月六日。

一二

连檐过雨，新绿填门，顿催春老，乃叹此萋萋之芜人国，一碧无名，有可为凄涟者已。吴俗立夏，二三邻曲，馈以朱樱、梅子酒（见《唐韵》梅子注）、新麦、海螺、鲥鱼之属，为佳辰筐实，亦江南节物之旧遗也。自今改历，饩羊将废，慨怆如何。清兴所逮，盍一见过，聊以尝新。鱼麦是昨日亲串所贻，今虑已色恶，其他颇可式食庶几耳。开径以望，幸毋姗姗。昨得来告，已上灯后，不及走谈矣。彊村先生察书。樵风逸民白。壬子立夏日。

一三

春寒未减，又过烧灯。人事蹉跎，日月惊迈。渊明句有云："今我不为乐，知有来岁否。"吾侪从何处行乐，诚莫知其方也。枕上偶成《解嘲》诗，就有道正，聊博一拊掌。东坡所谓不以无奸而养不吠之犬，鄙意正同"康衢"事。"康衢"事见《尹文子》。康衢长者名犬曰"善噬"，宾客三年不敢至其门，既觉而改名，客复往，殆喻言耳。从者何日之沪，倘更见过，能饮一杯无。此间略得清趣，至海上则拉杂征逐，甚亡谓也。子美尚未来，亦数年契阔矣。匆匆上孝臧先生左右。焯顿首。十七日。

近年凡百都厌倦，惟老友清谈，无日忘之。

一四

昨夕雨后微凉，甫得一亲几案，而画债坌集，老眼又以灯下落墨为苦。但祝天作之缘，再雨三日，便了却无数尺二冤家矣。顷检敝箧，得亡兄嚼梅手钞频伽《词品》附香方二纸，盖光绪己丑岁，自山左见寄者。不知何处得此本，拟为装一小册，以存其手迹。欲求大贤题跋数行以张之。吾兄器干雄恢，一生兀峥不宜官。工书，行草体势，得鲁公《争座位帖》神妙。所作简札，辄为好事藏弃。《瘦碧词叙》是其笔也。惜有子不能象贤，保护遗迹，故极意为守此仅仅者耳。再昨见扫叶山房广告中，有《古今名人词选》《近人词录》，想亦同调所选辑。阊门街有扫叶分坊，吾贤盍暇日一取观之，不知有无异撰。匆匆手奏，敬承彊村词长道履。文焯顿首。六月四日。

近日有无京书，伯宛至可念，总之文人固分漂零也。

《词学季刊》第三卷第三号

（1936年9月）

一五

樵风罢酒，解构剧场。遥一点头，阙然言议。旬余牵帅人事，恃在密迩，转相阔疏，所怀如何。一昨匆匆白笺，径着奴子投撢高轩。则司阍以沪上之驾未旋，度迁乔之期又展。意方犹豫，颇讶姗姗来迟。乃小疏既见掷还，愿言弥切中曲。忽得伯发书报，欣审美眷新移，当春安吉。从兹红梅一曲，不得独擅芳声。而缩地飞仙，一院双成俦侣。神捷乃尔，益令人歆羡不置。七宝楼台，本无事修月手矣。先此颂庆，寻走诣不次。敬承沤尹词掌侍郎起居，并贺大禧。文焯再拜。

附小词一解奉贺。

点绛唇

仙侣云移，夜笙飞下双成步。占春佳处。花亚新帘户。　　家续樵歌，不羡红梅谱。聊吟趣。柳烟分缕。招引莺邻语。

樵风园客稿上，时戊申中春之昔。

《词学季刊》第三卷第三号

（1936年9月）

一六

天公玉戏，大好亭林，安得故人款然良对，以斗酒赏之。记旧春赋雪〔忆秦娥〕一解有云："故山已变青芜国。为谁染出伤心白。伤心白。人间天上，恨春无色。"洵哀思垂绝之音也，君其谓之何。余具往牍，不复词费。迩来南北乱机四伏，正"大寒朋来"之际，忧生奚为。樵风逸民附白。十一月癸丑朔有二日。

一七

昨口述近作《小城寻梅》一解，深荷赏击，不惜歌否，乃获知音，能无感慰。兹录上就正，倘辱嗤点而和之，不翅乞酒得浆也，幸甚，幸甚。枕上又得〔花犯〕，欲次韵美成，而"喜"字韵难，恐强步转令全章皆踬。公能首唱俾继声，何如？又清真第七句"倚"字为叶，而梦窗初阕不押韵，殆无异尔。敝钞《壶园连唱》二本。久置高斋，记与子复和此曲，亟思覆视，即乞检还付去手。至企至企。此上彊村词长左右。樵风白，十二日卯。

伯弢来告，能假观一慰杂愁，亦所谓心声献酬也。

【按】此则与《词学》第六辑所载重出，文字稍异。

一八

一昨得伯宛为茗理主人征图咏一事，顿触三十年前旧业之感。因叹近世自国学废六书之教，乃以训故考据列为小学专家，驯至三代两汉之书不可读。而专攻词章者，益昧夫古言古义，动多谬悠专辄之文。重为有识所诟病，吁可慨也已。忆走南游，在固始吴公节端校阅正谊课卷。其时管（礼耕）袁（宝璜）辈并以高材生常为称首。一日以茗柯命题，即据黄扶孟《义府》所征音训，思得诸生之博证。而应者仅一二卷，引钮说却未得其左验。古解之日替可知。

无惑乎茗柯自号（不敢以其为词家而阿所好，所谓当仁不让也）后，又有以茗理名其居者。是殆文人鹜新奇而莫究微旨之过。许君所谓蔽所希闻，未睹字例之条。吾恐迷误不谕者，不宁唯是。皋文以阳湖古文名家，今传世有《茗柯文集》。近见其《墨子经考》稿本，亦鲜精义。其间以六书诠释音训，并多疏遗。走尝究心于《墨经》，故审之熟已。昨吾贤疑其兼通经义，其即谓此编欤。结习未忘，敢以请益。此上彊村词掌道案。樵风逸民白。

《词学季刊》第三卷第三号

（1936年9月）

一九

嗣音湛寂，春雨连檐，所怀如何。华亭鹤自入荒野，旷若山泽，时有引吭寥天之致，惜无高枝以栖之，但依人阶下舞耳。对竹之思，差慰清独。兹写上近作一解，无甚惬心，唯紫霞翁定拍，幸甚。新霁当谋良晤。此承沤公词长先生道履。文焯顿白，廿三日。

《词学》第六辑

（华东师范大学出版社1988年版）

二〇

昨散席，当即步至微波榭小坐。旋中丞亦至，因与寻觅高踪。遍山陬水涘不可得。想白云去人远已。归来偶检昌黎诗，又得一字，足与梦窗词相印证，亟录奉教，当亦同一赏音也。吴词两用"差"字，并作仄。考是字作"钗"去声，训病除，则东坡"人生一疾今先差"之句，与坏、债同押，可证。又"权"字去声训"异"也，见韩《泷吏》诗云："飓风有时作，掀帘真差事。"此梦窗两词所本。公可补注于明钞，聊志一欣。又〔扫花游〕《春雪》一解，"凌波路钥"，确为"鑠"之讹。集中是类如酒、醉，车、马，晴、暗等字，并以义近讹。此鑠、钥则形意并近，钞者之误，亦当注明以示后之读者，何如。前送上笺样，已否摹抚。幸检还。余晤言不次，匆匆上。文焯顿首，六月十日。

二一

沤尹词掌侍郎左右：

旅沪得手翰兼大衍之贲辞受并义未安。病喙三尺，感誓肌骨而已。小词盛荷宏奖，益增弱颜，俏获导珠玉，良有厚幸。下走醉司命日始归。年事道尽，衰境颓侵，茅构新营，都成附赘。灌园学圃，聊慰羁孤。且埃新春人日，挐櫂西崦，餐胜而归，再赓老杜堂成之什耳。昨解后研裔于沪，海客谈瀛，颇资殚洽。渠约于小除前可抵耦园。岁晚务闲，尚堪作只鸡近局也。濡削小疏，次于詹对，不尽觌缕。敬承起居，苦寒惟珍重万万。乙丑岁不尽五日。文焯白。

二二

岁除苦雨，兀坐篝镫，剧有清致，度词仙必获名章迥句，为吴皋妆点故实也。伻来，果诵佳什。"挽年事雨声中"真能道着眼前景，钟仲伟所谓"古今胜语，多非补假，皆由直寻"，匪寸心富捷，乌得臻此能事，心折曷已。昨幸沪江回棹，亦触技痒，偶得〔江梅引〕一解，短节庸音，附博大方齿冷。今晨玩弄石涛和尚贝子鼻烟壶，以为《茶烟体物集》中应补吟此物，构思略成半阕，虽愧良工，却未敢示人以朴，来日当奉正索同作何如。忆公前夕有云，使鹜翁见之，当攫去。近每展旧词，辄回肠荡气，且为奈何。此颂沤尹先生词掌元吉。郑文焯敬白，丙午元旦。

中国古典词学
新辑词学珍稀文献丛刊

二三

昨宴甚欢，说词益承教匪浅。恨鹜翁仙去，不少待校梦堪补梦也。恨恨何如。其〔思佳客〕癸卯除夜一解结句："无限妆台尽毕华"句，确有可疑。十年前即三索不得其解。昨夕闻公言，当时与鹜翁校订，遍检六麻韵，竟无以易之，奈何。昨归静坐，隐心独念，仍就本字声形近者着想，忽发奥悟。审是二字符作"醉哗"，并以声形致讹无疑，得之顿为神王，若有觉翁觉之者，亟走白同志，以竢裁决，所谓"思误更是一适"也。曩校《清真词》，每夜深呼镫数起，泚毫累年不倦。自侈所得十之七八，惜近迫人事，录净本甫过半，亦以孤学寡兴，不过展卷相对，与古人歌哭出地耳。今公信能起予者。孙樵云："孤进患心不苦，及其苦，谁复知之。"词人本几生心苦而来，此可为知者道也。向晚晤言，不更觏缕。此上沤尹词掌先生。丙午孟月三日，文焯敬白。

昔致书半塘老人论校词与校经异，既使此心到实劈劈地，却又须从活泼泼地发想。非参西人灵学不辨。一笑。惜半塘老人不及见吾两人，连情发藻，又可悲已。又及。

《词学》第六辑

（华东师范大学出版社1988年版）

二四

馈药高义，尚虚报谢，此心阙然。复诵和章并〔杨柳枝〕新制，哀感顽艳，琅琅如击秋玉，病骨寒棱，为之一振。公才雄独，斗南一人，能无心折。顷得伯弢老友书尺，并见寄新刻诗词二卷。书中极拳拳，大雅知契之深。渠瓜代后已返秣陵作吏隐矣。下走日来樱小寂，操药渐愈。来日拟趋诣夜谈，或置尊迟羊求枉过，补前约一醉何如。此上，敬承沤尹侍郎词伯起居。文焯再拜言，二月二日。

《词学》第六辑

（华东师范大学出版社1988年版）

二五

晨夕清饮，弥复依依。丛桂留人，高云顿远，惓念昨幸结邻之约，能无悄然。兹因秋日散佚，得日本旧刻《乐书要录》残本，此见之唐《艺文志》，题武后撰。宋志未刊，盖阙佚久已。书后有东士天瀑叙，详记遣唐留学归国献书岁月，感叹今昔中外盛衰之故。文献存佚，有关世运，更十年后，又不知国粹之销湛，时变之迁流曷极已。触绪悲来，率成俚曲，录就采览，冀见和焉。言不尽意。敬承沤尹侍郎起居。文焯上，八月廿五日。

梦窗词校本，乞加意寄诲，幸甚，幸甚。

《词学》第六辑

（华东师范大学出版社1988年版）

二六

沤尹词掌先生垂目：

一昨枉过西楼，兼诵嘉藻，静讽累日，不能去口，如闻秋玉珊珊，使人心骨清冷，无一字凡响，是从君特七宝楼台分得珠尘玉雨者，敬次韵奉酬，不免邯郸学步矣。案〔渡江云〕一解，入声律綦严，清真结句当作"时时自剔灯花"，以吴词校之，可订鸥盟园本"顿"字之讹，更无论字意与"时时"相复。又绎大著煞声"春"字，不若迳易"朝衫"为声情俱合，不揉狂简，惟知音裁之。伏想公兹游，入山三日，餐胜而归，定有新制以补某欠。虎山桥踞两崦之胜，为曩与半塘老人风流赏心之地，度公伤高怀远，曾一醉蹋长虹，招魂水月。拙和山桥夜笛二语，歌以造哀，不自知其依黯也。承索樵风近作泪《清真》校本，许为墨版。自惟寡闻，过蒙赏较，陈义甚高，感且不朽。第拙编尚有零叠须删订，即《片玉》亦有续斠，未尽释然，假以两月，当以净本奉上，不久稽也。敬承起居，临书主臣。文焯顿白，二月廿四日。

《词学》第六辑

（华东师范大学出版社1988年版）

二七

损书，复诵嘉什，仙语抚尘，如坐琴台，松风谡谡，众山皆响，真一洗人间筝琶耳也。曩与鹜翁亦和此曲，想已写呈。游山清事，甚不易举，匪同志必不克谐。惜好独游，有时携侍儿可可，扶醉登临，胜似褦襶子。石壁刻竹留题，至今依约也。君特云："芳节多阴，兰情稀会。"天事人事，二语尽之。暮春风日清淑，病躯当追践佳游，补兹遗憾。附上昨制〔满路花〕和美成一解，体极拗折，倘有兴见和，为金针度何如？幸甚幸甚。敬承沤公词宗先生道履。文焯顿白，廿七日。

《词学》第六辑

（华东师范大学出版社1988年版）

二八

沤尹词掌先生道案：

去月之昔，樵风小集，野无车，公为悒怅。正拟驰函属意，执省来告，恍若复面。载绎藻咏，逮意深情，感慕无极。所订清真"短"字韵，甄微之学，孤进可钦。兹以别帖详疏，冀闻今诲。鄙意若作"短"字，转嫌无谓，有妨直致，质之宏雅，当亦谓然。承光诵之末，赏音之切，不耻下问，用敢妄托狂简，惟大贤裁之。至拙校《清真集》及近制，累日手订，益难惬心。盖已作之献丑，犹易芟夷，而前哲之疑尘，良难精析。拟更假时日，既竭吾力，稍稍会通，务求浃洽，庶免罣漏孟浪之讥。一俟写净，即当寄上。商量邃密，端赖宗工。再半塘老人词叙，断无诿卸，缘其生前即有遗诺未偿，今悲宿草，重以嘉命，夫复何辞。且少间，必滋笔以报，不久稽也。匆匆上，敬颂起居安隐，临书轧轧。三月廿日文焯状上。

再侍儿凤恙终未脱，然近可无危虑矣。辱讯，感悚之至。又及。

《词学》第六辑

（华东师范大学出版社1988年版）

二九

沤尹侍郎词掌左右：

　　前奉手毕，兼示新章，会迫冗烦，未即作答，罪过，罪过。方录近制二词，并商榷〔被花恼〕一解紫霞音谱，就正有道。临发有未尽义，阁于人事，乃昨辱顿驾见过。适在西楼，阒然展待，皇歉曷可言状。小别匆匆夏始，日月易得，佳会稀逢，能无怊怅。即订十九日酉初刻，薄治园蔬，奉迟枉过樵风墅一话。坐惟香田，藉可为之祖饯。闻其不日又将北行，届期敢乞惠然偕逮，以补前席何如。特此奉订，更承起居安隐。文焯再拜，四月十七日。

　　附尘小词二解。

　　"觉"字韵似训梦醒，与知觉之觉有异。附及。

《词学》第六辑

（华东师范大学出版社1988年版）

三〇

　　封题临发，忽忆伯弢昨书至，商榷清真〔西平乐〕词中夹协韵例两条，其"尽""晚"本自为韵，不须疑"去"字之讹脱（原作"事逐孤鸿去尽"，今本作"尽去"误例。）襄校已显言之，至过片之"楚""野"二韵，是其创获，可佩。以梦窗词足征也。"楚野"二韵在毛诗固已协声，"言刈其楚"一章，楚、马、下、野，并一音之谐，不庸据古通转之例，以曲折副己说也。项已函致金陵，并拙词寄去，辱示附及，不更词费。伯弢学识精健，才力雄独，甚可畏也。案〔满路花〕有平侧二体，美成作共三首，无第七句不协之例，今考之《清真集》卷下〔归去难〕句调悉与〔满路花〕合，实同调而异名也。秦少游是解亦无出入。襄校《清真词》冬景一首亦疑此句"短"字为钞者之误，证以方陈和作，并作"坐"字。以宋人和宋词，所见从同，即可据以订正。其词本歌席游衍之作，盖谓非关夜长冷坐，却爱日高犹眠。其"坐"字即缘下句"卧"字意对出。若以为"矬"之形讹，以附会短意，似嫌韵语生涩，且考之"矬"字无侧声，今韵在下平五歌部末。虽词韵有平侧互协之例，然是调不当尔尔。况清真前后两作并无异体，旁征淮海，信而有证也。丁未三月鹤道人记。

三一

沤尹词掌先生侍者：

损书，正拟作答，甘遁忽见过。一尊永夕，话雨绳床。述近事、谭艺、通书之乐，恍若与公复面也。东坡词例来议，甚惬鄙忱，惜才韵枯梗，无以一得举似，不足佐宏达搜校之勤，真愧愧耳。穆工近刻愈腐败，缘于写手太弱，不如遁翁之刻工远甚。此后决意改良，若版赀尚可收回，似宜急图，恐伊恃以居奇。吴词卷富，未克美终，求精反粗，奈何。走比来既苦隆闷之疾，复廑忧生之嗟，极思习静入山，洒澹灵府。适补陀洛伽山中旧熟老僧，坚约逭暑，欲往从之，作荷花生日，慧心人能偕游一澄清净果邪。世变日亟，党祸雄成。皖抚乃一见，端患气伏于自扰。其人本佯狂素厉，类任侠而实亡命，当路顽懦，震慑其名号，思以权势服之。大声发扬，燕寝皆设兵卫，徒乱人意，是犹擒虎而己为之伥，其不成市虎也几何？天下眷眷不可终日，乃复沾沾于一镫一枪之禁令，并耳目不能自掩。黑籍未除而白梃竞集，狐埋之而狐搰之，亦太无聊已。苏堪近晤否？行藏何似？念之，念之。敬承起居，临书悾悾，不尽愿言。文焯白疏，五月廿九日。

伯宛想已决北行。镜公有无致词。君章殆羁累如故也。又及。

三二

沤尹词掌侍者：

烦暑赫炎，流金烁石，颡居泾野，手一编《彊村词》，坐披卧诵。跃蕤宾之铁，鸣云韶之玉，兰雪和襟，灵芬满抱，真一服清凉散也。谬延下问，敢贡区区，率尔操觚，不足润色鸿业，匆以荒诞见尤。

幸甚，幸甚。今付局寄上，伏惟昭纳。半塘词叙，亦即塞白，秋初奉寄。敬承动定，临题惓惓，不尽愿言。文焯白疏，六月廿六日。

《词学》第六辑

（华东师范大学出版社1988年版）

三三

沤尹词掌有道：

前撮题近意，亮彻清聪。残暑未销，秋阳转酷。吴中大扎，谣言四惊，想见沪居湫隘嚣尘，其疫气流染，殆有甚焉。下走今兹畏热，弥用骹骸，樵风五亩之居，旷若山林，终夕散发北窗，犹嫌隆郁，不克少事豪素。文字旧责，只待一雨追凉，庶偿逋诺耳。昨夜偶一摊卷，见文待诏书明吴文端《白楼先生传》有云："弘治己未，同考礼闱，阅春秋卷"，又"正德戊辰，同考礼闱，阅易卷""辛未，复同考礼闱，阅诗卷"三记。都堂分校，各阅一经。盖明制本有分经取士之条，故阅卷者得执一经之艺以取胜。代有无明经专科？旧例若何？此制毕竟始于何时？废于何时？它书未闻津逮，不及宏搜。公屡秉文权，见闻殚洽，深谙科举故实，愿垂示颠末，以启心盲，幸甚，幸甚。伯宛舍人料简北装，比复作何住箸？秋风容易，来日大难。豪杰数奇，千古同慨，大可怀也。去月承渠寄示诸家纂补白石小传，取三课卷，强半失之简率，以徐养原素负英称，论列亦复尔尔。吴兴陆氏《集录》，既多猥滥，且不采及道人歌曲叙题，裁制既疏。综览群制，似未若故人子复与下走所搜致，断自宋元，编年比事，不着一字，差有条理，犹贤乎尔。鄙意以姜词及诗自叙为经，固足征其生平岁月事迹。纬以宋季元初群贤说部，益可考见遗事轶闻。不取元以降者，窃虑病在不亲传闻之世、虽多奚为。昔苕溪渔隐谓小说家近记词人故事，殊未足传信，谅哉斯言。当时唯叹同社飘零，启予盖寡。独偕子复晨搜暝写，不及旬日而藏，罣漏诚多，然其义例视徐、陆固稍稍谨严也。匆匆廿余年来，零叠箧稿，久不复省措，兼以钞胥沦缺，欲补辑之，则无复三间洁，姑舍是，又惧为冥冥之负。每念畴昔落南，同志通书之乐，犹及国家闲暇，而今新学嚚嚚，吾道大斁，党祸将与世变相终始，思如平居故情，便难一二。坠绪残钞，触目增泫，惟两贤矜其雄成，弗弃其黩浅，冀有以阐兹旨焉。此上，敬承起居，临题不尽悾悾。郑文焯白，七月十四日。

《词学》第六辑

（华东师范大学出版社1988年版）

三四

沤尹词掌侍者：

一昨草草饤盘，苦无选具，深愧𫗧褻，惶歉不任。比审新居卜定，何日同往观之，即可练时日，开门户，极愿高迁在即，枫窗秋话，胜境盘桓，就诣亦良便也。下走自前夕忽感寒，畏风如虎，兼嗽上气，隐几荼然，亟服清宣肺俞之剂，今病小愈。适渔川亦患湿甚剧，坚招为诊治，遥度一方，不获造诊，真所谓醉者负醉，其势弥颠也。昨甘遁书来，并见近钞《西麓继周集》，其词既不工，于律复多出入，竟无稍裨后学，而甘遁校列简眉，亦失之疏漏为多，已随笔改正，嫌于老草。俟斠竟就正有道何如？鄙意虞山毛氏刻词之雄成，与其校改之谬妄，传至今日，始信其功罪不相掩，乌得据为旧本，复蹈专辄之弊。此非深造有得者，未足语其细趣也。余诣谭不一。敬承起居。有兴，幸见过，但豫示以期，必不譬也。文焯白上，八月十三日。

《词学》第六辑

（华东师范大学出版社1988年版）

三五

昨夜闻雨声过竹，绕阑问花，有寂寞空山之感。平晓就枕上改词，得"托"字韵，稍稍惬心。固以欠直抒胸臆，所谓无表德，直是写实者，在入乎意内，出乎言外，能判舍一切陈迹。若想时不可有古人一字到眼，养空而游，独与天地精神往来而后落纸，如羚羊挂角，不至为字律韵脚所拘检，此境近始发奥悟，待知音商略之。

……年来造境，愈思高研，律愈欲细，而词境转仄，动为律缚，既无所怀，益无隽句，且为奈何。……

《词学》第七辑

（华东师范大学出版社1989年版）

三六

……夜来改词，深知对起词眼，工之致难。既须清典可讽，自成馨逸，复诚雕琢，着力便差。乃叹梦窗、石帚，属对真好手也。……玉田谓清真诸大家取字皆从温、李诗中来，此犹浅识。实以清灵之气，发经籍之光，不特举典新奇，遂工侧艳也。愿以请益，当题斯言。

《词学》第七辑

（华东师范大学出版社1989年版）

三七

夜来愁眠，闻床下蟋蟀有声，感念岁月，昔事如梭，不任依黯。因思白石、功父赋后，几无嗣音可传之制。虽以竹垞体物之博，亦仅以小令寥寥托声，不足尽其幽致，他亦未闻传颂焉。岂以感音比兴，于此易得而难工。

《词学》第七辑

（华东师范大学出版社1989年版）

三八

昨制〔迷神引〕，先就正瞻园，有溢美之誉，未之深信。公亦宏奖，不遗取怀，而予能无弱颜，兼策孤进，以副知音之切。……高吟见和，觉骨气清奇，骎骎入石帚之室。

《词学》第七辑

（华东师范大学出版社1989年版）

三九

近索词境于柳、周清空苍浑之间，益叹此谊精微，不独律谱格调之难求，即着一意、下一语必有真情景在心目中，而后倾其才力以赴之，方能令人歌泣出地，若有感触于境之适然，如吾胸中所欲言者。太白所谓"眼前有景道不得"，岂易言哉。盖不求之于北宋，无由见骨气；不求之于南宋数大家，亦患无情韵。文质相辅，又必出之骚雅，齐以声律，洵非学力深到，由博返约，奚克语此。悬此格以读古今人词，会心当不在远已。

《词学》第七辑

（华东师范大学出版社1989年版）

四〇

功甫赋促织词不使才气，自成名贵，澹雅冲和，其盛唐雅颂之遗音欤。石帚则如变风小雅，几以奴仆命骚，超然异撰，两家各尽能事，诚未易轩轾也。昨夕感时附物，又成短制，不欲敝帚自珍，故以就正孤樵，所谓意深然后为工，别是一格，正为雕饰曼声者下一针砭耳。请质诸同调，以为然否。劳者易歌，亦自忘其黔浅也。

《词学》第七辑

（华东师范大学出版社1989年版）

四一

损书垂奖过情，忝在癖痂，实有溢美之誉。……闻道已晚，病骨颓侵，深恐欲宏斯诣，以佚余齿，不可得已。……嘉制〔安公子〕一曲，托寄遥深，其音挥绰，微有为韵所拘处，致才力稍弱，未克放笔为直干，然不足为声病也。

《词学》第七辑

（华东师范大学出版社1989年版）

四二

昨夕伏读新制，盛藻缤纷，耐人寻味，以意高，故辞不必工，此屯田所以复绝也。

《词学》第七辑

（华东师范大学出版社1989年版）

四三

比复校《清真词》，又得订讹数字，是知思误一适之难。……下走校词，但求其是，于诸本从违，固无容心也。特苦识力寡闻，唯日不足。许沇长有云："玩其所习，蔽所希闻，不见通学。"三语正为近今校词者，痛下针砭也。昔半塘翁谓校词有与他书异者，以其文小而体卑，又有声例可以按索。愚以为旧谱零落，宋以后，音吕久失，解家宏雅之儒，恒视为一艺之末，不屑深研，且不工词者，先失其信好之笃，更不足与言校词。千余年遂成孤诣，不绝如缕。又经传写，一再覆刻。则校之视他书益难。诚以胸驰臆断，误于已识者，不谙古言古义，动以习见常用之字句腔调，妄议前修。踬其蔽者，又从而傅会之，以为杀青在前，当有所本，不思折衷。矫其失者，又病在昧于裁决，自滋疑窦，皆苟为异同，不足征其要实也。……今下走研究音谱，吴词即本之柳。虽结句平侧小异，乃玉田《讴曲旨要》所谓"腔平字侧，拗则稍入"，沈梦溪所谓"字皆举本，融入声中"。实古歌者音拍之微妙，绝非后学所得拟议其字例异同也。……吾人校刻古人之作，既思传世为后人准则，故勘订不厌精详，墨版未宜孟浪，非欲以刻书徼名于世也。小司马校《史记》所称"编录有阙，窃所未安"。即阙疑亦必资于多闻，未闻寡闻疏浅而徒守盖阙存疑之例也。即如此词之仅仅一字，而一再斠刻，几至失其本来，枉费铅椠，词客有灵，能无哑然千古欤。……半塘所云："但得孤证，即可据依，若无其书，则付之不议"也。

盖前夕与公所言，幽隐有动乎中，竟藉咏叹以出之，是用文不加点，率尔切情，昔人比兴之篇，类如是耳。

《词学》第七辑

（华东师范大学出版社1989年版）

四四

昨夜闻雨，顿触春感，属引凄异，倚枕口占，诵之不觉声情悱恻，欲易一字不得，似近韦冯之深哀。

《词学》第七辑

（华东师范大学出版社1989年版）

四五

损书种怀抑抑，弥用心仪。近悟词家比兴之作，唐、五代为最上。盖芬芳悱恻之深情，附物宛转，其调哀急，唯宜令拍，而徒谣短节，工之至难。比年吾侪唱和，多取慢声，托寄虽远，贞则易乖。转视《花间》旧体，苦其高澹，学之未工，有伤直致。此所谓文荣意瘁，未若于生处陶写奇韵，纯以简古出之，或以器冷而弦调欹。狂愚一得，敢以举似。唯夫子哂之。昨又得〔蝶恋花〕二解，〔御街行〕一阕，亦思文俳语以自抒幽忧。昔半塘老人尝谓下走《绝妙好词校录》后语，有启予盖寡之叹，以为郦生自谓之狂，今值老斫轮运于散木，既雕既琢，复归于朴，敢弗贡其曲辕以待神椎乎！

《词学》第七辑

（华东师范大学出版社1989年版）

四六

窃以词道衰息，自南宋来三百余年，至嘉庆间始得一皋文先生，穷讨达学，而词体一尊。顾翰风附录七家，当时以为必传者，且不当来哲之楷素。比二十年，作者辈出，骎骎欲度骅骝前矣。是知词虽小道，求其至精固甚难。兹大雅发藻玉，振江皋，缪引籧弄，以应黄钟，犹嗛嗛不皇，清问下逮。同声感切，不揿狂简，恒思有諕见效一日之知，诚自忘其唐突也。居长诵《庚子秋词》及《春蛰吟》二册，极服高制。以洞放之旨，流愁恻之音，骨气沉雄，昇冕群雅，几于思不周赏，警绝一时，岂亦忠爱离忧之感，缘情附物，唯以造哀，词之体固然邪。下走少嗜诗，旅居吴之初，见眉老伯，苦言切句，每以古今体制相高，因思别构一格自异。乃日改长吉《昌谷》编。起诵卧梦，矜奇道变，诡得诡失，务为精密，自诩不避危厃已。迢邂近湘绮翁，纵论三唐格律，辄觉襞积细微，伤其真美。幡然奥悟，始能读唐人诗，而汉晋以还，名章迥作，亦渐泠然解焉。宋词家之有梦窗，殆犹唐诗人之长吉乎？其灏气流转，文采高丽，纯学清真，而未得其浑。又相从石帚游，研讨声律，游苕霅三十年，倡酬风月，神韵所至，骚雅似之，而特变其疏澹，然谛观宋人集中，清空隽快之制，络绎奔会，如下走近选廿余首，其邮焉者也。

四七

映庵新制〔竹马子〕，颇复疏快，惜中有音节微差。上片写景，似嫌惊露，韵情便少浑含。尝谓北宋人词之深美，非可以气取，盖其高健在骨，清空入神，而意内言外，仍出于低徊幽咽之余，不徒以澹雅为工也。

四八

曩与子复老友谈词，先务尽词表之能事，即玉田所谓字面，为词中起眼，必须字字敲得响也。而文章色泽，皆情之华，最关切要。间尝熟读周、姜二家名章迥句，一一索其来历，玩其工力。同时同志，剧有新获，相诫每出一篇，各数所举之典，不得陈陈相因。固取材于六朝文藻及得之飞卿、昌谷诗中为多。乃叹周、姜取字至纯粹，若柳、吴则取字至博。近考屯田于二谢诗极多运用，至梦窗更博于史，而镕铸工，顾韵中字例，亦不若周、姜之精严已。故造语雅澹，搞文老成，沈义父云：“读唐诗多，故语雅澹。”古人有作，固无一字无来历，岂独词耶？下走十余年前，锐意务为文采发明自注之例（昉于康乐《山居赋》），以为辞必己出，文不虚绮，非敢炫博也。词之为体，又在清空，著文益难，必内藏宏富而后咀嚼出之，蕴酿深之。虽浅语直致，要以文而韵；苦言切句，务以淡而永，性灵往来，如香着纸。以是言字面，岂易甄采哉。近世学者知其难，遂专于词中求生活，一涉笔，辄多剽袭之浮艳，曼衍支离，几忘所自，比比然也。国初诸名家，固渊雅而观，而隶事庞杂，雕润新奇，不免芜累。其文字真从学问中来者，诚有经籍之光，一目了然，非塞肤俭腹所能充也。昨与伯

中国古典词学
新辑词学珍稀文献丛刊

癹发议及此，亦极相许。谓吾侪正宜究心于此关键。下走自知畴昔才
过其文，文过其气。近则于音律稍稍细密，而文转不逮，然不惟吾大
贤有以诲之。昨伯癹示及谭公问道尺书，辩难良多，而深悟词道之工
至难。并索拙刻《斠律》编及半塘翁词，并乞大著全集。渠以天诞英
逸，骄才雄力，于诗文胜任愉快者，独于倚声而敛衽焉，将毋英雄入
彀邪！

《词学》第七辑

（华东师范大学出版社1989年版）

四九

生平于训故考据之学，偶有心得，泠然神解，辟易群言，虽孤
证亦当仁不让。独词章一道，工之至难，一字未安，不惜三易。

《词学》第七辑

（华东师范大学出版社1989年版）

五〇

昨损书答，并示《金荃词》篇目，自以《花间》选本为巨观也。
拙选羼入正中一家，本不惬意。拟竟删去《阳春》《漱玉》两家，亦
了当也。

《词学》第七辑

（华东师范大学出版社1989年版）

五一

右汉铙歌《有所思》一章，《楚辞》所谓"情抑郁而不达兮，又著
文而莫之白也"。此歌者之心苦有如是，当与《离骚》《九歌》以斗酒读
之。生平惟爱诵《古诗十九首》及此《有所思》《上邪》二曲。

《词学》第七辑

（华东师范大学出版社1989年版）

五二

曩者与吴社诸子和石帚令词，爱其琢句老成取字雅洁，多从昌

谷诗中得来。因征之清真，先后同揆，所谓无一字无来历。玉田亦谓方回、梦窗取材温李，以字面为词中起眼处，须字字敲得响也。其檃括例尚不在此数。近世作者，乃见两宋词眼清新，对仗工丽，遂复移花换叶，涂饰陈陈，窽窖支离，几莫名其所自，是专于词中求生活者，固难语以高诣，而炫博者又或举典庞杂，雕润新奇，失清空之体，坐掎摭之累，是误于词外作注脚者，亦未足以言正宗也。夫词之为道，义出风谣，情兼雅怨。故造语有淡苦而无虚玄，如道家禅悦之言，皆所深忌。命意有悲凉而无穷蹙，感事有叹恨而无激烈，遣怀有艳冶而无媟黩，附物有华绮而无幽僻。浅语直致以文工，苦言切句以味永。小文巧对以格古，新辞丽藻以意定。此词表之能事，可以学力致之，至于骨气神韵之间，则造乎精微，匪言像所能求之已。沈义父云："读唐诗多，故语雅淡。"若耆卿富于甄采，得之六朝文藻为多，不仅摘艳三唐。梦窗更博于史，其研炼益工。世士恒苦浅暗寡闻，辄目为晦涩，未尝于此穷讨宏搜，遂以旧文妄有点窜。余近取毛、杜、王、朱诸本校订，其文字硕异，确有征验。乃叹书经三写而成讹，犹未若汲古初雕本之有获也。周、柳、姜、吴为两宋词坛巨子，来哲之楷素，乐祖之渊源，于是证其要实，余以余力悉为采按旧艺，勘为定本，邢子才所谓"思误一适"者，庶几戈氏专辄之病。今之学者，当用力于此四家，熟读深思，选某名章迥句，反复索其来历，求其工力于实灵。先学其对仗之深稳于虚灵，先悟其起结过变之空灵，而后精神往来，怊怅自得，养空而游，如香着纸。……（下原稿缺）

《词学》第七辑

（华东师范大学出版社1989年版）

五三

……发端微觉质实，与通体未洽；"携"字短协亦嫌重。……刘禹锡谓诗用僻字，须要有来去处，近人往往不求甚解，但务冷俊，触目皆疚痏，奈何。

此间消息至微，不尽于一二声调，规规于平侧已也。

《词学》第七辑

（华东师范大学出版社1989年版）

五四

屯田此解，亦似偶合，不须深究谱例，但取其音拍铿訇，讽入吟口，无复凝滞，即依永和声，已得空积忽微之旨。

《词学》第七辑

（华东师范大学出版社1989年版）

五五

近拟专意柳之疏隽，周之高健，虽神韵骨气不能遽得其妙处，尚不失白石之清空、骚雅。取法固宜语上也。愿举以证同志之造诣，而词家流别，亦于是定。

《词学》第七辑

（华东师范大学出版社1989年版）

五六

新制疏快，当为近年杰作，盖发于忠愤，言必由中，始能真宰上诉，不同流连光景，雕润文藻也。此曲不难在随律押韵，而难于妥溜达意也。

《词学》第七辑

（华东师范大学出版社1989年版）

五七

兹更得〔惜红衣〕一曲，放为直干，取畅予情，于意云何，愿探月旦。至此解音节谱字，唯当以君特和词为旁证。观其自叙从石帚游苕霅三十年，其平居切磨功（下原稿阙）至姜词平侧，凡作入声及入作平用字之例，君特并精审律谱，悉与符合，非有出入，吾侪当思兼二妙，自定一格。公前后两作，深谙是旨，诚无懈可击矣。当悬此格以求两宋。金元诸词人之造诣，每况愈下，至不可拟议。

始悟音吕之空积忽微。清真为词圣，姜、吴墨守，入室夹辅，皆吾论乐之诤友导师，不可偏废也。

《词学》第七辑

（华东师范大学出版社1989年版）

五八

卧披姜、吴词集，益悟音韵古通，诗词迥异，不特今韵部居，不可悬合，即唐韵通例，亦未宜持以相绳，博考声家，证以旁谱，信而有征。如石帚〔惜红衣〕次句"日"字为韵，乃词例对起之常格，〔踏莎行〕其习见者耳。若夫梦窗押"雪"，菜老押"曲"，尤足破红友之疑尘，而次公有喙，不能曲为之解矣。而词韵旧谱，但取古谐，不以部别。历观耆卿、美成洎姜、吴两家词中，所押韵脚，冥若符合，确有佳证，略为点定，待大贤面质焉。

《词学》第七辑

（华东师范大学出版社1989年版）

五九

两宋词人之侨吴者，世但知贺方回、吴应之诸贤。偶于旅夜，暇披《霜花腴集》之〔鹧鸪天〕，有"杨柳阊门屋数间"之句，上云"归信"，又云"乡梦"。是知觉翁固有老屋相近皋桥，其〔点绛唇〕有怀苏州所云"南桥"，盖指此也。又两寓化度寺，皆有怀归之思。岂垂老菟裘，复以此邦为可乐邪。

《词学》第七辑

（华东师范大学出版社1989年版）

六〇

伯弢甚厌南宋词家雕润一派，亟欲开径自行。昨已取手校《乐章集》去，恐音拍失古，易流轻俗，气过其文，亦是一挠也。毕竟当以清真为集大成者。词虽小道，岂易言哉。监以两宋之间，用能文质并茂，空前绝后，兼以才力独雄，蔚为词圣。湘绮翁曩以兹事下问，深

中国古典词学
新辑词学珍稀文献丛刊

叹其微妙。观此老所作，且如徐太保诗，须人捉着，不尔便飞去。

《词学》第七辑

（华东师范大学出版社1989年版）

六一

小词和柳，不能得其高澹，入后稍稍借伤春余事，托寄苍茫，却成墨泪。想赏音者于此同一浩叹，愿闻嗣音，为砭狂疾。

《词学》第七辑

（华东师范大学出版社1989年版）

六二

和小山令曲，独多感音凄丽。怆怀同调，能无辍弦之悲。三复叔原叙言，益叹古今文字造哀，有同慨焉。载绎高制，怨深文绮。淮海壶山，先后辉映，心折曷已。

《词学》第七辑

（华东师范大学出版社1989年版）

六三

伯勤高制，疏宕似东堂，心折之至。但煞句举典，微嫌与上句未融贯，用意亦晦，唐人诗："侍臣最有相如渴，不赐金茎露一杯。"其宛讽已是辗转隶事，今专用"金茎"，复以"承掌"，既不及文园病渴，又无关西子娇颦。

《词学》第七辑

（华东师范大学出版社1989年版）

六四

半塘翁据《词谱》考正，何独于起结绝大关键，转多犹豫，未之折中，抑矜眷之过已。下走谫见佹得，曷敢谬托声家，然宣尼说礼，于杞宋既不足亡征，则志在从周。

《词学》第七辑

（华东师范大学出版社1989年版）

◎ 历代词学书札汇编

六五

考《小雅·苕之华》三章，传云："闵时也。幽王之时，西戎之夷，交侵中国。师旅并起，因之以饥馑。君子闵周室之将亡，伤已逢之，故作是诗也。"故载咏苕华，悲其将落。次章云："知我如此，不如无生。"反复沉哀，正合此世衰乱之故。比年每嗜诵此诗，辄终夜不寐。今拟题拙词第四集曰《苕华》，以见闵时之义。且兹集实皆激楚凄戾之音，又会当忧生救死之不暇，以是名编，得毋隐寓小雅怨诽之旨。矧词出于燕乐，原于变雅欤？惟知我者哀而叙之。

附上清真词曲略一事，就正有道。

襄爱诵清真词〔浪淘沙慢〕二解，既一再和之。独至其过片次句："念珠玉、临水犹悲戚，何况天涯客。"语义崭崭有奇气，又极凄宛幽艳之致。间尝举似子复及中实、伯弢诸子，皆不求甚解。究其曲实，则蒙然如坐云雾，蓄疑有年。深思词之难工，要在博极群书，不着一字。玉田谓诸名家词，取字多从温、李及长吉诗中来，谅哉是言，犹未尽发其奥悟尔。昨偶于病榻散帙得《说苑》一卷，阅至"赵简子游于河而乐之，叹曰：安得贤士而与处焉。舟人古乘跽而对曰：夫珠玉无足，去此数千里而所以能来者，人好之也。今士有足而不来者，此是吾君不好之乎"。乃叹美成隶事属辞，有羚羊挂角之妙。盖托诸隐秀以伤其不遇也。《宋史·文苑传》谓其以诸生献赋，一命为正，五岁不迁。词意悲感，或当其浮沉时耶。昔人称杜诗无一字无来历，吾谓读者亦当不放过清真一字，清真固词中之老杜也。狂愚一得，敢以举似，唯宏达裁之。

《词学》第七辑
（华东师范大学出版社1989年版）

六六

据《乐府雅词》则为"思"字。案曾慥选刻在绍兴丙寅，距美成提举大晟乐府仅二十三年，所见当可依据。（黄墨谷按：此札考订清真〔水龙吟〕。）

梦窗词〔满江红〕两解，次句第五字，用"浪"协平，一用

"蝶"作平，是知白石道人制此曲，千顷之"顷"，亦非上声。按词律上声字例有作平用者，然不得径易作平声字，以趋自便。如白石"近前舞丝丝"，"近"自注"作平"，或"顷"字，其义例耳。梦窗《淀山湖》一阕，原作"苍浪天"，正谓水天一色之义，白香山诗所谓"鬖发苍浪"，亦云色之老苍也。汲古本吴词原不误。自万红友引作"沧浪"，杜、王诸校刊，并从之，遂失其旧，而梦窗词意晦矣。所谓书三写而成诋。按"沧浪"出《禹贡》，孟子引《沧浪之歌》，苏子美取以名亭。近世文人浅闇，未之深考，几目为水之通训，则又读书不求甚解之过也。尝谓校书之难，必能合训诂、考据、词章三者会于心而验之目，乃可以从事以义理为断。专辄固学者之病，从以阙疑载疑，终无一义之晰，则亦何取于校订。故必多闻而后可定阙疑，此由博返约之功也。

《词学》第七辑

（华东师范大学出版社1989年版）

六七

方回言少陵入蜀后诗格一变。尝怪叔夏草窗，皆故国王孙逸老，诵其所制，歌曲沨沨移情，独乏苍郁激楚之响。盖哀而不伤，风人之旨趣也。若南宋诸名家，调转激于时艰，有君臣羁旅之感，因多慷慨余哀。事有可为，斯义无可逃。故忠爱溢于词表，非若伤春、怀古、悼国、讽时，托寄遥远，极命风谣，有待于后人之兴起也。

《词学》第七辑

（华东师范大学出版社1989年版）

六八

《清真集》校本旧有〔水调歌头〕及〔鬖云松〕二首，已为校订，确非美成之作。以李伯起、傅国华事实并非周所及知，那有投赠。证之宋史，益信。况美成通集无一与人倡和者。或必汲古本之羼入。元巾箱本无是二解，尤足征也。无已，惟据以附刊为补校语录耳。

《词学》第七辑

（华东师范大学出版社1989年版）

六九

去春曾假尊藏《乐府雅词》，得审〔雨霖铃〕曲上有上声起调之例，忘其为谁作，即乞更借一观。记得当时亦识此曲为双调谱，本有商角同用之律，角为上声。曩考原五音二十八调图，入声商七调第四，已详斯旨。但世之词家罕有津逮耳。拙集《冷红词》有〔雨霖铃〕一解，颇为子苾、伯弢诸同调赏击。徒以所制非侧韵，疑失旧律。伯弢所著之《袌碧斋词话》，似深惜之。乃宋人有先我为之者。且与今所校之宋本《乐章集》差异，如"方留恋处"之多"方"字，转与汲古本合，是知宋人所填宫谱已如是，此校律之难也。

《词学》第七辑

（华东师范大学出版社1989年版）

七〇

后村《千家诗》选载美成《春雨诗》七言绝句："耕人扶耒语林丘，花外时时落一鸥。欲验春来雨多少，野塘漫水可回舟。"意境幽约，有晚唐风格。

《词学》第七辑

（华东师范大学出版社1989年版）

七一

梦窗〔扫花游〕，题《送春古江村》，尝疑其地当属阊门或为故家园名，未得要领。昨偶检《吴郡志》卷四十六，有西园，在阊门西，洛人赵思别业也。张孝祥大书其扁曰"古江村"，中有足娱堂，是其地当时必因于湖膀书而传播词人吟口，梦窗题咏者即此。

《词学》第七辑

（华东师范大学出版社1989年版）

七二

昨诵新制，凄寒感人，非愚管所及，有若仲伟之论谢吏部，微伤细密，盖限于宫谱声律，不避危仄。窃意当此世变，宜以奇情慷慨，以写余哀，如清真〔西平乐〕〔瑞鹤仙〕〔浪淘沙慢〕诸曲。其时或值方腊之乱，其词颇多峻切知音。即梦窗亦感触时事，不尽自组丽中来。他若南宋诸老，发言哀断，益令人感音潸泪矣。

《词学》第七辑
（华东师范大学出版社1989年版）

七三

《避暑语录》云：柳永屯田员外郎死，旅殡润州僧寺，王和甫为守时，求其后不得，乃为出钱葬之。词人固甘于寂寞，而身后至无以归骨，亦可哀也已。偶览宋袁文《瓮牖闲评》记黄太史乙酉生，是时有柳彦辅者，耆卿孙也，善阴阳，能诀人生死，谓太史向后灾难大，或见于六十以下，后果以六十一贬宜州卒，彦辅之言验已。是知永非无后，且有贤孙，深明气纬，为一时名流所推，诚无忝明达之后。世有为永补传者，当据此以为要实。然则，花山吊柳，特出于好事者为之耳。

《词学》第七辑
（华东师范大学出版社1989年版）

七四

怨深文绮，词人本色，唐五代作者，其原出宫体，盖小雅怨诽之义也。三复新制，写意宛惬，如诵唐人《长门怨》。初若散缓，反复乃识其窈窕之深衰，宜以拟宫词秋怨命题，尊旨当亦然。兹更写上〔有所思〕一解，倘演赞其旨入〔浪淘沙慢〕第二三段，弥用幽抑，宁不诒音，愿言发藻。记湘绮翁曾亦赋《古别离》，后半纯用是诗微义，遂成激楚之声，略赏检视共证之。

《词学》第七辑
（华东师范大学出版社1989年版）

七五

《渔隐丛话》云：唐初歌舞多是五七言诗，后渐变为长短句。今止存〔瑞鹧鸪〕〔小秦王〕二阕。〔瑞鹧鸪〕是七言八句，犹依字易歌，〔小秦王〕是七言绝句，必须杂以虚声，乃可歌耳。又宋秦观云，〔渭城曲〕绝句，世又歌入〔小秦王〕，盖即《东坡乐府·阳关曲》，题下自注："本名〔小秦王〕，入腔即〔阳关曲〕。"考入腔即词之起调，今谱所传〔小秦王〕起二句与〔阳关曲〕无异。惟〔阳关〕第三句五字用入声即第四句五字平声，并旧谱字律，其〔木兰花〕所谓"忍听阳关第四声"，即《渭城》诗中第四句"西出阳关无故人"，歌者音苦，调亦哀急，故感人深切耳。又寇莱公有离别词，名〔阳关引〕，顾从敬笺注云："〔阳关引〕，近世又歌入〔小秦王〕，更名〔阳关曲〕。"然此渭城诗耳。若寇词自是宋慢曲，不可唱入〔小秦王〕调也。其义至显。据此知〔阳关曲〕之名〔小秦王〕，正以入腔相类，其名由来久已。坡公词元本毛刻并出，原本自注可证，不得列为异文也。宋以后宫谱坠轶，有其辞，亡其声，学者徒见其句法差池，莫由辨细致精微。不揆愚管为采按大略，并知音审定之。

《词学》第七辑
（华东师范大学出版社1989年版）

七六

〔西河〕词：前两段意境排奡，有横空盘硬之致。"市里"两韵，终嫌寒窄，"对"字韵亦苦弱。押"市"字不如直用千金市骏骨，以玉田妥溜法写之最妙。又〔倒犯〕《辛亥岁除》，拗韵不宜涩，涩体不宜凿，"黏鸡画燕"四字，连用太熟。

《词学》第七辑
（华东师范大学出版社1989年版）

【按】 以上郑文焯致朱祖谋书札七六通，均出自郑文焯之婿戴正诚所辑王鹏运、朱祖谋致郑文焯以及郑文焯致朱祖谋书札之汇编——《词林翰藻》。其中第一至第十八通以《大鹤先生手札汇钞·致彊村》之名发表于《词学季刊》第三卷第三号，后收入《词话丛编》，为《大鹤山人词话》附录，署

"戴正诚辑";第十九至第三十四通以《大鹤先生手札汇钞·致朱古微书十七函》(其中一函与发表于《词学季刊》者重复)之名发表于《词学》第六辑,署"戴正诚辑 黄墨谷录";第三十五通至第七十六通,由黄墨谷录,以《〈词林翰藻〉残璧遗珠·郑文焯致朱祖谋书》为名,发表于载《词学》第七辑。(计四十二通,其中一通与发表于《词学季刊》者重复。)

致王鹏运

半塘先生词长:

前于四月半临来沪前三日,得手书,并属订雅词,谨如戒泚笔,颇不负诿諈,已携入行箧,早料及有此奇缘良会矣。(若至诚前知)书至距跃三百,已竟夜不寐,正在和清真〔兰陵王〕,至四解之多,待录稿即索嘉藻耳。少选即飞诣共谋食,此时稍蚤也,此遇信有天合天声,不翅天际真人下凡尘也。狂喜万状,不知所云。公枵腹相待,下走以不合眼相看,妙哉奇也。此地群仙毕集,焦生老约西湖之游,愈晚愈佳。王字押亦带来,容面呈,以示久要不忘之义。甲辰六月。

《词学季刊》第三卷第三号

(1936年9月)

【按】此札原题《郑大鹤先生寄半塘老人遗札》,札后注云"王孝饴先生自北平录寄"。

致吴昌绶(三通)

一

伯宛道兄先生侍者:

一昨复奉惠札,具审海国盍簪之盛。于笙歌丛里,别有云璈,想见天风珠唾之余,时复逮忆,正如枯僧野呗,只宜荒山破刹中独一凄唳,不足翅和鸾凤声也。昨夜听雨竹醉寮,忽展诵半塘老人剩稿,未终卷,泫然久之。迟明始略为点定。以君与沤公拳拳高义,亟待墨版,爰付局寄上,尚其鉴察覆审之。因苏城邮筒,近多隐沦,甚不足恃也。承索观吴刻《明秀》《乐章》二集,俟二月花朝前后,必携之沪上，面奉何如。比连得家兄书，趣赴浔阳甚迫。其受代已有期矣，知念附及。匆匆报讯，不尽百一。敬承道履，临书怀仰。

正月廿六日，郑文焯白疏沤公，同此悼念。

《词学季刊》创刊号

（1933年4月）

二

伯宛道长秘书侍史：

　　伻来再诵，尊状深系怀，思秋期匪遐，开泾以望，并拟及时先如沪渎作平原十日饮，更期水墅连床，山林并棹。此时想沤公定亦相携偕此萍聚也，幸蠡相闻，至企至企。承示礼馆宏开招延俊，又当路游扬，豫席舍贤者，孰能与于斯。董仲舒衰然为举，首当有颜誉而增重者，无事鳃鳃，过虑已。曲江诗研得沤公题记，益足千古，今即示寄，并刻之研侧，何如？幼舲孝章为何许人，其言足传信。元白石集嘉泰本为陶南村手写，即世所称宋椠元钞，未闻更有出其右者耳。前求赐观阮刻及某书院辑传，颇思一睹，幸勿忘之。兹附使归词录一册，仅题端数字，匆匆不及尽意，余容续上，敬颂起居。

　　损惠红碧格纸，当细检其一，即写校清真词及近作，不久稽也。

六月七日，文焯顿白。

《大鹤山人词翰》

三

伯宛舍人先生侍者：

　　前奉诲帖并刻词格纸，陈义甚高，感且不朽。承示校白石词，剧有心得，孤进邃密。犹待商榷，虚怀不遗寡闇；弥征好学，深思能无愤悱。兹录上旧校〔角招〕一解，别纸附尘。至谓〔扬州慢〕淳熙丙申为丙午之误，前人未审，此诚独得之秘，但未悉所谓。考白石诗词于丙午前纪年仅〔扬州慢〕一解，余无足征，即其祠堂本附年谱一卷，亦列是小叙为丙申之证，然丙午岁所得诗词并客长沙时游历唱酬之作，无一及维扬者。此则明云"丙申至日，余过维扬。"盖白石生平于竹西佳处，未及久留，或浮湘入沅时偶一道出，故曰"少驻初程"。特其〔侧犯〕咏芍药则云"甚春却向扬州住"，又云"红桥二十四"，似非泛咏。与〔玲珑四犯〕"扬州柳垂官路"及〔琵琶仙〕"十里扬州，三生杜牧"所拟诚有别已。君精意索之，自有创获，顾闻绪余，不恡箧旨，详示颠末，幸甚幸甚。昨晤沤公亦谈及此，三索而不得其解。年谱一卷已经沤公录副，并拙纂补传旧钞，乃举宋元说部所纪集成，不着一字，示纪实也。廿年前所作赖子复搜辑之力，惜金秀才钞不及半，已佚两纸，卒卒未补，至今阙然，即乞贤者大索全书，更为理董，亦补正辑佚之功也。白石生平作词仅八十余阕，其遗佚正多。南宋百五十年中，以词名者百数十人，而所号称知律者亦不过二三名家。上自君相以逮学士大夫、骚人逐客、高僧名伎、艳鬼顽仙靡不声应气求，雕绘符采，虽党锢莫由周内文字之狱，理学不能斥为郑卫之音，赵宋一代于此叹观止焉。君所辑诸贤轶事，足发潜德之幽光，抒怀旧之蓄念，亟思快睹，幸勿秘金玉，愿事校雠，至企至企。承示版式，自当依刻，昔梓父合为刊拙编《医诂》上下篇，价廉工省，同志赏之。近穆工写宋字既昂，刻亦不佳，拟改属梓父先刊格纸，奉上何如？匆匆复上，敬承道履，临书怀仰，弟文焯顿白，四月廿二日。

　　案：石帚自制〔角招〕〔徵招〕并属黄钟宫，〔角招〕曰黄钟清角调，宋谱原名黄钟宫角，住字用姑洗一字。今审白石此曲旁谱乃寄太簇之清声，为五字起调，其音当属于大晟旧曲，故云清角也。此词以赵以夫所作校之，实多一字，以夫自注以〔角招〕赋梅，即用姜制，是其在宋时所见姜词确为一百六字，万氏《词律》失之疏阔，而杜氏校律，遽斥为落一字，弥谬于音吕已。余详察白石谱字，决为钞者妄增一"西"字，以是解当用五字，起调毕曲从同。今审此本旁谱第一行实为十八字，而词乃十九字，且旁谱五字，正在"柳"字住，其为误衍一"西"字无疑。证以虚斋作"苔枝上，剪成万点水萼"是知白石固作"何堪更绕湖，尽是垂柳"，其声调信而有征也，以嘉泰本独踳驳，至是亦可见剙词审律之难。

旧校一则录于陆刻本〔角招〕词简眉，兹检得更写之，以质世之知音者。鹤记。

《大鹤山人词翰》

【按】 第一札原题《近代名贤论词书札·高密郑叔问文焯先生答吴伯宛书》，为龙榆生所录，发表于《词学季刊》创刊号。唐圭璋编《词话丛编》将其作为《彊村老人评词》附录，题为《近人与朱祖谋论词札·郑叔问答吴伯宛书》。第二、三札录自吴昌绶所编《大鹤山人词翰》，稿本现存于上海图书馆。

致陈锐（五通）

一

前诵《袌碧斋词话》，感君真知，实异世士之延誉增重者。且独于下走，论及品格，益叹数十年来朋契之深微，无以逾是。毕生荷一知己，可以无憾矣。即以词言，觉并世既少专家，求夫学人之词，亦不可得，宜吾贤自况，以能诗余力为诗余。如欧、苏诸贤，皆恢恢有余，柳三变乃以专诣名家，而当时转述其俳体，大共非訾，至今学者，竟相与咋舌瞠目，不敢复道其一字。独梦华推为北宋巨手，扬波于前，又得君推澜于后，遂使大声发海上，亦足表微千古。凡有井水处，庶其思源泉混混，有盈科后进之一日乎。下走自去春奉教于君子，沉毅以求之，为岁已积，百读不厌，极意玩索，自谓近学，稍稍有获。复取曩所校定私辑柳词之深美者，精选三十余解。更冥揥其一词之命意所注，确有层折，如画龙点睛，神观飞越，只在一二笔，便尔破壁飞去也。盖能见者卿之骨，始可通清真之神。不独声律之空积忽微，以岁世绵邈而求之至难。即文字之托于音，切于情，发而中节，亦非深于文章，贯串百家，不能识其流别。近之作者，思如玉田所云妥溜者，尚不易得，况语以高健邪？其故在学人则手眼太高，不屑规规于一艺。不学者又专于此中求生活，以为豪健可以气使，哀艳可以情喻，深究可以言工。不知比兴，将焉用文。元、明迄今，迷不知其门户，噫，亦难已。近略有奥悟，惟君可以折中。兹先写上新制一解，切乞诲音，幸有以和之。犹记十年前，在京师连句，和美成此曲，未审君曾存稿无。忽忽一纪，世变纷歧，恍若昨梦，仍为江南词客，相与寂寞终老耳。思之泫然，听雨寄声，聊次詹对。

《袌碧斋词话》

【按】上为郑文焯致陈锐论柳永词书，陈锐《袌碧斋词话》将其节录，并云："近年词家推郑文焯氏……于余发明柳词，尤引为同志。比重阳前夕，损书惠余，节录于下。"见《词话丛编》本《袌碧斋词话》。

二

伯弢道兄先生侍者：

去春得奉书教，并见贻《公羊》一部，感荷之下，当即报谢，邮寄高邮，度已早达清听。忽忽经年，正深悬企，以为此间大府屡代，胡不闻翛然一寻五湖沤梦耶？每念龙蛇岁谶，词客凋零，吴皋旧游，一别如雨，独君以吏隐，浮湛江湖，又旷岁不复一握，如之何勿思？今春雨雪暴沍逾旧腊，下走衰病频侵，无复清狂故态。愁因时亟，人事音书，但有荒哽。忽奉手毕，宏篡遥颁，兼获新词〔瑞龙吟〕一曲，深美洪约，晻映前修，读之泠然如击哀玉。时沤尹侍郎方寓吴城，置酒招邀，开题三复，共相叹赏，盛口不置。比来有触技痒，亦粗有短咏，少选当录一纸就正。沤尹悬流勇退，匪有仙骨，易克捧此？下走自去秋卜筑苏之竹楄桥西墅，颇有荒远之致。地为吴东城旧址，高冈回复，清溆一套，虽居近市，已若绝尘。香山所赋东城桂，即是地也。茅栋三椽，园隙五亩，惟自经始迄今，煞费救度。又无王十二司马寄办草堂之资，致使畏人小筑，幽独寡营。顷甫稍稍补葺，编篱种竹，略成老圃，移家犹未定也。然以视老杜浣花里经营三年，尚觉其断手速耳。此客中差堪告慰者。乃巢痕倾落，府主旋更，仲怿侍郎新擢仓台，将分良袂，从此春申残客，剑履漂零，垂老靡依，怅惶曷已。近情之恶，有非丝竹所能陶写，虽以盛藻连篇，徒增惜别伤春之感，且为奈何？湘绮翁往日书报所云思如十年前狂客豪谈，便难一二。其言哀断，往复于怀。年来是翁想尚矍铄？章门讲席闻已辞去久矣，倘通寸素，切为寄声，历述悃款。前年由芸子使君见惠新刊《湘绮集》，苦无文稿，不审近又付锲无？其旧著所得者，仅《公羊》《庄子》及《墨子注》写本，即《湘军志》之久在人口者，且为昔年魏槃仲窃取，其他则大索不得。新学竞鸣，吾道大觳，益思此老复绝千古，有若性命肌肤之不可易者。诗教惟大贤得之最深。斯文未坠，必有英杰领袖之者。微斯人，其谁与归？每念吴会昔游，邈若星汉，能无雷叹？君若有人便，得以其前后所刻经史纂纪赐寄数册，以慰积年私淑之忱，感企何可言状？尊况有无孟晋？必获尺寸之柄，方可小休。近卜居何许？幸示其详。乌衣夕阳，犹可重觅故栖无？念念！载绎来翰，始叹昨年往牍竟付浮沉。此间邮政腐败甚于他省，平日寄沪，咫尺且多隐沦，可恨可恨！后日封题，并由局递较妥。并以附闻。下走暮春拟赴秣陵一游，缘家兄炳新迁江西盐法道，行将赴引，须先谒玉帅，约作金陵会晤也。汇复冗草，敬承道履，凭书怀仰。二月十五日。弟文焯再拜。

曹辛华主编《民国旧体文学研究》第一辑
（国家图书馆出版社2016年版）

三

伯弢道兄先生侍者：

一昨旅沪，晤陈哲甫，盛述高踪，其意以得遇名士为荣，下走亦借以愿闻动定。既望归吴门，乃读二月晦日手告，长言嗟叹，往复胸臆。旷居执诲，每奉来翰，辄恨太简，今春获诵累篇，素分绸缪，切情怊怅，出入怀袖，穆如清风，不啻鸿宝枕秘矣。下走渴思一游白门，纵吾胸次所欲言，奈家兄久无报书，何日由南昌溯江北发，自浔而宁，而皖而汉，踪迹并未可知，亦无由函诘，是用将进而咨诹者屡已。承询继布政素履，裹在都门，诗文社友中之至契，且为下走乡举同年。近刊有《左庵词》，颇以自鸣，前年见寄，曾一读之，殆瓣香朱、厉者，非吾侪所谓词也。然求之近今膴仕中，讵可数觏？闻其拟乞休沐一月，不知受代已订期否？切望预示，届期必为游扬徽盛。然令闻广誉固已洋溢东南，奚待一词之赞？刻要津竿牍，强权优势更相左右之，则鄙言其犹毫末之在马体乎？昨晤岑公上客邹生，使酒纵论时杰，谓当世惟三人权力相抗并有展布，各不相下。世谓南皮则有学无术，临桂则不学无术，项城则无学有术。自来学与术斗，则术未有不胜者。《庄子》杂篇论天下之治方术者多矣，而彪列墨翟、老聃诸家，皆各为其所欲以自为方，是故内圣外王之道暗而不明，郁而不发，此即学与术之所由判升降也。聊述近闻，质诸有识，匪放言也。至茅栋新营，近已落成，在乐桥直南孝义坊巷竹楅桥西偏。墙外环以翠阜，以旧名高冈，见之志乘，夷考其地，盖吴之小城，香山诗有访东城桂，即其遗址。拟鸠赀补栽桂树百丛，覆以亭栏，便足旌古迹矣。君能以佳什张名胜兼志吾庐之一得，它日来过山幽，同赋招隐，亦济胜具耳。迟之迟之！春来听雨多感，粗有啸歌，苦无暇晷任笔写上，少间当作一小卷奉寄，用报高义。兹出一解就正，亦略见倦味已。新章定有佳想，幸示一二，无秘金玉焉。勿勿再报，敬颂道履。三月十九日。文焯白疏。

《民国旧体文学研究》第一辑

（国家图书馆出版社2016年版）

四

伯弢词掌侍者：

前日甫驰缄报《湘绮文集》之赐，并媵以奉怀一解，想已上尘高听。顷复得诲帖洎〔西平乐〕新阕，幽艳遒峭，益征骨力。所订韵拍具见孤进心苦，能无钦同志之雅，启予之深？清真词叙自述生平，岁月可稽。只此一曲，间尝究心，颇矜诡得。以为第七八句"尽""晚"，本自为韵中夹叶，例所恒见，如〔渡江云〕下阕之"下"字与"嗟"叶，亦然。是类为夥，梦窗词可证，已载在拙撰《清真词集》校本。独过片"楚""野"二字用古音谐切，未之参悟，但知吴词"市""水"确是暗叶，赖大贤发所未发，感服无已。至"楚""野"古韵本合，在毛《诗》"言刈其楚"数韵可证，不须据歌麻通转，词中入声字律綦严，近学但谨上去，已自鸣知音，如戈氏，真巨谬耳。两宋大家如柳、周、吴、姜四作者，靡不墨守。入声字例，空积忽微，辨于幼眇，下走能历陈其细趣，以为独得之奥悟。然宋人自此四家外，等诸自灌，虽有名作，不能无所出入。其以妥溜为工者，且胸驰臆断，古节陵夷，沈元益伧，靡而不可纪。居恒以为此事匪才力雄独不克竟其绪，江浙词人断难与语。今吾子余力所造，已精邃乃尔，继自今不患孤诣己愿似此旨，求大文为《樵风乐府》弁叙，当与虚谀阿好者迥异已。感甚幸甚，勿屏绝之。此复。敬承道履，临书草甐，不尽百一。三月十五日。郑文焯再拜。

《民国旧体文学研究》第一辑
（国家图书馆出版社2016年版）

五

伯弢先生道案：

久不得告，想无好怀。岁晚江空，但有遐睇。时九月晦日奉手毕，兼示新词，䌷绎数日，讽不去口。伏维骨力奇高，怨深文绮，犹东坡以余事托之倚声，恢恢乎自游刃有余。而于字律之微妙，胥能融会，不少宽假，又非深于词者未由陈其细趣也。乃把冲襟，谬逮清问，自维寡闻，皇迫万端，敢贡谀闻，冀效襄助，侏儒一节，庶有取焉。兹所商榷，谨露条于左。案〔夜飞鹊〕清真“辉”字韵，似六字连作一句，此调无短协促拍例也。证以陈西麓和作，益信。又结处“变狗”宜酌，“苍狗”或可用。词家取字举典，未可太古与过新尔。又〔还京乐〕“牛”“李”二字，亦坐是病。“日”字宜以上去字易之。〔红林檎近〕发端雄特，是大好诗五言，若词只宜澹澹写景炼句，不须高古。是解曲拗短折，最难合拍，其下阕则稍稍放笔为直干，故煞处作长句硬盘，第四字必用入声，与〔忆旧游〕同例耳。公固天才，犹屑小道，又复务臻精要，声文克谐。三复近制诸篇，气概挥绰，正由醇入肆之一境。小雅怨以悱，楚《骚》幽而芳，皆《诗》《乐》之变，确与尊旨千古同揆。辱附光诵之末，用以举似契之深，不觉其求之苛也。惟恕狂简，有以裁之，幸甚！下走浔阳之役，今年恐不能作健远行，即沪江亦濡滞累月而未果游。今准月之初五日单装一行，或兴至浮江南，亦期乎券内者耳。秋来触节气辄病支离，渐累文事，奈何？前题卷册既获嘉藻，苦思珍庋，人便络绎，幸一付之，至感。中实闻有岭南之幕，芸子有直北之游。宫魂弥天，何日息邪？然则天借一闲，婆娑老我，如何如何？此上。敬承起居，临题怀仰。十月三日，郑文焯顿。

《民国旧体文学研究》第一辑

（国家图书馆出版社2016年版）

【按】以上诸札录自李开军《新见郑文焯与陈锐书札十二通》。

致刘炳照

数年前曾于《箧中词》获闻绪余，钦迟久之，方以系履未详，深用慨慕。兹奉手毕，兼示宏篇，梁简文所谓"文章未坠，必有英绝领袖之者"，非君而谁？词虽小道，而意内言外，实出入变风、小雅之间。尝究唐宋乐谱，略得旨趣，孤学无征，二三同志，又复零落。下走旧著有《词学甄微》十二卷，以篇帙浩繁，择其简要者，仅刊《词源斠律》二卷，谨以就正，冀闻令箴，庶获佩省。《瘦碧词外集》又续成百阕，视前作有进。《曲名考原》亦复成书，并靳于力不能付锓。去岁谭仲修先生属吴君仲英索净本，意为刻之武林，以寄远繁重，卒卒未与。仲修实闻声相慕，未之见也。君词深美闳约，小令酷似二晏，切情附物，则不亚碧山，诚足以造端比兴，极命风谣，岂近世朱、厉雕琢曼辞、衍为浙派所可同日语哉？幸附光末，敢陈野言；且俟余闲，载访华步，追和高咏，补缀庸音，秋玉一击，水石得仙矣。肃复。敬承动定，临书怀仰。六月望，文焯顿首。

《留云借月庵词》卷首《赠言》

（清光绪十九年刻本）

致程淯（四通）

一

伯葭先生道案：

经岁相违，驰思曷已。承属题精忠柏集，久未塞命，皇迫万端。良以年来卖画业医，神志纷杂，不遑泚笔。自季春迄无倚声一字，以哀思之音已断，感叹何如。兹有切恳一事，窃闻寒云公子，昨已至沪，报端记其下车时，有钱实祺其人迎之，踪迹甚秘。但前夕下走赴友人古渝轩之约，确有人见之，想公与有旧当能详其行止，切求日内设计代为访问，即可就近了却前逋。至所开古迹价目，去年已面呈左右，度犹未忘，倘荷宏济，俾获玉成，决以次韵〔满江红〕二阕为报，不食言也。专肃百拜之恳，敬承起居安稳。临题主臣，郑文焯再拜。八月廿六日。

二

昨夕失呼吸力，几不自克。彻旦构思，顿发奇悟，得上下阕偶句，极惬心着意之笔。此之谓自慊，敬以质之赏音，定以为胜似蒿、彊两叟也。顷急装趋虹口诊疾，准六下钟飞车走诣，即领厚惠，代□之款，至感至感。且拟相携同赴吴凤丞斋头一叙，并有舍亲托物也。此承葭梦主人道履。大鹤顿首。即夕，赋精忠柏，追和岳忠武元韵，为秋心楼主。时彊村侍郎、梦华同年先有作。

满江红

此树婆娑，一亭共、风波销歇。看历劫、霜根寸断，有心都裂。湖上已无干净土，枝南长带荒寒月。仗诗人、移冢到栖霞，哀思切。　三字狱、冤终雪。两字谥，名难灭。欠千年化石，补天南缺。朱鸟恐啼山鬼泪，黄龙谁饮天骄血。怾伤心、一例故宫秋，瞻云阙。

樵风遗老郑文焯

此纸以匆匆老笔稿上，不及作细书，容再以旧纸写奉清赏何如。又及。

三

昨夜半不寐，枕上得新词一解，足结清梦诗缘。此亦莫为而为，所谓自慊之制，得无见嗤词以利诱而拙速耶？可发一噱。殆由高义诚感所致，使俗流悬金求之，必不可得，贤者当题是言。但前夕窃闻公许为下走刻小印，兼欲乞得嫂夫人名画，虽片素亦当珍秘，此诺偿期，必不远也。附百拜之恩，寻驰谒如昨约，不相失为祷，先此奉白。敬承白葭居士起居安稳，焯顿首，廿六日。

临江仙　题葭梦图为秋心楼主

谁种蒹葭秋在水，销凝一片苍寒。扁舟大地欲回难。沧江余白发，故国送青山。　世事到头都是梦，输君梦也吟安。秋魂花压雪漫漫。诗成饶枕上，留得画中看。

白葭居士索题此图，卒卒未有以应。今诵来书，意若有挟，且许为精刻小引，兼得贤嫂夫人名绘一副，感不绝于予心，顿以糠粃为珠玉之导。自辛壬巳来，哀思音断，泚笔辄作凄唳，未有如斯之拙速者也。鹤道人记。

《文字同盟》第二十三号（1930年）

四

白葭先生侍者：

溪园卧雨，正尔萧寥。忽诵答书，旷若复面，感慰如何，比想郎君所苦，已占勿药，甚念甚念。世变危迫至此，吾侪真求死不得。南海老友，诤书痛切，言之可为流涕，不审尚能挽回一二无。赵尧翁在京，吾贤当乐数晨夕。昨由张篁溪见寄其题词一解，幽异可诵，幸为致意。走绝景穷居，此间生事，聊可自存，然海上巢痕依旧，朋从之乐，差胜吴中，至迟上巳前后，必治沪装也。红桥事已录存别纸，特将寄园原篇邮致，或先属都中诸名手润色之，他日走任传写之役何如。近日从者归有期无，愿蚤示及，便到新闸路相访也。匆匆手奏，不尽百一。此承起居安稳，临书怀仰。

郑文焯再拜
二月廿一日
《文字同盟》第二十三号（1930年）

【按】上四札均见白葭居士（程淯）辑《大鹤山人书札》，刊于《文字同盟》第二十三号。程淯（1870—1940），字白葭，号葭深居士。江苏武进（今常州）人。善诗、书、印。

致冒广生（二通）

一

损书得闻绪余，足征同道之深契。辱和〔兰陵王〕词，深美宏约，得《小雅》之遗音，心折无已。近作数令曲，多为语石藏弄，俟新凉当录进，索紫霞定拍也。

《冒广生友朋书札》

（上海书画出版社2009年版）

二

嘉什大似罗补阙，其声挥绰，造意孤迥幽涩，能深入长水郎奥宦，小巫咋舌，不得以响应已。微有质疑，敢质宏达。篇末二句，"笛""白"声律未协，意亦嫌尽，不如径从"展"字结，有悠缅之致，且省注也。尊旨云何？恃同道之契，亮步见鄙，幸甚幸甚！

《冒广生友朋书札》

（上海书画出版社2009年版）

致汪钟霖（二通）

一

昨白小疏，兼陈感悃。兹特遣价走领，敬乞检付。即日当发飞鸟使也，至企至感。际兹天下脊脊，人心叵测，吾曹危独离异，亟宜守三缄之戒。广坐放言，属垣有耳。昨闻茶社有士，历诋近事之恶状，即为旁听者所攻击。大贤有公衡快士之风，幸秘金玉为道，自卫不宣。此承甘卿仁兄使君起居。文焯顿首。十七日。附上近作一解就正，有意长歌代哭而已。

水龙吟　秋感

故园从此无花，可怜秋尽谁家苑。连城江气，伤心一白，沧波梦远。鹤老云孤，蛩凄天寐，岁寒堪恋。怪西风容易，者般摇落，可留待、东风转。　不信江南肠断，放哀歌、清商先变。坏宫衰火，残碑离黍，登临恨晚。月冷吴津，烟横楚望，苍茫万感。看愁波到海，何人借与，快并刀剪。

樵风词客俶稿

无锡博物院编《无锡文博论丛》第二辑
（陕西人民美术出版社2017年版）

二

前夕嘉践，高睆大谭，茗芋之余，饱德无量，信厚于加笾之享也。席次所诵悟道人佳什并周君七律稿，幸假一观，得暇更拟和之。去岁故人吴伯宛为选刻《樵风乐府》，皆昔年手自删定。公曾赏此佳椠，仅余一二帙初印本，兹特贻高鉴。其《茗雅》一集，末卷并辛亥之作，其音哀以思，想晦翁采揽当亦为之泣数行下矣！文焯白。再昨见名园香橼树头尚余三颗，欲乞得为硕果之遗。何如？又及。

无锡博物院编《无锡文博论丛》第二辑
（陕西人民美术出版社2017年版）

【按】以上录自蔡卫东《无锡博物院藏郑文焯书札册释读》。汪钟霖（1867—1933），字岩征，号甘卿，江苏吴县（今属苏州）人。清光绪十九年（1893）举人。曾任驻奥匈帝国参赞、冯国璋谘议官等。著有《九通分类总纂》等。

朱祖谋

朱祖谋（1857—1931），字古微，一字藿生，号沤尹，又号彊村。晚年复改为原名朱孝臧。浙江归安（今属湖州）人。清光绪九年（1883）进士。历任侍讲学士、礼部侍郎、广东学政。后引病辞官，卜居苏州。辛亥革命后，以遗老自居，结交学者词人，填词赋诗，以校书、著述自娱。朱氏早岁工诗，有《玉湖趺馆诗存》。四十岁后始专力于词，初学梦窗，晚又致力于东坡，为"晚清四大家"之一，可称为词学之一大结穴。有词集《彊村语业》三卷，又校刻《彊村丛书》，搜集唐、宋、金、元词集一百七十三种，洵称词林巨帙。另编有《湖州词征》《国朝湖州词录》等，门人龙榆生又汇编有《彊村遗书》。

致缪荃孙（九通）

一

筱珊前辈姻大人侍右：

宣南执别，瞬已十年，关河阻修，笺缯间阔。上年闻有天童之游，侍亦曾携屐其间，惜未一从杖履，长赢应节。伏想台候胜常，无任驰仰。林泉高蹈，载征不起，下走心形俱服久矣。安得载酒问字，相从于苍烟寂寞之间耶？前托闰枝亲家转上周止庵词稿，度已付梓人料理，是帙为朱又笏（名启勋，宜兴人）同年得之于谭复堂者，他日命笔为序跋时，希一述其缘因也。侍学倚声历十年所，毫无心得，拟请紫霞翁拍正。小儿以事至金陵，命其捧呈，纰缪甚多，幸勿客教，至祷。专请道安，不一。姻侍生祖谋谨启。五月六日。

钱伯城、郭群一整理《艺风堂友朋书札》（上）

（上海人民出版社2018年版）

二

艺风姻年老前辈大人阁下：

一昨奉书，敬承道履胜常为慰。《中州乐府》粗校一遍，略有同异。尊藏钞元本固极精，毛本亦不可多得，未敢率尔加墨，已别为疏记，他日刊成，再呈请教益。元本是否《中州集》全部？九峰书院所刻小传，间有脱误，转不如毛本之善，（专指小传而言）录出拟携沪就尊处元本一校，方敢付梓也。复请台安，不一一。侍祖谋顿首。二月廿五日。

《艺风堂友朋书札》（上）

（上海人民出版社2018年版）

三

艺风年姻老前辈大人阁下：

顷奉复书，敬承起居胜常为慰。《中州乐府》九峰本有小传，与毛刻《中州集》小传小有参差，异日当携就尊藏一校。《山谷琴趣》今年必付梓。天一阁书散出，闻之一叹。属致孙端甫书奉上。复请道安，不一一。侍祖谋顿首。廿六夕。

闰枝尚无信来，想甚忙也。

《艺风堂友朋书札》（上）

（上海人民出版社2018年版）

四

艺风前辈年姻大人尊右：

日昨奉寄一笺，并《草堂词》跋当先达。印丞寄来《芦川词》红本属校，侍无影宋底本，其中虽有讹夺，不敢以毛刻改之也，仍呈大鉴，最好以瞿藏原本校之，方为信心耳。元遗山自叙其新乐府，有"壶头大鹅"，语出何书？或云是"金头"草书不能辨。公如知之，希示及。此请道安。侍祖谋谨启。三月四。

《艺风堂友朋书札》（上）

（上海人民出版社2018年版）

五

筱珊前辈姻年大人侍右：

前作复书，托宋澄翁带，而澄翁已行，稽滞多日，始浼陈伯严携奉，当已送上。旋诵十六日手教，并《后村长短句》四卷，敬悉一一。汲古《后村别调》仅百廿三首，然有两首为集本所未载，不知二卷本有无增减，便中亦求假校，并求预作一弁言，侍决将五卷本付梓。（毛本二首，或他本有多者，搜为补遗。）湘事不寒而栗，侍归来五年，望乡里而却步，今益坚此志矣。出月拟一视闰枝，公欲为湖上之游否？敬复，即叩道安。侍祖谋谨启。五月廿四。

《艺风堂友朋书札》（上）

（上海人民出版社2018年版）

六

艺风姻老前辈吾师阁下：

别又弥月，敬念起居。伯宛书云公常与通函，且又吃酒矣，足见台候康胜，但鄙人仍以珍摄为祝耳。伯宛属恳台端，为影写罟里瞿氏藏朱本《樵心词》。樵心何人邪？侍拟校刻毛抄宋本《乐章集》，往年公为吴仲饴校此书，据陆藏宋本。据曹君直云，陆氏曾有转抄本在尊处，未知尚可检出否？缘毛、陆虽同为宋本，颇有异同也。此恳，敬请道安，不一一。姻侍祖谋谨启。十月初四。

《艺风堂友朋书札》（上）
（上海人民出版社2018年版）

七

筱珊前辈年姻大人史席：

在沪奉手书，匆匆未复为罪。侍旋苏后，见穆子美，告以尊意，忻然从命。兹属其到沪上谒请，即面示办法，幸甚。吴中沈后齐茂才，绩学士也，侍荐于翰怡，分任校勘之役。将来穆子美所写刊，或就近在苏校阅，亦甚便也。侍近得刘须溪词三百余阕（丁氏抄本），惜多讹脱，邺架有须溪全集否？此请著安，不一一。侍祖谋顿首。廿八日。

《艺风堂友朋书札》（上）
（上海人民出版社2018年版）

八

昨日造谒，匆匆未尽所怀。比日披读藏书两记，拟求假词刻数种，敢希清眼检出，容亲自走领，何如？敬上艺风年姻老前辈大人鉴。侍功祖谋顿首。廿五。

元王义山《稼村类稿》、（有词，不知残否？）元张雨《贞居词》、（香楼藏本）唐易静《兵要望江南》词、韩玉《东浦词》。（诵芬室抄本）

《艺风堂友朋书札》（上）
（上海人民出版社2018年版）

九

《鄮峰真隐漫录》底本，固有讹脱，校者信笔改窜，且有芟节，可谓妄矣。词中所改，多有远逊原本者，其意殆以避重文，就定律。

殊不知鄦峰于词本非专家，小小失律，亦宋词所恒有，不足为病。鄙刻据传写《四库》本，与底本所改尽同，然则库本不足贵矣。暇当别为校记附后，以存真面也。寓庵初写样未来，他日再假校。聘山约探梅湖上，明晨行，三数日即归。翰怡约不克到，敢希代达。敬请艺风年姻老前辈大人大安。侍祖谋顿首。

《校词图》乃"彊村"，非"薲"也，敢告。

《艺风堂友朋书札》（上）

（上海人民出版社2018年版）

致郑文焯（二通）

一

昨陪清燕，遂至深更。惜未能重集高斋，感叹无似。……旧作〔安公子〕词，前半辱承绳削，过片后太不相称。妄为貂续，弥用皇汗，敢复写上，千求痛为涂改，俾后之读彊村词者，许为压卷之作，甚为荣施，曷可纪极。

《词学》第七辑

（华东师范大学出版社1989年版）

二

昨归诵赐辞，依黯无已。图为嗣音，以当岁寒之盟。起联平侧小误，乙转便协。午间奉书，发我墨守，玉田论词，邃于律拍，疏于体骨，往往有迷误后人处，不独谓梦窗七宝楼台未为定评也。

《词学》第七辑

（华东师范大学出版社1989年版）

【按】上二札录自黄墨谷辑录《〈词林翰藻〉残璧遗珠》之《朱祖谋致郑文焯书》（摘录），见《词学》第七辑。

致况周颐（三通）

一

阮庵吾师：

大词愈改愈妙，公真善于改词者也，佩极，佩极！惟"天涯"

二字与前"天外"字面犯，与"万里"意亦犯，似仍须一改。（美成"士"字乃《乐府雅集》本，极可据。）鄙意以用半虚字为宜，如"阑珊"，或"飘零"等字，唯酌之，余则无可吹求矣。拙词一册，求严择数十阕，改削固最妙，否则亦须批抹，俾弟自改，叩祷之至。

阮庵吾师

臧顿首
十三夕
《赵凤昌藏札》
（国家图书馆出版社 2009 年版）

二

正春函问，又得大札，敬悉。首句"卷后"甚自然，胜"暗识倦减"多矣。"藻"韵固无一字不合，然究终不如原稿五字精浑，鄙意以不改为是。"雾霏"句亦不必换也。仲可无消息，十五后出御之说似可稍缓。

十四日晨 祖谋顿首
十三夕
《赵凤昌藏札》
（国家图书馆出版社 2009 年版）

三

小别甚驰念。玉体必无恙，但不可强起以蕲速效耳。樱花词写呈，大教命意未免唐突。窃意绿樱花如静女，诚当宝护珍重。若红白者繁缛太过，未免有武士道之风，不必一律看承，使我国碧鸡坊下客短气也。敬问阮庵先生起居。

弟臧顿首
十六日

花犯

樱花产东瀛，沪上诸园喜植之，雨中同仓石、兰史游六三园，花已向尽，怅然赋之。

鲜轻阴，娥娥媚粉，嫣然似沉醉。靓妆成队，浑未谱群芳，惊赋多丽。倚天照海摇花气。仙云临镜起。问槛曲，移春谁问，钿车去似水。　东风驻颜恨无方，蓬山外，眼乱千红前地。香梦醒，只赢就，绣共铅泪。无言恨、玉窗几见？蛾黛敛、东邻妍笑里。任赚与、天魔狂舞，荒阑愁再倚。

阮庵词宗吾师削正。

臧

稿甫脱手。疵类甚多，严削。叩叩。

《赵凤昌藏札》
（国家图书馆出版社2009年版）

【按】上三札录自《赵凤昌藏札》。《赵凤昌藏札》是赵凤昌、赵尊岳父子收藏、装帧的书札集册，计一百零九册，主要收录各家致赵氏父子的书札，因赵尊岳为况周颐弟子，故况周颐所留书札亦归赵氏所有。《赵凤昌藏札》原稿藏于国家图书馆，国家图书馆出版社2009年将其整理重编成十册影印出版，然偶有误乱处，上二札即未在目录中列出，而混于朱祖谋致赵尊岳札之中。

致夏敬观（四通）

一

新词的是雅音，与北宋为近矣。"眉锁"二句固少稚，"物色"二句亦未浏亮。注中"或作"等字皆逊原文。后结"无聊甚"三字意尽，不如隐去字面，转觉含蓄也。妄言不知有当否？请质之叔问何如？送上何信（另书一函），孙信（另线一包），求饬纪分别送交为感。此上，映庵先生道几。

弟祖谋顿首
十六日

《夏敬观友朋书札》
（复旦大学出版社2021年版）

二

昨夕奉诗不遇，叔问亦他出，怅惘而过。公今日如不之沪，晚饭罢，仍理前约何如？张孟劬云持古斋有残本《庆湖遗老集》，往觅则已为贞壮先生所得，敢求代假《寓声乐府》一校，三二日即奉还也。敬颂映庵先生起居。

夏大人

弟祖谋顿首

初四

《夏敬观友朋书札》

（复旦大学出版社2021年版）

三

苦寒度门，阙写瞻对，我劳如何。新作〔雪梅香〕一阕，敢尘吟几。思力顽劣，不足以望大鹤肩背，无论柳七先生也。张止莙翁索观大集，求捡赐一册，幸甚！敬上映庵我兄词师道案。

弟祖谋顿首

初五

《夏敬观友朋书札》

（复旦大学出版社2021年版）

四

映庵先生道席：

两奉书并《清真》板本等一一照收。穆工可以挖改板片，今送大鹤覆校，校毕即付梓也。《缀芬阁词稿》中有讹脱，奉乞校定寄来再誊写样。新访得一郑姓工，以可刻欧宋，尚未接谈也。《苕溪集》《湖州词》各一部呈教。秋凉何时作吴门之游？天平、灵岩，青山无恙，公倘有意乎？恪士闻有南归之说，果否？幸示。此颂起居。

孝臧顿首

七月三日

《夏敬观友朋书札》

（复旦大学出版社2021年版）

致寿玺

石工先生道席：

一昨奉书并大集。把酒数四，神骨秋远，真火传四明者矣。惟有倾服，不能为一辞之赞。卷中略有讹文脱字，或未协律处，别纸列上，幸勘正。鬻字事太烦渎，重劳清神，愧恧无已。通父扇度已达仲坚，书来云已北归，盖蜀道难也。手颂起居不一。

弟孝臧顿首

芒种日

《珏庵词》

（民国刻本）

【按】上札录自寿玺《珏庵词》题词。寿玺（1889—1950），字石工，号珏庵，浙江绍兴人。能词，擅长刻印。有《珏庵词》三卷、《词学讲义》等。

致陈洵（九通）

一（一九二三年）

述叔先生足下：

曩读大集，倾佩无既。屡承虚怀商榷。鄙人夑蔽极，愧无以塞命。率徇鄙见钞得百十阕，排印成册，俾餍海内同嗜者之望，非敢有所别择也。公学梦窗，可称得髓，胜处在神骨俱静，非躁心人所能窥见万一者，此事固关性分尔。兹先寄数册，余俟得复再奉，恐参差也。率颂道祉。

弟孝臧顿首

九月廿八

《海绡词笺注·附录》

（上海古籍出版社2002年版）

二（一九二六年）

述叔先生足下：

春尾奉书并新词四阕。适返吴门料理移居，旋又病湿痰，牵率两月，碌碌未作答，疚歉至今。

公词渐趋沉朴，窃以为美成具体。所称八十阕者，亟欲窥全豹为快。弟思路日枯，岁不过一两阕，了无深湛之思，与古人格格不相入。此中关捩何在，苦不自知。公慧眼人，肯为钝根道破否？不敢，请了。复颂起居。

弟孝臧顿首

六月十三日

《海绡词笺注·附录》

（上海古籍出版社2002年版）

三（一九二九年）

述叔我兄道席：

前冬羊城兵火时，曾一度函询起居不达，遂缺嗣音。铁夫言两函误也。昨得书及新词六首，极慰饥渴。〔风入松〕阕淡而弥腴，如渊明诗，殆为前人所未造之境。此事推表海内，定无异喙矣。前示一帙，把读数十过，拟发七首，别纸录上，酌定后便可印第二卷。铁夫言从者端阳后作沪游，尤用翘跂。近作〔六丑〕写求指教，貌似深婉，终落窠臼，衰钝殆无进境。一叹！率复，祗送道安。

弟孝臧顿首

四月廿九日

〔浣溪沙〕（江城五月）　　〔鹧鸪天〕（昨夜东风）

〔赞成功〕（绮筵素月）　　〔减字木兰花〕（疏疏过月）

〔探芳信〕（冷空峭）　　〔临江仙〕（一自江城）

〔暗香疏影〕（赋情月屋）

〔浪淘沙慢〕"梅浪催发"用美成"天憎梅浪发"句意。鄙意美成谓梅花漫浪而发，草窗误摘"梅浪"二字连文（〔探春慢〕（梅浪半空如绣）），后人有沿用者，恐不可从。请酌。

《海绡词笺注·附录》

（上海古籍出版社2002年版）

四（一九二九年）

述叔先生有道：

七月间奉达电文，旋遭仲弟之丧，心力摧崩，百事俱置不复理，遂阙嗣音。伍君返粤时，托人索一函携奉，计达青睐。月初得手书，正思裁复，又得谢仲晦函，称大学教席已承允就，欣幸无已。不知莘莘学子中，有几许能领受教益耳。承示推演周、吴，自为此道，独辟奥窔，若云俟人领会，则两公逮今，庶几千年，试问领会者几人？屡诵致铁夫书，所论深妙处，均发前人所未发。蒙昧如鄙人，顿开茅塞。其俾益方来，讵有涯涘。倘成一书以惠学者，自以发挥己意为宏大耳。

大词次卷已付梓人，年内当可蒇工。如增新作，切望录示幸甚。率复，敬颂道安。仍盼复音，不一不一。

弟期 孝臧顿首

九月晦日

《海绡词笺注·附录》

（上海古籍出版社2002年版）

五（一九三〇年）

述叔道兄阁下：

月前叠诵手书并辛、吴词评，豁我心目。《说词》书成自应单行，如散入本集，转失大方也。沪上叶、赵诸公谋纂清词，约弟与其事。铁夫所谓选宋词而欲公为评者，殆误会耶？

大集卷二梓成，先寄阅，校改后再印。校课《说词》讲艺盼陆续寄数份，索阅者多也。率复，即颂著安。

弟期 孝臧顿首

腊月朔

《海绡词笺注·附录》

（上海古籍出版社2002年版）

六（一九三〇年）

述叔道兄足下：

一昨以鄙照奉寄，当已邀览。比来尊纂《说词》又得几许？仍盼一读。潮州吴君槱英年嗜学，有志于倚声，敢介一言，俾之终课。

尚祈进而教之。率颂著安。

弟期 孝臧顿首
《海绡词笺注·附录》
（上海古籍出版社2002年版）

七（一九三〇年）

述叔先生道席：

春间叠诵词笺，以衰惫不支，犹稽作答。比日又两奉手书，又《说词》一卷，翻绎数四，神解泉然，不仅启牖方来也。凉秋将至，晤教匪遥，至以为盼。今年仅得一小令，写上。率复，即颂起居。

弟期 孝臧顿首
《海绡词笺注·附录》
（上海古籍出版社2002年版）

八（一九三一年）

述叔先生道席：

三披惠札，一奉芜笺，衰惫当荷垂谅也。尊词卷一编次，略以意为理董，不知当否？示复即付写入。〔曲玉管〕收句"立箇"二字，鄙见终觉未惬，僭易作"属付渔樵"何如？校事想依旧，《说词》又增几许？仍盼一读。客沪同调者举词社，牵率得词二首，殊无胜处，记游补得几首。敬承起居。

弟孝臧顿首
腊月三日
《海绡词笺注·附录》
（上海古籍出版社2002年版）

九（一九三一年）

述叔先生道席：

开岁以来，未通只字，衰懒可笑。云天倚望，想同情也。暑期休沐，当多清暇，《说词》已成帙否？如有印本，得睹为快。今年得几词？尤愿一读。去年沪游后所作〔大酺〕〔蓦山溪〕〔烛影摇红〕〔三姝媚〕〔点绛唇〕五首已编入卷二，此外尚有未寄者否？卷一写样后已开雕，七月可断手。"谈词图"及词墨十二纸呈教。〔望江南〕词多未惬处，希削正。否则亦求指疵也。手颂道安。

孝臧

《海绡词笺注·附录》

（上海古籍出版社2002年版）

【按】 上九札出自陈洵海绡楼藏《上彊村人词墨》，今藏中山大学图书馆。刘斯翰《海绡词笺注》附录《朱祖谋致陈述叔书札》即录自《上彊村人词墨》，今所据即为刘氏所录。

致叶恭绰

退庵仁兄道席：

　　一昨奉书，敬承一一。公渚函亦至，选词办法甚善。谭君词，容卒读奉缴。王、况二公词（王集以下方印朱围者为定），就鄙见各择十余阕，备《箧中》采览，故用严格。若《清词钞》，则尚可多录也。拙词不足选，姑徇尊旨记出，仍候雅裁。复颂起居。

弟期孝臧顿首

十二日

郑叔问《樵风乐府》，不省何人假去，尊处有之，则请一借。又及。

《赵凤昌藏札》

（国家图书馆出版社2009年版）

致赵尊岳（二通）

一

叔雍世仁兄足下：

　　手笺诵悉，李刻《梅苑》校记甚精，为友人假去不还，无可踪迹矣。朱笔校注者亦曹刻，为曹夔一藏本。仿佛龙榆生或杨铁夫借阅，容向索回呈上。此书半塘、伯宛皆未之刻，足下所见者，弟未寓目，无从臆对也。承询李洛年，弟不知其人，或为刻《梅苑》之李祖年耶？此人甲午庶常，官山西知府（某旨则不记）。手复，即颂侍安。

弟期孝臧顿首

《赵凤昌藏札》

（国家图书馆出版社2009年版）

二

昨承手笺敬悉，梦窗词校记尚须董理，奈尘冗未暇，颇需时日耳。前由金陵从散原先生属，携呈诗册并复书已交存蕙风处，便中可一取也。顾鹤逸画例附上。此颂，叔雍世仁兄大人侍安。

弟臧顿首

十六日

《赵凤昌藏札》

（国家图书馆出版社2009年版）

致徐鋆

大稿读数过，奄有众美。诗才俊迈，尤为俯首。词自壬子后，一洗少作粉泽之态，可谓善变。奉上拙稿一册，敢求指谬。又旧刻三种，其中东坡、后村二家，君与为近，如能沟通其韵味，当别开生面也。执事其有意乎？腹泻未愈，晚局尤不宜，尊召惟有敬谢，愧悚何如。手颂澹庵仁兄大人旅安。

弟祖谋顿首

十三日

《澹庐诗余》二卷

（民国刻本）

【按】徐鋆（1885—1935?），字贯恂、冠群，号澹庐，江苏南通人。清末贡生。曾任职于浙江省财政厅、两淮运署、交通部等。善书画。著有《澹庐诗》《澹庐诗余》，编有《崇川词征》等。

致夏承焘（五通）
一（一九二九年十一月）

瞿禅道兄阁下：

榆生兄转赉惠笺，十年影事，约略眼中。而我兄修学之猛，索古之精，不朽盛业，跂足可待，佩仰曷极！梦窗生卒考订，凿凿可信，益惭谬说之荞卤矣。梦窗与翁时可、际可二人为亲伯仲，草窗之说也。疑本为翁氏，出为吴后。今四明、鄞、慈诸邑，翁姓甚繁。倘有宋时家牒可考，则梦窗世系亦可了然。弟曩曾丐人广求翁谱，未之得也。我兄于彼郡人士有相洽而好事者，或竟求得佳证。梦窗系属八百年未发之疑，自我兄而昭晰，岂非词林美谈。阁下其有意乎。弟衰惫之质，无可举似。闳著有写定者，尚盼先睹也。率复，即颂撰安，不一一。

弟期孝臧顿首

十一月初六日

《词学季刊》创刊号（1933年4月）

二（一九二九年十二月）

朣禅我兄足下：

顷奉还云，敬承一一。灵鹣阁藏白石词，固未寓目。即况氏移写本，亦未获睹，殆已易主矣。沈阳陈思亦有《白石词考证》及《年谱》，弟曾睹稿本，极翔实，惜未刊行。陈君在北方，近亦不稔其踪迹也。台从道沪，幸一相闻，当图良晤。率复，即颂撰安。

弟期孝臧顿首

十二月十八日

《词学季刊》创刊号（1933年4月）

三（一九三〇年八月）

瘴禅我兄著席：

为别数月，得书良慰。新作词高朗，诗沉窈。杲明何人？甚愿知其姓名学行也。刘子庚十年前曾一见，所辑词当是别后所得，中惟《篁嵊（字书无此字，而《广韵》有嵊字，疑传写之误）词》得一见，仅三数阕，故未刻。刘本能略增否？尊友所藏，必求宛转代假为盼。邮局挂号，决无他虞。夏间小极，承注谢谢。何时道沪，甚盼一握手。书画写上。复颂撰安。

《词学季刊》创刊号（1933年4月）

四（一九三〇年□月）

腥禅我兄足下：

日前奉书，并词辑二册，碌碌未答，适有吴门之行，昨甫言旋，又读惠笺，缕承一一。子庚先生辑本，诚有功词苑，而所称得自诸家藏本者，如《金荃集》具出《金奁集》，所增《杨柳枝》十首，则见诸诗集。《荆台倡稿》即《花间》《尊前》之词，此外更无一字。《舒学士词》较《乐府雅词》止多一首，《黄华先生词》即《中州集》之十二首。《疏斋词》较《天下同文》多二首，不知昔人何以定为别集之本。若文澜阁之《柯山》《月岩》，关中图书馆之《秋崖》《碧涧》，洵为珍籍，非裁篇别出可比。弟拟补入拙刻丛书中，惟仓猝未克录副，如能由馆人代抄甚善，钞费当照缴。榆生付印，聂君如见许最便，不则当先行寄还，以清手续，统候示复遵行。白石歌曲，范氏刻三家词本，未经寓目也。论词二首，持论甚新，何不多为之，以补厉氏所不及。率复，即颂著安。

弟孝臧顿首
九月十日

五（一九三一年十一月）

腥禅我兄著席：

叠奉手笺，碌碌未报，比连苦病，不尽关衰惫也。承示珠玉，诗非所喻，不敢妄谈；词则历落有风格，绝非涂附秾丽者所能梦见。题梁汾词扇一阕尤胜，私庆吾调不孤矣。梦窗年谱曩日妄作此想，竟未属笔，以无资粮故也。小笺承是正疏谬，极为佩荷。他日当一一理董，以副盛意。待考数事，少暇疏上求，助我翻智，幸甚。子庚所辑词，榆生代录五种，弟未及校，今呈上，请至馆时再为点勘一过。《柯山》《月岩》二种，子庚校云：求之文澜阁旧钞本。又云：辑得殊未了然，亦请示及。率复，即颂起居。弟孝臧顿首。嘱写拙词，容少迟报命。

【按】上五札均由夏氏录入《天风阁学词日记》之中，后夏氏将其出示龙榆生，龙榆生录后，以《近代名贤论词书札·归安朱彊村孝臧先生与夏瞿禅书》为题，发表于《词学季刊》创刊号。唐圭璋编《词话丛编》将其作为《彊村老人评词》附录，题为《近人与朱祖谋论词札·彊村老人与夏承焘书》。此五札又以《词学研究通信》（上、下）之名发表于《文献》1981年第2、3期，署"朱彊村、夏承焘作，吴无闻注释"，今年月从之。

夏孙桐

夏孙桐（1857—1941），字闰枝，一字悔生，晚号闰庵。江苏江阴人。清光绪壬辰（1892）进士，曾任湖州、杭州知府。民国初入清史馆。著有《观所尚斋文存》，曾佐徐世昌辑《晚晴簃诗汇》。有《悔龛词》二卷，收入朱祖谋所刻《沧海遗音集》。

致龙榆生

榆生仁兄赐鉴：

两奉惠书，备悉种切。承商《行状》中应改之处。庚子奏对，传闻不一。弟与孟劬各据所知商榷至再，似为不失真相。离粤却是乙巳，弟因检《清史·年表》，礼侍丙午年方易人，遂致误，今遵改正。应将《状》中"丙午任满省墓回籍"句改为"乙巳以修墓，请假离学政任回籍，次年遂以病乞解职"。谒天津行在确在乙丑，应请改正，并删去"两"字。衰年恍惚，幸赖纠正。甚佩。《集外词》翻阅一过，见其应酬之作太多，而近年来经意之作，《语业》所未收者，反不在内。恐此所谓《集外》者，并非定本。已函送孟劬审阅。鄙意果留《集外词》，亦当综其生平诸刻及最近所作，合之此册，再加去取，较为合法。尊意以为何如？俟孟劬阅毕，再行奉复。……敬颂著安。

愚弟夏孙桐顿首

冬月初三日

《近代词人手札墨迹》

（台湾"中央研究院"中国文哲研究所2005年编印）

【按】 此札录自《忍寒庐劫后所存词人书札》（上），龙榆生旧藏，张寿平辑释，见台湾"中央研究院"中国文哲研究所编印《近代词人手札墨迹》上册。

致朱师辙

少滨世仁兄惠鉴：

近颇稀出，久未走谈。顷奉访，又值驾出，甚怅。祖庭词稿日久搁置，歉罪歉罪！拨冗尽两日之力阅讫，妄据鄙见，点出百余首。次公跋云"渊源叔夏，辅以辛、刘"，确为定论，无能再赞一词。鄙意于艳体及应酬之作，皆可从略。继读自序，则美人香草之旨乃寄意所在，不可忽视。故就长于韵味者多取，仍以〔洞仙歌〕传言玉女一阕为首，第二首拟不列。至应酬之篇，则本非属意，所取较少，未免苛严。未识有当尊否？选取之外，仍可编集外之卷，统候酌裁。手此奉白，余容面悉。敬颂体安。

弟夏孙桐顿首

壬申除夕

《临啸阁词选》

（朱师辙辑本）

【按】 此札为《临啸阁诗余》之跋。朱师辙（1879—1969），字少滨，号充隐。江苏吴县（今属苏州）人，寄籍安徽黟县。民国初年任清史馆纂修，后任教于中山大学。著有《黄山樵唱》。《临啸阁词选》为朱骏声词集，由朱师辙纂辑而成。

梁鼎芬

梁鼎芬（1859—1919），字星海、心海，又字伯烈，号节庵，别号不回山民、孤庵、藏叟等；室名有耻堂、葵霜阁、栖凤楼、抗愤堂等。广东番禺（今广州）人。陈澧弟子。曾因弹劾李鸿章，名震朝野。后张之洞聘其为广东广雅书院和南京钟山书院院长。辛亥革命后，陈宝琛推荐其担任溥仪之师。著有《节庵先生遗诗》《节庵先生遗稿》等。

致谭献（二通）

一

《词综》选石帚词颇逊色他家，如〔侧犯〕"上半阕近纤裹"，〔法曲献仙音〕"'甚而今'句率拙，惟末二语幽绝"，〔眉妩〕"上半阕浅"，〔石湖仙〕"此以题目重耳非采词也，'玉友金蕉''玉人金缕'二语不佳"之类，均非道人杰制。《词录》所不采，是也。然如〔凄凉犯〕真凄凉耳，奚遗之也？〔霓裳中序第一〕，先师东塾先生称为"幽咽沉顿，一结动荡，足摇心魄"。君与锡鬯皆不采。石帚长调最工，而拙于短调。惟〔醉吟商〕小品，先师以为绝唱。鼎芬赏读之，觉千怀万端，并柔一息，情至炒耳。盍不补之，以别朱十乎？〔长亭怨慢〕，先师改"何许"为"何处"，"如此"为"如许"，自然合调，盖"此"字入纸韵，"许""处"皆语韵也。此本元写不误，未知何据，可爱之至！君据他刻仍改为"许""此"二字，似有失也。雨深如暮春，拥灯书。此上复堂先生词席。

鼎芬启上

《复堂师友手札菁华》

（人民文学出版社2015年版）

二

稼轩词，张、周、刘三家均极推之，词采都佳，得稼轩深处。卷三〔感皇恩〕一首，闻朱子即世作，下阕沉郁；卷四〔卜算子〕一首，寻春作，写景入微，怀抱幽抑。二词可补否？

稼轩词二首

感皇恩　读《庄子》，闻朱晦庵即世

案上数编书，非庄即老。会说忘言始知道；万言千句，不自能忘堪笑。今朝梅雨霁，青天好。　一壑一丘，轻衫短帽。白发多时故人少。子云何在，应有玄经遗草。江河流日夜，何时了。

卜算子　寻春作

修竹翠罗寒，迟日江山暮。幽径无人独自芳，此恨知无数。　只共梅花语，懒逐游丝去。着意寻春不肯香，香在无寻处。

先师姜词评语采此一纸，请将附入注中，如张、周、刘三家之例。

〔一萼红〕说云意又添一层，如善作画者，重重皴染，乃深厚有味。

〔暗香〕"旧时月"三字用刘梦得诗，添一"色"字便妙绝。末字微嫌有生硬，而别有风味。

〔疏影〕"旧时月色"妙在传神，"苔枝缀玉"工于体物。

〔长亭怨慢〕"此"字宜改"许"字乃合韵，上"许"字改"处"字。

〔齐天乐〕"候馆""离宫"，怀汴都也；"幽诗漫与"，想盛时也；"儿女""呼灯"不知亡国恨也；故以"更苦"语结之。又云：序云"中都"，注云"宣政"，益信前说之不谬也。

〔念奴娇〕此词于武陵、西湖、吴兴，稍欠分划。结语未安。

〔湘月〕〔念奴娇〕大石调曲也，大石调与双调中间隔一高大石调，故云隔指声。"风流名胜"四字俗。

〔琵琶仙〕寻常语耳，说来自然入妙，此全在神韵不同。

〔满江红〕笔力亦自神奇，末二语微欠庄重。

〔凄凉犯〕"住"字即沈存中所谓"杀声"，蔡季通所谓"毕曲"，张叔夏所谓"结声"。宋人歌曲最重此声，凌次仲不知也。鼎芬按：此与〔湘月〕皆言词序。

《复堂师友手札菁华》

（人民文学出版社2015年版）

况周颐

况周颐（1859—1926），字夔笙，又字揆孙，别号玉梅词人，晚号蕙风词隐、阮庵、阮堪。广西临桂（今桂林）人。清光绪五年（1879）中举人，曾任内阁中书、会典馆纂修。又曾入两江总督张之洞、端方幕府，为端方编纂《匋斋藏石记》。辛亥革命后，流寓上海，生活窘困，鬻文自给。况氏著作宏富，尤工词，为晚清四大词人之一。有《新莺词》《玉梅词》《锦钱词》《蕙风词》《菱景词》《二云词》《餐樱词》《菊花词》《存悔词》各一卷，总称《第一生修梅花馆词》；词学著作有

《蕙风词话》《玉栖述雅》《词学讲义》等；另著有《阮庵笔记》《香东漫笔》，辑有《薇省词钞》《粤西词见》等。

致赵尊岳（三通）

一

半塘老人刻《梦窗词》，凡三易版，第三次斠雠最精。甲辰五月，授梓于扬城，秋初断手，而半塘先殒于吴阊，书未印行，版及元稿亦不复可问。余从剞氏购得样本，每叶悉缀字数，盖半塘所未见也。以是书无第二本，绝珍弆之。叔雍仁兄，邃于词学，凤规橅梦窗，从余假观，谋付排印，以广其传，为识其崖略如此。庚申孰食日，临桂况周颐书于海上赁庑之天春楼。

《赵凤昌藏札》

（国家图书馆出版社2009年版）

二

梅讯：蕙风以暖红室刻本《西厢记》赠畹华，题词卷端云："蒙入罗浮即会真，梅边依约见双文。瑶华持赠缟衣人。　芳约简酬扶玉困，春光柳浥费红鞚。三生万一证兰因。"并识云："《西厢记》佳期、拷红二出，畹华凤所擅场，因奉贻全帙，俾资订声，别后展卷怀人，庶几不我遐弃，媵以〔减字浣溪沙〕，君如低唱，我便吹箫，香词娇韵，当不让白石老仙夜泊垂虹时也。"蕙风尝自谓不工书，戏号"手盲"，向来应酬之作，真笔绝少，此《西厢记》题识，是其自书，重畹华之命令也。

《赵凤昌藏札》

（国家图书馆出版社2009年版）

三

秀道人述四印斋之言曰：妒者，妇德之至美者也。其平昔珍视檀奴，若擎珠怀宝，稍涉尝窝之疑，较甚切肤之痛。妇之妒亦犹臣之忠，子之孝，出于至情迫切，弗克自己者也。苟为不妒，则是视其夫为无足重轻，其心尚可问乎？今秀道人欲观畹华演《狮吼记》，盖通乎斯旨矣。畹华天性敦厚，故其情深，奇妒自深情出，又如畹华其人。虽有鞭扑诃责从其后，吾受之，即吾亦复为之，媚妩而不能甘之如饴，虽俗何至是！虽狮吼乎，吾谓鸾和凤翙何加焉？季常先生可作，当不河汉吾言。《玉梅后词》有云："愿为油壁贮婵娟，愿为金勒马，宁避紫丝鞭！"能为斯语，可以观《狮吼记》。

《赵凤昌藏札》

（国家图书馆出版社 2009 年版）

陈 锐

陈锐（约 1861—1922），字伯涛，又字伯弢、伯韬，号裒（抱）碧。湖南武陵（今属常德）人。清光绪十九年（1893）举人。曾为江苏试用知县。工诗，为王闿运弟子。又以词见重于朱祖谋、郑文焯，与陈三立、易顺鼎、夏敬观等诗酒唱酬。著有《裒碧斋集》，词有《裒碧斋词》，另有《裒碧斋词话》一卷。

致郑文焯（五通）

一

小坡先生足下：

去岁嘉平下浣所赐书，迟五十余日始到。……锐离忧煎迫，颇虑伤生，暇时仍以文辞自排遣。白门六代豪华之地，评花说酒，语此者盖寥寥。谨录近作诗一词二奉览。生平于填词愧不及君百分之一，此二首殆小得意者，一和屯田，一和梦窗，声长节促，先生不可不一奖励之。庶几诱以正道，万幸矣。又近刻门字韵诗四百余首，容面呈。尊集何时刻竣，先睹为快。壬老制序，恐尚迟迟，然补刊可也。前索半塘手笔，向来仅此一通，务望检还，以志珍重。中实说来不来，梦湘还通州矣，芸子办宜昌土税为鄂中头等阔差，昨曾有信来，次珊在此无恙。匆匆遂尽二纸。敬颂绥福。

雨霖铃　题张次珊词筏图

西风清切。又疏簾底，菊蕊都歇。关河万里如雾，堪回首处，东门临发。夹道衣冠送酒，但携手凄咽。念故陌，铜狄青芜，热泪经天洒空阔。　江南带水留人别。自掩关、酌客销佳节。三千奏牍何用，金马梦、汉宫残月。此意冥冥，为语云中，缯缴休设。算最有、烟柳无情，莫与寒蝉说。

秋思耗　题《庚子秋词》，和次珊，依梦窗韵，遥寄朱古微学士

衰影经秋侧。看露华如澡、菊寒无色。笳散暮乌，镫催边马，尘合天窄。听长乐钟声，送人幽梦共叹抑。黯去魂，冤化碧。料故国三千，玉颜清泪，共指夕阳深处，数番追忆。　今夕。青灯自滴。对艳词，彩笔重饰。旧时猿鹤。分明犹在，定谁发白。叹一缚，轻絛培风，无计催劲翼。问过客、应不识。但夜雪江南，梅边吹怨寄得。望隔吟笺砚北。　　伯弢

《中国近代文学学会第十九届学术年会论文集》

（2018年）

二

叔问先生侍史：

别来又月余，无日不念君也。曩者壬老书来，兴趣甚盛，比闻南洋诸贵官尚使相迎。若竟能惠然，拟约君白门一晤，垂老江湖，得撰杖从游，宁非天幸？企甚！弟近仍多病，苦尘牍攫牵，昨日成〔大酺〕一首，另纸呈教，幸赐披削。当代词家因无出君右者，能和尤喜。此承近安，不具。锐顿首。廿一。

《中国近代文学学会第十九届学术年会论文集》

（2018年）

三

叔问先生道席：

前者伯严吏部去沪，属探从者踪迹，闻所居暗闭少空气，知老

鹤尚有病态也。顷奉惠书，欣诵无似。世界上懒人最多，非君禀赋独优也。相好无尤，岂敢辄生怨望？承示沪上非久留之所，仍当携眷旋苏，甚善甚善。近日谋生路迫，自以节省为佳。若右江之一掷五千，不足为豪，徒忤他人之慨耳。弟斤斤自守，然两年需次积欠亦将二千金。顷又奉廉差，徒知辛苦，所谓劳绩调剂，殆有其说，而不必有其事，甚矣哉，得人提倡之难也。吴侍郎处昔辱齿芬，颇承嘉赏。北征之同日，仅以一词扇奉饯，另抄乞教。晤时亦曾道及否？手版销沉，不可说也，不可说也。子馥物故，蠹焉伤心，其夫人季硕之丧，幸有胡公经纪，闻托渠同乡李紫璈诸君葬于吴门之横塘，伐石题名，芳魂永秘，亦一功德也。其世兄辈暂寓陕中，尚可不时存问，知关惠注，辄以相闻。胡粮储词刻成，亦拟奉寄，属先致拳拳。至湘绮翁诗集，屡函长沙，迄未觅得，常用歉然。惟其词选一本，颇多怪批趣论，半塘老人不以为然也。先生亦欲观之否？匆匆，敬颂撰安。不一。入闱前五日。锐叩首。

《中国近代文学学会第十九届学术年会论文集》

（2018年）

四

瑞龙吟　奉和饯春之作，仍用清真韵

平江路。还向废苑寻烟，断津攀树。依依帆角青山，送春正在，斜阳尽处。　黯愁伫。谁见小城栖隐，蓬蒿生户。天涯倦客重逢，觑帘燕子，关情对语。　年少京尘多暇，扇裙翩影，狂歌酬舞。空叹素缁衣新，何似人故。冷红瘦碧，惆怅题襟句。而今共、吴根贳酒，皋桥联步。径想归田去。抽琴命操，离忧万绪。送老嗟霜缕。无计挽、门前榆钱飞雨。莫教轻绝，化为泥絮。

叔问先生正拍　锐稿上

春光向尽，古微先生邀同张、褚、郑诸君，集于听枫园拍照联吟，极客中之清致，余未终席，以事辄去，越日，仍用清真韵奉酬。

吴园路。仍见镜沼开萍，罘亭攒树。年年抱月飘烟，翠裙斗草，春归甚处。　　共延伫。还念旧家人渺，燕巢当户。天教借宅东偏，煮茶声里，樵青窅语。　　衰鬓不堪重照，晚襟交手，风灯红舞。为道近来音书，人事多故。浮云望极，吟断江关句。知谁问、黄金赋稿，青门游步。啸侣从君去。对花对酒，翻萦黯绪。恁解愁千缕。扶醉眼、催归歌唇衔雨。怨香夜湿，迷空霏絮。　　瑞龙吟

五

小坡先生著席：

　　昨又得谭公子来书，殷殷问及词律。谭氏三君，此其仲也。时议以其上有难兄，下有难弟，不无逊减，然即此问难，何可多得？惜锐寡薄，不足以增益高明。吾贤词中之巨子，曷就答所问。且音声之学，吾贤亦颃家也，谭前书曾求等刻，足见好道之诚，兹并以呈览，幸垂教焉。顷奉大函并词三首，词之佳处已通周、柳之邮，天下后世当共能言之。〔夜半乐〕一首上去字与原词小有出入，原可勿论，鄙见词之合律，最重起一句，尤重起一字，如唱昆曲，开口发声，不能便作黄腔也。此词"晚"字切宜改作去声。弟曩作〔莺啼叙〕起句尾字误用入声，至今为愧也。又"魂萦蔓草"，"草"字宜作去声，方能与上"菊"字呼应。词中长调，往往如此。如〔莺啼叙〕之"长波妒，盼遥山羞黛"，"黛""盼"应响，用上声则哑，此处虽与上段"怒涛"以下一例，然上下段各自有其音节，姑妄言之。按，柳词此调有两字，鄙见意义相同，乃其改稿而并存之也。卓见以为何如？选词正如吾意，堪饷学者，惜贱冗不暇附名，然稍缓当与商榷之。《黑女志》即午往访李君较间接为得力。板鸭只剩半身，不知是昨所嗜否？少间有人去南京，当为致一二以止老馋。仰叩道安。不一一。弟锐。廿六立冬。

【按】以上五札均录自陈国安《海粟楼藏陈锐致郑大鹤论词书札笺释》，

《中国近代文学学会第十九届学术年会论文集》（2018年）。

致夏敬观（四通）

一

映庵观察阁下：

锐以伯帅之丧，亟欲一赴吊，而风雨连旬，一江间阻。顷又有禹公，未能离身，奈何奈何。前寄〔大酺〕并重午和朱侍郎作，计邀哂定。昨又诌〔渔家傲〕一首，兹特写上，乞与沤尹共教之。世局如棋，县斋愁卧，倍增鸡鸣君子之思。新政若何？便以相示。兹遣仆送伯帅挽词，少晴即来苏，并告，顺请合安。

锐叩

廿一夕

《夏敬观友朋书札》

（复旦大学出版社2021年版）

二

剑丞先生左右：

长沙别后，沉吟至今。不独音问罕通，即彊村、散原、恪士、拔可诸君都渺不知其消息。比晤衡阳朱道尹，始悉小坡恒化。卅年知己，倏隔幽冥，回首黄垆，可胜悲痛，伤哉伤哉。小坡于词，已臻绝顶，颇欲为之铭志，惜不知其生卒年月及藏骨何所。先生近距吴门，亦能汇其事实否？……敬请道安，并颂潭福。

陈锐顿首

七月处暑

复件祈寄常德育婴堂为盼。

《夏敬观友朋书札》

（复旦大学出版社2021年版）

三

丹凤吟

吾乡张伯琴太守抱道负才，不可一世，而仕宦不进，垂老徜徉于吴门。既久客将归，归安朱侍郎、北海郑舍人，自抚帅以次咸有高咏，致其攀留。余时于役马州，未获躬陪盛饯，顾忝忘年之足。凤昔推襟送抱，此别弥觉黯然。若乃柴门松桂，沉水桃花，访邻寻里，终焉渔钓，有触凤心。波路悠阻，既瞻望而弗及，独矢音于寤歌，亦异时之贞券也。词用清真韵，凡百十四字。

检点留君无计，细雨连江，回风飘阁。春归如燕，临去暗伤簾幕。吴皋帐饮，抚尘挥涕，梦逐装轻，衣霜绵薄。想扁舟故里，片水桃花，凝望如在檐角。　既自役形怅惘，挂冠顿触乡绪恶。便有金如土，怕青山难待，华鬓催铄。送君行矣，目极洞庭帆落。岸芷汀兰，应念我、寄相思盈握。此情此恨，知甚时住着。

昨寄两词计呈柴几，此作亦极力求合，幸不落时贤窠臼，惟自知其拙劣耳。唉庵大词家必有以教之。

锐再拜
《夏敬观友朋书札》
（复旦大学出版社2021年版）

【按】"送君行矣"旁有小字批语云："梦窗作'吟壶天小'，千里作'欢期何晚'，'吟''欢'平声，清真'那堪昏暝'，'那'当平声。"或系夏敬观所批。

四

尊词美不胜收，击节之余，拟定卅九首。双圈者四首，所删弃在陈迦陵、吴谷人集中犹上乘也。冬窗倦旅，未能撰句奉质，旋邮后更答高吟。鄙见词学有尽境，尽于美成、稼轩、梦窗、白石诸君而已，东坡、石湖诸君则以余力为之。元曲一兴，而词之浑沌悉凿破矣。末世谈旧学，良足悲歌，但愁透冈里不可无排遣之方，恃源以往何用多上人，吾辈岂可久役之文字禅耶？卷中偶有评注，惶恐惶恐。佛腊先一日，陈锐拜读上。

黄显功、严峰主编《夏敬观家藏尺牍》
（复旦大学出版社2021年版）

汪兆镛

汪兆镛（1861—1939），字伯序，号憬吾。祖籍浙江绍兴，生于广东番禺。少随叔父汪瑔学，清光绪十五年（1889）举人，曾入岑春煊幕府。民国后避居澳门，著述自适。精于地方文献，擅诗词，著有《元广东遗民录》《岭南画征略》《微尚斋诗》《雨屋深灯词》等。

致朱祖谋

始夏于张菊生同年寓斋邑聆教言，枉存失迓，匆匆返粤，怅歉曷任。昨闻同人有搜辑为《清词钞》之议，沪上为今之学海，闳揽精撷，蔚成一代巨观，时不可失，得公主持，定当远媲朱、王，近踰黄、丁，跂予望之。惟近时词人辈出，其平日行义足称，殁于辛亥后而能抱节自贞，不为尘污者，自宜甄录，以存其人，否则似宜审择。明高宇泰结社选诗慕严，尝言谢皋羽《月泉集》所收稍滥，洵为笃论，公当亦以为然也。寄上先师陈东塾先生《忆江南馆词》一册、先叔谷庵先生《随山馆词》一册，以备采览。亡友丁遭客侍读遗诗刊成，以公凤交，一并附呈。临楮不胜驰仰之至。己巳十一月。

邓骏捷、刘心明编校《汪兆镛文集》
（广东人民出版社 2015 年版）

【按】此札原称《与朱彊村侍郎书》，收入汪兆镛《微尚斋杂文》。

致夏敬观（七通）

一

剑丞先生年大人阁下：

客夏于张菊生同年座上获瞻风采，别来忽忽经年矣。……兆镛濩落无似，日惟闭门读书，出门看山，一筇孤往，旧雨日尠，以视沪上群贤萃止，其为欣感奚啻天壤耶？《清词钞》已编纂有头绪否？时不可失，早日成书为盼。闻朱彊村侍郎拟辞总纂，似宜合词坚留，何如？不才诗文都无足省览，且恐触迕时忌，不敢灾梨，兹检《元广东遗民录》一册，《岭南书画略》二册，《词》一册，另包邮呈，尚乞有以教之，并望示复为幸。专此道谢，虔请道安，不宣。

年小弟镛再拜。庚午冬至后六日自广州发。

《夏敬观友朋书札》

（复旦大学出版社2021年版）

二

剑丞先生世年大人执事：

奉示于拙作〔芳草渡〕词过承奖借，益增愧悚。属题郑叔老词册，不才何能为役？惟生平服膺樵风，勉成一阕录呈，不敢附骥印行，惟乞教正。另折扇面可否请转乞彊村侍郎赐写近作附便寄下，以资讽诵，无任企祷。复请撰安，不尽欲言。

弟兆镛顿首

三月廿五日

《夏敬观友朋书札》

（复旦大学出版社2021年版）

三

剑丞先生世大人执事：

五月廿四日奉十六日手教，知前托菊老同年转致东塾师遗诗一册，业经交到，越三日续奉。寄惠郑叔问舍人〔湘春夜月〕词笺拜收，感忭无量。近日词人，自推朱、郑。朱有过郑处，惟偏重四明，承学流失甚大。不才有服膺大鹤山人，上年在沪购得所书楹帖至以为宝，今复得此，快慰生平尤奇者。前承寄示题郑册词，开缄词笺失去，曾以函询。此次来书乃接诵后忽于故书堆中得之，岂精云相感耶？"伤春费泪"数语不厌百回读也。佩甚。月前为一词（曾写寄兰史），与〔湘春夜月〕一阕情韵略近，附上乞教。复叩撰安，并抒谢忱。

世小弟兆镛顿首

五月廿八日

《夏敬观友朋书札》

（复旦大学出版社2021年版）

四

剑丞先生世大人执事:

　　十月间接奉手教,并诵大词,绵邈纡折,骨韵俱遒,钦佩何极。属为题和,深惭谫劣,不敢率尔吮毫,又恐见责懒迂,只得勉凑一阕。承嘱转约述叔,为之屡催未就,昨复致函敦促,顷接函谓久病戒词。原函呈阅。兹将拙作写上,只言吾辈草间怀抱而已,祈严削见教,不胜愧祷之至。沤老遗词有手订稿尤善,刊成祈寄下,价若干,望示缴。是否刻《语业》以后之作,抑并全稿刊定? 念念。……专复,祇请撰安。

世小弟兆镛顿首

十一月廿八日

《夏敬观友朋书札》

(复旦大学出版社2021年版)

五

映庵先生执事:

　　日前接奉手教,随由邮递到彊老词续刊暨遗诗一卷,又《沧海遗音集》二册,内八种,雅爱不遗,感何可言。祇收敬谢。前函题明遗民薛剑公书竹石册词续刊内未收,龙跋谓此编以定稿为准,散见传钞者不复增益,甚善甚善。异时傥有人刊集外词者续,再写上可也。《遗音集》闻有揭阳曾刚甫、江阴夏闰枝二家,寄本无之。曾为己丑乡榜同岁,其诗叶遐庵曾刻,赠词未见;夏闰公则先年至常州方金泔生丈于座上晤谈,有一面之雅,可否请补索二家词寄下,俾成完书,尤慰积愫。买菜求添,幸勿罪为祷。……匆复陈谢,敬颂纂安。

弟兆镛顿首

癸酉二月晦灯下

　　再者《沧海集》《海绡词》版心有鱼尾,与七家版式不类,疑非原意加入者。此君殆与有夤因,否则何推许乃尔? 其第一篇癸卯作,为光绪二十八年而用"黍宫"字,似不合。此其一端也。鄙人与此君甚好，惟舆论以为不当在《遗音》之列。水心近刻《节厂词》以梁、夏、曾并入为十家较允。曹凌波向敬佩之，有墓志表伏乞录示，尤感。雨泽。阅竟付丙。

《夏敬观友朋书札》

（复旦大学出版社2021年版）

六

剑丞先生世大人左右：

前奉手教，谨悉一切。……朱彊老《沧海遗音》中前荷寄下两册，尚缺曾刚甫同年、夏闰枝孙桐两家，可否请转致龙君榆生补寄。……《词学季刊》寄到第二册，前函谓诋白石为俗者万勿刊入，今无之，此必我公之力，非特不致贻误将来、厚诬前哲，且亦君子爱人以德之义也。佩甚佩甚。时局日危，人心、风俗日坏，祸害不知伊于壶底。陶诗天下革命，息景穷居，易代随时，迷变则愚。世人以变为智且巧，陶公则以变为愚，至言也。兆镛朝夕诵之。陶公襟抱高旷，盖身心性命之学，所在岂止诗圣已哉？匆匆不尽愿言，祗颂纂安。

小弟兆镛顿首

九月廿三日

外，致张菊生同年一函乞饬人就近送交，闻朱彊老柩旅殡未葬，时局贴危，望转告设法早安窀穸为妥。

《夏敬观友朋书札》

（复旦大学出版社2021年版）

七

剑丞先生观察执事：

前奉手教并书画润格，即交敝友由商务广州分馆代求，正拟函复，接到汇寄《彊村集外词》《四校梦窗词集》《词莂》共三册，拜领欣忭。惟龙君刊布应送资若干，祈示缴。彊老题薛剑公画册词，别纸写上。祈转致龙君，必须刊入补遗。昨叶裕甫寄到《词学季刊》，内列《彊村遗书》目录。《沧海遗音》中有揭阳曾刚甫习经

《蛰庵词》、江阴夏孙桐《悔龛词》，可否请转乞龙君补寄？其外编《彊村剩稿》《彊村校词图》题咏，陈伯严撰墓志，并望寄下，价若干必请示知寄上，是否径寄龙君望示及。……粤中接噩耗，弟创议设位致祭，并撰祭文。虽文不工，而于彊老似尚非泛泛。（稿附上乞教，可交龙君汇存否？）颍川挽词绝无切挚语，今见《词学季刊》载之，公视之何如？《沧海遗音》中惟颍川词版心有题字，与别卷不同。盖彊老为刻词以奖励之，并非愿厕之《沧海遗音》也。安有就中山学校员，月攫丰修而可谓之"沧海遗音"乎？《季刊》中龙君尚拟以颍川《说词》刊布，此尤不可。其《说词》诋白石为俗，粤士诧为狂谬久矣。恃知赘谈，一笑置之。……敬请撰安。

弟名心叩

五月初一日

《夏敬观友朋书札》

（复旦大学出版社2021年版）

李希圣

李希圣（1864—1905），字亦元，号卧公。湖南湘乡（今长沙）人。清光绪十八年（1892）进士。曾官刑部主事，张之洞在京师时，希圣深得其赏识。能诗，著有《雁影斋诗存》，又有《庚子国变记》《雁影斋题跋》等。

致冒广生

前日在广雅座中深论俄约事，上车后极感其言。因公数题《填词图》，乃借端发之，不知者当疑其去题万里矣。神州陆沉，待君戮力，词人多无远志，故敢以辛幼安之事质之足下，以谓何如？

鹤亭仁兄大人

弟李希圣顿首

初七

《冒广生友朋书札》

（上海书画出版社2009年版）

沙元炳

沙元炳（1864—1927），字健庵，江苏如皋人。清光绪二十年（1894）中进士。"戊戌政变"后，无意仕进，辞官回乡，致力于教育与实业。工诗文，著有《志颐堂诗文集》等。

致冒广生

鹤公先生足下：

三奉手教，稽迟未答。俗务如尘，才扫复积。元家居而亲文牍之劳，君服官而恣山水之乐，循诵佳撰，辄嗒然自失。冬晴无雪，惟摄卫佳善为颂。承寄《冠柳词》，以校拙荦，多〔浪淘沙〕一阕，少〔苏幕遮〕〔感皇恩〕二阕。缘《梅苑》乃敝藏所无，而元所据以收采者，足下容有未睹也。拟传组织极工，惟蒐集稍病简略。语其事实，通叟登第出荆公之门，试卷乃滕甫所称荐，在都时与章子厚友善，有"观三惇七"之号之类，皆见诸宋人记载。语其历官，通叟登第后，授单州团练推官，试秘书省校书郎，而无为翰林之事。语其著作，有《王观集》，见《遂初堂书目》。至应制撰词一事，当引《能改斋漫录》《耆旧续闻》所载，以为王仲甫，官人皆误，不足称引。乡人为先辈述传，似宜改订，以求翔实。此但就所记忆者，约略言之，他日当备论，期有以益君也。……岁祺，不尽。

弟沙元炳谨白

十三日

《冒广生友朋书札》

（上海书画出版社2009年版）

曹元忠

曹元忠（1865—1923），字夔一，一作揆一，号君直，晚号凌波居士。江苏吴县（今属苏州）人。清光绪二十年（1894）举人。捐内阁中书，历官内阁侍读、资政院议员等。工诗词，为晚清西昆派代表作家，有《凌波词》（又名《笺经室词》《云瓻词》）一卷，著有《笺经室遗集》。

致缪荃孙（二通）

一

夫子大人函丈：

敬肃者：《乐章集》样本已承命校竟。闲取吴氏新刊本对勘，知样本尚夺数条，业已别纸同《梅苑》补校异文一并求出，倘得吾师所藏《花庵词选》《乐府雅词》《阳春白雪》《天籁轩词谱》《全芳备祖》诸书覆勘一过，似于柳词不无小补。又万红友后，德清徐诚庵丈本尝为《词律拾遗》，记于柳词搜采颇多，而其书远在舍下，未审邮架有此否？设能一并检校，则更无遗憾矣！再书眉纯伯校语，梅禹金与宋本不甚分析，当时有无体例，尚求详示，或将梅本赐下，以期尽善。此外受业尚有求假各书，均祈掷付去手。琐渎，恭叩钧安。受业元忠再拜谨上。初八日。

《艺风堂友朋书札》（下）

（上海人民出版社2018年版）

二

夫子大人函丈：

前命作《柳词校勘记补遗》，兹因仲饴方伯履新在即，匆匆卒业，谨缮一通奉上。受业管窥所及，间附案语，是否可用，恭请钧裁。此次校勘，各书略备，惟《花庵词选》尚未邮至。《词林万选》《花草粹编》远莫能致，于心终未慊然耳。至校勘记后附辑佚词，受业已放吾师前例，集得数阕。惟宋本有而毛刻无者，窃谓毛刻虽遗，而宋本尚在人间，竟目为佚，似有可商，不若仍照吾师校勘记中所云宋本有某词云云，即录其词于下。妙在记文依宋本编次，凡毛刻所无，依次补入，然后读者知记之不可无乎！其余散见各书者别录一卷，附补遗后呈览。梼昧之见，是否有当，伏乞训示。四月廿七日。受业元忠再拜谨上。

《艺风堂友朋书札》（下）

（上海人民出版社2018年版）

廖恩焘

廖恩焘（1865—1953），字凤舒，号忏庵。广东惠阳（今属惠州）人。北洋政府时曾任驻日本公使。晚年以词著称，与林鹍翔等发起如社。有《忏庵词》，另著有《嬉笑集》《粤讴》《扪虱谈室词》等。

致龙榆生

榆生词长兄阁下：

得书并小令三阕，不惟托意深远，寄情幽婉。读之如听五夜山阳之笛，如闻孤舟嫠妇之歌，令人回环数四，拍案叫绝。其音节直追五代南唐，岂金元以后作者所敢望其项背哉？

尊跋拙稿已由沪寄到，藻饰过情，愧不敢当。……秋祺。

弟焘再拜启
十一月二十日

《近代词人手札墨迹》
（台湾"中央研究院"中国文哲研究所2005年编印）

【按】上札录自《忍寒庐劫后所存词人书札》（上），龙榆生旧藏，张寿平辑释，见台湾"中央研究院"中国文哲研究所编印《近代词人手札墨迹》上册。廖氏所言三词为龙榆生作〔鹧鸪天〕（和元遗山薄命妾辞三首）。

董 康

董康（1867—1947），字授经，号诵芬室主人。江苏武进（今常州）人。历任刑部主事、郎中。酷爱藏书，能诗词，精通法律，兼治版本目录之学。刻有《诵芬室丛刊》《广川词录》《词曲丛刊》等，著有《曲海总目提要》《书舶庸谭》《课花庵词》等。

致刘承幹

翰怡仁兄世大人阁下：

前承交来宋元及旧本书籍廿种，约略翻阅，除《石渠》四种尚须与刻本互校，稍宽时日外，余十九种先行奉璧，即希察入。内

《词家杂钞》一部，纸色、墨迹、行款与彭文勤公知圣道斋旧藏明李西崖所辑《南词》无二，必其中之失出者。彭书为弟所得，曾代古微侍郎移写一部，侍郎甚为珍秘，可提出请其鉴定，必能重此书之声价也。此外佳本仍希源源赐下，以利进行。即请台安。弟康顿首。

沈丽全整理《求恕斋友朋手札》（上）

（《历史文献》第十六辑）

【按】刘承幹（1881—1963），字贞一，号翰怡、求恕居士，晚年自称嘉业老人。浙江吴兴（今湖州）人。辛亥后与遗老名流交往密切，痴心藏书、刻书，斥巨资建嘉业堂藏书楼。先后刻有《嘉业堂丛书》《求恕斋丛书》《吴兴丛书》等，另有《求恕斋日记》。

吴昌绶

吴昌绶（1868—1924），字伯宛，一字甘遁，号印丞，晚号松邻。浙江仁和（今杭州）人。清光绪三十三年（1907）进士，官内阁中书。民国期间曾任北洋政府司法部秘书及陇海路局秘书。嗜好藏书、刻书，其藏书楼名双照楼。能词，有《松邻遗词》二卷，附于《松邻遗集》，著有《宋金元词集见存卷目》。另刻有《仁和吴氏双照楼景刊宋元本词》，所用底本均为原椠精钞本，颇具版本价值。后因财力不足，将词版售与陶湘，由后者续刊。

致缪荃孙（六五通）

一

艺风先生尊鉴：

新岁敬承道履增胜，蒙示并赐读近词，欣荷欣荷，容再和呈。绶年内小有不适，开正杜门，少事休息，极拟趋前，未果为罪。《酒边集》是授经向耆寿民假来，闻百金可易，绶必勉留之，尚乞暂秘。（此钞诚精，新若手未触，有毛氏父子、汪阆源印。每半叶八行，行十四字，似宋人刻词有此一种版式。目录分三排写，毛钞工致如此，而所刻乃大异。惟中缺二叶，须写补。第一首云"月窟蟠根，云岩分种”，《碧鸡漫志》引同毛刻，误作“灵岩”，余多类此。又原本作《酒边集》，毛改“词”字，强分二卷，均非旧式。）授经前购欧、晁诸种，亦耆物也。叔韫督绶编列词目，今春当属稿，冀随时就教。旬日内，尚须约授经、叔韫，同诣一谈。先此肃复，敬叩眷祺。昌绶谨上。初六日。

《艺风堂友朋书札》（下）
（上海人民出版社2018年版）

二

蘸枕传香，莲灯锁梦，温黁消受如许。金鎚浓熏，双烟一气，荡暖绮怀无据。小怜凫藻，曾相伴题裙俊侣。谁与春犀管领，夜阑似闻柔语。　　南都坠欢记取。有妆楼，故物能谱。熨透星星，散入相思血缕。捣麝飞尘未灭，只流落人间换宵炷。惆怅余芬，重衾隔雨。

艺风先生见湘兰熏炉拓本，赋〔天香〕词垂示，依韵奉和。后半似不著题，而言外别有感触，不能自己也。辛亥人日立春，昌绶记上。

《艺风堂友朋书札》（下）
（上海人民出版社2018年版）

三

顷承示《近体乐府》一卷，影写绝精，感甚感甚。俟写毕，即可上版。（笔资当丰酬之，祈示教。）《琴趣》亦源出宋刊，可一并景刻否？毛钞原影不甚工，须再加挺劲方佳。抄手为吾师教成，必能曲会此意，成一善本也。放翁词是否影宋，亟求赐借一读。此上艺风先生。昌绶谨叩。十八日。

明刻《花间》全本，绶亦有之，惟陈松老得一白棉纸大字初印绝精，竟下真迹一等。《花庵》明翻本，授经有之，本朝无人翻刻，亦憾事。

《艺风堂友朋书札》（下）
（上海人民出版社2018年版）

四

内阁欧集不止一种，此本尤善，其刊本在南宋何时何地，曾考得否？愚见欲为《近体乐府》加一封面，应如何写法，求教示。拟请叔韫作篆书，否则吾师随意书数十字，以冠卷端，尤足珍贵，但不必著所由来，泛言宋刻可也。

《艺风堂友朋书札》（下）

（上海人民出版社2018年版）

五

徐公集一见为幸，珍重仍归邺架。宜劝授经制箧贮之。欧词四十五叶，刻之不难，得此大字善本，庶为二百五十家弁冕。（此从来未有之奇。）半塘地下有灵，应亦欣讶。写成祈赐一读，刊价若干，并饬豫计，（《琴趣》三种，似可类从。）备呈如何。（只加一封面，不赘片字也。）明日既作罢论，遵示少间奉约二三同志便集，更可畅谈也。肃上艺风吾师。绥叩。十一日。

附缴《凤林书院诗余》一册，冬心诗日内另呈。

《艺风堂友朋书札》（下）

（上海人民出版社2018年版）

六

复示谨承。前人本有訾议《琴趣》者（忘其主名），曾端伯亦谓欧公侧艳词多傅托，匆次未暇详检。毛刻似记与宋本略近，而有删除讹复之作，非若《琴趣》触目生疏，明有伪词也。窃意南唐、北宋间，小令盛行，酒座歌筵，一篇跳出，动假名人为重。后来搜集，未遑别裁。《阳春》《珠玉》即多羼乱，他人依傍，更不待言。今一切勿论，而以两本同刻之。吾师之意，极表同情，尤望为《琴趣》附一跋语，著明此旨，至叩至叩。肃上艺风先生。昌绶谨状。十二日。

《艺风堂友朋书札》（下）

（上海人民出版社2018年版）

七

示悉。吾师不忘《酒边》，弟子益以《醉翁》为重。毛刻《六一词》跋云庐陵本三卷，知所据即此全集，惜删移点窜，大失本相。今得与《琴趣》同刊，是非真伪，姑勿置论。《楝亭书目》尚有淮海、山谷《琴趣》，似是宋坊间汇集。（直斋又有《石林琴趣》，恐尚有东坡诸家。）授经得明刻山谷词，劳巽卿以《琴趣》卷目次第标识，或原本尚在人间也。闻阁书中有残元本《草堂诗余》，果否？厂肆出残宋《花间集》，属授经取来，乃即明翻本。不贤识小，魂梦日役于残花蔓草间耳。艺风先生。昌绶谨上。十三晚。

《艺风堂友朋书札》（下）

（上海人民出版社2018年版）

八

顷甫归奉示，未即复为歉。检宋本欧词第二卷，廿二、廿三两叶似误倒。明本无大异，惟稍有删移，较之杜撰《六一词》名远胜。兹仍缴上，以便题跋。影写本祈即付刊，工资俟到局馈呈。《集古录》想未写毕，如饶、丁二君有暇，《琴趣》仍求早为写出。放翁词影写绝精，加以《酒边》，南北宋共得六册，亦胜事也。艺风吾师侍右。昌绶谨叩。廿三夕。

《艺风堂友朋书札》（下）

（上海人民出版社2018年版）

九

宋本写成，亟盼一观。中有前后误装者，且恐有脱叶，须加整理。《琴趣》非阁书比，故请加跋刻之。二晁亦罕近，可否一并影出。《可斋词》，绶有写本，只须详校一过。能刻欧公一家，已差慰十年私愿矣。尊钞放翁词，可上版否？绶百事灰心，靠公之福，刻一二种宋本词，终身不忘大惠。

《艺风堂友朋书札》（下）

（上海人民出版社2018年版）

一〇

毛刻于罗泌跋，删其后一段，而以前半目为题词。凡汲古六十家所谓题词者，大都如此。卷末自跋，明言庐陵本三卷，或竟曾见宋本，但多删削，妄有订改耳。尊跋拟加三句，似可不必。本欲趋谈，携以面呈，连日常有事，因循不果，今先送上，以便寄刻。廿九日，绶又上。

《艺风堂友朋书札》（下）

（上海人民出版社2018年版）

一一

附上鲍抄词一册，谓从吴讷《四朝名贤词》出，而有梅禹金点校。然则诸家书目所称梅校者，岂即吴讷本耶？授经所收《南词》，伪托怀麓堂者，疑亦此本，有可考否？《金奁集》见《近体乐府》校语中，是由来已古，似总集而又不类。（〔应天长〕（绿槐阴里）一首，校语云是温飞卿作，则宋人竟认《金奁》为温词矣。）石湖即鲍刻祖本，补遗比刻本较少。相山一种，绶有劳抄，即从此出。

《艺风堂友朋书札》（下）

（上海人民出版社2018年版）

一二

晨间奉示，匆匆出门，未即复为歉。刻词之愿，全赖吾师鼎力，感岂有涯。《琴趣》一函，兹特奉上，放翁词亦奉缴。如此已有五种，（《近体》一，《琴趣》三，《放翁》一）再加《酒边》《后村》（《酒边》一，《后村》一）共成七册，亦足慰区区私愿。其卷帙多者，与零星小种，诿诸古微，各行其志可耳。敬先陈谢，即请艺风先生道安。昌绶叩上。廿日。

《琴趣》原抄不甚工，请属丁君稍以己意，改其笔画劲挺，乃可上版。

栋亭印不必摹，汲古印能摹一二尤妙。地位尚须斟酌。

《艺风堂友朋书札》（下）

（上海人民出版社2018年版）

一三

示承《龟峰词》，《南词》本题陈人杰，《莳宋书目》遂误分为二种。窃意人杰、经国，乃其人之名与字，惟是否宝祐登科之陈定夫，尚待详考。所谓《南词》者，亦授经所收彭文勤故物，无论名不雅驯，卷端分书一序，乃抄撮汪晋贤《词综》之序，西涯写作西崖。天顺六年，西涯尚在幼龄，种种不合，大约坊贾杂采吴讷《四朝名贤词》诸种，而又未尽钞全。（鲍刻《蜕岩词》注语，有雍正甲辰在小山堂见《南词》之语，则其伪尚在雍正前，《南词》之名仅此一见耳。）兹以首册呈核，中有数种极佳，惜误字太多，绶三四年来未遑遍校也。艺风先生。绶上，初二夜。

文勤所抄《汲古未刻词》八册，亦不精。尚有宋元人小词一部，不知归何处矣。

《艺风堂友朋书札》（下）

（上海人民出版社2018年版）

一四

又数日未通问，谭复堂喜诵美成"流潦妨车毂"之语，今殆似之。偶检《直斋解题》，《六一词》一卷，此盖长沙书坊《百家词》本，汲古既从庐陵本出，不应沿袭其名。绶前谓毛氏杜撰，亦未确，尊跋可酌改否？《圭塘小稿》十三卷本，绶思一观，未识何处可钞，求示教。艺风先生侍右。昌绶叩。初六晚。

因其中尚有长短句六十余篇，在《至正集》及《圭塘别集》之外，或重出，亦颇有异同，久思钞成全帙也。

丁氏《八千卷楼别集》，已见过。

《艺风堂友朋书札》（下）

（上海人民出版社2018年版）

一五

承代钞《芦川词》，至感。沪上知好如有宋、元椠本词，许一一景写，尤感泌也。陶子麟许为速刻欧词，尚未见寄到。绶又收一十六卷之《草堂雅集》，第一卷是杨铁崖，并有杨序。初无前□后□之卷，疑此为最初本。授经所藏小山堂本，亦在绥处，以柯、陈、李三家，易杨一家，（柯前一，陈、李后一）不知当时玉山何以不慊于杨而删去之，然是第二本也。至元槧十三卷本，则又后来重定为第三本。此外如《四库》本及鲍钞等，各卷中又有前后，则更属后出矣。公如有考跋等，乞检示。元槧能再影一部，不靳厚酬，知尊藏已为董取去，可否索还？

《艺风堂友朋书札》（下）

（上海人民出版社2018年版）

一六

明日又重阳，忍泪把君书迹。记否惊烽相送，恰经年隔别。莫荒菊瘦，总含凄孤斟，黯愁夕。难得故人风雨，暂归来瀛客。　　堆案草堂编，珍重庐陵残册。乞与凤林院本，作诗余双璧。寒檠细字，校蚕眠落叶，扫逾积。却羡摩挲老眼，思误书一适。

壬子重九前一日，得艺风先生书，适授经自日京归，为假狩野博士所藏至正本《草堂诗余》，将寄南中摹刊，且出新收各本互赏。回忆客秋文宴之乐，渺若隔世，率占小词，奉尘艺风先生一粲，并录示授经、叔韫、静庵诸子，当同兹累息也。甘遁村萌记上。

《艺风堂友朋书札》（下）

（上海人民出版社2018年版）

一七

艺风吾师：

捧诵手笺，欣慰无量。清恙新愈，检书为乐，甚善甚善。《江苏金石志》，不朽之业，蕲于速成。又闻丛书告成，至为庆幸。绥不贤识小，尚蒙俯助，放翁一帙望早寄鄂。松雪元本，昔曾对校，如可景写，亦佳本也。《酒边集》当托汉口友人，专差送陶处。欧公两册，想旦夕可寄来，若得汇刊八种，于愿足矣。京中旧书，无佛称尊，稍获一二，然不足观。元本《草堂雅集》，可否即为借钞。（如

中国古典词学新辑词学珍稀文献丛刊

丁君在沪，请即代影写。）价值几何，容先奉呈。绶得之，可通校各本，亦授经所乐闻也，不知渠已到沪否？肃叩道安，昌绶谨上。

九月廿二

《艺风堂友朋书札》（下）

（上海人民出版社2018年版）

一八

张信，俟与授经看过再缴。此《芦川词》，想即有"功甫"二字者。王静安来书，知公代刻此本，谓欧公、芦川、放翁、芗林，皆不仅以词传者，足可珍重。是以绶尤勤勤于是，即抄刻亦足以豪。元至正泰宇书堂本《草堂诗余》太破，恐难刻。凤林书院本可刻否？

《艺风堂友朋书札》（下）

（上海人民出版社2018年版）

一九

瞿颖山书目，是否有刻本？（《玉雨堂目》，何人所刻？此吾里两名家，与朱修伯《结一庐》，思同刻之。）绶欲刻之。《楝亭书目》所录《琴趣》五家，即授经与绶之醉翁、二晁也。惟秦、黄不知流落何所。（授经昔年买得《山谷词》，劳巽卿以《琴趣》卷目次第，校于上方，是此本劳尚见之。）日前与授经往图书馆，访江叔海，见姚氏旧藏《东坡词》下卷，亦楝亭本，与绶所得正同。惜不全。已乞叔海景抄。公欲刻史，绶极赞成，但安得善本耶？元宗文书院《五代史》，无补版者，已为授经代叔韫购去。绶本不收书，遂将《五代史》及毛抄（《广川书跋》《法帖考误》《东观余论》似不全。）又明抄《铁网珊瑚》词稿三种，全让之矣。李元阳本《左传》《论》《孟》，绶有《左》《论》二种不佳，当为觅好者。若要凑数，亦可奉上。

《艺风堂友朋书札》（下）

（上海人民出版社2018年版）

二〇

《芦川词》承代影写寄鄂，感极。欧阳《琴趣》迄未寄样来。尊处又付去数种，大约年内已难全刻。狩野《草堂》及二晁《琴趣》，只得稍缓付之，或带沪先写何如？候教示。

二一

艺风先生尊右：

连日未奉示言，极深驰念。伏承体中佳胜。绶比来忙到不可言状，遂疏修问，歉歉。今日陶子麟寄《琴趣外篇》一册，竟比原写本整洁可观，非吾师调度，曷克致此。尊跋《近体乐府》一叶，亦精善，已属陶再印数本（连《近体乐府》）寄呈，望分与古微一阅。顷乞郑叔进为署端，尚未交来，不知可用否。邓弁带上各书，想收入。肃问起居，企候复示。昌绶谨启。

十二月十五日

二二

陶刻《琴趣》，如此之好，趁早将二晁《琴趣》一并付刻，是一法也。然须由京远寄，公所交陶各种，能先刻，亦一法也。求择其最要者，径示之。（或《芦川》，或《放翁》，他可暂缓。）元本两《草堂》，较费事，尊处既有写手，务求饬其影摹。（狩野本尽可拆开，渠不过欲得五十金相当之书耳，且在西洋，归期尚早。此本绶既借刻亦决留之矣。）可斋《酒边》，是影写最精本，《云山集》是元刻最精本，以上先后次序，总求吾师指教。绶已告陶，需款即由京汇与之。邓孝先得汲古景抄陈道人家宋人小集数十种，绶观其著录，亦不动心。惟《石屏》《梅屋》两集，倘许影摹，为足重耳。斥季精抄，诚可爱玩，绶已得词五种，可傲孝先。……授经云盛伯希家《于湖集》有词，此宋本至精，尚为一旗人据有居奇，开口四千，若渐减至一千元，绶亦看于湖面上，竭蹶收之矣。《于湖词》，绶有五卷并拾遗本，即铁琴铜剑楼本。授经所收《南词》本，只二卷（缺上卷）。大约即是四十卷中之本，比五卷本增出数十首。于湖词只此两种，汲古刻初以《花庵》选本充数，后得五卷本，乃删《花庵》已选者，而刻其所剩，又大为移动，至不可辨认，非别有一本也。

年内有便，尚拟将绶所收各种带阅，但不敢轻托人，是以迟滞，恕之。

《艺风堂友朋书札》（下）

（上海人民出版社2018年版）

二三

艺风师赐鉴：

前奉手教，碌碌尚未详复。闻子受弟南旋，属付之款，容交授经，俟来京照付。《花间集》刻成，兹乘金仲廉兄之便，带上样本五部。（如要，下次尚可续呈。）请分二部与古微，此乃龙光误将六开作八开，遂致长短不称，再印墨本即宽展矣。（式之屡校颇精，似与正德本无异。）今年新岁，仍冗甚，但得一洪武本《草堂诗余》，与尊藏一版所出，甚可喜，价卅元，并附告。匆此，敬叩尊安。昌绶谨上。一月十二夕。

女士词尚求便中检付。

陶信云，候尊处校改《草堂》五叶，方可令罗回京。祈早寄去为感。

《艺风堂友朋书札》（下）

（上海人民出版社2018年版）

二四

古微晤否？承其寄《遗山词》，籀庄联，亦半年未复，皇悚皇悚。今有浙词数种，拟请其编刻，亦容详致。罗揆东来言，叔问甚窘，（其《樵风乐府》，下月可装成百部。）全家住客店，欲为其子谋事。言下同为叹息。绶亦苦无力，前年薄有所赠，近年余亦未一问讯。吾师如见，或有友，祈代道意，慰其愁悴，至感。

《艺风堂友朋书札》（下）

（上海人民出版社2018年版）

二五

沤尹近接德邻，往还至便。项见吾师寄式之丁氏目，词颇全备，然无绶未见之本。即此付沤公，作词目底本亦好，容抄一本商之。

绶固专搜宋、元刻词，亦稍具微旨。大约专取浑涵大雅之作，力与南渡小家为难，故不能合沤派。凡小种悉赠沤公矣。

《艺风堂友朋书札》（下）

（上海人民出版社2018年版）

二六

艺风先生尊右：

今日奉手教，祗悉一一。起居大安，酒兴如常，慰甚慰甚。欧公《近体乐府》《醉翁琴趣外篇》，已属陶子麟多印红样数部，分寄公与古微。《芦川词》已属子麟先刻，次则放翁，又次则《酒边》诸种，遵吾师意旨，专以仿宋为主义。《草堂诗余》，绶亦知其多误，故前函已言其难刻，因思用荆聚本佐之。尚有一嘉靖本在靖安处，亦可借校。但吾师所得洪武本，与至正形式最近，即照此改补，作为至正、洪武之合编，何如？三卷本绝奇，乃明万历丁未胡桂芳重编刻本，有番禺门人黄作霖跋，写刻甚工，可当玩物，非《草堂》佳本也。绶所收《草堂》尚有数种，思作一文字，胪列各本，今则未能。近得明万历壬寅越西陵来行学颜叔五松馆写刻小字《花间集》，每半叶六行，行十三字，全用《麻姑仙坛记》笔法，所据即明仿宋本，（遵王著录，实即此本耳。）校语均合。比绶旧收万历壬寅玄览斋袖珍本为胜。（玄览本半叶六行，行十五字，但改为十二卷，又附补二卷，题西吴温博编次。）凤林书院《草堂诗余》，吾师既已抄齐，迟早总拟付刻。（《云山集》实精雅可刻。）尊藏劳校倘有跋语，便中祈饬人写示。《于湖》四十卷宋本，绶未见尊处抄本，未知在《四库》前后。其中有词三卷，绶渴欲一见也。沅叔书未见交下，恐其转送不便，已函告式之在津代取，交转运员带京，想无误也。蒙垫印色六元，抄书十二元，又鲍抄百元，容汇呈。（尚有他项否？罗清泉川资，当催授经径缴。）授经去东，仅来一函，亦甚寥寥。绶虽作迫急之论，而正文事仍未了。不特吾师寄售之书，即绶《熏习录》版，亦被牵连而去。（因授经将《楹书隅录》版归老谭，遂被一并取去，今方与索还。）此事绶僻在城西，究未识其真相，是谭错耶，是董错耶，总不应害及他人。绶亦数书为谭借去，今亦渺然。授经挟绶书数百元去，亦未寄价来。所谓两苑无福者。授兄将行前一日，（绶为之饯别，两人对酌）谭及宝瑞臣有毛钞《古文苑》九卷本，绝精，曾许二百四十圆末卖。谓伯宛为一《酒边集》且出二百卅元，吾书有三册，岂不能得重价。（授经告瑞臣云，此非宋人词比，若是宋、元词，自可博厚值。）……肃叩道安。昌绶谨上。十二月廿五夕。

《艺风堂友朋书札》（下）
（上海人民出版社2018年版）

二七

毛刻本从《近体乐府》出，恨其删移过甚，"六一词"三字竟是臆造。凡汲古刻本，大抵如此。绶凤持论，不屑与辨，得一佳本，即去毛刻一种，尚憾未能尽易耳。《琴趣》固多伪词，然宋人所引，往往在其中。《野客丛书》又有一证，再加搜集，必尚不少，故绶欲与宋本并刻也。

《艺风堂友朋书札》（下）
（上海人民出版社2018年版）

二八

艺风先生：

昨上书，想入览。……授经带来元刊《草堂诗余》，即上下各二卷本。拟觅便寄沪，求公饬人影写，因假自狩野，须早日交还也。其毛钞四本，今带来，原值五百两，已愿让归绶一并影刻，以竟鄙志。陶子麟只寄《近体乐府》一本来，尚有《琴趣》一本未到。吾师所寄放翁词，望催其动手。此三本外，现在尚有六七本，总望愈速愈妙。……敬叩道安。绶上。十月初九夕。

《艺风堂友朋书札》（下）

（上海人民出版社2018年版）

二九

再，此间风潮，想早有闻。……病中草成《尊前》《金奁》二跋，意谓《金奁》是宋人分调采录《花间》诸词，以供歌唱，并非伪本。（不必与《金荃》牵涠。）且其意欲为《尊前》之续，（中有某首已见《尊前》之语，《尊前》亦有宫。）此二种，拟用密行细字，附刻《花间》之后，唐五代词庶几完备。惟《尊前》无善本，丁氏有梅禹金抄，是否在金陵图书馆，吾师曾抄过否？（检尊藏目无此本。）或有别本，或于沪友中代觅，至祷至祷。（明知毛刻亦无甚谬误，只题下注稍可疑。但既驳顾梧芳，总求稍旧之本刻之，若依毛刻，未免贻笑矣。）授经《伽蓝记》云即可寄到，在京印《事实类苑》二十部，工本极贵，不能送人。将来宋元词全帙亦然。饶星舫有余力，可为绶影写《于湖词》四卷否？丁少裘在沪否？史馆中金仍珠为乃翁刻集，欲仿《花间》式，过于求工，实不合宜，今已动手。罗清泉只写十余叶，又虑目疾，饶、丁二君能为分写，最妙。便中求酌示……艺风师鉴。昌绶。七月廿八日。

近日又作《草堂诗余》一跋，备述各本源流，尚无心绪细改。

《艺风堂友朋书札》（下）

（上海人民出版社2018年版）

三〇

艺风吾师侍右：

别久话愈多，愈怕作书，懒人通例。……陶子麟来书，欧词二种许为速刻，《酒边集》已以二百卅元购致，（可谓奇昂，但绶注意觅之耳。）当寄武昌景写。（如饶能在沪多留，则寄交尊处督写，尤为妥便。）吾师又为影钞《芦川词》，合之放翁，可得五种。此志最殷，亟望观成也。……沤尹到沪，想常见。叔问词已为刻成五卷，新词需其自编，晚景偃蹇，良可念也。蘧六曾来晤，索助文艺杂志材料，竟无以应之，惟以定庵佚稿数卷塞责。冗次，率叩起居，不一一。昌绶谨上。八月廿九日。

《艺风堂友朋书札》（下）
（上海人民出版社2018年版）

三一

艺风夫子大人尊鉴：

数奉手谕，因近在大典筹备处，日常牵绊，未克详复。……仿宋元词，未刻者尚有《片玉》十卷，莪圃本为胜，而不能拆开影摹，只好用孙驾航本，而以莪本校补。又《花庵选》初本三卷，又《东山》残本一卷，即瞿氏物。又《后村》五十卷本中词二卷，图书馆有之，须二月后方能料理。莪跋又加数篇，（有洪幼琴，在厂肆见面，云尚可抄寄数篇。）现已清出全部，先刻一卷呈阅。只期式之得闲，半年必成书矣。近来竟无新得之书，佳墨亦少觏。吴佩伯竟以肺疾不起，失一劢书之友。抱存极有志收书，惜力量亦不充耳。……明日旧历除夕，仍不得闲。（虽缓办大典，处中仍有事。）灯下率泐，恭叩春祺。昌绶谨上。二月朔。

《艺风堂友朋书札》（下）
（上海人民出版社2018年版）

三二

艺风夫子大人尊鉴：

日前奉手教，欣审道履胜常。……词刻先以各种单行，明春方能印全部。（单行本，不相识者亦酌收价值矣。）沅叔得《凤林诗余》，拙刻只须抽换首尾二叶。抱存得陈注《片玉集》。（大约即半塘所见，尚未取来。）闻沪上有《唐宋诸贤绝妙词选》五卷，此即《花庵》之标目，恐非奇书也。瞿家尚有《于湖长短句》《乐府新声》二种未来，求一催。《于湖集》中词四卷已刻成，拟兼刻《长短句》。上年承示一本，为嘉道间人臆改，不能刻也。率泐，敬叩颐安。昌绶谨上。十一月廿九日。

《艺风堂友朋书札》（下）

（上海人民出版社2018年版）

三三

艺风吾师台鉴：

连奉两示，敬承一一。《草堂诗余》经师校定，至感至感。谓是宋人以应歌者，与鄙意正同，与周保绪说亦同。自《雅词》《花庵》《绝妙好词》以下诸选，始专以文藻为工。《花间》虽亦主词采，然唐人乐府之遗，仍以应歌为主也。此本刊成，可为世间一切传本《草堂》之冠。绶近将诸本录出一目，容再奉政。

甲、分前后集者。（此本最古。至正本以前未见著录，鄙意南宋必已有刻本，如王刻陈本之属。）

乙、就前后集合并者。

丙、去注别编者。以顾本为始，冒称出自宋刻，遂与分类前后集本歧途。

丁、改编三卷，或六卷者，或另加新集续集者。（此类最多最劣。）就所见已不下十余部，惟有一嘉靖本甚精，为王静安携往东洋，须候其抄序目行款来，始能编集。昔丁未岁已有此愿，今吾师提倡，当勉力撰成《草堂诗余各本异同考》，以俟裁择。如上举四例，似已略备。（天一阁目有五六种亦可采。）生平所见《花间集》亦不少，当另编一目。毛钞以孤本可贵，宋高僧诗绝精，索值二百元，至今未购定。绶只五册。孝先处诗多于词，内《石屏》《梅屋》二家，终当借刻。《古文苑》无福得之。《于湖》五卷是单行本，并有《拾遗》一卷，昔年授经抄以见贻。（瞿氏亦有抄本。）集本未见，故拳拳于宋椠，宋本既不可致，乞吾师觅人抄此四卷寄示，切恳切恳。（此类抄本词尚多，绶无暇料理，只得托古微刻之。夏映庵愿刻西江人词，绶亦许分赠。）陶子麟处，日内再寄二百圆，《芦川》《放翁》《凤林》诗余三种，须乞其速刻。继以元本《草堂诗余》，能于癸丑年内告竣最妙，求再设法促之。……

《艺风堂友朋书札》（下）

（上海人民出版社2018年版）

三四

有一联为寿，商诸式之，渠竟为代陈，皇恐皇恐。……君直前辈来书，韩氏有毛抄词九种：

《和石湖词》	《初寮词》
《空得词》	《知稼翁词》
《菊轩乐府》（不知何以无遁庵）	《东浦词》
《渭川居士词》	《竹屋痴语》
《侨庵诗余》	

以上九种，有《菊轩》是段氏《二妙集》中词，有《侨庵》是明初人李祯昌祺之作，其非影宋元本可知。但其中或有出影宋者，可否属饶星舫姑往一看，是否须影摹，抑只须照录，篇叶并不多，即今年办不了，明春再办亦可。但君直在彼，机不可失耳。韩氏有宋绍兴本《临川集》，其中《歌曲》一卷，寥寥数叶，饶去能影摹尤妙。

沤尹日前来书，抄示茝跋数通，不知从何来，如晤幸道谢。茝跋全仗式之一手经营，现方清抄一本，成书不易如此。遵谕留补遗一条路，免得日久悬望。弟总怪自己匆忙，不能静心办书。

《艺风堂友朋书札》（下）

（上海人民出版社2018年版）

三五

艺风师鉴：

迭奉手示，并式之转寄《百宋书录》《竹山》《静修》词，一一领悉。……邓孝先见假《石屏长短句》《梅屋诗余》，此真破例相助，不得不郑重视之，今奉上，请嘱饶星舫赶为摹写。（不可动其原装。）共只十七叶，谅不需多日，（能摹卷首四印、未尾二印，尤妙。）写成，即连原本交来人带回，由绥自校，付武昌上版。邓书约二旬归还，故巫巫派人专送也。（来仆归时，有目录金石书可刻者，或昔人残稿，乞惜阅一二。项匆匆遣人，未及告式之，想伊已有函复。）《可斋词》七卷，字数甚多，寄存尊处，托饶君影写。此绶自己之物，不妨从容为之，但以精工为要。（有原序二叶，宜依式摹存，此册可拆开写，中缝悉依旧式。）《山谷词》一册，附奉一览，中间缺字乞补足。饶君有暇，亦即为摹一本。……同业弟子吴昌绶谨肃。新历八月廿四日。

《艺风堂友朋书札》（下）

（上海人民出版社2018年版）

三六

艺风师尊右：

奉示，敬悉颐卫康安，欣慰无似。绶近来路事烦劳十倍，病体亦加十倍。蒲柳向衰，酒已大退。结习所在，独买书与刻词耳。连日到晚，辄作潮热，晨间热退，则手足皆疲乏，但仍困于笔舌，舌尤费力，今晚稍好，谨复数行。《山谷》交古微甚善，容将写本寄还，乞连嘉靖本付之。绶因《琴趣》目次，故思汇刊，既无原本，自不宜以他本羼杂也。《花间》敝藏虽不佳，字尚清晰，容检呈，趁饶星舫有暇写成为妙。……匆肃，即叩台安。昌绶谨上。十一月十一日。

《艺风堂友朋书札》（下）

（上海人民出版社2018年版）

三七

项抄得图书馆《东坡乐府》下卷，乃姚家物，有棣亭印，与半塘所刻海源阁延祐本行款悉合。但有宋讳缺笔处，意此抄出宋旧椠，而延祐摹刻，同出一源。虽只下册拟亦刻之，可否？（海源元本不易影得。）《竹山》《静修》闻古微抄去，亦归伊汇刻何如？倘晤面望一商。绶未尝不欲刻，但与各种体例稍别。（绶现所决定各种，拟先辑一目，印单张，以质同人。）昨买得李齐贤《益斋乱稿》，有长短句一卷，已写刻。此元时之高丽人，词亦不坏。绶已刻一道士词，（《云山》也。尚有数种，皆道家言，嫌其无用。）女人词被半塘刻去，亦乏佳本。和尚词无专集，除非绶身后有人为我刻之。此外国人稍别致，聊傲古微。（尊意以为如何。）书衡将北来，而沅叔欲南游，当可代通问讯。绶既忙且病，兴致不衰，亦以此颂吾师。每托式之为达下怀，想察及。小词一首，附笑。

《艺风堂友朋书札》（下）

（上海人民出版社2018年版）

三八

叔蕴寄来传校顾涧薲本《洛阳伽蓝记》，与如隐本仍不甚合，不知瞿本如何。此书及《东山词》《天下同文》《乐府新声》，能挨次钞示，最盼。《于湖》宋本归袁抱存，其夫人为影摹词集，已来两卷，重写一过，可上版矣。书此报慰。绶痰病气痛不能免，余无他苦。

《艺风堂友朋书札》（下）

（上海人民出版社2018年版）

三九

《于湖长短句》，昔有校定五卷（即瞿氏本）。附拾遗本，恨未见全集。授经所收《南词》，有《于湖》二卷，心知其从集本出，（汲古是《花庵》选本先刻，而后据五卷本补全者。）但抄本阙长调，故疑少一卷。（此臆度之词，屡询友朋，未得全集。）今来示集本四卷，则前二卷皆长调也。景朴孙居奇，宋椠必欲售数千元，绶曾发愤以千元收之，迄不成。如尊藏四卷可抄示，或借校，则嘉惠不啻千金矣。

《艺风堂友朋书札》（下）

（上海人民出版社2018年版）

四〇

艺风师鉴：

心烦事冗，多日未寄书，想荷垂谅。……傅沅叔买得明弘治高丽本《遗山乐府》三卷，（绶所有凌本一卷、《新乐府》五卷，此本篇题较详多，可补两本之阙，实孤本之可贵者。）与各家著录不同，且有遗山自序，绶已写样，在京付刻，只八九十叶，成之不难。至正《草堂》，承代校写，乞将其版式画一格纸寄下。（如何写法，并见示。郑叔进代写廿余叶，已寄陶刻。）俗务稍清，再当详陈。肃叩道安。昌绶启。一月廿八日。

《艺风堂友朋书札》（下）

（上海人民出版社2018年版）

四一

《于湖词》五卷、拾遗一卷（一百七十四首），绶有校抄本。（此事在七八年前。）毛刻篇数相同。（一百八十一首，内复一首。）所不合者，毛先刻廿四首，后删去别刻耳。（此词绶与古微屡校，心知其详。）又见旧抄一残本，只百五十四首，但已比宋乾道本多四十首，次序不合。心久疑为集本。授经屡云集本无词，遂置不论。及闻意园书散出，有宋本《于湖集》，绶欲买之，为景朴孙所据，索四千金。绶给价千五百元，未成，于是神游目想于集中四卷之词，吾师可借阅或抄示，感荷无极。绶但欲一观，即可刻成。

《艺风堂友朋书札》（下）

（上海人民出版社2018年版）

四二

艺风吾师尊鉴：

日前奉复一函，想察入。陶子麟有信，谓《芦川》将刻成，未知饶星舫能到沪写《草堂诗余》否？此本虽不精，然是《草堂》最初本，（据今所见而言。）总求吾师督工精写先刻，与《凤林》合成双璧，亦佳事也。宋、元本词，约十四五种，郑叔进为写面叶甚工，陶工刻成必寄阅。拙刻不著一姓名，并无校记，只存各旧本形式，将来如有序跋校勘，不妨另刻一册，想吾师必以为然。惟刻成需时，今年拟先印三四种，分赠同好。（随庵十种，自题签及后记，色色求传名，未免矫揉造作，知吾师亦不得已而勉徇之。今专反其例，如尊刻数种极雅饬，私愿附骥。）沪上诸君，雅意刊书，若多聚良工，绶愿移在京欲刻之书，以就沪刻，请古微兼任，而归公核正。（京中刻工日稀，迟误不可言状。）自顾力量菲薄，学公三百千之说，（古微先生亦云然。）每年交陶工所刻外，别筹二三百元以刻通行字之小种，以《遗山》三卷为起点。如古微在沪，求共商之，诸恃两公垂拂，感且不朽。绶俗累身弱，学殖行能，不足齿数，拼命刻书，所成就亦有限，惟怜而鉴之。率叩道安。昌绶启上。二月廿七夕。

《艺风堂友朋书札》（下）

（上海人民出版社2018年版）

四三

初得《草堂诗余》荆聚本，不详为何人。嗣《雍熙乐府》有嘉靖丙寅中秋安肃春山序云：予生长中年，早入内禁。以此互证，知是一内监。未识他有可考否？（静安所得嘉靖本甚精，如通信之便可询之。但摹刻至正本，有洪武、嘉靖二本足矣。）

《艺风堂友朋书札》（下）

（上海人民出版社2018年版）

四四

艺风师鉴：

顷奉手教诵悉。赵浣荪兄来京，定可握晤，借问履祺。《于湖词》抄寄极感。绶兼有各本，惟《南词》本明知抄自集中，而少一卷，迄今耿耿。倘得全本，与宋乾道本相校，即可付刻。此事只得与《遗山》三卷同托古微，不知能相助否？……余再奉复，敬叩道安。昌绶启上。三月七日。

《艺风堂友朋书札》（下）

（上海人民出版社2018年版）

四五

艺风师赐鉴：

此次景模宋词虽多，然皆南渡后本。闻潘文勤旧藏《淮海长短句》残帙，是北宋本，曾乞古微借摹未果。吾师可否婉商仲午先生，用一好手景写，决不伤碍原书。如何重酬，绥均情愿，若肯见让，不妨厚价，至为企切。此叩道安。昌绥谨启。三月十一日。

灵鹣所遗，尚有一二旧刻词否？西蠡故物如何？南中友朋晤时，乞留意商假。

宋刻《清虚》二种，交古微介弟闰生，携以奉赠。

《艺风堂友朋书札》（下）

（上海人民出版社2018年版）

四六

艺风师尊右：

昨正寄一函，今日赵浣兄来，适绥病卧。……《于湖词》本末，另纸呈鉴。尊处抄本，当从《四库》出，"膻腥"改"戈兵"，"毡乡"改"围场"，"虏尘"改"边尘"，此不顾文理，死要避讳，此外恐尚不少。但景宋本亦多误，集本有稍胜处，今如付刻，用集本为正，补以景宋本乎，抑倒转来补之乎？绥意若果得五卷本覆刊，则以集补之，若不得好景宋本，则仍用集本四卷，而以景宋补附为妙。求教示。（汲古多出四首，容一一寻其娘家附后，如景朴孙宋本到手，则大刻特刻，更不待言。）三月十二日，昌绥谨上。

《艺风堂友朋书札》（下）

（上海人民出版社2018年版）

四七

昔年授经得传抄乾道本《于湖长短句》五卷、拾遗一卷，（即从瞿氏、朱氏本出。）因以所收《南词》中《于湖词》对校，为补遗一卷，并录见寄。时绥尚在沪，比到京见《南词》本，覆核再四，私计此即集本。但求全集，杳不可得。今始蒙抄示，则果不出所料。

《南词》所据集本缺一卷，故授经所补尚未全，今得四卷，再核其源流本末，皆了然矣。

集本一百八十二首，应据景宋本补卅七首，汲古本补四首，共为二百二十三首，方始完备。（汲古四首既不见集中，又不见景宋，颇可疑。顷从《全芳备祖》检得一首，余三首尚未知所由来，或即《花庵》所选，俟再考之。）

景宋乾道本一百七十四首，应据集本补四十五首，汲古本补四首，共为二百二十三首，亦成完本。（汲古本多六首，集中已有二首。）

此今日细心斟核，而得两本互异如此。

汲古本初就《花庵词选》刻一卷，与所刻白石同例。后得乾道本补足，毛氏始终未见全集。

今宋本全集虽在京，绶亦未见，其陋与汲古正同。赖吾师之抄示，乃定此案，蓄疑殆十年矣。

《艺风堂友朋书札》（下）

（上海人民出版社2018年版）

四八

艺风吾师尊右：

今日奉示敬承。夏闰翁夫人闻由新丰船来，所寄书当可交下。未知城外住处，无从往取，俟收到当分寄式之也。垂示用纸各名目，至感。（粤纸非此种，绶已托人觅，尚未来，但只可抄书，不能印书。）培老造纸，惜不能成，不知沪上尚可买否？古微得《须溪词》，不知是旧抄否？绶有一本，昔年石莲翁代向丁家抄得，今已连《养吾斋诗余》寄与古微，属其写刻，亦足寓沧桑之慨。《遗山词》三卷，古微在苏，已交穆工写样，写成后属其奉阅，原本须还沅叔。此间入春以来颇晴暖，闻南中转有雨雪。近来道履，知益佳胜，慰甚慰甚。《清虚》五册，即日寄津，但须俟下班新丰船，方可带沪。新丰仍是孙端甫，可常带件也。率叩台安。昌绶敬上。三月十五夕。

《艺风堂友朋书札》（下）

（上海人民出版社2018年版）

四九

艺风师侍右:

屡奉手谕,日思作复,心烦事冗,谨撮大要先陈之。……子麟处,前印四种外,已成《闲斋琴趣》一册、《可斋》一册、《草堂》二册、《凤林书院》二册,此种刻甚劣,底本亦不好,均由式之手校,《石屏》、《梅屋》一册,《云山》一册。未到者,《酒边》一册、《晁氏琴趣》一册,前后已十四册。本可汇印,惟式之校过诸条,有非面说不明者,拟函属子麟派一妥人来京,一一详告,使其回鄂修版,即行刷印,庶不辜吾师连年赞成之盛意。绶于买词刻词,绝无退步,祈勿念。……敬叩起居,绶谨上。

景朴孙处《于湖集》宋本,精甚,但索值千五百元。今年穷薄,无此资本,俟缓筹之。

《艺风堂友朋书札》(下)

(上海人民出版社2018年版)

五〇

授经来函,云法人伯希和又寄影片四百八叶,中多佚籍……前曾奉告,绶思得《御览》《于湖》,终难遂愿,曷胜怅然。近来都下无新出好书,河南友人来谓有旧书单,未寄到。陶子麟想已回武昌,此间索新刻者,颇不可却,《芦川词》如校成,祈即寄与。拟将欧公二种、《放翁》《芦川》先印廿部,《酒边》、二晁均早寄武昌,当可影出。《凤林》闻已刻,元本《草堂》想须冬间方成。有一元刻道士词,据云已影好上版。今在绶处未寄者,只《可斋》七卷,字太精细,恐今年不能刻。《于湖》宋本如买成,合上得十二种。孝先处《梅屋》《石屏》、潘家《淮海》三种,真如海上三山,渺不可即。《无住词注》,昔年向恽薇孙借鲍钞,照录一本,此宋本在何处,能影写甚佳。《鹤山》宋本恐难影摹,绶只有校宋本,孝章处有宋、元词可借否?

《艺风堂友朋书札》(下)

(上海人民出版社2018年版)

五一

《宾退录》除承赐一部外，余均寄交式之，而友人中有索取者，当从式之取回，另行缴价。《魏鹤山词》，绶昔年得查莲坡家钞本，陈对鸥校之，劳巽卿又校之。绶见安氏活字本重校，始知原钞亦据安本，而有缺叶。绶所见安本，虽亦缺叶，适可互补。补成后，寄古微，即吾师前年所云古微往南京校阅一日者也。今宋本既在师处，千万付饶星舫影写。（寄与钞本核定，再刻。）

《艺风堂友朋书札》（下）

（上海人民出版社2018年版）

五二

弘治高丽本《遗山乐府》三卷，及五卷本、一卷本，均已寄古微，求其代为校写，于南中刻之。吾师见古微，即知其详。三卷本绝精，惜不能影摹。此种总恳二君代为料理，不能让与别人。原本并须早日还沅叔也。至祷至企。（沤公来，幸转达。）

《艺风堂友朋书札》（下）

（上海人民出版社2018年版）

五三

嘉靖宁州本《山谷集》，尊处有否？昔年授经得此本，中词一卷，（连目卅九叶。）有劳巽卿印，而非其手校。其朱笔以《山谷琴趣》三卷次第，与异字一一疏记。（《山谷琴趣》，绶从未见过，不知世有传本者。）其墨笔乃传校何小山本。（康熙戊戌闰八月，假马寒中所藏张南伯钞本校，惜张本非全书，《琴趣》《雅词》耳。小山何仲子记。）授经早易他书，今日绶以十金收回，似可摹刻。但中有版刻模糊处，如吾师有佳本可补，当寄沪影写。《山谷词》有更古于此本者否？便中求教示，至盼。

《于湖集》索价二千五百元，绶还过千四百，沅叔还过一千，皆不成。今亦无闲款餍景朴孙之欲，只好听之。

《艺风堂友朋书札》（下）

（上海人民出版社2018年版）

五四

《于湖先生长短句》五卷、拾遗一卷。

陈应行、汤衡序，各本均从乾道刻本出。

瞿目、朱目、孙子潇跋，皆此本。

《于湖词》四卷，即公见示集本。（或集本称"乐府"？幸示。）

张词大约只此二本，毛本先后舛错，绶所见是残本，均不足据。绶拟并刻前二本，（因各异，未能合二为一。）故欲一见，如不能寄，即就沪上先为写宋字样本，可否？

《艺风堂友朋书札》（下）

（上海人民出版社2018年版）

五五

艺风师鉴：

今日奉示，深慰遥盼。冗次未及详复，谨陈数事如下：李曾伯词写成，祈即寄鄂。陶近有信，并寄印样来。《山谷词》承许以钞校本寄阅，甚善。《花间》如有明覆宋本之初印者，乞即代购，价贵不妨，候示寄缴。绶有一本，尚嫌不精，如白绵纸厚，能即上版刻否？此外更有善本否？（绶积《花间》《草堂》甚多，但不惬意。）……率复，顺叩颐安。绶谨复。十月十七夕。

《艺风堂友朋书札》（下）

（上海人民出版社2018年版）

五六

艺风吾师尊鉴：

奉示，欣审履候加安，至慰至慰。《山谷词》钞本，韩、饶集照收。（祈代谢子培先生，所需拙刻，日内先寄四种，余印出续呈。）

《山谷》抄本幸详示其源流，既与《琴趣》同是出旧本之据，但与绶景刊之例稍异，可否赐撰一跋，付饶精写，作为单刻附行之本。《花间》善本可购否？否则当以敝藏奉上，交饶精写，面以尊藏校之。或径以敝藏上版翻刻可否？《凤林》三卷，已交式之取沅叔本校过寄鄂。《竹山》《静修》亦俟校正寄鄂。冗中不及多述，敬叩颐安。昌绶谨上。十月三十日。

《艺风堂友朋书札》（下）

（上海人民出版社2018年版）

五七

承借各种，容觅便一并寄缴。……图书馆有姚家散出《东坡乐府》，惜只下卷，有棟亭印，与敝藏诸《琴趣》正同。今已觅工影成，拟即以残本上版。馆中《后村》宋本，有词三卷，亦思抄刻。（沅叔寻得一写手，每百字铜元十一枚。《东坡词》，三十余叶，已费十元。沅所景《东坡和陶诗》，亦如是。）

《艺风堂友朋书札》（下）

（上海人民出版社2018年版）

五八

《山谷词》一册，遵示寄览。（昔为授经所有，今以十金收回。）墨笔录何小山校本，朱笔从《琴趣》校，不知何时人所为。棟亭目亦有《山谷琴趣》，当与绶所得欧公、二晁（亦有棟亭印）同式，或未绝于世间也。《大全集》既不可得，拟即以此本仿刊，第四及十七等叶有模糊处，请以尊藏代为补全。《于湖长短句》以昔年授经传钞本，属式之细校。董本固多误，而此本臆改尤甚。（自李子仙以下，各家递有改字，原跋固不讳也。）题下注缺三十余条，有以毛本硬改者，殊非乾道本之旧，势难付刻。今宋本《于湖集》尚有可得之望，拟舍此就彼，或得校瞿氏本，方能并刊。

《艺风堂友朋书札》（下）

（上海人民出版社2018年版）

五九

中无大雅宏达，提挈纲领者，是所望于师座也。……绶仿宋、元词，均先出单行本，全部须夏间方成。寒云得孙驾航所藏陈元龙注《片玉词》十卷（实南宋佳刻），后又得茞圃所藏一本更精，又得毛钞《唐宋诸贤绝妙词选》，看其名似《花庵》，而实不同，当是黄叔旸之初稿，前人无言及者。此二种均要绶刊行，今暂无暇。（一无写手，二刻工正忙，三力量不及。）沅叔《凤林诗余》，与拙刻无大异，只须改刻首尾二叶足矣。都中书值奇昂，绶久不染指，惟略收明清佳墨，俟我师来审定。又以四百元买一龚定庵手写诗卷，外人闻之，必骇诧也。如《片玉》《花庵》《凤林》，皆自南来，不知南中诸君何以弃之如遗。闻刘翰怡为革命党要索，逃跑租界，此辈横行，何不设法捕获，否则海滨亦非乐土矣。《伽蓝记》底本在绶处，如石印难补，即景一纸奉上。《孙樵集》绶处无之，絧斋不出，想为乃翁所管束，其实史馆是应办之事，何必固执。书至此，体又不适，余容续陈。肃叩新喜。昌绶谨上。一月三日。

《艺风堂友朋书札》（下）

（上海人民出版社2018年版）

六〇

艺风夫子大人尊右：

垂示各条，至可笑叹。……《草窗韵语》，古微来书，张氏肯出千元。绶意非二千不可，今日当与授经商之。此间亦有愿购者，不过《草窗》孤本，总归湖州人为是。到南中景刻亦大佳，乞吾师提倡之。

《艺风堂友朋书札》（下）

（上海人民出版社2018年版）

六一

居京师十年，出入必见万松老人塔，五易其居，未尝离塔影也。彊村作《校词图》，绶刻而不校，不敢居其名，拟作《松邻词事图》。

（或云"词馆"固不妥，作"精舍"亦含混。）求吾师定之。大概欲以所刻诸词，各缀本末，备书卷中。吾师实倡导之，求赐一诗，或记数语。（容寄纸请书）……

《艺风堂友朋书札》（下）

（上海人民出版社2018年版）

六二

连日侍谈，至为快慰。词目求审定先后次序，但如此办法，非待各种刻完，不能印全部，为时太久。奇穷之际，极欲早印早售，或分作两集，如何？旦夕当诣商。小诗附鉴。绶望日移居，二十左右可略整理。式之云三日内来京，已属带莅跋来。肃上艺风夫子大人。昌绶。九夕。

《艺风堂友朋书札》（下）

（上海人民出版社2018年版）

六三

艺风夫子大人尊右：

久疏笺记。……绶词版既卖与兰泉，授兄为续刊，亦称盛举。森玉言抱存《片玉》二种，吾师曾有影抄，且许借刻，（《片玉》一事，绶最所痛心。昔年抱存夫人曾代影至三四卷，绶刻而未成，迨中途辍功，绶亦不欲再刻他词。今授兄所办，断不及我，若刻《片玉》二种，固所望也。）授经属代求，能即为寄京否？影抄之费若干，当照缴。愚见只能再摹一过，否则上版后无从覆检，此事请即赐复为叩。绶身兼多事，病不加甚，而穷过于昔，今年绝未买一物。今授经之石，沅叔之书，日异月新，（二人亦穷甚，嗜好累人如是。）吾师春暖来游，一加循览，最所企望。肃叩岁釐，不罄缕缕。受业昌绶谨上。廿八日。

《艺风堂友朋书札》（下）

（上海人民出版社2018年版）

六四

《天游阁集》诗四卷、词四卷、宋词选一卷。

究斋先生近得《天游阁集》，题太清西林春著，凡诗五卷，中缺第四卷，余亦多有割裂，盖当日手订稿本也。合其词集，装成四册，珍重假观。案太清与明善主人，同生于嘉庆四年己未，主人生朝为上元后一日，太清更在前数日。诗集纪年始於丙戌，乃道光六年，年二十八。至十八年戊戌，主人薨逝，年政四十，诗至二十二年壬寅止，则太清年四十四矣。其事实多见集中，惟卒年无考。此本未知曾刊行否。诗注述南谷墓庐事，云主人皆有诗，载《明善堂流水编》第十五卷，向曾闻有传本，记俟搜访。宣统己酉春日，甘逎志。

甘逎村萌校定《天游阁词》，曰《东海渔歌》者，旧凡四卷，今佚其一，而首卷篇叶特多，因为分析，以足原卷之数。中有〔金缕曲〕，为阮相国题宋本《金石录》，其后半云："南渡君臣荒唐甚，谁写乱离怀抱。抱遗憾，讹言颠倒。赖有先生为昭雪，算生年特纪伊人老。"自注：相传易安改适事，相国及静春居刘夫人辨之最详，三复斯言，悄然兴感。夫以幽栖居士，蒙侠女之讥；惠斋夫人，腾棋客之谤。才媛不幸，大抵如斯。异代相怜，端在同病。如易安者，汴京故家，建炎命妇，流离多难，已逾四旬，喘息仅存，惟欠一死，庸讵贻羞多露，腼汗下堂。迹彼谰言，徒乖雅道，敬援风人托兴之旨，以助前哲辨诬之论。后有览者，当鉴其衷。宣统纪元己酉三月，京师寓庐写记。

右太清女士所录宋人词，题曰《天游阁文选》，今存一卷。

案：诗集中有"既选宋词三卷，遂以词中七言句集为三十八绝"云云，知此本亦残稿也。详其抉择之旨，颇与自来选家异趋，遥情深致，殆不可及。双照楼主读竟附记。

《艺风堂友朋书札》（下）

（上海人民出版社2018年版）

六五

艺风先生命写官景模欧公词宋本见示，外袭故纸，乃光绪七年闰七月之《申报》也。昌绥少小从宦，年十三回里，初识西湖，会值国恤，是月甫入试，为诸生第一。回思薄植，摇落无成，殆逊此纸之遭遇矣。戏呈四诗，以博一噱。

葫芦内藏汉书稿，纸裹中翻盐角儿。低徊卅一年前物，是我垂髫入泮时。

曾向南湘见二姚，剩挥残泪说无憀。美人如此匆匆尽，浩劫风花一例销。（报中有"湘灵馆名花十友诗"，其清友、净友，即所语二姚也。李迎子者，曾以事牵连，登奏牍。）

波弋荃蘪异国香，宫腰纤弱卷霓裳。梦魂醉玉都陈迹，我亦踟躇望大荒。（此别有指目，借其韵友一诗发之。杂用蔡伯坚、赵献之词意。）

新名词苦效伊优，谁识承平故态留。文字尚尊心未死，聊将近古誉西欧。（有一文题曰《泰西风俗近古说》。）

宣统辛亥闰六月，昌绶。

王晦叔谓双调〔盐角儿令〕，欧阳永叔尝制词。今案《近体乐府》未录，独见于《醉翁琴趣》中，知《琴趣》别出诸篇，纵复不类，亦必有所本也。附记。

《艺风堂友朋书札》（下）

（上海人民出版社2018年版）

致王国维（三八通）

一

《词录》之成，非藉手雅材，不克集事，弟当尽括所存为助。《大声集》辑本奉上，未审尚可增补否？凡辑本可汇刊一帙，如公之《后村》、鹤亭之《冠柳》、吕幼舲之《东莱先生词》（吕本中），弟尚有数种也。万俟多新声，田为附之，求公是正为荷。外格纸请转乞叔韫兄写"麋榢词"三字。日前面交之纸恐忘却也。敬上静庵先生公安。

弟昌绶顿首

初一

国家图书馆古籍馆编《国家图书馆藏王国维往还书信集》

（中华书局2017年版）

二

顷为公思得一法，专搜五代唐宋元人词之遗佚者。凡有集者不采，见于《花间》《尊前》《草堂》、凤林书院诸选者亦不采，（以元人选本为断。）譬如孙渊如辑《续古文苑》既不收本集，并不收《文选》《文苑英华》。如此即路径较窄于古人，甚有功惠广异闻，但须别辑词家故事为一书（仿计□《纪事》例），如何？石刻诸词，弟当助力；杂家小说，全恃博征。

静兄大人

弟遁顿首

十九

《国家图书馆藏王国维往还书信集》

（中华书局2017年版）

三

《花草粹编》，思之十余年，公竟购得，欣贺，欣贺！东山佚词幸即检之。《宋史》照收。芗林生元丰八年，卒年六十八。可为作谱矣。

人间先生

绥上

初十日

叔韫《草堂诗余》及公另收一本。便中兄假一查。

《国家图书馆藏王国维往还书信集》

（中华书局2017年版）

四

复示敬承。《花草粹编》本授经（十六来此）求代借阅，既送去，甚妙。弟谓此是《历代诗余》底本，若欲重刻，不如觅金孝廉校注（江宁图书馆有之）为是。刻此无谓。公以一夕之功，写定新著付钞，甚佩！弟所诤皆虚，字小也抵牾，特连夕构画，作一跋尾，未成，荒落可愧。余再面罄。

静安我兄

弟绶叩

十九夕

《国家图书馆藏王国维往还书信集》

（中华书局2017年版）

五

奉读尊著，鳌然有当于心，钦叩无似。《词话》称美稼轩，与鄙意正同。南渡以后，词家针屡日密，天真日阒，赖此一派，能自树立。如于湖、履斋、石湖、南涧，其胸襟气象固非村学究所能知，亦非江湖文士所能办也。惟《梦窗》四卷，尚祈更一审之。《南唐二主词》乃汲古写定未刻之本，中多附注，尚是宋人之旧（侯刻即出此本）。似当据以为主（《全唐诗》不甚可信），再取他书校补。《南词》本同出一源，今以呈览辑本词二册，读竟附缴叔韫先生。赐书封面，乞先致谢。星期午后如暇，必趋前聆教，惟恐为车阻。如三钟不来，请公勿候。

弟所抄小山小令在南中。此间有一巾箱本，容向友人询之，不知在手头否？翰文各书大约伯揆、授经取去，弟未携归也。此请

人间先生道安

弟甘遁顿首

初四

《国家图书馆藏王国维往还书信集》

（中华书局2017年版）

六

格纸二种送存尊处。叔韫所得元人词，即请觅写手代录。润资照缴。公《词话》能多作百十条否？当并大稿代为印行也。

静兄阁下

甘遁叩上

廿六

《国家图书馆藏王国维往还书信集》

（中华书局2017年版）

七

静兄大人阁下:

今日承顾,适他公未谒。蒙购抄词目,感感。弟当照录一过,补其未备。曾有函向古微索尊著及《后村词》,尚未寄到。弟小病初愈,手头杂事极多,未易清理。如晤韫老,乞为致念。天气渐凉,当可谋小叙也。此谢,即请公安。

弟昌绥顿首

七月杪

《国家图书馆藏王国维往还书信集》

(中华书局2017年版)

八

连日碌碌,又小恙。惠示未即作答,罪甚。沈君欲刻词当以曾见著录者为佳,如《南唐二主词》见《直斋书录解题》。今以重刻候本奉上。又《王周士词》见阮文达经进书目,向无刻本,今以传抄樊榭手写本奉上。至弟所聚,虽大率未经校雠,暂难付刊。鄙藏未携来京,明人词手头无之,只有《玉樊堂》一册,抄本太劣,不知可审正否?孟载《眉庵词》、季叟《扣舷集》《青田词》,及弇州、升庵、湘真,若尽刻之,亦嘉事也。《四部稿》可借抄,余皆未见。朱氏书目尚须重定,不足观也。此上静安先生。

弟绥顿首

初九

《国家图书馆藏王国维往还书信集》

(中华书局2017年版)

九

昨借得史忠定《鄮峰真隐漫录》,有《乐府》四卷,前二卷题曰"大曲",备纪声容(大都舞曲),节奏似为罕见。后二卷词亦甚佳。顷方饬人赶抄,公有暇今日下午过我一观,何如?

人间先生

弟绥叩

二十日

《国家图书馆藏王国维往还书信集》

（中华书局2017年版）

一〇

尊著融会群言，断制精审，且发撝尽致，实有禆古学之书。公于斯事，洵称绝诣，非浅陋所敢献疑。惟愚见求稍删易新名词，更为雅赡。狂妄之论毕，垂恕。

人间先生

弟绥叩

廿一日

《国家图书馆藏王国维往还书信集》

（中华书局2017年版）

一一

日本书目求即代检。送上张约斋词，并《全芳备祖》，似可补出不少。惟〔兰陵王〕《荷花》一首原缺三句，《词综》因之，无从来补。此种校出，请即付抄。又芟林词亦新校出，将来竟定名为"唐宋金元二百四十家词"，与公各存一分何如？

人间先生

绥叩　顿首

《国家图书馆藏王国维往还书信集》

（中华书局2017年版）

一二

静庵我兄阁下：

弟自前月廿六发热，胸膈积暑，有两星期未出门，承顾失迓，罪甚！《全芳备祖》自伯夔所沮，迄未抄毕。《翰墨全书》《群书截江网》尚有可抄。祈共留意。昨宝瑞臣、刘仲鲁约什刹海作古书会。勉强赴之，又遭大风雨，人极不适。俟稍安，当趋叩道歉。尊论极是。《杜寿域》尚须细考，其中〔折红梅〕一词，乃吴感所作。公谓此人必娴音律，能唱各人词，洵然。《湖山类稿》已抄出，奉阅。有遗词乞补入。余面谈。此请道安。

小弟　昌绶顿首

十七

《国家图书馆藏王国维往还书信集》

（中华书局2017年版）

一三

《全芳备祖》抄出词四册，并原书二册，昨蒙许为代阅，只期大段无讹，劳所旁注，不必拘泥。阅毕可交还授经也。此上

静兄大人

弟绶顿首

初八

《国家图书馆藏王国维往还书信集》

（中华书局2017年版）

一四

静安先生阁下：

弟二十日拟往新保安鸡鸣山矿，一为查看（约三四日方归）。星期之约只好展至廿八，敬求我兄先将毛、王及拙辑词名写出，（能稍依时代更妙，凡辑本皆去之。）行次略宽，不书卷数，俾可次第补填。此事非以大力不可。弟实愧孤陋。（意题曰"双照楼所收宋金元人词目"，每种下注某刻某抄。本思将弟所有尽呈兄处，因有数十种为授经取走，在家在学堂一时难检，非面与公谈不能尽详其来历也。）将来亦为尊著之一。幸赐垂意。

弟绶顿首

十八夕

《国家图书馆藏王国维往还书信集》

（中华书局2017年版）

一五

静兄阁下：

前一星期预备往矿山察阅，乃以大风阻行，并失尊约，歉歉。昨韫公来谈，托为转致，想垂照。词目曾属草否？明日弟须往东城，又不克相商，奈何。弟意欲求公先作一稿，只书词名，不加卷数，以便补填。在弟旧目外者可补于后，只分朝代，不分次序，但以毛、王已刻居前。有别本即注于下，未知可否？求裁夺。感感。此请大安。

《曲录》感感，印价务请示下照缴。此上

静兄大人

弟绶顿首

廿七

此纸便于写目录，附上少许，乞查入。

《国家图书馆藏王国维往还书信集》

（中华书局2017年版）

一六

手示快读。（烟卷十包、皮酒四瓶附上。公于皮酒似相宜。如要，来取可也。）柳词经大校，精审无伦。又垂示劳跋，俾得成编。盛德闳业，感佩感佩！《文学通论》亟求落墨。通人之旨，迥胜凡近，有裨晚季学人。暇幸顾我一聆绪论。……

人间先生阁下

弟绶叩头

初八

《国家图书馆藏王国维往还书信集》

（中华书局2017年版）

一七

手示拜悉。弟虽不往城外及绿柳庄，而各事有须调度者，连日亦不得闲。上星期有愆尊约，歉歉！

夔一处容询之。《南唐二主词》论定极当。（祈作一跋，此外所得可作补遗。）《姑溪词》请公改补。弟于汲古所刻均思有以易之

（可易者约三十余家），正拟作一目录，备记各本异同，此亦一家也。梦窗词诚如尊论，惟词体至此已数百年，天真之后不能免人事，性灵之中不能不讲功夫，能深入乃能显出，则梦窗超然独异，非西麓、玉田一辈比矣。白石近疏瘦，梦窗近绵肥。友人中郑叔问与古微分学之。古微学词在我后，则成佛在后，升天在先者，其专挚不可及。此二人洵畏友，然亦各有流弊。（专意振朱、厉、郭之颓风，又不欲强附常州流派，遂成此面目，走故从而敛手。）走之尊梦窗者正所以儆古微。此说甚长，容面陈之。

静庵先生，答匆次，语不检拾，恕之。

昌绶叩头　顿首
《国家图书馆藏王国维往还书信集》
（中华书局2017年版）

一八

顷惠顾，弟适倦卧，因便下惨涩，人甚疲困，失迓，歉歉。

《梅苑》诚如精鉴，其中缺字，按之曹本，皆系后添，亦一谬也。（《吟咏》一首虽多出，而实与《望梅》互错。）惟有数处被妄人依曹本擅改，（如"人人"改"才人"之类。）可恨！温陵一印似真而可疑。小重山馆胡笛江乃嘉庆间海盐钱梦庐之婿，此书似从浙中来。公是否欲留之？如不留，弟拟畀以卅元，不知肯易否？姑为交与试之（如不敷再找补）。费神，感感！若公要留，好在同一收下也。另写一纸奉呈。

静翁先生

弟绶顿首
《国家图书馆藏王国维往还书信集》
（中华书局2017年版）

一九

史忠定词略校一过，句读谬误甚多，误字亦未能正。求公细阅改定。尚需饬人重录。拟集一二十家付印，并求赐跋如何？

中国古典词学
新辑词学珍稀文献丛刊

人间先生

绥叩

廿一晚

《国家图书馆藏王国维往还书信集》

（中华书局2017年版）

二〇

汲古目中所注原几卷？弟处无此目，共有几处，幸为记出。

复读尊制，为斯道起衰，绵至之思、高浑之笔，倾佩曷已。窃不自量，妄有吹求，想不为罪。望早日加之研削，写定一本，弟愿代刊，何如？格纸《山谷词》奉上，又郑叔问词写本刻本三册，请鉴。《姑溪词》俟钞出再缴。《平园近体乐府》毛本大谬，今附上，公可校入汲古本也。《山谷词》亦祈校对。《琴趣》亦旧本，盍依劳本所注，别钞一目存之。

人间先生

弟绥叩头

廿一日

《国家图书馆藏王国维往还书信集》

（中华书局2017年版）

二一

《昌平山水记》《香研居词麈》，检得奉缴。《送袁树五》诸作洵堪喷饭。彦云越女如花二语及后阕前半甚惬，余亦平平。此册愈看愈奇，所谓今世文字有极好、极劣二派，何至一谬乃尔，可叹。

人间先生

遁叩

十一日

《国家图书馆藏王国维往还书信集》

（中华书局2017年版）

二二

景元桀《此山乐府》送阅。批点皆依原本。此山词绝佳，元人中不可多得。陈众仲迁谬臭秽，无恶不备，只好割去，不能羼厕也。此山一册九月间当付印，尚有元桀《松雪》一卷可与相配。弟拟专寻旧钞旧刊有式可据者以付排印。……

人间先生

甘遁上
十三

《国家图书馆藏王国维往还书信集》
（中华书局2017年版）

二三

昨适有小事赴路局一行，知兄与韫公欲枉顾，失迓，歉甚。

《梦窗词》札记皆在沪，与古微钞存，未遑订补，（《梦窗》事实不过如此，若再搜得，尤感。）后跋一篇，亦弟作也。迨刊成弟已北来。古微持示叔问，谓其校写未善，大有间言。遂废然庋阁。此古微来信云。然不谓市中还有传本，可胜惭恧。（细看实不好，若走在南，必不任其如是。古微独学无友，难怪其简率也。）公寓目所及，幸为修改，将寄示古微，重加正定也。《阳春白雪》颇可爱，不知公何处得来，可代觅一册否？卢疏斋曲本不传，见选集者凡若干阕，拟合其文、诗、词汇辑。（《天下同文》《元文类》、顾使君《元诗选》。此外见于何处，乞留意。）弟补出二词，授经昨来见之，谓如是则非《天下同文》本相，其说良是，已汰之，当别成一编也。除夜无事率书。敬叩

人间先生新喜

甘遁再拜

《国家图书馆藏王国维往还书信集》
（中华书局2017年版）

二四

静庵先生：

久未上书，至念。……夏剑臣代小坡刻《清真词》，弟不以为然。此事惟公考之最详、最确。兹寄上，求公随笔纠其谬误。至所引各书，无一古刻，专以毛本、王本、《词苹》、《词律》为言，可谓托体不尊矣。欧公二词已成，尚未印来。今接刻《放翁》《酒边》，并授经所让，及《芦川》、元本《草堂》、凤林《草堂》，大约有十二大册，须明年或可望成。此请道安。

弟绶启

十月卅日

《国家图书馆藏王国维往还书信集》

（中华书局2017年版）

二五

示悉。《天下同文》卢疏斋外均在元人《草堂诗余》中，有原已入选者，有为樊榭所补者。惟秦刻大误，如"古荼蘼""新荷叶"，乃是对句，秦刻不知，误"古"为"乍"，遂不可句读。他皆类是。不知顾刻凤林本何如？其词皆甚佳。精鉴，佩佩！且俟君直跋来，若未详尽，尚须求公作跋。杨刻《天籁集》即半塘所翻祖本，弟未之见。《周此山全集》容抄毕奉呈。宋元说部、集部，俟热河《四库》书到学部，必可尽见。

静兄

甘遁

廿九

《国家图书馆藏王国维往还书信集》

（中华书局2017年版）

二六

静安先生鉴：

曾两寄书与授兄、韫兄，未得复，不知达到否？弟一切如常，惟俗冗。自寓冰窖胡同后，省每日二次乘车，而午后转无暇也。陶子麟已通问，欧词二种日前寄二百元属其速刻（旧历秋间可成）。叔问词一册亦交龙华斋，刻将成。兹请韫公先书"樵风乐府"四字。附上纸式，能即日见赐，尤感。自诸公行后，弟与文字隔越万里，遥想海东谭艺之雅，能无神往。缪小翁亦久未通信矣。手此，即请道安。

弟绶顿首
《国家图书馆藏王国维往还书信集》
（中华书局2017年版）

二七

人间先生：

　　正盼念间接读手书，欣慰无似。诸公得宝，弟则昏冗日甚，奈何！（《琬琰集》迄未见，极欲得之。）伯羲祭酒遗书，仅收一《五代史》（宗文书院刻，究是元本否？求为一考），《玉台新咏》、明抄铁网珊瑚《人物志》，又《牧斋书目》（李南涧抄校）及《四库》校抄原本数种，《酒边词》亦购到。俟欧公二词刻竣，即当续刊。艺风老人病起，有书云为我景抄《芦川词》，合之《放翁》已有五种，聊自娱耳。叔问词刻成，专候韫师书"樵风乐府"四篆字。恐前寄式样遗失，今再寄一纸，务求敦促写示。至叩至叩！

　　日来甚忙，不克详陈。承问旅祺。不一一。叔韫、授公二公均此，恕不另缄。

　　如得旧刻佳钞词，求公为垂意，虽极昂，不靳费，候示即行寄直。至祷，至祷！

绶上
九月二日
《国家图书馆藏王国维往还书信集》
（中华书局2017年版）

二八

　　后村〔最高楼〕词有云："且缄了、淳夫三妹口，更袖了、坡公三制手。"此篇仅《大全集》有之。"三妹"字如何舛误，"淳夫"是

中国古典词学新辑词学珍稀文献丛刊

否是范祖禹，公能检其出处否？盼盼。

人间先生

绥上

《国家图书馆藏王国维往还书信集》
（中华书局2017年版）

二九

沤尹寄来《后村词》五卷，弟意可将新刻本裁开粘缀，词名仍低二格，题目仍作双行。求公审定。节后即商付刻，何如？（《熏习录》已成大半，惟刻词须另定版式，乞筹之。）此上

人间先生

弟绥顿首
初八日

卷中空缺甚多，如毛本或《闽词钞》所有未便据补，只能仍之。

《国家图书馆藏王国维往还书信集》
（中华书局2017年版）

三〇

《宋大曲考》细读一过，略有献疑，得暇乞顾我一商。提要云毛西河《词话》记曲文渐变戏剧诸说，公曾见之否？弟欲得此书及陈霆《渚山堂》、方成培《香研居》、蒋剑人《芬陀利室》各词话，公至厂肆幸为物色。

又丁某《听秋声馆词话》四册亦可收。弟苦均无之。又厂肆有《西泠词萃》否？因弟手头无《箫台公余词》《无弦琴谱》。

人间先生道安

弟绥顿首
廿八

《国家图书馆藏王国维往还书信集》
（中华书局2017年版）

三一

日前所商拙辑词目之名，反复思之，竟无善法。拟于首行直题曰"双照楼词目"，次行署名，三行以下为书，分三卷。其式如下：

词目一：别集上（或云五代宋人别集）；

词目二：金元人别集；

词目三：总集。

如零章碎义无可归宿，或另为附录一卷于后。词话、词韵寥寥，决计去之，或附总集后何如？

每词之下各著其来处，似不嫌攘美。乞兄为更筹之。倘有善法，必遵改也。日内拟先做出十余家，求兄审定。注语不少，随文互见。如《乐章》《白石》皆最难做者，因始终未有定本。宋本《酒边集》校以《乐府雅词》，悉合，真可贵重。拙校太草草，有不应改处，公为正之。

《国家图书馆藏王国维往还书信集》

（中华书局2017年版）

三二

示悉。"锦鞯"一阕，承为检得出处。"湖上"一阕，重检侯本，云出《琼花集》，（此明人辑者，弟有《别下斋丛书》本）覆视悉有之。方回佚词已得来历，惟如《粹编》《琼花集》均明人所编，意必另有出处。姑照录之，再寻祖本何如？

尊著二十前必缴上，惟拙序苦思未能写出，俟晤再商。

人间先生左右

绥顿首

《国家图书馆藏王国维往还书信集》

（中华书局2017年版）

三三

李上交《近事会元》，公有其书否？偶见《畿辅艺文志》，谓有乐曲一类，幸考之。艺风云曾以《花草粹编》与《历代诗余》对勘，或有或无，决非同出一源，此言果否？《清真遗事》小跋即当交卷。

人间先生

弟绶上

十八日

《国家图书馆藏王国维往还书信集》

（中华书局2017年版）

三四

昨在古书会，坐无车公，位置怅怅。授经新得明万历本《花庵词选》廿卷，甚佳，合以嘉靖本《花间》《草堂》，倘得合以石印，岂非大快？公暇盍来一阅。忽见花庵评魏华父词，谓《鹤山集》皆寿词之得体者，乃知竹垞但见此语而未窥本集也。此上

人间先生

绶顿首

十五日

《国家图书馆藏王国维往还书信集》

（中华书局2017年版）

三五

近为俗冗，屡次失迓。今日约吕幼舲在什刹海小叙，恐路远遂未拉公作陪。散时尚早，与艺风诸君同至图书馆一览。

弟注意《溧水县志》，自往寻之，初谓无此，及往检，果有四厚册，乃康熙十五年重修。知县事者有周邦彦。《名宦传》中有小传十余行。又有文一篇，诗二篇（似为瑞竹等类，名胜各类，或为有文字），匆匆翻过，想全书必尚可搜采。艺风先生虽许付时钞示，恐未能完备。最好得暇请公亲往一看，自行抄写，必大裨清真掌故。或俟叔韫先生去时偕往。此事请询韫师便悉。若不果行，则弟出得觅一暇日往抄亦可。

静安先生

弟绶顿首

廿九日

《国家图书馆藏王国维往还书信集》

（中华书局2017年版）

三六

《天下同文》戏以活本印出，居然可观。附上十册，乞分与韫兄为荷。劳跋亦付印矣。

近日碌碌，久未与公一谈，两示拜悉。韫公归来乞先道候。劳钞《盘洲集》，题字曾录入《碎金》卷中。定庵自刻诗弟亦有之，若得《己亥杂诗》及词最妙，或所刻内典诸书尤足珍也。顷经南中，购来丁氏刻《杭州往哲遗书》，公如要可来检阅（《湖山类稿》亦在其中）。陈定宇词，极盼极盼。暇拟约公于韫兄小酌，容再奉订。此请人间先生道安。

昌绶叩头

十七日

《国家图书馆藏王国维往还书信集》

（中华书局2017年版）

三七

沤尹寄到尊词，来函极道佩仰，谓颇有疏荡之致，非志不离于方罫者。又附上《半塘定稿》一册，后有新刻《剩稿》，均祈察收。大鹤自定《樵风乐府》，只百十余阕，当先刻成五卷，再以未刻词续之。亟欲刊成，以慰其志。敬上人间先生。

甘遁叩头

重九日

《国家图书馆藏王国维往还书信集》

（中华书局2017年版）

三八

昨顾谈，甚快。《酒边集》草草校出一本，请公为之复勘。尊藏亦可传校一底本也。（宋本精审处多，亦有一二误字，比毛刻则一胜矣。）弟所校太粗率，授经《六十家词》多经校过，将来当以公所校与之传写。此请人间先生道安。

弟绥顿首

初八

《国家图书馆藏王国维往还书信集》

（中华书局2017年版）

致夏敬观

枉临失迓，歉甚。承赐新刻词，感感，谢谢。拙刻已成者二十册……又有《片玉集注》二种（菉圃本与孙驾航本皆宋刻，中有异同，须并刻），《东山》（宋残本），《后村》二卷本（宋刊），《中兴绝妙词选》十卷（宋小字本），此数种未刻成，故尚未汇印。今所存者皆随时单印样本，兹奉上十一册，先乞查收，他日必奉呈全帙也，容再走送。肃请，映庵先生道安。

弟昌绥上

廿六日

《片玉词注》，菉圃藏一本最精，沤尹属抄一本，此做不到。现仍由袁抱存夫人手摹，已约大半。曾刻成数叶，候刻成必即寄。乞转达沤公为荷。孙驾航一本半塘见过，稍有异同，亦须并刻。弟做成廿四册亦作结束矣，种种费力之至。

《夏敬观友朋书札》

（复旦大学出版社2021年版）

徐乃昌

徐乃昌（1868—1943），字积余，晚号随庵老人，室名积学斋。安徽南陵（今属芜湖）人。出身望族，自幼熟读经史。曾任淮安知府，特授江南盐巡道。清亡后，隐居著述，以校刊古籍为业。主编有《安徽丛书》，刊印皖籍学者著作颇多，又刊印《积学斋丛书》二十种。致力于闺秀词的整理与刊刻，刻有《小檀栾室汇刻闺秀词》《小檀栾室闺秀词钞》。

致缪荃孙

前沤尹侍郎属访各词，忽忆及拙藏元刻本清庵先生《中和集》。（此书各家均未著录，仅《振绮堂目》有之，只三卷，无《外集》一卷，《外集》有词五十八首。）昨告沤老，云吴印臣先生刻《宋元词》，先函告印臣，如景刻，让印臣；不刻，则沤老刻入《彊村词》。特奉闻。公如通函时可询之。（沤尹当亦告之。将来景写寄北京。）敬叩艺风先生大人大安。乃昌顿首。十四。

《艺风堂友朋书札》（下）

（上海人民出版社2018年版）

致赵尊岳

叔雍先生撰席：

奉教敬悉。《诗余广选》散处所存之本当年随置书簏中，现遍检不得，俟检出即行奉赠，决不爽约。小宋处所缺，亦恐不止三四两卷也，便乞查示。尊假《三百词谱》《白山词介》二书先检出送上。台鉴命查考各则，秦伯虞、陈伯雨均系故交，其事实当托人访之，余亦代访，设有所得，随时奉陈。再徐士俊、卓人月两家词名《徐卓晤歌》，附刻《诗余广选》后，想小宋亦当同前书交至尊处也。拙藏词总集大都邺架中所有者，容钞目呈鉴。《海曲词钞》尚未检得，检得后再呈上也。覆请撰安。

徐乃昌敬上

廿三

《赵凤昌藏札》

（国家图书馆出版社2009年版）

中国古典词学
新辑词学珍稀文献丛刊

杨玉衔

杨玉衔（1869—1943），字铁夫、懿生、季良、鸢坡，以字"铁夫"行。广东香山沙溪（今属中山）人。清光绪二十七年（1901）举人，1904考取内阁中书。曾官广西知府。民国间曾任无锡国专词学教授，晚年蛰居香港。从朱祖谋研学梦窗，后以笺释吴梦窗词闻名。著有《抱香室词》《吴梦窗词笺释》《清真词选笺释》等。

致夏敬观（二通）

一

映老左右：

前所和词以前阕末句不合律心常耿耿。今阅沤社集，又知后阕第五六两句诸公多作六四字句，索性改之再缮呈，终之守作俱不能佳，才力所限，此则无可如何也。想足下亦能恕之。

后学杨铁夫顿首

八日

《夏敬观家藏尺牍》

（复旦大学出版社2021年版）

二

映老社长先生台鉴：

两奉环云，备承藻饰，愧甚。《清真词》早已付邮。……特再行奉寄，请予严评为望。洪泽老来书责铁，以背师例改词字。此真中铁毛病，固铁生平作事最好痛快，见人有一字之长遂不惜舍己而从。今见有他说较原字为是者，遂夺笔改之，以求痛快，不图明眼人之议其后也。然谓彊师之不敢毫末移动原本亦未尽然，即以梦窗词论，〔尉迟杯〕"湖阴"之从《词综》；〔瑞鹤仙〕题之从郑删，"紫燕"之从毛本；〔夜飞鹊〕"袜罗"之从王校；〔绕佛阁〕"向老"之从尊校，俱为改动原本之证。反复求可改写与不可改写之界限而不可得，而彊师又不可得见。执事与彊师为老友，想厌聆其说，或自有尊见，乞赐一言以释其疑。今之清真词从郑说尤多，泽老见之又不知如何感喟矣。承委题填词图，俟心绪稍清时当即奉缴求教。读大作想见张绪当年，略一翻阅，见〔更漏子〕之拟《花间》，〔兰陵王〕之拟清真，无不逼肖，其余珍错，俟细细咀嚼尝之。尤可美者缀芬夫人清才丽句，唾玉薰香，想见贤伉俪相对吟哦时，真神仙之乐也。然又有荀倩旧情，汝我共伤憔悴，则又何也？便请解释之。铁此次书本凡社中列名者皆已遍寄，不知收到者若干？若下次集会时乞代声明一句，社友中如未收到者请赐示见索，以便再寄。铁前乞社友题词，见爱者有阁下及林、程、周、潘、洪、谢、袁、陈、赵、龙、林、郭诸公，尚有刘、叶、王、梁、吴、黄、帅、彦八位未赐教，未卜执事可为我一助理否？匆匆复此，词意不周，顺请撰安。

铁夫顿首

十一月十二日

《夏敬观家藏尺牍》

（复旦大学出版社2021年版）

耆 龄

耆龄（1870—1931），伊尔根觉罗氏，满洲正红旗人，字寿民，号无闷居士，室名潢斋。历官农工商部左丞、内阁学士、总管内务府大臣等。辛亥后奉溥仪之命整理宫廷收藏古书字画，日与古籍为伴，富藏书。能词，有《消闲词》，编有《东陵日记》等。

致冒广生

临江仙

四壁惟闻蛩语，孤灯常伴愁眠。枕屏今夜不胜寒。五更残梦断，风雨惜丛兰。　　影事到心如昨，酒痕沾袖成斑。欢娱何用说从前。明河终古在，流水几时还。

弟以前寄〔减兰〕为不恶，近又得一词，录寄审定。

无闷漫拍

《饮水词》有儿女之私，无身世之感。兄之境遇正与相反，所以不同也。

桂枝香　答仁安

铜驼巷陌，又落日寒烟，黯然将夕。流水年华，往事可堪追忆。西风不暖笙歌梦，但萧寥鬓丝催白。万重缄感，百端裁恨，几番沾臆。　　只此意，深藏自昔。奈换尽悲凉，影单形只。说也无聊，惟有对花怜惜。拗兰试濯香难减，忍褰衣，等闲抛掷。幽怀谁见，一轮飞上，远天凝碧。

无闷寄草
八月十九日夜

金缕曲　为人题《故烧高烛照红妆图》

生怕风兼雨。惜孤花、一枝欹侧，满襟幽绪。出峡娇云谁是伴，对镜空怜眉妩。况眼底、好春难遇。几曲阑干闲倚遍，问斜阳、此意能知否？又苒苒，西窗暮。　　从今莫赋销魂句。诉心期、灯前双泪，恐成辜负。说到分离声转咽，那忍送君南浦。更望断、月明三五。虮箭丁丁同逝水，苦催人、晓色横高树。帘幕卷，独延伫。

疏字之病兄承认，然非靡靡之音也。有人又谓兄词患露，无惝恍迷离之致及涩字诀。自谓虽不涩，然尚不十分浅露。不敢信也。弟看如何？赐教是盼。

濩寄
《冒广生友朋书札》
（上海书画出版社2009年版）

陈 洵

陈洵（1870—1942），字述叔，号海绡。广东新会（今属江门）人。潜心词学，为朱祖谋嘉许，称其与况周颐为"并世两雄"，并荐其任中山大学国学系词学讲席。有《海绡词》，朱祖谋为其刊刻，后复收入《沧海遗音集》，龙榆生又将《海绡词》未刊稿刊于《同声月刊》第二卷第七号。词学著作有《海绡说词》。

致朱祖谋（二〇通）
一（一九二〇年）

古微先生道席：

蹉跌未侍，承服风问于今廿年。戊午夏，曾托黄元蔚上一笺。元蔚，南海人，先生甲辰所取士。自寄此书后，洵与元蔚遂不相闻，亦付浮沉。去冬承贶《疆村词》及《鹜音集》，蔡生书中复宣美意。先生出处本末，学士归仁，至求词于吾清，半塘早有定论，晚学何敢赞一辞。若洵者，生而孤贱，虽颇闻君子之教，偃蹇荒落，迄无所底。今年五十矣，学词廿年，泛滥于两宋，得失每不自省。近似稍稍有窥，而力屠思劣，恐终不能有益。今将癸卯至己未十七年中所存稿写上。去其非而存其是，维先生与蕙风老人实教之。

正月廿一日

陈洵顿首谨上

二（一九二〇年）

疆村先生道席：

海滨孤寒，学无所底。大贤之量，一物不遗。过使君劳，则滋罪矣。奉手召及删存拙稿，有如面命。得失之故，庶几不迷。学词廿年，今日始得于归，知无师之难也。勉求无辱，又不独于词。伏维起居万福，蕙风先生均此。

陈洵顿首谨上

十月□□

三（一九二七年）

彊村先生道席：

得杨铁夫书，知拙词续印。先生作成，后进勤勤。于洵何以为报耶！能贫有耻，勉求无辱，使天下后世知先生之过厚于洵者，不仅文字之契（惟欲得一序），如是而已。拙稿〔烛影摇红〕换头"无限银屏，春来迤逦都行遍"，第二句第一字，宋人无用平者，今拟改作"好春来处都行遍"何如？近词两首，别纸录上。

敬颂春祺百福。

洵顿首 谨上

正月初三日

《词学》第二十六辑

（华东师范大学出版社2011年版）

四（一九二七年）

彊村先生道席：

不承起居，忽复三年。诵及风雨，以增叹息，无缘言侍，保其心素而已。癸亥来，又得词八十余首，行将尘左右耳。兹先将近作四首呈教海中扬尘，瞻望何极。

敬颂道祉，不宣。

洵顿首

三月二十一日

《词学》第二十六辑

（华东师范大学出版社2011年版）

五（一九二七年）

彊村先生道席：

奉读手命，敬闻起居。复承奖诱，至深愧悚。洵始学为词，即欲由梦窗以阙美成，自今益知勉矣。与词五阕，纯用正锋，直写心素，由文返质，吾从先进以结来一代。微先生，谁与归哉。癸亥来得词七十八阕（同日付邮）今全写上，清暇时乞为删存，评其得失，俾知有无进益，幸甚幸甚。

洵顿首　谨上

丁卯立秋日

《词学》第二十六辑

（华东师范大学出版社2011年版）

六（一九二九年）

彊村先生道席：

四月廿九日奉廿四日手命，兼示新词。时方以殇儿哀念，遂稽笺答。日来神志稍清，将大词诵百十过，觉潜气内转，循环无端，视所谓"野云孤飞，去留无迹"者，一空一实，孰得孰失，必有能辨之矣。寒冬托长者德庇，遭乱幸存，重劳远念，铭感何极。〔风入松〕调，是年来最称心之作，果蒙赏誉。特恐他作，未能称是，无以副愿望耳。前寄七十八首中，多不惬意者，惟不敢自为去取，欲先生知其失而正之也。七首之外，仍望从严。〔浪淘沙慢〕"梅浪催发"易作"梅信催彻"，何如？目近苦心不精，惟先生改定之。近取《诗》风雨序意，颜所居曰"仍度堂"，因自号"仍度居士"，此洵数十年来以之自勉者。欲得先生书之，期不见弃于君子也。洵来沪拟在初秋，不知能如愿否？到时再笺，谨复。敬颂道祉。

洵顿首

五月十日

《词学》第二十六辑

（华东师范大学出版社2011年版）

七（一九二九年）

清真格调天成，离合顺逆，自然中度；梦窗神力独运，飞沉起伏，实处皆空。

清真朴拙，弥见浑雅；梦窗凝重，乃造精纯。是在善学者耳，软媚与晦涩皆非所患也。

梦窗的清真之妙，全在运意运笔而神采自异。飞卿严妆，梦窗亦严妆，惟其国色，所以为美。若不观其倩盼之质，而徒眩其珠翠，则飞卿且讥，何止梦窗？

陆辅之以清真之典丽、梦窗之字面为两家所长，此言殊可笑。若但如此，何人不能，真所谓微之识碔趺也。

清真不肯附和祥瑞，梦窗不肯攀援藩邸，襟度既同，自然玄契。《诗》云："维其有之，是以似之。"

"稼轩由北开南，梦窗由南追北"，善乎周氏之能言也。南宋诸家无不为稼轩牢笼者。龙洲、后村、白石皆学稼轩者也，二刘笃守师门，白石别开家法。白石立而词之国土蹙矣。至玉田演为清空，奉白石为桃庙，画江画淮，号令所及，使人遂忘中原，微梦窗，谁与言恢复乎？

铁夫问周、吴异同，答之如右，未敢遽与铁夫也。维长者正之。

彊村先生道席

洵顿首
六月十二日

八（一九二九年）

彊村先生道席：

七月二十日得奉电教，以为或续有手书，故因循未报，以至于今月余矣。过承眷注，使任授词，非敢偃蹇，惧为辱耳。此间学风异正。电到之日，复得谢贞盘书，言方孝岳携有先生尺素面致，惟至今未见方生来。洵又无所从探悉书中所言，可得闻乎？近颇欲推演周、吴，惟发挥己意与俟人领会。于学者孰为有益，尚乞明教。俾知所从幸正。

匆匆，敬颂道祉。

洵顿首
八月廿八日

九（一九二九年）

彊村先生道席：

　　得书，知有天伦之戚。道远缺于吊唁，下情曷胜皇恐。然此亦人生难免之事，惟先生自宽而已。推演周、吴，除寄铁夫外，仅增数首，今闻明晦，敢不致力。洵自今年三月后，遂无一词，盖心力耗矣。古生公愚，著书数种，欲就先生正之，别封寄呈座右。古生并欲求书一小直幅，并为代达。烦渎，固不当也。洵得先生玉成，遂有名字于世，此非区区感激之言所能尽，勉求无辱而已。说词数则附呈，先生纠其谬而正之，幸甚。

洵顿首

十月十二日

《词学》第二十六辑

（华东师范大学出版社2011年版）

一〇（一九二九年）

彊村先生道席：

　　□月十□日曾上一笺，计达左右。顷得铁夫书，知先生复有选宋词之举，使洵为评，翦拂长鸣，不敢不勉。惟近方专意于周、吴，余力暂未遍及，周、吴期以明年藏事，亦不能尽评两家，约计百篇耳。书成不散入本集，作说词一类单行，不知于体例有当否。近评稼轩一篇，亟写呈统，俟明教。

　　敬颂道祉，不宣。

洵顿首

十一月十七日

　　辛稼轩〔水龙吟〕屡次登楼：起句破空而来。"秋无际"从"水随天去"中见，"玉簪螺髻"之"献愁供恨"从"远目"中见，"江南游子"从"断鸿""落日"中见，纯用倒卷之笔。"吴钩看了，阑干拍遍"，仍缩入"江南游子"上。"无人会"纵开"登临意"，收合后片，愈转愈奇。季鹰未归，则鲈鲙从愁一转。刘郎羞见，则田舍从愁一转。如此则江南游子，亦惟长抱此忧以老而已，却不说出；而以"树犹如此"作半面语缩住。"倩何人"以下十三字，应上"无人会，登临意"作结。稼轩纵横豪宕，而笔笔不能留，字字有脉络如此。学者苟能于此得法，则清真、稼轩、梦窗三家实一家。若徒视为真率，则失此贤矣。清真、稼轩、梦窗各有神采，清真出于韦端己，梦窗出于温飞卿，稼轩出于南唐李主，莫不有一己之性情境地，而平平辙迹则殊途同归，而或者以卤莽学之，或者委为不可学。呜呼！鲜能知味，小技犹然，况大道乎？

右评辛词因及周、吴，此中消息，颇有洽否。彊村先生正之。

洵顿首

《词学》第二十六辑

（华东师范大学出版社2011年版）

一一（一九二九年）

彊村先生道席：

奉手命，并梓成拙词，玩鄙之姿，遂荷玉成，非仅增荣益观而已。校正十五字，别纸写呈。发挥周、吴，约增二十首，俟明年来沪，就先生正之，乃敢印行。其余讲义，只是选词，故未续寄。下期校课拟广选两宋诸家，以证周、吴，使学者知其浅深高下与源流分合之故。倘有评论，必当寄呈左右也。拙稿必欲得先生一序为重。匆复。

敬颂道祉。

洵顿首

腊月十四日

《词学》第二十六辑

（华东师范大学出版社2011年版）

一二（一九三〇年）

彊村先生道席：

承惠照象，如接杖履。夏秋间当可亲聆面命矣。说吴词得廿余首，今先录上数阕。先生见之，得毋笑冯孟亭之篇篇子直乎。春寒，伏惟珍摄。

　　敬颂道祉，不宣。

洵顿首

正月十九日

《词学》第二十六辑

（华东师范大学出版社2011年版）

一三（一九三〇年）

彊村先生道席：

　　正月十四日得瞻造像。旋贡一笺并说词数纸，求先生正定。三月十一日吴君楸来，得谈手命，似前函尚未鉴典签，不知邮局续有交到否，行当再写寄也。洵久不填词。近得小令两首，词境视前小异，此中消长不知如何。愿先生有以教之。

洵顿首

三月廿三日

《词学》第二十六辑

（华东师范大学出版社2011年版）

一四（一九三〇年）

彊村先生道席：

　　前后于月之廿七日到家，行人安稳，足堪告慰。长者疲患摧荡，效复如何，至以为念。游沪一月，日奉教言，十年积慕，豁于一旦，何福如之。大鹤词墨，天壤有几；芳华、珍重两家同之矣。校词墨造于癸亥十月，拙词刻成，恰当此时，于海绡楼尤为亲切也。客游劳乏，遂无一字到家。十日心神稍清，成留别一词，别纸写上。继此则当赋湖上怀梦窗西园林亭矣。湖帆先生许作谈词图，至深铭感。卷首得盂劬先生书之，尤为两美，长者倘亦以为然耶？千里月明，素心荷极。诸贤同此致意。手甫，敬颂道祉，不宣。

洵顿首

中秋前二日

《词学》第二十六辑

（华东师范大学出版社2011年版）

一五（一九三〇年）

彊村先生道席：

中秋前二日曾贡一笺，并〔烛影摇红〕词，想达左右。昨李履庵自沪归，知起居安善，正慰远怀。近又得〔大酺〕一阕，写呈改定。田田榭、且住轩，是否即高庄？此地颓然自废，有不改其度，意将为词以张之也。

秋深渐寒，伏维珍摄，不宣。

洵顿首

廿一日

《词学》第二十六辑

（华东师范大学出版社2011年版）

一六（一九三〇年）

彊村先生道席：

前后曾三度上笺问起居。八月十三日一笺，附〔烛影摇红〕词。廿一日一笺，附〔大酺〕词。以为当达左右矣。昨吴君楸书来，言重阳日得先生书，云未知此间消息，果尔则前两函皆付沉浮矣。九月尾又上一缄，言《海绡词》卷二〔隔浦莲近拍〕词事，改"芳园仍占禊饮"为"芳筵仍占禊渚"。此函挂号，想不致复恼书邮。近又成〔蓦山溪〕一阕，并写呈教。《梦窗词》五十册，昨由苏州寄到，并闻。匆上，敬颂道祉。

洵顿首

十月八日

《词学》第二十六辑

（华东师范大学出版社2011年版）

一七（一九三〇年）

彊村先生道席：

腊月九日得读初三日手教，知十月中先有一书，竟付沉浮。邮人失职可叹。书中所言，可得复闻乎？拙稿编次悉由尊定，并为作序。"立个"二字，未免粗率，改之诚是也。其中有类此者，愿得一一改之，或有全首当删者即删。校事极纷纭，（向不出席，校长请饮亦不到）惟都与洵无关；惟有上堂讲授，是我事耳。说词数月来未有增。近校生举词社，名曰"风余"，月一命题，请洵阅卷。一昨始集，得词一首。前寄三首，如有可采处，愿闻。词墨及吴画，意必待春暖矣。寄时请挂号，无为他人所得也。手甫，敬颂道祉。

洵顿首

腊月十五日

《词学》第二十六辑

（华东师范大学出版社2011年版）

一八（一九三〇年）

疆村先生道席：

十日前曾上一笺，想达左右。读大词〔石湖仙〕"风怀销尽"，不禁兴发。适得一题目，遂下一转语，作我发端，先生见之，得无笑其强颜耶。沪上词社，想是限调不限题，他日倘得，尽读之也。词墨及吴画，无日忘之。手甫，敬颂年祉。

洵顿首

腊月廿五日

《词学》第二十六辑

（华东师范大学出版社2011年版）

一九（一九三一年）

疆村先生道席：

五月十九日得奉手教，并谈词图及词墨十二纸。时敝庐被水，堂室皆满，一家眷属逼居小楼，乱书狼藉，几无坐处。至廿一日水退，始能下楼。日来略为定叠，重展词墨，卧游画图，如坐思悲阁中也。〔望江南〕廿四首，惟李武曾、分虎与严九能词未能得谈，余则知人论世皆为定评。洵自去腊患瘦嗽，春来益剧，遂无一词。说词因亦放下，除去年所寄未增一字也。拙稿刻成，尚望赐以一序。盖洵之所为，惟先生知之耳。〔应天长〕一阕，前纸录上，亦欲得先生题之。盖图是两人，缺一不可，其许之乎？上湖帆先生笺，乞代致。敬颂道祉。

洵顿首

六月二日

《词学》第二十六辑

（华东师范大学出版社2011年版）

二〇（一九三一年）

彊村先生道席：

　　六月二日曾上一笺，想达左右。说词近增六纸，写呈。二十首皆梦窗，再增三五十首，即欲专治清真矣。其中有谬误当修者，有无谓当删者，尚乞明示，免误后学也。谈词图如题就，请以八寸矮纸书寄，后当装裱作卷。至卷首横行"思悲阁谈词图"六字，亦欲得先生书之。

　　琐渎，皇恐。敬颂道祉。

洵顿首

廿一日

《词学》第二十六辑

（华东师范大学出版社2011年版）

【按】　陈洵致朱祖谋书札，今藏于中山大学图书馆，余意先生据此藏本将其整理并以"陈洵致朱祖谋书廿一则"之名发表于《词学》第二十六辑。

致张尔田

孟劬先生道席：

　　沧萍来，得读海日楼遗书《蒙古源流笺证》。向苦元史难读，得此遂明瞭如掌，惠我何厚耶？沧萍又言，执事已辞去教席，此极可美，洵则有志未能也。自彊老祖逝，群言淆乱，无所折中，吾惧词学之衰也，非执事谁与正之？拙词八纸录呈，皆卷二未刻者，其中得失不知视前日何如。愿有以教我。大著亦欲得一读也。匆上，敬颂道祉。

洵顿首

《同声月刊》第一卷第七号

（1941年6月）

【按】　上札原题《寄张孟劬书》，见《同声月刊》第一卷第七号（1941

年6月）。龙榆生《陈海绡先生之词学》亦全文引录，见《同声月刊》第二卷第六号（1942年6月）。

致廖恩焘

忏庵先生左右：

得书甚慰。江南草长，佳日胜游，殊可美也。大词才情富丽，而游思闲散，是真四明家法，非貌为七宝楼台者所知也。洵近亦得令词三首，别纸录呈，乞较其优劣，一一评之。北行何日，仍盼望嗣音。敬颂道祉，不宣。

洵顿首

四月七日

《忏庵词续稿》

（民国刻本）

【按】上札为《忏庵词续稿·题识》。

欧阳渐

欧阳渐（1871—1943），字竟无。江西宜黄（今属抚州）人。近代著名佛学居士。著述甚丰，晚年自编所存著作为《竟无内外学》。

致龙榆生

榆生乡兄大鉴：

三得赐书，今乃作答，虽疏懒而亦有由。……且心有所待，待心力稍沛，应所许序文再作覆。谁知岁月骎骎，乃至于是欤！来函示以大作〔水调歌头〕，纯熟之极，气运不薄，亦劲直有风骨，东坡嗣响也。展堂先生果能来耶？此颂铎祉。

欧阳渐

二月四日

《同声月刊》第三卷第五号

（1943年7月）

【按】上札原题为《与龙榆生书》。

王 瀣

王瀣（1871—1944），字伯沆，晚年自号冬饮，又别署沆一、伯涵、无想居士等。江苏溧水（今属南京）人。从学于端木埰、文廷式等人，博学洽闻。曾先后执教于两江师范学堂、金陵女子大学、中央大学等院校。工诗词，曾批校《红楼梦》，评点《云起轩词》，著有《冬饮庐诗稿》《冬饮庐词稿》等。

致徐一帆

一帆足下：

横额及拙诗已付邮寄呈。仆尤不工为词，惟好之，故乐观之。尊作已捧读，窃谓词难于诗，全在会意尚巧，选言贵妍，固不可歇后做韵，尤不可满纸词语，竟无一句是词。即以《花外》咏蝉两作而论，仆最喜前一首"晚来频断续，都是秋意"数语。若一味寄托，反少意味。仆录清词四家，于碧瀣尤慎，亦因其与《花外》面目太多也。所录四家词，眼当检出呈政。严则有之，于晦涩纤艳，皆不录，非得已也。草草，即颂佳胜。

王瀣顿首

二十七年秋

《国学通讯》第五辑

（1941年2月）

【按】 此札原题为《王伯沆先生致徐君一帆论词学书》。徐一帆，生卒不详。浙江石门（今属嘉兴）人，为徐珂族侄，与夏承焘交往密切。

姚鹏图

姚鹏图（1872—1921），字柳屏，一字柳坪，号古风。江苏镇洋（今属太仓）人。曾游历日本，归后任山东聊城等县知县。著有《柳坪词》《扶桑百八吟》等。

致冒广生（二通）

一

鹤亭吾兄足下：

奉书大慰。承寄《五周先生集》《东鸥词》两卷，已即时读竟。小令大近南唐，余亦有蛤蜊、荔枝之味，足下词派实有外氏之风。君直久未通书，《云瓿词》又积几许？此公雕情镂声，是其长技。……手此，复颂纂安。

弟鹏顿首

《冒广生友朋书札》

（上海书画出版社2009年版）

二

鹤亭吾兄足下：

在苏获谒季贶先生，老辈风流，可亲可敬。相隔既遥，又有酒食征逐，不能屡造，殊怅然也。临行访骏声未见，见时祈为道谢。舟中读《水云词》，语外有味，味外有味。《奁中》以拟《浣花》，殊非虚语。仆不甚于此道搜求，而心殊好之，决意专师南唐，即使刻鹄类鹜，似尚无伤于我也。近作三首写寄，行前须复我，率真告我是非为荷。足下于此毕竟已深，前数词胜前多矣。……此请侍安。

伯母大人尊前叩安。

弟鹏顿首

二十日下午

《冒广生友朋书札》

（上海书画出版社2009年版）

姚绍书

姚绍书，生卒不详，字伯怀。浙江会稽（今属绍兴）人。曾官广西南海知县、广东观察使。姚与潘飞声、冒广生皆学词于叶衍兰，能词，然未写定，冒广生《小三吾亭词话》卷四录其词二首。

致冒广生

　　大稿伏诵一过,《茂页庄墓表》读之令人感泣。孤子不才,不能为先人表扬幽光,徒抱此嬛嬛之悲,愧憾曷极。词旨芊绵婉丽,上接竹垞。〔金缕曲〕一阕,尤足增人骨肉之重。绍书尝谓,天下惟至情者乃有至文,而千古文字之不能磨灭者,亦此独种。君殆以为知言与? 贞此寸心,岁寒共勉,毋为过情之誉,期副君子之交,至幸至幸。手上

　　鹤亭词人

绍书顿首

《冒广生友朋书札》

（上海书画出版社2009年版）

吴　虞

　　吴虞（1872—1949）,字又陵,亦署幼陵,号黎明老人。四川新繁（今属成都）人。早年留学日本,归国后鼓吹新学,抨击旧礼教,在五四时期有较大影响。1917年应柳亚子之邀加入南社。历任北京大学、四川大学等校教授。著有《吴虞文录》等。

致柳亚子

　　张玉田,作家也,其词之不合韵者至三十七首之多。戈顺卿,论词律严矣,而其自作颇为谭仲修所不满意。吾辈读书讲学,强有安身立命之处,词不过偶然遣兴之作而已。成舍我先生何必过于拘墟。纪晓岚云:"能为诗文之人,能担百斤者也。"降而为词,乃舍百斤而担五十斤,未有有不能者,故但问其佳不佳可矣。鄙见如此,质之先生以为何如?

　　亚子先生

弟虞启

《南社丛刻第二十三集二十四集未刊稿》

（社会科学文献出版社1994年版）

【按】　此札原题为《五与柳亚子书》。

石凌汉

石凌汉（1871—1947），字云轩，号弢素。安徽婺源（今属江西）人。与仇埰、孙浚源、王孝煃等结蓼辛词社，又为如社重要成员。著有《弢素遗稿》。

致赵尊岳（二通）

一

叔雍词长著席：

久饮香名，未获一修士相见之礼，神驰无已。奉到手毕并书五册，谨敬拜嘉。大著骈轨《花间》，兴叹观止。蕙风先生《词话》夙所服膺。回忆辛亥之秋，晤先生于宣城，先生置酒三层楼，面敬亭山坐，无他客，对谈半日。丙辰春，凌汉过沪，偕刘语石先生往谒，踪迹两左。不图宣城一别，永隔人天，思之黯然。《蓉影词》，词林正宗，不徒标毗陵派之帜也。先生辑刊成同以后词，幽褱宏愿，词客有灵，应暗中衣冠罗拜矣。凌汉旧藏辛亥被劫，独医籍三十箱别贮一室，幸获无恙。十余年来，稍稍补购词部，天水一代为多，近人词集，间购一二，恐皆为邺架所已储，土壤细流，未必能益高深耳。凌汉与世不通五载矣，自契友王木斋先生逝后，亦无心再托于音。偶有应酬之作，言不由衷，越日不堪自阅。且目光昏曚，握管良艰，词目须倩人抄之，亦非易事。先生所急欲搜之词集，希示以目，如敝簏所有，当即寄呈也。书不尽意，铭谢隆赐，敬颂著祺。

石凌汉顿首

十一月八日

再，尊处刊成各集，乞赐全目及价值，以便推广。又上。

《赵凤昌藏札》

（国家图书馆出版社2009年版）

二

叔雍先生著席：

奉十七日手教，敬悉宏旨。邢子才勤思误书，姜尧章雅称知律。

钦仰无似。凌汉三十年旧藏散于一旦，思之心痛。迩来所购皆通行之本，绝少孤槧逸编，非敢效伯喈之秘《论衡》也。且书值日昂，恒抱心好力不强之叹。自世鄙夷明词，而明词亦遂罕见。凡别集之流通，视人心之好尚，讵不信欤？使无鹜翁搜刊元词，则彼七家亦终不显耳。词话夙少善本，非摭拾琐事，即坚持私见，求如蕙风先生《词话》，目中盖鲜。词律、词韵已成绝学，其弊在判词与曲而二之，所以词豪反不如名伶也。红友固多胶执，小舫尤为武断，顺卿词韵从之者众矣，而冯蒿庵亦有微词。聚讼纷如，安得紫霞翁复起而一折衷之耶？《四库》不收词韵，未为无见矣。《钦定词谱》当王者贵，未敢疵议。惟楼西浦先生之著作求之不获，亦一憾事也。叶遐庵先生选《后箧中词》，赐函征书，凌汉已录出复堂所收之外者计八十家，开目寄沪，并恳饬送钧阅，不识于《清词钞》者有涓埃之补否？

长至日凌汉顿首

《赵凤昌藏札》

（国家图书馆出版社2009年版）

梁启超

梁启超（1873—1929），字卓如，号任公，又号饮冰室主人。广东新会人。著有《饮冰室合集》，有词一卷。梁氏论词之语散见于《艺蘅馆词选》《中国韵文里头的情感》等著作之中，病逝前正著《辛稼轩先生年谱》。

致梁启勋（五通）
一（一九〇九年五月二十五日）

仲弟鉴：

五月二日书收。……近尚有填词否？前寄示数阕，意态雄杰，远过初况。所寄惟琢句尚有疵类，宜稍治梦窗以药之。兄废此半年，近两旬颇复有所枨触，拉杂成数章（诗多，词仅二耳），辄录以相娱

悦。党事诚不欲问，风波稍静，亦足慰耳。雪公不能复居港，行将
与弟相见也。承复即请学安。

启超顿首

五月二十五日

《南长街54号梁氏档案》

（中华书局2011年版）

二（一九〇九年七月二十四日）

仲弟鉴：

秋后三日一片，并〔解连环〕词，悉收。词中下半阕第三句
"乱鸦无限""鸦"字失律，此处必当用仄声也。弟词之精进，前次
所寄数阕，煞有可诵者，但总不免剽滑之病，句未能练，意未能刻
入。此事诚难，兄虽知之，而不免自犯此病，大约此事千秋无我席
矣。弟若嗜此，当下一番刻苦工夫，非可率而图成，今寄上《梦窗
全集》一部，以资模仿，幸察收。兄年来颇学为诗，而词反不敢问
津。前月寄去吾弟之二律，海内二三名家颇传诵，以为佳。兄诗近
专学动荡隽远一派，想弟或不以为然耶！……专承大安。

启超顿首

七月二十四日

《南长街54号梁氏档案》

（中华书局2011年版）

三（一九〇九年九月二十三日）

〔唐多令〕二词，乃大佳。三次所寄，一次佳似一次，不能不令
老夫生畏矣。惟嫌习见语尚多，虽佳，而若在何人集中曾见之者，
若能更趋奇警刻入（意境求奇警，语句求刻入），期可渐希名家也。
惟以秋霜满面，至可严悼之。老二乃日絮絮作儿女子语向人，岂不
令人失笑耶？娴儿昨诘我以阿叔何故作此，我只得嗫之曰：《楚词》
美人、香草，汝叔之寄托深远矣。娴儿苦求索解，老夫无奈，只得
又将时事一一附会。乃知古今来为《锦瑟》华彩作郑笺者，大率类

是也，一笑。兄近日贫乃彻骨，拂逆之事更叠叠不知所届，然心境之旷怡，乃过于前，不知学道有进耶，抑疲于忧患而不复觉为忧患也？比月来因节家费，乃至德文教习亦不得不停，最为可惜。然方并力以著射利之书（中学国文教科也），无意中反使娴儿获大益，彼固甚愿乃翁之食贫也。吾近年觉词之趣味又不如诗，弟亦有意学此否耶？拉杂奉复，以当言面。

两浑 九月廿三

《南长街54号梁氏档案》

（中华书局2011年版）

四（约一九二五年）

书悉，诸馆复函请饬送去，已别函知会博生矣。北戴借屋又生问题，往否尚未定也。再看风色如何亦好。《樵歌》四印斋又不完本，其完本则在朱古微之《彊村丛书》，此丛书为古微所衷刻，宋元词凡数十种，洋洋大观。弟有意词学，不可不置一部也。近忽发词兴，昨寄之思庄手卷外，更有数首，别纸写呈。此复仲弟。

兄七日

《南长街54号梁氏档案》

（中华书局2011年版）

五（一九二五年七月六日）

追怀成容若词写上，近词皆学《樵歌》，此间可辟出新国土也，但长调较难下手耳。咏白处回话否？北戴河之游想不成矣。

附词

鹊桥仙

　　成容若卒于康熙乙丑五月十六日，今年今日共二百四十年周忌也。深夜坐月，讽纳兰词，怅触成咏。

冷瓢饮水，蹇驴侧帽，（注一）绝调更无人和。为谁夜夜梦红楼？（注二）却不道当时真错。（注三）　寄愁天上，和天也瘦，廿纪年光迅过。（十二年岁星一周，谓之一纪）"断肠声里忆平生"，（注四）寄不去的愁有么？

注一：《饮水》《侧帽》皆容若词集名。

注二："只休隔梦里红楼，有几个人儿见"，集中〔雨霖铃〕句。"此夜红楼，天上人间一样愁"，集中〔减兰〕句。容若词屡说"红楼"，好事附会为红楼中人物。

注三："而今才道当时错"，集中〔采桑子〕句。

注四：集中〔浣溪沙〕原句。

张品兴主编《梁启超全集》

（北京出版社1999年版）

【按】 梁启勋（1879—1965），字仲策，梁启超之弟。善填词，有《海波词》，著有《词学》《词学铨衡》《中国韵文概论》《稼轩词疏证》等。

致胡适（六通）

一

《尝试集》读竟，欢喜赞叹，得未曾有，吾为公成功祝矣。然吾所尤喜者，乃在小词。或亦凤昔结习未忘所致耶！窃意韵文最要紧的是音节，吾侪不知乐，虽不能为可歌之诗，然总须努力使勉近于可歌。吾乡先辈招子庸先生创造粤讴，至今粤人能歌之，所以益显其价值。望公常注意于此，则斯道之幸矣。厌京华尘浊，不欲数诣，何时得与公再续良晤耶？惟日为岁，手此，敬上

适之吾兄

启超 十四日

耿云志主编《胡适遗稿及秘藏书信》

（黄山书社1992年影印本）

二

适之足下：

两诗绝妙，可算"自由的词"。石湖诗书后那首若能第一句与第三句为韵——第一句仄，第三句平——则更妙矣。

去年八月那首"月"字和"夜"字，用北京话读来，算有韵，南边话便不叶了，广东话更远。念起来总觉不嘴顺，所以拆开都是好句，合诵便觉性味减。这是个人感觉如此，不知对不对。

中国古典词学
新辑词学珍稀文献丛刊

我虽不敢说无韵的诗绝对不成立，但终觉其不能移我性。韵固不必拘定什么《佩文诗韵》《词林正韵》等，但取用普通话念去合腔便好。句中插韵固然更好，但句末总须有韵，自然非句句之末，隔三几句不妨。若句末为语助词，则韵挪上一字。（如"匪报也，永以为好也"。）我总盼望新诗在这种形式下发展。

拙作〔沁园春〕过拍处诚如尊论犯复，俟有兴当更改之，但已颇觉不易。

又有寄儿曹三词写出呈教，乞赐评。公勿笑其"舐犊"否？

启超　七月三日

采桑子

写近词装一手卷，寄稚女思庄，填此令代跋。

别来问我闲功课，偶作新词。正写新词，怅念时艰忽泪垂。写成当作平安信，远寄娇儿。想我娇儿，生小何曾识别离。

鹊桥仙　自题小像寄思成

也还安睡，也还健饭，忙处此心闲暇。朝来点检镜中颜，好像比去年胖些。　天涯游子，一年恶梦，多少痛，愁、惊、怕！（此语是事实）开缄还汝百温存："爹爹里好寻妈妈。"（歇拍句用来信语意）

虞美人　寄女儿令娴

一年愁里频来去，泪共沧波注。（小女去年侍母省婿，跋涉海上数次）悬知一步一回眸，嵌着阿爷小影在心头。　天涯诸弟相逢道，哭罢应还笑。海云不碍雁传书，可有夜床俊语寄翁无？

耿云志主编《胡适遗稿及秘藏书信》

（黄山书社1992年影印本）

三

适之足下：

顷为一小词，送故人汤济武之子游学。此子其母先亡，一姊出嫁，更无兄弟，孤子极矣。即用公写法录一通奉阅，下阕庄语太多，题目如此，无法避免，且亦皆心坎中语也。请一评，谓尚要得否？

启超 廿二

沁园春　送汤佩松毕业游学

可怜！阿松：万恨千忧，无父儿郎。记尔翁当日，一身殉国，血横海岛，魂恋宗邦。今忽七年，又何世界？满眼依然鬼魅场。泉台下，想朝朝夜夜，红泪淋浪。　　松兮，已似我长；学问也爬过一道墙。念目前怎样，脚跟立定？将来怎样，热血输将？从古最难，做"名父子"，松，汝嵌心谨勿忘！汝行矣，望海云生处，老泪千行。

耿云志主编《胡适遗稿及秘藏书信》
（黄山书社1992年影印本）

四

适之吾友：

复示敬悉。原词已小有改削，再写呈。今日又成题画四小令，并写呈，稍可观否？大作极平实，小有批评，已登报。想见政府愦愦如此，恐终无好果也。昨见尔和文，不知所谓老先生为谁，万不料乃出秉三也。一叹！

启超 端午

沁园春 送汤佩松游学

可怜阿松，万恨千忧，无父儿郎！记尔翁当日，一身殉国，尸横海岛，魂恋宗邦。弹指七年，只今何世？眼底依然百鬼忙！（此句屡改终不惬）泉台下，想朝朝夜夜，啼血淋浪。　　松兮，已似我长；学问也爬过一道墙。念目前怎样，脚跟立定？将来怎样，肩膊担当！从古最难，做"名父子"，松：汝当心切勿忘！汝行矣，望海云生处，老泪千行。

《题宗石门罗汉画像》四首

好事近　跋厘堕阇戏猫

晴昼日烘花，筛碎满阶花影。花底猫儿打架，问有无佛性？　霎时热恼变清凉，雨过竹逾静。院院悄无人语，猛一声寒磬。

西江月　改那婆斯擎钵

香积炊烟散后，祗桓斋供完时。各人受用各些儿，钵里醍醐一味。　达磨去声十年做甚？黄梅半夜洽谁？不如捶破这铜皮！（铜皮二字未妥）免得慧能捣鬼。

相见欢　那迦犀那养蒲

头陀抱瓮忙倍平声？（此句未妥）眼巴巴，要看菖蒲结子又开花！　菩提叶，（原画有菩提树）年年落，且由他。若会得时，一样没根芽。

清平乐　阇啰多伏虎

长眉低瞑，坐得盘陀冷！坐下山君呼不应，跟着阇黎入定。　堂堂月照空林，琅琅泉戛鸣琴。后夜欠伸一吼，眼前"大地平沉"。

耿云志主编《胡适遗稿及秘藏书信》

（黄山书社1992年影印本）

五

适之足下：

昨寄稿〔相见欢〕中"菖蒲"应改作"石蒲"，盖所养者盆中蒲草也，若菖蒲则开花不足奇矣。

又数日前更有小词数首，并写呈。

启超　廿六

好事近

籍亮侪病中赋诗索和，其声哀厉，作小词以广之。

千古妙文章，只有一篇《七发》。侈说"惊涛八月"，又"怪桐百尺"。"主人能强起学乎"？"惫矣！谨谢客"。几句"要言妙道"，恰霍然病失。　　咄咄臭皮囊，偏有许多牵掣！哄动文殊大士，至维摩丈室。多生结习满身花，天女漫饶舌。一喝耳聋之后，看有何言说？

西江月

　　　癸亥端午前三日，师曾以画扇见贻，画一宜兴茶壶，媵一小词，盖绝笔矣。检视摩挲，追和此解，泫然欲涕。

忆得前年此日，陈郎好画刚成。忽然掷笔去骑鲸，撇下一壶茶冷！　　摘叶了无叶相，团泥那是泥形？（注一）"虚空元自没亏盈"，此意而翁能领。（注二）

注一：原词云：摘叶何须龙井，团泥不必宜兴。

注二：散原先生原句。

耿云志主编《胡适遗稿及秘藏书信》
（黄山书社1992年影印本）

六

适之足下：

昨寄诸词内〔相见欢〕一阕拟改如下：

朝朝料水凉沙，眼巴巴，要看石蒲结子又开花。　　菩提叶，长和落，且由他。若会得时，一样没根芽。

又〔西江月〕"黄梅半夜洽谁"改"传谁"。因此字万不能用仄声也。又〔清平乐〕"琅琅泉戛鸣琴"改"泉奏"，与上句"月照"叶韵。

启超
耿云志主编《胡适遗稿及秘藏书信》
（黄山书社1992年影印本）

冒广生

冒广生（1873—1959），字鹤亭，号疚斋。江苏如皋（今属南通）人。清光绪二十年（1894）举人。曾参与戊戌维新，历官刑部郎中、农工商部郎中。民国初任江浙等地海关监督。抗战时留居上海，为太炎文学院词曲教授。冒氏早岁问学于外祖周星诒，又得粤东著名文人叶衍兰垂青，后又与郑文焯、朱祖谋、吴梅等交往，词学功底深湛。著有《小三吾亭词选》一卷，《小三吾亭词话》五卷。其词曲论著后人合编为《冒鹤亭词曲论文集》。

致金武祥

一

粉白调肌，胶青刷鬓，安黄八字宫眉。南国佳人，合题黄绢新词。东劳西燕催相见，证黄姑的的欢期。恰黄昏庭院深深，帘幕垂垂。　黄河远上平生句，忆旂亭昼遍，难寄相思。蕉萃江湖，黄花瘦比腰支。多情今夜团圆月，照流黄特地行迟。怕明朝扊上黄中，不似前畴。

调寄〔高阳台〕。李义山诗："八字宫眉奉额黄。""黄绢幼妇"见《曹娥碑》。"东飞伯劳西飞燕，黄姑织女催相见"，见《古乐府》。"黄河直上"，王涣之诗。"帘卷西风，人比黄花瘦"，李易安词。"更教明月照流黄"，见沈佺期诗。"扊上星稀，黄中月落"，见庾子山《镜赋》。

光绪甲午，仆年二十，举贤书，出瑞安黄公门下。明年，公以女妻之，而为之寒修者，房考会稽王公也。戏拈此词录呈湘生先生教正，并请质之南雪师索和。冒广生呈稿。

梁颖整理《疚斋遗札》
（《历史文献》第二十辑）

二

湘生先生太世丈大人阁下：

前惠书，知傔从已赴秣陵，无从寄复，昨晤屺怀太史，始悉下榻钟山书院。秦淮佳丽，丈所旧游，又得小珊、季泽诸公文宴过从，定无虚日。桂香近矣，今秋得公郎冠冕南国捷音，至盼。……吴中新识水云犹子蒋公颇，此公填词已到家，在小坡之上，以小坡摹拟石帚，太落迹象，甚至制一题亦然，且时有凑韵也。广近集长吉诗为词三十六首，自谓不恶。晚时填词好手辄以南宋为止境，北宋且无敢越一步者，温、李（后主、易安）种子几于息矣。窃不自揣，以为词当从唐人诗人，始可从宋人词出也。近词二首呈教，不尽百一。七月晦日冒广生叩头白。

梁颖整理《疚斋遗札》
（《历史文献》第二十辑）

【按】金武祥（1841—1924），字溎生，号粟香，又号菽香，别署一斥山人、水月主人等。江苏江阴人。科举不第，曾入曾国荃、张之洞幕府。辛亥革命后，寓居上海，以藏书、刻书为业。刻有《粟香室丛书》，编撰《江阴艺文志》，著有《粟香室随笔》《冰泉唱和集》《陶庐杂忆》《霞城唱和集》《溎生诗草》等。

致徐乃昌

积余年丈大人阁下：

抵家奉手书并贤梁孟为内人合题《话荔图》词（虞山翁泽之今日寄题图词来，亦用〔祝英台近〕调），芊绵婉约，继轨玉田，一唱三叹，使人意远，感荷感荷。尊刻《国朝闺秀词》搜辑极勤，用意尤厚。昔顾氏刻《元诗选》成，梦见古衣冠人为之罗拜。吾丈此举，定知有无数钗环向小檀栾室低首也。仁和吴蘋香女史词，在湘蘋夫人后称本朝大词家，其所撰《香南雪北词》及《花帘词》不审有寓目否，何以不刻，以成大观？若无稿本，广当觅寄。健庵自延令挈其妇归，海秋同来。季宜在唐家阃一饭而别，渠即赴宁，近已返否？比来大稿曾否写定？此事千古，固不以早计为嫌。广同辈中斐然大半有作，故亦望吾大也。肃复，敬叩缃安。内人属笔道谢。广生敬头。

梁颖整理《疚斋遗札》
（《历史文献》第二十辑）

致曹元忠

君直同年兄如胞：

别时兄不来，初大恨，既而思之，或不忍见弟别去故不来，正是兄情深处，又思有先弟一日而去者，其用情乃不知深深深几许也。……日来寝食小楼，发箧陈书，颇理旧业，文集杀青过半，当于下月寄奉。《冠柳词集》欲兄撰一序，不没其劳。昨取《草堂词》校一过，其〔庆清朝慢〕词"镂花拨柳"，"镂"作"撩"，"烟郊外"，"郊"作"柳"。又〔雨中花令〕（呈元厚之草堂）题作"夏景"，"见一派潇湘凝绿"，"派"作"片"。以上《啸余谱》并同。又从朱氏《词综》补得〔临江仙〕词一阕，不知朱从何处采择。兄试再搜寻之，如无遗漏，俟大序到亦即开雕矣。拟传附鉴，请兄酌定后并丹姬《字说补》一并寄还。《虎丘钱别图记》曾否脱稿？早寄为盼。弟返为金心兰撰《冷香馆图记》，尚未写定。吴中三山人，一汪荼磨，一秦西脊，其一弟忘之，千乞寄示，《图记》中须用之也。《白石道人歌曲考证》便当节缩衣食，早日校刊。沪上晗敬孚先生，极□为兄揄扬，已将大名写日记中，云一到吴即行奉访。昌硕、鹤逸时遇从否？南中友朋文字山水之乐眼前无恙，不知璚隐、彤士比复何似？瑞安全家在北，更不可言，每望燕云，怆然流涕。近复传言宫中已有变端，天若祚清，必无此事，此中人鼓腹而嬉，依然太平世，宜周先生谓是世外仙源也。招招舟子，兄倘能来乎。仲虎事曾否了结？殊切系忧。敬叩侍奉百安。六月十六日如弟广生顿首。

梁颖整理《疢斋遗札》
（《历史文献》第二十辑）

致汪曾武

仲虎吾兄同年赐鉴：

家居都无好坏。前接手书，值有崇川之行，阙然久不报。顷归奉第二书，知入秋已来时复多病，甚用翘结。吾辈负倜傥权奇之气，暂时善暇，原不足以言得失，公达人，当体此意。忧能伤人，昨得吴中书，上言灵鹣长逝，未尝不自念也。君直兄闿居亦复无聊，来岁栖栖，正未知寄食何所。同学少年，强半仕路，栖迟空谷，则二三子与我耳。前读大词，沉郁顿挫，辛、刘继轨，弟意兄于一切无可奈何时则托之诗歌古文词，既足陶写，而学术亦因之月异而岁不同。敝帚自珍，常持此意，刍荛之贡，或见采纳。誊录议叙在何时？鹿公处□有□其消息，不然无达官八行书则世交年谊均不可恃。弟开春或过吴，彼时当买舟娄水，一慰饥渴。敬叩侍奉百安，言不尽意。年小弟广生冲。腊月四日。

梁颖整理《疢斋遗札》

（《历史文献》第二十辑）

【按】汪曾武（1866—1956），字仲虎、蛰云，号趣园，斋名云在山房。江苏太仓（今属苏州）人。清光绪二十年（1894）举人。曾参加康有为发起的"公车上书"，后在内阁法制院任职，新中国成立后任中央文史馆馆员。著有《趣园味莼词》《述德小识》《平阳杂识》《历代泉币考略》等。

致叶恭绰

遐庵仁兄阁下：

弟以一年来手颤，极怕写字，大抵性愈急则愈战，字愈小则亦愈战，此后恐将成废人矣。李审言遗著弟准助刻赀五十元，惟另募则殊不易，不若将弟名义附入尊募三人之一，似两省事。《疏香集》早收到，谢谢。委选《花影》《吹笙》两词当如命，惟手边无书，盼各寄一本，当于十日内报命，并将旧撰《词话》之语加入。至《词话》一书，已由唐圭璋觅得送来，惟当日本非完书，拟补足成之，将来当将应补之人之词向尊处商借，大约亦不遇十数家耳。乔石林象已由榆生处转奉否？匆后，并颂日祺。弟广生顿首。一月廿九日。

梁颖整理《疢斋遗札》

（《历史文献》第二十辑）

致吕碧城

前得惠书，附词二首。嗣由南洋转到《晓珠词》二册，循览一过，觉自来《漱玉》《断肠》有此思精，无此体大，其女中之清真乎？仆于此道，学之五十余年。初仅视若小道，寻常应酬用之而已。近年词家，人人梦窗，开口辄高谈四声。心滋疑焉。梦窗时无《词律》，所守之律殆即清真之词也。乃先取清真词之同调者，次方、杨、陈三家和词，再次梦窗与清真同调之词，一一对勘，乃无一首一韵四声同者。乃至句读可破，平仄可易。始悟工尺只有高低，无平仄；嘌唱只有断续，无句读。而当世无一开眼之人。自万红友倡千里和清真词无一字四声不合之说，郑叔问扬其波，朱古微拾其唾，天下学子皆受其桎梏。诸人何尝下此死功将周、方词逐首对勘耶？其四声者，指宫调言，非指字句也；指宫商角羽言，非指平上去入也。唐宋合乐以琵琶为主，琵琶四弦有宫商角羽，而无徵弦，故曰四声。仆近成《四声钩沉》一书，欲为词家解放。以足下聪明绝世人，病腕数年，不惮其痛苦，乃为足下一发之，知不以为河汉也。同一词也，令词不必讲四声，慢词则讲之。普通慢词又不必讲四声，犹周、吴集中慢词则讲之。统一国家，而法令有二，亦习焉不察耳。题词二首，悉依元韵，并寄碧城词家足下。

六月晦日 冒广生

石州慢

一品仙衣，三叠霓裳，针线无迹。独弦自谱，哀歌付与，春潮秋汐。飘零万里，回首旧日，神京浮云凄。黯关山北，待说与生平，奈韩陵无石。　离索镜奁钗钿，研匣琉璃。也慵收拾椀茗，烟薰病起。自家将息。天涯知道，多少英气。清愁除非问取，残灯碧。又强忍高寒，看雪山山色。

奉题《晓珠词》，即同自题原韵。

鹧鸪天

现出聪明自在身，前身合住苎萝村。藐姑肌骨清于雪，群玉衣裳艳若云。　天浩浩，水粼粼。江山奇气伴朝昏。善心至竟依三宝，余技犹能了十人。

再题《绘雪词》，仍用自题原韵。水绘庵老人冒广生。

《近代词人手札墨迹》

（台湾"中央研究院"中国文哲研究所2005年编印）

【按】 此札录自《忍寒庐劫后所存词人书札》（上），龙榆生旧藏，张寿平辑释，见台湾"中央研究院"中国文哲研究所编印《近代词人手札墨迹》上册。冒广生对清季词学严辨四声一直反对。如1952年9月，冒氏评定陈匪石题《螺川诗屋雅集图》词时云："此君词学确深，若不泥于四声，受彊村之毒，骚坛飞将军也。"另，今见吕碧城致冒广生书札提及此札，吕札云："鹤丈词宗赐鉴：瀹西通讯，瞬已二年，遥维道履清胜，定符私祝。晚于欧战开后，遵海而南，颠沛流离，遑恤我后，致前赐题词及论词大札均遭遗失，至为痛惜。如尊处尚有存稿，恳再录寄，俾得珠还，曷胜纫感。企祷之至，嫥此，敬叩福安。晚吕碧城拜上。十一月十日。通讯处：香港山光道十五号东莲觉苑。"

仇　埰

仇埰（1873—1945），字亮卿，一字述庵。江苏南京人。晚岁着力填词，与石凌汉、孙浚源、王孝煃结蓼辛词社，集成《蓼辛词》一卷，《词外集》一卷，又为南京如社和上海午社社员。著有《鞠燕词》，辑有《金陵词钞续编》等。

致夏敬观（一〇通）

一

剑翁仁兄著席：

接奉惠书并承示大作，洛诵数次，觉浑厚中自然深美，由于酝酿之深，胜于拙作多矣，曷深拜服。前孟超兄示近作数阕，亦灵气往来，珠圆玉润，想日有进境为慰。报载沈信卿先生大寿在浦东大楼庆祝，会中义卖书件有先生为画扇面，允称双璧。埰惜不能躬与其胜，以饱眼福。时序匆匆，又届端午，生事之困，民不聊生，寰海风波，千变万化。商人之骤富者点缀节景，胜于当年数倍，几不知国家本身尚在艰难。愁闷之顷，尚复何言？远道友人来书，都道明春可归来，易不知如何也？大著《词律拾遗补》分载《同声》各刊中，暇时即披览，似无可议。只一调有漏落数字，与字数同而句法异者，或不必另列一体，可另辟一门专记之，何如？《汇辑宋人词话》颇有味，长日人倦，率以此刊破睡也。专此寄复，顺颂节安，不一。

弟仇埰顿首

端午日

《夏敬观友朋书札》

（复旦大学出版社2021年版）

二

映庵先生社长侍右：

昨奉手教，于拙作过分奖饰，极愧。承示第三句应叶，极是。兹改为"倚秦淮旧月梅冈"，希于拙稿中代改之。钟山有梅冈，见于史乘，因合去入声，用"旧月"牵及"秦淮"，而白石〔暗香〕调"照我梅边吹笛"，则"梅冈"与"旧月"又强为牵连，任意杂凑，似缝穷妇缀补百家衣然，可笑孰甚。仍请教之。容再缮稿送请，汇转叶揆初先生。专此寄复，顺颂揆安，不一。

仇埰顿首

六月十三日

《夏敬观友朋书札》

（复旦大学出版社2021年版）

三

映庵先生社长著席：

久不晤教，溽暑惟起居佳胜为颂。嵩云时以词来属和，前有白石〔玲珑四犯〕赋落花，近有屯田〔迷神引〕，均遵属草就。赋落花极怕为之。前年切庵先生咏落花，初欲和作，以出语衰飒遂辍笔。嗣读印本，惟大作独能脱去寻常蹊径，为此题开生面，极佩。此次拙作仍衰飒且离奇，愈令文人短气。〔迷神引〕调亦难填，句短而复，且韵多不易贯注。两作脱稿极不能自信。又社调成一作，一并录请我公为一批教之，幸勿客气。暑中不出户一步，实亦不能清静有好怀也。梦招兄尚未赴港否？商务想不久可复业。《全宋词》事届时盼公与洽商示及。专此，即颂道席。不一。

弟仇埰顿首

七月六日

《夏敬观友朋书札》

（复旦大学出版社2021年版）

四

映庵先生社长道席：

顷电话中未获畅谈为歉。社作近择东坡调，欲填〔醉蓬莱〕〔三部乐〕均不就。昨灯下填〔祝英台近〕成词，极草率，塞责而已。视大作深厚稳洽相距甚远。"九百六年矣"是否杲？拙押"矣"字尤滑，直不成词如何？请教之。《全宋词》有可取处，惜版式近俗，前圭璋商及，曾属用六开本，大致照《全唐诗》式，不知何以变迁如此？余容谈。此颂著安。

弟仇埰顿首

二月八日

《夏敬观友朋书札》

（复旦大学出版社2021年版）

五

映庵先生著席：

久未晤教，惟起居康胜为颂。社课命调〔瑶华〕，弟得便利，因嵩云方以此调赋冰花属和也。昨草草填就，未知当否？录请鉴教，乞不吝指导为感。此上，顺颂道席，不一。

弟仇埰顿首

三月八日

《夏敬观友朋书札》

（复旦大学出版社2021年版）

六

映庵先生社长著席：

　　近因俗事较多，社作久稽延未着笔，昨匆匆草成，趋府拟求指教，适值驾出为怅。现改"今古"为"隆古"，改"数"韵为"竚"字，仍未妥洽，尚乞教之为幸。专上，即颂道席，不一。

仇埰顿首

十五日

《夏敬观友朋书札》

（复旦大学出版社2021年版）

七

映庵先生词宗著席：

　　日前畅饮，教言兼扰盛馔。感谢感谢。近稔起居曼福为颂，切庵先生去冬赠填词图印本命题。当以病后医师属省脑力，久未报命。又以册中珠玉在前，不敢落笔。大作〔上林春〕再三洛诵，尤深钦佩。近成〔熙州慢〕一阕，自取生调，迄未妥协，录稿就正。尚希不吝教诲，指示谬误，俾知改进，不胜跂望。顺颂节釐。

仇埰顿首

己卯端午

《夏敬观友朋书札》

（复旦大学出版社2021年版）

八

映庵先生社长著席：

　　奉示新作，浣诵再三。密丽浑厚，《花间》胜境，仰佩无既。拙作尚未著，想候稿成即呈请指教。瞿安前年在汉过寓，时埰已病，促膝倾谈二小时，见其声哑特甚，讽以止酒，渠谓止已不能，少饮则可。依依而别，不意此会竟成永诀。久欲词以挽之，迄未成。昨忽信笔书一调，略无蕴藏，似白话，然不知可用与否。录稿乞教正。

辛勿客气为祷。顺颂道席，不一。

仇埰顿首

七月六日

《夏敬观友朋书札》

（复旦大学出版社2021年版）

九

映庵先生社长词席：

日前晤教，极快。此次〔绿盖舞风轻〕调，闻疚斋先生指示平叶数字，具有见地。近代词家有于迤、回二字注叶者，实则上下阕首韵漪、期二字亦应叶之，如诸公意见相同，亦可为草窗此调论定。未审先生以为然否？拙作浅率无新意，录稿乞鉴教。近猝抱鸰原之痛，因写春草鸣禽梦境，亦未知当否也？专颂道安，不一。

仇埰顿首

八月卅一日

《夏敬观友朋书札》

（复旦大学出版社2021年版）

一〇

映庵先生词宗著席：

顷奉复示，拜悉一一。"腮"字非韵，极是。昨铁翁谈及归来，未及检查，顷查确非韵。拙作"可惜玄湖"句，"玄湖"二字改"麟洲"二字，玄湖五洲旧有名麟洲者，姑撷拾用之，不知当否？至丝、思能叶，更精密。拙作姑从略，免得全部牵动。一笑。统希指示，不尽。大作脱稿并乞赐读。顺颂道席，不一。

仇埰顿首

九月二日

《夏敬观友朋书札》

（复旦大学出版社2021年版）

致赵尊岳

叔雍先生撰席：

辱书拜诵。奉到大著《和小山词》并蕙风诸公《和珠玉词》，珠联璧合，先后辉映。大作精力尤胜，生气远出，真足俯视《惜香》，抗衡《饮水》，拜服，拜服！和珠玉三老，蕙风、半塘均为专刊，芯翁仅有《半簏秋词》两小石印本，系其婿严为为之印行传本，现已无多，深恐泯灭。数谓严伟请为锓板，不成事实，惜阴丛刊能否包罗及之。《明词刊》板虽在此间姜姓刊书处，见及询悉。阁下所辑，私衷佩慰。有明一代，此事甚微，其弊中于制艺，其风倘于歌曲，然精选岂无佳制。且数词学变迁，明代亦至需微考。尊辑详人，所略定能驾兰泉《词综》而上之。词籍考查当始自南唐以前，未审拟截至何时，清末诸家，突过前辈，是以为后劲矣。名山盛业，企仰何如！敝簏寒俭，愧无贡献，会当询之友人，倘有与尊著相关者，必为介绍以酬盛意。垛老大无成，二十年来，滥竽教育，日与为时代性之寸简为缘，未敢以文词肤末之事歧学子之视听，坐是旧学荒芜尽矣。丁卯键户以来，寸阴还我，稍稍宁静，二三好友，率赋闲居，时以短吟相逼，方唇沓舌头，盲唱随人，亦不自知其门径何在。仓庚之作，尤为一时盲动游戏，更不值方家一粲也。

仇埰拜复

二月廿七日

《赵凤昌藏札》

（国家图书馆出版社2009年版）

致唐圭璋

圭璋贤弟如握：

久不寄弟书，以旧历岁暮琐琐事务较多。知弟正在记念中，兄无他可告慰，只眠食如常。闭门休养以来，身体精神都比前为健。留有青眼，倘能见河清，亦是大快。此间及各地乩坛所判，都道清明没有大转机，年终大众都可还乡。虽属香渺之谈，但以往事皆验，则未来者或亦可望。况灵学通达，亦为科学所不能掩，姑拭目俟之可也。《全宋词》前半月已得一部，因报载本月十二日又涨价。从前夏剑老特到社中，谓社友购之，只须三十二元余。后涨价为五十八

元，特价四十六元。十二日后，又不知涨到如何程度。兄思即弟寄
到六折券，只能照五十八元六折，断不能照特价再六折。且涨价后，
亦只照所涨数六折之。适家中劫余书籍有暂不需用者，遂属寄两部
求售，得三十余元。遂托剑老作函介绍，欲仍以社友卅二元余价购
之。乃到商务馆，竟不能照前价，至少亦需四十二元。适会见黄警
顽（商务老板待定，人称之为交际博士者），非常殷勤。谓多年不
见，招待备至。兄告以与弟关系，并谓编绎馆允赠弟六折券，现尚
未到，而兄需阅此书。黄谓六折券并非单券，系一张券中注明购者
几人或注明人名，黄遂于售书处商照五十八元六折，计三十五元一
角。其手续由黄办之，大致照著作人购书例也。兄已与黄言，如六
折券到必有兄名，将来兄不再以六折购此（弟如在券上书名，望仍
照书兄名，以符兄之说）。黄君系特别应酬，犹念十数年前之情，可
感也。书只二十本，惜两层横版，不大雅观。前谈照《全唐诗》式，
即比此为精美，纸张印本都不差，内容亦无有可指摘处，总算大观。
价值在《历代诗余》以上，只版本逊之耳。末后搜集各大部中有极
不易得者，附录中《宋词互见表》亦极佳。兄意只少一调之归类，
因此书只能供检查不能备阅读。如有调名归类，则检查尤便。但有
《历代诗余》，已可见同调各家之作。不过此书之人，多有为《历代
诗余》所遗者。如再有一表，更可以包举无遗矣。弟费十年心力成
此伟业，不负辛苦。半塘、彊村九原有知，亦当首肯，为之愉快者
屡日。臞禅久不见，渠亦深欲得此书。但兄亦不便对渠说黄之所以
待兄者。因黄既厚意于兄，势亦不能踵而请之也。弟意以为何如。
癹素常有函来，惟写字手颤，似颇费力。未复弟书，或以是之故。
近来特医道为生计，去年出诊蚌埠两次，闻归囊尚不薄，词兴亦索
然。此间词社亦少兴致。近数次每课交卷者只六七人，数老者都不
缺课。上月东坡生日，社集以东坡生日命题，不限调。本月于下星
日举行比较，不似吾社同人主张一致。前七集付印多日，尚未成。
大致本月后或可装好，亦瑕瑜互见也。高瑞祯前送眷属返里，回沪
曾见面一次。渠处距兄寓尚远，不易便道访之。来纸三张，属书近
作，并代托林子有、夏剑丞两先生书词。兹已书来，寄上，请察收。

惜无多纸，否则仍可托廖凤老书之。闻某君不惜入污泥，到南京亦大郁郁不自得，一失足成千古恨，尚复何说。不识他日九原，何以见其师也。读书力学，不先重人格，纵有大成就，亦不为人所重。此次伪方多少负文学之名望者，均堕落其中，引起道路指斥，谓读书人不足数，此真可为太息也。吾辈终身事教育，对于朋友学生应时注意此点。以后国家复兴，先要谋教育界之澄清。现在沦陷区中所闻种种，真可恸哭。盖心死之人，谁人能惜其身之死也。沪上人家十九不知有国，年下欢嬉如太平时节。心目中最大二事，一崇拜西人，一投机发财。治外法权不能收回，此种万恶之地，不知何日始能挽救之。吾辈流浪之民见之，时时不怡。舍此更别无可居之地。只日日跂望时清耳。书不尽意，顺颂近祉。

兄亮顿首 二月十八日

《文献》2018年第3期

【按】上札录自周翔整理《唐圭璋友朋书札七通考释》。

张尔田

张尔田（1874—1945），一名采田，字孟劬，号遁庵。浙江钱塘（今属杭州）人。父张上龢，曾从蒋春霖学词，与郑文焯为词画至交。清末举人，曾任刑部主事等职。民国初建，预修《清史》。曾任教于光华大学、北京大学等校，晚年为燕京大学国学总导师。尔田少承家学，精于词，曾为郑文焯所著《词源斠律》纠正数条，为郑深赏。又奉教于朱祖谋，与陈锐等研讨声律，为清词后劲。朱祖谋尝刻其《遁庵乐府》入《沧海遗音集》。著有《遁庵文集》《史微》《玉溪生年谱会笺》《清史·后妃传》等。

致王国维

静庵我兄有道：

顷书知动定清佳，甚慰。尊词循诵，颇有黝栗之色，故当佳作。并世词流爨鉴，要为一作手，彊村终觉努力，不如其自然耳。……

敬承著安，不一。

弟尔田顿首

国家图书馆古籍馆编《国家图书馆藏王国维往还书信集》

（中华书局2017年版）

致夏敬观（八通）

一

前晚奉谒未值，怅怅。今秋沤尹先生六旬初度，桑海遗民，虽有亭林先例，而同志礼不可虚。时世寿幛、寿联不足辱高人，即寿序、寿诗亦嫌落套，且亦难工。鄙意欲仿霜腴雅例置长卷，专征同人之词。昨商诸乙庵，极首肯，竢此卷装池后当丐鸿笔一题卷名，拟即用"霜腴"二字。"霜"取晚节，"腴"切寿意，与沤公身份恰合。特质大雅，想用赞也。近诗附上采览，得暇再当趋候。手肃，祗颂剑丞仁丈起居，不一一。

孤子张尔田谨状

《夏敬观友朋书札》

（复旦大学出版社2021年版）

二

奉大集之颂，诵味无斁，并世词流能为北宋，樵风而外，此其独已。侄虽心知其妙，而力不能举之。生平雕琢慢词，薪响淮海，少作壮悔，迄于无成。辛亥国变，忧生之嗟剧于念乱，并此戋戋者，亦绝响矣。孤露余生，惟愿打钟扫地作清凉山行者以送余齿耳。旧著仁山诗一册送上采览。旦夕趋谒，不一一。祗承剑丞仁丈动定。

侄制张尔田顿首

《夏敬观友朋书札》

（复旦大学出版社2021年版）

三

损书并示沤尹生日新词均诵悉。侄近患目疾且兼咳嗽，久未出门。闻沤公已避往苏州，尚有苕雪之行。寿卷已托曹君戣一在苏古香斋置备，大约即过生朝亦不妨，不过留一韵事而已。俟卷成当送上，祈将新词上纸已，题词丐秦晦鸣师作矣。得暇当趋候，不一一。手肃，复颂剑丞仁丈大人动定。

侄制尔田顿首

新词沉着不落套，却合沤公身分，诵之无斁。小诗二章附上，以博一粲。

《夏敬观友朋书札》
（复旦大学出版社2021年版）

四

映庵先生左右：

奉到惠缄并新著《锐歌注》一册，知履候多豫，至慰至慰。弟尝盱衡三百年文士，仅得四家：汪容甫之丽文，龚定庵之散文，沈培丈之诗及公之词而已，培丈诗出入元祐诸贤间，公之词乃真北宋也。老辈多推道希能学北宋，吾不谓然，本朝一代词无超越南渡范围者，并世诸贤更无论矣。世有识曲听真者，定相赏于牝牡骊黄之外。若《锐歌注》则公之绪余耳。传世大业，自有其不朽者，在此固不敢妄赞一辞也。弟来此已数月，意绪阔落，都无好怀。旧都文化之区，学者大半偏于考古，支离破碎，藉充报林，使我有数卷书不如一清吟远矣。言之足为于邑。今夏培丈《蒙古源流笺证》可以校补断手，尚拟撰《八旗世族表》及《建州源流考》两书，以完吾文献之愿。此后即当谢绝讲事，养鱼看花，优游郊野之间以送余齿耳。小词一章附往。手肃，祗候道祺，不一一。

弟尔田顿首
《夏敬观友朋书札》
（复旦大学出版社2021年版）

五

映庵先生左右：

承惠告新词，淡而旨，峭而自然，老杜夔州以后诗境也。无意摩放而神与之合，吾无间然。"江南铁钩锁，最许诚悬会"，公之于词，实能深入斯域，而仆则犹未也。仆少治两汉经说，训故之外，音学亦兼治之。中年伤于哀乐，辍而弗为，尝叹此业殆成绝响。宏撰勒成，亟思睹秘杂录。拙制数章寄请观之。日坐皋比，人生有几寒暑，恐不复能唱渭城矣。奈何。复颂道祺，不一一。

弟尔田顿首
《夏敬观友朋书札》
（复旦大学出版社2021年版）

六

映庵先生有道：

　　顷承惠书，并拜诵新词，欣慰无量。弟生平于词好之不专，徒以少闻先君绪论，又从诸词老游，见猎心息，遂破戒一为之。除牵率酬应外，少作壮悔，故所存者无多，为工为拙，亦殊无所容心于其间也。猥荷过奖，甚非所安，汗颜而已。沤君善为词，而最不善论词。从前沤尹论词推叔问，至沪后又推蕙风，及其晚年则交口称海绡，世之不知词者，亦竟以清真许之，不知清真北宋也。北宋词之妙，全在意境能起而又能沉，海绡思致颇沉，但苦不能起，此无他，仍为南宋意境所囿故也。梦窗自是南宋一高手，必谓由梦窗可以上窥清真，则吾宁不食马肝耳。仆有恒言，能为清真降而为梦窗易，能为梦窗仰而跻清真难，又况为梦窗而不善者耶？此事自关天分，若不言清真，但论梦窗，则海绡固当衰然称举首也。沤尹虽学梦窗，而其入手实从碧山，远不如海绡之峭且专，沤尹晚年心折海绡者以此。总之，清末词流已知词境不囿于姜、张，较之常、浙诸派高则高矣，而都未出南宋范围，其于北宋意境殆无一人梦见，吾于此不能不盛推于公也。亦犹同光以来，治宋诗者多矣，而真能与宋人抗手者，只有郑子尹一人而已。此非面谀之谈，异时自有定论，公以为何如？……复颂道履安稳。

弟尔田顿首
《夏敬观友朋书札》
（复旦大学出版社2021年版）

七

映庵先生左右：

顷奉到惠示，并承赐词刻全集。近二十年作苍劲浑化，所谓波澜老更成者，此亦词人晚岁应有之境，诵之无斁。近来大江南北人人有集，黄茅白苇，赏音其谁？又不禁怃然矣。……复颂道祺，不一一。

弟张尔田顿首

《夏敬观友朋书札》

（复旦大学出版社2021年版）

八

映庵先生尊鉴：

丧乱余生，都无好怀，兼之衰病，音候久疏。……平生所接词流多矣，所见词亦不下数百家，大都在六人笼罩之中，三百年间不受六人缚束者，而又不破坏古人藩篱，聪明才力常若有余于古人之限者，龚定庵之于文，郑子尹之于诗，公之于词而已。世之言词者莫不尊北宋，惟公真北宋之词耳。今得公序为拙词宠，虽不传犹传也，其为篆镂宁有既耶？而宋词人为词人作序者，山谷之序叔原，功父之序邦卿，仆固不敢望叔原、邦卿，若公则优于山谷、功父远矣。已属榆兄冠之小集之首。特肃致谢。近诗两章附往，祗颂道祺，不一一。

弟尔田顿首

《夏敬观友朋书札》

（复旦大学出版社2021年版）

致黄节

晦闻我兄先生左右：

初八日寄一快邮，今又奉到手诰，循诵之余，流脸沾膝。比阅杂报，多有载静庵学行者，全失其真，令人欲呕。呜呼！亡友死不瞑目矣。忆初与静安定交，时新从日本归，任苏州师范校务，方治康德、叔本华哲学，间作诗词。其诗学陆放翁，词学纳兰容若，时时引用新名词作论文，强余辈谈美术，固俨然一今之新人物也。其与今之新人物不同者，则为学问，研究学问，别无何等作用。彼时弟之学亦未有所成，殊无以测其深浅，但惊为新而已。其后十年不见，而静庵之学乃一变。鼎革以还，相聚海上，无三日不晤，思想言论，粹然一轨于正，从前种种绝口不复道矣。其治学也缜密谨严，奄有三百年声韵、训诂、目录、校勘、金石、舆地之长而变化之，其所见新出史料最夥，又能综合各国古文字而析其意义。彼尝有一名言曰：治古文字学，不可解之字，不可强解，读书多，见闻富，久之自然触发，其终不可通者，则置之可也。故彼最不满意者，为庄葆琛、龚自珍之治金文，以其强作解事也。考证钟鼎文字及殷墟书契，一皆用此法。近年校勘蒙古史料，于对音尤审，今又欲注《蒙古源流》，研究满洲、蒙、藏三种文字，惜尚未竟其业。此皆三百年学者有志未逮者，而静庵乃以一人集其成，固宜其精博过前人矣。世之崇拜静庵者，不能窥见其学之大本大原，专喜推许其《人间词话》《戏曲考》种种，而岂知皆静庵之所吐弃不屑道乎！惟其于文事似不欲究心，然亦多独到之论。其于文也，主清真，不尚模仿，而尤恶有色泽而无本质者。又尝谓读古书当以美术眼光观之，方可一洗时人功利之弊。亦皆为名言。至其与人交也，初甚落落，久乃愈醇。弟与相处数十年，未尝见其臧否人物。临财无苟，不可干以非义，盖出于天性使然。呜呼！静庵之学，不特为三百年所无，即其人亦非晚近之人也。今静庵死矣，何处再得一静庵？此弟于知交中尤为惋叹者也。静庵名在天壤，逆料必有无知妄作，大书特书，以汙吾良友者。一息尚存，后死之责，不敢不尽。然而所以报吾友者，仅乃如此，亦已嗇矣，奈何奈何！雨僧兄若见，便请以此示之。尊体务宜保摄，勉慰故人。至望至望。

《学衡》第六十期

（1927年）

【按】 上札见《学衡》第六十期《文苑·文录》，后又以《呜呼亡友死不瞑目矣》之名发表于《文字同盟》（1927年）第四号"王国维"专号。黄节（1873—1935），原名晦闻，字玉昆，号纯熙，别署晦翁。广东顺德人。曾任北

中国古典词学
新辑词学珍稀文献丛刊

京大学教授、清华大学研究院导师。著有《蒹葭楼诗》《汉魏乐府风笺》等。

致夏孙桐（二通）

一

闰枝尊兄左右：

顷奉手告，并古丈《集外词》一册。古丈词除自刻《彊村语业》二卷外，此后所作又经古丈亲自选存为《彊村语业》第三卷，现已合前二卷刻入《遗书》矣。

公所举〔鹧鸪天〕诸词，皆在其中，此《集外词》一册皆当日删削之余者，牵率酬应，为弟所亲见者大半。鄙意若刻，则全存，仿冯柳东辑《曝书亭外集》例。即由榆生出名最妥。若不存，则不必刻，此册既经古丈删汰，无庸我辈再加选定也。集非自编，当一切仍之。榆生之意或恐中有代笔，须除去。实则古丈诗文多人代作，词则必无。古丈一时词宗，不特不必倩人，抑且无人敢代也。原册仍挂号寄还，如以为然，请即以鄙意转达榆生何如？复颂道祺。

弟尔田顿首

《近代词人手札墨迹》

（台湾"中央研究院"中国文哲研究所2005年编印）

二

闰枝尊兄有道：

昨复一缄，并寄上古丈《集外词》一册，想察及矣。再考古丈词从前所刻者，如《彊村词》《春蛰吟》《庚子秋词》《鹜音集》数种，其中精华已由古丈选存为《彊村语业》前二卷。其余而未取者，亦应都为一卷，题曰《集外词》前编，而以合兹所辑者为《集外词》后编，方无遗漏。此事当属榆生任搜辑之劳，即由榆生出名。冯柳东编《曝书亭外集》足其先例，将来编成付刻，可以单行，不必编入《遗书》，庶请断限。以《遗书》皆出古丈生前手定，不宜乱其体例也。此层最要，望公转告榆生。至外集既非出古丈之手，我辈更不容妄有去取，惟校其缺误足矣。想尊意当亦谓然也。弟谓课事缠绕，不能细心从事于此，一切祈代主持。手肃，敬问道安。

弟尔田顿首

《近代词人手札墨迹》

（台湾"中央研究院"中国文哲研究所2005年编印）

【按】 此札录自《忍寒庐劫后所存词人书札》（上），龙榆生旧藏，张寿平辑释，见台湾"中央研究院"中国文哲研究所编印《近代词人手札墨迹》上册。

致陈柱

奉惠示，寻绎极佩，所论治学涂辙，尤惬素心。尊词大踏步出门，殊有山谷风趣，虽于律间有不协，此昔人称东坡为曲子中缚不住者也，何不努力为之，将来可于词家别开门户，应不使秦、柳作后尘也。前交之玉版宣纸，已为弟恶札所污，兹谨寄上，祈哂收，憀以为我俩人定交之纪念品，不以书论可也。

《待焚诗稿二集》卷首《赠言》

（民国二十二年刻本）

致潘正铎

正铎吾兄足下：

昨日略写旧词数首呈教，大抵皆少作也。尝谓词也者，所以宣泄人之情绪者也。情绪之为物，其起端也，不能无所附丽，而此附丽者，又须有普遍性，方能动人咏味。其知者可以得其意内，而不知者亦可以赏其言外，故古人事关家国，感兼身世，凡不可明言之隐，往往多假男女之爱以为情绪之造端，以男女之爱最为普遍，亦即精神分析学中所谓变相以出之者也。再进则情绪愈强，此种变相又不足以宣泄，则索性明白痛快而出之。近人梁氏所标举之情绪奔逸者，即此类矣。然以词论，则前者为正宗，而后者为变调。前者我辈尚可效颦，后者殆非天才不可。不然，鲜有不蹶者？何则？以此种明白痛快之作，虽纯取自然，仍须不失艺术上之价值，乃为佳耳。足下皆少年，处此浊世，自不能无所感慨，然但当以词闲其情，而不可溺于情。溺则人格堕落，其作品亦必不高矣。欲精此道，又须略涉猎哲学诸书，才愈高，哲理愈邃，则不必事事亲历，自能创造种种意境。昔见任公梁氏论《楚词》，谓屈原系恋爱一女，说得灵均如此不济，真属可笑。彼盖不知词章高手，其写情也，全乞灵于一己之想象力，本不必先阅历一番真境。陶潜淡荡人，而有白璧微瑕之赋；胡铨忠义士，而有梨涡静对之诗，几曾见陶、胡二公为恋爱家耶！此秘未悟，则于词学必不能深造。十年以来，两性间之防闲，可谓尽驰矣。而艺术上之贡献，乃转不如前此之盛，其故安在？盖可思也。仆少年所为词，小令在淮海、小山之间，长调学步二窗。遭世乱离，才华告退，已不似从前之惊采绝艳矣！自然之趣，或复胜之。兹再写上数章，寄请采览，并望以此质之子泉先生。专肃，敬颂撰安。

弟张尔田顿首

《小雅》

（1930年第2期）

【按】 上札原题《与光华大学潘正铎书》，陈柱《四十年来吾国文学之略谈》亦引录，见《上海交通大学四十周年纪念刊》，1936年版。潘正铎，生卒不详，曾求学于上海光华大学，当为张尔田弟子。著有《文木天南旅稿》，吕思勉为其作序，另有《读钱子泉先生〈琴趣居词话序〉》（《光华大学半月刊》1934年11期）等。

致夏承焘（一四通）

一（一九三二年二月廿八日）

瞿禅先生左右：

一昨不遗，辱承赐书，眷逮周妥，惭感如何。比日海上被倭，久未得榆生消息，想已迁徙他处矣。

彊村丈归道山，父执师资，又弱一个。追维畴曩，百哀寸断。诸君子眷怀旧德，为谋遗稿之传，闻之怃慰。委拟序言，所不敢辞。曩晚多病，讲务苦烦，当俟暑期中为之，想不汲汲也。

彊村丈曾有一清词选本，名曰《词莂》，因内有丈词，故托名于弟。当时为作一序，其稿系丈手书，小楷精绝。近藏北都友人许，同人等拟酿金付石印。俟竣工寄奉采览。

尊词清空沉着，雅近南宋名家，诵之无斁。弟比亦有一阕，另纸写呈，并祈转寄榆生同观之。专肃，复颂道祺，不一一。

弟张尔田顿首

《天风阁学词日记》

(浙江教育出版社、浙江古籍出版社1997年版)

二 (一九三二年四月十六日)

瞿禅我兄先生执事：

大病中得惠书，久未报，近始起床。顷榆生亦有书，拟刻疆丈遗词，嘱为作跋。心如暂井，如何可以握笔。拟即将前所填〔声声慢〕一阕，作为题词，附刻其后，古人固有此例也。至疆丈心迹，前序已详，似无庸重赘矣。拙编《史微》，商务有售本，可托榆生代访。匆复，敬颂著安。

弟尔田顿首

《天风阁学词日记》

(浙江教育出版社、浙江古籍出版社1997年版)

三 (一九三四年九月十一日)

瞿禅先生左右：

甫上一缄，又辱惠函奉逮，祗承极慰，拳拳之私，备详前札，不复饩缕。弟少年于玉溪、樊川、长吉、金荃四家，皆拟为之补笺，仅成《玉溪》一种。樊川集有宋人夹注，征引繁荔，多久佚之籍。朝鲜孤椠，实远胜于冯注，惜只存前二卷。长吉歌诗佳刻较多，而诗则难解。惟飞卿集竟无善本，但以意校出一字。《寄分司元庶子》诗："刘公春尽芜菁色，华厩愁深苜蓿花。"顾侠君引颜延之赋文骊列于华厩为注，然刘公句用刘先主故事，华厩岂可以对刘公？考《晋书》，华廙免官削爵，楼迟家巷垂十年，帝登凌云台，望见廙首蓿园，阡陌甚整，依然怀旧，乃复袭爵。使悟"华厩"为"华廙"之讹，盖分司闲曹，元由庶子左迁，大非得意，故以华廙家居为比，而又祝其重官辇下也。谀闻呫见，写质一粲。至行年事实，则宏撰已极翔确。未逮之志，于是乎弥。二十年来，领史东华，授经北宵，多致力于元清两朝掌故，汉魏六代辞章，素业顿荒。玄谈是骛，兼以少小观书，便好名理，综其所造，亦不过徐幹、刘昼一流而已，尚不敢望裴几原、颜之推。今又颓然老矣，不能效仲任之著养性书，嘉祥之制死不怖论。既晚无还，命以不延，呼嗟悲哉！

先生湛深于词人谱牒之学，文苑春秋，史家别子，求之近古，未易多觏。窃谓骚人墨客，放浪江湖，本不能如学者之事功烜赫，其可以成谱者不论，凡不足成谱者，宜别勒一编，或题曰《词林年略》，或题曰《词故琐征》，玉屑盈筐，弃之可惜。世方灭典，天将丧文。淫嘌之唱载途，风雅之绪扫地。及今不为搜讨，后恐更难为功。披淮南之一篇，补河东之三箧。尊旨想复同之，裁笺叙心，尚望随时示以音问。不悉。

弟尔田顿首

金松岑与石遗、太炎合办之《国学杂志》，顷寄到数册，考据之末流，辞章之颓响，噫！三百年汉宋宗传之绪斩矣。游魂为变，曾何足当腐鼠之一赫。使人见此，良用增叹。榆生久无书来，闻暨校党派纷歧，主任亦殊未易也。

一九三四年九月七日发

《天风阁学词日记》

（浙江教育出版社、浙江古籍出版社1997年版）

四（一九三四年十月十一日）

瞿禅先生有道：

昨奉惠诰，当复一笺，想尘玄览。来书期我以遗山，仆之遭际，视遗山抑又不逮。区区志愿，雅不欲以文自见，矧在于词？故国三百年，不以词名而其词卓然可传者，只一陈兰甫。兰甫经学大师，而其词乃度越诸子，则以词外有事在也。词之为道，无论体制，无论宗派，而有一必要之条件焉，则曰真。不真则伪（真与实又不同，不可以今之写实派为真也），伪则其道必不能久，披文相质，是在识者。今天下纷纷宫调，率有年学子，无病而呻，异日者，谁执其咎？则我辈唱导者之责也。彊村诸公，固以词成其家者，然与谓其词之可贵，无宁谓其人之可贵。若以词论，则今之词流，岂不满天下耶？古有所谓试帖诗，若今之词，殆亦所谓试帖词耶？每见近出杂志，必有诗词数首充数，尘羹土饭，了无精采可言。榆生所编《词刊》，较为纯正，然也不免金鍮互陈，尚未尽脱时下结习。盖杂志体裁，本应尔尔。仆有恒言：真学问必不能于学校中求，真著述亦必不能于杂志中求。

公所纂词人谱录，考证皆甚精，他日似当孤行，且须刊木，不宜与牛溲马勃滥厕之也。愚管偶及，以为何如？专肃，祇问道祺，不一一。

弟尔田顿首

仆未尝与古层冰有书，公于何处见之？能以原文见示否？又及。

《天风阁学词日记》

（浙江教育出版社、浙江古籍出版社1997年版）

五（一九三四年十一月十二日）

瞿禅先生有道：

奉到惠书，循环洛诵，实获我心。永嘉之学，仆最心折者，厥维水心，其次则止斋。少日读水心集，但钦其学耳；近则并其文而好之矣。以为南渡古文，无第二手。北宋门户郭廓之习，至水心始一空之，学乃诣实。然后人颇有病其杂者，杂亦何害。仆生平论学，不讳杂也。前书所言四明哲理，哲理二字，前人所无，当改为心性。慈湖提唱心之精神谓之圣。窃谓此言，真可药晚近物质之流毒。四明之学，后渐折入于史，受金华影响最大。吕成公讲中州文献之学，维与朱、陆为友，而倾重象山，则甬东史学统系，仍自一贯。季野不必论，即谢山亦不甚宗程、朱。慈湖之风，实有以默启之。亭林生当明季，目睹王学末流之空疏，故归过于横浦象山者甚峻。今考据破碎之弊，甚于空疏，且使人之精神，日益移外，无保聚收敛以为之基，循此以往，将有天才绝孕之患，斯又亭林之所不及料矣。古人学案，如医方须随症转手，岂可执一方以治百病哉。词至彊村，已集大成。后来殆不能复加，何如移此精力，多治有用之学，且多治古人未竟之学，叠床架屋，如涂涂附，岂是学问？（今人治学如市然，至杭州满街皆王老娘，至扬州满街皆戴春霖。又如妇女之装饰，一时有一时之花样，试问此是何种动机，吾最恨之。）孟子不必似孔子，荀子不必似孟子，贾、董不必似荀、孟，而同传尼父之道者安在。是故以梨洲学梨洲，必非梨洲也。以亭林学亭林，必非亭林也。推之以水心学水心，亦必非水心也。吾人学古，当以意师，而尤贵存本生利，青取之蓝而胜于蓝，冰水为之而寒于水。知此方可与言继绝学，知此方可与言开来学。

足下拟专治宋史，此正邵二云有志而未逮者，以足下之心想缜密，诣力精勤，自当突过前人无疑。仆何敢效老马之导，抑亦孟子所云："闻之喜而不寐也。"委题北堂图，仆素不娴于题咏，孤负佳纸，辄唤奈何。手肃，复请著祺。

弟尔田顿首
《天风阁学词日记》
（浙江教育出版社、浙江古籍出版社1997年版）

六（一九三五年十二月廿三日）

瞿禅先生左右：

顷奉惠简，祗承壹是。隘堪所著《彦高年谱》，辛亥年脱稿，仆曾见之，不过数纸。所采亦不过《归潜志》《中州集》等书。《东山词》清初尚未佚，谱中亦未之及。当日曾就质于彊村先生。今隘堪遗箧既无此书，则其稿或尚在人间，亦未可知。祈一询榆生如何。

静安与罗龃龉事诚有之。然在自沉之前一年。闻静安未死前数日，梁新会在研究室偶谈及：冯兵将到天津，行在可危，静安颇为之动，则其死自当以殉君为正因也。但静安与罗关系实深，辛亥革命，同避至日本。静安不名一钱，全仰给于罗，为之代撰题跋，考订文字。其后在沪数年，馆谷所入，又皆托罗储蓄。此静安所自言。至贩卖古籍，乃罗所为。静安书生，不问家人生产，必无其事。嗟乎！静安往矣，身后为其门弟子滥肆表扬，招人反感，流言固有自来耳。可为一叹。我辈三人，静安读书最博，隘堪治学最专，仆皆不如，惟通之一字，虽不能至，心向往之。衰病日增，恐亦不复永年，奈何奈何。肃复，敬问著祺。

弟尔田顿首 十二月廿日发

《天风阁学词日记》

（浙江教育出版社、浙江古籍出版社1997年版）

七（一九三六年三月二十日）

瞿禅先生足下：

惠书眷逮，惭感交并。旧纂《史微》，王充谈助之书也，久已刍狗视之。蒙公倾倒，弥征谬爱。涉世为口，素业荒顿，所欲为外篇等著，至今皆未倮稿，忽忽老矣。岁不我与，刘光伯之身世流离，挚仲洽之文书荡尽，视阴数箭，辄唤奈何。

《蕙风词话》，标举纤仄，堂庑不高。重、拙指归，直欺人语。愚昔年即不以为然。而疆老推之，殊不可解。疆老与蕙风合刻所为词曰《鹜音集》，愚亦颇持异议。尝有论词绝句，其疆村、蕙风两首云：

矜严高简鹜翁评，此事湖州有正声。临老自删新乐府，绝怜低首况餐樱。

少年侧艳有微辞，老见弹丸脱手时。欲把金针频度与，莫教唐突道潜师。

即咏其事。疆老当日见之，颇为怃然。此亦词坛一逸掌也。

彦高《东山集》，国初未亡。乃亡友吴伯宛见告者，云竹坨曾及见之，但未检出于何书。伯宛目录专家，多见抄校旧籍，所言或当不谬耳。世变谲觚，迥非越缦、实斋时比，寄身已漏之舟，流涕将沉之陆，学问之道，无可言者。惟文字结习未忘，聊与诸君一角逐之。写上旧诗数章就正，尚望随时示以音问。复顺著安。

《天风阁学词日记》

（浙江教育出版社、浙江古籍出版社1997年版）

八（一九三六年三月廿二日）

瞿禅先生有道：

一昨匆匆肃复一书，谅达渊听。蕙风生平最不满意者，厥为大鹤。仆尝比之两贤相阨。其于彊老，恐亦未必引为同调。尝谓古微但知词耳，叔问则并词而不知。又曰：作词不可做样。叔问太作样，太好太好。实则大鹤词曲绚烂归平淡。其绚烂处近于雕琢，可议；其平淡处断非蕙风所及，不可议也。在沪时与彊老合刻《鹜音集》，欲以半塘压倒大鹤，彊老竟为之屈服，愚殊不以为然。惟亡友王静安，则极称之，谓蕙风在彊老之上。蕙风词固自有其可传者，然其得盛名于一时，不见弃于白话文豪，未始非《人间词话》之估价者偶尔揄扬之力也。大鹤为人，不似蕙风少许可，独生平绝口不及蕙风。又尝病彊老词不能清浑，无大臣体，举水云为例，谓词必须从白石入手，屯田、梦窗，皆不可学。《词刊》载与映庵论词书，往往流露此意。盖两家门庭皆尽窄，以视彊老为大鹤刻《苕雅余集》，为蕙风刻《鹜音词》，度量相去直不可道里计。文人相轻，自古而然。若在近日文坛，必不免一场论战。皮里阳秋，以蕴藉出之，殆犹行古之道也。恐观者不察，故复为公一言。专肃，复颂著祺，不一一。

弟尔田顿首 三月十八日发

《天风阁学词日记》

（浙江教育出版社、浙江古籍出版社1997年版）

九（一九三六年四月一日）

瞿禅先生左右：

奉到惠复并玉照一帧，谨当什袭珍之。瞻仰风度，千里倾筐，吾两人真可为神交矣。

仆谓彊村词深于碧山，谓其从寄托中来也。学梦窗者多不尚寄托，彊翁不然，此非梦窗法乳。盖彊翁早年从半塘游，渐染于周止庵绪论也深。止庵论词，以有托入，以无托出，彊翁实深得此秘。若论其面貌，则固梦窗也。此非识曲听真者，未易辨之。虽其晚年感于秦晦鸣师词贵清雄之言，间效东坡，然大都系小令。至于长调，则仍不尔。故彊翁之学梦窗，与近人陈述叔不同。述叔守一先生之言，彊翁则颇参异己之长。而要其得力，则实以碧山为之骨，以梦窗为之神，以东坡为之姿态而已。此其所以大欤。尝与汪景吾先生论之，亦颇以愚言为然。尊意以为如何？

衰丑素不蓄照像。既荷雅爱，容拍影续寄报命。小词一章奉答，附上。手肃，敬问著祺。

弟尔田顿首

《天风阁学词日记》

（浙江教育出版社、浙江古籍出版社1997年版）

一〇 （一九三六年四月廿二日）

今日递到惠函，并承和词，诵之快慰。尊论《补题》遗掌，昭若发蒙。碧山诸人，生丁季运，寄兴篇翰。缠绵掩抑，要当于言外领之，会心正复不远。然非详稽博考，则亦不能证明也。碧山他词如〔庆清朝〕咏榴花，当亦暗寓六陵事，托意尤显。张皋文谓指乱世尚有人才，殊不得其解。得尊说乃可通矣。尊札当装付行卷，以供把玩。得便或转寄榆生，载之《词刊》中也。肃复，敬颂著祺，不一一。

《天风阁学词日记》

（浙江教育出版社、浙江古籍出版社1997年版）

一一 （一九三六年十月廿六日）

瞿禅先生左右：

久未得音问，顷奉惠告，快慰之至。须溪词洵为稼轩后劲，昔彊村亦言须溪在后村之上，与尊论不谋而合。培老学须溪者也，而生平宴谈，未尝一及须溪。文人狡狯，得力处多不轻以示人，惟知言者会之于微耳。尝论须溪之学，不免伧气。而词则卓然大家。惜集本讹字太多。又读书极博，随手掎扯，往往不得其出处。彊村所校，似亦尚未尽也。大祸将临，二十年所种之因，已无可挽救，奈何奈何！一息尚存，多通消息，惟此之望。复颂道祺。日内移居燕京大学东大地后王家花园，通讯请寄彼处为妥。

弟尔田顿首

《天风阁学词日记》

（浙江教育出版社、浙江古籍出版社1997年版）

一二（一九三七年一月九日）

瞿禅先生左右：

损书下问，极感存注。仆于寐叟，踪迹过从，不似彊翁之密。又其门庭峻绝，亦不似彊翁和易近人。燕闲既不轻道其生平，人亦未敢轻问。故其词事多未能尽知。尝记在海上出一卷词，嘱为删去小令两首。叟曰："此词诚可去，但其本事颇欲存之。"问其事，亦不之言。又尝示以一诗，满纸佛典。曰："此诗子能为我笺注。"余阅之曰："诗中典故，我能注出，但本意则不敢知。"叟笑曰："此亦当然。本意本非尽人能知者。"举此二事，则笺注其词，殆甚难也。寐叟词除一二僻典外，所用佛典，大都习见语，出于语录者为多，然欲征其出处，则亦甚费力。此不特注家为然，即作家亦是随一时记忆所及，未必尽能记其出处也。又寐叟用典多不取原义，而别有所指。即使尽得其出处，而本意终不可知。如其诗"刘郎字未正邦朋"句，邦朋，出《周礼》。刘郎正字，则用刘晏事。两典合用，而其意则讥今之党人。其词亦然。惜其当时事迹，我辈无从尽晓耳。此亦如李长吉诗，凿空乱道，任人钦其宝而莫名其器，自是天地间一种文字，公以为何如？其词稿拟留置案头，浏览有得，当略注一二，藉共商榷。手肃，祗问撰祺，不一一。

弟尔田顿首　一月五日发

《天风阁学词日记》

（浙江教育出版社、浙江古籍出版社1997年版）

一三（一九三八年二月十四日）

瞿禅先生左右：

前得两书，适家人多患时疫，弟亦病莫能兴，久稽裁答，甚歉。尊词胎息深厚，足为白石老仙嗣响，不易得也。事变方殷，古人隐居求志，以待天下之清，今更无山可隐，此间亦非乐土，幸在外人宇下，或不至鱼烂耳。顾君敦鋭时见，曾道起居近况。沪行有期否。弟今年亦衰，吟咏亦复不作，惟有饰巾待尽而已。拙撰《史微》，版存苏州，已毁，尊处有书，祈为我保之。豹死留皮，亦一念也。得无勿吝书札。复颂道祺，不一。

弟尔田顿首 廿七年二月四日

《天风阁学词日记》

（浙江教育出版社、浙江古籍出版社1997年版）

一四（一九三八年七月七日）

瞿禅先生左右：

顾君敦鍒过谈，并得惠书，新词两篇，诵之无斁。尊词于朋好中，胎息神骨俱臻超绝。永嘉文章，流风未沫。昔大鹤丈盛推武林陈伯弢词，谓楚材高骞，非吴下阿蒙。恨其未见君作也。叶遐庵《广箧中词》选录拙制五首，谓具冷红神理，可谓知音。然何不选〔莺啼序〕，此词乃吾所最得意者也。仆自四十后扫残兔颖，如何奈何。时局稍定，收召魂魄，还乡读书，当与公等结岁寒之侣，进境或当不止于此。兹寄上小令一章就正。瓯海一隅，背尚安谧，沪行或当迟迟耶。复颂著安，不次。

弟张尔田顿首

木兰花令

繁华催送，人生恍然真一梦。何处笙歌，水殿风来散败荷。

饥鸟啄肉，回首都亭三月哭。泪洒晴空，国破山河落照红。

《天风阁学词日记》

（浙江教育出版社、浙江古籍出版社1997年版）

【按】上十四札均录自《天风阁学词日记》，其中第三通又以"与夏瞿禅论词人谱牒"为题，发表于见《词学季刊》第三卷第一号（1936年3月）。

致龙榆生（二六通）

一

榆生我兄执事：

昨匆匆奉复一书。古丈遗文，不知是何等篇，以弟所知，古丈素不作文，其中大半假手，有弟代作者，有宋澄之代作者。拙编《玉溪生年谱序》为沈绥成代作，《映庵词序》为吴伯宛代作，《半塘定稿序》为钟西耘代作，王刻《梦窗词序》为曹某代作，合而编之，已觉为体不纯。又崔适《史记探源序》，古丈未作，崔自代作，竟大钞《新学伪经考》之说，与古丈平时言论绝不相类。岁甲寅，弟与古丈同入都，秦右衡师曾为戏拟《上项城书》，古丈恐其刻集，急攫稿而去，此乃其极不欲存者。若此篇发见，亦编入遗文，九原有知，能不饮恨。鄙意遗文无多，大可不刻。即诗稿亦当以其自定者为限，此外不存尤妙，祈兄自作主张，勿徇其家之意也。至故宫所钞两疏，闰老已全载入《行状》中矣。弟衰病日甚，已不复能从事笔墨，奈何奈何。手肃，敬问著祺，不一。

弟尔田顿首

《词学季刊》创刊号

（1933年4月）

二

榆生我兄执事：

昨有两书，谅达采览。古丈遗事一则列下：庚子之役，古丈先上一疏，论拳匪，朝廷颇为动容，廷议拟驱内城拳匪。启秀见之曰：此人是二毛子，就派他去驱逐。王文韶急止曰：此事办与不办，权在我辈，朱某一书生，岂可派他。时林夷叔老兄林开章在军机，亲告之古丈，且曰：老前辈好大胆。召对日，古丈声高，目直视太后。既而太后语人曰：朱某丁我一眼，难道不舒服我么？旁人奏云：决不敢如此，或是生相使然。开战后，又上一疏，请保护各国使臣。传旨询问，是日已退食，急趋入内，将至乾清门，遇刚毅骑马而来，招之曰：我有话对你说。刚下马，遂言曰：你的议论，我们已见过，很好很好，我们连樊国梁都要保护呢。古丈忽然机警，问曰：樊国梁是那国使臣？刚大笑曰：你不晓得么，樊国梁就是西什库的主教。古丈曰：那不能与使臣比。一拱手曰：请中堂上马。及至朝房，枢臣皆在。荣禄首先发言曰：你说请保护各国使臣，太后教问你，有甚么法子保护。我们说，你也未必有法子。这里有纸笔，请你随便写几句。我们好去复奏。古丈操笔立书，大意请总理衙门查照万国公法战时之例办理。递上后，又一时许，内里传出话来，说没有甚么问的。遂退下。是日几得祸，因系文学侍从之臣，故未加罪，然亦危矣。后来古丈迁礼侍，谢恩日，王文勤公传语曰：眼睛须向下看。古丈从之。奏对称旨，太后且有颇能留心外事之褒。以上皆古丈所自述者，与外间所传闻者不同也。古丈学词，王半塘实启之。古丈少长大梁，与半塘本旧识。方从黎唱园诸老致力于诗，不知词也。半塘官给谏时，言官有一聚会，在嵩云庵，专为刺探风闻而设，半塘亦拉古丈入会。会友多谈词者，古丈见猎心喜，亦试填小令数阕。半塘见之，以为可学。嘱专看宋词，勿看本朝词。庚子大驾西狩，古丈遣弟送眷南归，只身襆被，与刘伯崇同宿半塘寓宅。既不能他往，则相约填词。古丈词学进步，皆在此时。后自岭海解组，侨居吴下，与先君及郑叔问、张次珊、陈伯弢辈以词相唱和。曾记一日，宴于古丈所，诸人欲填词，则拾一名刺使书，古丈曰：此是废红。众大哗曰："废红"二字大可入词。真词人吐嘱也。适客有谈及宗教者，次珊曰：我辈亦信教者。问何教。曰：清真教。相与抚掌。此一则颇可入词苑丛谈。写奉未知可充刊料否？手颂著安。

弟尔田顿首

古丈遗书目次，编列甚有法，将来成书，似不必改动可也。

《词学季刊》创刊号
（1933 年 4 月）

三

榆生我兄有道：

昨复一缄，想达签室。古丈晚年词，苍劲沉着，绝似少陵夔州后诗，此其所以为大家，诗乃余事。颇思于荒斋辟一室，奉古丈、培老栗主，藏书其中，仿郑南溪祀梨洲故事，题曰二老龛。万方多难，一家萍寄，此愿不知何日得遂。拙词尚有须略修改处，原页奉上，祈饬刻工妥改为要。手肃，敬颂著祺。

弟尔田顿首
《词学季刊》第一卷第二号
（1933 年 8 月）

四

榆生我兄有道：

昨有一书付邮。黄燮清《词综续编》，后三卷为闺秀，其赵我佩下注云：字君兰，仁和人，有《碧桃仙馆词》。余皆不详。徐积余刻国朝闺秀词集，载《碧桃仙馆词》一卷。其总目亦但云□□室。其后周梦坡辑《两浙词人传》，遂亦沿之。考《碧桃仙馆词》，乃先伯母赵孺人所著，先伯母讳我佩，字君兰，仁和赵秋舲先生庆熺之女，先伯丽轩公之室。丽轩公讳上策，孝廉官训导。秋舲先生著有《香消酒醒词》，先伯母濡染家学，幼受业于魏滋伯先生谦升，能度曲，娴音律，与关秋芙、吴蘋香两女士为至友，故词体亦略相近。当湖山承平之日，士大夫鼓吹风雅，闺阁能文才媛辈出，一时称盛，恨吾之不及见也。先伯母无子，晚年家益落，与一养婢同居，书画古玩，易米度日，殆与李易安异世同慨。殁后，先君为之丧葬。以从兄喜田兼祧，从兄远官山右，身后萧条，先伯母遗稿不可复问矣。生前所刻词，系手写上版，粤乱已毁，积余所刻，亦不知所据何本。近见沪上中国书店目录，有旧钞本一册，询之已为人购去。有清一代词人，吾家闺秀乃得两人，前为徐湘蘋，后为先伯母。湘蘋为海宁相国陈彦升室，吾家本系出海宁陈，明季继张，始迁郡城，海宁相国，实近支也。仆尝拟裒刻先高祖仲雅先生《三影筝语》，先君《吴沤烟语》，为家词四种，備书四方，卒卒未果。此一则请录入《词刊》，俾后之修词人征略者，或有所考焉。尊指谅亦然赞。专肃，敬颂撰安。

弟尔田顿首

兄身体本不甚强，每星期授课十六小时，无乃太劳乎？似宜稍为节宣，世变不可知，不可不留此身以有待也。

《词学季刊》第一卷第三号

（1933年12月）

五

榆生我兄有道：

得手告敬悉。叔问丈论词遗札，弟十年前装池成一厚册，后为

□□□借观，屡索不还，久不复省措矣。今归遐庵，可谓物得其主。叔问尚有考证《金荃集》一长跋，写于卷纸，未装裱，亦为□□借去，又不知落入谁手矣。叔问遗墨，近颇为人珍弄。弟少好倚声，获闻绪论最早，三薰三沐，实以叔问为本师。古丈不甚谈词，叔问则娓娓不倦，每见必谈，期于尽意而止。缄札往还，靡间暾夕。故弟处所藏遗札，皆其精诣之所注，与他人泛泛酬应者有别也。惜多散落，所存者仅此耳。箧中尚有数通，容检出再录奉，兹先寄上闰老旧作三首，皆与先君唱和者，不知《悔龛集》中已刻否？或刻入《季刊》也。集赀加印《彊村遗书》，旧京殆成弩末，弟屏迹郊薮，与城友隔绝，或托篆卿、伯敻诸君一谋之，如何。培老遗诗闻为校字甚善，札记丛残。弟尚拟托慈护相累，诸俟续陈。复颂著祺。

弟尔田顿首

六

榆生我兄有道：

前复一缄，想承察及。兹寄上陈伯弢遗词两首，系写示先君者，可以登入《季刊》也。春间夏君瞿禅来书，问及郑丈叔问手批所著《词源斠律》。此书系叔问亲赠者，移家时均置破簏中，寄存人家，今恐不易检矣。厉樊榭校符药林抄本《白石道人歌曲》，系在蒋孟蘋处见之，即从楼敬思本出，略有异同。索值甚昂，曾劝孟蘋留之，后不知又归何氏。此二事便祈告知瞿禅为盼。闰老近已不作词，达园现在修茸，迁居尚需时日，将来通讯即寄燕京大学转交不误。手肃，敬候著祺，不具。

弟尔田顿首

七

榆生我兄执事：

顷承寄到《词刊》第三期，搜香甚富，感谢，感谢。惟补白中载某君解古丈〔鹧鸪天〕效裕之宫体词，似与本事不合。此八首乃指宣统出宫之变，非咏项城称帝时事也。作词之年可考，当时曾由弟交吴雨生，登载《学衡杂志》。有胡君者，偶忘其名，为题一词于后，标明本旨。古丈阅之，非无异辞。今某君谓得古丈自述，恐未可信。古丈作词，向不与人谈本事也。又某君述古丈逸事，有云：庚子秋，公至朝陈利害，上怒，命左右捉公，幸其身矮小，从人丛中逸去，星夜出京，归隐吴江。阅之更可发一笑。清廷召见臣工，皆在乾清宫西暖阁，庙陛森严，岂容独往独来？可以从人丛中逸去之理，且当训政时期，皇帝与太后同坐，皇帝向不发言，岂能无故呼左右捉人？召见仪制，宫监皆在帘外，皇帝与太后独坐炕上，旁无侍从，所谓左右者又何人耶？古丈庚子年，惟与九卿科道同召见一次，若有其事，岂不满城皆知？尚复成何体统？庚子之变，古丈方且与王半塘在京赋《庚子秋词》，直至升礼部侍郎，放广东学政，始告病归，寓居苏州。所谓星夜出京，归隐吴江，全非事实。某君又云，上着苏抚聘为江苏法政学堂监督。各省学堂监督，向例皆由各省督抚自聘，然后奏明，不闻明降谕旨也。此等语向壁虚造，殆类乡下人谈城里事，俗语不实，流为丹青，传之后世，为害不小，应请兄于下期一更正之。至要。总之古丈词名太盛，凡与之有缘者，无不思依附名贤，贡献新闻，谬托知己。前屡与兄书，固早已虑及此矣。选择登录，不可不慎。手肃，敬问纂安，不具。

弟尔田顿首

《词学季刊》第一卷第四号

（1934年4月）

八

榆生我兄左右：

顷奉惠复极慰。自昔词章家，操选政最难，而同时则尤难。入选者不必以为荣，而不入选者转因之而觖望。古丈遗箧，果尚有存目，不妨撮要一叙，以杜夫议者之口。祈兄自酌之，否则听之亦可。选家别出手眼，截断众流，本不能每人而悦之也。昨有一书，论《词刊》补白述古丈词事之谬。尊撰本事词，大体甚是，似亦有一二不甚确处。如〔杨柳枝〕四首第四章，"不辞身作桓宣武，看到金城日坠时"，乃指李鸿章结孝钦一朝大事之局，非荣禄也。此等处须先涵咏本词，虚心体贴，然后再以事合之，不合则姑缺，不可穿凿以求合也，即如谢君解〔鹧鸪天〕词，支离比附，殆类不知词者之所为，忠爱缠绵之意，全索然矣。此岂古丈之所自言耶？项城称帝之事，古丈之所不屑道者，尚肯为之作词反宣传耶？此于古丈生平极不类，故仆不能无言，尊意谅亦同之。专肃，敬问著安。

弟尔田顿首

古丈集中惟〔夜飞鹊〕乙卯中秋，是项城称帝时作，"换谱钧天"，点出本旨。"广寒宫阙，怕嫦娥不许流连"，为宣统之危也。当时与仆同作，拙词不工未写稿。《语业》卷三，为宣统作者，殆居三分之二，兄可询之陈仁先，当能详其本事也。

《词学季刊》第一卷第四号

（1934年4月）

九

榆生我兄有道：

顷奉惠书，敬悉一切。受砚图卷，闰老尚未交来。近日人事拂递，吟兴顿荒，奈何，奈何！古丈〔鹧鸪天〕词，忠爱缠绵，老杜每饭不能忘，仿佛似之，实一生吃紧之篇章也。谢君误解，意境全非。章山奇歌，翻同秽史，且误解尚可，误解而托之古丈自述，则更不可可。江君记事失实，尚不过传闻之误，此君乃不恤诬古丈以诬后世，是诚何心。顷吴雨生过谈，言及此事，亦大不以为然，可见人心之公矣。允宜大书更正为要。〔鹧鸪天〕第三首，指□□□，"却绣长番礼世尊"，谓其失信天主教也。"骑马宫门"句，昔尝微叩之古丈，言□在前清时，曾赠紫禁城骑马，此事当一检宣统政纪，乃能证明。总之，古丈词中本事，我辈只能言其大概，其细微处，尚有不及尽知者。古丈庚子以前，与戊戌党人关系最密，其于南海，学术不同，而政见未必不合。观集中往还之人，大半康派，亦可以见矣。迨及晚年，与仁先、惜仲酬唱最多。曾一谒天津行在，虽未预帷幄之大计，亦必与闻机密，此则古丈不肯言，而我辈亦不敢问者也。故笺注词事，当慎之又慎，宁缺毋滥，更须参以活笔，不可说成死句。至要，至要。手复，敬颂著安。

弟尔田顿首

《词学季刊》第一卷第四号

（1934年4月）

一〇

榆生我兄左右：

得手告诵悉。顷与友人邓文如谈，邓君熟于清季掌故，据云，□□□在前清，官不过管带，似不能有紫禁城骑马之赐。或者在复辟时乎？但未见宫门钞，仍属可疑，将由古丈别有所闻，当时听之未审耶？惟〔鹧鸪天〕第三首，确为□而作，以末句"却绣长旛礼世尊"，指□信天主教也。记得当日曾以世尊故实，与天主不合为疑。古丈亦漫应之。今无从追忆矣。古丈作词，素不与人细谈本事，有时偶尔流露一二语，我辈之问，亦大都出于无意，故不能一一详尽也。总之，古丈词，故国之悲，沧桑之痛，触绪纷来，一篇之中，三致意焉。有不待按合时事而知之者。笺注本事，勿以现代之见，抹杀其遗老身分，斯得之矣。谢君之解〔鹧鸪天〕词，句句穿凿，以杜陵忠爱之思，为魏收轻薄之笔，此岂古丈之所自言耶？古丈生平，对于我辈三十年之交，尚不肯尽言，而谓交浅如此君者，乃竟肯一字一句，详释以言之耶？望而知为假托，不待智者能辨之也。请兄即以拙札，登入《词刊》，勿使瑶台梦雨，疑宋玉之微辞；庶几锦瑟华年，雪樊南之春泪。爱护前贤，袪诬后学，词客有灵，应亦同此感戢也夫。《彊村遗书》，闻又添印，如有余书，弟尚拟再得一部，因近有友人屡次询问，且赠书多种，不能不有以报之也。祈便酌示为盼。肃复，敬问著安。

弟尔田顿首

一一

榆生我兄有道：

前有一书奉答。顷阅《词刊》第四号，夏君瞿禅《韦端己年谱》，考核之精，钩稽之密，直欲前无古人，足与张石洲阎、顾二谱并传，洵为浣花功臣，词苑瑰宝。中间附载温尉行年，引及拙编《玉溪年谱》小注一条，覆瓿短书，猥承掎采，附骥而彰，欣庆实深，但有不得不辨者。拙编疑温飞卿谪随县尉，在大中十三年，其再贬方城，则在咸通间。此固别无佐证，不过一种怀疑而已。虽然，此疑亦自有因，何则？飞卿谪随县尉，有《东观奏记》可证，其为徐商从事，有《金华子杂编》可证，此皆无可疑者。徐商镇襄，始于大中十年，据李骘《徐襄州碑》云："大中十年春，今丞相东海公，自蒲移镇于襄。十四年，诏征赴阙。"大中无十四年，当是十三年之讹。（广东翻刻《全唐文》作四十年亦误。碑立于咸通六年，故文称今丞相。）观其下文，"今天子咸通五年，公为御史大夫，自始去襄，于兹六年矣"。由大中十三年数之，正六年也。然则飞卿于大中十三年，谪尉随县，其为徐商从事，首尾不及一年。商既去镇，飞卿当仍在襄，与段柯古诸人酬唱，因依何人，传无明文，其后又有失意归江东乞索于扬子院之事。令狐绹移镇淮南，在咸通三年。杨收入相，在咸通四年，当飞卿受辱虞候之时，正杨收正位中书之时。传既云污行闻于京师，庭筠自至长安，致书公卿间雪冤，则杨收怒之，再贬方城尉，必在是时。其初贬也，因举场点受，执政者鄙其所为。其再贬也，因扬子狭游，致遭公卿之怒。合新、旧二传观之，二者必非一事。至纪唐夫诗，"方城若比长沙远，犹隔千津与万津"，乃再贬方城尉时作。（唐时谪迁以远近为差，方城属唐州，去京一千三百余里，随县属随州，去京一千四百余里，诗意若以方城比随县，犹为不近也，随县而借喻长沙者，即用裴坦制中语，确是再贬时所作。)《东观奏记》仅节引其两句，断章取义，以表示时人惋惜之意。著书固例得引后以明前也，不然，裴廷裕何不载其全章耶？若谓初贬即是方城，旋改随县，同在一时，则王言如纶，岂宜反汗。虽唐制给事中有封还制书之例，而飞卿小臣，事既无关军国，以理度之，当不其然。惟《旧书》传，徐商罢相，即接以杨收怒之句，必系传讹二人均罢，时不相值。洵如瞿禅所考，或者罢相二字为罢镇之笔误欤？唐自宣宗以后，简策散落，而史家于文人诸传，又多不致详，事实颠倒，年月错误，固不独飞卿一传为然也。至飞卿后除国子助教，则在咸通六年徐商入相之时。飞卿受徐商之知最深，《新书》传徐商执政，颇右之，欲白用，正指其事。瞿禅之说，不可易矣。愚管如是，终未敢遽以为定论，写示我兄，并乞转质瞿禅，以为何如？肃颂纂祺，不尽愿言。

弟张尔田顿白

此书本拟亲致瞿禅，恐放暑假，已不在之江，祈兄代为转达，或别录一通，登入《词刊》，藉共商榷，亦朋友讨论之一乐也。望酌定之。

《词学季刊》第二卷第一号
（1934年10月）

一二

榆生我兄有道：

项有一书交邮矣。昨所寄论夏君温尉年谱事，中有云大中无十四年，当是十三年之讹句，当改为"懿宗即位踰年十一月始改元，以前仍称大中十四年"。其下由大中十三年数之句，当改为"由大中十四年数至立碑之时"。又首尾不及一年句，不及二字当改为"不过"。如此方合事实。与人论学之文，宜一字不苟，庶不致发生误会。多费笔墨，祈兄代为更正，并向瞿禅一声明之。瞿禅好学气盛，或恐再有答书，弟则无勇可鼓，不如一次说清楚之为愈也。至托至恳。专颂著安。

弟尔田顿首
《词学季刊》第二卷第一号
（1934年10月）

一三

榆生我兄有道：

昨有一书论夏君瞿禅《韦端己年谱》载温飞卿贬尉事，今又思得一事录下：

再唐制进士释褐，本可铨授八品至九品官，飞卿以未释褐进士，至烦天子下诏，在唐代实为创例，故当时人传以为贬。味《东观奏记》，"上明主也，而庭筠反以才废"二语，无限含意，若有难言之隐者。则飞卿之贬，原因复杂，而特借举场假手一事以发之。诸书所载傲宣宗、诋令狐者，或未尽荒诞欤？并质瞿禅，以为何如？

右一条如将前书登《词刊》，可附于拙札之后，祈裁定为感。

弟尔田顿首

《词学季刊》第二卷第一号

（1934年10月）

一四

榆生我兄有道：

前奉《词刊》，今又得大札，均悉。尊论提倡苏、辛，言之未免太易。自来学苏、辛能成就者绝少，即培老亦只能到须溪耳。苏、辛笔力如锥画沙，非读破万卷不能，谈何容易。磊落激扬，不从书卷中来，皆客气也。以客气求苏、辛，去之愈远。古丈学苏，偶一为之。半塘集中，亦多似辛之作，然绝不以辛相命，此意当相会于言外也。写上近词二章就正。匆匆肃复，即颂著安。

弟尔田顿首

《词学季刊》第二卷第三号

（1935年4月）

一五

榆生我兄执事：

一昨寄上拙词二章，想承察览。苏、辛词境，只清雄二字尽之。清而不雄，必流于伧俗，仇山村所谓腐儒村叟，酒边豪兴，引纸挥笔，如梵呗，如步虚，使老伶俊倡，面称好而背窃笑者也。弟才苦弱，望苏、辛如在天上，亦只能勉强到遗山耳。知遗山与苏、辛之不同，则知东坡、稼轩之不可及矣。兄才之弱，亦与仆同，此须读书养气，深自培植，下笔时自有千光百怪，奔赴腕下，不能于词中求也。尊论谓近日词日趋僻涩，性情襟抱，了不可得，此非词病，乃人为之。二十年来，昔之有声坛坫者，大都降志辱身，老矣理故技。复以此道自遁。《易》曰：将叛者其词惭，中心疑者其词枝，诬善之人其词游，失其守者其词屈。今之词流，殆兼而有之。后进承风接响，根柢既漓，遂成风气，又安望其词之真耶？学梦窗如是，学苏、辛又何独不然。磊落激扬，全在乎气。气先馁矣，而望其强作叫嚣，亦与僻涩者相去不能以寸耳。当此时期，如怨如慕，偶然流露一二壮语者真也。凡无病而呻，欲自负为民族张目者皆伪也。言为心声，当察其微。弟所以有尊体不如尊品之说，高明以为何如？近词一首附往。专肃，敬问著祺。

弟尔田顿首

述叔学梦窗者，其晚年词，清空如话，中边俱彻，是真能从梦窗打出者。凡学梦窗而僻涩，皆能入而不能出耳。兄词不近梦窗，然与玔无咎颇相似，固宜推重东坡也。

《词学季刊》第二卷第三号

（1935年4月）

一六

榆生我兄左右：

今日奉到《词刊》二卷四号，读之狂喜。审言"轻薄子云"一诗，有人谓是指陈善余。善余亦余旧好，曾为端忠敏客，然不闻其治金石。子云奇字，用典似未合。岂审言不肯明言，而故悠谬其说欤？但夔笙之怨审言，并非以其詈己，盖为忠敏抱不平耳。往余辈在沪，有一元会之集，古微丈、曹君直、吴瞿安、夔笙及余。同人欲拉审言入会，夔笙辄阻挠之。问其故，亦不肯竟言。余辈尝私论此事。吴瞿安云：审言亦太好名，然诗则自佳。古丈戏占一联云：女为悦己者容，士有徇名之烈。一座皆大笑。至沉、李在忠敏幕，因修金石事交恶。审言哀启中，叙之最详。哀启出审言哲嗣，自当不诬也。久不作词，写上宿构二章就正。到粤近状如何？祈告我。手颂撰祺，不次。

尔田顿首

审言诗无论有无难言之隐，而其诋毁忠敏，实无可辞。蕙风受知忠敏，安得而不怨？故遗事中特大书知己之感，而于况、李交恶，一字不提，亦即执事存疑之意。记载不宜揭人隐私，似于两家皆无伤也。仆于审言亦至交。此意尚望执事于《词刊》一表明之。

《词学季刊》第三卷第一号

（1936年3月）

一七

榆生我兄左右：

得复书，敬悉一切。词人多浪漫，其一生轶事皆可为倚声作资料，清真、白石皆佳例也。大鹤亦颇近之。此翁本有一妾，名素南，阿怜当亦指此。红冰归大鹤更名可可，所谓吴趋歌儿、吴姬宛宛者，大抵南瓦中人物，未必一人也。红姬余曾见之，有一婢甚通说，不避人，殆即叶氏所言者。其后亦不知所终。鼎革以后，余迁海上，客游京洛，大鹤家事遂不相闻问。在北郡闻其殁，且甚贫，聚钱赙之。其《墓志》康有为所作，彼本不稔大鹤，叙述颇为失实，大鹤故国之感，乃竟一无所谈明，可叹也。愚所整理培老遗书，已断之者《元秘史注》十五卷、《蒙古源流笺证》八卷、《蛮书校补》一卷、《岛夷志略笺》一卷。未断手者《史外合注》六种及《简端录》。惟《蒙古源流》一种由愚增补，较为精审。札记最夥，尚未全见也。生平为词，苦未能尽意。少年才华横溢，颇伤凡艳。继而折节读书，研究朴学，耻以文人自见，然绮语债终未能脱净。奈何！复颂著安，不次。

弟尔田顿首

《近代词人手札墨迹》

（台湾"中央研究院"中国文哲研究所2005年编印）

一八

榆生我兄执事：

久无音问，忽奉惠函。……遗山词实导源简斋，而参以东坡、稼轩，故能得苏、辛之腴而去其放，苍深沉咽则又其身世使然。学苏、辛者最病空豪，以遗山药之，则无此病矣。一词附往。复颂著安。

尔田顿首

《近代词人手札墨迹》

（台湾"中央研究院"中国文哲研究所2005年编印）

一九

榆生我兄：

前答一书，并附小诗，想察及矣。近瞿禅来书，转示吴君眉孙论词一函，痛抉近人学梦窗之敝，可谓先获我心。弟所以不欲人学梦窗者，以梦窗词实以清真为骨，以词藻掩过之，不使自露，此是技术上一种狡狯法，最不易学，亦不必学。姑举一例，即如梦窗〔渡江云〕西湖清明词，"旧堤分燕尾，桂棹轻鸥，宝勒倚残云"，此即"堤下画船堤上马"之意。桂棹状堤下画船，宝勒状走马堤上，倚残云言其高也。旧堤分燕尾，则苏、白两叉处，此非亲至里湖者，不能知之。盖先有真情真景，然后求工于字面。近之学梦窗者，其胸中本无真情真景，而但摹仿其字面，那得不被有识者所笑乎？吴君名庠，当是词社中人，便希代为致意。近文一篇，寄上就正，并望便中补入拙集，拜托拜托。手颂著安，不一一。

弟尔田顿首

《同声月刊》第一卷第三号

（1941年2月）

二〇

榆生我兄左右：

前有两书，交邮寄上矣。月刊今日递到，中有吴眉孙先生书，论黄婉君乞陈百生作佳传事。闻之先君子，鹿潭临死时，所书冤词中，实疑及婉君有不贞事。杜小舫得之，大怒，主严办。百生辈遂据以恫吓曰：若不死，且讼之官。婉君畏罪，乃殉焉。宗序所谓乞佳传者，饰词耳。婉君之死，不负鹿潭。百生劝婉君以死，实负婉君，不然请旌被驳，亦寻常事，何至结恨于地下哉？仆前记词人轶事，未及叙入，以其事太亵，不欲形之笔墨，亦所以为鹿潭讳也。今眉孙既有所疑，故复为兄一言之，俾成信史。惜冰红词人久已作古，（鹿潭侄名玉棱，有《冰红词》一卷未刻。）不能为我一证明此事也。眉孙近词数番写上，或可以备同声采择。手颂撰安，不一。

弟尔田顿首

二一

榆生我兄执事：

奉手毕，敬悉一是。拙词校改后，请早日付印为盼。连日与眉孙、瞿禅书疏讨论四声五音，旧学商量，极一时朋来之乐，不知身在皋禽警露中也。眉孙谓四声与五音为二事，独具炯眼，谓四声与五音一无关涉，则鄙意尚不能无说。颇疑惑四声之说，即从五音进一步研究而来。盖吾人之唱歌，有字音，有曲音。唇齿等所发之音为字音，弦管所发之音为曲音，平上去入字音也，五音十二律曲音也。伶工不用宫商角徵羽，则以十六字谱代之，奏歌时二者必须调济，方能成歌动听。段安节《琵琶录》，以四声分配宫商角羽，此必唐时乐工相传之旧，惜其为说简略。寥寥千载，传此数语，令人不易索解耳。亡友王静安，谓平声上下，以卷帙繁重而分，别无他意，实不尽然。观段氏以平配羽调，以上平配徵调，则上下平显然有别。且上平东至山分二十八部，若如静安说，则下平当称二十九先，不应又以一先为部首也。但自来韵学诸家，只知字音，而不顾到曲音。考乐律者，又只知弦管之音，而不顾到唱歌。则虽谓四声与五音无涉也，亦无不可。是说也，或可为吴、夏两君折中。而按之乐理，恐亦当如是。质之声家，以为何如？柱尊顷有书来，兴味殊佳，亦常晤谈否？手颂撰安，不一。

弟尔田顿首

《同声月刊》第一卷第八号

（1941年7月）

二二

榆生我兄执事：

偶读郭啸麓先生《清词玉屑》，其书以本事为主，所载多侧艳之词。因思有清一代词家，约可分三派：其效苏、辛者，多失之粗豪；其效秦、柳者，多失之侧艳；国初名家如梅村、羡门，皆不能免；中叶以还，又有一种轻清派出，学之者一变而流为纤佻。夫宋人词，非无粗豪、侧艳、纤佻者，而读之不觉粗豪、侧艳、纤佻，何也？则以其用思能沉，下笔能超故也。写实而兼能写意，是谓之沉。写景而兼能写情，是谓之超。果其能超能沉，则所谓粗豪也、侧艳也、纤佻也，未始非词中之一条件，正不必绝之太过。绝之太过，则病又丛生矣。厥病维何？曰试帖。吾见今之词流，殆无一能免于试帖者。故区区不自揆，以为欲挽末流之失，则莫若盛唱北宋，而佐之以南宋之辞藻，庶几此道可以复兴。晚近学子，其稍知词者，辄喜称道《人间词话》，赤裸裸谈意境，而吐弃辞藻，如此则说白话足矣，又何用词为？既欲为词，则不能无辞藻。此在艺术，莫不皆然。词亦艺也，又何独不然？杂陈所见，用质方家，想当然赞我言也。手颂撰安，不备。

弟尔田顿首

《同声月刊》第一卷第八号

（1941年7月）

二三

榆生我兄道席：

瞿禅书来，言及冒鹤翁疑《云谣集》为北宋作品，以其中多慢词，而曲牌名又与《乐章集》相同也。愚按《云谣集》杂曲，若以词格论，的是唐教坊一种歌曲，似尚不及五代，何况北宋？记得敦煌所出，有孔衍《春秋后语》残本。（记不甚清，似是汉魏尚书，曾于亡友王静安许见之。）纸背附写一词，词为〔望江南〕云："天上月，遥望似一团银。夜久更阑风渐紧，为奴吹却月边云，召见附（负）心人。"其词格极似《云谣集》。孔衍书宋已不传，则此卷必非宋时人写。以此例之，《云谣集》亦不能遽断为北宋。愚所见敦煌残本，其间书宋年号者，大都皆在宋初，其时沙州曹氏，尚奉中原正朔。《云谣集》本无年号，即决其出于宋初，而写词之人，未必即作词之人，安知非传录唐人旧词乎？若谓其中多慢词，定为北宋人作者，则唐杜牧之已有〔八六子〕慢词矣。大抵唐时慢词，皆乐工肄习，文士少为之者，故今所见五代人词多小令，至宋而文士始有填慢词者，不得谓唐时教坊无慢词也。弟于《云谣集》曲牌名，早见之于唐崔令钦《教坊记》，《乐章集》不过偶与之同耳。柳词作风，固与《云谣集》相近，谓柳词即从唐人此种词格蜕化而来则可，谓《云谣集》作者与柳同时似不可。惟《避暑录话》载西夏归朝官言，凡有井水饮处，皆能歌柳词。似柳词既能传播于西夏，则亦可传播于沙州，然此乃系一种推测之谈，证据终嫌不足。故愚以为《云谣集》作品，虽不能确指为何时，仍当从彊村诸家说，暂定为唐词，较得实，此仆与鹤翁所见不同处，尊旨以为何如？复颂著安。

弟尔田顿首

二四

比阅近代词集颇多，自当以樵风为正宗，彊村为大家也。述叔、映庵，各有偏胜，无伤词体。阳阿才人之笔，苍虬诗人之思，降而为词，似欠本色。余子纷纷，一出一入。仆之造诣，抑又下焉。

二五

尊论苍虬词，诚然。苍虬颇能用思，不尚浮藻。然是诗意，非曲意，此境亦前人所未到者。述叔、暎庵，皆从词入，取径自别，但一则运典能曲，一则下笔能辣耳。

《陈海绡先生之词学》

（《同声月刊》第二卷第六号，1942年6月）

二六

海绡长逝，闻之惊痛。前眉孙书言："并世词坛，南有海绡，北有遁堪，玉峙双峰，莫能两大。"其言未免溢美。今海绡往矣，而弟亦么弦罢谈，广陵散殆真绝响耶？

《陈海绡先生之词学》

（《同声月刊》第二卷第六号，1942年6月）

【按】 张尔田致龙榆生札二十六通，第一、二札原题分别为《与榆生论彊村遗文书》《与榆生言彊村遗事书》；第三札原题为《与龙榆生论彊村词书》；第四、五、六札原题分别为《与龙榆生言碧桃仙馆词书》《与龙榆生言郑叔问遗札书》《与龙榆生言词事书》；第七、八、九、十札原题分别为《与龙榆生论彊村词事书》《再与龙榆生论彊村词事书》《三与龙榆生论彊村词事书》《四与龙榆生论彊村词事书》；第十一、十二、十三札原题分别为《与龙榆生论温飞卿贬尉事》《再论温飞卿贬尉事》《三论温飞卿贬尉事》；第十四、十五札原题分别为《与龙榆生论苏辛词》《再与榆生论苏辛词》；第十六札原题为《与龙榆生言况蕙风逸事》；第十七、十八札录自龙榆生旧藏《忍寒庐劫后所存词人书札》（上），台湾"中央研究院"中国文哲研究所编印《近代词人手札墨迹》上册；第十九札原题为《与龙榆生论词书》；第二十札原题为《与龙榆生书》；第二十一、二十二札原题分别为《与龙榆生论四声书》《与龙榆生论词书》；第二十三札原题为《与龙榆生论云谣集书》；第二十四、二十五、二十六札为龙榆生《陈海绡先生之词学》一文节录。

易 孺

易孺（1874—1941），字季复，号大厂、韦斋、依柳词人等，因信奉净土宗，亦号大厂居士。广东鹤山（今属江门）人。精研书画、篆刻、词曲之学。晚年讲学于暨南大学及国立音乐专科学校。诗词造诣颇深，著有《双清池馆集》《大厂词稿》《大厂集宋词帖》《韦斋曲谱》《扬花新声》等。

致龙榆生（三通）

一

榆生词长撰座：

　　前损临雅谈甚快，旋奉去，拟践共倚平韵〔满江红〕赋太湖鼋渚之韵。命标四声清浊，兹已破工夫采白石、梦窗各一首，分别标出比较其用声之同异处。（白石自叙之意是白石创此词调，然则必为梦窗依其声也。）发见两家相差有限，且最要之声眼，如两"翠"字及韵之清浊，又各去入等声均无舛错，可知两家均向音律追求也。红察两词之意及其词，窃拟足下用白石之声而和其词，居士则倚梦窗而亦和之。因足下曾到鼋渚，而居士仅至锡惠山，而欲往未能也。（姜词约是已到者，吴词则有望而未即之概。）足下以为然否？速复一言，以便着手。岁暮穷况，正吾人本色也。成后居士即谱作唱歌，彼此两首俱冠以原词，而以和作为第二，次之亢歌，二人和意不同（一已到，一想望），则谱曲亦神气各异，故当谱成两调也。大愿如此，乞早成之。

　　《填词百法》，顾宪融编，崇新书局印行。另，胡云翼著《宋词研究》，中华书局出版，较胜。

　　附：姜、吴词声谱二纸：

满江红　平韵

取白石、梦窗各一首，而较其用声之清浊。

　｜ 清平　‖ 清上　‖‖ 清去　x 清入
　Ⅰ 浊平　Ⅱ 浊上　Ⅲ 浊去　X 浊入

　　　｜ Ⅱ Ⅰ　　‖‖ x Ⅲ　｜ ‖‖‖‖ Ⅰ
姜：仙 姥 来 时　正 一 望 千 顷 翠 澜

中国古典词学
新辑词学珍稀文献丛刊

```
      Ｉ｜｜｜ Ｉ Ｉ      ｜ x ｜｜｜｜ Ⅱ｜｜｜ Ｉ
吴：云 气 楼 台    分 一 派 沧 浪 翠 蓬
```

　　　　　　　　　　按：浪有读里党切，如朗者。

```
    ｜ Ｉ Ⅲ Ⅲ Ｉ ｜ Ⅲ    ｜ x Ｉ ｜
姜：旌 旗 共 乱 云 俱 下    依 约 前 山
    ｜｜｜ ｜｜ X Ｉ Ｉ｜｜｜  ｜｜ X Ｉ ｜
吴：开 小 景 玉 盆 寒 浸    巧 石 盘 松
```

```
    Ⅲ｜｜｜ Ｉ Ｉ ｜｜｜｜ x    ｜ Ｉ ｜ Ⅲ X Ｉ ｜
姜：命 驾 群 龙 金 作 轭    相 从 诸 娣 玉 为 冠
```

　　　　　　　　　　按：作当读子贺切。

```
    ｜｜｜｜ Ｉ ｜ Ｉ ｜｜｜ —    Ⅲ ｜ Ｉ Ⅲ X ｜ ｜
吴：风 送 流 花 时 过 岸    浪 摇 晴 练 欲 飞 空
```

```
    ｜｜｜ Ⅲ ｜ ｜ Ⅲ Ⅱ Ｉ Ｉ    Ｉ ｜｜｜ Ｉ
姜：向 夜 深 风 定 悄 无 人    闻 佩 环
    ｜｜｜ ｜ ｜ x x Ｉ Ｉ    Ｉ ｜｜｜ ｜
吴：算 鲛 宫 只 隔 一 红 尘    无 路 通
```

```
    Ｉ Ｉ ｜｜｜  ｜｜｜｜ ｜   Ⅲ Ｉ Ⅲ   ｜｜ ｜ Ｉ
姜：神 奇 处    君 试 看    莫 淮 右    阻 江 南
    Ｉ Ⅱ ｜｜｜  Ｉ ｜｜｜ ｜   Ｉ X ｜｜｜  ｜｜ ｜ ｜
吴：神 女 驾    凌 晓 风    明 月 佩    响 丁 东
```

```
    ｜｜ X ｜ Ｉ X   ｜ ｜ ｜ ｜
姜：遣 六 丁 雷 电    别 守 东 关
```

```
    ｜｜｜ Ⅱ Ｉ Ｉ ｜｜  ｜｜｜ X ｜ ｜
吴：对 两 蛾 犹 锁    怨 绿 烟 中
```

X ｜｜｜ ｜ Ⅰ Ⅰ ｜｜ ｜｜ 　 x ｜ ｜ ｜｜ ｜｜ Ⅰ Ⅰ

姜：却 笑 英 雄 无 好 手 　 一 篙 春 水 走 曹 瞒

｜ x Ⅲ ｜ ｜ Ⅱ — 　 Ⅰ Ⅰ Ⅲ Ⅲ ｜ ｜ Ⅰ

吴：秋 色 未 教 飞 尽 雁 　 夕 阳 长 是 坠 疏 钟

Ⅲ ｜｜ ｜ Ⅰ Ⅱ ｜｜ Ⅰ Ⅰ 　 Ⅰ ｜｜ Ⅰ

姜：又 怎 知 人 在 小 红 楼 　 帘 影 间

Ⅲ x ｜ ｜｜ Ⅱ ｜｜｜ Ⅰ Ⅰ 　 Ⅰ ｜｜｜ Ⅰ

吴：又 一 声 欸 乃 过 前 岩 　 移 钓 篷

《近代词人手札墨迹》

（台湾"中央研究院"中国文哲研究所2005年编印）

二

连日奇冷，凝沍可畏，脑木不能有所撰著。讽诵尊词，悉为签修，未敢走失原旨，特两笺并奉上，即希恕其谬妄。天稍暖，仍望携回舍下，面述各声及排列与僭改之要为盼。郊外弥寒，幸善摄。

倒犯　次韵奉酬大厂先生依清真作

夜（旷）影、对梧〔疏〕桐半（自）生，冻枝仍举。清泉慢煮。疏（垂）帘外（爱）、更（暂）飘（闲）丝雨。闲（微）情待（要）付，沉（瓯）水香熏余（霏）残（纤）缕。又寒（雾）上（暖）征衫（袍），浊酒浇尘土。听（恨）长更、恼（绾）羁绪。　床底怨（候）蛩，为（细）伴（怨）书（无）淫（聊），咿呦（书淫）愁（相）自（伴）语。素〔秀〕纸（蕊）敛（谢）秀〔素〕笔（册），爱〔照〕骚（华）客（烛），修花谱。纵晕（碎）色、犹（都）凄楚。诉（命）瑶筝（筝弦）、弦弦相尔汝。斗（剩）病鹤精〔英〕神（英），雪里（下）吟佳句。未应（尝）梳（翎）倦翎（梳）羽。

录呈大厂先生正律。

沐勋

《近代词人手札墨迹》

（台湾"中央研究院"中国文哲研究所2005年编印）

【按】 此为龙榆生词初稿，原稿下有易大厂注云："乚为声误之符，傍字为僭拟修改者。"为整理之便，今用（）代替，（）内字为声误而改者，〔〕内字为声不误而改者。此词后收入龙榆生《风雨龙吟室丛稿》，龙氏并未遵从易大厂所改。

三

榆生词长吟座：

重九惠书，近日始达。写呈鄙作，迟迟未行。……〔惜黄花慢〕，微公言已成之，但未改好，故迟了一二日，必先我而寄也。蕙风墓志亦曾一见，今不可复得。其词见，除四声清浊外，余无可述，均在蕙风笔记及《织余琐述》中。其词集、词话亦多有可采。在鄙闻则无殊特可贡献也。抑公求之太急，尤未易草草奉酬耳。沪上有彊村翁及又韩世兄，何以尚缺故词人轶事耶？湖上骤寒，曲意甚盛，不能出旬日矣。……侍祺。

大厂孏顿首
十一月二日
《近代词人手札墨迹》
（台湾"中央研究院"中国文哲研究所2005年编印）

【按】 上三札录自《忍寒庐劫后所存词人书札》（上），龙榆生旧藏，张寿平辑释，见台湾"中央研究院"中国文哲研究所编印《近代词人手札墨迹》上册。

致叶恭绰

遐公法座：

前冒雨扰清兴，承教请益，快感无似。归后伤风，又复困顿。敝藏留传钞，共向钞宋二十家词，中有舒亶信道词、苏庠后湖词、曹组元宠词。拟随拙选两宋人词校刊，甚愿得《花草粹编》一查。近悉赵叔雍先生处有此书钞本，未便借觌。惟前开三家词未知《粹编》选录有溢出《乐府雅词》之外者否？可否乞转求叔雍代查一查。如有不为《乐府雅词》所载之什惠予录副，见示以校敝藏，则甚弃矣。（敝藏为《雅词》所缺者三集共九阕）孺□孤陋，藏弃未富，叔雍先生如有珍藏南北宋词集为各家所未校刊，最恳能专人钞以副本见赐，俾得由乐院校刊行世，功德不亚于洒沉也。悉颂钧礼。

大厂孺叩

十九日

《赵凤昌藏札》

（国家图书馆出版社2009年版）

张茂炯

张茂炯（1875—1936），字颂清，一作仲清，号君鉴。江苏吴县（今属苏州）人。清光绪三十年（1904）进士，宣统时曾任度支部司长，民国初任北京政府盐务署参事。晚年退居苏州，与潘承谋、邓邦述、吴梅等结六一消夏词社，辅助叶恭绰编辑《全清词钞》。工诗词，著有《艮庐唱和诗钞》《艮庐词》等。

致叶恭绰（七通）

一

……尊函当即往取，候读后再行奉复。词钞事得公主持，仍前进行，甚善甚善！嘉定王西庄鸣盛有《谢桥词》，其曾孙之翰有《紫荧香馆词钞》，系民国后其后人排印本，想插架必已有此书矣。顺以奉询。敬颂撰安。

张茂炯 拜启

《词学》第四十二辑

（华东师范大学出版社2020年版）

二

玉甫先生撰席前辈：

前奉手教，碌碌未及复，至歉。佩诤因保存古事，贤劳特甚。巍成亦以教务仆仆苏中间，故于词钞事均未能着手，现在巍成藏词已由炯担任抄录，已十得八九。闻湖帆月内将来苏，届时拟仍托其带上也。佩诤藏词亦当代任一部分，以副盛意。兹又假得《竹叶庵集》一种，为乾隆时词人，吴县张埙撰。此集传本不多，不知前处已有人任选否？乞查示为盼。再，巍成藏词内有《冰瓯馆》一家，无撰人姓名，据题词中称其人为长洲王嘉福（号二波，二波以荫袭武职扬州久，疑此亦扬州人）之婿，然借王氏家谱查考，亦未载二波女适何人，竟无从得其姓名。不知吾公知其人否？顺以奉询，敬请撰安。

前录各词，如已丛抄完竣，乞将原稿掷还。敝帚自珍，幸勿见责。

张茂炯 谨启

《词学》第四十二辑
（华东师范大学出版社2020年版）

三

玉甫先生阁下：

前奉惠书，适有湖州之行，未及即复，归后拟将尊函送交佩诤。蒙交来此集廿七种，恐其中或有尊处已选过者，特将词目另纸开呈，乞检核示复，以免重复。香谷词知已入选，因联想及宜兴徐焕琪（名致章，光绪戊子举人，浙江知县）、储印波（名凤瀛，光绪癸卯举人，浙江运副）。两君均已作古，储有《萝月词》，未见全稿，仅于《乐府补题后集》见其数首。徐有《拙庵词》，系排印本，香谷序之，称其入民国后始为词。如两君者应否入选。乞卓裁。匆匆，即请撰安。

张茂炯 谨启

《词学》第四十二辑
（华东师范大学出版社2020年版）

四

玉甫先生阁下：

前奉教祗悉，《蓼斋词》已与佩诤说及，日后当由伊处经手也。昨晤潘博山、景郑昆仲，知其新得词两种，一为《山烟楼草》（嘉庆时江阴闺秀汤百纯著，亦名《玉琴余韵》），一为《二十四桥吹箫谱》（道光时江都孙宗礼著），未知此二书尊处已有人选过否？乞核明示复，以免重复。此颂撰祺。

张茂炯　谨启

《词学》第四十二辑

（华东师范大学出版社2020年版）

五

玉甫先生阁下：

前闻华诞，曾以俚词为寿，即托湖帆带上，并附词钞二册，谅均邀鉴。顷顾巍成兄又检出词三种，一为《扁舟载酒词》（江藩著），一为《沤尘诗余》（亦称《戴简恪公遗集》，戴敦元著），一为《还印庐词存》（徐球著），未知已有人任选否？乞示为盼。再，前询《冰瓯馆词钞》，现已查出为张午桥（丙炎）所作，知念附及。此请吟安。

张茂炯　谨启

《词学》第四十二辑

（华东师范大学出版社2020年版）

六

玉甫先生阁下：

手教祗悉，想清恙必已霍然，念念。王佩诤兄任选名家词，已为代选数十家，有三册交湖帆矣。顷佩诤又交来词集九家，云系新购得者，为前辈所无，未知能否与尊处接洽，有无他人选过？兹将词目另纸开呈，乞查示为盼。其中《暗香疏影斋》一家，但署“白石志润倚声”，无序跋可考，集中有与宝竹坡唱和之作，疑是旗人，名志润，号白石，不知然否？又《梦蝶生》一家，无撰人名字，以其词考之，大约是嘉兴人，曾宦山西，被议后改官两淮，与丁萍绿（至和）、杜小舫（文澜）同时。吾公知其人否？顺以手询，亦祈示及。此颂撰绥。

张茂炯　谨启

《词学》第四十二辑

（华东师范大学出版社2020年版）

七

玉甫先生阁下：

　　日前寄上相片一张，谅已邀鉴。清词又录成两册，俟有便人，当托带奉。初拟就此结束，以符尊处旧历年底之限，惟佩谞昨又交来二十余家，赶录不及，止得声请展限矣。此二十余家，未知佩谞曾否与尊处接洽，有无他人选过，兹将词目另纸开呈，祈即核明示复，以免重复。至尊处此次选词，共得词目若干家，已选若干家，若有未选者若干家，便中乞示一二，俾知大略，至盼至盼。再，前次手询之《梦蝶生词》，顷已查悉其人为钱官俊，字枚臣，浙江嘉兴人，知注附及。敬请撰安。

　　　　　　　　　　　　　　　　张茂炯 拜启

　　《暗香疏影斋词抄》白石志润　《味尘轩诗余》李文瀚　《㩦云轩词》马汾

　　《清安室词》张清扬　《铜梁山人词》王汝璧　《醉园斋白词》蒋萼

　　《替竹庵词》蒋彬若　《梦蝶生词》无撰人（抄本）

　　《亭秋馆词》许禧身（闺秀）《蓼斋诗余》李雯（抄本）

　　《小罗浮馆词》赵对澂　《蓉渡词》董以宁　《泊鸥山房词》陶元藻

　　《绕竹山房诗余》朱文治　《养一斋》潘德舆　《乐圃吟抄》张玉谷

　　《枫江草堂集》朱紫贵　《东洲草堂诗余》何绍基　《东海渔歌》顾春

　　《五十弦锦瑟楼词》江都 郭宝珩　《雪波词》灵川 苏汝谦

　　《小梅花馆词》海盐 吴廷燮　《红豆山房词》番禺 何振

　　《蓬霜轮雪词》四明 陈康祺　《婴山小圆集》平湖 张诚

　　《清芬集》《耐厂词》高要 冯咏芝

　　《倚楼词》赵植庭（赵词已于《尊酒消寒集》中录过数首，兹是专集，拟再录数首。）

　　《曼香词》吕儁孙　《句娄词》方恺（赵、吕、方三家合为一册，称《三家词录》。）

《云起楼词》婺源 齐学裘 《银藤花馆词》休宁 戴延介

《钱存梅遗稿》钱陆靖 《楼云山馆词》甘泉 黄锡禧

《翠娱楼词》吴江 金文城 《经遗堂集》江都 韦佩金

《海红花馆词》吴江 郑璸 《清梦轩诗余》了璞（方外）

《瑶华阁词》钱塘 袁绶（此词已收《百家闺秀词》，谅已选。）

《湘痕阁词》钱塘 袁嘉（闺秀） 《棲香阁剩稿》白门 李藻（闺秀）

《棠香阁词》礼泉 杨世谦 《晚阴词》马平 杨霖

《词学》第四十二辑

（华东师范大学出版社2020年版）

【按】以上书札录自丁小明、赵友永整理考释《张茂炯致叶恭绰信札七通考释》。

杨 圻

杨圻（1875—1941），字云史，号野王。江苏常熟人。早年就读于同文馆，与翁之润、何鬯威、章华有"四公子"之目，并同王景沂、曹元忠、张鸿、黄彝凯、张百宽等题襟结社，名动京师。清光绪二十八年（1902）中南元，官邮传部郎中。后随岳父李伯行出使英国，旋奉派任驻新加坡总领事。辛亥革命后归国。先后入陈光运、吴佩孚幕。著有《江山万里楼诗词钞》二册，收词四卷，即《回首词》《楼下词》《海山词》《望帝词》各一卷。

致王心舟

心舟仁兄足下：

神交数月，闻声驰思，彼维江国放梅，吟诵清邕，幸甚幸甚。前月庞岩梦兰转到大作四卷，展诵过半，以事中辍，犹未卒业也。庞君又言足下盛意，欲以师礼相加，夫好为人师，古哲所诫，方思一通笺素，藉述所怀。

增奉大札，词意殷挚，忧我之深至于此耶！尊词挹南唐之气息，撷北宋之风华，清浑缜密，自成家数，造诣甚深。知足下寝馈于兹者，盖必数十年矣。且比事而不质实，清空而能幽涩，洵为词人之词，而非诗人之词，尤可贵矣。仆于倚声一道，少略涉猎，十余年来，戎幕劳形，薄书鞅掌，此事久废矣。承嘱删削，谓在精不在多，足见高卓。然删诗如割肉，忍为刀斧手耶？会当置醇醪、丽人于红梅花底，烧海南甲煎而后读之，方能领略词人之慧业未可造次也。至师事一节，何敢当之。门下虽有若干人，然皆少年秀士，先入乎海内阿好之辞，有待切磋而已，何可施之于执事。荷蒙见爱，请为词友可乎？

仆之论词，尊唐而薄宋。于宋，则尊北而薄南。三唐清丽绵邈，固小令之正宗。北宋高华婉约，亦长调之正轨。词之体用，囿于如是。至南宋而各体咸备，无可再变，故元人衍而为曲矣。虽苏、辛雄放，自辟门径，然终为野禅，而非真谛。南渡以后，皆是凡响。元明诸子，尤无足观。国朝浙西诸家勃兴，辞赡学博，论其精力有过古人，然皆组甲馆衔，有意爱好，性灵全失，等诸赋体，而词之体用全湮失矣。每览数阕，昏睡即来。纵极精湛，终不免一“近”字。故苏、辛，词而诗者也，浙西诸老，词而赋者也。盖词之为物，花露取姿，明珠嫌重，自有其体用及意境，本不能如诗、赋广博而无所不容。故仆谓诗无止境，词有止境者。且词细于诗，轻于诗，诗重性灵，词尤重性灵，梦窗、草窗，已病其质实，如曝书诸作，但夸炫淹博，而直忘倚声为何物，盖尤词中之《三都》《两京》矣。下焉者谓之《事类韵编》盖无不可。故一阕成而注解千百矣。略述所怀，门户之见，学者不免耳。且词本乐章也，古之词家，不言音律，而皆以被之管弦。后人不解音而竟言律，考其所谓律者，则为格律之律，而非音律之律者。考其所谓格律者，则骈列诸体，考其异同而已；填词家则死堆硬砌，对仗必工而已。于律有何哉？故自言词律而调乃愈下，要之苟解音律，无施而不可，否则何解乎？白石多自度之声，〔满江红〕之可异乎调哉？

仆少年时见故人所作，辄思效之。稍长见古人所作，辄复避之。我人生千载之下，凡有意志未必不如古人，或且过之，盖欲有以自异，转致失其所长。故仆中年以来觉效之不必，避之尤非，不如听其自然，我行我素。苟其有成，自有面目；苟其无成，何必多事。学问事业，无不从平正中来，不独于词然也。门户之见，学者不免，因承不弃，略述所怀。尊词尚未尽览全帙，然可知其大略矣。意圆而句浑，深入而显出。夫词至于浑，无可再求精进。其间数首因题欠雅之故，似属可删。近因下月葬妻，未能坐定，缓日奉复。仆久居辽左，夏间假归，因落拓江海，辞家十年，猿鹤留人，未忍遽去。且红梅如豆，溪山可亲，拟在家度岁，明年牡丹开后，再渡东海行耳。竹西旧游之地，史墓江梅尚有几株，想词人清兴不减白石老人。知注附告琐屑，江国早寒，诸维保爱。手复，即颂著祺。

《词学》第三十一辑

（华东师范大学出版社2014年版）

【按】上札名为《覆王心舟书》，丁小明将其整理并以"新发现杨云史《覆王心舟论词札》"之名发表于《词学》第三十一辑。王心舟，生平不详。

夏敬观

夏敬观（1875—1953），字剑丞，号盥人，又号映庵。江西新建（今属南昌）人。清光绪二十年（1894）举人。历任两江师范学堂、复旦公学、中国公学监督。江苏巡抚参议，署提学使。1919年任浙江教育厅长，旋退居上海，筑室康家桥，与词流啸咏其间。敬观通经、史，工诗善词。著有《忍古楼诗》《音学备考》《映庵词》等，其词学论著有《词调溯源》《忍古楼词话》，并有手批词籍多种。

致郑文焯（五通）

一

叔问先生道席：

赴沪二日，昨暮始归。展诵新词，如获珍璧。顷读"早秋闻雁"之作，尤为心折。昨题龙马叟《偎汀宴别图》小令，录呈教正。伯弢忽奉交卸之命，闻意出陆方伯，无如之何也。手叩撰安。敬观上言。

玉楼春　题张伯琴丈俟汀宴别图

春风跃马金腰袅。忆出阳关人未老。江虹远饮画图明，夜别俟汀花窈窕。　　风灯零乱长安道。白尽英雄头不少。一湖烟水一渔翁，去已沉吟归自好。

敬观呈稿

《第九届中国韵文学国际学术研讨会会议论文集》

（2017年）

二

昨得半日之暇，勉成〔木兰花慢〕一阕，录呈诲政。较之原倡，百不及一。窃谓《乐章》妙处实开清真之先。北宋之词亦如六朝文体，潜气内转。此惟先生能之，观不敢效也。此颂撰福。小坡先生阁下。敬观顿首。

木兰花慢　秋夜闻雁，和叔问先生

乍河声度雁，破云影，下高空。正别馆惊秋，阑干孤凭，残月微笼。山重。数千万里，路漫漫笳吹咽西风。丹凤城南更远，玉关信息难通。　　离惊。此夜谁同？愁里听、最惺忪。叹衔芦一一，南飞不尽，七二衡峰。疏桐。向庭院静，想佳人、无寐翠楼中。只恐哀筝怨笛，断肠又到帘栊。

映庵倚声

《第九届中国韵文学国际学术研讨会会议论文集》

（2017年）

三

小坡先生经席：

初八由秣陵旋苏，连日均欲趋承教旨。乃日力既为公牍销磨，薄暮辄为亲友邀饮，些须性灵，梏亡殆尽矣。读〔六丑〕〔木兰花慢〕二词，继声柳、周，惟公能有此妍妙之笔，余人不能及也。欲有挑剔以贡献于先生，回环读之，无隙可乘。奈何，奈何。沤公在宁，匆匆一晤。惟不及走访次珊，大约日间必可兴尽而返。观月半后必至沪一次，如有件寄秋枚，届时当走领。陆方伯之子蹈海一节尚不得确实信息，闻其绝命诗为两绝句，未得见之。手叩，道安。

敬观顿首

《第九届中国韵文学国际学术研讨会会议论文集》
（2017年）

四

蕙兰芳引　枫泾感赋

霜醉晚枫，敛余照、半明江阁。正极浦舟回，灯里片帆乍落。背城暮景，倩妙手、丹青难貌，洒送秋客泪，此夕河桥萧索。二月风花，千程烟树，老去行脚。念难转红颜，终负故人素约。流霞在手，劝君且酌。空断魂为问，楚招谁作。　叔问先生诲政。

敬观呈稿

一叶落　秋思

小院落，秋阴薄，夕阳一片画阑角。井梧已渐凋，新凉谁先觉。谁先觉。满眼西风恶。　万籁寂，霜天碧，月明满地夜砧急。雁飞紫塞遥，相思无终极。无终极，梦破虫吟壁。

右为内子左缀芬近作，录呈叔问先生哂政。

彩云归　芙蓉谢后作，和叔问先生

回阑对酒送斜阳。爱西园、锦幄初张。思暮云、暝合秋江上，人似倚、水阁琼窗。那堪共、楚天千里，使春心暗伤。到此念岁华将晚，自集蓉裳。　凄凉。行吟甚处，叹流连、素景殊乡。一城露冷，罗帐香歇，又改红芳。算别来、千花万草，尽绕骚客离肠。歌筵畔，谁有当时，一半疏狂。

叔问先生斧政，敬观呈稿。

《第九届中国韵文学国际学术研讨会会议论文集》
（2017年）

五

昨呈〔蕙兰芳引〕，承斧易四字，感佩无量。昨夜又成〔兰陵王〕一解，录呈指正，务祈破除情面，使获教益。倘有增进，皆先生之所赐也。大作得柳词一种静穆气象，功力至深，惟〔雪梅香〕之"雁梦出"三字似宜易上声，音响更协。妄议不知有当否？此叩，小坡先生，道安。敬观谨上。

兰陵王　草

小桥侧。芳草离离恨色。凭栏见、霜露晓寒，一夜西风换头白。行行向大陌。愁客。思归未得。黏天处，江树共凋，遥接黄云寒东北。　蘅皋旧春迹。记酒卧长瓶，骢驻金勒。匆匆来往青芜国。惟别袂凝泪，坠钗成感，残阳西下照燕麦。况人滞秋驿。　孤立。望无极。念朔管声哀，胡雁飞急。神京渺渺相思夕。剩一片愁霭，四边衰碧。登临非计，甚地许，万虑寂。

敬观呈稿

《第九届中国韵文学国际学术研讨会会议论文集》

（2017年）

【按】以上诸札录自陈国安《海粟楼藏夏敬观致郑大鹤论词书札笺释》。

致廖恩焘

霜叶飞

　　己卯重九，践湖帆、榆生沪西农场之约，因过康桥旧居，感喟系之，用梦窗体谱此。

垮桥成市。疏篱畔，吾家阑槛谁倚？露廊烟阜梦重经，都堕兵尘底。径屈曲，车穿巷尾，无端聋耳喧繁吹。记往日窗枕，柳浪隔横衢，距我一牛鸣地。　堪叹换谷移陵，深杯在手，旧节聊唤相对。缀秋场圃有黄花，籍野成嘉会。看叠叠、霞峰峻峙。难酬怀远伤高意。料夜来、霜风紧，更促哀鸿，怨嗷天际。

忏庵先生社长教正

敬观

"垮桥成市。疏篱畔，吾家阑槛谁倚？"第三句便入"过旧居"

意，一唱三叹，无限感怆！

"露廊烟阜梦重经，都堕兵尘底。径屈曲，车穿巷尾"。纤徐为妍。精警得未曾有。

"无端聱耳喧繁吹。记往日窗槐，柳浪隔横衢，距我一牛鸣地。"一勒收止。千里来龙，至此结穴。非老斫轮手，决不能办。

"缀秋场圃有黄花，籍野成嘉会。看叠叠、霞峰峻峙。难酬怀远伤高意。"入时序，兼游农场；再接再厉，劲笔精思，到底不懈，令人拜倒。

老气横秋，夹写夹叙，兼清真、梦窗之长，而挥洒如意，笔大如椽。当为此次社作之冠。恩焘拜读并评注。

《近代词人手札墨迹》

（台湾"中央研究院"中国文哲研究所2005年编印）

【按】此札录自《忍寒庐劫后所存词人书札》（上），龙榆生旧藏，张寿平辑释，见台湾"中央研究院"中国文哲研究所编印《近代词人手札墨迹》上册。

致刘承幹（二通）

一

翰怡仁兄大人史席：

前奉亦并蒙赐新刊精本六种，《史记》尤为宝贵。邺架所藏，本为希世之秘，得公同好，受惠良多，曷胜感谢。《清真词》版不足为重，射于佳书之末，赖以传布，使叔问遗著得公益彰，乃蒙齿谢，实增惭汗。秋凉，维起居多胜。手此道谢，敬叩撰安。小弟夏敬观顿首。八月十八日。

沈丽全整理《求恕斋友朋手札》（上）

（《历史文献》第十六辑）

二

翰怡仁兄大人左右：

奉借郑叔问词手稿十二册，细察叶数颇多，无论拆出何册，均不成编。《茗雅》一种最完整，已有百余叶之多，榆生一时必无力量付印，遂将此情函告之。惟将来有力付印时，仍希吾兄赐假，特为预先声明。原书十二册兹特送还，祈验收。《古诗评林》已去函催遗，寄到即缴。此叩台安。愚弟夏敬观顿首。三月十七。

《同声》三号附呈。

沈丽全整理《求恕斋友朋手札》（上）

（《历史文献》第十六辑）

姚 华

姚华（1876—1930），字重光，号一鄂、茫父。贵州贵筑（今属贵阳）人。清光绪三十年（1904）进士，赴日本习法政，归国后历任工部主事、邮传部科长。入民国，历任临时参议院议员、女子师范学校校长。工书善画，长于词曲，著有《弗堂类稿》。词有《弗堂词》，收入《黔南丛书》中。

致邵章

得读和词并大札，佩甚。拙作仅属消闲，大致不差，即便搁笔，病中不耐苦吟，故声律间有出入，亦不细勘，非绝无可改者也。惟以倚声之则论之，清初人词，一律不论四声，道咸而后，始论四声，此进一步之说也。近日以来，又过守四声，则鲁齐得失，未经论定。鄙意以为倚声者，以声为主也。文情随声情为缓急，故四声之宽严，必先考声调。声调既亡，无已，姑考旧词而比较之，数从其多者，所以有依词为谱之例。然声调固无可考，而声依何器，其大别尚有可寻者。五代北宋词，歌者皆用弦索，以琵琶色为主器。南宋则多用新腔，以管色为主器。弦索以指出声，流利为美。管色以口出声，的䍐为优。此段变迁，遂为南北宋词不同之一关键。譬如词变为曲，南北曲迥然不同，亦是弦索管笛之主器异尔。南曲弋阳、海盐，可勿论已。以昆曲言，则声情文情之别，一目了然，不必细校口齿也。故南曲之格，严于北曲，亦犹南宋之词严于北宋也。主器既因时而异色，歌者亦因地而异音，中州音与吴音之不同，尽人而知矣。南宋词既用管色，又多准吴音，故其律与北宋又不一例。如入声之于平仄，中原音可分配三声，吴音则否。故词家有入声尚可出入，而上去不容假借之说。要其折衷，亦无准据。皆由不依色以考声，但校词以为谱，重眼不重耳，故似是而非实也。南北宋之间，最关重要者，莫如清真。清真主大晟乐府，往往新腔出于其时，其所用色，尚耐人考校。故北宋旧调，亦有出于清真，而其声颇与秦、黄异者，岂亦以用色不同故耶？因此而知倚声之考校，尚大有事在，不能一例只严四声，考校未定，暂参活用，亦惟于弦管两色审之。唐诗亦入乐，亦琵琶为主色。故词为诗余者，仅以至北宋为断，南宋新谱，则不得云诗余矣。鄙见更进一步之考校，约略言之如此。屡欲与高明一论，及时感发，因遂倾吐，祈代为检定。病后怯拟南宋词，非惟四声之限严，且其声情亦非涵咏不出。年来口重，吟不成声，故不能如意为之。所为长调，多取北宋词，虽间涉新腔，然视南宋诸家有间矣。至流利的皪二语，鄙意以为颇窥见南北两宋词家之秘，盖流利非庸滥，的皪非生涩也。故所为词，亦于此慎之而已。又今人用词韵，以戈氏为则，鄙意亦不谓然。戈韵可资词学之考校，而不可以为填词科律，守之太过，则自加桎梏，亦如四声当依声情时地而活用。文章之事，关才情，不关学问，太放纵则杨升庵之流优为之，太拘泥则乾嘉考据诸老所以不能蜚声艺苑也。

《词学季刊》第二卷第一号

（1934年10月）

【按】 此札原题为《与邵伯絅论词用四声书》。邵章（1872—1953），字伯絅、伯褧，号崇百，别号倬庵。浙江仁和（今属杭州）人。清光绪二十八年（1902）进士，官至奉天提学使，民国后曾任北京法政专门学校校长等职。富收藏，能诗文，编著《四库全书简明目录标注续录》，著有《云淙琴趣》《倬庵诗稿》等。

陈 思

陈思，生卒年不详。字慈首，奉天辽阳（今属辽宁）人。民国间曾任江阴县知事。著有《白石道人年谱》《清真年谱》等。

致夏承焘（二通）

一

瞿禅先生道鉴：

去年暑假将归，拜奉环章，匆匆就道，未能肃复。秋初回馆，卒逢时变，寻又回宜，波浪虽起复，行李尚安和。惟旧雨星散，益伤孤陋。镇日闭门，检校丛残，聊以遣闷。昨玉岑兄转来手示，远劳系念，铭感奚如。过承推奖，弥深颜汗。立厂先生去春游沈，时时过从，所撰《白石旁谱稿》，曾屡拜读。其考指法，心上窃有所疑，诚如尊意。当时曾以鄮峰大曲〔柘枝歌头〕〔柘枝令〕二曲，朱刻虽无旁谱，缪氏原本今虽不知所在，而《四库》本亦出宋椠，大可覆按。日本书库颇有旧籍，彼都艺妓，闻尚有唐宋歌曲脚本，亦可并搜，成此盛业。立厂颇以为不谬，近闻又返北平，文津库本，想当检阅。弟前在沈，虽有文溯库本，奈因当道虎而冠，非我文人所能借阅，思之怅然。窃再思惟，解此难题。考谱固第一义，然因文推测，终不如验之以器，乐器尺度虽今古不同，倘能求得声调和雅，实胜于空言聚讼，抑或从此又发见新声。心藏于此，已十余年。朋好中通音律者虽不乏人，惜不工词，又昧于古今声律嬗变原理，且多我执。惟老友蒋青葭先生，工词善笛又好事。无如年已八旬，复又多病，力难办此。湖上英文萃集，鼓吹春声，定有发思古幽情，一声横度秋碧者矣。不审先生于意云何？前示梦窗从白石游苕、霅当在白石晚年。考《湖州志》杨长孺于嘉定四年三月到湖州任，五月八日回京。白石〔永遇乐〕词结用"洼尊"二字，此皆足为白石再到苕、霅之证。又考梦窗词多绍定至景定之作，此又足为从游苕、霅在白石晚年之证。无如梦窗〔喜迁莺〕甲辰冬至寓越一首起云："冬分人别，渡倦客晚潮，伤头俱白。"设生于开禧初年，是时甫及四十，似不应头颅如此。〔惜红衣〕一首设非去白石逝世未久之作，则题中"伤今感昔"四字亦苦无着。所以旧作不得不从刘氏绍定癸亥已八九十之说。管见如此，不知是否。拟有余暇，遍求南北宋人集及总集细检，或当遇有佳证。癸叔周兄，桂林一年（原稿注：疑"别"之误），已二十年，雁旅无定，久疏通问。初冬过常州，闻在金陵，曾寄一函，尚未得复。旧作《白石年谱》《白石词疏证》《清真年谱》，现均重理粗就，一俟钞成，即先呈政。春间承示清明渡太湖至鼋头渚新词，温厚安雅，钦佩无似，曾成次韵一首，步学邯郸，前函匆促，忘未封入，兹再录呈，不审尚可作门下一扫除否？万恳指教，幸勿客套。复颂新喜，并祝著祺。

思顿首
一月七日
《词学季刊》第三卷第二号
（1936年6月）

二

瞿禅先生史席：

去秋回宜，满拟走访，畅聆尘教，不意水荒，无以为食，因又北上，瞬将一岁。虽车停甚贤，不以世务相累，而音问难通，日深怅惘。近两月来，别开途径，又限于家信。昨由常州寄来大札，并玉岑兄书，欣谂安隐，幸甚幸甚。承示白石谱稿各节，前请益于彊村先生所未肯言，而先生倾筐倒箧，一一指点，相爱至此，感当如何！白石谱草于苏州围城之中，初拟依冯氏、张氏玉溪谱例草年谱，江氏《山中白云》例疏词与诗，辑佚文，录《绛帖》评及《诗说》《续书谱》，合而刊印。虽不能复白石丛稿之旧，亦可名以丛刻或丛编矣，自揣力不能及，于是诗词后案语皆并入谱，以为编年之证。枝枝蔓蔓，因而横生。白石为平甫上客，庆元、开禧间两党之中，皆有知交。征引各传记非详，又无以见白石之高，此又繁冗之一因也。又拟撰校勘记，补许刻所未备。丁卯春，见金陵陈小树先生撰校记极详核，因而作罢。又拟将陈先生《铙歌》九歌考谱，桐乡冯水先生琴曲古怨释录入各篇之后，其余旁谱，一一依《词源》释出。蒋香谷先生云：工尺虽可识，但板眼无征。因又作罢。遂定年谱为单行之稿，词疏所列，实年谱剩料。白石诗词字字皆有来历，附录词后，聊备观览。兹承开示，此稿尚有可采，即乞风斤，芟除枝蔓，渥承笃爱如此，定俯如所愿。叶遐庵先生欲将此稿刊入词学杂志，深恐粗陋，难登大雅。但数年前屡索《西王母通释》《穆天子传疏证》《山海经经籍互证表》因人作嫁，无暇写定，久未报命。今又转索，乞删定后转托玉岑兄代交，并祈代候。再白石工书，周草窗《癸辛杂识》内贾廖碑帖条刻白石墨迹，漏未叙入，如须补入，即乞分神酌办。所见白石小传，以《湖州府志》辑传为最，《诂经集》严传次之，张羽一篇，不但未见，且未尝闻，承示弥感。清真年谱，去秋回宜写成初稿，引证有数事皆就《古今词话》、郑本附录转载，须寻原谱勘正。王静庵先生《清真遗事》，今春购得，考订精详，得未曾有。惟定卒年，王先生据《玉照新志》，拙稿据《宋史》《东都事略》《咸淳临安志》《新修杭州府志》《处州府志》《浙江通志》，小有异同。再王先生以〔少年游〕为庐教后知溧水前作，拙稿据集中各词字比句勘，定为入京师以前之作。又证明游师师家当是李邦彦，如清真游师师家，则当属张子野赋〔师师令〕之师师也。此稿已钞有清本，如急欲观，请玉岑兄向小儿函索可也。但稿未定，切勿示人，祷切祷切。再韦端己年谱亦粗成，词可编年者甚少，诗则十分之八可编年。腊初拟回宜，如航海，晤玉岑兄后即造访，俟定行期，再转函奉闻。赐教寄常州周线巷岳家弄陈元素或宜兴白果巷陈太元，均可转到。冬寒日深，伏惟珍卫，不宣。

弟思顿首

十一月三十日

右辽阳陈慈首先生赐书二通，皆作于东省变后。时先生自辽宁通志馆避地南游，旋复北上，函札往复，皆须由常州其嗣君许转递。予接函后，曾报一诗相慰藉，书犹在道，遽闻其猝病下世，此殆为先生最后论学文字矣。予与先生未一奉手，六七年前闻疆村老人称其白石年谱，因以谢君玉岑之介，获读其手稿。其遗著予已见者，白石、清真二谱及《白石词疏证》外，有已印之《稼轩年谱》，未成之《韦浣花年谱》。先生前函告予，云尚有《玄奘年谱》《山海经发微》，殆即后函所云：《山海经经籍互证表》《西王母通释》《穆天子传疏证》《黄帝甲乙经集杨全王注疏证》，皆具稿未定。问其嗣君元素、太元二君，能传家学，甚盼早日刊布，慰天下喁喁之望，不仅衣被词人已也。

前书论白石交梦窗年代，其时予犹误持石帚即白石之说，故有此纠葛，后予为《石帚非白石辨》，先生不及见矣。廿四年十一月，承焘附识。

【按】上二札为陈思遗稿，第一札原题为《与夏瞿禅论词乐及白石行实》、第二札原题为《与夏瞿禅论白石、清真年谱》。

王国维

王国维（1877—1927），字静安（庵），号观堂。浙江海宁（今属嘉兴）人。清诸生。著名学者，在哲学、史学、文学、文字学、考古学等领域均有重大成就。著有《观堂集林》《观堂别集》《静安文集》等，今人汇编其众多论著为《王国维全集》。其有关词学著作，有《苕华词》（一名《人间词》）、《观堂长短句》《人间词话》《清真先生遗事》《唐五代二十一家词辑》等。

致缪荃孙（二通）
一

艺风先生大人尊鉴：

承示《圣宋文选》传本源流，敬悉。楼攻媿《清真集》序云：编集时访其家集，参以他本，间见手稿，又得京本文选云云。殆指此书。果然，则中必有清真文字，不知尊藏覆本携来此否？《播芳大全》目已检一过，仅有周邦而无周邦彦，此事前闻伯宛言之，或渠所闻未谛，抑适在缺人名处也。原书二册奉缴，祈察收。《五礼新仪》已见过。王宏甫所藏汪钝翁家写本，钝翁曾假传是楼宋本校过，后自记云，宋本缺处，无从校补。然则当时已无足本矣。修书人衔名已录得，故《清真遗事》中此段即行全改。昨得《花草粹编》，系棉纸初印，不知视先生藏本何如也。肃此，敬请道安，不罄。国维顿首。

《艺风堂友朋书札》（下）

（上海人民出版社 2018 年版）

二

艺风先生大人尊鉴：

前接赐书，敬悉一切。比维兴居多福为颂。金陵之乱，书板、酒瓮未入劫灰，深为庆幸。拙撰《清真遗事》，前已印于《国学丛刊》中，乃系石印，后稍有增改。兹将改本托子敬兄呈上，如荷赐刊，即可照此写样。去年文小坡刻《清真集》，印臣曾寄以见示，不独所见本太少，乃至书题亦复不通，后跋亦不知所云，远不如毛刻尚存强本之真，王刻亦仍元刊之旧。此刊殊为赘设，谅长者亦见之矣。印臣刻词，已得几种。授经至沪，当已面过矣。专此，余俟续陈。敬请崇安，不一。国维再拜。

《艺风堂友朋书札》（下）

（上海人民出版社 2018 年版）

致胡适（三通）

一（一九二四年七月七日）

手教敬悉。承询后村词中"衮遍"之义，此句忆曩所见后村别调（毛本）。作"笑煞街坊拍衮"，而尊函中作"鸡坊"，不知弟误忆，抑或兄误书也。"衮"字不见《宋史》《乐志》，实是大曲中之一遍。唐人大曲遍数虽多，然只分为排遍、入破、徹三大节，至宋则名目至多。沈存中《梦溪笔谈》谓，大遍有序、引、歌、𩎑、嗺哨、催攧、衮破、行、中腔、踏歌之类。王灼《碧鸡漫志》谓，大曲有散序、靸、排遍、攧、正攧、入破、虚催、实催、衮遍、歇拍、杀衮。今以现存宋大曲证之，胥与王灼说合。惟攧后尚有延遍，虚催后尚有衮遍。宋无名氏《草堂诗余》（卷四东坡〔水龙吟〕）注云："今乐府诸大曲凡数十解，于攧前尚有排遍，攧后则有延遍。"然史浩〔采莲〕大曲（《鄮峰真隐漫录》卷四十五）延遍在攧遍前，则次序殂无定矣。实催之前尚有衮遍，则董颖〔薄媚〕（《乐府雅词》卷首）、史浩〔采莲〕皆然，张炎所谓"前衮"也。实催后之衮遍，则炎所谓"中衮"并"煞衮"而已。王灼记王平〔霓裳〕亦有三衮，则《漫志》虚催、实催之间脱"衮遍"二字无疑。至其名义，多不可解：排遍以其非一遍，故谓之排；撷或取撷擽；入破则曲之繁声处也。（《近事会元》卷四）虚催、实催均指催拍言之，故董颖〔薄媚〕实催作催拍。衮义亦不详，后村谓之拍衮，疑亦拍之一种也。

大曲虽多至数十遍，亦只分三段：散序为一段，排遍至正撷为一段，入破至煞衮为一段。宋仁宗语张文定、宋景文曰："自排遍以前，声音不相侵犯，乐之正也；自入破以后，侵乱矣，至此郑、卫也。"（王巩《随手杂录》）宋人于大曲，往往取其中之一遍或数遍用之。（《梦溪笔谈》五）《董西厢》有伊州衮、长寿仙衮、降黄龙衮，皆大曲中之一遍也。"衮"字无意义，即"滚"字之省耳。弟旧有《宋大曲考》，以其未备，故久在箧中，后亦未曾增补，兹摘出一段奉答，请教之。此上适之先生。

弟王国维敬启
初六日午
《胡适遗稿及秘藏书信》
（黄山书社1992年影印本）

二（一九二四年十月九日）

尊说表面虽似与紫阳不同，实则为紫阳说下一种注解，并求其所以然之故，鄙意甚为赞同。至谓长短句不起于盛唐，以词人方面言之，弟无异议；若就乐工方面论，则教坊实早有此种曲调，（〔菩萨蛮〕之属）崔令钦《教坊记》可证也。

《清华学报》第二卷第一期

三（一九二四年十月中旬）

弟意如谓教坊旧有〔望江南〕曲调，至李卫公而始依此调作词；旧有〔菩萨蛮〕曲调，至宣宗时始为其词，此说似非不可通，与尊说亦无抵牾。

《清华学报》第二卷第一期

【按】 上三札第一札录自《胡适遗稿及秘藏书信》（第三十六册），耿云志主编，黄山书社1992年影印本。第二、三札均摘自胡适《词的起原》一文，见《清华学报》第二卷第一期。三札又见《王国维全集》第十五卷《书信日记》，谢维扬、房鑫亮主编，浙江教育出版社、广东教育出版社2009年版。

致陈乃乾（二通）

一

乃乾仁兄大人阁下：

前奉手书，敬悉一切。《人间词话》乃弟十四五年前之作，当时曾登《国粹学报》，与邓君如何约束，弟已忘却，现在翻印，邓君想未必有他言。但此书弟亦无底稿，不知其中所言如何，请将原本寄来一阅，或有所删定再行付印如何？（但不必由弟出名。）此复，即候起居，不一。

弟维顿首
十一日
《王国维全集》第十五卷
（浙江教育出版社、广东教育出版社2009年版）

二

乃乾仁兄左右：

前日接手书，并《人间词话》一册，敬悉一切。《词话》有讹字，已改正，兹行寄上，请察入。但发行时，请声明系弟十五年前所作，今觅得手稿，因加标点印行云云为要。专复，即候起居。

弟维顿首
八月朔日
《王国维全集》第十五卷
（浙江教育出版社、广东教育出版社2009年版）

【按】 陈乃乾（1896—1971），名乾，字乃乾。浙江海宁（今属嘉兴）

人。20世纪30年代任开明书店编辑，新中国成立后任中华书局编辑，在历史学、版本学、目录学等领域深有造诣。曾辑印《清名家词》，著有《陈乃乾文集》。

许之衡

许之衡（1877—1935），字守白，广东番禺（今属广州）人。曾任教于北京大学、北京师范大学。致力于中国古典词曲声律研究。著有《中国音乐小史》《曲律易知》《守白词》等。

致夏敬观

剑丞道丈惠鉴：

去岁曾上一缄，想登青览。近维著述宏富，动定多绥为颂。曾于友人处得见尊著《映庵词》第二集，选字运词，逼真北宋。视初集孟晋，便中可否赐示一部，以资讽咏。衡近年学为词，粗有弄笔，兹将拙词甲稿求教，希为是正。闻陈仁先丈与尊寓相隔比邻（极司非而路卅六号），想频过从，另一部希转交之。拙词乙稿现在朱彊村处，俟其阅过，拟请我公及仁先丈赐批数语，稍缓奉呈乞教。先此预渎，敬颂台祉。

晚许之衡拜上

十一月三日

《夏敬观友朋书札》

（复旦大学出版社2021年版）

致夏承焘

瞿禅先生左右：

遥闻鸿名，钦迟已久。近由罗膺中先生转交下惠赠大著《白石歌曲旁谱辨》，浏览之余，钦佩无既。白石旁谱，为从来不易整理之业，尊著爬梳缕析，嘉惠学者至多。篇中并述及拙著之说，不胜惭恧。弟应商务印书馆之约编《中国音乐小史》时，属稿草草，未尽其说。窃谓琴曲歌辞之说，乃以琴声度之，而不必乐器定用琴也。尝听昆曲

《玉簪记》《琴挑》一出，所歌"雉朝雊兮"一曲，曲谱明写琴曲，而唱时以箫协之，极其美听，视其谱则固一字一音者。疑白石谱之一字一音，用琴声法而仍可以箫管协，此必前代已有之。匆促间未查书考证，容暇者再考，然必不始于昆曲也。若宋词当时用琴协之，则琴声极沉闷，必不美听。而姜词自序固屡言箫管，且多极言音之谐美者。以意度之，必与昆曲中《琴挑》一出之琴曲唱法相同，然后乃有谐美可言。此就乐理一方面论之，因匆促未及考据也。但乐理似可无大谬。又拙著有"其中皆不止一字"之语，固属未有真确之认识，然在乐理中，古乐所谓一字一音者，乃举多数而言，其中亦有一字不止一音，但是少数，此观于清代《律吕正议续编》各谱可知。《正议》固主张一字一音最力者，而其所订之谱，则常有不止一音，盖多数而不拘少数也。弟见古乐谱多有此，因疑白石谱亦有之。固见之未莹，然尚非矛盾也。拙著因为体裁所束缚，故对于白石旁谱之管见，未能详为发挥，殊属憾事。今读尊著，则益昭若发曚，获益不少矣。至于宋词无拍之说，则按之乐理，似为决无之事。尊著所举论拍四说，盖拍决不止一种，拍之不同，视其所唱之调而异。有一句一拍者，但必不多。如〔霓裳〕散序，散序即散板，即一句一拍，亦即吴瞿安所谓止有底拍者也。有一字一拍者，有数字一拍者，大抵视一句一拍为多。盖一句一拍，究稍欠美听，而极声音之美者，必为一字一拍，与数字一拍之二种。至谓慢曲必十六拍，引近必六均拍之一说，当是北宋时一种旧例。及后慢曲新声日出，必须变通。宋人记载，乃偶举旧例言之耳。以上论拍诸语，虽属未有考证之臆见，然拍决不止一种，及视所唱之调而异，则按之乐理似不谬。即再详考证，一不无线索可寻也。率复鸣谢，并草草布臆，幸有以教之。顺颂著祺。

弟许之衡拜上

十月一日

《词学季刊》第二卷第一号

（1934年10月）

【按】上札原题为《与夏瞿禅论白石词谱》。

致赵尊岳

叔雍先生词宗惠鉴：

夙仰鸿名，未亲仪范，情殷景慕，不尽依驰。承惠赠大著《和小山词》暨尊刻《和珠玉词》《蕙风词》及《词话》共五册，祗领之下，感谢莫名。和晏尊作芬芳悱恻，逼真叔原，钦佩已极。蕙翁《词话》，平中罕见全本，百朋之赐，永感弗谖矣。弟词学极浅，初学弄翰，猥承青目，惭悚交并。拙词甲稿今觉深悔，出版当大加删汰。另订乙稿和清真专调，约六十余阕，月内拟送呈政。步周词似微胜甲稿，然比之尊和晏词，则犹小巫见大巫也。另拙著《曲律易知》二册送呈，哂存。专此，敬颂春祺。

弟许之衡拜上

廿七夕

《赵凤昌藏札》

（国家图书馆出版社2009年版）

吴 庠

吴庠（1878—1961），原名清庠，字眉孙，别号寒竽。江苏镇江人。能诗文，尤工于词，精藏书版本之学。曾任职于交通银行。著有《寒竽阁词》《遗山乐府编年小笺》等。

致夏承焘（三通）

一

瘿禅我兄惠览：

拜读大著《四声平亭》一卷，元元本本，切理餍心，洵今日词林中不刊之论。最后谓死守四声，一字不许变通者，名为崇律，实将亡词，尤为大声疾呼，发人深省。不佞观近今死守四声之词，率皆东涂西抹，蛮不讲理，且凑字成句，凑句成篇，奄奄无生气，若此只可谓之填声，不得谓之填词。不佞所以深致厌恶，不谓四声之说，可尽废也。善哉玉田之言，音律所当参究，辞章尤宜精思，惜死守四声者之未悟也。居恒流览古今词刻，其守四声者，宋人如方千里、杨泽民、陈西麓、吴梦窗，皆能依清真四声。方、杨、陈三家词，与当时作手比较，皆不见佳。其纰缪处，大著已略举。梦窗佳矣，然合四稿观之，究多费解语。昔人谓梦窗意为辞掩，不佞以为意之受累于辞，实辞之受累于声。盖梦窗能知清真之词，不能知清真之词之声，所以清真一调两词，能自变通其声，而梦窗不能，其不能也，其不知也，惟有拘守而已。特其聪明过人，故伎俩较方、杨、陈三家为高耳。清人如戈顺卿、谢默卿，词亦不见佳，而谢尤甚。晚清如沤尹年丈、大鹤先生，音律辞章，可称兼美。然其四声变通之处，亦非彼死守四声者所能深晓。若夫不斤斤较量四声，其词尽足名家，由宋迄今，指不胜屈，夫谁得而废斥之哉？其故可思也。四声之说，得大著不破词体，不诬词体两义，就词言声，可称精善。不佞请就声言词，附以两说，为守四声、学梦窗者进一解。一曰不蔑词理。昔人论长吉诗，稍加以理，可奴仆命骚。愚谓学梦窗者，必能加以理，方许辦香四稿，再谈四稿之守四声。一曰不断词气。有气则生，无气则死。前书清气之说，乃对作手言。近今学梦窗者，彼谓能守四声，愚谓率多死语，直是无气，尚谈不到清浊。抑有进者，吾侪谈词，彼一是非，此亦一是非，不过旧学商量而已。若推以语青年学子，不佞以为与使先声而后词，毋宁先词而后声。盖词不能歌，由来已久，苦苦求词于四声，终恐劳而无补。先迁甫云："宋人之词，可以言音律，今人之词，只可以言辞章。宋人之词兼尚耳，今人之词惟寓目。"（语载冯金伯《词苑萃编》）不佞最推服斯言。以为填词者，但能如大著所谓不破词体，不诬词体，而归结于玉田所谓妥溜，足矣。大著细读五过，管窥所及，随笔记于卷中，附呈台览。狂瞽之言，极知无当，乞宥而教之。匆覆，敬颂道安，不备。

庚辰六月廿八日

弟吴庠拜启

《同声月刊》第一卷第三号

（1941年2月）

二

昨谈极快。孟劬翁题品晚清词手,首推陈兰甫先生。聆其弦外之音,盖致慨于伪体梦窗四稿耳。庠于此道,粗窥门径,私心不喜,约有三端:当代词人,务填涩体,字荆句棘,性梏情囚,心力虚抛,语言鲜妙,此其一也。谓填创调,必依四声,本不能歌,乃矜合律。且四声之中,古有通变,入固可以代平,上亦可以代入。沤尹丈洞明此理,故当时朋辈以律博士推之。乃彼迁拘,一声不易,如斯泥古,大可笑人,此其二也。吾家梦窗,足称隐秀,相皮可爱,学步最难。近代词坛,瓣香所奉,类皆涂抹脂粉,碎裂绮罗,字字馂饤,语语襞积,土木之形骸略具,乾坤之清气毫无,作者先难其详,读者更莫名其妙,此其三也。此在老手,或犹讲音律,而兼识辞章。乃使少年遂欲假艰深以文浅陋,词学不振,盖有由来。区区管窥,间发争议,不图开罪友朋,惟有喋口不开而已。孟劬翁远在旧京,恨不能奉手请益。猥承雅爱,忽发狂言,不足为外人道也。

《同声月刊》第一卷第三号

(1941年2月)

三

顷奉惠书,论清词流变,精当无伦。拙词流易平俗,不足语于大雅,但不愿故示艰深以文浅陋耳。居恒于一切文艺,每以有无清气为衡量,于填词尤甚。记云:"昔我有先正,甚言明且清。"刘劭《人物志》《九征》篇云:"气清而朗者,谓之文理。"贯休云:"乾坤有清气,散入人心脾。"元好问云:"乾坤清气得来难。"千古名言,服之无斁。晚清词人学梦窗者,以沤尹年丈,述叔两家为眉目。读其晚年诸作,何尝不清气往来。顾今之以梦窗自矜许者,愚以为率堆砌填凑,语多费解,乃复以四声之说,呫嗫向人,殊不知四声便算一字不误,其词未必便工也。且意内言外谓之词。古所谓词,自非今之长短句,要其理可通。意之在内者,诚难尽语人,言之在外者,当先求成理。彼学梦窗者,偏以言不成理为佳,此则不佞所大惑不解者也。晚清词人,自文道希、王半塘、郑大鹤、况夔笙、冯蒿庵、朱沤尹诸先生，先后逝世，南北词坛，非无作手。庠则旁皇大索，盖仅得孟劬先生一人，屡向社中称道之。惜乎山川间隔，不能奉手请益为恨事耳。庠又尝言，词中有学，词外尤有学。即如孟劬先生，于晚清词人，首推陈兰甫。庠于当今词人，首推孟劬先生。良以研经纬史，各踞高席，余事填词，自然大雅。奈英敏少年，一切废书不读，辄云我能梦窗，我依四声，一若其词已足名家，何勇于自信至此？庠所学一无成就，于填词持论亦甚寻常。清气之说，非专指清空一派，即质实一派，亦须有此清气，方可言词。不识高明以为然否？著书之暇，与孟劬先生通讯，乞代深致闻声相思之意。

《同声月刊》第一卷第三号

（1941年2月）

【按】 上三札原题分别为《与夏瞿禅书》《致夏瞿禅书》《覆夏瞿禅书》。

致张尔田（二通）

一

孟劬先生撰席：

奉三日、七日手教两通，敬诵悉。拙作《四声说》，蠡测管窥，恐难尽当。稿草被贞白取去，不料榆生用作报材，在法眼观之，尚不以为非，差用自慰。此稿尚有三四两篇，段安节《琵琶录》以宫商角羽分配四弦，亦略述及，想榆生必续刊载，倘有不合之处，千乞指教。朱子论词曲，谓后人取前人曲中之虚声填以实字，故句有长短。（《语类》不在案头，原文记忆不清，大意如是。）析理至精，承示《仪礼经传通解》载朱子论十二诗谱，疑古乐有唱有叹，此谱直以一声叶一字诸说，细玩之，足与虚声填实字之说相发。盖叹者，虚声也。无虚声，不可歌也。公因致疑于白石旁谱之一字一声亦未必可歌。持证鄁说，尤觉精深。公又推测旁谱，谓或系每字但注发声之首一字，而其中间之声，若何抗坠，若何曲折，任乐工节刊之。谱不全注，是说也，于度曲之理，实具神解。请就管见伸说之。声之理解有二，一是呼字之声，其声仅为平上去入，或曰喉舌唇齿牙，不过言得声时口中之部位，或曰宫商角徵羽，亦不过言所得之声之状，非歌之声也。一是歌字之声，其声则为工尺等，非字之声也，截然两事，不能混为一谈。愚谓一字一声之不可歌，以词家拘守之声为平上去入耳。若其声而为工尺，则犹姑以可歌许之。观于南北各地所唱小曲，皆是一字一工尺，然彼固能自成腔，且能动听。若诗十二谱与白石旁谱，虽亦是一字一工尺，其实皆不能成歌，此其故则有关于乐声。忆予二十许时，郡城孔庙新制乐器成，适逢上丁大祭，因往观礼。至歌《鹿鸣》之章时，歌诗一字，吹笛一声。既无长短疾徐之分，亦无抑扬抗坠之致。假若吴季子观乐于鲁，其所闻之诗，止是如此歌法，恐不能有各等形容赞叹之辞。其声实不感人。不得以笼统之辞，谓今人闻古乐必昏昏欲睡。今由朱子之言思之，盖歌者有唱无叹，而乐器又以一声配一字，宜其不成歌也。白石旁谱亦同此理。彼南北小曲，歌字时实多虚声，丝竹和之，其虚声皆有工尺，所以美听。此即尊论抗坠曲折任乐工节刊之理也。特工尺之谱不与曲词并存耳。观明清以来南北曲谱，正是取每字之虚声注明工尺，其明证也。夫以一字一工尺之谱且不可歌，今词家仅仅拘守每字平上去入之四声，谓如此乃可歌，宁不谬欤？抑有进者，一曲有一谱，就南北曲说，虽同一曲牌，字数略相等，而所谱之工尺，每不一致。此缘曲情先各不同，故声情亦随之而变。昔者张南皮官两湖时，使幕府中人依《长生殿》弹词一出别撰新词，用旧谱之工尺歌之，当时传为笑柄。此由不知曲词不同，则曲情必异，则声情不可得而同也。纵令所撰新词，字字悉依旧词平上去入之四声，仍属无用，此乐理也。朱子论十二诗谱，谓一声叶一字，则古诗补之皆可歌，将无复乐崩之叹。真千古通人之论。再就南北小曲说，曲词不同，而曲谱之工尺则大略一致，此由小曲专言儿女之私，其曲词无甚参差，其曲情亦多从同，故声情可无大异。然同之中亦正有异，所谓曲调是也。相其曲情，易其曲调，调异而声情亦自有别，特不如南北曲之精细。此其所以为小也。弟于填词四声之说，不肯盲从，能言其故。于歌词一字一声之法，虽多所怀疑，而不能言其故。今得公说，其理洞明，自信亦因以加笃。欢喜之余，不觉言之烦絮乃尔。匆泐，敬颂道安，不备。

《同声月刊》第一卷第八号

（1941年7月）

二

孟劬先生有道撰席：

十二日奉答一简，想达典签。前日瞿禅携示大札，论及字声曲声之别，与管见不谋而同，私用自喜。弟与瞿禅论辩四声，不无逞臆见，事后思之，有欲自研求者数端，苦莫得其究竟。一、四声五音，数目参差，今以四配五，舍分上下平外，更无别法。徐景安《乐书》以上平、下平、上、去、入分配宫商角徵羽。王静安据魏鹤山《吴彩鸾〈唐韵后序〉》于二十八删、二十九山之后，继以三十先、三十一仙。以为唐韵平声不分上下。弟亦以周草窗《志雅堂杂钞》，有吴彩鸾《切韵》一卷，其书一先为二十三先、二十四仙，是《切韵》平声亦不分上下。遂然赞其说。惟静安后见敦煌所出唐写本陆法言《切韵》，所存平声，确分上下，且知《唐韵》从《切韵》出。遂调停前说，谓鹤山所谓三十先、三十一仙乃言部叙，盖于每卷首分目之外，别为一总目，其下分注清浊，以明所以分析之故。其平声本是同类，故二十八删、二十九山之后，即继以三十先、三十一仙。至于本书则分卷仍与陆同，自当云一先、二仙，不得云三十先、三十一仙也。其说亦颇圆。弟思《切韵》不止一种，草窗所见，是否陆韵，不可得知，所谓二十三先、二十四仙亦可存而不论。段安节唐人也，《乐府杂录》明言上平声，是所见《唐韵》，实分上下平矣。惟平韵虽分上下，而徐景安所谓上平为宫，下平为商者。是否上平之字皆宫声，下平之字皆商声，此疑不可得而释也。二、《乐府杂录》所言宫商角羽，盖以取配琵琶四弦。尝就其说反复玩索，于所谓宫角同用，疑即后之三弦子之理。所谓宫逐羽音，疑即今之二弦胡琴之理。独所谓平声羽，上声角，去声宫，入声商，则百思不得其解。且云上平声调为徵声，是平声羽，当指下平而言。如其说排列之，是以上平、下平、上、去、入配徵羽角宫商，与徐景安之说，又大相径庭。今欲以四声配五音，究用何法，殊觉无所适从。三、歌词依工尺，不依字声，管见每持此说，然不敢竟谓字声与工尺无涉。今之南北曲谱，所注工尺，盖依字声而定。如歌者字声出口不准，则工尺不能吻合，曲家所以有字正腔圆之说。今欲略知字声配合工尺之法，无书据依，又无人传授，真恨事也。乐崩之叹，其长此终古，而不可复耶。至于西国音乐，瞿禅亦曾论及。愚谓先就字声说，中文一字不一音，分平上去入，西文用拼音法，一字数音，无所谓平上去入，然西曲亦自能歌者。以歌之成，本不系乎平上去入也。试还以中乐说之，四声未起，久有乐歌，一也。古乐依宫商而配律吕，律吕且无所谓平仄，更安有所谓四声，二也。四声既分，当时如梁武帝，精于音律，并不理会，其故可思，三也。宋词入可作平，四也。元曲无入声，五也。明代南曲水磨腔起，乃讲四声，然须知此所谓四声，仅重在每字出口时，还清平上去入，而声之成歌，则不系乎此。且上去二声，论字声则上高而去低，论歌声则上低而去高也。由是观之，仅执字声之平上去入，必不足以言歌。而西曲能歌，不在乎平上去入，其理可明。次就西乐钢琴说，音符有七，每七符为一音阶，音符逐次而进，音阶即逐次而高，其符之限于七者，此即中国五音二变之理。增一不须，减一不可，古今中外，此理相同，其妙不可思议。中国北曲，字无入声，而歌声则有二变。南曲字有入声，而歌声反无二变，于此亦正可见仅仅拘执字声之平上去入，研究乐歌，无济于事也。若夫以歌合乐，西曲固是七音皆备，且亦同有虚声，所微异者，中乐仅单音，西乐有复音。以乐理进化论，中不如西。此缘中乐早亡，有作者之圣，鲜述者之明，遂无进步耳。率臆直陈，不觉累纸。伏乞审正赐教为幸。

四声为今日填词当然之法，不佞每持异议，非欲推翻四声也，意在求四声之所以然耳。旧识常州赵子静、嘉兴刘凤叔、苏州吴霜厓三君，皆洞明曲理，且能按新词而制歌谱，惜当年未遑请教，今已先后归道山矣。海内声家如有不吝赐教者，当敬执弟子礼奉以为师。宫商律吕，义太精深，但求就四声说明配合工尺之理。先为不佞发蒙足矣。眉孙附记。

《同声月刊》第一卷第八号

（1941年7月）

【按】 上二札原题分别为《与张孟劬先生论四声第一书》《与张孟劬先生论四声第二书》。

致友人

手教诵悉。社课〔淡黄柳〕拙作一篇，过承奖饰，甚愧！庠于填词门径，入之不深，而声律尤为疏忽，得失寸心，不敢自护其短，非故作谦辞也。按谱填词，必尽依其字之四声，此说不知起于何时人也，晚近词坛，持之颇力。闲尝研索，疑窦滋多，姑举数端，就正大雅。两宋名手，一调两词，其四声并不尽同，有时且出入甚大。南宋词人，填北宋之调，亦不尽依其四声。此何说也？或言依四声者，谓依某人某调某阕之四声，他可不具论。庠亦笑而许之。但押韵又生疑问。上去两韵，古今通押。假依或说，则古人押韵之处，今人当各依其上去方合。乃主张依四声者，其押韵处又时或变通。此又何说也？或又言字声各有阴阳，不容随意。然则依古人之四声者，当并依其声之阴阳。上去入三声之阴阳，庠浅陋，不能精辨，而平声则知之甚明。乃持此说以读尊四声者之词，其不合竟十有八九。此又何说也？曩年旅旧京时，与倦鹤、霜厓谈论及此，两君教我，均未能破我所蓄之疑，故仍我用我法。一载以来，社课每拈创调，爰略依其四声。其实欲依四声，先无定法。所谓略依者，正恐多谬误耳。公于此道，已三折肱，敢直陈庸妄之言以求教。

《同声月刊》第一卷第三号

（1941年2月）

【按】 上札原题为《与友人论填词四声书》。

致龙榆生

榆生我兄有道撰席：

昨书谈黄婉君向陈百生再拜乞佳传事。今日在老友秦婴庵处，谈

《水云楼词》，因论及之。婴庵云：宗序所谓乞佳传事，盖曲笔耳。初百生与鹿潭挚好，鹿潭既为婉君而死，百生语婉君曰：君能以死殉鹿潭，我必为君请旌表。时百生已入词馆，力固能办此也。婉君既死，旌表事请而被驳。百生无以自践其诺言，未几出都。车行北道中，恒有旋风扬沙走其前，仿佛见婉君冤愤状。仓皇抵家，自是弃官不复入都，盖负疚于心也。宗序于旌表事难言之，故变其词曰婉君乞佳传耳。婴庵述耆旧传闻如此。愚以为请旌被驳，百生诚不自料，然当时胡竟于一弱女子，而责之一死，殊难索解。逮请旌不成，能如宗湘文之言，为婉君作一佳传，亦可自赎其愆，奈何并此无之。或者传已作而文未流传耶？忆宣统初年，东台友人郑君，曾取百生遗稿，于一小杂志中陆续刊印以行。此杂志久散失，不知百生遗稿中，有无涉及黄婉君事。郑君久别，百生稿原本，今亦不可问矣。弟尤有感者，鹿潭之死，半为婉君因贫而不安室处，半为杜筱舫因贵而落寞故人。书冤仰药，剧可怜伤。观于灵榇寄厝江阴萧寺中，历数十年，无人为之举葬，则当时筱舫所谓经纪其丧，其薄可想。翟公题门之语，孝标《广绝交》之论，宜乎千载读之犹有余恨。

予前撰《水云楼词解题》，一时疏忽，误以婉君向陈百生乞佳传，属诸鹿潭。顷得眉孙先生来书，言婉君死事甚悉，亟为刊布，以志吾过，且为词苑增一异闻焉。龙沐勋附识。

《同声月刊》第一卷第五号

（1941年4月）

【按】 上札原题为《与龙榆生言蒋鹿潭遗事》。

路朝銮

路朝銮（1880—1954），字瓠庵，别名金坡。贵州毕节人。工书画，能诗词。曾任教于东北大学、四川大学，新中国成立后任上海文史馆馆员。著有《瓠庵先生诗抄》。

致龙榆生

榆生先生左右：

凤钦雅度，未接麈谈。远辱惠寄《词学季刊》，论著谨严，搜罗阂富，洵足津逮后学，倾倒无极。刊内附录鄙词，使蚓唱蛙鸣，杂陈《韶濩》之侧，读竟辄增惭怩。承索拙稿，自维谫陋，学殖久荒，间有所作，造诣未深，只足覆瓿，重以尊命，未敢自暟，录上两阕，敬薪正律是幸。本期刊内载有无名氏《词通》手稿一种，玩其语意，似系亡友徐季同观察乃弟遗著。季同名樾，浙人，子远先生第八子。子远经学辞章，俱负盛名，幕游岭表，与陈兰浦先生友善。诸子承其家学，咸自树立。季同能诗画，昔与銮同官署中。尝言有弟颇好填词，早逝，著述多散佚，惜当时忘询其名字。今观《词通》手稿，称八家兄季同先生，又自述荣十七岁时云。（刊内附录谓此字原稿不清，疑系"槃"字或"梁"字，然细审手书原稿，恐系"荣"字。）疑其名"荣"，与季同名樾为兄弟行。有此两证，故鄙意疑系季同乃弟遗著，恨不及起季同于九原而问之。季同九弟固卿名绍桢，闻尚居沪，素无往还，未便函询。尊处如有与固卿相稔友人，何妨探询。倘能明瞭作者姓名略历，抑亦发潜阐幽之旨，先生其有意乎？再刊内列銮名作"鸾"，当系手民之误，并以附陈，即希更正。耑泐布意，袛颂著祺。

路朝銮拜启

六月十一日

《词学季刊》第二卷第一号

（1934年10月）

【按】上札原题为《与龙榆生言〈词通〉作者》。

程善之

程善之（1880—1942），名庆余，以字行。安徽歙县（今属黄山）人。曾加入同盟会和南社。著有《沤和室诗存》《残水浒》《骈枝余话》等。

致夏承焘

瞿禅先生大鉴：

项得暨南大学龙先生来翰，仍以词社见招。弟虽勉强应之，但自问于音律全属外行，性又懒惰，偶然拈笔，亦只寄意，却非用功，未免贡献太少。既蒙先容，还乞豫为告罪。叔涵于十日前赴沪，闻系医学报编辑，通讯处为马浪路新民村四号。未动身时，有词一首，特嘱呈正。其工夫绵密处，的确无懈可击。先生以为何如？弟意文生情，情亦生文，而文之由情生者，其意旨深厚沉挚，自成一家。若由文生情，更由情生文，不免落第二义。尝戏语叔涵，君之于词，在文学方面，于梦窗殆升堂入室。然而近不能接武彊村，远不能比肩水云，缘泽于故者深，而感于今者浅。何不大嫖特嫖，制造出许多悲欢离合之环境来，以作词之背景，他日必多可笑、可泣、可传之作。叔涵笑而不应也。弟于词所得甚浅，而私以为文字之学，会有穷期，惟情感为无穷无尽。彊村先生之超出古今者，缘其情感深厚，而所关者一代之兴衰。以视水云楼之仅缘个人身世者，迥乎不同。扬城善词者，只王、丁两君，叔涵功力虽深，而悲切沉痛，则丁女士自写其环境，非他人所能望也。蒋鹿潭之眼界心思，比丁为宽，而彊村先生则尤宽。感情之真挚，不可扑灭则一。而范围之大小，因以为格局之高卑，斯又不仅在文字者。若取古人名作，朝夕省览，依永和声，久而俱化，仍属文生情一边事。倘其人一生所处，只是顺境，如王渔洋、吴谷人辈，所造不过如此。成容若、项莲生便不然，则小小逆境为之。大概境愈逆，情愈悲，则成就愈大。而尤必其人素常抱温柔敦厚之品格，不甘于哺糟啜醨，时时存蝉蜕浑秽之心而不遂，乃掩抑摧藏而出于文字，凡诗文皆然。特长短句之晦曲艰深，最适于词中情性，诗文所不能及者。于此皆能托之，扬城丁女士近此。早岁尝从弟讲习，比年屡忧其夭折，今年三十余矣。得大雅诸公，时通笔墨，令时时有新眼界可开，识力不及者，亦得以指出破绽，相与是正。于近今词坛，造就出一人才，功德无量。弟年来浏览佛乘，觉得情字正是种业，未能涤除，要亦不宜过为增上，因此藉口，更为藏拙。惟间作壮浪语，偶然适意，殊不敢求功也。国家多难，俗习愈漓，回思少年时，如何期许，如何想望者。今兹一切幻梦，实万万所不料也。幸假比兴，以寄所感，免扦文网，倚声真是妙道。往昔衰周《节南山》《雨无正》诸什，不可赋矣。偶发狂谈，遂已盈纸，惟谅其轻率是幸。肃白，即请撰安。

弟程善之鞠躬

《词学季刊》创刊号

（1933年4月）

【按】 上札原题为《与瞿禅论词书》。

叶恭绰

叶恭绰（1881—1968），字裕甫，又字玉甫、玉虎、玉父、誉虎，号遐庵，晚年别署矩园。广东番禺（今属广州）人。叶衍兰之孙。曾任北洋政府交通总长、南京国民政府铁道部长等职。中年以后，沉潜于诗文书画，富收藏。著作主要有《遐庵诗》《遐庵词》《遐庵汇稿》《矩园余墨》《叶恭绰画集》等。另编有《全清词钞》《广东丛书》等。

致夏敬观（八通）

一

示悉，兹将《雪桥诗话》《闽词征》先寄上，《沧海遗音》未觅齐，候与《瞻园词续》一并续还。墨二九并附，如需用尚可续供也。盥人先生

绰上

《夏敬观家藏尺牍》

（复旦大学出版社2021年版）

二

春来尚未得晤，惟尊体清佳是颂。弟仍从事清词编次事，仕履等考核甚形劳神，且仍拟补遗，有数书计尊处必有之，可否暂假一

用，旬日即奉还也。……此上剑丞我兄。

弟绰上

吕贞白来两次未晤，乞示其住址。又，陶伯荪牧尚存否？如已殁，系前清抑民国？又张孟劬是否健在？洪泽丞亦在否？

《夏敬观家藏尺牍》
（复旦大学出版社2021年版）

三

尊函奉悉，《纯常子枝语》弟曾将所得稿本为之分类整理综合之后，觉其未甚匀称，且有须审酌处，盖本非定稿，然整理后似稍见条理，不知南京所据之稿本是否与弟处相同？无由妄参意见也。承允为拙词作序，盛荷至极。弟于词眼高手低，今后能否再进，亦无把握。如承奖借，得厕词坛之末，俾克绳祖武为幸何如？厨娘未知有无办法？此于吃饭问题大有关系，不可一日无此君也。前印《广箧中词》，不知已否送至？尊处兹再呈一部，祈察入是企，专布，即上鉴丞我兄道席。

弟绰上

再，冒鹤亭丈住址是否仍系福煦路模范村？门牌若干号乞示。

《夏敬观家藏尺牍》
（复旦大学出版社2021年版）

四

鉴兄惠察……比日亲友颇敦迫印所作词，自维数十年来虽略有知解，未用苦功。近年眼高手低，兼以懒散，故所作益少。料检可存之作不及十首，如何成编？兹从宽取琢，又嫌减色。不得已拟用昔人之法，追加修削润色，然才力思致所限，恐亦难点铁成金。因思蒙师每为学徒修改窗课以夸成绩。公为弟切磋词学最早之人，如承不弃为之斧正，俾不至过受讥弹。非敢请也，是所望也。又有无厌之求，愿乞为作一序以光篇幅。公昔许苏、辛不一脉之语，为知词。又以学东山为勖，东山何可冀及，勉求不落南京空疏饾饤窠臼，尚非易事。兹之发布亦等于飞鸟行云，略留遗影，非欲以名世，故非夙好如公，不欲请教也。余候面罄，即颂道祺。

弟恭绰上

《夏敬观家藏尺牍》

（复旦大学出版社2021年版）

五

鉴兄大鉴：

日前惠临失迎，歉甚。拙作闻已察览，四十余年所就仅此，可愧之至。非至契不敢贡丑求教，如承绳削，倖勿过贻笑大方，感且不朽。本应面请指示，一缘尚未出门，二缘俟阅毕方请教耳。鄙意词之一道，可直接古之乐府，以韵文本应合乐。汉以来整齐为四五七言，再变为排偶，已与乐之道背驰。长短句兴，乃为复古，惜今之乐难于制曲（感此系无作家），往尝有意。今者乐与歌曲合流，时事如此，学力又复不逮，恐已无望矣。……龙榆生来函云有人编文道希先生年谱，对其生卒年月日及其夫人家世不明。弟意近人编此，必多疏舛，吾辈宜有以助之。但有许多琐事须另查阅，不知文霞浦及啸樵近在何处？可访得否？此外尚有何人可询问耶？其夫人乃湖南陈氏，但说不出乃岳之名字。（系任某处知县者）公知之否？有阅《纯常子枝语》，将印行，但此非定稿，如未加整理，实不可付印也。专布，即颂大安。

弟绰上

十四

《夏敬观家藏尺牍》

（复旦大学出版社2021年版）

六

同人拟最录有清一代词为《清词选》，草创伊始，诸待研求，谨订月之廿七日（即阴历九月二十五日）午十二时在觉林蔬食处奉邀大驾，指导种切，并备午餐，务乞惠临为幸。

叶恭绰 赵尊岳谨启

《夏敬观家藏尺牍》

（复旦大学出版社2021年版）

七

廿四日示悉，稽复为歉。……弟近拟赶出《后箧中词》，此书虽不敢谓能继复堂，然近卅年词家佳作颇已搜集不少。兄为今日词坛尊宿，能否为玄晏以光是集，实所企幸。……此上鉴丞兄。

恭绰上

四月七日

《夏敬观家藏尺牍》

（复旦大学出版社2021年版）

八

鉴兄大鉴：

近方为清词搜遗事，尊藏严廷中《岩泉山人词》及陈如升《搴红词》拟奉假一用，可即奉还也。又康南海所藏元普宁佛藏（即渠家以为宋藏者），不审系售与何人，因欲知其下落以便有所稽考也。此复，即颂大安。

弟恭绰上

八月廿六

《夏敬观家藏尺牍》

（复旦大学出版社2021年版）

致龙榆生

两函奉悉。前欲托右孟带上复函，不料其久不至，致延阁。相去咫尺，交邮寄件又极费事，故宁稍歉候也。先集拜读，多蔼然仁者之言，敬佩，敬佩！稼轩集较通行本为多，但亦有缺漏处。顷已为叔雍借去参校矣。《怡云词》并无人任选，已列入兄任选中。《绛灈宦词》则已选就矣。周葵叔词收到盼即示。沈寐叟遗照向以为随时可得，故适无之，尊藏乞假一用。至前函所论选钞不如汇刻一节，《清词钞》开始时曾屡经讨论，意在网罗一代所作，以彰其盛。且免遗佚放失，故主选钞而不主汇刻。以汇刻势不能多也。清代词家约计逾四千人，有集者恐亦过千，且多巨帙（如陈迦陵），势难遍刻。将来或选三四十家最著名者汇为一编，仍加别择。如《绝妙好词》

例，与《词钞》相辅。一主精严，一主广博，庶无遗憾。尊意以为然乎？专复，即颂莫生先生春祺。

綽上

二月廿六日

《近代词人手札墨迹》

（台湾"中央研究院"中国文哲研究所 2005 年编印）

【按】 此札作于 1933 年。录自《忍寒庐劫后所存词人书札》（上），龙榆生旧藏，张寿平辑释，见台湾"中央研究院"中国文哲研究所编印《近代词人手札墨迹》上册。

致黄渐磐

奉示祇悉。前承示大词，匆匆未能有所贡献。兹垂寄新作，叔雍评骘已极精细，弟本无庸费辞。惟以兄在诗坛之资格，而从事于词，此非可以寻常看待。至少等于心余之长教育。如别无特出手眼，根本失其需要。且弟信兄从事于此，必能独辟境界，且必能将弟所怀之理想，为他人所未能实现者，使之实现。故不惮词繁，奉渎左右焉。词与诗文相通之点，即至要在有胸襟、意境。而以必须按律之故，修辞、造句，复有其特殊技术。然专工修辞、造句，未可即谓为佳词，故词之推尊五代、北宋者，理也，亦势也。（南宋亦尽有有胸襟、意境者，然终逊于北宋。）北宋词意境、胸襟之高远，莫过于东坡，欧阳、大小晏次之。然历代词家，学各家者纷纷，而能学苏、欧阳、大小晏者极少，此不止天姿、学力关系，实胸襟、意境之不如。故为词必须从胸襟、意境着重，而技术又足以达之。兄拟学清真，此已可云取法乎上。盖清真之用笔，正如昔人评右军字之佳处，曰：雄、秀。固不必如稼轩、后村之张眉努目，而筋摇脉转，乃如天马行空。以清真之法度，写东坡之胸襟、意境。于词之道，至矣，尽矣！兄诗笔之精练，业已九转丹成。一转而用之于词，只须注意于其规矩准绳。其神而明之之处，可一以诗之法行之，便万无一失。近作数首，细读之下，似才情为声韵所缚，略有怯场状态，尤以〔齐天乐〕为逊。（〔绮寮怨〕最完善，〔还京乐〕次之，余未尽公所长也。）此殆因机杼稍生之故。多做后，自然纯熟。至技术方面，似用字之软硬、生熟、深浅，不尽匀称。又音节尚须讲求。（类如层、穷、用、两等字，叔雍已标出。）词之必讲音律与否，在今日颇成疑问。但弟有一偏见，即以为音律可不必过严，而音节必须谐协。盖有韵之文，不论颂赞、诗歌、词曲，必须读咏之余，铿锵宛转。然后情味曲包。弟尝离开《词律》，而诵近人之词。往往觉其拗口处，一检《词律》，即恰系失律处。又有时四声不错，而清、浊偶误，诵之即不能顺口。（类如〔齐天乐〕"凝怨琼梳"之"梳"字，必用清平。设改为"琼楼"，则直读不下去。）此则随时留意，自能合拍也。近人论律过严，弟不甚谓然。以为不差分秒，亦不能唱出，何必如此自讨苦吃？颇有意做一种可以合今乐之韵文，或依新谱填制，或制后再依编新谱，求其可以照唱。其体裁，则在歌、谣之间，多用白描，使之通俗，而却须有文学上之价值。（以元曲为例，而再变之。）窃以为由乐府而变五、七言，加以四声，实使文学发展受其束缚。故词乃应运而生；词之穷，而曲复出焉。元曲至今，亦百年，而尚未有代兴之物。（昆曲，仍元曲之枝流、余裔，二黄、梆子复无文学价值。）所略有文学价值者，独各地之歌谣（如粤讴、南词等），然未有整齐之，而令成为具体化者。此弟之所以主张应发生此物也。民国二十年来，定一国歌不出，各地之校歌皆无足观，殆即因无人注意之故。不知兄有意从事于此否耶？久欲为一文，发挥此旨，因懒漫未成。此函所言，毫无伦序，不足示人。暇当叙次所怀成章，奉请商榷焉。

《退庵汇稿·中编》

（上海书店 1946 年影印本）

【按】 上札原题为《与黄渐磐书》，作于 1934 年。黄渐磐，生平不详。

致刘天行

天行先生道席：

前奉一月五日书，稽复甚歉！弟自去年三月患病，今已十一阅月，精神萎顿，百事俱废，尊函久拟奉答，竟不能一气呵成。实则，弟十年来，无一日不在病中，故《广箧中词》之刊行，自己亦不能满意。今述其编选经过如下：

弟自少习词，承先祖秋梦老人及文道希先生、王梦湘先生之教，泛览清词，即不满于王兰泉、陶凫乡等所选，故得诵谭氏《箧中词》而喜。然同光间人，谭选固多遗漏。且窥其工作，似由《词综》《续词综》等选本而加以选拔，继以诸并时朋好之作，糅杂成编。其清初名家专集，颇多遗珠。又所采并时作品，亦多非其至者。殆以清初专集，谭氏多未之见，及采集时，作者尚未成家刊集之故。因此，欲继谭氏之后，而补其缺失。从事十余载，所得不少。嗣因从政，搁置廿年。民十七后居沪，始再着手。一切体例，仍从其朔。同时，并有《清词钞》之纂辑。网罗一代作品，凡四千余家。意欲纠补以前各选家之缺失，成一断代而完善之选本。以造端宏大，至今犹未卒业。愚之日力、精神，自此遂皆集中于此，反视《箧中词》之续编，颇觉其不足称道。特以多年心血，不忍弃之而已。且其间现存作家不少，不能列之清词，遂姑以为仓库。逮民廿七，避地香港，对《清词钞》仍行从事，遂不能兼顾谭氏续编，将全部底稿置之沪寓。讵到港后，仍复多病，且沪上已成风鹤之区。私念世难日殷，孱躯不保旦夕，《清词钞》既观成无日，若《广中箧词》又复湮没，未免可惜。因托沪友，将《广箧中词》底稿，加以铨次，付之印行。其编校一切，鄙人全无法躬亲。结果，错误之处甚多。然既已成书，则亦听人之指摘而已。私意或犹稍胜于毁灭。（不久，敝寓罹意外；书件损失不可教计。此稿，因已印而幸免。）国难中，一切一切，只能作如是观，不敢求全责备矣！承示各节，大体可以上列各情，为之解答。盖此书一则自始即备为谭氏之续，故不免为原书体例所拘。又采茸凡十余年，往往作者新词不及追列。且时人写示所作，以其自鸣得意，难以严芟，而读者见仁见智，正难相强。此亦不能尽满人意之故也。现《清词钞》将次成编。其中体例，正略如尊旨。只作者历史一种，已费了八年心力，尚未就绪。其编次先后，亦极繁难，而不易无疵。至所选之词，是否能为其人代表之作，则更不敢言。若词中本事之诠释，各词家派别授受之源流、正变，本将有所记述。但兹事似无人可以代理，而鄙人病中已无法着笔，故全书久未完成。目下，印刷工料奇昂，鄙人经济久非昔比，觅一人钞写均非易事。而病躯不知能苟延几时。故《清词钞》（大概四十册）之出版，已与愚平生志行，同付杳茫。恐尚不及《广箧中词》，犹得以四册书供人批评也。书至此，为之黯然！清代词家可征者，殆六千人，而可取者，不及三千，或亦有佳作失传者。故《清词钞》之外，本拟编《清词存目》一书，聊存梗概，亦经着手及半，第此事恐亦无完工之日。又，《清词钞》本请朱古微先生主政，当时斟酌体例，煞费苦心。其定名"词钞"，亦系朱先生意旨。盖既不同《词综》之宽泛，亦有异《词选》之专严。逮朱先生去世，弟不忍不继其志，遂沿以为例。本意如时力许可，将别出《清词选》及《清百家词录》（与陈乃乾者不同）二书，相辅而行。然恐屡衰无能为役，当留待贤者矣。执事广学甄微，远承赐教；同声之应，不任钦迟。春煦就晴窗，奉复已三辍而后就，尚未倾尽所怀，惟亮之是企！

《退庵汇稿·中编》

（上海书店1946年影印本）

【按】上札原题为《致刘天行函》，作于1946年。刘天行，生平不详。

致陈柱

柱尊先生左右：

奉示暨新著敬领诵——。执事高才广学，恢廓无涯，拘墟瞀儒如绋者，惟有佩美，何能妄加评骘？年来于词学，略有探讨，承询自由词一节，敢肛所见，藉塞明问。诗词曲本一贯之物，以种种关系而异其体裁与名称，其为叙事、抒情之韵文则一也。应求可以合乐与咏唱，则亦同。愚主张，曲之流变应产生一种可以合乐与咏唱之物，其名曰歌。其详已见拙著《振兰簃裁曲图诗序》，兹不复赘。尊著自由词实即愚所主之歌。鄙意应不必仍袭词之名，盖词继诗，曲继词，皆实近而名殊。犹行楷、篆隶，每创一格，定有一专名与之，以明界限，而新耳目。张天方曩作新诗，弟亦曾以此说进。盖既非沿袭，则宜径立新名，至名实之间，是否相副，则愚复有所见。愚所主之歌，以能合乐与咏唱为主，合乐事本奥赜，姑不细叙。所求能咏唱则事并不难，但一必须句末有韵，（或二句、三句再用韵）二腔调必须谱协，三须通俗显浅而不俚鄙，能此三者，可合今日之所需。但即此已似非易，公才雄气猛，盍努力开一新境邪！

早起奉复，不尽欲言，即颂道安。

弟恭绰上

五月六日

《学术世界》

（1935年，第一卷第12期）

【按】上札原题为《与陈柱尊教授论自由词书》。

致吴湖帆（四通）

一

此《后村词》残本，彊村翁刊行。《后村长短句》时曾见之，虽非全璧，然字句多胜他本，且传世宋刊无第二本，固极可珍也。后村平生志行恢广，颉颃稼轩，词亦相类。集中《游蒲涧和菊坡韵》至于再三，所深感矣。菊坡词世不多见，兹录其原作于左，可称笙磬同音也。

水调歌头　帅蜀作　崔与之

万里云间戍，立马剑门关。乱山极目无际，直北是长安。人苦百年涂炭，鬼哭三边锋镝，天道久应还。手写留屯奏，炯炯寸心丹。　对青灯，搔白发，漏声残。老来勋业未就，妨却一身闲。蒲涧清泉白石，梅岭绿阴青子，怪我旧盟寒。烽火平安夜，归梦绕家山。

遐庵叶恭绰识

《吴湖帆师友书札》（中国美术学院出版社2023年版）

二

前日函计达。……前请代索吴瞿庵及金松岑自作词，望为代促。又：宗、邓及他家藏词目，亦望设法取得，此皆为苏地选词用，不过非见其目不能定其重复否，此属不能省之手续，非有他也。又此举于汇编词学书目亦有助益。从者何时归沪，弟恐在此过阴历年矣。

仲清函祈转。

余颂湖帆先生侍安。

绰上

廿六

《吴湖帆师友书札》（中国美术学院出版社2023年版）

三

失迎为歉，且不知瞿安先生同莅，尤怅怅也。渠不知常来沪否？来沪时幸祈见告，甚欲一谈也。……梅谱题词是否限于〔疏影〕一调，能从宽否？湖帆先生

绰上

廿五

近拟编《后箧中词》，补谭氏之遗，并收现代之作。尊藏清代及近人词集，或单词片什，偿承录示，不胜感幸。此数月拟专办此以寄放心，尚希惠助是荷。又及。又拟编关于词学书目，不分存佚均收。如承指示一切，尤所盼幸。

《吴湖帆师友书札》（中国美术学院出版社2023年版）

四

不见两旬，良念。词社三集未交卷。偶拈〔芳草渡〕一阕，（依原韵及四声又清浊。）费时半月，煞费经营，乃吃力仍不讨好，姑呈一笑，试评骘之。此调本难，或不致在五名后耳。尊作务乞见示，以资启发，盼甚。……

此上湖兄

绰

卅一

芳草渡

　　病院冬深，忽闻燕语，用清真调赋之，并依原韵及四声。

息瘁羽，甚暝色平林，听呼新侣。镇一枝栖处，宵长惯感零雨。霜枕寒思苦。禁堂前愁诉。殢梦醒，又带疏钟，月下归去。　　回顾。

转蓬万里，岁晚天南同雁路。漫提起、雕梁旧影，仙妆见窥户。海山再望，费几许、营巢情绪。冻岸曲，怅引轻鸥自舞。

恭绰漫稿

《吴湖帆师友书札》（中国美术学院出版社2023年版）

【按】吴湖帆（1894—1968），名万，又名倩、倩庵，以字行，别署丑簃。江苏吴县（今属苏州）人。擅长中国画，又富收藏，为近代著名书画家、收藏家。曾任上海中国画院画师。又好词学，与吴梅、冒广生等多有交往。有词集《佞宋词痕》。

郭则沄

郭则沄（1882—1947），字啸麓，号蛰云，别号龙顾山人，室名栩楼、龙顾山房等。祖籍福建侯官（今属福州），生于浙江台州。清光绪二十九年（1903）进士，清末曾官浙江温处道、署理浙江提学使；入民国历任北洋政府总统府秘书长、铨叙局长、侨务局总裁等。1922年退居天津，曾主持须社等，活跃于京津词坛。著有《龙顾山房诗集》《龙顾山房诗余》《龙顾山房骈体文钞》《十朝诗乘》《洞灵小志》《清词玉屑》等。

致夏敬观（二通）

一

映庵姻丈大人尊右：

昨访丈传述尊意，属录近词备刊词话，率录奉上，美人蟹、独鹤中有事实，尤于词话为宜也。祈酌选为幸。陛丈处亦以尊意转达，俟写来再当续奉。盼大著早成，先睹为快也。专布，敬颂著安。

侄制则沄顿首

《夏敬观友朋书札》

（复旦大学出版社2021年版）

二

映庵姻丈尊右：

月前奉到惠函，承录示自题填词图新作命和，芳菲之感，使我回肠。近来多病，兼以郁伊，此调不谭久矣。勉依尊韵和成一阕录乞正拍，不足示外人也。同社诸公必有题者，甚盼续录见示，以豁尘目。病树北来，藉悉江南朋好近况，渠日内入旧京矣。专复不尽，即颂吟绥。

侄则沄顿首

十一月初七日

《夏敬观友朋书札》

（复旦大学出版社2021年版）

汪兆铭

汪兆铭（1883—1944），字季新，笔名精卫。广东番禺（今属广州）人。早年投身革命，曾任武汉国民政府主席，抗日战争期间投靠日本，成为汉奸。著有《双照楼诗词稿》。

致龙榆生

榆生先生惠鉴：

顷奉八月二十四日赐书，敬谂近状安善，至慰。……归国之期，当在不远，可以告慰。承示"决意留申，专心纂述"，闻此消息，至为欣仰！前读大选词集，精而不失之隘，博而不失之滥，深用倾倒。固知此次选一代之词，必更有深识独见。如胡展堂先生诗所称"尝爱古人尊所学，更为后辈广其途"者，无待弟刍荛之献。若凭臆见，妄加论骘，则以为古今选家所持标准，似不出以下数者。（一）确立标准。合则取之，不合则去，且严于门户，排斥异己，惟恐不力。论其独标一义，确示南针，固其所长。然其弊也，强人就己，甚至对于宗派不同之大家，尽遗其精华，而独取合于己者数首。此不惟失之隘，且褊亦甚矣。朱古微先生专精梦窗，而于文芸阁《云起轩词》，推挹备至，绝不持门户之见，此老襟度学识真足佩服。（二）专务博综。网罗宏富，固其所长，然漫无抉择。其最大弊害，为以词传人。此为词史计则得矣，而不合于词选之本旨。以词选之目的，原在示人以模范，而非为其人传与不传计矣。（三）专录数大家之作，而其他悉屏而不取。此于示人以模范之旨适合。然遗珠之叹，必所不免。使取唐诗而专收李杜诸大家之作，则崔颢《黄鹤楼》之诗不传于今，岂非遗恨！（四）杂以声气应酬之私。此不待论，其他尚有数者，亦不遑列举矣。

　　以弟之愚，以为选一代之词，宜以落落十数大家为主，于此十数大家，务取其菁华，使其特色所在，烂然具陈。俾学者知所模范。（绝不持强人就己之见，苟于心以为未当，附以批评可耳。）于此落落十数大家之外，如有佳作，亦择其尤精者选之。（或为附庸，或竟独立，皆可。）以为之辅。如此或可兼收众长而去其弊。愚妄之言，未知能不为高明所笑否？尚有数语，亦附录于此。"尊所学"尚矣，然知尊而不知所以尊之者，亦未为得。例如男女相悦之辞，为文学之起源。自"三百篇"以迄于五代，言情之作，大家不废，及宋则欲尊诗体。大家往往于所为诗汰去言情之作，而一发之于词。此于诗未为尊，而于词则未为衰也。近年又有所谓"尊词体"者，欲于词中删去言情之作，此真乃不可以已乎？（周止庵氏似未免此弊）。窃意词选于此，亦似宜留意。淫荡之作，固不当取。若夫缘情绮靡，则含英咀华，正当博搜而精取之，亦不必为"外集""集外词"以强生区别也。未知高见以为何如？以上皆随笔乱写，并未留意修饰辞句。敬祈一笑置之，且切勿示人也。承索阅近作，病中无以应命，仅抄诗一首呈正。专此，敬请文安。

弟汪兆铭顿首

九、十五

《同声月刊》第四卷第三号

（1944年11月）

【按】上札原题为《双照楼遗札·与龙榆生》。

致廖恩焘

大作沉博绝丽，造诣之精，令人感佩。五日此间有一褉会，先生赴平，未克共叙为怅。专此，敬请台安。

弟兆铭顿

《忏庵词续稿》

（民国刻本）

【按】 上札为《忏庵词续稿·题识》。

吕碧城

吕碧城（1883—1943），字兰因，一字圣因，号遁天，别署宝莲居士、晓珠、信芳词侣等。安徽旌德（今属宣城）人。曾主笔天津《大公报》，创办北洋女子公学。后至上海，为南社社员。晚年皈依佛法，绝笔文艺。诗、词、文、画无不工，特以词名。著有《晓珠词》《信芳集》等。

致龙榆生

榆生先生著席：

承惠新词，深纫雅契，匠门遗绪，不落凡响，固无待区区之辞赞也。本应奉和，奈已搁笔。最近全稿之刊，即系结束之计。词韵等书皆弃于南溟，以示决绝。惟知者谅之。……又闻女词家丁宁身世艰虞，亦乞代寄一小册，劝其弃词学佛。城久居海外，于故国词流大抵皆未识面。然读丁词知其造诣可期，但不宜以此自娱耳。拙词集刊于星加坡，托友代寄台端，如收到，祈示知为幸。琐渎惶恐，敬颂吟安。

碧城谨启

四月十七日

《近代词人手札墨迹》

（台湾"中央研究院"中国文哲研究所2005年编印）

【按】 此札录自《忍寒庐劫后所存词人书札》（上），龙榆生旧藏，张寿平辑释，见台湾"中央研究院"中国文哲研究所编印《近代词人手札墨迹》上册。

吴 梅

吴梅（1884—1939），字瞿安，号霜厓。江苏长洲（今属苏州）人。终身执教，先后在苏州东吴大学堂、存古学堂、北京大学、东南大学、国立中央大学、金陵大学等校任教。于中国古典词曲研究精深，主要著作有《顾曲麈谈》《词学通论》《曲学通论》《中国戏曲概论》《霜厓词录》《霜厓曲录》等，又作有传奇、杂剧多种，后汇编为《吴梅全集》。

致夏承焘（九通）

一（一九三〇年十一月十七日）

瞿禅先生道席赐鉴：

损书撝谦，万不敢当。读大作《姜词考证序例》《白石石帚辨》，精博确当，无任钦服。承询姜谱歌法，弟实无心得，何足以答下问。惟兹事之难，不在译成俗谱，在译成后不知节拍。且一字一声，尤不美听。曩尝与蕙风议及，辄相对太息而已。姜词工尺，皆当时俗字，南汇张氏，已一一订明，无须更易。弟所谓节拍者，盖按歌时之节奏也。今曲歌时，辄以鼓板按定拍眼，北曲有四拍两拍之别，南曲有多至八拍者，抑扬顿挫，皆随拍生。今姜谱止有工尺，未点节奏，缓急迟速，无从臆断。纵译今谱，仍不能歌。雍如弟谓弟能歌姜词者，仅就工尺高下聊以和声而已，非真能按节也。戴氏《律话》、谢氏《碎金》，皆出杜撰，不可依据。弟意大作成时，可将旁谱注明俗乐工尺，不必说明歌法，较为妥善，未诚高明以为然否？弟尚有一议：宋词歌谱，皆一定不移（如今之小调然），非如南北曲逐字分配，故姜谱旧调皆无谱字，而自度自制则详载之，俾歌者可按唱也。梦窗九调，以无谱而学者不多（玉田〔西子妆〕词题可证），白石十七谱具存，故并世步趋者不少，此亦见古今唱法之不同也。（啸山答小舫书中，今唱曲家遇南吕宫调，每唱作工字调；仙吕宫调，每唱作凡字调；此工凡二字互误。）草复，即请著安。

弟吴梅顿启
《关于词曲研究的通信》
《文献》1980年第3期

【按】以下吴梅致夏承焘书札均来自《文献》1980年第3期，统名为《关于词曲研究的通信》，署"吴梅 夏承焘作，吴无闻注释"，《前言》记云："一九三〇年，予三十岁，为《白石歌曲考证》成，奉函吴瞿安先生请教。承先生不弃，贻书讨论，且允为拙著作序。嗣后九年中，书札往还，数且不少。予致先生函，录于记事本上。先生来信，予装帧珍藏。然事隔数十年，中间几经迁徙，书籍什物，不无散矣。今检箧笥，仅得先生旧札八件，其中一件且已残缺。展对遗编，如亲馨欬，而先生逝世已四十一年矣。夏承焘八十一岁记于北京晨风阁。"

二（一九三一年七月廿五日）

瞿禅先生大鉴：

承惠两书，殷殷以白石词谱见询，弟一知半解，何以答盛意。因以二日之力，将尊作《白石道人歌曲考证》读之，是正前人，极有见地。鄙见所及，签标上方，别由邮局挂号奉上，收到后请赐复焉。大著中驳大鹤寄杀之说，弟所极佩。高指声从方仰松说，又为确当。仙吕犯双调改正旧说商调之非，更足振聋发聩；读公新作，可补小山、叔问之缺陷多矣。惟次序排列，似宜仍依原书先后为是。又，〔徵招〕之"迤逦"，〔角招〕之"犹有"，词中过片换头处多作二字短句，南曲中遇此等处，皆极美听。词在今日，虽不可歌，以南词相比，理或可参，此意似可畅发之。弟虽标签上方，亦未请增益也。又歌词之法，纵不能知，但必如小令之唱法，词可换字，谱仍旧。故〔湘月〕〔满江红〕句调平仄有异，而歌谱未易也。此意亦望洗发一番。委作序文，统俟全书告竣后，细读一过，再行动笔较妥。来书以涪翁相况，不敢当、不敢当。霪雨成灾，低田皆成泽国，民食一艰，必铤而走险，奈何奈何！复请著安。

弟梅顿首七月廿五
《关于词曲研究的通信》
《文献》1980年第3期

三（一九三一年八月十日）

臞禅先生大鉴：

奉惠书，祗承一一。以俗冗稍稽笺答，恕我懒也。

垂询二事，弟所见到处，亦未敢自信，略述其愚，以供参考而已。

〔扬州慢〕"角""药"旁谱为几折，弟意在今日可暂作一定论。尊意微有不安者，不过所用折号未必皆三字进退句中，实则谱之气韵与辞句之分配，在词中未必全合。兄举〔越九歌〕"高田莱芜"句折在首字为疑，然上文曰"予父母"之"母"字，本注应钟则合。"高田"句歌之仍是应折，应并无可疑。弟尝谓折字之法，据白石词中明言"上折字下无字即其声，比无字微高"，是指下二字言。（如应折应但以折应二字言也。实则第一字仍是应。）今南北曲中往往有六五六、上尺上、工六工谱法，将五尺六三音吹花腔，俗名漱腔。折字当即此意，故无本音，第就上下首何字而中间略高，故白石又云："余皆以下字为准"。尊书亦以下字作上下之下。所谓下字，并非指下一字，盖谓所用何字，如弈棋下子之下也。白石诸谱，弟尝倚笛吹之，虽无拍节，而字字相辨，未必尽属美听。惟〔鬲溪梅令〕一曲，非常流美。而 乑卬乑 之丣字，亦以南北曲漱腔吹之，尤为可听。用敢呈教足下也。琴之进复退复，亦是此意。至戴氏谓拍号字下者，今之底板在旁者，即腰板，此说亦可从。惟少头板符号耳。

起调毕曲，朱子以首一字为准者，是雅乐之法也。通行燕乐，皆在一韵两结。尊论不尽在第一韵，且以〔霓裳中序〕〔长亭怨慢〕〔暗香〕〔疏影〕等为证，弟则与尊见略异。鄙见以为：一词起首数句，必一气贯下。故首二句或协或不协，皆非停拍处。〔霓裳中序〕须在"力"字断，〔长亭怨慢〕须在"户"字，〔暗香〕〔疏影〕须在"笛""宿"二字上断，文气如是也。其前数语或协或不协，概不作第一拍。襄大鹤以〔惜红衣〕"琴书换日"为协韵处，弟曾以此言献之。故首数句纵有协处，皆不作拍，不可谓或在第二第三韵也。词之用作南词引子者至多，歌时读处用小鼓，句处用板。（俗伶谓二三锣。）至今日仍未更易，此又可证也。至次仲谓宫调之辨，不在起调、毕曲，此说诚是。各宫调腔格，有一定气韵，用六凡调者（如商调黄钟南吕等）其声必低咽；用小工、尺字调者（如仙吕、中吕、道宫等）其声必高扬。笛管一吹，自能分析，不必视起调之何若，而后知某宫某调也。次仲所云：中脱一字，若云不仅在起调毕曲，则圆满矣。

承询小山，即南汇张文虎，张号孟彪，字啸山，亦作小山，并非别有一人校订姜谱也。近江右蔡桢亦有姜谱校订之作，弟未之见，开学后晤见时，当取读之，再告足下耳。

拉杂奉复，即请著安。

弟梅顿首 八月十日

《关于词曲研究的通信》

《文献》1980年第3期

四（一九三一年十一月廿八日）

瞿禅先生撰席：

得本月三日、十九日两手示，承询唐君论白石旁谱各条，弟何足以辱明问，行箧无书，姑就管窥，略疏于下：

（一）尖声各字，校《广记》中管色指法一图相合，惟 Ｌℨ 当云尖勾，不当与 人弓 并作尖尺，（指法图中无 Ｌℨ 字，但有 人弓）至尖一即下一，以《广记》下五作尖五为证，此是唐君误处。试思四清声中，人人知为六、下五、五、高五（**久**、**圆**、**ㄢ**、**�33**）四字，按《广记》明言尖五夹钟清声，未尝以 **Ｘ** 下五作尖五也。大小住及打反拽确精当，足补啸山诸人所未及。（下缺）

《关于词曲研究的通信》

《文献》1980年第4期

五（一九三七年二月二十五日）

瞿禅尊兄先生道鉴：

前承惠书，至昨日始达。弟出门后，家中仅妇孺，遂有此误。顷又奉第二书，备悉种切。白石旁谱指法一层，殊难臆论。诚如尊论，唐立厂云 ﾚ 为折，ﾛ 为反，ﾉ 为拽，丁 为打，丷 为掣，𠂇 为小住，百 为大住，按之字形，似皆可通。细绎姜词，尚多抵牾。吾兄所举〔扬州慢〕〔玉梅令〕〔鬲溪梅令〕〔霓裳中序〕等，确有不可通处。弟音凡 ﾂ 字用处，若在起调、毕曲，止可作底拍看，不当作掣字解，则〔玉梅令〕〔鬲溪梅令〕〔霓裳中序〕诸调可以解决，而顿住云韵住之说，仍是怀疑。至折字用法，前弟与兄言过，如南北曲之漱腔，此腔简书时如上尺上作上。即姜谱九歌中折也。若细书上尺上，则又如 ﾌ小ﾉ 等矣。揆诸度声，亦然大变。先生明达，不识以为然否？所难订定者，为 ﾀ ﾗ 二字耳。愚意译定姜谱，似以但书工尺不书指法为是。而以指法中种种不可通处，备载于后，则既非武断，又深合古人阙疑之理。大雅又以为何如？尊作写定，乞惠赐数册，为枕中鸿宝。海内治此学者殊不多见，弟向与大鹤、夔笙言之，亦不得要领。大作立基已固，所难定者，惟在指法，此固无如何者也。辱承明问，不足仰答雅意，深自惭恧耳。弟廿年奔走，筋力渐衰，颇思戢景家园，整理旧稿，湖上之约，秋以为期可也。手复，即请著安。

小弟吴梅顿启
二月二十五日

赐示乞寄南京大石桥厚福里五号敝寓，如寄校中，容易遗失。

《关于词曲研究的通信》
《文献》1980 年第 4 期

六（一九三七年十月十三日）

臞禅吾兄道鉴：

惠书及校律初稿俱至。尊论词谱融字法，极是极是。初稿中征及彼说，并谓旧腔定声当作音谱解，尤征圆满。因忆及数条，可为词守旧谱之证者如下：

（一）白石〔霓裳中序〕题一则云：“因得其词神之，曲曰〔黄帝盐〕〔苏合香〕。”二则云：“得商调〔霓裳〕十八调，而总之皆虚谱无词。”又云：“予不暇尽作，作中序一阕传世。”是以白石词第四卷止中序一首有谱，他词皆无，可知此谱即从乐工故书中得之，而实以新词。后人再作中序，即歌此谱，更无疑义也。

（一）修内司所刻《乐府混成集》，致明尚存一册，见王骥德《曲律》卷四。王云："正林钟商一调所载词至二百余阕，皆平生所未见。中如《娟声》一调，有谱无词。《小品》一调，词谱俱全。"是又可知宋人先制谱调，后实词句，故二百余阕中，无词者颇多，正待文人作词也。

（一）草窗〔解语花〕题云："羽调〔解语花〕音韵婉丽，有谱而忘其辞……倚声成句。"此亦足证先谱后词之意。

以上三则似可采取，为前此鄙说所未及者，寄奉教正。至吾兄云："元曲初起，实仍用宋词歌法。"此说弟亦以为然。而"实仍用"三字未妥，何也？试观董解元《西厢》所用诸牌，如〔醉落魄〕〔哨遍〕〔点绛唇〕等等，句法与宋词无异，或用宋谱按歌，亦未可定。但往往有缠令二字，则必非墨守旧谱可知。若云：间仍用宋词歌法，则较无语病矣。惜董词今亦无谱，《大成谱》采录董词皆备，一一制谱，实皆庄邸门客杜撰，不足凭也。宣纸一幅，亦由舍间转到，当遵命录旧作求正。弟今岁本拟就申事，此间主人见留，仍居白下敝寓大石桥十四号。他日赐函，可径寄寓中也。西湖十二年不至矣，颇思一游，当期之明年耳。手复，即请著安。

弟梅顿首
十月十三

秋涧南乐言怀，盖去北谱一凡两音也。今〔南乡子〕不列南北词中，无可考。

《关于词曲研究的通信》
《文献》1980年第4期

七（一九三七年十月二十六日）

瞿禅先生大鉴：

惠书奉悉。承询词乐蜕化为曲，此本自然之理，但旧籍皆不载蜕化之迹。弟前读《董西厢》，略有所悟，愿呈酌择焉。董词所用

〔哨遍〕〔醉落魄〕〔点绛唇〕等等，固与词同；即创调如〔文序子〕〔倬倬戚〕〔甘草子〕等，（备载《燕乐考原》）亦概用双叠，与词无异；亦间有三叠者，（词亦有〔秋宵吟〕〔瑞龙吟〕等）与元人之套剧之单用前叠迥然不同，此足证歌法与词不甚相远也。又南北词中，如〔浪淘沙〕〔风入松〕二谱，较普通唱法大异，其声低咽幽怨，与昆腔绝不相类。弟尝谓宋词谱之存于今者，或仅余此二调。他若南词中借作引子者，皆非词腔，可勿论也。总此二端，是词曲递嬗之迹，虽不甚可考，而尚留一二支为后人研讨之地，或可佐足下一赘也。又《大成九宫谱》所载董牌，无一不备。其订注旁谱，固出于庄邸上客之手，未必旧谱如斯。但细按声节，亦有与元词不同处，故次仲以董词为元曲之先河，每调备列各宫者，良有以也。惟词曲过程如何，实无书可证，此则有负下问之盛意尔。《词刊》所载东塾白石词谱，实无板眼，仅每句用底拍处注一板字而已，其圆围处是断句，非歌谱之中眼也。弟意第三期当申明此意，庶不致贻误来学。望兄转告榆生为托。姜词十七谱欲尽译行世，此盛业也。以上字配宫亦佳。但每调须通译过方妥。不嫌烦否？十七律七音似可不必注。

专复，即请著安。

弟吴梅顿首
十月廿六

校律初稿奉缴。

《关于词曲研究的通信》
《文献》1980年第4期

八（一九三八年四月十九日）

瞿禅先生道席：

得四月三日惠书，备承存问，感篆莫名。弟自去岁十月，携眷浮湘，时以小儿适就湘黔局事，故以就养之名，实作避兵之计。匆匆半载，无善可言。吴门惟老姨太（坚不肯行，故嘱大儿奉侍）及大儿二人仍居旧第，近日来书，知老屋幸存，而衣服器皿，劫洗一空。旧藏书籍，亦有残缺，逐部整理，戛乎其难。幸未全付绛云，已出望外。万事达观，则心转安矣。远承垂问，更深铭佩。松岑先生在苏时曾一晤对，自弟移木渎，即无确音。雍如家弟曾居二十日，后以入鄂计决，始与分袂，渠又送我至舍，盛意可感。后闻挟策入都，不无惴惴。今读来书，心始释然。如有函去，望为弟代达区区也。圭璋仍在宜昌，渠《宋词纪事》已成，弟曾作一序去，尚无复音。榆生近亦有书，又有〔玉阑干〕一词见示，知近况安谧也。兄避地计划，究定何方？雍如以沪上为宜，弟亦赞同此说。惟囊资如何，不可不计。海上赁屋不巨，而顶费竟有至千金者，（舍弟仲培来信如是云）此非措大所能办。盍与榆生商之？

手复，即颂著安。

四月十九日弟吴梅顿启，儿孙随叩

《关于词曲研究的通信》

《文献》1980年第4期

九

瞿禅先生大鉴：

得二月七日惠书，知去秋递一笺，未能展诵，远道浮沉，思之可念。弟西南避寇，行箧无书，每念南都友朋之乐，如在天上。近又疾病颠连，故旧书至，家人或匿不以告，深恐伏案作复，易发哮喘也。虽是美意，然亦不情。今得赐书，如正磬欬。足下以元宵用仙吕宫为疑，弟于声律书籍，未携一册，但记仙吕宫列第三律，合黄大太计，正在太簇，而礼运旋相为宫疏，亦以太簇仙吕确列第三律，是仙吕即太簇宫之俗名也。正月运用，正符律度。吾兄以仙吕为夷则宫名，弟记忆不真，未敢辩难，惟太簇仙吕虽列第三律，则断断无疑也。请兄一览《词源疏证》，则释然矣。至宋词不用中管，此说亦非全合。尊引万俟、梦窗两家作，各有中管，已可破前人无疑也。中管图说，备载郑世子《乐律全书》，而毗陵乐工有头管一种，（至今常用）即中管之一，往昔童伯章谓即哑觱栗，虽未能决断，而为中管之遗，则亦无疑也。（今风琴黑铃，即中管地步）先生或不以为非欤？弟老病日增，行役日远，昔人遣戍御魑魅之地，今且视武陵桃源矣，去岁度除夕，身于湘潭，昨岁又在此间，未识今年又在何处。远念先生，握手何日。承平之望，恐不易得，奈何奈何。海上燕幕，亦属暂安，将来播迁，更难就道，盍与映翁、铁尊诸老一商桃源地乎？此间朴素简陋，月费三四十元，绰有余裕，惟长途跋涉，不敢请耳。手复，即请著安。

小弟吴梅顿首

《戏曲月辑》

第一卷第三辑，1942 年 3 月

【按】此札后夏承焘按语云："瞿安先生以二十八年三月十八殁于云南大姚，予后八日方闻其讣，后半月始接此函，验邮章发于三月十日之后，盖作于殁前七八日间。未知即其绝笔否？诵'今年何处度岁'之语，蕰然欲泣。其年四月一日。夏承焘谨记于上海。"

致吴湖帆（四通）

一

湖帆兄鉴：

辛词取归后，至昨日方读毕。忽发现一大问题，自七卷〔四犯玲珑〕起全非辛作，八卷亦然。末后附诗六十四首皆绝句，中有为柯九思代作，又同柯丹邱作二十首。案：丹邱是元人，不应与稼轩唱和。又四册中长调不多见，即最著名之〔哨遍〕〔永遇乐〕〔摸鱼子〕等词，此本皆无之。窃恐并非足本，或元刻本有羼杂他人之作，樊榭未加详核，即据以移录，是以首尾完备，全无割补之痕，而词数减少，大有商量之处。弟已与郦君商酌，请其向前途退书追款，未识兄谓何如。望速速赐复，以便遵办。附上目录一纸，即希酌夺。

此上，即请大安。

弟霜顿首

四月廿六

《辛稼轩长短句》

卷一：〔鹧鸪天〕五十九

卷二：〔瑞鹧鸪〕三、〔定风波〕十、〔破阵子〕四、〔临江仙〕十四。

卷三：〔蝶恋花〕十二、〔小重山〕三、〔南乡子〕四、〔玉楼春〕十六、〔鹊桥仙〕七。

卷四：〔西江月〕十五、〔朝中措〕六、〔清平乐〕十五、〔好事近〕三、〔八声甘州〕二、〔雨中花慢〕二、〔汉宫春〕六、〔满庭芳〕四。

卷五：〔菩萨蛮〕十八、〔卜算子〕十二、〔丑奴儿〕七、〔浣溪沙〕十四、〔添字浣溪沙〕八。

卷六：〔虞美人〕四、〔浪淘沙〕二、〔减字木兰花〕三、〔新荷叶〕六、〔御街行〕二、〔祝英台〕二、〔婆罗门引〕五、〔千年调〕二、〔粉蝶儿〕一、〔千秋岁〕一、〔江神子〕十二、〔青玉案〕一、〔感皇恩〕六。

卷七：〔行香子〕四、〔一剪梅〕二、〔踏莎行〕四。

此下全非辛作

〔玲珑四犯〕一、〔忆江南〕四、〔梅花引〕一、〔东坡引〕一、〔瑞鹧鸪〕一、〔千秋岁〕一、〔汉宫春〕一、〔声声慢〕一、〔菩萨蛮〕一、〔画堂春〕一、〔渔家傲〕一、〔江城子〕一、〔鹊桥仙〕一、〔春光好〕一、〔忆王孙〕二、〔蝶恋花〕一、〔醉花阴〕一、〔疏帘淡月〕一、〔蝶恋花〕二、〔贺新郎〕一、〔鹊桥仙〕一、〔卜算子〕二、〔玉楼春〕一、〔一斛珠〕二、〔双双燕〕一、〔忆秦娥〕一、〔减字木兰花〕二、〔忆秦娥〕四、〔河满子〕一、〔凤凰台上忆吹箫〕一。

卷八：〔青玉案〕一、〔一丛花〕二、〔忆汉月〕一、〔如梦令〕一、〔点绛唇〕二、〔绣带子〕一、〔长相思〕一、〔醉落魄〕一、〔斗百花〕一、〔双双燕〕一、〔黄莺儿〕九、〔满江红〕三。

诗六十四首如下：为柯九思代作、又同柯丹邱作、又诗十六首、为刘琐代作、又游仙诗、代友作、又词十首、书灵岩精舍、又词十首。

《戏曲月辑》

（第一卷第三辑，1942年3月）

二

湖兄鉴：

辛词钞手际古雅，每半页八行，行十四字。樊榭手钞图章亦不恶，但既杂他人之作，决非厉君原钞。征君博极群书，岂有不职辛词之理？况八卷〔黄莺儿〕九支，实是商调南曲，决是元明人手笔。已决计与郦君商定退书还洋，但书估性质恐不能爽快耳。通部目录已一一钞下，所录他人词亦无从考订，闷闷。二词奉缴，酌易二字乞察。

手复，即请大安。

弟梅顿首

廿九

《戏曲月辑》

（第一卷第三辑，1942年3月）

三

湖兄鉴：

〔凄凉犯〕调，梦窗与白石同，惟毛刻有误，遂致分作二体，实则"尘袜"上脱一字。（杜刻吴词已各加空格）"临风"下脱一字，非二句皆六字也。"玉奴"句仍五字。"恨"字不当属下句。所异者末句而已。（末句作仄仄平平仄仄仄）然玉田"平沙万里尽是月"句，且有作平平仄仄者，可知宋人于此句颇有异同，惟吾辈则不能随便耳。弟意学白石格则末句用"入上去上去去上"，学梦窗格则用"入去平平去去入"，学玉田格则用"平平去上上上入"。如此各有所本，不致偭越矣。尊作下半为声律所缚，尚未自然。弟改语尚顺适，君谓何如？前次沪上之行，（与族弟偕）当日往返，故不及造高斋。今下半年宁申往返，各有半月勾留，可以常至尊处矣。惟痔疾又发，偃卧一周，苦极苦极。

复请丽祉。

弟梅顿首

八月廿八日

《戏曲月辑》

（第一卷第三辑，1942年3月）

四

湖帆宗兄雅鉴：

〔西河〕词已大加改削，照同光词家严格，此词须全依四声，惟如此填词如处桎梏，弟不敢强人所难也。第三叠末十六字，本有两样读法：一则"入寻常巷陌，人家相对，如说兴亡斜阳里。"一则"入寻常巷陌人家，相对如说兴亡，斜阳里。"古老欲两全，所以有暗韵之说也。弟意以第一读为是，咸同名手多半如是，故大作仍照此格。细阅此词，系用大鹤原韵，则"挥此"之"此"，亦是处叶，因改"江山如此"，文亦雄健矣。又〔玲珑四犯〕首叠末句"情种"二字，本来不好，即就上文"绿绮"着想，遂改"应入七弦"云云，恰到好处。凡所涂改，统希酌核。粤行尚有多日，道出海上，当与诸君晤对。惟频岁饥驱，兹行又入炎徼，心中颇有不快耳。

复上，即请著安。

小弟梅顿启

八月廿六日

《戏曲月辑》

（第一卷第三辑，1942年3月）

【按】 上四札均据梁璱辑《霜厓书札》辑录。

致龙榆生（三通）

一

榆生吾兄史席：

唐生圭璋来，转奉手告，承询引、近、令、慢之别。自来词家，无有论及此者。弟就大曲紧慢相次之序，及南北词引曲赠正之理，略事推求，粗有悟会，敢质诸左右焉。陈旸《乐书》云："大曲前缓叠不舞，至入破则羯鼓、襄鼓、大鼓与丝竹合作，句拍益急，舞者入场。"是大曲固先慢后快也。又〔霓裳〕次序，有散序，有中序。洪昉思云："散序六奏，有底拍而无节拍，中序六奏，有节拍而无流拍，其时未有舞态。是〔霓裳〕先散奏而后按拍也。北词首二曲，仅有底板，南词引子，亦止底板，至一二曲后，始用正板或赠板，入后则快板。而引子中用两宋诗余者至多，而全篇次序，亦先慢后快，与大曲〔霓裳〕无异也。"总观三则，所云大曲前缓叠不舞者，始歌无拍，继则有拍也。所云底拍者，底板也。节拍者，正板也。流拍者，快板也。所云缓叠者，亦即慢板之意。由是推之，词中之引，即如大曲之散序，无拍者也。近令者，有节拍者也。慢者，迟声而歌，如后世之赠板者也。沈璟《南词谱》每一宫调，分引子、过曲、近词、慢词四类。所收宋人词，大都列引、近、慢中，而概不点拍。此宁庵郑重处，深知词拍久佚，无从悬揣故也。惟词中无流拍，当以筵喉唱，与登场爨弄，其道大殊，固无容急奏。至间有快歌，如〔促拍满路花〕〔促拍采桑子〕类标题中，固明言之矣。弟尝谓以南北曲之理论词，可领悟者不少。若以南北曲之法歌词，则谬以千里矣。鄙见如此，高明以为何如？《季刊》中遗著一门，弟拟集乡先哲词实之，如孙月坡、宋浣花诸稿，久存箧中，逐期登载，亦足餍读者之望，恨藏弃不多耳。本月之杪，当赴沪上，届时再图良晤。手泐奉复，敬问撰安，诸维朗照，不宣。

小弟梅顿启

十月九日

《词学季刊》创刊号

（1933年4月）

二

榆生吾兄惠鉴：

圭璋来，交到惠赐各书，拜谢无已。《四明丛书》本《梦窗词》尚未细读，无可献疑。《彊村集外词》第二页〔八声甘州〕一首，缺末三句，宜加方围十一。又诸调名上有加圆围者，有加三角者，当是古丈自加标识，微类房墨分第，似宜削去，不知尊意云何？古丈轶事，追忆一则，谨以奉告。弟之识古丈也，由邹芸巢内伯父（福保）为介。一日同集芸老斋中。古丈喜博。芸老笑谓弟曰："顷赠古微一联云：'竹深留客处，荷尽纳凉时。'"弟不解"荷尽"句意。古丈亦愕然。芸老徐曰："'荷尽纳凉'者，谓荷包中输尽方纳凉耳。"相与大笑。芸老素不诙谐。此一则似可存也。尚希酌核。《季刊》曾读两篇，搜集颇丰。吾兄心力交瘁矣。嘱写拙词数首，兹别纸录奉。《词通》《词比》二种，如弟意中所欲言。曩尝欲取词中句式，自一字至七字，爬梳证校，而以南词板式释明之。今见伯弢遗稿，可以不作矣。本年二月，四儿怀孟忽患痛疾，缠绵数月，至今尚未大愈。予怀耿耿，颇难安顿也。

复谢，即颂著福。

弟吴梅顿首

五月十三日

又词坛消息中，述弟删订词稿，实以百首为限，兹云拟存二百阕，误也。又及。

《词学季刊》第一卷第二号

（1933年8月）

三

榆生吾兄史席：

得二月十二日手书，知承远注，感泐无既。弟以桂垣被炸，十室九空，不得已从儿辈之请，移居滇省，车马之苦，诚有如来书所谓跋涉者。所幸黑夜崔符，潜伺肘腋，未敢猝发，转劫他客，此则不幸中之大幸矣。读来书云映老一序尚未动笔，俟渠新居落成，再请吾兄一催速藻也。拙稿〔水龙吟〕（古微丈挽词）一首，今已改易，兹录于下："还是悲歌无地，结沤盟沧江鼎沸。东华待漏，中兴作颂，纷纷槐蚁。忍泪看天，十年栖息，天还沉醉。算平生孤愤，秋词半箧，付人间世。"请兄据此改入拙稿。此词已八易稿矣。景郑续办《制言》，以拙词刊入，自无不可。但景郑前曾允刊拙作，此言不知何日可践，望婉转一问之。冀野时有书至，并寄惠二百金，得苟且敷衍，可感之至。儿辈囊箧，都应舟车跋涉之费矣。一叹。

四四四

手复，即请著祺。

弟吴梅顿首

己卯元夕

《戏曲月辑》

（第一卷第三辑，1942年3月）

【按】 上三札第一札原题为《与榆生论急慢曲书》，第二札原题为《与龙榆生言彊村逸事书》，第三札录自梁琢辑《霜厓书札》，原题为《与龙榆生言古微挽词书》。

致夏敬观

剑丞先生词长道席：

述叔来申，沤丈筋客，得瞻丰采，忽忽垂十年。比闻高卧海壖，不废歌咏，南云仰望，钦佩莫名。梅拙词写成，适值世变，故里荡析，避处西陲，幸录副册，寄存榆兄。虽刻意半生，粗陈梗概，而弁首一序，尚仁高明。海内灵光，惟公健在，倘承楷诺，宠以藻华，则汴人邦卿，得约斋而始重；王孙叔夏，遇所难而益章。区区鄙忱，幸公垂察。

专此上肃，敬请著安。

吴梅顿首

戊寅闰七月二十有七日

《戏曲月辑》

（第一卷第三辑，1942年3月）

【按】 此札据梁琢辑《霜厓书札》辑录。

致刘毓盘

拜读大作，"织绡泉底，去尘眼中"，合白石、白云为一，而又得其声律之微，当代作家以此为第一，惜无紫霞翁为之商订，《广陵散》益复寂寞耳。鄙意衰宋靡响，争为辛、刘，而完颜亮"一挥截断紫云腰，仔细看、嫦娥体态"之类，即为北曲之滥觞。故以北曲之声度范诗余之音律，十得七八节。北曲板式，本无定所，而诗余板式又复佚亡。若有余力，当为制谱。他日相思，聊度新声，即当觌面，又不徒缠绵悱恻已也。质诸先生，以为何如？

《词学》三十二辑

（华东师范大学出版社2014版）

【按】 此札录自胡永启《新发现吴梅论词书札一通》。刘毓盘（1867—1928），字子庚，号嚪椒。浙江江山（今属衢州）人。清光绪二十三年（1897）拔贡，授云阳知县。后执教于浙江第一师范学校、北京大学。著有《濯绛宧词》《词史》，辑印《唐五代宋辽金元名家词集六十种辑》等。

陈世宜

陈世宜（1884—1959），笔名匪石，号小树，又号倦鹤，室名旧时月色斋。江苏南京人。早年曾随张仲炘、朱祖谋学词。为南社社员。曾任教于南京中央大学。精于词学，著有《宋词举》《声执》《旧时月色斋词谭》《旧时月色斋论词杂著》等，遗著有《陈匪石先生遗稿》。

致高旭

剑公足下：

损书并墨宝一帧，剑气骚心，跃跃纸上，甚慰甚慰！三十年诗征之辑，洋洋大观，足为所见世诗史。弟何人，斯草间虫，简中蠹，殊不足与诗人之列，末光之附，内愧良多。但公抱荈菲不遗之心，潭水情深，似不可负，暇当收拾旧作，写尘静几，乞为点定耳。草薙禽狝，愈严愈妙。昔见一般诗文词选本，于古人多严，于并世多滥，私心揣度，其故有二：情面二字，虽圣人亦不能免。酬唱频繁，则胸中成见有不期存而存者，此好而知其恶，天下所以鲜也。一也。并世之人，或门户之不同，或才名之相轧，每以此故，至友变为仇雠。渔洋、牧仲，即不能免，后人务矫其弊，力求因通，应有全交之心，转贻滥收之诮。二也。近世选家，如复堂之《箧中词》、师郑之《四朝诗史》，胥不免此。而《随园诗话》及《同人集》，其芜杂更无论矣。足下操觚，主张奚似？弟则以为宁苛毋滥，宁少毋多，庶可成完善之本，寿之名山，俟之百世，而不留指摘之余地。尊意其谓之何也？

弟近亦有一奢愿，拟辑一《清代词选》，依宗派而类别之。盖乾、嘉以前，湖海宗苏、辛，竹垞宗玉田（世称浙西派为姜、张派，实则入张之室多，入姜之室鲜也。）衍为两派，茗柯继起，碧山家法，卓然成为一支。迄于清末，白石、梦窗，由冷红、彊村两先生各拔一帜，为三百年之殿。窃以依此读清词，当可什得八九。但词家别集，搜辑既难，而甄采时鉴别或有未精，必贻笑柄。坐是小鹿憧憧，时起时灭。然若果为之，亦必赖师友之助，恐不免有求于足下也。

吾人生当斯世，既无事业之可言，而使为穷愁潦倒之文士，著作之业，又不敢遽以自信。呜呼伤矣！比来凡百无聊，惟与佩忍、楚伧、朴庵、檗子诸同调，痛饮解闷。此中块垒，浇无可浇，偶作诗词，亦什九伤心之泪。得大札后，有诗六绝，道其所道，无非牢愁。另纸上，乞足下有以教我。鹓雏近通音问否？渠亦恨人，甚念之也。樱桃微雨，天气犹寒，伏希为道自重。

《南社丛刻》第十集
（江苏广陵古籍刻印社1996年版）

【按】 此札原题为《复高剑公书》。高旭（1877—1925），字天梅、号剑公，别字慧云、钝剑。江苏金山（今属上海）人。早年倾向维新，后加入同盟会，与柳亚子、陈去病等创立南社。其诗词后编为《天梅遗集》出版。

致庞树柏

檗子足下：

于报端读见赠新词，不无同是天涯之感。一再浴诵，泪涔涔矣。奉酬一篇，另纸上，苦无当宏旨也。大集回肠荡气，词精粹而意深远，上之可方少游，次亦不失为《山中》《花外》之妙境，弟何足望尘万一哉？然倘得工夫，许以讨论，或有造于弟也。窃尝论近人为词，易犯之弊有二：五宫失传，四声不讲，破律则以《碎金》为藉口，失韵则以叔夏为护符。既非自度之腔，转多误填之调。此其一也。或则遣词不择，造语多粗，獭祭及重译之书，兔册列生硬之字。泥沙俱下，粗粝并咽，不独失晓风残月之遗，抑亦非铁板铜琶所取。

此其二也。前者之弊不除，仅在供人指摘。盖红儿既不能付，则白璧不过微瑕。后者之弊直下侪于齐东语，玉碗贮狗矢，不复成为词矣。平素自愧不学，腹笥太俭，言之无文，且赋质鲁钝，出语多拙，特于以上两弊斤斤自持，惟恐或犯，蕲以为入门之途径，举所愿以陈之足下，其亦以为尚可教否？呜呼，今日何日，蝮蛇螫人，吾行却曲，雕虫小技，壮夫不为，而吾辈讨论及此。人将节取纳兰氏“贵重而不适用”之语，以为盩于时矣。弟以为再三十年，风雅将绝。抱缺守残，抗怀希古，虽不能至，然心向往之。则仍当矩矱高曾，勿偭规矩，狂瞽之言，若不自量。然高明当悯其愚，不则其妄也。顷有《词话》揭之报章，一得之愚，不敢自信。倘辱棒喝，如葵倾心。大集为剑华取去，奇文欣赏，人有同情，谅毕业后当径奉赵，勿念。附上聚头扇一柄，乞赐珠玉。余不白。

世宜再拜

《民权素》

（一九一五年第四集）

【按】上札原题为《与檗子论词书》。庞树柏（1884—1916），字檗子，号芑庵，别号龙禅居士。江苏常熟人。同盟会会员，南社发起人之一。与黄人等组织“三千剑气文社”。曾主讲于上海圣约翰大学。工诗文，擅词曲，其词深得朱祖谋赞赏，为之点定词集。著有《龙禅室诗》《玉铮琮馆词》，二者合刊为《庞檗子遗集》。

致唐圭璋

圭璋仁兄足下：

奉到赐书，久未复为歉。屡承过访，弟竟不知，但亦时有开会或他往，时而阍人失职，固无可讳言也。暨大季刊读悉龙君诸作，实深纫佩，而四大词人之评骘，尤为实获我心。此皆弟所亲炙或私淑者，校勘属王，鉴赏属况，千古不易之论。若学为词，则两家不可偏废。大鹤先生亦长于议论，曾有论词书，载《国粹学报》，系答孟劬之问者。二十余年前，弟居吴中，时陪末席，茅塞为开，只今思之，前尘惘惘，盖与沤老同一风义平生之感也。龙君不以弟为门外汉，旁求及之，敢不竭所能以奉教。卒卒鲜暇日，欲抄撮少许而未能，今请于旧腊内勉为之，乞先相报。校课藏事，吾兄或当家居，容走谈一罄衷悰。此上，即颂教安。

弟陈匪石再拜

一月七日

《词学季刊》创刊号

（1933年4月）

【按】 上札原题为《与圭璋书》。

致邵瑞彭

次公老兄左右：

损书祗承一一。日前晤季野，所闻略同。弟向持吏不如师之说，盖以道尊臣微辜较得之。且我辈治学以毛、伏、许、郑之绪，抱残守缺，与世无争也。当路倒屣，学人心服，礼堂遗风，未可多觏，然媢嫉之来亦大。《易》：盈虚消息。后人因《易》理作持盈之论，由儒家入于道家。特在臣较易，在师较难。进退维谷之境，兄今尝之。而门户主奴，万方一概，师道大苦。兄谓将鬻文卖字，固必不得已之计，弟亦为惺惺之惜矣。拙词写竟，凡九十二首，尚有拟删者，略举其例。如〔虞美人〕《白秋海棠》似欠沉着；〔水龙吟〕《檗子挽词》过片意复，尚能改，而全篇意境平庸；〔花犯〕《樱花》，近贤多此调此题，有珠玉在前之叹。其他恐仍有不必存之什，应改之字句及题序中待商之处，统乞吾兄论定之。疆老大去，谁与质疑？而十数年来于此道深甘共苦者，无过足下，实不得不瞻马首也。近年同辈刻词飙发云涌，而弟迟迟不敢，盖亦有故。人苦不自知，如自知则不许文过。拙词之病，一曰欠深厚，或貌似回肠荡气，而读两三回则觉意境不称；或乏烟水迷离之致，而比兴之谊失，浅露之讥来。一曰少变化，清真千门万户，半塘取精用宏，固不敢望，而自视所作，既不能成一家，即此未成之格调，亦有千篇一律之叹。譬诸歌喉，高低宽窄，各出从同，其何能淑？凡此皆非痼疾，药石可施。锲而不舍，须假时日。今虽写竟，而付梓颇为踟蹰。末记百余字，自述所感，不敢论词。生性恶谀，作序者例无责难，拟如大集例，不求人序，兄谓如何？不过沙汰吹求，愈严愈好，即至无一二完璧，亦不谓苛。亟盼逐条开示，随原稿掷还，为指针之锡也。前许代刊，感且不朽。惟此间姜文卿刀笔之技，曾受教于艺风老人，龙榆生为彊翁刻书，瞿安刻集，均假手其人。拙词如灾梨，亦拟付之，且自料尚便。特将来署简，非椽笔不可耳。兹以张生返校之便，附上稿本，并布区区。秋深，伏惟珍重，千万。

《旧时月色斋论词杂著》

【按】 上札录自《宋词举》（外三种）本，钟振振点校，江苏古籍出版社2002年版。

致黄孝纾

公渚足下：

不奉明教两月矣。履川、冀野先后入都，知文斾暂返胶东，以劳者之歌，得天伦之乐，甚盛甚盛！然计期当复莅沪矣。春初康桥座上谈及词派，谓陶诗冲淡之境，为词家所未辟，意欲于此求之，相视而笑，莫逆于心。然东坡实已有之，〔望江南〕（春未老）之前遍、（春已老）之后遍、〔鹧鸪天〕（林断山明）一首，胎息全从陶诗来。盖写陶、和陶，渐渍已深，自然流露，非刻意为之也。稼轩颇欲效颦，"春在溪头荠菜花"之句，视"春色属芜菁"亦何多让？然上句曰"城中桃李愁风雨"，腾挪跌宕于不知不觉间，微露青兕本色，气之未静，自不能冲，仍是幼安学苏，与子瞻学陶隔一尘矣。日前得〔红林檎近〕一阕，虎贲貌似，神味苦不逮，且迹相未化，知养气之功浅也。另纸写呈，兄其何以益我？敬承道履，不一。

《旧时月色斋论词杂著》

【按】 上札录自《宋词举》（外三种）本，钟振振点校，江苏古籍出版社2002年版。

柳亚子

柳亚子（1887—1958），原名慰高，字稼轩，号亚子。江苏吴江（今属苏州）人。曾加入同盟会、光复会，1909年与陈去病、高旭等创立南社，主持社务多年。柳亚子一生创作了大量诗歌，著有《磨剑室诗词集》《磨剑室文录》《南社纪略》，编有《南社丛刻》等。

致高旭

论陈、郑诗甚平允。弟所痛恶之者，正以其浪得耳。弟以为二子之诗，刻意求艰深，病在一涩字。夫涩，原为诗中一体，但不可视为正宗。若一人以此创，众人以此和，不至于诗道陵夷，荆榛塞路不止。即明季钟、谭，何尝不偶有佳作，而其究卒为天下诟骂，正坐此耳。弟无卧子、日生起衰之才，尚不敢建旗鼓与抗，但耿耿此心，终未尝不以此望之同志也。

至张、樊琐琐，本不足道。顾樊所作《彩云曲》，亦颇可观览，此亦所谓滤沙得金者。若近日所传陈、樊唱和《喜雨》诗，则诚无耻之尤，又不但文字之谬矣。

又，近世词家，如郑文焯辈，弟亦殊不满意。其病亦坐一涩字，往往一句中堆砌无数不相联络之字面。究之，使人莫测其命意所在，甚有本无命意者。此盖学白石、玉田，而画虎不成者也。弟窃谓词家流别，以南唐、北宋诸家为正宗。否，亦宁学苏、辛，勿学姜、张。盖学苏、辛而不似，犹有真性情；学姜、张而不似，徒以艰深自文其浅陋，欺人而已。

大抵诗词之道，贵一真，然而今人喜以伪体乱之，此弟之所见，所由，与时贤大异也。然非知我若公者，亦安敢轻发狂言以取世忌哉！更幸公有以晋之耳！

杨天石、王学庄编著《南社史长编》

（中国人民大学出版社1995年版）

【按】此札原题为《与高天梅书》，录自《南社史长编·正编》"1912年4月9日"附录。

邵瑞彭

邵瑞彭（1887—1937），一名寿篯，字次公。浙江淳安（今属杭州）人。先后加入光复会、同盟会，又在北洋政府任职。后弃政从文，任河南大学国文系主任，潜心授课治学。工词章，著有《齐诗钤》《扬荷集》《山禽余响》等。

致龙榆生

榆生兄长著席：

　　诵手书，敬承一是。顷又奉到彊翁遗书十二册，感泣不可抑。足下高义洪愿，成此盛事，翁当含笑于玉皇香案旁矣。传砚图当勉题拙词，聊志雅故，此间书藏二所，皆属其直向尊处订购数部，诸生中欲购者，由弟汇赀并寄，藉省分寄之琐屑，容后奉报。尊词清淑渊美，如九皋鹤唳，空山泉韵，颇望付刊，俾公同好，不谂俯纳鄙言否。大鹤山人刊《瘦碧》时，年仅弱冠，晚岁删薙虽多，而存者皆精严可传。弟之敢于刻词，亦欲备将来删剟也。北宋词神理在南宋之上，而词采不逮，虽佳什之中，亦患颣句。有一友人学柳词，尽取其醨醇，而全忘气格，不免虎贲效中郎矣。弟于南宋"做冷欺花""捲红颦晓"等句法，终所不安，宁以质直行之。若草窗"看画船、尽入西泠"二句，沾沾自喜，究不若白石"过三十六离宫"二句之大气回旋也。灯床夜坐，辄贡狂言，尚有一事，屡欲奉讯，而又不忍奉讯者，今则忍泪述之。去年彊翁权厝湖馆，叩传遘厄，为之痛哭，冀野兄勤慰再四。嗣是诸生相戒不言彊翁葬事，今为时稍久，余悲稍戢，是时究竟曾否移厝，讣书又有葬永安公墓之文，（记忆不甚了了）似甚觖曲，（葬公墓究非体）兄所述诸篇，皆云未及于难，是否讳言伤心事？叩乞示知。万感。专承道安。

弟瑞彭顿首

《词学季刊》第一卷第四号

（1934年4月）

【按】　上札原题为《与龙榆生论词书》。

致柳亚子

亚子先生足下：

　　辱书并承惠《词征》，感谢不可涯涘。尊处词家总集中，黄氏《清词综续编》为弟处所无，如有歙郡人著作，万乞写示。睦州宋以后称严州，共六县：一建德（与安徽同名），二淳安，三桐庐，四遂安，五寿昌，六分水，承询谨告。南宋词学，江浙为其林薮，浙省十一府，惟歙郡无闻人。清代中叶以还，锢蔽尤甚，朴学文辞，一无足取，言之怛怳。弟力不副志，夙夜惭惶，词录之作，拟春余夏始，就文澜阁借书，再加搜讨。惟邵亨贞《蚁术词选》四卷，《四库》未著录，恐不易得，公倘见藏书家，敬求物色及之，幸甚，幸甚！《笠泽词征》蔚然大观，所谓绝业也。弟意寓贤中尚有未遍，一则垂虹景色妙天下，又为古来词客流连之地，故倚声独多；一则词人别集散布四方，钩稽较乡邦更难也。一昨阅谭仲修丈（献）《复堂类集》词第二卷第八叶，有《舟次吴门》〔浣溪沙〕一首，内有"弄风帆影过吴江"句，可否援夏存古例入录。度尊处有此书，故不移写，倘再刊补遗时，乞转告巢南。日来见报端有先生启事，为《三子游草》事，此书乞赐一帙，幸甚。奉上集虚斋古文一部，系歙邑方朴山（槃如）先生著，朴山工制艺，与望溪、百川齐名，称"天外三峰"（峰、方叠韵）。古文不落桐城蹊径，然举世罕有知者，可慨也。天涯霜雪，书到隔年。匆复，祗颂道安。

小弟瑞彭顿首

十二月廿四日

《南社丛刻》第十七集

（江苏广陵古籍刻印社1996年版）

【按】　此札原题为《再与柳亚子书》。

致赵尊岳（九通）

一

叔雍兄长足下：

　　经月未通一语。关河修阻，烽燧仓皇，弟以车道断绝，困居危城，一日之间，寒燠殊致；崇朝之内，忧乐异感。既不耐治经，又难论政。惟有籀诵古今人长短句，假日消摇而已。日前接廿九日手书，快慰无极。续编《四库》之议，今已成强弩之末。倘得此身健在，誓欲竟兹素志，澄清何日，永叹弥长。尊著尚未寄到，中垒高文，彩鸾仙笔，益人眼福不浅。延伫停云，劳心如痗。附呈近词数首求教。方秣陵土崩之日，远道闻讯，知为祸胎。牢愁积胸，强颜欢笑，托意游博，聊自戔饰。有一苏州女子，名玲珑，微知隐情，巧相慰解。花枝多情，蕊下生恋。日者兵氛未息，金吾禁夜，重闉一隔，渺若天涯。〔玲珑四犯〕〔玲珑玉〕等词，大抵为此人作也。风尘鸿洞，家道轗轲，五湖烟水，期诸梦寐。而此人者竟不相谅，遂欲脱钗珥以当聘钱，储巾栉以就副室。弟以身似匏瓜，室若悬磬，虽甚依依，至今未许，他年终不免追元稹悔过之情，增杜牧寻春之恨而已。私心欲乞足下赋词纪事，使青泥莲花得托大集以传，亦词苑之佳话也。弟奇穷极饥，度日如岁，跬步荆榛，慄慄危惧，日内欲从海道他适，意在乞钱自赡，届时再告其详。残年风雪，岐路山川，敬述区区，以代良晤。伏承，侍安双福。

弟彭叩头

赐示寄天津日界吉野街路西。

《赵凤昌藏札》
（国家图书馆出版社2009年版）

二

叔雍足下：

朱明应节，炎景流金，佳想起居圣傲，至为颂祷。弟淹留京师，匝月还津度节，澡兰香里未废词事，畴日奉惠和二晏词，梨枣生晖，兰荃吐艳。尊作圆融婉约，为七百年间所仅见。剪灯抽诵，神意穆然。顷展手毕，并以名篇，益复高兴。近日将云集沽河，长揖辕门，势所不免，而桑中之喜又难忘情（琭珑绝意歌尘，随弟来津，仓颉篇所谓男女私合）。以无益之事遣有涯之生，天下人安得不笑我拙哉？录上新作求教。夜窗草草，敬候侍安。

小弟瑞彭叩头

《赵凤昌藏札》

（国家图书馆出版社2009年版）

三

叔雍兄长瑶席：

京师频行，曾寄吟笺，度邀青睐。弟待舟度辽，明日即乘济通丸以行。乍展琅函，发视大喜过望。〔浣溪沙〕五首足与蕙风老人"风雨高楼"媲美，《琕珑》二首，异调同工。浓芬灵艳，幽思妙响，如锦绣万花之谷，览者但闻异香，但见奇彩。然其枝干扶疏，花叶相当，非人工所造也。佩极佩极！它日被之管弦，绣上弓衣，不惟女郎名字赖以不朽，即弟亦将上叨末光，附骥千里。循诵如流，高兴难遏。夜间拟和〔浣溪沙〕数首，聊志景事，兼酬佳谊也。郑叔问校刊《清真集》，弟曾得一本于徐仲可先生，旋为人借去。京师无法可觅，公能在上海代求一册否？趱趱世缘，连宵未寐，罢露无似，草草，复颂侍福。

小弟瑞彭再拜

十三

《赵凤昌藏札》

（国家图书馆出版社2009年版）

四

叔雍贤兄瑶席：

手翰诵悉，诘晁《彊村语业》亦到，闲窗展念，高兴横生，人生岂不乐有贤师友哉？弟幼好倚声，索涂摛埴。自获接朱翁，方悟微旨，平平之道，其直如矢，甘苦消息，劣能会通。三四年来，滑于文字声历之学，人事时忧中之。志之所之，辞不能逮，手不应心，内外睽孤，始欲含毫，旋乃辍简，强而成章，积垎辟面。流俗浅尝，妄相扬扇，愧丑之情，若挞市朝。幸逅吾子，如枉木遇绳，汗衣逢浣，既得匡辅之益，复滋鼓吹之兴。若能从兹上达，斐然有造，宁非厚德，奚假谦盅。弟三四日内当归京师，赐言寄西长安街西安饭店可到。倘逢朱、况二师，希代道微忱。此颂撰福。

弟瑞彭叩头
《赵凤昌藏札》
（国家图书馆出版社2009年版）

五

叔雍兄长吟边：

挚友向子仲坚，词笔茂美，所造《柳溪词》足为吾党（声党也）生色，允为可传之作。今来沪渎，特向足下介绍。倘得从容坐论，当兴天下英雄之感。尊集《和小山词》及其余椠本可赠予之。不尽所言。颛容侍福。

弟瑞彭顿首
《赵凤昌藏札》
（国家图书馆出版社2009年版）

六

叔雍足下：

前奉唁言大感。弟近入京师，或作久居之计。词流识尽，良慰枯寂。族伯兄伯絅提学，年来覃精倚声，斐然成家，允吾党之好手矣。其子锐，字茗生，近欲撰集唐人至清季词目，约分三部，一曰别集，二曰总集，三曰词评。前闻蕙老曾编《列朝词人传》，借刻翰怡征君，倘已刊竣，乞公代觅一二部，说明邵某一家所索，万一要价，亦可寄奉也。公近日何以为怀？凉风天末，不胜停云之思。专颂纂安。并鹄复示。

弟制瑞彭顿首
八月尾
《赵凤昌藏札》
（国家图书馆出版社2009年版）

七

叔邕足下：

载展报书，欢若晤对。金秋醖凉，伏承安善。吾子纂王、朱之盛业，振明贤之坠绪，使一朝作者，去晦就显。昔齐桓公存亡继绝，天下归之，号曰五霸之首。子真词家之齐桓也。慨自宋氏云徂，倚声道废。明人好言复古，独诗余詯入奇余，胜朝诸老，屏置不道。夫升庵子野之论，诚不无可议。若乃前有青田，后有湘真，道绝一世，宁逊天水？求镠鐜于玉荣之下，觅筋角于穹间之中。执例以推，宁毛佳构。矧惟足下志存征献，事殊别裁，网罗放矢，集其大成，匪惟不朽之宏举，亦使论世之士观其吟讽，察厥运会，斯又圣人序《诗》之微旨，龙门作《史》之美意。夫岂一空鲰儒所能知其体用哉？至若明贤别集，征访良难，乐府孤行，尤多湮没。下走学谢掩雅，家乏秘藏，诚未足扶大雅之轮，襄选楼之役。倘或搜奇艺林，绅书东观，偶有所遘，必以告闻。秋期在眼，佳会匪遥。聊书以冀省览。

瑞彭再拜

仲秋十日

《赵凤昌藏札》

（国家图书馆出版社2009年版）

八

叔雍足下：

昨日李木斋师七十双寿，在奉天馆演剧，畹华、艳秋均与焉。深夜与释戡、公达纵谈，释戡问及足下，余欢未坠，尺素适来，气类之感，诚难思议。大作〔莺啼序〕高情藻思，直蹑觉翁，三复起舞，余音绕梁，信词苑之瑰宝，人天之潮音也。前上一笺，不谂收到否？弟拟重阳前南游，西窗红烛，能为我豫设乎？专颂吟安。

弟瑞彭顿首

中秋前二日

《赵凤昌藏札》

（国家图书馆出版社2009年版）

九

叔邕足下：

辱荷手翰，媵以新词。悱恻之思，神与意元。嗣复接蕙风词，竟夕朗吟，使哀云夜裂，海水不流，平生所低首者，无过此翁矣。病余不耐久坐，写近作一首奉览。《蕙风词话》《和珠玉词》《彊村语业》均为友人借去不还，颇有买菜求益之思。敬颂安善，不具。

弟瑞彭叩头

《赵凤昌藏札》

（国家图书馆出版社2009年版）

陈钟凡

陈钟凡（1888—1982），字斠玄，号觉元。江苏盐城人。受业于李瑞清、缪荃孙等人。曾任教于东南大学、金陵大学、南京大学等校。著有《中国文学批评史》《经学通论》《中国韵文通论》等。亦能诗词，其诗词作品见《清晖集》。

致陈柱

柱尊兄左右：

前奉十七日教，以连日酬酢，触发胃病，呻吟数日。讫未就痊，今日又奉大片。祗悉一百侄大病新痊，至慰远怀。《学术界》第十期所载大作自由词，拜读数过，至佩至佩。溯词起于晚唐五季，下逮北宋之欧、晏、张、柳，率以争斗浓纤，抒写艳情为宗。至东坡豪放，不喜剪裁以旧声律，时人虽讥为曲子缚不住，然其横放杰出，包罗万有，词境为之一变。至稼轩多抚时感事之作，绝不作妮子态，更无意不可入，无事不可言矣。是知词在两宋已多变化，非必拘守律谱，方为上乘。元人散曲，内容益臻繁复，作风益趋平熟。明代小曲，如北人之《打枣竿》及南人之吴歌，有措意清新，妙入神品者。多北里之侠，或闺阁之秀，以无意得之，较诸文士以腐套填塞为词者，且高出万万。兄以清丽俊爽之笔，抒旷放萧疏之怀，虽自为己律，或任意浩歌，无不优。为何必倚刻板之声，按不可知之谱，而后始谓之乐章哉？此颂著安。

弟陈钟凡顿

五月二十六日

《学术世界》

（1935年，第一卷第12期）

【按】 上札原题为《与陈柱尊教授论自由词书》。

向迪琮

向迪琮（1889—1969），字仲坚，四川双流（今属成都）人。曾任四川大学教授、上海文史研究馆研究员。能诗词，著有《柳溪长短句》《柳溪词话》等。

致赵尊岳（三通）

一

叔雍词长先生吟席：

高轩枉过，欣幸无量。昨夕讽诵尊集，竟忘眠息，恰如孔子闻《韶》，不知肉味，狣欤盛矣！尊词深得梦窗法乳，〔莺啼序〕〔瑞龙吟〕及与次公和作，均极觉翁无上妙境。其工力之深纯，天姿之高远，虽次公亦须退让，梼陋如琮者，更何敢仰其万一。佩叹之至。……拙词稿愆谬至多，前经次公、匪石、铁铮诸兄抉发其误，已从事更改。兹并专价奉尘，如蒙俯赐点定，则感幸益无涯涘矣。寻山识路，饮水知源。幸辱不遗，有以见教也。不胜台仰之怀，匆上，藉颂著祺。

弟迪琮顿首

十九日

《赵凤昌藏札》

（国家图书馆出版社2009年版）

二

叔雍词长兄有道：

损书敬悉。承示所纂《词总集》，规模宏大，允为声家钜制，佩叹无已。弟藏书无多，所存断难超迈尊笈，惟平中公私藏籍夙富，倘能据已得各种书名一一钞示，或可因便搜补，冀为万一之助尔。尊意如何？乞即示知为荷。往岁居平，曾与次公议为北宋慢词之选迄未。（初止选八家，颇嫌其隘。）沽上人事拘牵，此事遂致中辍。今拟重理是业，兼偿宿志。窃以为小令始于五代，迄于汴京已集大成，古今选本颇多，无竢赘辑。惟慢词始于柳公，至美成而益光大。厥后词格渐靡，境界尤低。而有清一代流传选本，大都偏重南宋，北声寝微，良用惋惜。弟意拟专选慢词，严定去取，一切并参酌尊意。每选一人，先附小传，次附自宋以来各家评语，复次再就管见判其是非，阐其蕴奥。杨汤及箧中陋习，自当严格汰除。即止庵分隶之例，亦当杜绝。北宋词人，据弟搜集所得，除小令各家如六一、珠玉、后山、仲淹、范纯仁、赤城等外，其有专集可采者，约为乐章、小山、东坡、山谷、淮海、书舟、补之、姑溪、东堂、寿域、丹阳、竹坡、溪堂、片玉、圣求、初寮、友古、坦庵、惜香、酒边、徽宗、临川、南阳、韦骧、伯端、龙云、宝晋、画墁、省斋、北湖、颐堂、浮溪、阮阅、龟溪、相山、演山、乐斋、信斋、闲斋、子野、东山、漱玉等，余如赵令畤《聊复》、晁冲之《具茨》、王观《冠柳》、苏庠《后湖》、万俟咏《大声》、徐伸《青山》、徐积《节孝》、陈瓘《了斋》诸集，则弟尚无是书，且待借钞。又《乐府雅词》尚列有李元膺、曹组、李祁、李甲、沈会宗、徐俯、赵君举、魏夫人，及《雅词拾遗》（《阳春白雪》《花庵词选》）所列之聂冠卿、刘几、何籀、廖世美、查荎、张景修、潘元质、李玉、黄岩叟、丁葆光、王季夷等，各词似皆只有选录，而无书书，均请台从分神，代为一考，示知为感。又鄙意拟以北宋慢词诸大家，如乐章、东山、东坡、子野、淮海、补之、闲斋、片玉、漱玉、小山、临川等，（或不止此，需就其词之多及其生平易考，而又负盛名者为断。小山、临川慢词无多，是否采入，尚待酌定）置诸前编，余则采其精者，或录诸选本，或采自专集，目前尚难遽定。因以上各书尚未搜齐，故去要宗旨无从取决，我公对此有何高见，尤希示下为祷。世变复滋，清明虽兴，届游计难成。盛情惟有敬铭心版而已，率此章复，敬颂著祺，不一一。

弟迪琮顿首

十六日灯下

《赵凤昌藏札》

（国家图书馆出版社2009年版）

三

叔雍词长兄道席：

前奉遥云，适有北平之役，稽迟迄今，始获裁答，歉仄之至。北宋词选，往年次公曾拟合选八家，其详已具前书。弟因所选既侧重慢词，则不妨就北宋人而悉选之，前书所举，仅为搜集之词人姓氏，至于著述如何，则尚未细心研讨也。损书垂教，词意腃挚，爱我之深，讵同流俗？气类之感，益沦肺腑。北宋断代，诚非易事。无已，惟就北宋诸大家为弟服膺者汇选成册，藉共一己之研习，正不必希冀传者耳。昔湘绮老人选宋词，自比草窗《绝妙词》前选，弟书或仿戈顺卿《七家词选》例而命名为前词选（戈词首清真，弟选则在清真前也），或北宋若干家词选，何如？至于评论一层，如公所示，至为困难，恐非未易集事耳。时局俶扰，所遇阨逆。翰墨之缘日疏，尘俗益重，念及惟有惘惘。往寄遯庵先生〔归朝欢〕一首，不知公曾寓目否？津门索居，吟侣罕接。公能趁暇一和拙作，或亦慰情聊胜焉尔。伫念之至，匆复。藉颂吟祺，不具。

弟迪琮 顿首

四月十七日

《赵凤昌藏札》

（国家图书馆出版社2009年版）

陈 柱

陈柱（1890—1944），字柱尊，号守玄。广西北流（今属玉林）人。师从唐文治。曾任教于中央大学、交通大学上海分部。陈柱精于子学，著作等身，有《守玄阁文字学》《诸子概论》《中国散文史》等。又涉猎诗词，主张"自由词"创作。著有《守玄阁诗文话》《守玄阁词集》，编有《白石道人词笺平》《粤西十四家诗钞》等。

致叶恭绰

遐庵先生阁下：

昨奉大示，敬悉起居万福。新创诗歌，公主张别立新名，律以诗变而词，则有词名；词变而曲，则有曲名。既有新体，则应别造新名，不必沿袭旧名，此名家之正名之论。曷胜钦佩！承名题贾似道墨拓，草草题就，敬祈教正为荷。顺颂撰安。

二十五年五月十日

《学术世界》

（1936年，第一卷第12期）

【按】上札原题为《答叶遐庵先生论自由词书》。

致陈钟凡

斠玄吾兄：

前书想达左右，贵恙已痊愈否？念念。小儿一百病已日愈，昨已能起坐，远蒙垂注，感激无量。承平论自由词，诱进之意，且感且惭。柱尝谓文学界中，唐以前且勿论，论自唐以后者。唐以后者若文则有韩退之，诗则有杜子美，字则有颜平原，后之人虽好恶各有不同，然其巍为自唐以来一大宗师。包罗万有，则古今无异辞也。惟词则无论何人，举不出一人足以配韩、杜、颜者。清末好梦窗、清真者，或欲举以相拟，不知大小之不相侔，无异泰山之于丘陵也。或拟举苏、辛，则诚较为伟大，然即东坡而论，其词已不及其诗之伟大，他更何说。故欲于词坛中，推一人足以配韩、杜、颜者，终无有也。此其何故哉？岂非以词拘于刻板之律，缚于不可知之谱之故乎？此如缠足女子，虽不无美者，而求其能高举阔步则难矣。今若只取其天然之音调，解其向来之束缚，则既不失词之体格，而又无向来之顾忌，则作者既可高举阔步，而知音者亦可按词制谱，似于最初创词之原意，乃或反有合也。想兄同调，必以为然，并望教正。

弟柱顿首

五月二十九日

《学术世界》

（1936年，第一卷第12期）

【按】 上札原题为《答陈斠玄教授论自由词书》。

致萧莫寒

莫寒仁弟：

来书诵悉，兹一一答之如下：

（一）凡学诗词，第一步要知美恶之标准，第二步要有欣赏之兴趣。美恶似至无定，而实有一定。譬之于味，咸酸甘辛，随人所嗜，至为不同，然而有至同者焉。则芝兰之芬，必众人所共好；鲍鱼之臭，必众所同憎，是也。诗词何以异是，李、杜、韩、白，苏、辛、秦、柳以家分，汉、魏、六朝、唐、宋、元、明以代分，后人之学者各有所尚，未能相同，此至不同者也。然其为人所称者，必其用力深，而出乎其类，援乎其萃者也，此其所同者也。故人于诗，嗜好虽有不同，而其美恶亦必有标准焉。初学不知标准，故必藉名家之选本与批评而后能别雅俗，明善恶，否则以白为黑，以是为非，标准既误，终身入于魔道而不能觉悟矣。往在科举时代，凡称读书者，人人皆学诗，皆作诗，而能卓然成家者，千万人中无一人焉。何也？彼所认为善恶之标准已错误故也。善恶之标准既错误，则其所欣赏者未必美，而美者亦未必能欣赏，则终身不免为斯道之门外汉矣。今吾弟于诗词，已有欣赏之兴趣，是最可喜者，望再多读名家选本，以正其本，而再多读古今名家专集，以培其根，则他日必可成家无疑也。

（二）近人论文学，尝有诗至唐为登峰造极，至宋而竭，词至宋而登峰造极，宋后而衰之说，此实似是而非之论。夫文学不外乎情与辞二者，凡一时代必有一时代之民情风俗，后者必不能尽同于前者。倘作者皆能自写怀抱，不傍古人，何患不能推陈出新，自成创作。譬如说话，倘有己意，何得以语法之同否而优劣之乎？就诗而论，唐诗固可谓登峰造极，宋诗又何尝不自开疆土，惟有明一代，多优孟衣冠，鲜自树立，然前清自同光以后，五洲交通，情势大变，如康南海、黄公度之为又何尝限于唐宋，即如鄙人所为桂林诗百余首，及国难时数百首又岂康、黄之所能有，此非后人胜于前人，良以康、黄所处之境，为唐宋元明所未有，而鄙人所处之境，又为康、黄之所未经，故各有独到，而不相师。反之，则古人所处之境，而为吾人今日所未有者，则吾辈亦必不能相及。明乎此，则后人不如前人之说不攻自破矣。惟寻常雕虫之士，无奇情壮志，所争不过一字一句之间，所吟不过嘲风弄月之作，故不特不能出于古人之上，且必不能如古人耳。吾弟倘有意于诗词乎，愿以豪杰之士自期，将必有出于古人之上者。

（三）鄙人于词，十余年前曾为之，有词将及百首，后以恐分学诗之力，故遂止不为，至于词之成为词谱，其史已详各家之文学史，今不再述。然尝窃以为今人作词，必斤斤于填古人之词谱，实大愚不解也。夫词之必有谱，岂不以为依谱填之，便可被于管弦邪？吾恐今人所为之词，未必果能被于弦管，反之若有音乐专家，即吾辈平日所为之诗，又何尝不可制成乐谱？今之国歌、校歌固往往先请诗词家作成诗歌，而后请音乐家制成乐谱，非其明证乎？然则彼辈填词，非音乐家亦不能被于弦管，吾人为诗，遇音乐家亦可以被于弦管，然则彼辈之雕肝镂肾以必求合于词谱者，果何为耶？故吾昔日尝为自由词，自由曲，盖取词曲长短之声调，随意为之，而不守其谱，亦不用其名也，世有通人，不必以我为妄。

（四）诗文之有文言、白话之争久矣，吾以为此无益之争也。文学之成。不外乎内涵与外式，外式者内涵所恃寄焉者也。古人谓修辞立诚，又云辞达而已，辞即外式，诚即内涵，辞不修则诚不能达，故外式不备，内涵亦不能宣，反之若内涵不充，则外式亦不能立，是诚不立则辞亦无以达，故所谓修辞以立诚者，反之诚不立，辞亦无以修，故亦可谓立诚以修辞也。诚立辞修，故古人谓之立言，是以诗而言，诚即诗之情也。故无诗之情者，不能工诗之词，不能工诗之辞者，不能达诗之情，情与辞交美焉，而后可以谓之佳诗，然则凡谓之文者，必内涵与外式交美，而后可以成佳作。是故文学之体，其为文为白，可不必争，而唯视其情之能充与否，辞之能达与否而判其优劣可耳。至于诗，则《诗》序所谓：诗者，志之所之也。在心为志，发言为诗；言之不足，故永歌之；永歌之不足，故嗟叹之；嗟叹之不足，不知手之舞之，足之蹈之也。永歌、嗟叹、手舞足蹈，非韵语不能也。故诗必当有韵，而后可以极力形容其情，宣达其情，否则永歌、嗟叹之效力必减，此可以实验而知者也。故鄙人于诗，不论文与白，而但求其好，且以为诗重乎宣情，有韵则情多，无韵则情减，故诗必以有韵为宜，无韵者已失诗之效力，不谓之诗可也。然诗虽必有韵，而有韵者未必定为诗，犹人必有头，而有头者未必定为人也。若谓有韵者必为诗，则小学之《千字文》，药书之《汤头歌》，亦得冒充诗，则非鄙人所感闻也。至于近人所为白话诗，尚少能成家者，今姑不论焉可也。

廿三年十一月□日

陈柱

《大夏》第一期第七卷

（1934年）

【按】 上札原题为《答学生萧莫寒论诗词书》。

致王恩懋

恩懋仁弟：

前奉手书，以两校大考考毕，又奔走锡、沪，未克早覆，至以为歉！柱于词少时曾偶为之，十余年来，殆绝笔矣。词韵比诗韵稍宽，以沈氏《词韵略》为最适用。清人吴江徐釚著有《词苑丛谈》，其卷二专论词之音韵，读之可识古今词韵变迁之大概。友人龙榆生教授编有《词学季刊》，亦多古今论词杰作，足下得见之否？

一月廿九日 陈柱敬启

《大夏周报》第十一卷第二十四期

（1935年）

【按】 此札原题为《答王生恩懋论学词书》。王恩懋，生平不详。

汪 东

汪东（1890—1963），字旭初，号寄庵，别号寄生、梦秋。江苏吴县（今属苏州）人。早年追随孙中山，参加过辛亥革命。又与黄侃等师从章太炎，后加入南社。曾任《大共和日报》总编辑、南京中央大学文学院院长等职。著有《汪旭初先生遗集》。词学工力亦深，有《梦秋词》《词学通论》《郑校〈清真集〉批语》等。

致夏敬观

映庵先生道鉴：

自苏州还，奉笺教敬悉，杖履曾莅京师，期适相左，未获面奉明教，怅惘曷胜。拙词一本承赐指正数条，其"踟蹰""吟侣"两处已遵改，余碰韵者多以宋人不忌，故暂仍之。此后有作益当留意。卷端奖借之语诚不敢当，然私心以为知我者莫若先生。即卷中所去数首，亦适中东贪留之病，但微恨蒙指出者尚太少耳。另，编外集东意本有此意，他日重订时当一一遵教也。先生近来倘有倚声之作，并盼写示数篇以为轨范。专肃，敬颂撰安。

东叩头

十月十四日

《夏敬观家藏尺牍》

（复旦大学出版社2021年版）

致吴湖帆（一六通）

一

湖帆我兄大鉴：

过沪得窥清秘之藏，虽仅万一，已使心目洞骇。近观故宫书画，真伪杂糅，益叹鉴别精纯真为不易也。属题马湘兰画卷，心绪恶劣，久未报命，顷始成〔减兰〕一阕，觉抑塞之怀稍能倾吐，亟录呈政，俟他日补书卷尾如何？词如下：

素心舒箭，佩结幽芳移楚畹。叶叶枝枝，珍重璚奁下笔时。托根非所，大地已无干净土。空谷佳人，异代相思一沧神。

不知尊意谓可否。拙画蒙允赐题言，使声价十倍。小鹣兄约在京相见，何以消息杳然也？拉杂布陈，敬问起居清胜。

东顿首

六月廿二日

梁颖整理《吴湖帆师友书札》

（中国美术学院出版社2023年版）

二

湖帆吾兄足下：

被书，卒卒未报。前、昨两日画家集会以为可以相见，而竟不然，殊怅怅也。大作〔个侬〕词甚好。〔荔枝香〕第二首似参从郑校清真原词，以文义论，当做"灯偏帘卷，回顾始觉惊鸿去远"，不应有"云"字。此与前首体稍别，不必强同。方、杨虽宋人，所和亦有误处，不止此一首。东从前别有校语，惜所校本已被他人篡去矣。"燕去"之"去"，梦窗用"送"字，清真则首用"遍"字，虽句法稍变，而地位相当，则去声似无疑，且"去"字亦有上声，韵部可检也，作词之乐胜于作诗，吾家方壶先生早有此论，望坚持之。一时兴废正不足道，况毛、陈两公皆有词，则此体之不废又可知矣。草复，即颂吟祉。

汪东顿首

一月四日

《吴湖帆师友书札》

（中国美术学院出版社2023年版）

三

湖帆吾兄足下：

复示奉悉。郑校《清真词》欲将〔荔枝香〕第二首强同于第一首，故拟将"遍"字移置"香泽方薰"下，又于前结增一"云"字，然仍少两字，则在"舄履"句上或下加两方框，如此腔则同矣，其如文理全谬何。东谓清真此词神完意足，断不容再有增字。"舄履初会""香泽方薰"本是对文，如言"熏遍"，竟似小儿语。"灯"下去"遍"字，"灯帘"二字不词，且灯又如何卷邪。此上半阕本描写盛会初散，当其盛时，心魂颠倒，及其将阑，惝恍若失。"帘卷"者，卷帘以放人，"灯遍"者，移灯以避雨，见此变动，如梦初醒，回觅情人，则已去远。"惊鸿"本喻人，无端加一"云"字，辞义俱赘，终觉其未可也。毛刻《片玉词》自跋"家藏凡三本"，一名《清真集》，一名《美成长短句》，最后得《片玉》，于异同处亦有校语，独对此首不着一字，则所见三本皆同矣。耆卿、美成妙解音律，集中同调异体者比比皆是，何独于此完整之词必欲加以疮痏？是郑、朱诸公之偏也（朱校如此类尚有）。缕陈鄙见，不知有当尊意否？〔千秋岁引〕已承写示，此词用入声极多，而能稳妥，殊不易。东曩时亦有一首，稿本在他人处，暂不能写寄。〔西河〕用今时熟语协古人腔调，可谓创作。东先见尹老词，曾拟和作，竟不能就也。寒假时必须回家度岁，俟春景稍融，定当诣尊处畅谈，或遣秉三邀同棋一局，尽兴何如？陈匪石已来沪，此老亦当今词手，不知与兄相稔否？拉杂布复，即颂著安。

弟东顿首

一月八日

《吴湖帆师友书札》

（中国美术学院出版社2023年版）

四

大作丽而不纤，曲而不晦，〔琵琶仙〕一词尤为佳构，唯用类似韵改押，词中无此先例。鹤老之说，未敢苟同，仍以用荚韵为是。"狼藉"与"藉甚"本是一字，且亦本是一意，《汉书》"声名藉甚"颜注"谓狼藉而甚"，古人美恶不嫌同词也。义捐书即将结束，东拟廿一号再去一次（最后一次），已与心如丈约定，盼兄此日午后亦能来。相晤不易，借此畅叙，甚可乐也。专复，即颂吟社。湖帆社兄大鉴。

东顿首

十二月十九号

《吴湖帆师友书札》

（中国美术学院出版社2023年版）

五

湖帆吾兄足下：

在沪盛扰，次日即返苏开会，不意会又延期，惮于往还，姑留卒岁。奉十五日手教并词，虚衷下问，感何可言。兹就鄙意僭论之。〔菩萨蛮〕一首甚好，有苏、辛意度。词忌生涩，尤忌熟滑，此俱不犯也。〔临江仙〕改处大胜初稿。吴鬓前人未用过，以足下自言，不妨成一新典实。“何”字意难独立，必须用“奈”字足成之。“粹老”之“粹”是否即“瘁”字，连用有本否？私谓不如云“凭谁老隐岩阿”，仍希酌定。“山花”句意尚不憭。“迷、陌、莫”三唇音字相连，读之亦碍唇吻，试易为“迷阳却曲（四字出《庄子》）意多讹”，不知有当尊指否。誉虎词古井微波，自是指个人情绪，若别有风波，即远游亦不成矣。文人习气，例作牢骚，我辈皆不能免也。专覆，顺颂岁釐。

汪东顿首

一月十八日

《吴湖帆师友书札》

（中国美术学院出版社2023年版）

六

湖帆吾兄左右：

在苏得手示，适远客来游，寄寓敝宅，农正初四冒雪同返上海，杂事纷扰，裁复稽迟为罪。承示，“养粹”出《晋书》“粹”盖粹美之意，“养粹”犹云修德葆真，似未可单用“粹”字，“粹老”二字仍宜酌。〔莺啼序〕一词，南宋人作者颇多，句法实有参差处。梦窗名家，定律较严，然亦不必拘泥。五字句以一领四者，有时或作以二领三，在词中常有，但不可自我作古耳。以疑古人则又未然，“座有诵鱼美”，正与“水乡尚寄旅”一律，皆以二领三也。“鱼美”盖暗用《诗》“南有嘉鱼”意（“江鱼美”三字，记亦见杜诗），此处实颂主人好客，非真夸盘飧之美，若改为“有鱼诵美”则所指仅为微物，且“诵”字未免嫌重了。“泪墨惨澹尘土”句亦从清真词“当时曾题败壁，蛛丝罩，淡墨苔晕青"脱化而来。"墨"字入声，"澹"字上声，以音律言，皆不妨由歌者融入平声也。大抵词中四声，有宽处有严处，东襄时语学者，谓词曲合律，必无字字皆可通融之理，亦必无一字不可通融之理，正要从宽处见严，乃知严处是真不可通融处也。〔莺啼序〕五字句或是宽处，如无他本确据，似难辄改。鄙见如此，希更教之。专颂新福。

东顿首

二月四日

《吴湖帆师友书札》

（中国美术学院出版社2023年版）

七

前覆一书，亦不过妄论，辱荷采纳，益佩谦衷。东此时手头所存者，只刘辰翁两首〔莺啼序〕可供参考，其五字句列举如下：第一首第一段云"唤草庐人起"，第二段"拥凝香绣被"，第三段"甚矣衰久矣"，第四段"且复聊尔耳"；第二首第一段"长似岁难度"，第二段"有寒奖余赋"，第三段"失上界楼宇"，第四段"千载能胡语"，亦一、四、二、三，参差不齐。辰翁虽于律较粗，然此等句法若本固定，自亦不能自由出入也。大作一气呵成，极见力量，字句间有可酌处，已就私意点出。至"沧桑"二字，细想数日，竟无可易，好在一生所历皆可以此包括之，时间较长，不定指今日，似亦无触碍处。月内有暇拟就谈，且不及别事也。匆覆，祗颂吟安，不一。湖帆兄

东顿首

二月十二号

《吴湖帆师友书札》

（中国美术学院出版社2023年版）

八

湖帆吾兄足下：

邂逅欢然，未倾积素。奉手札及新词数首，洛诵忻佩。本欲和

寿词韵而连日尘劳，意思不属，迟报因此，想能见谅也。〔清平乐〕极有气势，唯"轻骑"之"骑"不可作平声读，请酌易一字何如。东词稿两本在友人处，他日取还，当就正。在沪寄寓迪化中路（麦琪路）两百八十弄十二号，电话七八六二五。与尊处相距较远，然得暇终当造访也。匆覆，不尽。手颂吟安。

汪东顿首

四月廿六日

《吴湖帆师友书札》

（中国美术学院出版社2023年版）

九

湖帆我兄：

得手书并大作，诵悉。此两调皆不易为，东尝经构思，，终于阁笔，不知足下何以从容得之也。两首中似以〔多丽〕为胜，唯"消尽断肠客"一语，文义有窒碍，宜酌。"闲凭语"三字亦未醒，或改去"语"字即可。"侣伴"二字皆上声，何不仍用"伴侣"？此虽应社之作，然违其限调，恐不中程。至〔满庭芳〕，本无二体，所参差者，仅后段起句用韵与否耳（词中多少一韵是常事），如是者多，亦非书舟所独，细思之或彼等误以程前段起句为用韵（实则碰韵而已），遂断为别体耳。东懒于质疑，置而不应，因尊问聊发之。〔六州歌头〕词意似有所颂，然不甚醒豁，病不在"鱼鳖"二字也（"鱼牧""鸥鹭"皆不如此两字）。僭议如此，未审有当尊意否。余不及。覆颂吟安。

汪东顿首

七月七日

《吴湖帆师友书札》

（中国美术学院出版社2023年版）

一〇

湖帆社长兄左右：

奉示，承商榷拙词，极感。戴未及同治，东亦知之，但其同辈中到同治者尚多，此云画手，实不指戴一人，意谓在此期间惟戴杰出耳，若改"道咸"，似道光时画家有非戴所能掩者。就律言，此句首字周、史、姜、吴皆用平声，玉田只一首，用"闭门"字，"闭"字乃去声，然玉田于律本稍宽也。如尊意嫌其不醒，或改"咸同以来"何如？覆候吟祉。

汪东顿首

十二月十三日

《吴湖帆师友书札》

（中国美术学院出版社2023年版）

一一

湖帆吾兄左右：

　　两承赐书，并示大作，佩悉。"坐月"之"坐"，虽韵书收上声，然通俗皆作去声，读宋人词恐亦从俗，如"渐"字、"似"字多作去声用，是其例也。瞿安曩为言阳上作去声，律中往往如此，"坐"乃阳上，亦与其论合矣。"暗""醉"两字，鄙意以为"暗"字好，尊见如何？《碧双楼论词图》题篇先就，有即日动笔之势，忻感无极。夏剑老曾为贞白作《碧双楼图》，贞白尝以属题，而于三轮车中失之，东有〔翠楼吟〕纪其事，与贞白交情之密，亦由此而起，此可作楼中掌故也。〔扫花游〕一阕，大意甚好，惟俎、鼓两韵尚待斟酌。此虽和清真韵，然既别有题，用字不必太避重复（如钟、鼓等）。"论"有平、去两声可通，"言论"自当作去。陈匪翁近来见否？社题〔应天长〕曾否交卷？拉杂布复，即候吟安。

汪东顿首

十一月廿四日

《吴湖帆师友书札》

（中国美术学院出版社2023年版）

一二

　　昨孙君来，携到手翰，东刚动和清真〔丹凤吟〕之念，而尊词已至，信是捷才，且好句自然，可谓熟能生巧矣。下阕有可商者。

记清真原词"弄粉调朱柔素手，问何时重握"，今和谓"漫想当初，念纤柔曾握"，似脱三字，应补。"等闲妬杀风雨恶"，"等"字、"雨"字上声，然原词"坐"字、"诸"字恐是阳上作去（凡词曲中阳上声往往作去声用，是君家瞿安语），故梦窗于此句作"暮山澹若城外色"，似可参考也。东本拟借到周词再动笔，因大作启发，遂亦仓促成一首，录请指疵：

丹凤吟　和清真韵

疑向秦淮佳处，镜展流波，云飞高阁。新来多病，朝暮自垂轻幕。回思旧事，倚肩同笑，步覆苔侵，单衣寒薄。剩有笺分凤纸，字隐鸾钗，题记犹满阑角。　　世事忽睹变态，去来渐识情味恶。纵使丹忱在，怨青蝇谗口，思共金铄。啼珠匀面，悒悒背镫双落。析茧抽丝难制锦，但缠绵盈握。此冤怎诉，无个人问着。

聂路生决不会忘记，益堂所提确是较陌生的人，容再问之。京兄爱人甚静默寡言，何以突发神经病，是宿疾耶？东尝戏言，凡意志顽强者，尽管百病丛生，独不易有神经病，我辈是也。相继出院，是必然之事，但先后不由自家作主，则能聚与否，仍属未然之天，此亦指我个人耳。项、张、黄、庞人才济济，犹可得梦神器，但成局而已，然或尚有其他困难。又闻半仙甚忙，星期尤甚，能大家有闲，仍是不易。拉杂书覆，即问痊安。湖帆兄

东顿首

九月廿二日

《吴湖帆师友书札》

（中国美术学院出版社 2023 年版）

一三

珍珠帘　　湖帆示〔大酺〕词，不能和也，作此以广其意

绿阴原比花时好，无人解，杜牧伤春怀抱。清露滴珠盘，正绮筵开了。事往情牵烦寄语，系燕足，音书谁到。愁觉。想寒衾欹枕，不觉催晓。　　红豆撷取相思，问盈筐何似，珍珠环绕。照座月初三，伴玉人歌笑。瘦减腰围新病起，怅未斟，螺杯同醮。休恼。待客馆春回，花间遇巧。

时节巧合，故尊词一意两用，而将首句第二、三字连圈，则又将第三者牵入，颇似文章截搭题，不胜意外之感，一笑。此首可商酌处较多，得暇当与吕公论之。前日益堂来，问其人，则朱翔甫（竹君子）也，似与兄同座时少，故猜详不到，东亦忘之。宋绩老不知尚健存否，愈想愈多，广陵不散，惟此中亦有界畔，非可随手拈来便成合作也。右词录请订正，仍待吕公来转交，一则省得写第二首，二则不欲多烦医院中人，乞谅之。湖帆兄

东顿首

廿八日

《吴湖帆师友书札》

（中国美术学院出版社2023年版）

一四

湖帆吾兄：

奉书祗悉。前题尊画词极不佳，不足以副，承指正处，感佩。东生长京口，实第二故乡，惟自辛亥以后移家苏州，足迹几不复至，至亦接浙而行，未尝再睹身所生处。词中"遭变革"三字，本指辛亥而言，毛病出在未加注，又出在"中年"之"中"，因东赴日本才十六岁，归亦才十九耳。拟改为"丁年"，不知稍安否。又题蔬果卷一词愈拙劣，录在致贞白信中，请同正之。专泐，即颂箸安。

东顿首上

一月七日

和耆卿韵殊自然，惟结语句法可商。

《吴湖帆师友书札》

（中国美术学院出版社2023年版）

一五

湖帆道兄：

奉书并《和梦窗自度腔》七调，极为叹佩。和梦窗即似梦窗，精炼之中不失流丽，此境不易到也。其中〔江南春〕似稍涩，余无可疵。东胃病缠绕，构思遂拟，仅得〔梅香慢〕一阕，寄请贞白转

呈正拍，想日内必已见之。《佞宋词痕》尚未动笔，尤其为兄作画，真是弄斤般倕之门，不得不稍宽时日，以养胆气也。匆复，敬问痊祉，并贺新春。

> 东顿首
> 一月廿一日
> 《吴湖帆师友书札》
> （中国美术学院出版社2023年版）

一六

叠奉两书，于推敲词句一字不苟如此，曷胜钦佩。〔梅香慢〕后胜于前，无可指摘。东虽依东山四声，不敢和韵，而兄必韵律兼顾，何其勇也。梦窗七调记从前亦都作过，然和韵者只一调耳。（泚）。有畏难之心，故乏精湛之思，优劣于此可见。示云间日发病，不知何病，岂尝胆不效邪？肥脓之味或当缓进。东针灸兼施，似小进步，然对食仍无兴趣，苦甚。匆复，手颂起居，并贺春节。湖帆词兄

> 东顿首
> 一月三日
> 《吴湖帆师友书札》
> （中国美术学院出版社2023年版）

徐桢立

徐桢立（1890—1952），字绍周，号余习居士。湖南长沙人。曾任湖南大学教授。后避居上海，参加沤社。诗、书、画、印均精擅。著有《余习庵稿》等。

致夏敬观

映庵我兄姻世丈先生侍右：

前月得奉中秋前一日手书，具悉一一。……兹有托者，弟携归况蕙风《词话》，见者多问此书在何处出售，并有托弟为代购者。弟本欲径函询况又韩兄，又不知伊寓址迁移否？我兄近想常晤，拟请

函询又韩，此书是否可出售？抑非卖品？售价每部若干？兹有敝友陈君熊僧游沪寓，约勾留十日即回湘。如此书可以出售，即请又韩捡三四部径送交陈君旅寓，托带来湘。书值即请我兄于前存尊处画润内拨交况君并以为托。再者，如况君能将此书交由湖南商务印书馆寄售，则异日销行尤为便利，不审以为何如？手此，敬请著安。上叩姻伯母大人福祉。

弟桢立再拜

九月廿五日

《夏敬观家藏尺牍》

（复旦大学出版社2021年版）

胡 适

胡适（1891—1962），字适之，笔名天风、藏晖等。安徽绩溪（今属宣城）人。现代著名学者、诗人、历史学家、文学家、哲学家。曾任北京大学校长、台湾"中央研究院"院长等职。胡适著述宏富，在文学、哲学、史学、教育学等诸多领域成果丰硕。主要著作有《中国哲学史大纲》（上）、《尝试集》《胡适文存》《白话文学史》《先秦名学史》等。词学研究是胡适学术研究的极小部分，但影响巨大，相关论著主要有《南宋的白话词》《词的起原》《〈词选〉自序》等，另编有《词选》一书。

致钱玄同

玄同先生：

......

先生与刘半农先生都不赞成填词，却又都赞成填西皮二簧。古来作词者，仅有几个人能深知音律，其余的词人，都不能歌。其实词不必可歌。由诗变而为词，乃是中国韵文史上一大革命。五言七言之诗，不合语言之自然，故变而为词。词旧名长短句。其长处正在长短互用，稍近语言之自然耳。即如稼轩词：

落日楼头，断鸿声里，江南游子，把吴钩看了，阑干拍遍，无人会，登临意。

此决非五言七言之诗所能及也。故词与诗之别，并不在一可歌而一不可歌，乃在一近言语之自然而一不近言语之自然也，作词而不能歌之，不足为病。正如唐人绝句大半可歌，然今人不能歌亦不妨作绝句也。

词之重要，在于其为中国韵文添无数近于言语自然之诗体。此为治文学史者所最不可忽之点，不会填词者，必以为词之字字句句皆有定律，其束缚自由必甚，其实大不然。词之好处，在于调多体多，可以自由选择。工词者，相题而择调，并无不自由也。人或问既欲自由，又何必择调？吾答之曰，凡可传之词调，皆经名家制定，其音节之谐妙，字句之长短，皆有特长之处。吾辈就已成之美调，略施裁剪，便可得绝妙之音节，又何乐而不为乎？（今人作诗往往不讲音节。沈尹默先生言，作白话诗尤不可不讲音节，其言极是。）

然词亦有二短：（一）字句终嫌太拘束；（二）只可用以达一层或两层意思，至多不过能达三层意思。曲之作，所以救此两弊也。有衬字，则字句不嫌太拘。可成套数，则可以作长篇。故词之变为曲，犹诗之变为词，皆所以求近语言之自然也。

最自然者，终莫如长短无定之韵文。元人之小词，即是此类。今日作"诗"（广义言之），似宜注重此种长短无定之体。然亦不必排斥固有之诗词曲诸体，要各随所好，各相题面择体，可矣。

至于皮簧，则殊无谓。皮簧或十字为句，或七字为句，皆不近语言之自然，能手为之，或亦可展舒自如，不限于七字十字之句，如《空城计》之城楼一段是也。然不如直作长短句之更为自由矣。

以上所说，皆拉杂不成统系，尚望有以教正之。

民国六年十一月二十夜，胡适

耿云志、欧阳哲生编《胡适书信集》

（北京大学出版社1996年版）

【按】钱玄同（1887—1939），字德潜，号疑古。浙江吴兴（今湖州）人。早年留学日本，曾任北京大学、北京师范大学教授，五四新文化运动的倡导者之一，语言文字学家。著有《文字学音篇》《重论经今古文学问题》等。

致沈尹默

尹默：

我读了你的旧式诗词，觉得我完全是一个门外汉，不配"赞一词"；至于拣选去留，那更不用说了。但是我是一个最爱说话的人，又是一个最爱说"外行话"的人。我以为有许多事，"内行"见惯了的反不去寻思里面的意味，倒是"门外汉"伸头向里一望，有时还能找出一点意义。这是我于今敢来说外行话的理由。

我常说那些转弯子的感事诗与我们平常做的"打油诗"，有同样的性质。为什么呢？因为我们做"打油诗"往往使用个人的"事实典故"，如"黄加披肩鸟从比"之类，正如做寄托诗的人往往用许多历史的，或文学的，或神话的，或艳情的典故套语。这两种诗同有一种弱点，只有个中人能懂得，局外人便不能懂得。局外人若要懂得，还须请个人详加注释。因此，世间只有几首"打油诗"可读，也只有几首寄托诗可读。

所以我以为寄托诗须要真能"言近而旨远"。这五字被一般妄人用烂了便失了意味。我想"言近而旨远"是说：从文字表面上看来，写的是一件人人可懂的平常实事；若再进一步，却还可寻出一个寄托的深意。譬如山谷的"江水西头隔烟树，望不见江东路。思量只有梦来去，更不怕，江阑住"一首，写的是相思，寄托的是"做官思想"。又如稼轩的"宝钗分，桃叶渡"一首词，写的是闺情，寄托的是感时（如"点点飞红，都无人管"之类）、感身世（如"试把灯花卜归期"之类）。"言近"则越"近"（浅近）越好。"旨远"则不妨深远。言近，须要不倚赖寄托的远旨也能独立存在，有文学的价值。

有许多寄托诗是"言远而旨近"的。怎么叫做"言远而旨近"呢？本是极浅近的意思，却用了许多不求人解的僻典。若不知道他寄托的意思，便成全无意识七凑八凑的怪文字。这种诗不能独立存立，在当时或有不得已的理由，在后世或有历史上的价值，但在文学上却不能有甚么价值。

以上所说是一个门外汉研究这种诗的标准观念。依此观念来看老兄的诗，则《珠馆出游见落花》（二首）、《春日感赋》（起二句稍弱）、《无题》《久雨》皆可存。《文儒咏》《北史·儒林传》《咏史》《杂歌》诸诗，则仅可供读史者参考之资料了。

若从摹古一方面论之，则《补梅庵》（一、二），《三月廿六日》，《杂感》（二、五、七、八），《二月廿三日》《咏史》《珠馆》皆极佳。

词中小令诸阕皆佳，长调稍差。老兄以为何如？适最爱"更寻高处倚危阑，闲看垂杨风里老"两句，这也是"红老之学"的表示了。"天气薄晴如中酒"，以文法绳之，颇觉少一二字。

我生平不会做客观的艳诗艳词。不知何故。例如"推锦枕，垂翠袖，独自香销时候。帘不卷，有谁知？泪痕红满衣。"即使杀了我，我也做不出来。今夜仔细想来，大概由于我受"写实主义"的影响太深了，所以每读这种诗词，但觉其不实在，但觉其套语的形式（如"锦枕""翠袖""香销""卷帘""泪痕"之类），而不觉其所代表的情味。往往须力逼此心，始看得下去；否则读了与不曾读一样。既不喜这种诗，自然不会做了。若要去了套语，又不能有真知灼见的闺情知识可写，所以一生不曾做一首闺情的诗。

写到这里，忽然想起玄同来。他若见了此上一段，一定说我有意挖苦你老兄的套语词。其实不然。我近来颇想到中国文学套语的心理学。有许多套语（竟可说一切套语）的缘起，都是极正当的。凡文学最忌用抽象的字（虚的字），最宜用具体的字（实的字），例如说"少年"，不如说"衫青鬓绿"；说"老年"，不如说"白发""霜鬓"；说"女子"，不如说"红巾翠袖"；说"春"，不如说"姹紫嫣红""垂杨芳草"；说"秋"，不如说"西风红叶""落叶疏林"。……初用时，这种具体的字最能引起一种浓厚实在的意象；如说"垂杨芳草"，便真有一个具体的春景；说"枫叶芦花"，便真有一个具体的秋景。这是古文用这些字眼的理由，是极正当的，极合心理作用的。但是后来的人把这些字眼用得太烂熟了，便成了陈陈相因的套语。成了套语，便不能发生引起具体意象的作用了。

所以我说"但觉其套语的形式，而不觉其所代表的情味"。所以我单说"不用套语",是不行的。须要从积极一方面着手,说明现在所谓"套语",本来不过是具体的字,有引起具体的影象的目的。须要使学者从根本上下手,学那用具体的字的手段。学者能用新的具体字,自然不要用那陈陈相因的套语了。例如古人说"河桥酒幔青",今人可说"火车气笛响";古人说"红巾翠袖",今人可说"□□□□",古人说"衫青鬓绿",今人可说"燕尾鼠须"了!——以上所说,似乎超出本题,既然动手写了,且送与老兄一看。

六月十夜

耿云志、欧阳哲生编《胡适书信集》

(北京大学出版社1996年版)

【按】沈尹默(1883—1971),原名君默,浙江湖州人。诗人、书法家,曾执教于北京大学、北京女子师范大学。诗词著作有《秋明室杂诗》《秋明室长短句》等。

致王国维(六通)

一

静庵先生:

　　顷偶读后村词中"席上闻歌有感"一首〔贺新郎〕,有云:

　　那人人靓妆按曲,绣帘初卷;道是华堂箫管唱,笑杀鸡坊拍衮。

　　"鸡坊拍衮"是什么?翻阅唐宋两史的《乐志》,皆不详"拍衮"之义。先生曾治燕乐史,便中能见教否?以琐屑事奉烦先生,千万请恕我。

胡适敬上

十三、七、四

《文献》1983年第1期

二

静庵先生:

　　承示衮遍之义,多谢多谢。

"鸡坊拍衮"系从朱刻《彊村丛书》本，项检《四部丛刊》中之影钞本《后村大全集》，亦作"鸡坊"。

"衮"为大曲中之一遍，诚如来示所说。鄙意亦曾疑此字是"滚"之省。来示引宋仁宗语，谓"入破"以后为郑、卫。项又检《宋书·乐志》（卷131），有云："凡有催衮者，皆胡曲耳，法曲无是也。"此言可以互证。

鄙意"拍衮"是二事，催是催拍，而"衮"另是一事，故《宋史》以"催衮"并举，而后村以"拍衮"并举。沈括亦列举"催撷衮破"；而王灼于虚催、实催之后皆有"衮遍"，末节又举"歇拍""杀衮"，似"歇拍"以收催，而"杀衮"以收衮也。先生以为何如？

细味后村词意，似亦以"拍衮"为非正声。词中之女子只习正声，"羞学流莺百啭"，而第一次的奏曲，便被"鸡坊拍衮"笑杀。以此见疏，故下文即云"回首望侯门天远"。以宋仁宗语及《宋史》语证之，此词稍可解了。尊见以为然否？

胡适敬上

《文献》1983年第1期

三

静庵先生：

今早匆匆复一柬，未尽所欲言。

下午复检《教坊记》，仍有所疑。崔令钦不知何时人，其所载多开元、天宝时事，又无一语及于离乱，故初读此记者每疑崔是玄宗时人。然曲名之中仍有〔杨柳枝〕及〔望江南〕等曲。〔杨柳枝〕是香山作的。〔望江南〕是李德裕作的，皆见《乐府杂录》。段安节生当唐末，其记开成、会昌间事应可信，则崔《记》曲名不全属盛唐。鄙意此可有两种说法。崔令钦或是晚唐人；段序亦言尝见《教坊记》，崔在段前，而时代相去不甚远。此一说也。否则崔《记》中之曲名表有后人续增入之曲名，以求备为主，不限于一时代，也许有五代以后续增的。此如玄奘《西域记》中有永乐时代的外国地理，意在求广收，不必是作伪也。此一说也。

因此颇疑《教坊记》之曲目尚未足证明教坊早有〔菩萨蛮〕等曲调。不知先生有以释此疑否？便中幸再教之。

适敬上
十三、十、十
《文献》1983年第1期

四

静庵先生：

十三日手示敬悉。同时又见叔言先生之《敦煌零拾》中先生跋《云谣集》语。

崔令钦之为开元时人，似无可疑。惟《教坊记》中之曲名一表，终觉可疑。先生据此目定《云谣集》之八曲为开元旧物，恐不无疑问。即以此八调言之，其〔天仙子〕则段安节所谓："万斯年曲，是朱崖、李太尉进此曲名，即〔天仙子〕是也。"（《新唐书》卷二十二：李德裕命乐工制《万斯年曲》以献）其〔倾杯乐〕则段安节谓"玄宗喜吹芦管，自制此曲"。先生谓"教坊旧有此等曲调，至李卫公玄宗时为其词"，然〔天仙子〕一条，段录在"龟兹部"一节下，似教坊原无此曲调，卫公始进此调。又〔倾杯乐〕一条似亦谓所制系芦管曲调，故上有"上初捻管，令俳儿辛骨骶拍"之语。又〔菩萨蛮〕一调，《唐音癸签》亦谓是大中初女蛮国入贡，其人危髻金冠，璎珞被体，人谓之"菩萨蛮"，当时倡优遂制此曲。是大中时所制，似亦非词，乃曲调也。〔忆江南〕〔杨柳枝〕，前书已言之。又《教坊记》记事讫于开元，不及乱离时事，而曲名中有〔雨霖铃〕〔夜半乐〕，亦可疑也。又此目后方有"大曲名"三字，而其下四十六曲不全是大曲，此亦是后人附加之一证。先生谓教坊旧有〔忆江南〕等曲调，中唐以后始有其词，此说与鄙说原无大抵牾。鄙意但疑《教坊记》中之曲名表不足为历史证据，不能考见开元教坊果有无某种曲拍耳。此是史料问题，故不敢不辨；史料一误，则此段音乐历史疑问滋多。鄙意段安节《乐府杂录》《杜阳杂编》

《新唐书·乐志》，皆足证崔《记》中曲目之不可信，尊意以为何如？屡以琐事奉扰，幸先生见原。

适敬上

十三、十、廿一

《文献》1983年第1期

五

静庵先生：

昨日辞归后，细读廿四日的手教，知先生亦觉《教坊记》为可疑，深喜鄙见得先生印可。

前又检《杜阳杂编》，知《唐音癸签》记〔菩萨蛮〕原起的一段是根据苏鹗之说。苏鹗书中多喜记祥瑞灵应，其言多夸诞，不足深信。此一条前记女蛮国，后记女王国，皆似无稽之谈。先生所疑，鄙见深以为然。惟《杜阳杂编》此条下云："……当时倡优遂制〔菩萨蛮〕曲，文士亦往往声其词。"此语记当时倡优作曲，而文士填词，层次分明，即不信女蛮国之说，亦是为词曲原起添一例证也。先生要我将《教坊记》各调源流一一详考，将来得一定论，此事似不易为，正如来书所谓"诸书所记曲调原起多有不足信者"故耳。此复。即候起居。

胡适敬上

十三、十二、九

《文献》1983年第1期

六

静庵先生：

夏间出京，归后又以脚疾不能出门，故久不得请教的机会。项作所编《词选》序，已成一节；其中论长短句不起于盛唐，及长短句不由于"泛声填实"，二事皆与传说为异，不知有当否，甚欲乞先生一观，指正其谬误。千万勿以其不知而作，遂不屑教诲之也。匆匆，即祝起居胜常。

胡适敬上

十月九日

《文献》1983 年第 1 期

【按】上六札录自刘烜、陈杏轸辑注《胡适致王国维书信十三封》，载《文献》第十五辑。后收入耿云志、欧阳哲生编《胡适书信集》，北京大学出版社 1996 年版。

致李宣龚

拔可先生：

今天收到《双辛夷楼词》，读完之后，高兴得很。令先公的词最合我的脾胃。他最得力于《花间》及周美成、辛稼轩。琴南先生作《墓志》，说他所填词无一折涉南宋，其实不尽然。如页二的〔朝玉阶〕似是学蒋竹山。此册词虽不多，然很多可传之作，我最喜欢的有："吸尽三杯酒，流莺促上雕鞍。出门望望风吹面，谁信泪流干？他日小楼频倚，不须短啸长叹。但须汝自多眠食，便是我加餐。"（〔圣无忧〕）又如〔春光好〕云："盈盈水，向东流，送闲愁。愁自不随流水集西楼。 散入个人怀里，催伊梦到凉州，看取弯弯城上月，十分秋。"这都是绝可爱的小词。集中咏物词绝无南宋词匠堆砌典故的习气。如《衰柳》云："情丝牵不断，然有展眉时。"《芭蕉》云："摘来和露写相思，要等一行秋雁过，寄与天涯。"咏物诗如此便足，此是咏物正家。放翁词云："零落成泥碾作尘，只有香如故。"又云："催成清泪，惊残好梦，又拣深枝飞去。故山犹自不堪听，况半世凄然羁旅。"咏物词只应如此，正不必须掉书袋，搬典故也。因读令先公《芭蕉》词，偶忆我前年读范石湖《瓶花》绝句，曾戏作小诗云："不是怕风吹雨打，不是羡烛照香熏。只喜欢那折衣的人，高兴和伊亲近。 花瓣儿纷纷落了，劳伊亲手收存，寄与伊心上的人，当一封没有字的书信。"写呈先生一看，不甚颇有词的意味否？近年因选词之故，手写口诵，受影响不少，故作白话诗多作词调，但于音节上也有益处，故也不勉强摆脱。

适敬上

十七，三，八夜

耿云志主编《胡适遗稿及秘藏书信》

（黄山书社1992年影印本）

【按】上札前注"读《双辛夷楼词》致李拔可。"李宣龚（1876—1952），字拔可，号观槿，室名硕果亭，晚号墨巢居士。福建闽县（今属福州）人，清光绪二十年（1894）举人，曾官江苏桃源县知县。后为商务印书馆创办人之一。工诗词，著有《硕果亭诗》。《双辛夷楼词》是其父李宗祎词集。

致任访秋

访秋先生：

......

论词一文，使我很感觉兴趣。静庵先生的《人间词话》是近年才有印本的，我在他死前竟未见过此书。他晚年和我住的相近，见面时颇多，但他从未提起此书。今读你的比较研究，我很觉得我们的见解确有一些相同之点，所以我很高兴。

但你的比较，太着重相同之点，其实静庵先生的见解与我的不很相同。我的看法是历史的，他的看法是艺术的，我们分时期的不同在此。

他的"境界"说，也不很清楚。如他的定义，境界只是真实的内容而已。我所谓"意境"只是一个作家对于题材的见解（看法）。我称它为"意境"，显然着重在作者个人的看法。你的解释，完全错了。我把"意境"与"情感"等并举，是要人明白"意境"不是"情感"等，而是作家对于某种情感或某种景物作怎样的观察，取怎样的态度，抓住了那一点，从那一种观点出发。

《花间》时期的词，除韦庄外，意境都不高。李后主远在《花间集》（广政十年）之后了。他的意境之高当是由于天才和晚年的遭遇。但自《花间集》到东坡，绝大多数的词仍是为歌者作的，故意境终不能高超。韦庄与后主只是这个时代的杰出天才而已。

静庵先生说的"隔与不隔",其实也说不清楚。我平常说"意境",只是"深入而浅出"五个字。观察要深刻,见解要深刻,而表现要浅近明白。凡静庵先生所谓"隔",只是不能浅出而已。

因读你的文章,偶然写此信,或可供参考。

胡适 廿四,七,廿六

耿云志主编《胡适遗稿及秘藏书信》

(黄山书社1992年影印本)

【按】上札作于1935年,本年任访秋写成《王国维〈人间词话〉与胡适〈词选〉》一文,寄呈胡适,胡适作此札复任。任访秋(1909—2000),原名维焜,字仿樵,笔名访秋。河南南召(今属南阳)人。文学史家,曾任教于河南大学。著有《中国文学史散论》《中国现代文学史》(上册)等。

蔡 桢

蔡桢(1891—1944),字嵩云,江西上犹(今属赣州)人。早年尝从郑文焯、况周颐等问学,后任河南大学教授。著有《柯亭长短句》《柯亭词论》《词源疏证》《乐府指迷笺释》等。

致洪汝闿(三通)

一

前奉还云,备聆雅教,拙词碌碌,渥荷奖饰,既惭且感。蒙为拙著《乐府指迷笺释》撰文,而推论及声音文字变通之理,精深博大,百读不厌。其以释氏常与无常之说论词之声,谓于无常之中而存其至常之理,尤发以前声家所未发。盖无常者声之迹,有常者声之道。宋词不能歌,人但知宫调亡而中声无处求,谱拍佚而歌法无从见,不知此皆声之迹。所作性故,无常者也,所谓有法而属于人事者也。实则宋词虽不能歌,其自然之节奏,仍存于声文并茂之词中,如守四声,辨阴阳,严上去,通平仄,皆于自然节奏有关,声之道亦在是,有常者也,所谓无为法而属于自然者也。守四声词派,确有是理存乎其中,故方、杨诸家之和清真,于四声不敢少有违迕,在宋已然。浅人不察，以词既不能歌，虽守四声何益，读公此论，可以解惑而息缘矣。佩甚佩甚！至不肯以人为浊而自处于清以为名高，纯是牟尼知见，尤服雅量。盖以佛眼观世，一切平等，本无分别，无人我，何有冤亲，无法我，何有冤亲，无法我，何有善恶，垢净之见胥泯，清浊之辨自忘，我法两空，同归寂灭。惟在世言世，又不尽然，夷之清，清浊之见固严，惠之和，清浊之见仍在。若夫夷夏钜镬，顺逆大节，律以《春秋》之义，似有不得不严清浊之辨者，紫夺朱，郑乱雅，乡愿贼德，稍一失察，遗恨千古，濯缨濯足之自取，何异沧浪之水，证以后汉管、华之日事，似亦未可清浊一例视者。儒家言世间法，释氏言出世间法，此一是非，彼亦一是非，质之高明，以为何如？荒湾孤吟，极感萧寥，词流如公，又守括囊之戒，今后亦不敢多以芜制尘秽视听矣。

《中央日报》

（1948年11月8日）

二

承示大集《喘月吟》，〔水调歌头〕四十首，词笔全出稼轩，言之有物，持之有故。评治乱通洞其症结，衡学术则探厥本源，论人物则尚友管、陶，抒抱负则潜心《易》《老》。感慨世变，追怀昔游，绎诵再三，汪汪若千顷之陂，莫能测其深远，昔人谓稼轩词非有真学问真性情不能效，公此作，足当之而无愧矣。明道传经，孔门分曾、卜二派，已开汉、宋门户先声。鸿都学派，虽由鲁儒直绍尼山，实则大义已更，仅存故训，信为笃论。《易》贯道器，判柔刚，老、孔分据艺文，十翼只明人事，自末流京房辈出，遂成术数一派。公治《易》途径，可于此论见之，当另有鸿著。老、庄明自然，南华全演老旨，而自谐言出之，其玄同物我，冥一死生，且与释氏之旨相契。尊论谓其但解忘筌，又谓其以谬悠与老并称，似于庄微有不足，必另具卓见，惜道阻，未克一闻其详耳。《唯识》言相，本□显真，近世治《唯识》者，以着相而真转晦。《道德》五千言，亦及长生久视之道，而汉人所谓神仙，则出于燕齐方士附会，与老氏无涉。至道经多剽窃内典，及李唐自认老裔，尤觉可笑，此则尊论与鄙旨若合符节者也。〔蝶恋花〕十首，则又胎息《阳春》，可见能者无所不能，但有钦服。玄黄之祸，延及全球，剥极而复，为时当不远矣。晤教有日，拭目俟之。

《中央日报》

（1948年11月8日）

三

　　日前小云兄转到玉音，及惠寄拙制《柯亭长短句》弁言，并所示大作诗词，循诵再四，但有钦服。去腊以拙著二种就正，不知道体适在违和中，乃作此无厌之求，而公并未恝然拒绝，思之惶汗，尤铭厚意。公两序拙著，殆释氏所谓因缘，走何幸而遇之。弁言过奖处，深惭未至，"语出中诚""意内言外"八字，确为走生平作旨。近人填词，亦有二派，一系以意遣辞，一系因辞造意，走固力主前派者。□以拙作就正当世有道，洞中其□，莫若公言，知己之感深，尤令人没齿不忘者也。大作《寒风》八首，足见高志；《晚江》四首，更觇卓识；《龙吟》六首，发言哀断，不忍卒读。公性情中人，笃于故旧死生之义如此，可以风薄俗矣，当珍藏以遗后世。天下纷纷，苦于兵争，走久蛰荒湾，亦以读书种菜遣日，比年生计奇绌，敝衣疏食，苟全性命而已。我公品学，后进楷模，颐养之年，伏愿为道目衢。城关阻隔，咫尺天涯，机缘至时，当谋闻谒，以申渴慕。奇变当写奇词，走愧才疏，久思着笔，旋复敛手，兹改放声律，成〔水调歌头〕四章，惟描写新事物，典雅尤难，另纸录呈，博我公静摄中一粲，是否有契尊旨，便乞指教，以便赓续。

《中央日报》

（1948年11月8日）

【按】上三札原名《与洪泽丞先生论词书》。洪汝闓（1869—?），字泽丞，号勺庐，安徽歙县（今属黄山）人。著有《勺庐词》。

致赵尊岳

叔雍先生文席：

久钦明达，瞻对未繇。昨遐公转到惠书，承屡示姜词板本，博闻宏识，倾佩无量！词乐久湮，宫律惟存歌法，已晦。音谱之遗留者，仅白石自度曲十七阕。考《词源·讴曲旨要》，知词之歌法含腔与拍两要素。拍以示节之长短，如六韵、八韵、官、艳、敲、掯之类；腔以表声之变化，如大顿、小顿、丁、住、折、掣之类。白石旁谱中有不可识之字，及叠写或骈列之字，张文虎诸人亦未能考订（汪仲伊质疑，未见，不知有无创获）。窃疑必有腔与拍之符号羼杂其中，盖宋词以一字当一律，此叠写或骈列之字，当有一字非工尺，而为其他之表示无疑。不可识之字，意亦必有所指，惜《词源》管色应指字谱所载腔与拍之符号，既残阙不完，而姜词旁谱于此等符号又与工尺混淆难辨，遂令阅者如坠重雾耳。不揣梼昧，颇欲就旁谱寻绎得一音谱构成义例，奈所见诸刻本谱字多有讹阙，未能尽据，辄为敛手。载旁谱之姜词，弟仅得见陆刻、沈刻、朱刻及许覆诸本，其源均出陶南村，谱字虽微有出入，然于怀疑各点仍难剖析。嘉泰、临安诸宋椠，不知犹在人间否？令人遐想不置。拙著《词源疏证》于《讴曲旨要》篇按语曾略论宋词与音律之关系，兹录一则寄呈，幸赐指正。承允以旁谱校稿相示，颇欲先睹为快，未审能摘示一二否？之大夏君精研旁谱，与先生曾共讨论，即请致书先容何如？尊居地址望示知，以便过沪造访。略陈梗概，未能着意。敬颂著安。

弟蔡桢再拜

三月十一日

讴曲旨要

是篇逐句均略有考证及疏解辞，长未能备录。

按：词与音律之关系，可分二端：一曰宫调，一曰歌法。宫调之说以前数篇言之慕详，所谓辨宫位，审律度，均非难事，所难者，如何按律制谱，如何审音用字耳。至于词之歌法，则不全涉宫调，是篇所载犹可窥其崖略。有属于词拍者，如六韵、八韵、官、艳、敲、揖之类，有属于词腔者，如大顿、小顿、丁、住、折、掣之类。惜其详不可得闻耳。近世词人辄谓宋词宫调亡，故词不可歌，不知旧词不可歌，非宫调亡，音谱亡耳。非仅音谱亡，歌法亦亡耳。否则白石歌曲，旁谱具在，何以同一不能歌？盖旁谱之字有可识者，有不可识者，此不可识之谱字及叠写或骈列之谱字，必有拍与腔之符号羼杂其内。所以示节之长短，声之变化者，特后人不能明辨耳。张文虎《舒艺室余笔》于白石旁谱颇多考订，然对此不可识之谱字，亦束手莫可如何。余初意宋词谱法，有存于元曲中者，欲由元曲以上稽宋词歌法。乃元曲歌法亦亡，后人歌元曲，后人之歌法耳。元人芝庵《唱论》，数举揖名，屡言敦声。其敲与揖出自歌词遗法无疑，敦与揖究竟如何，叩诸今昆曲家，多瞠目不知所对，其故不可思矣。世人不察，每以精昆曲者应谙宋词歌法，此实误解。谢元淮辈无知妄作，其《养默山房诗余》及《碎金词谱》，竟用昆曲规律制谱点板。若不知宋词歌法，腔与拍有许多名目，犹存于《讴曲旨要》一篇者，真可解颐而启齿矣。

《赵凤昌藏札》
（国家图书馆出版社2009年版）

致逸庐词人

逸庐吾兄左右：

弟前书论某公词，系专就文学家眼光观之，故持论如此。若绳以声律，则可议处正多。兄无意作守律派词人，故无庸论及，所以劝兄学此一派。因词做到某公程度，文学上已疵可指，何尝不可问世。词在宋代，本分为文学家之词与音律家之词，二派皆能流传至今也。东山与梦窗，同为丽密家数，均取材于玉溪、长吉及温尉诗歌，玉田《词源》早言之，弟亦曾疏证之。某老本守律派词人，其序某公词，谓其能由东坡以效东山，亦不过就词论词。进一解说法，实则东山慢词，律度谨严，比东坡尤难学步。学东山，或但学其小令耳。某公逊谢未遑，自是解人。又某老序，论及苏、辛，谓豪而不放，稼轩不能也，意若谓惟东坡能豪而不放，亦不尽然。东坡

〔念奴娇〕（大江东去）一首，豪矣，何尝不放？稼轩《水龙吟》（楚天千里清秋）一首，豪矣，又何尝放？不能执定东坡"明月几时有""似花还似非花"各首，即断定东坡独能豪而不放；稼轩"千古江山""杯汝来前"各首，即断定稼轩不能豪而不放也。看词须自具正确眼光，不能以老前辈之言，遂昧然从之。且苏、辛二家词，均不止豪雄一种境界，须将其全集仔细分析看，不能以其全集中一二首如此，概其集中各首皆如此。如评梦窗词，以为全是晦涩一路，其失正同。兄以此论为何如？东坡胜稼轩处，在其涵盖万有气象，此全得力于佛学陶镕，与庄子无关。稼轩不谙内典，其词虽喜用庄子，不过取作词料，其思想并未受到庄学影响。观其得失心如此之重，即是一证，此稼轩不及东坡处。苏、辛词异点甚多，限于篇幅，仅举其一端而已。龙洲、后村均学稼轩，其词不及稼轩有真性情，但能作豪语。所谓不能豪而不放，以评二刘之作尚合，但后村尚较龙洲蕴藉；评稼轩，实不尽然也。兄谓东坡以庄、佛为词，犹皮相东坡，其实东坡受佛学陶镕，故养成阔大胸襟，非仅能引用佛家言作词料耳。故学苏词，须从学养入手，所以难学在此。彊村老人学梦窗，人人知之，学东坡，人多不知。其词所以能大，全得力于东坡。与某公学苏，所得各殊。学古人词，在遗貌取神。论古人及今人词，须具有真确眼光，不能信口雌黄，否则难免为识者鄙笑。若著书立说，稍不自慎，即受后人指摘，尊意以为是否？久不与兄论词，意有所触，拉杂写此，又不觉其言之长矣。敬颂吟绥。弟嵩云顿首。

《集成杂志》

1947 年第 2 期

【按】此札原称《与逸庐词人书》。逸庐词人，姓名、生平暂未详。

黄 濬

黄濬（1890—1937），字哲维，号秋岳，室名花随人圣庵。福建侯官（今属福州）人。清季翰林院编修黄彦鸿之子，受知于梁启超。早年于日本早稻田大学留学，曾任南京国民政府行政院机要秘书。日寇侵华时，沦为汉奸，以卖国罪伏诛。工诗词，为陈衍得意弟子。著有《聆风簃诗》《聆风簃词》《花随人圣庵摭忆》《聆风簃诗词话》等。

致夏敬观（二通）

一

剑丞先生：

奉书感佩，两词已校改，另寄乞教。〔惜红衣〕初稿，其下半阕侧重北忆，微嫌中断，故重易之。〔滴滴金〕初稿"漫酩相厄"，"酩"字亦不协，易此稿仍未惬。如无可取，弃之可也。极欲和公渚〔八六子〕，往来胸中数日，迄未就。……侍安。

制潘顿首

十四

《夏敬观友朋书札》

（复旦大学出版社2021年版）

二

映庵先生：

奉示所改者皆极当，感佩无尽。惟〔秋霁〕中之"旧燕"若易为"巢燕"，与上之"凤巢"犯复。弟初稿原作"杏梁双燕"，尊意如何？〔氐州〕中之"澹晚"，"澹"字力量意境微嫌薄否？未能更思得一字易之。所疑亦不自知当否也。"减偷"拟易"羽商"。以上统乞公不吝裁定。词亦须兴会意境，不能率意填。昨夕欲更为一词，竟不成。余容面罄。公渚并乞致意。顺颂侍安。

制潘顿首

十日

《夏敬观友朋书札》

（复旦大学出版社2021年版）

姚鹓雏

姚鹓雏（1892—1954），原名锡钧，字雄伯，笔名龙公。松江

（今属上海）人。南社社员，曾与陈匪石组织七襄社。担任《太平洋报》《民国日报》《申报》《江东》《春声》等报刊编辑，曾任南京市政府秘书长、江苏省政府秘书等职，抗战时任监察院主任秘书。中华人民共和国成立后，任上海文史馆馆员、松江县副县长。著有《榆眉室文存》《鹣雏杂著》《恬养簃诗》《苍雪词》等，今人编有《姚鹓雏文集》。

致柳亚子

亚子足下：

　　鹓书此时，寂寞极矣。疏星在天，时夜将午。萤枯灯涩，俱不胜惜。鹓平生适意自放，拙于己谋，遂有枘凿之叹。然此岂人力所能强乎！天盖生而命之为识字叫化子，以没世而已，尚何言战！近蛰伏一年，又多增词百余阕，诗二百余首。著述虽多，定木尚难。而固已开始矣，则有《庄》《墨》《荀》各子，《起信》参注若干卷。顾漫不顾惜，零星杂乱，殆不可问。其心力所仅成者弃掷如是，况于身外之金钱牲命乎！其穷宜也！势位诚不可无。吾辈今日岂犹关重轻，帽子如天，固有人人戴得。然百步大王，亦自不屑为也。楚伧为教习，亦近无聊。弟以极无聊，说人小无聊，犹之身居海底，忧人沦没。时一自笑，然不能已也。朱尊儿诗词均佳，固非由貌相以致虚声者。微欠静穆，则孩子气深，要亦不易得也。书与影片，均实有之，为鹓乾没矣。兹当命其另书寄上也。蚊来嘬肤，不能多书。鹓雏上。

《二刍余墨》

（《姚鹓雏文集·杂著卷》，上海古籍出版社2012年版）

【按】此札原名《与柳亚子》。

致吴东园

东园先生：

　　损书敬承歉及何似？下走对于诗词一种，选择务严，力汰冗杂，宁缺毋滥，当为高明所谅。至于近人名作，触眼琳瑯，或已灾梨，或已见报。下走孤陋，初未接当世闻达之席，亦不欲以依附为荣。况天下之大，何地无才？以走所见，樊、易之外，作者众矣。近日所载晦闻、钝艮，才皆绝世，所作殊不后人。先生或谓然也？嗣有所见，仍希明教。不尽。鹓雏顿首。

《二乌余墨》

（《姚鹓雏文集·杂著卷》，上海古籍出版社2012年版）

【按】此札原名《答吴东园》。

任 讷

任讷（1897—1991），字中敏，后以字行，别号二北、半塘。江苏扬州人。早年在北京大学国文系师从吴梅研习词曲，后任教于广东大学（今中山大学）、上海大学、复旦大学、四川大学、扬州师范学院。在词曲和唐代音乐文艺的研究方面成就巨大，编著有《词曲通义》《词学研究法》《敦煌曲校录》《隋唐五代燕乐杂言歌辞集》等。

致张大东

奉书敬悉，拟作《三百年来之词学》一文，好极。承嘱开示清代与近时之代表词人词集，讷愧于此节未尝十分注意，年来用力，多在元明散曲。散曲之外，亦曾涉猎宋词与戏曲，特所得格外肤浅，不足成学。关于清词者，既承下问，敢举所知以告，聊供大文参考，未足云为南针也。

清初如王士禛、纳兰成德，多祖《花间》，为小令一派；朱彝尊主姜、张，使学问，为又一派；同时陈其年主苏、辛，使才气，为又一派。既而厉鹗承朱派而一味以清越峭厉为面目，实仍不离乎学问，浙派于是乎成。既而张惠言力排朱、陈末流之失，专以风骚比兴为主，常州派于是乎成。既而谢章铤讥诃浙派之偏至，且多习气，少性灵；以容纳众长，不拘一格为倡，遂开闽派。（谢氏于张氏主张，亦以为拘。）常州派至周济实已改进，而人多不察；至陈廷焯则于皋文风骚比兴之说，益变本加厉。同时成肇麐、冯煦选《唐五代两宋词选》，主张议论，颇平实，不拘于浙与常州，则与闽为相近。而王鹏运之为《半塘词》，实振起于清末格雅律严之一派，郑文焯、朱祖谋、况周仪、程子大辈皆与焉。格高莫过于郑，律严莫过于朱，郑事事模仿姜白石，观其《大鹤山房全集》中《樵风乐府》《比竹余音》等集可知。后来郑又留心柳永之词境，见其与友人书中，（载《国粹学报》）亦可注意。朱有"律博士"之雅号，人谓其词由梦窗入而东坡出，最为化境。此外文廷式、赵熙等人亦先后与半塘一系相沉瀣。（忆《学衡》杂志中胡先骕曾著文以评文、赵诸人之词，可以参览。）以上清代词派之大概也。

若言清人词学，则尚多可言者，万树、叶申芗、徐本立、杜文澜之谱，终不及《钦定词谱》规模之大。朱彝尊《词综》之后，王昶、陶梁继之，黄燮清续之，丁绍仪补之，一系相承，几成词选之正统。先有蒋重光之《昭代词选》，姚阶之《国朝词雅》，沈时栋之《国朝词选》等，后有谭献之《箧中词》等皆不及焉。然官书之《历代诗余》究为古今选本之大观，所谓正统之选亦难以掩此耳。虽非揣摩之书，要于精博两面兼而有之，清人不朽之词业也。他如张惠言一选之简，清绮轩一选之靡，词林褒贬，久别于人口，要皆清人词选之流行者也。

毛先舒、吴宁、戈载之"词韵学"，亦足以独当一面。毛氏《韵问》，戈氏《词林正韵》其说均甚详。

若词话则有徐釚之《词苑丛谈》，冯金伯之《词苑萃编》，张宗橚之《词林纪事》，叶申芗之《本事词》，皆卓卓可数。而《历代诗余》所附之《历代词话》，搜集繁博，又官书之不可及者。

寻常词话以外，有词评词论，如《西河词话》之论源流，《词曲概》之论作法，《赌棋》《白雨》之论词派，皆其要也。至于谢章铤之《赌棋山庄词话》议论、欣赏、考证，皆极精当，无《白雨》之偏颇，而有《艺概》之妥洽，可以一读。

至研究词乐者：前有毛奇龄、凌廷堪，后有方成培，近有郑文焯；而许宝善、谢元淮，以昆腔谱词，虽不足为训，要亦明代词人所未尝为。

若为校勘之学者，则王之《四印斋》，朱之《彊村》，其最著者。

校刻《梦窗词》之条例，可以见其精审之一斑也。弟为此文，既标"词学"为题，则凡选、乐、韵、腔、校勘种种方面均宜论及，不可仅论作风、境界、派别而已也。

任讷上

《清华周刊》1929年第455期

【按】上札原题为《与张大东论清词书》。张大东（1904—?），字旭光，笔名筠旭、凌霄、东言。江苏响水（今属盐城）人。清华大学1930年历史系毕业生，为清华文学社成员，担任《清华周刊》总编辑。1946年，曾任私立江苏祝同中学校长，中华人民共和国成立后在扬州师范学院任教职。著有《中华民族发展史纲》，另有多首诗词作品发表于《清华周刊》。

顾 随

顾随（1897—1960），字羡季，笔名苦水，别号驼庵。河北清河人。词学著作有《稼轩词说》《东坡词说》等，其著述后汇编为《顾随全集》。

致卢伯屏（一一通）
一（一九二五年十月二十一日）

屏兄如晤：

昨晚十时半，解衣拟就寝，忽思填词。因即以溥仪夫人小照为题，成〔采桑子〕一阕。兹录呈：

采桑子　题溥仪夫人小照

冯至自京师寄余溥仪夫人小照一纸，又题其上曰："亦是风花一代愁"——本定庵诗句。余因用其语成此阕，即索次兄和。

风来水殿凉初透，人罢梳头。帘卷银钩，随着斜阳好下楼。玉阶划地怀惆怅，空处凝眸。唇际生秋，"亦是风花一代愁！"

何如？嫌不沉痛，不似咏亡国妃子之什耳。后半阕拟改作：

铜驼荆棘铜仙泪，乡住温柔。禾黍油油，"亦是风花一代愁！"

则又嫌太露矣。兄意云何？请代弟一推敲也。偶阅山东书局目录，见有《钦定曲谱》一书，共八册，价五元；兄暇时路过该局，即烦一代询问。尚有《词林纪事》一书，兄到局时，可随手一翻阅，如系有关于词学之书，请示知以便购备也。此间日来诸事都好，只买书甚艰难。前向日本订购诸书，到得亦不全，有些书日本亦并无之。即候刻安。

弟随敬白　廿一日

《顾随全集》卷八《书信》（一）

（河北教育出版社2014年版）

二（一九二五年十一月八日）

屏兄：

月来函件真是太多了。干戈满地中以此为交谈解闷之具耶？今晨得手书，下午又接得邮包《词选》一书。甚慰！惟《词选》一书，冤人太甚。书中所选诸人之词，我太半有其专集。此书实在可有可无之列。闻黄叔阳——即此书之主选者，名夒（名甚怪，弟不知应如何写及如何读也。）——所选绝妙词，自唐、五代迄于北宋，代各十卷——书名似是《花庵绝妙词选》。烦兄再到会文堂或艺德堂一看，如有此书之石印本而又系自唐、五代选起者，请代购一部邮下为盼。偏劳之至。不知当作何语以谢矣。

昨晚有长函及小词三首寄呈，此刻想早已入览。弟词近渐趋于平淡工稳一途——所谓由北宋词派转入南宋词派也。兄读之以为何如？幸有以语我来！即候教祺。

弟随再拜　人日

《顾随全集》卷八《书信》（一）

（河北教育出版社2014年版）

三（一九二七年三月十六日）

屏兄：

得十五日手书，敬悉伯母大人贵恙日即痊可，至慰下怀；且代为吾兄释重负。春风多寒，仍单随时自保，即所以奉亲也。诗词最隐怡情。商务印书馆有《乐府雅词》（《四部丛刊》本）单行本，所选宋词尚好，何不购而读之？（价九角殊为不昂）暇时试学作小词，亦未始非开心之一道也。……

小词数首，录呈备吟诵消遣。此请春祺。

弟顾随顿 三月十六日

鹧鸪天 夜雪

灯火楼台渐窈冥，长街寥落少人行。笼云月色浑疑睡，落地雪花似有声。 思辗转，恨飘零，春宵长忆济南城。隔窗暖雨潇潇下，出水芦芽短短生。

自兄去后，此间降雪两次，最近一次，尤大。

夜飞鹊 津门晤樗园

他乡共樽酒，长夜漫漫。残雪在，弄轻寒。阑干西畔小窗外，半规凉月娟娟。东山旧游处，记高歌林下，戏浪沙滩。前尘几日，算而今，屈指三年。 闻说大江东去，千古几英雄，都被催（注）残。何况词人无赖，飘零塞外，憔悴江南？青春尚在，只情怀，不似从前。任孤灯寻梦，长街踏月，我欲无言。

（注：此处特意不用"摧"字而用"催"字。）

百字令

屋山起伏，正沉沉无际，暗淡如铅。向晚阴云低压处，横空几线炊烟。冻解长河，冰流春水，减得一分寒。绕廊徐步，隔窗谁奏哀弦？ 见说山水清音，楼台胜境，自古让神仙。争奈自家尘福浅，谁教偏住人间？四载明湖，三年东海，二月杏月天。眼前何物，雪花飞上阑杆！

〔百字令〕一名〔念奴娇〕，又名〔酹江月〕。东坡一首题为《赤壁怀古》，首云"大江东去，浪淘尽，千古风流人物"，云云，最为有名。此调有平仄二韵。东坡一首，系仄声韵；余此作则平声韵也。又，起句乃宋人词中未有之景。

《顾随全集》卷八《书信》（一）
（河北教育出版社2014年版）

中国古典词学
新辑词学珍稀文献丛刊

四 （一九二七年四月九日）

屏兄：

六日来书，敬悉种切。

此间植树节放假一日，与二三同事到南开大学附近一游。但臭沟萦回，荒凉满目而已，殊无可观。昨日轻风细雨，天气寒不可当。弟左手无名指及小指均冻了两块，则津门之天气可知已。今日是礼拜六日。天气尚暖，但亦未出，情意阑姗，即出亦无聊赖耳。

昨晚填〔汉宫春〕一阕，录呈：

梦里神游，又观潮海上，拄杖山前。天边数声画角，惊起清眠。阑干遍倚，但心伤，破碎河山。浑忘却，斜风细雨，晓来作弄轻寒。　　楼外长杨垂穗，尽风吹雨打，权当花看。清明昨宵过了，事事堪怜。垂杨甚处？更红楼，不出秋千。君不见，堂前燕子，只今尚往江南。

弟近来填词，似又是一番境界。填长调较昔日尤为长进。即如此词，步骤极其清晰，亦原先所不能办者：第一先说晓眠，忆旧。第二说被军号（画角）惊醒。第三说起来之后，别有感慨，便风雨轻寒，都复忘却。下半起句，亦宋人中所未有。长杨即是白杨，春来垂穗，如毛毛虫，兄在一中，居室外亦有此种大叶杨树，然否？诗人词人向来不注意此花，被弟轻轻取来，填入词中。何种便宜？！"垂杨……秋千"，即取欧公词中"绿杨楼外出秋千"之句，而反用之。末句文意自明，兄当能领略之也。（不说燕子不归，而说尚住江南，即是曲笔。）

前曾寄兄小词数首，不知中可有〔满江红〕否？该词系送书元东下者，亦甚有昧，但恐重复，不复录呈矣。

津校植树节前，发薪五成，又可延数日生活费也。

季弟有信否？

此祝春祺。

　　　　　　　　　　　　　　　　　　葛丝敬白　四月九日

　　　　　　　　　　　　　　《顾随全集》卷八《书信》（一）

　　　　　　　　　　　　　　　（河北教育出版社2014年版）

五（一九二七年五月二十八日）

屏兄如晤：

昨函谅达。……

绮罗香

旧日豪情，中年乐事，屈指已成乌有。万斛闲愁，捎起掉头而走。挣暂时、眼下安生；经多少、不堪回首。算人生原自无聊，思量万物尽刍狗！　年时犹记醉里，爱道高歌酣睡，全忘昏昼。争奈醒来，又到销魂时候：惊打窗，细雨斜风；怕照眼、落花疏柳。只而今，常把凄凉，细尝权当酒。

此昨夜所填。虽不甚佳，颇具哲理，亦宋人词中所无之境也。

廿八日晨

《顾随全集》卷八《书信》（一）

（河北教育出版社2014年版）

六（一九二八年四月十二日）

屏兄：

手书敬悉种切。山游甚令弟艳美。……近填〔减兰〕一首，抄呈：

狂风甚意？越盼停时偏又起；细雨无情，越怕停时忽又停。　清明到了，老怕风多，愁雨少。雨少风多，无奈他何，一任他。

何如？兄与枒生见之，不将谓老顾何以陡然放下千斤担子耶？又是一首〔蝶恋花〕：

谁道聪明天也妒？谁道聪明，反被聪明误？谁道聪明无用处？聪明才好人间住。　凭仗聪明寻出路；装得糊涂，真个糊涂否？此世不尝人世苦，今生不解人生趣。

何如？太偏于哲理，使F君（编者按：指冯至）见之，将谓我不艺术化矣。其实老顾填词，只要以词之形式，写内心的话，不管艺术化与否耳。

此祝，春祺百益。

弟顾随再拜　十二日上午十时

《顾随全集》卷八《书信》（一）

（河北教育出版社2014年版）

七（一九二九年四月八日）

屏兄：

好久好久，不曾好好地给你信了。……我的心情，大约是因为不甚寂寞了的原故吧，非常之好。不过自己永远是把不准自己的舵的。什么时候，会忽然恶劣起来，也说不定。但我近来似乎发现了一个真理：享乐现在。人永远是惋惜着过去，而不会利用现在的。譬如说吧：我们在济南时，羡慕在青州时的生活。待到你去曹州，我去青岛的时候，却又都回忆济南了。我们试一回想，在我们过去生活的某一断片中，即使说最不愉快的某一断片吧，那里面也正有着值得深深地玩味的事物在。然而我们受了外物的牵掣与蒙蔽，却将那值得玩味的事物轻轻放过；事过境迁，又把印在脑子里的影子，零残破碎的东西，拿来当作珍品，细细地咀嚼与欣赏。有时且深悔把尔时的境遇轻轻地放过，这够多么傻啊！现在我想把眼前的生活，过得切实一点，丰富一点；即使为将来的回忆打算，这也是值得过的事情哩！

为了以上的原故，填了下面的词：

思佳客　纪返里时心情

知到人生第几程，眼前哀乐欠分明：他乡未是飘零惯，却把还乡当旅行。　拼扰扰，莫惺惺！江南山比故乡青。还乡梦与江南梦，可惜今宵俱不成！

笑话！我抄错了，我指的是另一首〔思佳客〕，不是上一首。

说到人生剑欲鸣，血花染得战袍腥。身经大小百余阵，羞说生前死后名。　心未懒，鬓犹青，尚堪鞍马事长征。秋空月落银河黯，认取明星是将星。

小桃红

不是豪情废，不是雄心退。月下花前，才抽欢绪，已流清泪。甚年来诅咒早心烦，也无心赞美？　一种人间味，须在人间会：有限青春，葡萄酿注，珊瑚盏内。待举杯一吸莫留残，更推杯还睡。

我近中的思想，是在那首〔小桃红〕里充分地表现出来。我最得意的是后半阕；后半阕中我最得意的是"待举杯一吸莫留残，更推杯还睡"两句。我的意思是说：好好地爱惜我们的生命，好好地生活下去，有如把一杯好酒，一气喝干，待到青春已去，生命已完，我们便老老实实地躺在大地母亲的怀里休息，永远地，永远地。……

余再函。祝康愉。

弟弟随白　四月八日之夜

《顾随全集》卷八《书信》（一）

（河北教育出版社2014年版）

八（一九二九年十月十五日）

屏兄：

星期日下午四时左右始到海淀。……来时在洋车上诌成一首小词赠兄，但词句稍粗犷，不可存。亦录呈博一笑。

浣溪沙

且对西山一解颜，人生惟有笑艰难。童心老尽又何年！　痛饮能销千古恨，同情不值半文钱：最无聊赖是尘寰！

"同情不值半文钱"者，亦鲁迅先生之论调。今人辄谓"我对君甚表同情"云云，其实有甚用处？不能解衣与人，不问人之寒暖；不能推食与人，不问人之饥饱。何则？引起其痛苦，而又无以救济之，徒令人难堪而已。……

匆匆不尽。祝平安。

小弟弟顾随顿　十月十五日灯下

《顾随全集》卷八《书信》（一）

（河北教育出版社2014年版）

九（一九二九年十一月十三日）

屏兄：

昨日又至清华，为浦江清君送词去。浦君外出，未得见，只见吴宓。吴头脑之不清楚，殆远过于弟，愈谈愈不知所云。出清华园时，已是傍晚，西山落日，映平原衰草，荒凉萧瑟之气，直逼心头。

返寓后，益觉无聊。乃提前吃晚饭，不意饭后仍觉空虚。私心以为"糟矣！数年来未发之心情，今日乃复发耶?!"直至九时以后，出户小解，见满庭月色，心始畅然。返室即检谱填词，词成，心益释然。如放下重担者。得词共二首，亦尚无抑郁不能自聊之气。录博一粲。

好事近

灯火伴空斋，恰似故人亲切。无意褰帷却见，好一天明月。 忻然启户下阶行，满地古槐叶。脚底声声清脆，踏荒原积雪。

此调殊不易填，须有清淡萧闲之意，音节方调叶。弟此词尚得此意，惟稍觉不自然耳。后半，弟甚满意，脚踏落叶，瑟瑟有声。因忆起冬日行积雪上之情形。非在静中，不能有此等笔墨也。第一首词既成，本思睡去，乃饮了牛奶一杯之后，词意又泛上来，乃再填。

浣溪沙

不是眠迟是梦迟，月明高挂老槐枝。词情漾得一丝丝。 可惜填词忘看月，何妨看月忘填词——词成已是月西时。

小巧而已，较第一首似稍逊也。……

此祝刻安。

弟顾随白 十三日

《顾随全集》卷八《书信》（一）

（河北教育出版社2014年版）

一〇（一九二九年十二月四日）

屏兄：

昨日下午发出一函。……赵生要填词，兄可危言恫吓。便说学词是如何如何难：又要顾字数，又要押韵（古韵，非今韵），又要调平仄；以及怎样怎样腐败：遗老们走投无路，才干这个，青年人应该创造新的东西，不应该在旧尸骸中讨生活等等的话，看他怕也不怕。至于列弟门墙的话，弟虽然愿听，却不愿实现。我总觉得教青年人填词是伤天害理的事情。稍有人心者，当不出此。兄不见夫吃鸦片的父亲乎？己虽爱吃，却不愿其子之吃也。……

祝健康。

小弟随顿 四日

《顾随全集》卷八《书信》（一）

（河北教育出版社2014年版）

一一（一九三〇年三月十七日）

屏兄：

昨日下午四点四十分到燕大。今日甚觉从容。……舍弟有信来，附近作词数首，尚属可适。录两首，博兄一粲。

浣溪沙

人事昏昏乱似麻，纷纷何处是吾家？西望但见尽飞霞。 万点青萤来梦里，一身黄土度年华。东西兀自冒风沙。

千里春风草又青，酸心苦恼旧心情。崎岖道路好难行。 莫道人间无易事，水边野草尚高生。不知今又近清明。

何如？他之填词，与我一样，皆是无师自通。去年暑假弟在家居时，他欲学词，我不肯教。不料半年之中，他竟借《无病》《味辛》两部词而进步到如此田地。真真喜人！预想再使之读南北宋大家之作，其长进自在意中。惟病尚不愈，为可虑耳。暑假他即毕业，意在来北平学艺术。我当如兄之爱护季韶一般，使此子有成也。

明日放假，弟又脱过两小时课。

相见不远，俟详谈，祝平安。

弟苦水白 三月十七日

舍弟之〔渔家傲〕中有句曰："世路茫茫尘漠漠，三两雀，高飞冒雨还高阁。"〔清平乐〕词中有句曰："四方南北西东，茫茫道路无穷。天上一钩新月，可怜还瘦如弓！"皆有致。

苦水又白

《顾随全集》卷八《书信》（一）

（河北教育出版社2014年版）

【按】 卢伯屏，为顾随在青岛任教时同事。

致周汝昌（八通）

一（一九四二年四月二十二日）

浣溪沙

城北城南一片尘，人天无处不昏昏。可怜花月要清新。　药苦堪同谁玩味，心寒不解自温存。又成虚度一番春。

自着袈裟爱闭关，楞严一卷懒重翻。任教春去复春还。　南浦送君才几日，东家窥玉已三年。嫌他新月似眉弯。

久别依然似暂离，当春携手凤城西。碧云飘渺柳花飞。　一片心随流水远，四围山学翠眉低。不成又是隔年期。

临江仙

上得层楼穷远目，中原一发青山。当年信誓要贞坚。千秋明汉月，百二屹秦关。　梦里神游无不可，镜中改尽朱颜。安心未藉野狐禅。此身犹好在，争敢怨华颠。

浣溪沙

但得无风即好天，缊袍犹自着吴棉。花飞絮舞近春阑。　庵结千峰人世外，草深一丈法堂前。衲僧未敢认衰残。

日来课事至忙，时时奔走风沙中，遂患针眼，不能多作字。"辛集"已选出廿首，本拟录目寄去，亦遂不可能，须俟下函矣。春假中得小词数章，选抄寄奉玉言学兄。

苦水廿二日灯下

拙词不敢望宋贤，若宋贤集中亦殊少苦水此一番意境也。然否？

赵林涛、顾之京校注《顾随致周汝昌书信集》

（中华书局2021年版）

二（一九四二年五月十八日）

《稼轩词最》目录

右精选稼轩词凡廿章。词中之辛，诗中之杜也。一变前此之蕴藉恬淡，而为飞动变化，却亦自有其新底蕴藉恬淡在。世之人于诗则尊杜为正统，于词则斥辛为外道，可谓盲人摸象也已。杜或失之拙，辛多失之率，读者观过知仁，勿求全而责备焉，可；学之不善而得其病，则不可。善乎后村之言曰："公所为词，大声镗鞳，小声铿锵，横绝六合，扫空万古。其秾丽绵密者，亦不在小晏秦郎之下。"铿锵镗鞳者，吾之所谓飞动变化者也。世人所认为铿锵镗鞳者，皆稼轩之糟粕也。无已，其于秾丽绵密求之乎，吾之所谓新底蕴藉恬淡也。莘园且为吾抄之，吾将西为之说。卅一年四月苦水识。

已由莘园抄一过。苦水。

做冷欺花，将烟困柳，千里偷催春暮。尽日冥迷，愁里欲飞还住。惊粉重、蝶宿西园，喜泥润、燕归南浦。最妨他、佳约风流，

中国古典词学新辑词学珍稀文献丛刊

钿车不到杜陵路。　沉沉江上望极，还被春潮晚急，难寻官渡。隐约遥峰，和泪谢娘眉妩。临断岸、新绿生时，是落红、带愁流处。记当日、门掩梨花，剪灯深夜语。（〔绮罗香〕）

软波拖碧蒲芽短。画桥外、花晴柳暖。今年自是清明晚。便觉芳情较懒。　春衫瘦、东风翦翦。过花坞、香吹醉面。归来立马斜阳岸。隔岸歌声一片。（〔杏花天〕）

草梢春回细腻，柳梢绿转条苗。旧游重到合魂销。棹横春水渡，人凭赤阑桥。　归梦有时曾见，新愁未肯相饶。酒香红被夜苕苕。莫交无用月，来照可怜宵。（〔临江仙〕）

愁与西风俱有约，年年同赴清秋。旧游帘幕记扬州。一灯人著梦，双燕月当楼。　罗带鸳鸯尘暗澹，更须整顿风流。天涯万一见温柔。瘦应因此瘦，羞亦为郎羞。（〔临江仙〕）

独卧秋窗桂未香。怕雨点飘凉。玉人只在楚云旁。也著泪、过昏黄。　西风今夜梧桐冷，断无梦、到鸳鸯。秋钲二十五声长。请各自，奈思量。　（〔燕归梁〕）

精选梅溪词五首，灯下写寄玉言兄一看。苦水。

《顾随致周汝昌书信集》
（中华书局2021年版）

三（一九四二年五月十九日）

临江仙

　　出游见有叫卖樱桃者，纳兰容若词曰"深巷卖樱桃，雨余红更娇"，因用其意赋小艳词一章。

阶下翩翩红药，当窗绿展芭蕉。雨晴残日压林梢。一声来小巷，四月卖樱桃。　记得当年樊素，朱唇况是蛮腰。歌阑舞罢总魂销。重来携手地，忍泪过虹桥。

鹧鸪天　梨树花开有作

梨树花开是夏初。圆荷叶小水平湖。愁边往事知多少，春色远人定有无。　才止酒，又摊书。先生心计已全疏。卅年学得屠龙技，惭愧旌旗拥万夫。

　　卅一年初夏所作小词二首，俱不佳，写奉玉言兄一看。

去病未定草
《顾随致周汝昌书信集》
（中华书局2021年版）

　　　　　　四　（一九四二年五月二十六日）

玉言兄史席：

　　前得手书并〔水调歌头〕〔莺啼序〕各一章，尚未复，顷又奉来札，敬悉一是。连日仍忙，辅大四年级生已开始毕业考试，日内须阅卷及看论文，恐暇时益少也。腰膂又时时作楚。昨得家六吉弟书云，教书生涯等于讨饭，然更有人欲讨饭而不得云云。念元代有九儒十丐之说，盖读书人之与讨饭相去不过一间由来已久，不禁失笑。

　　兄论《读词偶得》与余见多合。余与平伯先生有同学之谊，又相识已久，然总觉彼此不能融洽，"吾友之一"云云者，乃是沈启无之言，而非苦水之言也。

　　〔莺啼序〕极见功力，然涩调大篇，除走南宋一路外，更无他途。韵文一唱三叹之美遂不复可寻。苦水平生未敢轻试者以是故耳。若就词论词，大作可谓完璧。〔水调歌头〕结二语悠然不尽，深得宕字诀，惜"莫非来时"四字于律不合，须另拟耳。前寄拙词二章，俱不佳。〔鹧鸪天〕结句诚如尊评，俟心情稍平静当改作。"未藉"之"未"字或当改"不"字，然"不"字犯复，又"未"字语气音节上俱较和调，故终用之。胸中有书可，作词时却不可卖弄他。胸中书来奔赴腕下可，若搜寻他却又不可。苦水〔鹧鸪天〕结句是搜寻来地，所以不佳。

　　假中赴津之行恐终难现实，多病之躯饮食起居俱需人照料，又每值伏日常常生病，五年以来年年如此，内子亦极泥余行也。生活费恐仍当举债耳。草草。此颂吟祺。

顾随再拜　五月廿六日灯下
《顾随致周汝昌书信集》
（中华书局2021年版）

五 (一九四二年六月四日)

书悉。论用典及南宋词并评拙作"况是"两字,语语中肯,实得我心。近词数章,笔意清新,尤为可喜。如此猛晋,真乃畏友,苦水遂不欲以一日之长自居矣。呵呵!禅宗古德曰:"见与师齐,减师半德;见过于师,方可承受。"然哉,然哉!仍忙,再过十日便闲矣。比稍健,勿念。此颂

玉言吾兄夏祺

苦水拜手 六月四日

诗十首另纸录奉,未知以为何如。然苦水之书法与诗法,自今岁春间起便似有小长进。兄当不以我言为夸。

郑注辛词是油印本,仍当于津门校友处求之,小斋无其书也。再,前次所寄上两词俱不佳,屡屡修改,终不惬心,拟删之。兄以为何如?草草又尽一页纸。

苦水

《顾随致周汝昌书信集》
(中华书局2021年版)

【按】"况是"指顾随〔临江仙〕(阶下翩翩红药)中有句云"朱唇况是蛮腰"。"郑注辛词"指郑骞《稼轩长短句校注》(燕京大学油印本)。

六 (一九四三年九月二日)

……

十日以来又说苏词,选得十首,又附四首,今日已说至第六首,字数逾六千矣,开课前或能完卷亦未可知。惟秋阴不散,心绪难佳,夜间每苦失眠。辗转无憀,则口占小词,今日录出,已有五首,即以原稿奉寄。忙于写《词说》,不及另抄也,阅后请寄还原稿。如有闲抄一遍寄来更好(若尔则原稿可留兄处,不必寄还矣),苦水处尚未留稿也。

新镌十字一章甚有致,但旁人见之不谓为阿好,亦说是标榜,如何,如何!

巽甫道兄吟席

驼庵苦水和南九月二日

说苏较说辛为细密，文笔亦似更有可观。

鹧鸪天　秋日晚霁有作

高树鸣蝉取次稀。薄寒又袭旧秋衣。一天云散惟凝碧，九陌晴初尚有泥。　花澹澹，柳凄凄。后期无奈是佳期。今宵十二阑干外，已是秋风更莫疑。

浣溪沙

偶得"后期"七字，已谱前章，叶九见而喜之，因再赋此阕。

阶下寒蛩彻夜啼，坐看窗影月移西。早知不得到辽西。　新梦纵教同昨梦，后期无奈是佳期。高鬟髽尽翠眉低。

临江仙

"后期"七字意仍不尽，再赋。

病沉新来真个病，不堪带眼频移。轻寒欺杀旧罗衣。清秋思见月，久雨不闻雷。　惟有秋娘眉样好，弯弯况复低低。佳期纵后是佳期。回风来过我，飘渺载云旗。

南乡子

秋势未渠高，菡萏红香一半销。独向会贤堂下过，条条。几树垂杨斗舞腰。　心绪漫如潮，爨下琴材尾已焦。柳枥横担无分在，飘飘。白袷风吹过小桥。

前所作〔南歌子〕有"横担柳枥万峰青"之句，玉言见而爱之，因复为此章。佛家谓缁衣为僧、白衣为俗人，白袷之意盖取诸此。

鹧鸪天　不寐口占

老去从教壮志灰，不堪中岁已长悲。篆香欲烬寒先到，蜡泪成堆梦未回。　星历落，月如规。遥山浮翠映修眉。庭花无数西风里，抱得秋情说向谁。

《顾随致周汝昌书信集》
（中华书局2021年版）

七（一九四三年九月十七日）

前日午前方发一书，午间即得手札并〔八声甘州〕一章。拙词蒙手抄一过，谢谢！"秋霁"章中，"薄寒"句诚如君言，刻改作"新凉已解袭罗衣"，惜"已"字重歇拍之"已是"耳，或当听之耶？或改"已解"为"初解"耶？"有泥"之"有"，属稿时亦不惬意，惜不得妥字易之，若巽父所拟之"辗"，思致颇佳，但老驼尚不拟从（亦拟用之，但恨其声近哑耳）。假如巽父与吾同作刑名老夫子，巽父宁失于入，吾则宁失于出耳。"月移西"，原意是"月西移"，"西"字与下"辽西"字复，任之。"况复"改得是，当从。"无分在"，"在"字于语录中常见，其意当于助语词，与"哉"为近，无实义，故此处拟仍之，不改。

大作笔致涩重，类梦窗，与吾不近，未能代筹。私意大体俱好，惟结尾"人间相"三句与前不称，以其滑而轻也，然否？

连日贱躯亦不适，又上课即在日内，私心尤为怏怏。日昨选得大晏词十首，拟继东坡词而说之，恐不能下笔矣，可惜，可惜！驼庵于《珠玉词》实有独到之见，向来二晏词皆以为雏凤声清，吾则以为老姜味辣耳。词目容当抄一份奉寄，今暂不暇。孙铮君久未通函，可为吾代候，并致唁也。中秋日得小词一首，颇得意，巽父谓何如？秋凉，诸宜珍摄。书中只此可说，恨无由一面耳。此致。

青玉案

行行芳草湖边路。正红藕、开无数。向夕风来香满渡。画船波软，垂杨丝嫩，记得相逢处。　一龛灯火人垂暮。案上楞严助参悟。未落高槐枝尚舞。秋阴不散，琐窗易晚，坐尽黄昏雨。

鹧鸪天　日光浴后作

暴背茅檐太早生。病腰已自喜秋晴。花间黄蝶时双至，枝上残蝉忽一声。　经疾苦，未顽冥。几曾觉得此身轻。夕阳看下西崦去，卧诵床头一卷经。

浣溪沙

　　比来日日读《珠玉词》及六一近体乐府，因借其语成
一章。

一片西飞一片东，不随流水即随风。年年花事太匆匆。　淡霭
时时遮落日，新凉夜夜入疏桐。看看秋艳到夫容。

临江仙

　　巽甫寄示近作〔八声甘州〕一章，自嘲浅视。适谱此
阕未就，过片因采其语，足成之，却寄巽甫为一笑也。时
为旧中秋节。

薄酒难消深恨，密云唤起新愁。谁能丝竹遣离忧。学参初解夏，
时序旧中秋。　一眼还如千眼，劝君莫怨双眸。何时同过爽秋楼。
苍茫烟水外，云树两悠悠。

宋孝宗既以蹴鞠损一目，金人遣使进千手千眼佛，意盖以讽之。
宋臣为颂以解之曰："一手动时千手动，一眼观时千眼观。幸自太平
无一事，何须用得许多般。"过片之意本此。"密云"谓"密云龙"，
不知能如此用否？又不知是此"密"字否？平时读书不熟，如今老
而善忘，巽甫幸为我校改之。又，末二句是吾所谓得意者，然亦不
识如此即得，抑或当改作"苍茫云树外，烟水两悠悠"也，或"两"
更宜作"共"耶？前后客津六载，不曾一至咸水沽，未知其景物何
似，水外有树耶？树外是水耶？吾意定稿必当决诸巽甫耳。若两句
之意，虽然说得如彼其雅致，直是说两个近视眼而已，巽甫不为之
一粲然耶？至前三章都复不佳，惟"新凉夜夜入疏桐"尚堪自信耳。

　　前幅信是今日上午所写，下午假寐不成，又录得词，今日精力
已尽，于是不复能再事写作矣。

驼庵附识

《顾随致周汝昌书信集》

（中华书局2021年版）

八（一九四三年十月三日）

长信作日记体，此又开新例矣。厚意尤为感荷。吾于清真、梦窗，二十年前俱曾下过苦工，惟所喜则为珠玉、六一、东坡、稼轩耳。何时能将周、吴说之一如说辛说苏乎？力短心长，如何，如何！十年以还，不复为长调，因吾兄之问勉力作〔风流子〕一章，初意是学清真，写出自看一过，全不相类，三处隔句对，即不似稼轩，亦近梦窗矣，然否？不过此等词伤元气，损神明，与苦水甚不合势。作文写字要于古人中发现自己，旁人只可赞助印可，即无他山之攻仍可自悟自证。此义非数语可了，然吾巽父必能自得之。病腰不能久坐，草上，巽父道兄阁下。

顾随拜手 十月三日

风流子　旧恭定二邸见红蕉有作

秋色未萧骚，城闉外、气势比山高。正霞彩渐收，乌乌争噪，水纹徐漾，杨柳垂条。旧苑里、此时花事好，开到美人蕉。朱户琐窗，几重芳意，曲栏瑶砌，一倍红娇。　　东陵知何处，雕梁上、双燕剩垒新巢。应念舞裙歌扇，风转蓬蒿。叹万古苍茫，盲风阑雨，几家凋瘁，黛缎香销。还有数丛花在，休问笙箫。

"琐"拟改"绮"。"曲"拟改"玉"。"风"字复，乞代斟。"还有"改"看取"。"笙箫"改"前朝"。"风转"拟改"霜荼"。"荼"字有平去二声，此用去声读。于律尚可，但句苦乏韵致而已。

木兰花令　什刹海畔薄暮散策口占

晚来风停无尘土。扶杖过桥闲信步。爱他无限好斜阳，绕遍塘边垂柳树。　　山头黯黯阴云聚。天外纤纤新月吐。流波止水两悠然，要与先生商去住。

什刹海中皆止水，堤外小溪方是流水也。若树畔桥头挂杖送斜阳者，乃是苦水而已，一笑。

巽父看此小令与《风流子》一首，简直有仙凡之分，岂止上下床之别？苦水恰可于此处安身立命耳。呵呵！

上午作得一书未发，薄暮复得此词，灯下再为巽父写之。

卅二年十二月三日　苦水自识

《顾随致周汝昌书信集》

（中华书局2021年版）

【按】周汝昌（1918—2012），字禹言，号敏庵，改字玉言，别署解味道人。天津人。红学家、古典诗词研究专家。著有《红楼梦新证》《红楼艺术》《范成大诗选》《诗词赏会》等。

赵尊岳

赵尊岳（1898—1965），字叔雍，号珍重。江苏武进（今属常州）人。其父为清季民国政坛传奇人物赵凤昌。赵尊岳曾从况周颐学词，著有《珍重阁词集》，辑刻有《明词汇刊》，汇集明词二百五十余种，并撰有叙录提要。

致唐圭璋

圭璋吾兄大鉴：

奉手示。关于《百名家词》，考订精详，殊深感幸。窃以此书传本既罕，完璧尤尠。拙藏为临桂况蕙风先生故物，先生于光绪十八年得之都门厂肆。曾于《新莺词》集上，见所题〔宝鼎现〕，即指是也。弟初得其书，细加比对，词与目异，而朋辈有藏是书残本者，往就讯之，亦间有异处。客年上虞罗子经先生，托为友人钞补缺帙，渐见渠所藏本，有弟所未备者，遂复为钞来，即后之两卷七家是也。尝细考之，此书原定百家，由聂氏作例言，而复与曾氏分选，各于同声友好中征集之。计其所得，聂氏先为四十家，曾氏先为六十家，其以初集、甲集分，而不以甲乙相次叙者，则以两人所得均尠，尚拟陆续广搜，各尽其事。自甲而乙丙以至壬癸，自初而二三以至十集廿集，合之则一书，益臻双美，分之则两家各极其能。盖聂、曾二人之初意若此。诚若大函所谓分踞词坛也。迨后此百家刻成，而友人有仍行投寄者，然又不过数家，二人遂无改定总目之意，但以赓续付刊，期再有所得，积数十家，复定总目。而朋好中亦有先将第一次刊词投赠，再以第二次刊词寄之者，即如凤车之与吹香，摄问之与慎庵，同为吴氏作，而先后付刊，故先后致之曾、聂。于是百家词中，亦更同一吴氏，而有二词先后分刊者矣。吴氏词，西泠印社有覆锲巾箱精本，吾兄倘一取比勘，自能了然。至选定刊行，两家正亦陆续为之。聂氏随得而随刊，曾氏亦随得而随刊，两人亦各以所刊，分之朋好，故有仅得聂选者，有仅得曾选者，天一主人，必与曾习，而曾氏又随刊随赠之，故其所藏，仅有曾选。而尚患不全，以登天府，视拙藏者遂不可同日而语。《四库提要》于词集每患疏失，即未深求，信口谓为残本，亦殊不思之甚矣。弟于友人案头，又尝见一二册者、十册者、八册者，因以知其离合之缘故如此，敢以奉闻。惟钞配之二册七家，究属于聂，亦属于曾，则无论何人，不可得而知矣。承为补钞《树滋堂》一家，感甚。前弟得此十八册，讶为全璧，既得钞配二册，乃知十八册之尚非全豹，然究竟先后共印成若干家，以无确实总目，故无人知之。今又得《树滋》一家，益知其书之先后印行，更不易搜求无漏，而又信在聂、曾两家开手付梓之初印全本言之，则弟藏尚属完璧，不得谓为零残，尚足沾沾以自喜也。即如当时孙氏留松阁印行词集，《四库》著录十六家，而弟所见东莞伦氏藏本，即为十七家，又武进董氏藏本，虽总数不少，而印本纸张各异，则亦随刊随行之故。天府仅得见其十六家，即为著录，不知其更有第十七家在。而坊间有留松阁之四家、或七家、十家不等，则亦随刊随行所流传者。以此例彼，庶可明其真相已。《倚声》传本，尚较《百家》为夥，以弟所知，武进董氏、番禺叶氏、南陵徐氏均有之。其曰初集，亦正留以有待，而未及续为者也。弟本意《倚声》亦正可覆印，以先得《众香集》，尤属单传，故倩董授老先付影刊。俟其观成，当赓图之。近来词学昌明，《花草粹编》《历代诗余》均有覆本，视弟当日以五十金影写《花》《草》，一百金购《诗余》者，其价值均落十倍。承学之士，易有所得，则应有所专。此后治词之成绩，当在弟上百倍，敢不为之欣企雀跃者乎？承讯种切，敬举所知以答，惟清鉴是幸。

赵尊岳手启

展重阳日

《词学季刊》第一卷第三号（1933年12月）

【按】 上札原题为《报唐圭璋论百家词书》。

致邵瑞彭

次公道长侍下：

北游四阅月，举目顿非，座无车公，益复不乐，低徊往迹，怅惘而已。归途奉瑶集，膝以尊撰，决数千年之疑，示来学者之路，不图斯世，尚有名家，佩仰何似。夷门诸生，词笔敏妙，气息穆道，上窥《花间》，次亦北宋，知从者导扬之盛，致力之勤。而诸生善自潜研，不负提命，吾道不孤，可为欣快。弟此际暂留海渎，还存故吾，倘有佳章，得共讽诵。企伫企伫。舍亲王世富近亦就大学教授，或可得晤，一笺希转掷，应不致洪乔乎？专此，敬请台安。

弟赵尊岳顿首 廿三日

陈水云、黎晓莲整理《赵尊岳集》

（凤凰出版社2016年版）

致龙榆生（五通）

一

榆生吾兄大鉴：

别久甚念，前见尊处有粤僧今释词未刊稿本，亟待授梓，务请左右迅即觅人传钞一部惠掷，钞费照缴不误。因今岁拟结束明词，故求之甚切也。候示，遵循。专请大安。

弟赵尊岳顿首 十六

《近代词人手札墨迹》

（台湾“中央研究院”中国文哲研究所2005年编印）

二

榆生吾兄大鉴：

久疏甚念。顷向仲坚兄属达左右，明日廿八正午十二时，在四马路石路聚丰园奉约午洽，座有姚㝮素先生等均词人可谈者。务希惠吟，勿却是幸。顺请大安。

弟尊岳顿首　廿七

蟫隐庐之王九思《碧山乐府》早已录副写样，先请并写。今释词催写，一得即奉缴不误。

《近代词人手札墨迹》
（台湾"中央研究院"中国文哲研究所2005年编印）

三

榆生吾兄大鉴：

前承惠假拙撰《词总集考》，刻以亟待整理补辑，俾为完书起见，拟请先行掷还，容俟订定篇目后再行假奉为感。此请大安。

弟尊岳顿首　十八日
《近代词人手札墨迹》
（台湾"中央研究院"中国文哲研究所2005年编印）

四

榆生先生大鉴：

久疏为念，前承掷还词总集二册敬悉，尚有一册，俟尊用毕仍请惠还。因弟颇拟于近日将全书补正定稿也。又有恳者，襄日民智书局有《韦斋活叶词选》及《北宋三家词》两种迄未有之，近亦以甄采总集亟欲得之。饬价往购，肆已闭门，无可问津，想吾兄必知何处可以购得。或有可让之本。敬乞赐为一阅。弟自当照价奉呈，此写新著，不图转眼之间，遽成孤本，弥可叹也。专此，敬请大安。

弟尊岳上　廿日
《近代词人手札墨迹》
（台湾"中央研究院"中国文哲研究所2005年编印）

五

榆生吾兄大鉴：

前函未蒙惠复为怅，兹有数端敢希台察赐办，至感至感。

（一）《韦斋活叶选》及《北宋三家词》须一阅。

（二）拙著《词集考》第二册（因就中有数篇新得材料亟须补入，补好仍奉上）。

（三）兄于《彊村遗书》《云谣集跋》中谓得见刘半农所辑之《敦煌巴黎掇琐》因获补全，现弟拟借此书一观，为补《云谣》而用。用后即还。

（四）刘子庚所辑《唐五代宋金元词辑》迄未见过，弟补《词总集考》起见，亟欲一阅。若无可借，想兄声气较广，必能为弟借致全部一考之。

凡此种种，皆涉词学，必为吾兄所惠予乐助者。特此渎陈，希赐示为荷。

专此，敬请大安。

弟尊岳上　十八日
《近代词人手札墨迹》
（台湾"中央研究院"中国文哲研究所2005年编印）

谢觐虞

谢觐虞（1899—1935），字玉岑，以字行世，号孤鸾。江苏常州人。受教于钱振锽，与朱祖谋、叶恭绰交往，与夏承焘情谊尤笃。工诗词，善书画，中年后特以词名，惜英年早逝。著有《孤鸾词》《白菡萏香室词》。

致龙榆生（三通）
一

榆生吾兄先生阁下：

一·二八乱后，闻驾旅申，以懒倦未能一谋握手。其后弟有黄门之痛，往返沪常，益凄楚不敢见人，然时于瞿禅处闻兄佳贶，至以为念也。半月前徐哲东来，本拟偕谒高庐，以风雨而止。闻尊著有清末之词人评传，能惠一册借慰保渴否？古老词有新镌版者，是未刊稿？抑旧词？《词学季刊》，晤玉虎知不日可出版，陈慈老《白石考证》知仍未收入也。春寒不解，维起居保练，不备。

弟谢觐虞顿首

六日午

弟仍寓西门路一六五号。吴门金松岑不日来申，兄与之稔否？

《近代词人手札墨迹》

（台湾"中央研究院"中国文哲研究所2005年编印）

二

榆生吾兄史席：

　　手教并《词学季刊》、尊著《丛稿》拜到。《季刊》所载大唱，读之惟有拜倒而已。弟小时多读清词，至今不能脱其面目，今年疾疢，益成燕废，何敢与于作者之林哉？词社准加入，请绍介。拙作若干阕，勉强录呈，惟候绳削，然兄如客气，则弟以后惟有藏拙。铁铮丈奇懒，以词请益，辄搁置也。拙画不成样，后当呈正。古老遗词及《词荔》能请检寄，俾排印流传，亦有功词苑之事。《语业》及《三百首》如友人情愿付印，兄当不拒之也。敝友刻拟陆续印清人词单行本发行，而不取卷轴繁富者，如莲生、稚圭、纳兰、鹿潭皆在选列。弟意以西河、船山、翁山之短令合订一册，而以国初云间词单刻一册，尊意如何？匆颂大安。

弟虞顿首 五十

　　弟去年来，思撰清词断代史，辄以病止，为可叹也。湖帆广古老《宋词三百首》，已得百余首，弟拟选《清词三百首》。

《近代词人手札墨迹》

（台湾"中央研究院"中国文哲研究所2005年编印）

三

榆生吾兄阁下：

　　前复计达典签，自常来得读大著，钦佩之至。陈慈首先生《白石词疏证》副本已寄沈阳。原稿粘缀错午，兹托友人移录，先寄去五张，乞发稿，以后陆续寄上。书名《白石道人歌曲疏证》，惟以前两卷皆乐府，与词无涉，恐杂志中不收，故自第三卷录起，而仍用《歌曲》名。如兄以为不妥，则改《白石词疏证》可矣。友人郑午昌办一印刷所，欲将彊村老人选之《宋词三百首》及《彊村语业》翻成仿宋发行，而由著作人抽版税，不谂彊老后人是否情愿？知兄最关怀彊老遗著流传事，因敢奉渎，希便代一问见覆。惟《语业》以后未刊之稿，宜亦附入，俾成全集也。弟碌碌，欲读书而未得，思访叶誉虎先生一谈，亦未能也。匆颂著安。

弟谢玉岑顿首
十七午

《近代词人手札墨迹》
（台湾"中央研究院"中国文哲研究所2005年编印）

【按】 以上三札录自《忍寒庐劫后所存词人书札》（下），龙榆生旧藏，张寿平辑释，见台湾"中央研究院"中国文哲研究所编印《近代词人手札墨迹》中册。

缪金源

缪金源（？—1942），字渊如，出生于1900年前后。江苏东台（今属盐城）人。1924年毕业于北京大学，曾任北京大学教授。1937年日军占领北京后，留守贫病而死。有《缪金源诗词集》《鸡肋集》《灾梨集》等。

致胡适

适之先生：

我对于白话文和白话诗，都心悦诚服的赞成，并且都已尝试过。不过对于白话词却有个疑问，因为我们做白话诗的目的，原是要拿日用的语言，表自然的情景，所以不限定每首有多少句，每句有多少字，每字分什么平仄。我们却为什么要废去"平平仄仄平"和

"平平仄仄仄平平"的诗,而反去做那比诗限制更严的"一枝春"和"大江东去"的词呢?何况词是诗余,内中已经包含了许多白话,和我们的白话诗,字面既差不多,而反添了许多词调的麻烦。又在外国文中,也没见遇诗外更有什么词的。所以在我的意思,描写情景的文字,有白话诗尽够了,不必再用那词,曲,……把个"文学革命"弄得半身不遂的。我因为曾经在《新青年》里,读过先生的〔如梦令〕,又在《每周评论》上读过先生的〔生查子〕,知道先生是主张做白话词的,所以提出这个疑问来,求先生指教。先生如以为不成问题,那尽可置之不理;如以为尚有商量的余地,即请解答。

大学预科乙部二年级生缪金源敬上

八,九,二四夜

耿云志主编《胡适遗稿及秘藏书信》

(黄山书社1992年影印本)

【按】 上札札前注"致胡适之先生的信,讨论'白话词'问题"。

黄意城

黄意城,生卒不详。上海朱家角(今属青浦)人。与同镇金世德、潘与刚等人发起秋棠社,有江、浙、沪、皖等地五十余人参加。并于1927年6月创办《秋棠月刊》,主要发表社员诗词作品及随笔文章。

致潘与刚

分段落,即明章句之学也。盖上古典籍,其旨则深奥简质,其辞则恢奇古怪,读者茫然。由周以来,诸子骈集,各鸣其意,虽字句稍为近今,然大都自构兴象,指物而类事,苍苍然,望无端倪,读者亦难测其意之所至。姬公曰:言有序,序即章句之谓,分章节句,而言始明焉。于是汉初诸儒,倡为章句之学,与训诂并重矣。至于词,则其体虽今,而其义则狭,故举辞也。合以意,遗物世,镕以事,于转折关捩之处,掉之以虚,跷之以活,分其段落,细致如发，可以意得而不可言传。好之而深思之，则可以意得之矣。我慨梦窗、樊榭之敝，于今转炽。堆积冷典，东拉西杂。初读之，未尝不清新隽雅，然细寻其段落，如坠云雾中矣。夫词犹美人也，美人之眉，纤黛如柳，而于镜中细视之，则纹痕分焉；美人之腕，凝腻如脂，而于灯下密审之，则肌理清焉。今作词而不谙分其段落，徒夸腹笥之富，字句之工，则如美人之眉之腕，不能辨其纹痕肌理焉。其可乎？足下以兰蕙之质，灵光触处，冰解的破。前日题砚像一阕，仆一再复之，可谓好之深思之，而得其意矣。乃复拳拳下问，何其让哉！敢陈臆说，幸以教我。不宣。

《秋棠月刊》
（1927年第1期）

【按】 此札原题为《与潘与刚论词中分段落书》。

夏承焘

夏承焘（1900—1986），字瞿禅（癯禅、臞禅），晚年改字瞿髯，室名月轮楼、天风阁。浙江温州人。曾任教于浙江省立第九中学、之江文理学院、浙江大学。著名词学家，被誉为"一代词宗"。著有《唐宋词人年谱》《唐宋词论丛》《姜白石词编年笺校》《夏承焘词集》《天风阁诗集》《天风阁学词日记》等，后汇为《夏承焘集》。

致胡适

适之先生撰席：

顷读大著《词选·词的起原》篇，获益良多。"词的音调里仍旧是有泛声的"一语，尤有先得吾心之快。词中衬字，出于泛声，而清初人词书，皆以虚字当之，谓实字不得藉口为衬，——如卓人月《词统》举"纵"字；沈天羽举"这""那""正""个"等字；万红友且矢口不信衬字之说。承焘曩作《词有衬字考》时，未见大著，引方成培《词麈》及江顺诒《词学集成》诸说，证同一调中字说多寡不同，皆由于乐调有泛声，唱时可增减随意，以驳《词律》"又一体"之妄。愚者一得，据以自喜，乃不知大作已先发之。（拙作亦引〔思帝乡〕调为证，暗合大作。）惟大著主长短句起于词人依曲拍为歌词，不信朱子"后来人怕失了泛声，逐一添个实字"之说；拙作则乃从朱子、沈括、胡仔之说，且以诗词曲三者之递变皆与衬字有关。臆妄之见，不知足当先生一哂否？兹奉上数纸，祈多多赐教。

又大作以长短句词调起于中唐，引刘禹锡集中"依〔忆江南〕曲拍为句"一语，证据甚强。项翻宋人笔记又得数说，可为尊见印证者：

（一）《蔡宽夫诗话》云："大抵唐人歌曲，本不随声为长短句，多是五言或七言诗，歌者取其词与和声相叠成章耳。予家有古〔凉州〕〔伊州〕辞，与今遍数悉同，而皆绝句也。岂非当时之辞为一时所称者，皆为歌人窃取播之曲调乎？"

（二）《梦溪笔谈》云："古乐府皆有声有词，连属书之，如日'贺贺''何何'之类，皆和声也。今管弦之缠声，亦其遗法。唐人乃以词填入曲中，不复用和声。此格虽云自王涯始，然贞元、元和之间，为之者已多。"

（三）《苕溪渔隐丛话》云："唐初歌词，多是五言诗或七言诗，初无长短句；自中叶以后至五代，渐变成长短句；及本朝则尽为此体。今所存者，止〔瑞鹧鸪〕〔小秦王〕二阕是七言八句诗并七言绝句诗而已。〔瑞鹧鸪〕犹依字可歌；若〔小秦王〕必须杂以虚声，乃可歌耳。"

三条皆足助证大作"初唐盛唐乐府歌词都是五七六言绝律"之说。沈括、胡仔已言之明白如此，此说为必不可易矣。

《词源》云："古之乐章、乐府、乐曲皆出于雅正，自隋唐以来，声诗间为长短句。"此虽亦出自宋人，而概泛之语，不举实证，当不足翻前说。

尚有一事献疑者：大作谓"乐曲有调而无词，文人作歌词而填进去，使此调因此更容易流行"，为唐人填词动机之一。王静安先生答先生第二书谓："教坊旧有〔望江南〕曲调，至李卫公而始依此调作词；旧有〔菩萨蛮〕曲调，至宣宗时始为其词，此说似非不可通"

云云。大作考《教坊记》之结论，亦谓"我们绝对承认调早于词"。但鄙意以为大作所谓"调早于词"，若指无名之调如《避暑录话》所记"教坊乐工每得新腔必求（柳）永为辞"之"新腔"则可。（"新腔"得柳词始有调名。）王先生所谓开元《教坊记》中之〔望江南〕〔菩萨蛮〕曲调，至李卫公、宣宗时始有词，则窃不敢信。古人信有先治腔而后填词者，如杨元素先自制腔，而张子野、东坡填词实之，名〔劝金船〕；范石湖制腔，而姜尧章填词实之，名〔玉梅令〕等是。（引方成培《词麈》）然当有词以后，始得调名。一调之成，或先有词，或先有腔，而调名当在有词之后。调名〔菩萨蛮〕，其初当有词咏女蛮国人"危髻金冠，璎珞被体"之状。〔忆江南〕本名〔谢秋娘〕，起初李德裕当有词咏其妾谢秋娘。（据《乐府杂录》说）亦犹张志和〔渔父〕"道渔家之事"，张子野〔师师令〕"赠妓李师师"。《乐府杂录》《碧鸡漫志》下逮杨慎调名原起之说，虽或不可尽信，而非尽不可信者。《词苑丛谈》谓"大率古人由词而制调，故命名多属本意"。若徒有腔而无本意之词，则〔菩萨蛮〕〔忆江南〕之名何由来哉？（高似孙《唐乐曲谱·荔枝香》云："贵妃生日，张乐长生殿，奏曲未有名，会南方进荔枝，因名〔荔枝香〕。"此先有曲而后有名；然不能必其曲为徒有腔而无词。）故鄙意疑古调所谓"有谱无词"，若《齐东野语》所称"南宋时修内司所刊《乐府混成集》巨帙百余，古今歌词之谱，靡不具备，而有谱无词，实居其半"，其已有调名者，当是古有其词，而后亡之，非本无词者。《词苑丛谈》卷一引俞少卿说：词调有一调数名者，"大抵一调之始，随人遣词命名，初无定准"。要当先有词而得名。大作及王先生所主"调早于词"，若谓已有调名之〔忆江南〕〔菩萨蛮〕亦皆词在调后，窃以为未安。臆测如是，不敢以为必然。客处僻左，求书不易。王先生梁木已坏，无从请益，谨以俟教于先生。

又尊著于各词家小传，平骘作风，时有新解，如论东坡，论稼轩，论白石、玉田皆至佳；考证时代，亦有补于拙作《词林年表》。惟第六篇评刘改之，谓其词"属于辛弃疾一派，直写感情，直抒意旨，虽不雕琢而狠用气力"，似犹以豪放目刘词。改之自有浓挚缠绵处，况周颐曾举其〔贺新郎〕（赠张彦功）云："谁念天涯牢落况？轻付暖烟浓雨，记酒醒香消时语。客里归鞯需早发，怕天寒风急相思苦。"前调云："衣袂京尘曾染处，空有红香尚软，料彼此魂销肠断。"又云："但托意焦琴纨扇，莫鼓琵琶江上曲，怕荻花枫叶俱凄怨。"〔祝英台近〕（游东园）云"晚来约住青骢，踏花归去，乱红碎一庭风月"数语。谓此等句是其当行本色，蒋竹山伯仲间耳。其激昂慷慨诸作，乃刻意摹拟幼安，如〔沁园春〕"斗酒彘肩"云云，则尤摹拟而失之太过矣。（《蕙风词话》二）况氏谓刘之词格本不同辛，颇有特识。大著能见到辛词永久价值在于"言情写景无不佳妙"之小令，胜悲壮激烈之长调，而于刘词似尚未见其全。况氏论词，时有腐论，如言守律有至乐之境（《词话》卷一第八页），初学词宜联句和韵（《词话》卷一第九页），作咏物咏事词需先选韵等是；即其论刘词忽涉及《词苑丛谈》载改之遇琴妖事，大发议论，谓"《龙洲词》变易体格，迎合稼轩，与琴精幻形求合何异"云云，亦妄诞可笑。而此节谓刘之词格本不同辛，颇具独见。大著所选词，脱落故常，自标准则，允能"表现个人见解"，然于前人是处，似亦不可一笔抹煞。此为小疵，敢附求全责备之意，申论于此，倘亦不以为妄言乎？

《天风阁学词日记》

（浙江教育出版社、浙江古籍出版社1997年版）

【按】上札录自夏承焘《天风阁学词日记》（一九二八年八月四日），题为《致胡适之论词书》，夏氏记云："作一函致胡适之，未发。"《日记》本年八月十八日记云："作致胡适之书，诘其《词的起原》篇论调早于词。此君往往武断自是，恐不肯作答。"八月十九日记云："发胡适之上海中国公学一函，论词，并问作学术大事表，附《词有衬字考》一本。"耿云志主编《胡适遗稿及秘藏书信》（黄山书社1992年影印本）第三十六册收夏承焘致胡适书札一通，与《日记》所录致胡适论词书文字有不同之处，札后署"八月十八日，夏承焘自严州上"。可知此札正是《日记》八月十八日记所作致胡适书。上札（即八月四日作）最后一段文字为八月十八日札所无，而八月十八日札后另附短札云："再启者：承焘曩编《词林年表》，顷欲广之作《中国学术大事表》，列学者、思想家、文学家、艺术家、政治家（或并入思想家）数类，分部编年，汇为一表。以事体大，逡巡未敢下手。此一类书，外国已有成规否？为之不致'无为费精神'否？体例当否？宜如何编辑？先生爱奖掖后进，倘肯见教一二乎？ 夏承焘上，八月十八。"结合《天风阁学词日记》及胡适往来书信来看，胡适似并未回复夏氏此札之诘问，可见夏氏亦有先见之明。此札又以《与胡适之论词书》之名发表于《文献》1980年第3期，夏承焘先生记云："这封信是一九二八年八月四日起草、同月十九日发出的。当时我二十八岁，在浙江严州中学任教。授课之余，开始研究词学。胡适《词选》中的各词人小传，我都札入《词林年表》。胡著附《词的起原》，谓长短句起于中唐，考订颇确凿。胡著亦有数处可商榷，故写了这封长信与他讨论。如今偶于旧日记本中翻得此信，《文献》丛刊编辑同志认为它还有一得之见，那么便让它公开发表，以就正于并世的词学研究家们。一九八〇年五月夏承焘记于北京。"

致谢觐虞（二八通）

一

玉岑吾兄左右：

承教诵悉。清恙谅早勿药。拙选词话列目廿余种，已成题引者只此数种，纰缪百出，何无一语见教也？

《词学集成》假自符笑拈先生许，《赌棋山庄词话》假自籀园图书馆。俟冬间东归，当有以报命。金粟轩及《七颂堂词绎》，在《别下斋丛书》，想邺架已有其书。承许以《皱水轩词筌》《花草蒙拾》诸书写本假阅，不胜欣忭！《西河词话》及《词藻》可不必写惠，近不需此也。贵乡邹程村《远志斋词衷》可选者甚多，在《赐砚堂丛书》中曾一过目，知有收入《远志斋集》中否？董文友《蓉塘词话》或在其《正谊堂集》，便中并乞一检。近拟尽翻各词话，汇辑历代名家词评，再取原集进退之。事体虽大，幸此道书籍不多，或可用力，乞吾兄时时督诲之。大著如得先成，尤资借镜不少也。盼望，盼望！《蕙风词话》《阮庵笔记》未入廿种选本中，亦未寓目。承写假诸书，如能于年假前寄下，请致此间。感刻盛情，不尽一一。

前得符丈书知孟楚已携家归，弟处未通片羽。符丈于钱公极致倾佩，谓《名山文集》可入子部，不仅文集而已。

桐江山水，远胜永嘉。敝同乡在此者颇多。校中图书馆，藏旧书千余部，苦乏诗词集。学生程度较敝乡十中低。月薪可得百四十金，十月止发半薪。军事未弭，下数月尤难把握耳。冬间如得早归，当过沪一罄积愫。

有新什乞不断示我。肃复。敬承起居，不尽。

弟夏承焘上

十一月七日

《夏承焘致谢玉岑手札笺释》

（国家图书馆出版社2011年版）

二

玉岑吾兄左右：

奉上寿词一幅，急就报命，不可以词论。符丈处征文启已寄去。《花草蒙拾》《皱水轩词筌》《词统源流》《词藻》已于杭友处假得，请勿寄惠。钱葆酚之《莼渔词话》，据马一浮谓盛氏所刻常州丛书中似或有之，能助我一览否？各词话如能搜集具备，有四种词书可辑。便中乞时时赐教。

林铁尊先生在杭任民政厅第二科科长，有通讯否？复候大安。

弟承焘上

十一月十七日

《夏承焘致谢玉岑手札笺释》

（国家图书馆出版社2011年版）

三

玉岑先生左右；

承假《蕙风词话》《蕙风词》三本，久已拜登。刻以校课纷总，未暇札录。此书贵处出版，年假回里，能为代购一部否？（《蕙风词》可不必）年来欲尽搜清人词书，在徐釚《丛谈》之后者，汇为一编。见闻不广，求书又难，因循未就。朋辈师资，惟有阁下有异闻，乞不吝赐示。月前尊札谓吴门毕寿颐君藏词书甚富，知曾有书疏往复否？梅冷生君顷写一目来，新购清人词集数十种，词话亦阙如也。钱先生前与符笑老论柴大纪事，顷忆得小说屠绅《蟫史》中之木宏纲，即柴之隐名，或有遗闻可考，便乞告之。特恐稗官短书，不足赞大雅典册耳。敝校假期约在夏正十二月半，蕙风书如年假中觅得，请迳寄温州杨柳巷，并乞开值若干，不必客气。

朱少卿闻在淮阴王益严处，亦文在此颇洽舆情。明年如无变更，弟当仍旧贯。月得百四十金，尚足敷衍。惟僻地买书不便极苦痛耳。明春动定，便祈告我。附写一词，手笔甚涩，不足示人也。

肃此。即承起居，不次。

弟承焘上
十二月十一日

附词：

齐天乐　再到杭州

战尘不到西湖路，里湖外湖春水。沤梦犹圆，歌声自稳，知换沧桑曾几。山川信美，莫告诉梅花，人间何世。留伴幽禽，共临寒碧照憔悴。　十年踪迹再到，只垂杨老了，未消佳丽。天与清狂，人惊朗咏，事业旗亭酒衻。伤春情味。又一度斜阳，一番花事。如此杭州，问予何不醉。

（"天与"三句不妥，兄以为如何？）

《夏承焘致谢玉岑手札笺释》
（国家图书馆出版社2011年版）

四

玉岑先生左右：

承手教开诲殷殷，曷胜篆感。《词统源流》《词藻》《词坛纪事》《词家辨证》《南州草堂词话》及邹程村《词衷》皆已觅得。频伽《词品》已过目，另外确有《词话》一种，梅君冷生亦云遍搜不得。续有见闻，乞以相告。《阮庵笔记》《笠泽词征》后词话、周止庵集中各词序、《瑶华集·发凡》诸种，能以抄本假录尤祷。（周止庵集中尚有可采伐者否？）

所询各书：《赌棋山庄词话》乃籀园图书馆物，《词学集成》《香研居词麈》（此种在《啸园丛书》中）假自符笑老，蒋剑人《词话》假自梅冷生（在《啸古堂集》后，不足观），皆不在手边。兹以选本奉寄，其间去取，已见拙作题引中。《词麈》以外，尚嫌太滥，并乞赐教为荷。（谢书选本尚有半成在书胥处）

《蕙风词》及《词话》三本，阅过奉还。请代购《词话》一部。常州图书馆中词书定多，便乞赐告一一。有佳什当不靳示我。

肃复。即承起居，不次。

弟承焘上
十一月廿一日
《夏承焘致谢玉岑手札笺释》
（国家图书馆出版社2011年版）

五

玉岑吾兄：

手片敬悉。弟已于前日返瓯，《词学集成》《赌棋山庄词话》《词麈》及《蕙风词话》《蕙风词》共十二本，兹以奉寄。《铜鼓书堂词话》及蒋剑人《词话》，甚不足观，篇幅亦少，容以抄本奉阅。《听秋馆词话》极盼一阅，明正能转假付抄否？胡、陈两公有新得，亦请告我。冷生藏清人词百余种，嘱乞兄向吴门毕君抄一词目来。

呵冻草草。即颂著安，不尽。

承焘 上
正月二十号
《夏承焘致谢玉岑手札笺释》
（国家图书馆出版社2011年版）

六

玉岑吾兄：

客腊得手教，并承寄《词话汇录》，心感无似。月来以别有移录，不及写出，知可再留弟许一月否？弟来严已半月，今年各同事多携眷，内子亦以前月同来。在乡时晤符笑老，谓钱先生赏弟《再到杭州》"湖山信美"数语，愧恧，愧恧！此词颇疏于律。顷已改作，另纸呈教。梅冷生尝语弟："温州往年来一谢玉岑，竟交臂失之！"言外见其向往之深。今年沪上光景如何，乞一一告我。前晤介堪、公禺诸君，极美过从之乐。曼青别后，止在陕时片羽往复，请以拙作数小词示之，能为弟代求一画尤感。孟容先生出门时曾许我一画，便中亦乞代催。词书近有新得否？《听秋馆词话》便请假我一阅。即颂铎安。

弟承焘上

夏正二月十八日

《夏承焘致谢玉岑手札笺释》

（国家图书馆出版社2011年版）

七

玉岑吾兄左右：

手教诵悉，如亲丰采。承惠墨宝，大小篆如尊意。曼青东游，知是渡扶桑否？拙作《重到西湖》词，钱先生亦谓"人间何世"必不可改"甚人间世"，拟再改之。

《词有衬字考》已脱稿，《词律论》则属稿未誊。拟取王灼《碧鸡漫志》、凌廷堪《燕乐考原》、沈义甫《乐府指迷》、张炎《词源》、陈澧《声律通考》（《东塾丛书》）诸书一阅。尊处如可代借，乞与丁、况二书同惠。（徐仲可《清代词学概论》亦乞假我，此间求之不得。）费神，谢谢！江阴缪氏《藕香籍丛书》中有论词书否？曾见吴瞿庵《词学通论》讲义，唐段安节《乐府杂录》（《学海类编》）、元陆辅之《词旨》（同上）否？有新得词书，并乞假我一阅。世劫汹汹，我两人犹闲情雅致如此，时有夷甫陆沉之惧耳。前假《词话汇录》下星期当检出奉还。

此复，顺颂大安。

弟承焘上

四月廿三

词书中有可札钞者，周之琦《十六家词录》中论词绝句及各小注，郑叔问《大鹤山房全集》各序跋（《词原斠律》序），谢元淮《碎金词谱》凡例，张祥龄《半箧秋词》叙录八九节，黄曾《瓶隐山房》凡例，《樊榭山房集》各词集词，《赌棋山庄笔记》，诸书皆只札目，日记中未移录。

《夏承焘致谢玉岑手札笺释》

（国家图书馆出版社2011年版）

八

暑间寄常州一书，久不得复，岂竟浮沉耶？李杲明为兄乞得敝乡孙仲闓丈一立轴，以不得兄动定，托弟代致。本学期如仍任教南洋者，乞覆我一笺，以便寄件。马公禺、郑曼青、方介庵及孟容先生谅仍在沪，名公先生有新著述否？

弟暑间撰《词林年表》，迄今尚未蒇事，项又欲广之，作《中国学术大事表》（分思想界、学者，文学界、艺术界等目。学者一栏包括汉经学、魏晋玄学、宋理学、清汉学等。嫌名称不妥，乞代定一名），期以五年成之。惟事体甚大，逡巡未敢着笔。舍取定夺，决之吾兄，乞有以教我。秦瀛淮海年谱、东坡年谱，辛启泰稼轩诗文年谱（汲古阁辛词本）及唐宋金元各词人之已有年谱者（白石、放翁、遗山已抄得），有过目能为我一借否？乞代我一查。《四印斋刻词》何处可购，亦请告我。目下手边只有《彊村丛书》一部。居严州无书可读，望杭州、上海如琅嬛石室也。

项与杲明眷同居，惠书请仍寄九中学校。晤诸敝同乡祈代致拳拳。敬承起居，不次。

弟夏承焘上

十月十日

《夏承焘致谢玉岑手札笺释》

（国家图书馆出版社2011年版）

九

玉岑吾兄：

得教快慰。宋人笔记论词诸著，迄未检阅。清词派别，尊论甚确，弟不敢妄赞。北大教员江山刘毓盘（子庚）著《词史》，杭州图书馆有其书，弟未及见。前询其友人陈君，谓近不知在北京否。上海如有购售处，或于尊著有足裨补也。（北大讲义课出版，其人著《濯绛宦词》甚工，弟曾见过，洵近日一名家。古微诸公有提及否？又有《唐五代辽金元名家词六十种辑》，二册，亦北大出版。）侯文灿《名家词》、江标《灵鹣阁刻词》、吴昌绶《景宋本词》，沪上有可求处否？乞代弟留意。弟之《词人年谱》以唐五代宋金元为限，近以不得《彊村丛书》外诸词集为苦也。历代词人姓氏，尊处有否？辛、秦年谱请代访。

杲明乞来孙丈字幅，兹奉上。东坡集一本已校，录后再奉。

附近作一词乞正。

匆匆，复颂大安。

弟夏承焘上

附词：

台城路

　　　　得王陆一南京书，知方自俄国归娶，长安别后，忽忽

　五载矣。

一挥落雁峰头手，江湖片云飞杳。渭水秋风，长安落叶，消阻英游天杪。吟怀暗老，问汉阙秦关，几番参照。不为听鹃，自怜青鬓倦游了。　　退荒三载独往，想狂吟被发，无限愁抱。万里姮娥，相思绝塞，知隔浮云多少。离愁顿扫，且安顿修蛾，镜奁窥笑。沧海横流，露车归正好。

此章自谓拟玉田者，兄以为如何？

《夏承焘致谢玉岑手札笺释》
（国家图书馆出版社2011年版）

一〇

玉岑吾兄：

手教接悉，承惠图书目录，谢谢。南中藏书宏富如是，健羡何似。项以考订白石旁谱，搜讨甚苦。手边止有《燕乐考原》《香研居词麈》《词源斠律》《舒艺室余笔》及《词源》《梦溪笔谈》《碧鸡漫志》数种。关系白石旁谱尚有何书，兄当有以教我。贵校所弄《东塾丛书》（第十四部汇刻栏）中之《声律通考》，如可出假，乞邮我一阅，准三星期奉还，如格于馆规，即作罢论。（祈即复）近宣究音律，一知半解，苦无书印证也。稼轩集考证尚未动手。项检兄旧函，知陈匪石有辛、周词笺，其书体例如何，便中亦乞探得告我。吾兄前假符笑老诸书已寄还否？

秋凉渐佳，有新什请不靳赐教。

敬颂大安，不次。

弟夏承焘上
十月二日

《夏承焘致谢玉岑手札笺释》

（国家图书馆出版社2011年版）

一一

玉岑吾兄左右：

十月三日奉上海一函，计承察入。七日得手数，知有宁家之行。比惟清恙康复久久矣。

拙作各词集考证，体例差同江宾谷《山中白云》《蘋洲渔笛》二书，子野、明秀集两种已夺脱，白石歌曲一种如求得参考各书，年内粗可就绪。惟客处僻左，无师友之助，不能不益念吾兄耳。

符笑拈先生已于十月十号左右作古。弟寄一书迟到二日，闻身后颇萧条。符翁生前每有书来必问吾兄，吾兄当有一联寄挽（可直寄温州府城隍巷卅六号），并乞转告钱先生。陈仲陶、李杲明皆丁外艰。闻孟楚丁内艰，确否？

陈匪石辛、周词笺体例何似？贵校图书馆陈氏《声律通考》可借否？便乞示及。近与弟通信论词者有四川周癸叔（岸登，厦大教授，曾识半塘、伯宛诸老）、江西龙榆生（暨南教授），兄如肯与通讯，弟当为曹邱。钱先生《吕晚村诗》已刻成，请代乞一部。

灯下拾纸，不尽一一。敬承起居。

弟承焘上
《夏承焘致谢玉岑手札笺释》
（国家图书馆出版社2011年版）

一二

玉岑吾兄左右：

月前钱先生书来，知清恙已减，方深欣慰。昨阅《申报·自由谈》，又谂吾兄九日与贵邑群彦为文字之宴，已能当筵席挥翰，尤欢快无量。望时时珍摄，为世道保重。

弟《白石歌曲考证》初稿粗就，疆村老人前日来一书，《梦窗生卒考》已承其印可。年来在此颇妄弄笔墨，恨不得就足下求是正耳。前月连寄贵校二函，岂浮沉未达？何无一字复我耶？……

此恳，即颂大安。

弟承焘上
十二月十九日
《夏承焘致谢玉岑手札笺释》
（国家图书馆出版社2011年版）

一三

玉岑吾兄：

廿五日发之《声律通考》，今早接到，准三四日后交邮奉赵。此书论白石旁谱时引戴长庚《律话》，戴书惟贵校一见其目，可否亦费神假阅三四日？贵校如尚有二星期上课者，邮寄来往当有余裕也。（乞示假期）

顷友人万载龙榆生得一郑叔问写本沈逊斋本《白石词校语》寄示，怡悦数日。吾兄倘不靳为拙作张目乎？盼祷，盼祷！

所恳一事并乞先复。以日来此间有人攻讦亦文，势将摇动。来年各有食贫之惧也。费神，费神，容谢。

即颂大安。

弟承焘上
十二月卅日

彊村先生顷有书来约沪上相晤，弟首途日期未定耳。又及。

《夏承焘致谢玉岑手札笺释》
（国家图书馆出版社2011年版）

一四

玉岑吾兄：

五月四日手教及《律话》五本久已接到。顷参校各书，成《白石歌曲旁谱说》一篇，俟誊出当奉以请教。屡承吾兄为一鸥之借，极感雅爱。拙稿如得写定，兄及榆生兄最不敢忘也。

贵恙珍摄为要。学问之事，暂可淡怀置之，此道固不得视若名利之亟亟为也。弟亦苦孱弱，读书过多，觉体不支。每思秦长脚对洪皓"官职如读书，速则易终而无味"之语，有深长之味，惟苦不能自制耳。

钱府大庆，失贺为歉，便乞致意。顷有书致孟楚，问广东刊本白石集，未得复书。暑假归里，兄如在沪，极望图一快觌。此间假期约在五六星期后也。

此颂大安。

弟承焘顿首
五月廿七日

《夏承焘致谢玉岑手札笺释》
（国家图书馆出版社2011年版）

一五

玉岑吾兄：

接十月卅一日手教，知清恙已痊，甚慰。内子未来，弟亦未赶申也。有兴复辑词书，极望得共学之乐。弟目前止一榆生兄可共语耳。彊老见誉，当由兄挪揄，甚愧，甚愧！

《赌棋山庄词话》及符老《词学集成》犹在尊处，弟已忘之。今夏在乡，敝乡图书馆换馆长，检书时失去《赌棋山庄》等数种，大家方疑某君窃去，其出假于弟，馆中亦已忘之。办事颟顸，可笑。用毕乞即迳寄温州窦妇桥籀园图书馆，并附一函为弟道歉。此黄氏蓼绥阁物，须宝惜也。

清人论词绝句，弟前年搜得百余首，不谓蕙老已有成作，必大可观。如已付印，并祈向赵君代乞一部。（沪上词人于赵甚不满，兄知之否？）《十六家词选》（附《心日斋词》后）弟在温馆假观，《词史》已求得一部，但教课有用，俟他日奉借。前月彊老托弟向浙江图书馆借得刘氏《词辑》一部寄与（有数种极可宝），至今未寄还（榆生书来谓彊老赴苏未返），馆中屡来催索。榆生欲在暨南为代印一二百部，如能做到，弟或将《词史》亦交其代印，印成可分赠友。

拙作《姜词考证叙例》等已寄与贵校，岂浮沉耶？兹多奉数份，兄交游广，各老辈处可请益者，乞代绍介，求批评。（不妥处须尽量批评。）如以为不佳，则亦乞为藏拙，为感，为感！年来词人年谱已成数种，词集考证白石外有萧闲、子野二家。近又有兴发《后村大全集》为别调考证，惟稼轩一集则逡巡不敢下笔。欲于数年内成五六部词集考证，亦足自娱。特贪多又体弱，精力不继，恐无一成材耳。安得与兄及榆生在一处数晨夕，乃乐无艺矣。

广东之行，兄体弱，勿往为佳。月内如能赴申，当得把晤。

讲课匆匆，即颂著安。

弟承焘上

十一月三日

《夏承焘致谢玉岑手札笺释》

（国家图书馆出版社2011年版）

一六

玉岑吾兄：

廿二手教拜悉。辽阳陈慈首君，弟曩闻之彊老，谓有白石词注及年谱，苦不悉其行迹。月前得上海学生函告，谓于辽宁教育厅出版之《东北丛刊》七、八二期中，见陈君《辛稼轩年谱》一篇。月初随作一挂号函，由辽宁教育厅转致，问其白石词注体例何似，并告稼轩年谱龙榆生亦有成作。乃至今廿余日未接回复，不知尚在东省否？兄与有姻谊，乞询得行止，代致此意。（贵校有《东北丛刊》，乞一检作者行略表。）

拙作歌曲考证，近欲写洁本。目前承赵叔雍君慨以其《白石大全集》邮示，姜虬绿抄白石晚年重定本及张啸山自度曲，弟梦寐存念者，皆赫然具在，为大喜累日。

拙作颇承师友嘉贶，彊老及赵君惠我最大。慈首君学行何如？极望其亦有发予夆陋也。扬州任中敏君（二北）治词律甚精，前在立法院任秘书，近见报，镇江中学校长名任中敏，知即二北否？便中乞就近一访。《两浙词人小传》弟在温一过目，乃湖州周梦坡（庆云）撰（即选秋雪庵两浙词人词者），如《历代诗余》下词人小传，无多新材料。西溪比西湖更好，明春望兄有兴挐舟。

孟楚月初去一函今无回音，甚念。山中倍寒，呵手，不一一。即承兴居。

弟承焘上
十一月廿四

《夏承焘致谢玉岑手札笺释》
（国家图书馆出版社2011年版）

一七

玉岑吾兄：

手教诵悉。极欲与兄谋共学之乐，所属俟有机缘奉告。

前日有一函属张幼任为兄留意，张兄在杭交游较广，或易为力。兄与幼任旧好，计无碍也。（幼任通讯：杭州旗下西浣纱路六弄四号，彼甚念兄。）陈慈首已有消息否？广东大学易长，孟楚当尚在广。月前由陈修仁兄转与一信，至今无回音。通讯之便乞代一询。

题梁汾遗墨一词，自嫌有犷气，不敢示人。旋得兄及榆生过誉，乃写奉古微丈。心以为古丈好梦窗者，必不喜此，不谓复书乃许此为弟词尤胜者，且有私庆吾调不孤之语，实则此词由兄促成，终不大自信也。汀鹭先生如不甚惜翰墨，兄能代丐一画幅，记此段因缘否？

弟半月后返温，温州通讯处仍在杨柳巷六号。

此请俪安。

弟承焘上

十二月六日

《夏承焘致谢玉岑手札笺释》

（国家图书馆出版社2011年版）

一八

玉岑吾兄大鉴：

汀鹭画帧及大教先后奉到，甚感雅谊。胡君乞代谢。大作一词，何婉好如兄之为人也。石章暂搁不妨，能与仲则诗句一章刻就同惠尤感。名山先生何竟不来？松岑偕蒋竹庄、潭秋、钟钟山超山看梅，弟以畏寒，并嫌天雨未陪，只于是晚在潭秋席上晤松岑一面，微嫌其人谈吐间不免仕途习气。是夕又识马一浮翁，修髯伟然，不多发议论，不似松岑之好辨诘也。唐玉虬君亦于是夕始谋面，惜匆匆不尽所怀。

潭秋谓有诗奉寄，计已接到。榆生屏已写奉否？榆生谓文瑞楼有《白雨斋词话》新出版（价四角），陈廷焯著，弟未见。《听秋馆词话》若在手边，可借我一看。若不便则勿寄不妨也。

幼任已辞浙厅事，往汉皋，闻中途又不成事，逗留南京。沙孟海何人，非弟习知者。

陈慈首去岁寄一笺，兄开通讯处来后懒再去书，前旬忽得其回信，谓仍任事奉天通志局，客北京数阅月，前回方归。附来《稼轩年谱》一册，甚详赡。其来函考白石事甚奇，谓白石曾卜居西湖扫帚坞，作草堂，题曰石帚渔隐，时在开禧元年秋。此说《西湖志》《杭州志》及宋元野记皆不载，不知其何据。项已去一函询之矣。（通讯处奉天通志馆）

属为春渠先生书屏，诗及字丑恶不必言，寥寥数行竟脱误四五字，甚愧，甚愧！孟楚不肯作复，弟今年未与通候。久不见兄著作，有近什写一二见示为荷。晤曼青乞为潭秋求画。

春寒，幸珍摄起居，名山先生敬候。

弟承焘上
三月二夕
《夏承焘致谢玉岑手札笺释》
（国家图书馆出版社2011年版）

一九

玉岑吾兄左右：

十九日手教诵悉。小极初痊，稽答为歉。赐书横幅，先后于潭秋处接到，感谢，感谢。钟钟山兄见之叹服，谓兄书可望胜缶翁。属弟代求一联、一直幅。集句联语，非钟兄自集，谓恐兄一时难得长联，故并写奉。文字胜缘，计不靳也。

名翁久未通候，承注乞代谢。有富阳学生寄来夏灵峰行实，兹并宣楮寄奉，便请转致名公。《词史》亦同寄，乞检收。陈慈首先生止寄《稼轩年谱》一本来，已转示榆生。其白石谱未见，去书询数事亦不复，不知近仍在奉否也？《听秋馆词话》笔墨尘下，视《艺概》《介存》甚远，精华在校律诸作，亦不免疏漏，匆匆过目，未遑札举。兄多暇，为匡正一一，定不难耳。

苏锡之游甚畅。金松老吟兴倍健，昨又答弟一词。潭秋不惮和韵，并欲为长文记游。弟病中为一词，塞责而已。效颦白石〔庆宫春〕，爱其音调谐婉，为全集之最，而弟词不足望玉田〔声声慢〕、蚁术〔杏花天〕二和作，于石帚无能为役也。兄前书谓吴门毕君藏词甚富，询之松老，不知其人，知犹居吴否？

潭秋极欲与兄一把晤，相左甚怅，甚怅。计有书相讯矣。

复颂大安，不尽。

弟承焘上
四月廿五夕
《夏承焘致谢玉岑手札笺释》
（国家图书馆出版社2011年版）

二〇

玉岑吾兄左右：

手教诵悉。慈老函未得复，岂竟浮沉耶？弟定明早搭车归。慈老美成、白石二谱如承赐示，乞径寄温州杨柳巷六号舍下（稼轩谱已见）。至感至感！

潭秋、玉虬皆无消息，幼任仍在十中，王瑗仲弟止通一函。毕君《花间笺》，兄见否？此书弟意无可笺，若专注辞典则无足观。极望便中一询之也。南京蔡松筠作《词源疏证》，先弟为之。旬前寄来《凡例》，甚详赡，从前竟未尝闻名也。

疆老之丧，榆生函来详述其家室伤心史，至可悲悼。遗著皆交榆生。弟准星期四（十四日）早晨往真茹暨南大学访榆生，兄如欲看疆老遗著，届时在榆生处相会。弟当待兄至午时。弟在沪时间匆促，且不识路，或不能往候兄也。在舍约半月，夏正开岁来杭。……

弟承焘上

正月十二

《夏承焘致谢玉岑手札笺释》

（国家图书馆出版社2011年版）

二一

玉岑吾兄左右：

久久疏候，比惟兴居安胜。兹有启者：叶誉虎、龙榆生诸公近欲集同志办一词学杂志，属弟代邀会员。吾兄论清词著作，肯寄惠否？今秋出第一期疆村专刊，有关于疆老文字，尤所欢迎。

兄往岁谓吴门毕寿颐考证词集甚精，弟游吴时以询金松岑，云不知其人，想吴籍而流寓他省者也。其考证著作如能求得数种付刊，亦所盼祷。陈慈首通讯处便乞告我，有数事拟与商量也。弟顷钞成《疆村丛书斠补》一卷、《白石歌曲旁谱辨》一卷。《斠补》拟在《词学杂志》发表，《旁谱辨》顾颉刚君携往《燕京杂志》。《词例》一种以头绪纷繁，须遍阅宋元词，不欲草率成之。讲课劳人，不能专志于此。视兄之优游艺苑，不得相与上下论议，益兴索居之讼矣。报端屡见大什，一往情深，《金梁梦月》不能专美于前，倾企曷极。

毕君学行极欲一闻其详，便中乞代致倾想。凉飔渐动，灯火可亲，有新著望不吝赐教。

即颂著安。

弟承焘上

八月十九

《夏承焘致谢玉岑手札笺释》

（国家图书馆出版社2011年版）

二二

玉岑吾兄：

手教及慈老白石著述稿二册，先后奉到，至快，至快！陈慈老顷在沈阳何事？乞示通讯处。附函数纸并乞转致。榆生信来，属介慈老入社，亦望代致此意。二稿可否暂留弟处？乞复。年谱附会处颇多，引书必全抄元文，亦太辞费。考证稿所考皆重出于年谱，歌曲中事实文字为年谱所无者，皆无发明。弟意二书断不可并刊。闻慈老另有白石诗集考证，想亦不出年谱所考。年谱若删去十四五，真可传之作。慈老读书之博，考索之勤，至可佩服。惟下笔不自休，是其一短。前读其稼轩谱，亦有此感。年谱稿弟拟仿前人刊山谷、荆公年谱例，删节为一编。以恐有轻议前辈之嫌，不敢动笔耳。

榆生今日函来，于兄悼亡诸作，叹为艳极凄极。弟倾服甚至，无所献替。尊函过谦，令弟何以为情耶？上海消息又紧，尊处想不致受惊。榆生返真如，至可虑耳！

即颂著安。

弟承焘上

九月二日

《夏承焘致谢玉岑手札笺释》

（国家图书馆出版社2011年版）

二三

玉岑吾兄：

手教奉诵久久。昨方接榆兄回书，谓《菱溪图》题辞迟早当有以报命，属先致候。弟作挽尊嫂联，初不甚得意，荷兄过奖，亦自珍重矣。

承询宋词乐律书籍，弟何足语此。旧斟白石词，陈兰甫、张啸山、凌次仲诸家书外，宋人著作陈旸《乐书》、玉田《词源》、《碧鸡漫志》、《梦溪笔谈》诸种而已。近人之著，端推啸山，若郑叔问各书，皆野言妄语，似不必参。

项友人携拙作《白石旁谱辨》交《燕京学报》发表，俟明正刊出，当以奉正。大著芜湖荷花词极佳。每读兄作，低徊叹赏外更无言说。（惟前示雨后一题甚好，后承写横帧，删去此题，似不当删。）前丹林先生示诗，弟和一词寄往，兄见及否？草草急就，潭秋催促成之，不足示他人也。前注《词源》已具成稿，南京蔡嵩云君书来，谓先我为之。近欲再参他书，改作词乐条考，分考源、考调、考谱、考拍诸篇，体例仿《燕乐考原》，惟范围较大，又苦体弱，不欲匆遽为之耳。近多看书辄觉胸腔不舒，自疑罹肺疾，欲屏置一切。旧稿《词例》成一半，亦留待他年。榆兄为《词学季刊》催稿，亦无以应。榆兄及兄，皆苦孱羸，幸各自保重。驰骛声气无谓之事，不如优游自乐。榆兄治学过勤，甚以为危也。防预肺疾，服食何药最宜？便乞告我。

匆匆，顺颂著安。

弟承焘上

十一月廿六日

《夏承焘致谢玉岑手札笺释》

（国家图书馆出版社2011年版）

二四

玉岑吾兄：

潭秋兄转赍手教敬悉。贱躯近如恒，遵教服牛乳、鸡蛋。戒看书静摄，则终做不到。年来沉溺书册中，作茧自缚，至以为苦。拟读佛经及儒家哲理书药之，免自斫其生。

慈老前星期来一长函，至快，至慰！属删校白石谱，弟本不敢当，俟暇当乙去可省者数条，另为跋语乞教。歌曲考证部分，拙作比陈著美三之二，或可并行。近日方命学生誊洁本，将来或在敝校刊发表。斠律部分，旧稿几不可读，不能假手他人出正，非自行理董不可。然敝精劳神，又恐身体不支，奈何，奈何！慈老书来谓年谱可在《词学季刊》发表，如何？可由兄转致榆兄。榆兄书来谓《词刊》元宵前后方付印，稍迟无妨也。大词二首，潭秋爱次首，弟爱前首，以为"赠卿绛蜡"之句是清词气息，前首"门巷沧桑，绿阴青子"句亦微嫌弱，"畏"改"怯"似较长。兴到妄言，未必有当，计不致败兄兴耳。

孟楚无通讯，已托其令介（之江学生）代候。闻兄撰《悼亡诗话》，极盼快睹。朋交中最爱兄文笔，在何处发表？必须寄我一份。至感，至感！与兄别数年，极思一晤，面慰契阔。寒假如归，当预与兄约一地点作长谈。（慈老谓南来谋面，有消息即驰示。）

名山老人乞代候，曼青画代求甚感。

匆覆。即承著安。

弟承焘上

十二月廿四

《夏承焘致谢玉岑手札笺释》

（国家图书馆出版社2011年版）

二五

玉岑吾兄：

接画帧及手教，捧持满手，快慰何似。适潭秋兄来，即携去曼青兄赠画及玉虬君一纸。慈老忽即世，至深惊悼。弟诗计未达。往年符笑老归道山，弟方奉一书而讣音旋至。今悼慈老，又同此恸。属校订其遗著，敢不勉竭浅薄。前旬承其奉天长函，属为删订《白石谱》。日昨围炉方成一跋，正拟明后日写出，由兄转呈，不谓遽有此变，可叹，可叹！遗著在弟处者：白石、清真二谱，白石疏证，共三种。慈老来书谓"白石谱草于苏州围城中，初拟依冯氏、张氏玉溪谱例草年谱，江氏《山中白云》例疏词与诗，并刊白石丛编。旋以力难兼顾，乃取诗词注后案语皆并人谱，遂多枝蔓。词疏所列实年谱剩料"云云。弟意年谱全体精博，惟有数事不妨删节。其前示《稼轩年谱》亦复如是。来书于清真谱则谓属稿未定，切勿示人。弟前函告以王静安《清真遗事》，来书谓见王书在成谱之后，尚须改作。弟有暇拟亦为作一跋，稍加补充，《词学》杂志可先发表。白石谱前曾与榆生谈及，以兄欲交中华出版，故迟迟未寄。若先发表与出版无妨碍，固大佳也。

近忙于考试，月半后决着手整顿遗稿。弟与慈老无一面，来书谦光下逮，为之感动。即无兄嘱，亦甚愿为之。俟断手必须兄覆视，免有谬误，共期不负此老厚望耳。

时变又亟，此间传沪上谣言孔炽。前定国历正月十一日首涂归温，不知成行否？俟决定当先驰告，以图快晤。

大千、曼青二公万乞先代致谢，今日大忙，不及另也。

复颂著安。

弟承焘上

一月七日

《夏承焘致谢玉岑手札笺释》

（国家图书馆出版社2011年版）

二六

玉岑吾兄：

寒假本拟过沪把晤，以畏寒不果成行。慈老《白石谱》已成一跋，加注数条，删省二三条，可云藏事。惟《清真谱》，慈首谓未定谱，不可示人，其中考生卒皆有误处。美成行实以有静安《清真遗事》在前，颇难为继。此稿刊否，由兄酌之。其《韦庄谱》及《西王母疏证》诸书，不致散失否，幸亟访之。汇刊年谱，坊局已接洽定否？何时付印？当即寄奉。

小诗一首乞政，肯和我否？ 即颂著安。

弟夏承焘上

一月卅

《夏承焘致谢玉岑手札笺释》

（国家图书馆出版社2011年版）

二七

玉岑吾兄：

奉手教知清况违和，比计久久勿药。

雁晴书已转去，属书扇。以寒假中榆生催《词刊》稿急于星火，五六日来忙迫之至。《冯正中谱》二三日内可写成，自谓各谱此最胜，俟印出乞教。正中受诬各节涤刷十九矣。近日于两种宋人笔记中考得李后主不姓李，此亦新奇，可博一笑。二主谱极繁，近犹未成也。（李煜或是潘姓，湖州人。）

扇旬日内当写奉。《北堂吟韵图》能为弟转求否？ 闻曼青在常州从名公读书，信否？

匆匆拾纸，幸恕其忙迫。弟假中不归，惠件请径寄之江。

此颂大安。

弟承焘上

一月十九日

陈慈老之《稼轩谱》能代觅一册否？

《夏承焘致谢玉岑手札笺释》

（国家图书馆出版社2011年版）

二八

玉岑兄：

读手教云有联来，方喜惠我琅玕。接次函乃索弟恶札，惶恐，惶恐。灯下涂就，即欲撕去，姑寄上以博一笑。万乞勿示人。（此联最好兄自书）贵恙勿药。如肯惠一联以当瞻对，不胜感荷。（须兄自撰或自集者）

承询前作拙联，非纯集辛句，不足观。有暇当遵教为之。圭璋《词话》，前已去函告之，云预约展期至二月底，稍缓无妨也。松岑寄来《文艺捃华》，读兄三词，如藐姑仙子，可羡不可企。自视所作，真尘垢土苴矣。

（手片已悉。弟词于白石、梦窗皆未用心，自视龙洲行辈耳，承誉至愧。）

匆匆。顺颂炉安。

弟焘上

二月二日

《夏承焘致谢玉岑手札笺释》

（国家图书馆出版社2011年版）

【按】　上二十八札亦见钱璟之整理《夏承焘致谢玉岑谈词手札》，发表于南京师范大学《文教资料》，1987年第5、6期。原文中有句读标点不当处，径改，不一一注出。

致钱振锽

名公前辈撰席：

手教拜诵，《唐甄传》过承奖饰，但益汗颜。符公书已转去，大集五册迄今未到，知已直寄温州否？符公宜黄人，前清服官江西及敝省有年，鼎革时适在敝乡瑞安知县任，寓敝地将廿载。年七十有五矣，犹矍铄健谈如壮年也。（先德雪樵先生与谭复堂交好。）

附呈新作，清人廿种词话选题引数纸，乞一一绳其纰缪。

清代词话晚已知者共廿种左右，贵乡邹祗谟之《远志斋词衷》则见而未详阅。董以宁之《蓉塘词话》、董潮之《东皋杂钞》则并未寓目。（潮书只于《莲子居词》中见一则，未悉是否词话体裁。）他如钱塘许田（莘野）之《屏山词话》、华亭钱葆酚之《蒳鲈词话》、陈廷焯之《白雨斋词话》、仁和卓人月之《词统》、郭频伽《词话》、俞仲茅《彦园词话》（四明袁钧之《西屋词话》、无锡丁绍仪之《听秋馆词话》）等皆搜求未获。

插架如有其书，可否惠假一阅，或开示各书内容。再《学海类

编》中之彭孙遹《词统源流》，《昭代丛书》中之王渔洋《花草拾
蒙》、贺黄公《皱水轩词荃》《西河词话》皆阅过未选，亦并为一瓻
之乞。

前玉岑兄书来，谓欲于清人此道有所论列，想其搜罗定富，便
乞出此，请代为留意。如承告晚所未知者，尤为盼祷。拙稿一份并
乞转致。垂询钓台诗，录另纸呈教。了无深意，不足当吾公一哂也。

属以纷总，乞恕不楷。即颂道履，不次。

晚生夏承焘振董
《夏承焘致谢玉岑手札笺释》
（国家图书馆出版社 2011 年版）

【按】 钱振锽（1875—1944），字梦鲸，号谪星、名山，别署星隐庐主
人。江苏阳湖（今属常州）人。清光绪二十九年（1903）进士。后绝意仕
进，隐居授徒。工诗文，尤擅书法，著有《名山全集》《星隐庐诗文集》，有
《名山词》。

致徐乃昌

……先生向往甚勤，欲藉此求通于侍者，倘承鉴其下悃，不斥
为狂妄欤？再，承焘曩为《白石歌曲考证》，姜词版本见知数十种，
泰半苦未目验。先生今之绛云、荛圃，石帚一集，定多珍本，兹另
纸写目乞教。倘荷不靳开示，俾过沪抠谒时，得快所未见，尤感祷
无既矣。翘企江云，不尽一一，敬颂道安。

晚生夏承焘再拜
七月廿二日
韦力《著砚楼清人书札题记笺释》
（中华书局 2019 年版）

致周岸登

癸叔先生：

雁晴兄许转到手教，感荷无似。以有湖上之行，函札辗转，久
稽裁复，计承俯宥。垂询《梦窗生卒考》，兹写出呈政。尊见疑定梦
窗生于开禧初年，无以解于与石帚同游。（承焘）则主茗雪从游必在

白石晚年旅嘉兴之前，约当绍定初年。彊村先生以白石诗词有甲子者止于嘉定四年，执定梦窗从游在绍熙初，致误早梦窗生年数十载。不知先生以为如何。顷又考定韦庄生唐文宗开成元二年，温飞卿生宪宗元和间，长李义山数岁，以正顾嗣立飞卿诗注之误。如不靳赐教，当陆续呈政。先生著述已刻者几种，倘肯赐示一二，使款启小生，一拓千古心胸，尤盼祷不尽也，复颂著安。

再启者：杜文澜刻《梦窗四稿》之刘（毓崧）跋及草窗集跋，晚生皆未寓目，便乞同蒋孟蘋《草窗韵语》邮假一阅。准半月后挂号奉赵。此间求书极难，倘如所求，一鸥之锡，胜百朋也。感祷感祷。

《天风阁学词日记》

（浙江教育出版社、浙江古籍出版社1997年版）

【按】上札录自《天风阁学词日记》（一九二九年七月廿六日），题为《答周癸叔岸登先生》。周岸登（1872—1942），字道援，号癸叔。四川威远（今属内江）人。以词风初尚吴梦窗、周草窗，故别号"二窗词客"。历任广西阳朔、苍梧知县，全州知州。辛亥革命后，曾任江西省庐陵道尹，后辞官。先后在厦门大学、重庆大学、四川大学讲授词曲学。有词集《蜀雅》《蜀雅别集》，著有《曲学讲稿》《楚辞训纂》等。

致龙榆生（一〇通）

一（一九二九年十月廿日）

榆生先生左右：

顷雁晴兄书来，转示尊札，辱承存问，感荷无似。嘤求之勤，彼此同之也。拙作《词有衬字考》，尚待改作，不敢呈教。词人年谱，先生如有成作，极欲快睹。拙作止于两宋，已成飞卿、韦庄、子野（附三变）、萧闲（附东山）、梦窗六七家。近又写数种词集考证，将夺稿者，有子野、萧闲、白石三种，体例差同江宾谷《山中白云词》《蘋洲渔笛谱》二书。惟客处僻左，无师友之助。兼之闻见不广，苦不自慊。如得先生上下其议论，共学之乐，乃无艺矣。曩闻友人常州谢君言近人陈匪石有辛、周词笺之作。如止笺释字句，若魏道明之注《明秀集》，则弟拟于白石歌曲夺稿后，着手为稼轩词考证。先生如识陈君，便乞代询。又弟据《履斋诗余》及《吹剑录外集》，推定梦窗生年在开禧初，比朱彊村先生《梦窗词笺》据刘伯山说推定者，迟卅余年。久欲寄请朱先生印可，因循未果。闻先生与彊村有往还，如承转致，当写出呈教。先生校词，谅多撰述，有已写定者，乞赐示数种，至祷至祷。秋气渐佳，七里泷中，万枫锁天，挐舟有兴，尤极延竚。江云东迈，积念与俱。敬颂著安。

《天风阁学词日记》

（浙江教育出版社、浙江古籍出版社1997年版）

二（一九二九年十一月十三日）

榆生先生左右：

得十一月十日手教，并诸老辈相片。开函欢笑，如接清尘，感荷无似。辛刻《稼轩集》，久求不获。梁新会绝笔之《稼轩年谱》，又未见传本。尊著望早日赐读，一快积想。拙作数种，词集考证，专就词中人事、年、地阐发词意，不笺释字句。苏、辛词使事较多，尊著于冷僻者一一注出，亦极便读者。曩读再和三山雨中游西河〔贺新郎〕云："拟向诗人求幼妇，倩诸君妙手皆谈马。"不晓"谈马"出处，后阅《云麓漫钞》徐铉条，乃得之。再翻《青箱杂志》，知《漫钞》所载又有误。此等处似须详注。惟太详如《片玉》《明秀》二注，似又嫌琐碎。尊意以为如何？弟去岁有意注辛词，宋史及宋元人野记，已涉猎十七八，略有札记，惟各地志悉搜集未竣，闽、赣、两湖似最重要。足下如专意于此，当寻厉太鸿《绝妙好词笺》故事，并举以诒公，期早日成书也。《梦窗生卒考》，兹写出呈上，乞费神转致彊村老，并祈代求回示。陈、郑、王、夏诸老，有新刊书否？尊公西江耆宿，有已刻大什，如承赐示一二，尤极盼祷。冬归过沪，当趋聆清诲，便乞示高居地址。两年余客处僻远，空山独啸，跫然色动。风便并乞不厌往复为荷。敬承起居。

《天风阁学词日记》

（浙江教育出版社、浙江古籍出版社1997年版）

三（一九二九年十一月十三日）

榆生先生左右：

十四日奉一书，并彊村先生一函，计承垂察。尊著《稼轩年谱》，至今未获快睹。知邮寄浮沉否，至以为念。拙作《梦窗生卒考》，如承彊村先生印可，乞示我一笺。弟近重翻白石词。郑叔问自谓七校白石旁谱，恨不得其编年补调一校。又扬州知足知不足斋本白石词载戴长庚《律话》，先生有此二书否？便乞一询朱先生。大著苏词注，想不日藏事矣。腊月半先生如尚在沪，当可得良规。有新什祈不靳赐教。即颂著安。

弟为子野年谱，惟未定其入蜀年代。集中有和程公辟赠别一首。考《宋史》三三一程师孟公辟传，程曾提点夔路刑狱，泸戎数犯渝州边，公辟徙使者治所于万州。子野入蜀，当在是时。而程传无年月，《宋史·蛮夷传》载：熙宁、元丰间，泸戎三次犯渝，亦皆不及程。贵校有四川地志，便中能为弟一查公辟宦蜀年代否？

贵省宜黄符笑拈丈（璋），寓温州十余年，与弟为文字交六七年。前日方有书去问字，得友人书，符翁已于弟书到前二日作古，年七十七。身后萧条，著述六七种，皆未刻。符丈为雪樵先生嫡嗣，宦浙、粤有年，尊甫或识其人，奉告足下，使足下知弟于贵省人有缘也。

《天风阁学词日记》

（浙江教育出版社、浙江古籍出版社1997年版）

四（一九二九年十一月十三日）

榆生先生左右：

方修一书待发，接十一月廿七日邮寄，如获拱璧。尊公大集，冲夷雅澹，挹之不尽。俟闲更一一细读。大作《稼轩年谱》，详赡翔实，任公有作，当不逾此。已借重数条，入拙作《白石歌曲考证》矣。（称吾友龙榆生，恕其僭妄否？）彊村先生允有复示，日夕延伫。便可走一函促之否？弟作《白石歌曲考证》，以所处僻左，箧书不多。关于旁谱音律方面书籍，手边《碧鸡漫志》《梦溪笔谈》诸种外，止有《词尘》《燕乐考原》《舒艺室余笔》《词原斠律》及近人

《中乐寻源》数书。郑叔问遗著《斠律》外，皆屡求不获。足下见闻较广，当有以教我。如承代询彊公，开一目见示，尤为感祷。贵校藏书多否，敝乡籀园（孙仲容先生祠堂）弆黄仲弢先生蔘绥阁书颇富，而连年饥驱，不获归读，言之恨恨。近作一小词〔浪淘沙〕（过桐庐）呈政，知不足当先生一哂。乞还惠大札，一廓心胸耳。写一长帧，可代装潢者尤感。肃颂著安。

《天风阁学词日记》

（浙江教育出版社、浙江古籍出版社1997年版）

五

榆生吾兄席前：

暑间过高斋，承示汪憬吾先生所录陈东塾译白石〔暗香〕谱，虽心知其用《声律通考》译法，而匆匆寓目，未遑详辨，惟于其间有一字而沓用二工尺者，仍沿方成培、戈载之误，则深以为异。顷接读《词刊》，翻姜集细校，乃知其果用《通考》旧法，而不免疏牾。盖东塾未见善本姜词，又未遑比勘上下片异同，且不深信张文虎、戴长庚沓谱是拍号之说，故尚多蟠隙也。〔暗香〕一谱，弟所见到东塾之疏，约有六端。有从陆钟辉刻本致误者，如"色"旁张奕枢本作乛，乃"工"下拍，依《通考》法，当译"上"拍，陈从陆本作乆，译作"工"，非。"管"字对下片"萼"，乃"一"旁拍，当译"六"旁拍，陈从陆本作乛，译作"上"，非。"寄"旁张本作刂，盖"凡"字，应译"尺"，陈认陆本乚为"上"字，译作"五"，非。此其一。有刻本不误，而陈氏误认者。如"几"旁各本皆作刂，明是"凡"字，应译"尺"，不当译"五"，此其二。有误连工尺与拍号为一字，致莫能辨识者。如"潮"旁"手"旁皆"凡"旁拍，当译"尺"旁拍，"风"旁、"萼"旁、"湖"旁皆"一"旁拍，当译"六"旁拍。"入"旁、"国"旁皆"工"拍，当译"上"拍，"碧"旁张本作乡，是"合"拍，应译"工"拍，"路"旁乃"凡"字，应译"尺"，陆本、朱本作乚，微讹。"树"旁张本是"合"字，应译"工"，陈谱十字阙疑，皆可据此补。此其三。有原谱本有拍号，而陈译略去者，如"言"旁ㄅ，应译"工"拍，"时"旁ㄐ，应译"工"拍，"见"旁ㄒ，应译"六"拍。此其四。有误以拍号为工尺，致一字有二工尺者，如"寒"旁ㄅ乃"合"下拍，"与"旁、"也"旁、"处"旁ㄑ皆"六"下拍，"疏"旁ㄨ亦"六"下拍，陈皆认拍号为"工"字，误译为"上"字。此其五。又此调"六"译"工"，则"合"当译"低工"，"五"译"凡"，则"四"当译"低凡"，陈谱概不分别。此其六。至若"寒"旁ㄅ，上半明是"合"，应译"工"，今误译"上"。"与"旁ㄑ，上半明是"六"，应译"工"，今亦误译"上"，此则由字形相似，传写舛谬，当非陈氏之讹矣。昔戴氏《律话》曾尽译白石十七谱，而亦以未见善本，颇多违牾，且止译宋代工尺，未尝翻为今谱。弟曩尝有意尽翻姜词为宋工尺、今工尺、十二律、七音四种谱，并以比勘各刻本异同，定其从违，附为校记，顷校记已成，而未遑译谱。此间有友生陈君，颇喜从事，当属其译成奉教，或可附见于下期《词刊》耳。姜谱拍号未明，虽译成工尺，亦不能歌，陈氏《通考》谓可被管弦，殊不足信。又东塾译谱实无板眼，仅每句用底拍处注一"板"字而已。其圆围处是断句，非歌谱中之中眼。今日瞿安先生书来，属转告吾兄，可于三期《词刊》申明此意。憬吾先生此谱，得于何许，东塾考谱之书，尚有未刊者否？便乞代询汪公，尤为盼祷。匆匆，敬祺著安。

弟夏承焘上

十月廿九日

近日写重斠《词源斠律》，于大鹤误说颇有诤辞，惟大鹤手批之《词源斠律》，弟未尝寓目，沪上可踪迹否？遐庵属写小词，兹奉七首，乞代转。查宽之书来问二期《词刊》及《词律斠笺》，望代一催。白石谱已译出二三曲，殆属陈生译完十七曲再奉。前寄旁谱辨校法，二校由弟自校最佳，中有数字须斠酌也。

《词学季刊》第一卷第三号

（1933年12月）

六

榆生吾兄：

承教敬悉。定白石词谱为琴声，始于清人刘富杰，近日许守白先生亦主此说，弟则不敢尽信。曾于《旁谱辨》中举数证献疑。客岁，守白来书，谓姜谱或以琴声度之，而唱时可以箫管协，不必定用琴，此于其前说略有修正，亦较近事理矣。精卫先生谓曾亲聆朱执信之尊人以琴叶姜词，能表其词情，甚为美听，〔淡黄柳〕一阕尤极凄抑云云。此非不可信之事，缘凡歌曲可吹于管者，本可移弹于弦，其理无间于古今雅俗。（《碧鸡漫志》记〔雨淋铃〕曲，张野狐以觱篥吹，而元微之琵琶歌，则云以琵琶弹。）但不可据此疑白石词谱是琴曲。今观其〔角招〕序云："予每自度曲吟洞箫。"〔凄凉犯〕云："以哑觱篥角吹之。"〔湘月〕序云："于双调中吹之。"知白石制谱，确以管叶而不以弦。（宋人大抵皆用管叶词，《乐府指迷》所谓"腔律岂必人人能按箫填谱"，不但白石如此也。）又其集内另有琴曲《古怨》一首，调弦法及字谱，与自度曲十七谱大异，十七谱之非琴曲，益可了然。姜词音节拍号，今尚难尽通。若于此根本一概，未能明辨，则治丝益棼矣。承兄见告，因复发之，尊见以为何如？守白先生来函，兹检出奉阅，或可登《词刊》，征通学商榷。其论音节拍号各节，弟另有说，此不赘及也。敬承著安，不次。

弟承焘拜上

《词学季刊》第二卷第一号

（1934年10月）

七

榆生吾兄：

省教具悉。白石词谱一字一律，弟曩时亦疑其不合当时燕乐歌法。（北宋元丰以前之庙堂大乐，亦以数音歌一字。见《宋史》杨杰议大乐。）晓湘先生谓"白石依古乐制曲，其他词人决不如此"，此与守白先生"白石有意矫正俗乐，故用雅乐唱法"之说，若合符契。然宋代词谱，白石集外，今惟《曲律》载《乐府混成集》残谱五十余字。亦一字一律，与白石谱无异，知宋谱本皆如此，非由用古乐。吾兄所疑甚是。尊函又谓："苟宋词亦一字数音，可以由乐工自由增减，何以〔渔歌子〕曲度不传？苏、黄以〔浣溪沙〕〔鹧鸪天〕歌之，必依谱改定其句度。"此论尤为精到。弟意白石谱虽一字一律，而缠声赴拍，并非毫无缓急。缘箫笛有举指用气浅深轻重之殊，为应节迟速之用。《梦溪笔谈》谓："乐中有敦、掣、住三声，一敦一住各当一字，一大字（原稿注此"字"字疑美）住当二字，一掣减一字，如此迟速方应节，琴瑟亦然。更有折声，唯合字无折一分折二分至于折七八分者，是皆举指有深浅，用气有轻重。"白石谱工尺之外，附 丁の乚乛 诸号。今虽未明其何者为敦、为掣、为折、住，然其间有一字当二字，一字折几分，如《笔谈》所说，则可无疑。故虽一字一律，以有此调剂，自可迟其声以媚箫笛也。（惟近日敦、掣、住、折诸号未明，若止依其工尺一字一音以叶箫笛，则必不美听。郑叔问自谓能歌白石词，朱楝垞以白石谱入琴，想皆臆定其节奏，未必真解住、折诸号。）客岁唐立庵与弟论白石词拍，引白石《大乐议》"知以一律配一字，而未知永言之旨"，谓："制谱以一律配一字，歌者永言，遂变为繁声，宋时画拍不如今之详，但以一律配一字，而任歌者为之疾徐繁简，如后世纳书楹之未点板眼焉云云。"弟曩信此说，顷得兄举〔渔歌子〕一证，知其论永言是也，谓任歌者为之疾徐繁简，犹为未当。若知敦、掣、住、折诸号，即疾徐繁简之准则，则宋词字音非任乐工自由增减，及白石谱一字一律亦未尝不可歌之说，皆圆通无碍矣。弟所见到如此，不敢自信必当，其有疏牾，惟吾兄重督教之。

五月十七

《词学季刊》第二卷第一号

（1934年10月）

八

榆生吾兄左右：

　　虎跑别后，久疏往复，乃承先施，至感至感。谢君玉岑，竟止于斯，为之凄哽不胜。前月十五之夕。尚来两快函，属代求孟劬先生书簏，以为枚生之发，不谓遽有二十夜之耗。伤逝自念，恸叹连日。昨检其遗札百余通，近年所遗。屡以不得晤兄长谈为憾。兄与玉岑，六七年前，曾一面于彊村先生席上，岂其后遂无缘再觌耶？犹忆往年暑假，自杭归温，玉岑来视弟沪上旅舍，十年阔别，话至二更方别。本约次早同诣兄真茹，届时来电云小极，不果偕行，弟从此遂与玉岑永诀，其时为廿二年六月廿八夜。以后屡约相见，而屡愆期。去秋邀其来杭，看西溪芦雪，复书谓恋恋一枝，不得游衍。今春欲往常州视其病，亦坐阻雨因循，须臾不缓，遂致交臂隔生。伤哉，伤哉！玉岑之词，必传无疑。来书好论列清词，必于此有深造。弟甚爱其悼亡诸什，大似梦月、饮水，彼谦让不遑。昔蕙风论樊榭、容若，一成就，一未成就，而成就者非必较优于未成就。玉岑困于疾疹，限于年龄，学力容不如朱厉。若其吐属之佳，冰朗玉暎，无论弟辈当在门墙矜佩之列，即凌次仲、陈兰甫亦将变色却步。此尹梅津所谓非焕之言，四海之公言也。玉岑卒前一月，弟抵书属其收拾旧作，欲为代刊。彼匆匆无复，顷问其家尚存全稿，拟求得为其手写付印。往年辽东陈慈首先生即世，玉岑约与弟理董其遗书。沪乱猝发，遂以阁置，至今耿耿。今日玉岑之事，弟必期无负，其有手迹在尊处者，望检寄借钞，并求于沪友广为搜访，此情无殊身受也。玉岑爱朋友若性命，接其温煦，自惭鄙野，而体气过弱，病呕血十载，丧耦之后，益深菀结，客岁来书，犹殷殷劝弟节啬精力，勿以无涯伤有涯。不能自照，乃躬蹈之。揽其遗笈，为之腹痛。因念吾兄与弟皆甚屭薄，兄尤笃学过度，不可不以玉岑为戒。弟半月以还，废书不读，属寄《词刊》稿，拟暂录短文塞责。二主二窗诸谱，皆悍于整理矣。下期《词刊》，请登以启事悼玉岑，并为征求遗著。俟眼当检其遗词及手札奉阅。报刘沼隔世之书，挂徐君空垄之剑。怀兹养养，想共拳拳也。七期《词刊》已到，正中谱单刊本未来，此编覆视复不多满，可勿亟亟耳。复承著安，不次。

弟夏承焘顿首

五月八夕

客冬弟自京还杭，过常州未一晤玉岑，曾集白石句题其孤鸾室，此为弟二人末次文字因缘，兹并录出求教。孤鸾，玉岑悼亡后署名也。

想佩环夜月归来，更何必十分梳洗。

又唤我扁舟东下，只可惜一片江山。

九

榆生吾兄：

手教诵悉至快。苏簃书来，知从兄读东山词。彼颇劬学，必易进境。《词刊》每期销逾四千，诚出意料。近日坊间所出杂志多小品游戏之作，顾颉刚所办《禹贡》，精神可佩，作品亦难尽满意，《词刊》殆可首屈一指。如努力维持，求勿愆期，出十卷以后尚可印作丛书。同人日前一方固须力学，一方亦须培养人才，庶材料无穷竭之虞，兄以为何如？弟以书局催迫，作《词学史稿》。病前尽阅圭璋所印词话，顷重读《词刊》各文。大作《两宋词风转变论》诸篇真前无古人，借重甚多。近日此稿已札成条子数百则，苦恨读书未多，宋元集中间接材料至夥，非仓卒可断手。鄙意书成如可满意，或出资自印不交书局，如此即迟五六年、八九年无妨也。大作《常州词派论》，正盼快睹，吾兄持论之精，近日老辈新进皆不能及。幸早动笔，拙作年谱俟校出即寄。夏声社简章幸早示，弟意最好不以诗文为限，承属代致。《清名家词》总以全刊为上策，兄如每种为提要述其利病渊源，胜选录千万矣。（如卷数多，字不妨小。）玉岑词稿数函催常州王爱士寄来，据云常州友人亦有意为刊，但望其不致迁延作罢耳。昨感东邦政变，为一词另纸求教。冗次，顺颂著安。

弟承焘顿首

三月八日

敝乡属弟辑《瓯海词辑》宋元部分，近代部分由梅冷生兄负责。如见敝乡人词，请代留意告我。冷兄又书来问退庵借去各词书，彼如不用，可设法找回否？弟意退庵当有一函与彼道谢。

一〇

榆生吾兄：

　　前旬寄同叔谱下卷，计达记室。贵校教席想皆妥当。黄公渚君想无问题，至念至念。李仲骞书来知台从曾过京斠玄席上相晤，在京别有所得否？新凉未上课，方撰《南唐二主年谱》，颇悔前作。子野、方回诸谱殊为草草，得暇须补改。又拟增删各家稼轩谱。任公遗作可求否？陈慈首作觅得，亦乞掷下。前托玉岑再觅一本不得也。即承著安，不次。

弟承焘上
九月六日
《近代词人手札墨迹》
（台湾"中央研究院"中国文哲研究所2005年编印）

【按】上十札第一至四札见《天风阁学词日记》；第五札原题为《与龙榆生论陈译白石暗香谱书》；第六、七札原题分别为《与龙榆生论白石词谱非琴曲》《再与榆生论白石词谱》；第八札原题为《与龙榆生言谢玉岑之死》；第九、十札录自《忍寒庐劫后所存词人书札》（下），龙榆生旧藏，张寿平辑释，见台湾"中央研究院"中国文哲研究所编印《近代词人手札墨迹》中册。

致朱祖谋（七通）
一（一九二九年十月）

彊村先生史席：

　　七八年前，林铁尊道尹宦温州时，曾承其介数词请益于先生，并于林公处数见先生手教。日月不居，计先生忘怀久久矣。顷从事梦窗年谱，于尊著词笺略有出入。又得四川周癸叔（岸登）、江西龙榆生二先生书，敬悉先生履定一二。怀企之私，不能自已。因为此书，冒昧求通于左右，尚祈鉴其向往之诚，一一垂教之。承焘学词未久，重以饥驱，不能专业于此。襄尝欲于先生、半塘、伯宛诸老搜讨校勘之外，勉为知人论世之事，作词人年谱及词集考证数种。梦窗一种，兹另纸写生卒考呈政。其余一得之愚，尚有须就正于先

生者，如定飞卿为彦博六世孙，生元和六七年间，长义山数岁，以
匡顾嗣立诗笺以李蔚当淮南李仆射之误。（依顾注飞卿当迟生廿余
年，与事实皆不符，盖未寻李德裕传定也。）谪方城、隋县在大中十
三年，以折衷新旧《唐书》《唐摭言》《南部新书》《东观奏记》《云
溪友议》诸说之纷拏无据。定白石生年在绍兴二十年左右，以正
"江西志"秦桧当国时隐居箬坑丁山累荐不起说之失实。据《侯鲭
录》，考定子野生年应从东坡垂虹游记，而《齐东野语》引孙莘老张
氏十咏图跋不可信。定蔡萧闲从兀术伐宋在绍兴四年，以正《金史》
本传之颠倒。又韦庄当生开成元二年，吴彦高非王履道外孙（《中州
乐府》说不确），使金被留在天会五年，〔人月圆〕词乃其绝笔等等。
虽皆琐琐无关大旨，而撏埴索涂，曾费心力不少。不知足当先生一笑
否？词集考证，体例差同江宾谷二书。已写成者，有白石、子野、明
秀数种，辍作不恒，理董有待，将来尚拟写出求教也。客处僻左，无
师友之助。海内仰止，惟有先生。而自顾赧然，振笔屡辍。惟念自
半塘、蕙风、静安诸公先后凋谢，先生亦垂垂老矣。绪风将坠，绝
学堪忧，承焘虽非其人，而蚊虻负山，旁礴而出，不自量其力之不
任，先生倘亦怜其向学之殷，不以为不可教而终靳之乎？奉手无日，
祷颂何如。翘企还云，不尽一一。敬承道安。

夏承焘拜启　十月二十七日

《词学研究通信》（上）

《文献》1981年第2期

【按】以下各札录自《词学研究通信》（上、下），见《文献》1981年第
2、3期，署"朱彊村、夏承焘作，吴无闻注释"。此札《天风阁学词日记》
所录后又云："续有一事奉询者：郑叔问曾为白石词编年补调，见其《清真
词叙录》。又据大鹤山房《瘦碧词自序》，《词律斠源》外，所著尚有《律吕
古义》《燕乐字谱考》《五声二变说》《曲名考源》《词韵订律》诸种，皆承
焘所未见者，如已有刻本，乞写目见示。先生有新刊撰述，倘承惠赐一二，
尤极感祷。"（《夏承焘集》第五册，浙江教育出版社、浙江古籍出版社1997
年版）

二（一九二九年十二月）

彊村先生赐鉴：

奉诵手教，奖借殷勤，愧无以当。《梦窗生卒考》，臆妄之见，承诲尤感。鄞、慈翁姓家牒，当遵教博访。区区发愿，欲于先生及半塘诸公校梦之后，别寻蹊径，特恐非薄劣所能胜耳。兹犹有请益者：况蕙风先生《香东漫笔》记灵鹣阁藏乾隆写本白石歌曲，为许增校刻姜集所未见者，况翁自谓曾移录一本。晚生往年妄为白石词作考证，以觅此本未获，不敢写定。况翁故后，此本及灵鹣阁原本尚可求得否？晤榆生兄时，乞属其转示，不胜企祷。拙作数种，俟写出，当一一求政。冬归过沪，拟偕榆生兄一亲麈教，书词不尽，预为接席请诲资也。肃颂道祉曼曼。

晚生夏承焘拜　十二月十一日

《词学研究通信》（上）

《文献》1981年第2期

三（一九三○年十月）

彊村先生侍者：

敬启者，旬前榆生兄信来，知道履违和，比惟久久勿药，遥符臆祝矣。晚生顷于友人许觅得江山刘子庚先生《唐五代宋辽金元词辑》二册，其中传刻古本非出刘君纂辑者有《金荃词》（海源阁藏元刻本共七十二首附裴咸词四首）、《荆台倡稿》（费氏藏宋刻本）、《舒学士词》（天一阁本）、《柯山词》、《月岩集》（皆文澜阁本）、《篁嶰词》（善本书室本）、《秋崖词》、《碧涧词》（关中图书馆本）、《宣懿皇后集》（四朝名贤词本）、《黄华先生词》、《疏斋词》（皆铁琴铜剑楼本）十一种，皆尊刻丛书所未收者。刘书曾在北京大学排印讲义，纸墨甚劣，传本尤少。侍者如欲假观，当即嘱友人寄奉。尊刻阐幽表微，搜讨殷勤。此戋戋者，倘不忍其沦佚，为甄录数种，则沾溉后学无穷矣。钱塘秋潮，今年倍大，文从乘兴，尤极延伫。附奉薄楮一方，敬乞如椽题"白石道人歌曲考证"六字，为拙作光宠。

渎冒清神，无任屏营。肃肯，顺颂道安。

夏承焘拜启　十月六日

四（一九三〇年十月）

彊村先生侍右：

手教诵悉。承为拙著题签，并惠陈、曾二公词，拜登敬谢。刘子庚先生《词辑》，顷检友人顾君所藏，犹缺数种。西湖图书馆刘君寄赠全部，明后日准赴杭假得邮奉。晚生见刘书，止此二种也。友人李杲明，名杲，瑞安人。早岁治六朝文甚工，近为金文龟甲之学。今夏以东莞容君（庚）之招，冒暑北行，抵北京五日，即以危疾殁。遗著有《说文解字古文疏证》一种。晚生等方谋为刊本，承询并以奉闻。顷校读宋词，冬间过沪，尚有数事求教。肃复，顺颂道安。

夏承焘拜启　十月十日

五（一九三〇年十月）

彊村先生道席：

十月十二日邮奉刘子庚先生《词辑》二册，计达记室。昨得榆生兄书，谓欲为印一二百部，以广流布。不知已向尊处携去否？此书西湖图书馆初以无副本不肯出借，晚生托馆中主任聂君以其私人名义假出，限二星期还归。万一榆生兄不果代印，乞先生先邮还原书，其几种须缮写者，可由晚生倩馆人录奉，以符凤诺。如已由榆生兄付印，亦乞惠一笺，以便再与聂君订约，因前日聂君有电话来询也。《邵亭书目》载：白石歌曲，有道光辛丑乌程范锴、全椒金望华三家词本（与碧山、叔夏合刻于汉口），先生曾寓目否？便祈示及。另奉宣楮一纸，敬乞如橼写大什，以当瞻对。无厌之请，统俟过沪时面谢。偶成论词小诗（目空欧晏、青兕词坛），奉博一哂，请诲则不敢也。专恳，敬承著安。

夏承焘拜启　十月廿二日

《词学研究通信》（下）

《文献》1981年第3期

六（一九三一年夏）

彊村先生侍者：

高斋拜别，久疏笺候，比惟道履安胜为颂。顷读尊著《梦窗词集小笺》，杂览所得，有数事请益，条列如次，祈开诲一一为荷。〔玉楼春〕京市舞女"问称家住东城陌"句，案厉鹗《东城杂志》卷下"瓦子巷"条，考南宋临安城东瓦子勾栏名称处所甚详，并及诸妓姓名，未引梦窗此词为证（大著此词无笺）。"乘肩争着小腰身"句，《武林旧事》卷二"都城自旧岁孟冬驾回，则已有乘肩小女鼓吹舞绾者数十队"一条可引（结句"婆娑斜趁拍"之语，袭白石灯词"归来不尽婆娑意"二句）。〔扫花游〕赠芸隐，大著止引《南宋群贤小集》，案《城南杂记》卷下"芸隐横舟"条载：施芸隐端平丙申在杭为船官，廨在城东泰清门。有题廨宇诗及芸隐《横舟集序》，与吴词结语："未归去，长安软红如雾"合。〔浪淘沙慢〕赋李尚书山园，大著谓南宋李姓官尚书与梦窗同时者，有李鸣复、李知孝、李曾伯三人，定梦窗所赋山园当是曾伯。案《宋史》四二〇李曾伯传：曾伯曾权兵部尚书，而未官工部。尊著无待辞赞，涓流附海，倘不以为不可教乎？肃此，敬承道安。

夏承焘拜

《词学研究通信》（下）

《文献》1981年第3期

七（一九三一年十一月）

彊村先生侍右：

顷奉手教，敬悉一一。小词乃蒙奖饰，惭恧无似。子庚先生

《唐五代宋辽金元词辑》承收四种入尊刻《彊村丛书》，甚快甚幸。刘书旬前榆生兄邮回，已径还浙江图书馆矣。兹有启者：晚生曩为各词人作年谱，梦窗一种，据尊著词笺及刘伯山题跋，琐琐掇拾，稍具眉目。旋见尊作《玉溪生年谱序》，乃知先生丁巳之前，曾有成稿，未得快睹为憾。顷理旧业，觉弃之可惜，拟与飞卿、端己、子野、萧闲、东山、白石诸谱，一并写出，求教通学。尊著吴谱倘蒙寄示，一发款启，无任感荷。又暑间奉一书，于尊著吴词小笺妄有辞赞，当时未荷印可，至为悚仄。近读吴词，又得数则，如〔贺新郎〕之德清赵令君，依年岁推排，赵令君是赵善春，非赵伯山。〔齐天乐〕齐云楼词确是史宅重修齐云楼时作，尊笺甚是。〔木兰花慢〕送施芸隐嘉熙间作。据〔满江红〕〔喜迁莺〕〔尾犯〕〔凤栖梧〕诸词，梦窗悼亡在淳祐四年左右。据〔瑞鹤仙〕〔夜合花〕〔玉漏迟〕〔应天长〕诸词，知梦窗时客吴中。（周癸叔先生客岁致晚生书，谓梦窗有二妾，一名燕，浙产，在吴娶之，死于吴；一杭人，不久遣去。又少年恋爱一女，死于水。乃据〔莺啼序〕〔三姝媚〕〔昼锦堂〕〔定风波〕及饮白醪感少年事诸首考得，先生曾闻其说否？）〔声声慢〕寿魏方泉，淳祐五年作。〔凤池吟〕庆梅津自畿漕除右司郎官，据《癸辛杂识》确是左司之误。凡此毛举泰累，无关大旨，先生闻之，计一哂置之耳。又曩于高斋，闻先生谈梦窗交游，有数事须考者，便中并乞开示。西湖图书馆地志甚富，或能检得奉报也。先生与半塘、伯宛诸老治梦窗词数十年，遗闻绪论，当有在尊笺外者。倘承不靳赐诲，俾末学后生，有所启发，尤感祷无量矣。敬颂道安。

夏承焘拜启

《词学研究通信》（下）
文献》1981年第3期

致夏敬观（七通）

一

映厂先生尊鉴：

久疏笺敬，比惟动定安胜，定符臆祝。昨日邮奉小文《四声平亭》一册，计承垂察，草草属稿，讹谬孔多。眉孙先生为是正多条，尚有未尽。其间于周、柳二集所举各例，验之全编，往往二三合而四五离，勉为回护，终非谛论。五音一条，亦苦纠纷难理。统祈先生不靳教诲。又眉翁不信阳上作去之说，秦言今河北、江西方言尚如此，《珠玉集》中此例极多（例外仅一"古"字）。南宋方、杨、陈三方和清真四声，其以上对去者多不是阳上，彊村先生亦时能守之。是宋词显例，不但元曲为然。先生词家牙、旷，将何以赐教耶？翘企翘企。敬承道安，不一一。

晚生夏承焘顿首

八月三日

黄显功、严峰主编《夏敬观友朋书札》

（复旦大学出版社2021年版）

二

映翁先生惠鉴：

前旬奉一函并小文《四声平亭》，计承垂察。顷孟劬先生来一函论词，属转奉从者，兹呈上乞望。晚生近移居麦根路泰来里八号，如荷还教乞径邮此间，或由之江转均妥。鹤亭先生主词无四声之说，于小文所举各例颇多异辞，尊见如何？倘承赐诲一二耶？黄郑社集以柬帖浮沉，不克趋教，惟有翘仰。敬颂著安，不次。

晚生夏制承焘顿首

八月十一日

《夏敬观家藏尺牍》

（复旦大学出版社2021年版）

三

映翁先生惠鉴：

数旬睽教，比惟道履安胜为颂。兹有启者，唐君圭璋《全宋词》六折券中有一部乃指定赠杨君铁夫者，顷杨君有函来询，商务馆送书时谬送晚处两部，杨君书款亦由晚垫缴也。社作一首附求诲政。

匆匆，敬承著安，不次。

晚生夏制承焘顿首

七月十三日

《夏敬观家藏尺牍》

（复旦大学出版社2021年版）

四

映翁先生惠鉴：

月余疏候，比惟动履安胜。前读《同声月刊》《宋法曲大曲索隐》一文，钩沉探赜，非先生不能为。叹佩叹佩。因念往见彊村翁作《鄮峰真隐大曲校记》，谓大曲《柘枝舞》歌头及《柘枝令》皆缺文有旁谱。今《彊村丛书》不载旁谱，焘检文澜阁库本《鄮峰真隐漫录》则并〔柘枝舞歌头〕及〔柘枝令〕二曲原文而阙之。彊村刊鄮峰大曲用史氏裔孙传录《四库》本，校以缪艺风藏天一阁进呈底本，缪书今不知归何所。闻史氏刊本犹有流传，先生盍踪迹此书，一明大曲音谱情形，以为乐苑一快事。焘曾辗转托人寻觅，至今未获也。董授经谓日本有《乐府混成集》，叶誉虎谓龙虎山道士藏《宋词歌谱》，先生曾闻其事否？柳君子依昨送来法绘笺面润笔三十元。匆匆不克叩府，拟惟下次社集面奉。专此，敬承道安。

晚夏制承焘顿首

十一月廿三

《夏敬观家藏尺牍》

（复旦大学出版社2021年版）

五

映翁先生惠鉴：

前读高制即效颦奉复，顷得徐君南屏电，乃知邮寄浮沉，兹重写求诲，幸不靳绳墨。"荷叶"一首如可用，当另写申贺。榆兄谓前首韵杂，乃误用温州方音。不得以稼轩、白石通用沃、药文过，又谓后首过变入声字太多，皆深中其病。既成惮于改作，先生倘不以为不可教邪？此颂道安。

晚生夏承焘顿首

七月十七日

《夏敬观家藏尺牍》

（复旦大学出版社2021年版）

六

映翁先生道席：

敬启者，前日接孟劬先生北平函，嘱转奉侍者，兹附上乞察，如有论赞，甚盼诲正示。窃意唐长安方音必与异，观乐天《琵琶行》用韵，时乖旧韵部，可见词用方音叶者十五六。戈顺卿书以《广韵》《集韵》相绳，终隔一尘。此似须综合当时诗词韵文求之，另定韵部。曩有此意，不敢动手。先生倘不靳示我周行耶？企祷企祷。续有恳者，家君病偏风经年，渴欲求墨宝为枚生之发，兹奉二笺乞书大词，赐款蓬仙（家君字）。如承逸藻，尤感荷也。敬承著安。

晚生夏承焘顿首

十月六日

《夏敬观家藏尺牍》

（复旦大学出版社2021年版）

七

映庵先生道席：

久阙笺敬，比惟道履安胜。前奉小文《白石歌曲旁谱辨》，计承察入。先生声家南董，倘荷指谬，不尽感祷。兹有小浼，李拔可先生藏有白石论书帖，为集中所无，颇思快睹，以入拙辑《白石丛稿》。附奉一笺，敬乞代介。外奉宣楮一番，并求先生惠书大作以当瞻对。无厌之请，尚祈鉴其向往为荷。曩闻先生有《古韵释例》之作，何日行世以慰喁望耶？溽暑未退，幸为道珍摄。专恳，即承著安。

晚生夏承焘上

八月十四日

《夏敬观家藏尺牍》

（复旦大学出版社2021年版）

致赵尊岳（五通）

一

卡雍先生史程：

　　曩读《蕙风词话》，知先生嗣法况翁，为声家名辈。又于常州谢君玉岑许习闻先生性行，下风遥听，方深翘切。项得潭秋先生书，知属有百家清词之刻，名山盛业，将与彊村诸公之《清词钞》同垂不朽，何时杀青，以慰喁望耶！承焘曩亦学为倚声，七八年前以湖州林铁尊道尹之介，呈数词请益于况翁。妄拟于半塘、伯宛、彊村诸老校勘、蒐讨之外，勉为论世知人之事，成白石、萧闲、子野、东山词集考证数种，词人年谱十余家。琐琐掇拾，颇费时日。而频年客处，见书不广，不敢遽以问世。项与彊老数书往复，复拟理董旧闻，先写定《白石歌曲考证》一种。惟乾隆中姜虬绿写本白石集（嘉泰壬戌后白石手定稿），屡求不获。此书初藏灵鹣阁，况翁曾借得移录一本（见《香东漫笔》）。光绪间，江建霞举以贻郑叔问（见叔问沈逊斋本白石词校语，钞本）。郑、况卒后，不知流落何许，彊老亦谓未见。先生收罗况翁遗书定多，倘搜访有获否？姜词刻本十余种，承焘止见数种，邺架所藏，拟乞写目见示，为弇陋张目。他日如承出充箱照轸之余，惠假一二，尤盛荷无量矣。谬附同声，冒渎清聆，尚祈鉴其向往之诚，一一进教之。无由奉手，不尽延仁。敬承著安，不次。

　　　　　　　　　　　　　　　　　　　　夏承焘上

　　彊老谓沈阳陈思亦曾注姜词，玉岑谓陈匪石有辛、周词笺之作，先生如识二君行迹，并乞示及为荷。

　　　　　　　　　　　　　　　　　　　　夏承焘再启
　　　　　　　　　　　　　　　　　　　　《赵凤昌藏札》
　　　　　　　　　　　　　　　　　　（国家图书馆出版社2009年版）

二

再肃者：

　　承焘曩为白石歌曲考证，以行箧无书，参校音律书籍，《碧鸡》《梦溪》以外，手边止有《香研居词麈》《舒艺室余笔》《燕乐考原》

《词源斠律》《声律通考》数种。尊处如有毛、许、朱、陆以外白石刻本及关于白石旁谱书籍，倘不靳赐教否？近得郑叔问校沈逊斋本白石词写稿一本，知灵鹣阁藏乾隆间姜虹绿写本白石集，江建霞光绪中曾以贻叔问，此本为许增、朱彊村校刻姜词所未见者，且经白石手删。嘉泰壬戌刻本今既不可复见，此本如尚在天壤，犹在陶南村钞本之上。（况夔笙曾从建霞借录一本，见其《香东漫笔》）先生见闻交游甚广，知曾寓目否？如承代为寻访，俾得写定旧稿，则赵菊庄千岁令威之叹，重为先生发之，洵词林之快事矣！盼祷盼祷。

郑叔问自谓曾为白石词编年补传，彊村先生前日书来谓曾见稿本，今已不可重问。又据其《大鹤山房集》《瘦碧词序》，《词源斠律》外，尚有《律吕古义》《燕乐字谱考》诸书，彊老云皆未见。先生倘有见教否？四川周癸叔先生岸登与先生为同社友，顷有书来论词。

承焘再启。

《赵凤昌藏札》

（国家图书馆出版社2009年版）

三

卡雍先生左右：

春假客沪，两诣从者于申报馆，不值，甚怅。本拟敀府聆教，以襄闻之潭秋，知先生公务甚繁，不便渎冒。即于次日匆匆离沪返严。诵前月廿四手教，乃承相迎之约，弥深悔忏。快觌之期，惟俟之暑间矣。白石刻集，弟之所见止彊村、半塘、寐叟、倪鸿、许增、知不足斋数种，顷晤彊老，云所藏亦正习见者三数种，以冷红抄本为最佳。尊著大全集，网罗众家，当多珍本，便中倘肯写目见示否？闻姜词又有广东刊本，信否？艳阳过杭，如有兴为严濑之游，尤极延伫。自杭至严，近有水面滑艇，止须半日程也。大著写定，祈早日付印，以慰喁望，拙作或可因之藏丑耳。函复，并颂纂安，不次。

弟夏承焘上

廿三

《赵凤昌藏札》

（国家图书馆出版社2009年版）

四

卡雍先生大鉴：

奉到尊辑白石大全集，如获拱璧，此其嘉贶，不比寻常。复承受教，语重心长，益见大君子提奖盛心，风荷无似。尊稿已亲录啸山旁谱校语，俟各件写毕，当遵教挂号邮上，或躬携至沪面奉，必不敢致汙寒具也。承询拙作《明秀》《安陆》二集及词人年谱，近方发愿理董，又妄拟为梦窗、稼轩作笺证，而不敢动笔。邺架所弄，允相馈贫，载拜以祷矣。拙辑论词诗，僧保、稚圭诸家外，比尊辑止多沈云椒一家，当即录奉。《清史列传》载江昱有论词诗十八首，前函误写汪日桢。尊处能求得江氏《松泉诗集》否？沪上词社，延伫胜游，恨不得刺船径去一聆天风海水也。先此函谢，余容再渎。并承著安，不次。

弟夏承焘再拜
十一月十九

课冗不楷，乞恕。

《赵凤昌藏札》
（国家图书馆出版社2009年版）

五

叔雍先生左右：

旬前奉一笺，计承察及。尊稿录毕，已于廿五日挂号邮缴，或迟数日方到。啸山校语果是彊老殊本，快慰无似。彊老藏本题钱启耐庵过录，似即蕙翁旧藏扬州知足知不足斋本，弟未寓目。彊老殊本中有史汇东注语数条，为他本所无者，即此本否？其书何时何人据何本刻，便中肯赐示一一乎？姜钞比世本多词三首，〔越女镜心〕第二首，《阳春白雪》作赵闻礼，《绝妙好词》《历代诗余》作楼采，显非石帚手笔。惟《月上海棠》难得确处，此词《钦定词谱》较尊钞"悄月上"句多一"悄"字，其他字句亦微有异同。《词谱》"姝丽"作"殊丽"，"美人"作"人面"，"辽韶光"作"遇韶光"，"日叹"作"自叹"。不敢妄改。啸山校语有显是尊钞偶误者，皆已代加是正。如丂作“可”，ㄌ作“四”等字。姜钞不分自度曲、自制曲，甚合愚见。惟〔杏花天影〕〔鬲溪梅令〕〔玉梅令〕〔醉吟商小品〕〔霓裳中序第一〕诸首，每阕结拍皆作ㄅ，与自度曲皆作ㄌ者不同。世本与自度曲分列，或有微意。姜钞惟此点可疑。尊见以为何如？郑大鹤校语数十条，姜钞次第暨尊跋凡例，皆已移录拙作中，拙作之成颇承友好嘉惠，百朋之贶，馨香以谢矣。

昨夜报端见王西神记春音雅集，知从者有词话汇刻之举，甚望先见其目。弟曩亦曾写目数十，搜罗数载，苦不能见其全。曩闻丁仲祜曾有此意，亦未悉成书未也。

函谢，敬承著安。

弟夏承焘再拜

十一月廿七夕

姜熙跋语有“纸数番”之句，尊抄注“番”为“格”字。弟忆段文昌诗“三十六鳞充使时，数番犹得表相思”，乃送灵蓝纸十五枚与飞卿诗，似纸可称“番”，琐节奉告，高见以为然否？

又启

《赵凤昌藏札》

（国家图书馆出版社2009年版）

【按】上五札见国家图书馆藏《赵凤昌藏札》，《天风阁学词日记》未录，《夏承焘集》亦失收。国家图书馆出版社2009年整理出版《赵凤昌藏札》影印本对五札的编排有错乱之处，现据《天风阁学词日记》及夏氏生平资料将其按时间先后编次。

致邵祖平（二通）

一（一九二九年十二月廿六日）

潭秋先生左右：

曩于《学衡》，屡诵大什。义宁嫡派，诧为奇观。天半凤吹，曷胜延伫。顷于乡人叔岳兄许，得谂尊况甚悉。翘企之私，固不自今日矣。昨夜舍亲陈君自杭过此，知陈生曾于尊处代乞得大集一部，邮寄浮沉，未获快睹，我劳何如。承焘于贵省文字交游，七八年前有宜黄符丈笑拈。而黄垆之恸，方在今年十月间。万载龙君榆生，近亦函札论学，月数往复。嘤求之勤，又得先生。西江一派，半山、双井以还，何作者之盛若是也。承焘薄劣之质，无足举似。早岁涂抹学诗文，客秦中数载，治小学及宋儒思想，皆无一成。近又欲宣究词学，妄拟于半塘、伯宛、彊村诸老搜讨校勘之外，勉为论世知人之事，仿江宾谷二书，为白石、萧闲、子野词集考证数种，及十种词人年谱数卷，琐琐辑集，无当大雅。移写余暇，夺于讲诵，安得一一就正于先生，上下其议论哉。友人李君雁晴，闻曾与先生通音问。近在武汉大学任国文科主任，前月有数书来，谓不久东归。先生有与通执讯否。如有函札，可由承焘代转。大集如承另惠一部，尤极感荷。甚欲一聆天风海水，拓千古心胸也。客处僻左，无师友之助。足音跫然，遂自忘其鄙俚。倘鉴其向往之诚，不嫌为冒昧进而教之乎。奉手无日，祷颂奚如。弟夏承焘上。

《天风阁学词日记》
（浙江教育出版社、浙江古籍出版社1997年版）

二

再肃者：

承焘曩为白石歌曲考证，以行箧无书，参校音律书籍，《碧鸡》《梦溪》外，手边止有《舒艺室余笔》《香研居词麈》《词源斠律》《声律通考》《燕乐考原》数种，尊处如有许、王、朱、陆以外白石词刻本，或关于旁谱书籍，倘不靳赐教否。近得郑叔问校沈逊斋本白石词写稿，知灵鹣阁藏乾隆间姜虬录写本，江建霞光绪中曾以贻叔问。此本为许增、朱彊村校刻姜词所未见者。且曾经白石手删嘉泰壬戌本，今既不可复得，此本若犹在天壤，当在陶南村写本之上（况夔笙曾假建霞录得一本，见《香东漫笔》）。先生交游见闻甚广，知曾寓目否。如承代为搜访，俾得写定旧稿，则赵菊庄千岁令威之叹，重为先生发之，洵词林之快事矣。盼祷盼祷。

叔问自谓曾为白石词编年补传，日前彊村先生书来，谓曾见稿本。叔问卒后，已不堪重问矣。又据其《大鹤山房集》《瘦碧词序》，

《词源斠律》外，尚有《律吕古义》《五声二变说》诸种，彊老谓皆未见。先生倘有见教否。四川周癸叔先生岸登，与先生为同社友，近有书来论词。承焘又启。

《天风阁学词日记》

（浙江教育出版社、浙江古籍出版社1997年版）

【按】邵祖平（1898—1969），字潭秋，别号钟陵老隐、培风老人，室名无尽藏斋、培风楼。江西南昌人。自学成才，为章太炎高足。先后任教于之江文理学院、浙江大学、金陵女子大学等校。著有《词心笺评》《中国观人论》《培风楼诗》等。

致吴梅（一一通）

一（一九三〇年十月二十二日）

瞿安先生史程：

仰大名久矣。海内声家，自叔问、蕙风诸先生先后即世，先生与彊村巍然为东南祭酒，下风翘企，祷颂何如！

承焘学词未久，比年时诣彊老请业，妄欲为白石歌曲作考证。初依《声律通考》重译旁谱之法，为注俗乐工尺。旋见张啸山答杜小舫书（《舒艺室集·尺牍偶存》），则以转译今谱为疑。坐此迟回不敢写定。闻先生能以今乐歌白石自度曲，富有创说。倘承不靳明诲乎？兹奉《白石歌曲考证叙例》乞教，粗具拙书崖略。昧于知音，而妄订姜谱，先生阅之，当哑其笑矣。

又承焘顷假得刘子庚先生《唐五代宋辽金元词辑》，彊村先生谓欲选数种刻入《彊村丛书》。友人江西龙榆生君，亦欲为印数百部以广流布。先生与子庚交旧，倘曾保恤其遗著，有外间罕见本，并乞见假，交龙君汇刻，表微雅尚，计亦长者心所同然，故并以奉闻。

明春游苏，极望一聆麈教。书辞不尽，预为接席请益地也。江云北迈，翘想与俱。敬承著安，不次。

《关于词曲研究的通信》

《文献》1980年第3期

二（一九三一年六月二十六日）

霜厓先生道席：

客冬承诲一一，至感雅谊。春间抠谒吴门，偶成相左，憾不得一亲謦欬。

白石自度曲，节拍不明，难叶歌喉，信如尊论。宋元词谱、《寄闲集》、《南方词编》诸书，既久散佚；《混成集》亦止存林钟商娲声谱四五十字于王骥德《曲律》中，数百年仅存硕果，惟白石一集，又亡其拍号，洵声家之大厄。清人宣究此书，以承焘所知，乾嘉之间，未闻显学。《四库提要》由未见《词源》及《乐星图谱》，并忘《朱子大全集》中之宋俗乐谱，致不解其旁波斜磔之文。方仰松《词尘》始识谱字，而犹有误认者。凌次仲律学大师，足光绝业，顾不校旁谱，谓非大义所关，最为憾事。江郑堂非专家，戈顺卿尤空疏喜蹈袭，其始认叠字为拍号者，实始于戴长庚《律话》。张啸山《舒艺室余笔》盖承其说，而益疏通证明之，姜谱之学，始十得八九。最近郑大鹤规摹白石，自诩知乐，谓曾七校旁谱，历诋戈、方、张三家。而其寄煞之说，每沿顺卿之误。征引好博，尤多附会，明而未融，稍贤于方、江而已。

承焘曩为《白石歌曲考证》，于此素无心得，特比度各家之言，偶有补苴。虽以蹈袭为戒，而实鲜创获。于谱中讹字，则止据上下片同句律者相校正，亦无从证其究竟然否。自知不足为白石舆台，藏箧日久，不敢示人。私念海内词家，舍先生外，无从请教，兹写奉考证中斠律一种，乞一一绳其讹谬。倘承宠锡一序，若白石之于东泽，尤感荷无似矣。（拙书分斠律、笺证、校字三部，笺证专考地时交游，依江宾谷注草窗、玉田例。）

旬前任中敏君来书，约暑中同会吴门，届时当得面聆麈教。书辞不尽，预为接席请益资也。惠恳，敬承著安，不次。

《关于词曲研究的通信》

《文献》1980 年第 3 期

三（一九三一年七月二十一日）

霜厓先生侍右：

前奉尺牍，并拙作姜词《斠律》一册，计荷鉴正。客岁承诲，论及戴氏《律话》、谢氏《碎金》同出杜撰，不可依据。项重翻戴书一过，其认姜谱沓字为拍号，在张孟彪之前，洵为白石功臣。惟论律好持唐人宫逐羽音及宫角相应诸说，笔舌甚繁。戈顺卿、郑叔问寄煞清声之说，自持甚坚。拙编因从戴、张主沓字是拍号，曾举郑氏《词源斠律》自相矛盾数处诘之，而不敢自信。究竟姜词有无寄煞之例，戈、郑之说是否可从，并乞明教。海内紫霞，今惟先生，故不嫌唐突，屡渎清闻，幸祈鉴其向往之诚！拙编如荷弁教，俾小山补亡之什，得山谷片言而增重，尤感祷无量矣。专恳，肃颂著安！

《关于词曲研究的通信》

《文献》1980年第3期

四（一九三一年七月三十一日）

霜厓先生道席：

手教及芜编先后奉到，载承开诲，以南曲证换头短句，考宋人歌词止守旧谱，定《秋宵吟》"悄"旁误字，皆足振发蒙闇。小节题拂，尤见长者掖诱盛意，感荷感荷。兹又举似二事，倘承鉴其向往之诚，重赐指诲耶？

（一）〔扬州慢〕"角""药"二字，旁谱作ㄚㄢ，先生定为凡字，甚确。姜谱拍号不在管色谱下方，即在其右方，从无在左方者。大鹤以ㄢ为上字，以ㄣ为打号，左右误认，故有此讹。其"角""药"两顿之说，自矜创获。今按谱中ㄚㄢ字甚多，不皆在句脚。〔扬州慢〕"江"字"豆"字，亦注ㄚㄢ，而皆在句中，足见"渐黄昏""念桥边"二句，本作上三下四句，宋元人诸作可证。（惟《阳春白雪》郑觉一首上五下四，余皆不尔。）"角""药"本不必顿，大鹤谓须用入声，亦不足信，宋元人皆不拘也。（《律话》谓拍号在下者即今之底板，在旁者即今之腰板，当否？）至拍号ㄥ字，以校《词源·管色应指谱》乃是折字，证以"清角吹"三字，旁谱作夂丩弓夂，"红药年"三字，作夂丩弓禾，与〔越九歌〕折字用法作夹折夹无折无者正合。姜词中如〔鬲溪梅令〕"浪粼粼""小横陈"二句，皆作多丩多，"何处寻""啼一春"，皆作纟ㄣ纟，〔扬州慢〕"驻初程"作灬ㄥ弓，"麦青青"作ㄠ丩ㄣ，"池乔木"作夂丂夂，"蔻词工"作夂丩夂，"赋深情"作多ㄣㄑ，"桥仍在"作夂丩禾，"为谁生"作丂ㄥ丂，其他三字句第一字与第三字同谱字者，全书共十余处，戴氏《律话》皆注为折字，谓即琴家之进复退复，"角""药"旁谱弓字，可依此定为凡折否耶？（戴氏所注折字，皆在每句末三字之第二字，若〔扬州慢〕之"过春风"作人ㄋ人，而在句中者，皆不注折，故于"角""药"二字亦止注凡拍而不注折。按〔越九歌〕"高田菜芜""高"字折在句首，知不拘在句末三字之第二字，戴说未融。唯白石折字法，谓折字以下字为准，故〔越九歌〕折字皆不再注旁谱，《律话》注"浪粼粼"多丩禾之弓字为五折，"何处寻"纟ㄣ纟之ㄣ为一折，与白石说不合。但姜词三字句确有此种进退句法，又似不可抹杀，高见以为何如。）

（二）起调毕曲之说，议者不一。朱子记张功甫行在谱，以首章第一字为起调，谓如《关雎》之"关"，《葛覃》之"葛"。方仰松谓当归重起韵及两结，所谓起韵，当指全首之第一韵。今按之姜谱起调（与两结同谱字者）不尽在第一韵，如〔霓裳中序第一〕之"力"字，〔长亭怨慢〕之"户"字，〔暗香〕之"笛"字，〔疏影〕之"宿"字，及尊说〔石湖仙〕〔秋宵吟〕之"处"字、"悄"字，皆在第二韵或第三韵，与朱、方之说不合。是否南北宋乐纪不同？前人曾有何议论？凌次仲持宫调之辨，不在起调、毕曲之说，以驳方氏，不过偏否？并乞一一赐教为荷。

　　拙编三稿粗具，平居不能自闲，偶一开卷，辄有补订，用是不敢写定，恐贻悔无穷。承先生允为作序，秋间当移出求正。斠律次序以依拙稿编年，不仍原次。大鹤为清真词叙录，自谓曾为姜词编年，先生曾寓目否？时变日亟，兵沴洊至，犹得与先生商榷古籍一二点划之异同，洵乱世幸事。倘蒙宥其屡渎，不靳启教，祷荷无量矣。颛俟还云，不尽一一，敬承道安。

《关于词曲研究的通信》

《文献》1980年第3期

五（一九三一年十一月三日）

瞿安先生著席：

曩承八月十日手教，赐诲精详，极感雅谊。比惟道履安胜为颂。项阅最近《东方杂志》所载唐兰《白石道人歌曲考》一篇，复有数事请益者。

唐君以姜谱与《词源》《事林广记》相较，认得与为尖一，𢃻为尖上，忽为尖尺，𠃊为尖工，收为尖凡，谓姜谱作㇇，同《词源》《事林广记》作𠃍。如尖一《词源》作𠃊，《事林广记》作𠃍，姜谱则作与。又云：尖一即下一，以下五《事林广记》称尖五可证。又以𠃍为小住，𠃍为大住。（谓《词源》大凡人乃大住之误，人即𠃍之形误。）𠃌为掣，勹为折，（皆同《词源》）丁为打，𠃌为反，丿为拽（三字唐君创说，谓丁为打省，𠃌为反省，丿为拽省。说文：丿，拽也。）亦犹㇇为折旁斤省。用思甚新，似足补啸山诸人所未及。惟末段云："近人皆言白石词谱无拍不可歌，殊不知宋曲谱不必画拍，以一句为一拍也。白石〔微招〕叙曰：'旧曲正宫〔齐天乐慢〕前两拍是徵调，故足成之。'"今依其说寻之，〔微招〕首二句曰："潮回却过西陵浦，扁舟仅容居士。"与〔齐天乐〕首二句"庾郎先自吟愁赋，凄凄更闻私语"全同，则知两拍者特两句耳。又《词源》"拍眼"篇云："大曲《降黄龙花十六》当用十六拍"，此谓一曲前后用十六拍也。又云："前衮中衮六字一拍，煞衮则三字一拍。"此则皆谓一句用字多少也。其余令、引、破、近之别，官拍、艳拍、大头、叠头之分，名目虽繁，然以句为拍，固可无疑。正如北曲之散拍，南曲之引子，此南北曲所有者，即宋时小唱之法所遗留者矣。

今案"拍眼"篇论慢曲，谓"拍有前九后十一，内有四艳拍"。是慢曲二十拍，除去四艳拍，得十六拍，依唐说每拍一句，则宋人慢曲皆以二十句或十六句为定式矣。今存慢词何尝尽尔。

又：《词源》谓引、近六均拍。考查今存〔郭郎儿近〕〔隔浦莲近〕等及名引名近之词，每片皆不止六句。《词源》谓"大曲《降黄龙花十六》当用十六拍"，《碧鸡漫志》谓越调〔兰陵王〕前后十六拍，皆未尝明言即十六句廿四拍。唐君据姜词孤证，即断定宋词以句为拍，似于《词源》尚未详参。此与先生曩者赐书论姜词失拍之说不合，且关系宋词唱法甚大，望有以发我蒙也。

又：唐君以ㄣ为折字，按之姜谱与〔越九歌〕折字皆作进退格者皆不合，以ㄗ为大住，以句法论，亦嫌未安，并乞一决从违。系仰日久，未得奉手。临书不尽一一，敬承著安，不次。

又：先生识唐君否？江右蔡桢君于姜谱有何专著，亦请示及。

《关于词曲研究的通信》

《文献》1980 年第 4 期

六（一九三一年十一月十九日）

瞿安先生道席：

曩奉一书，计承察及。唐君引白石〔微招〕序，谓宋词以一句为一拍，初以其不合《词源》为疑。项间杂览得数事，似足为唐说之补证者，请举以求教：

（一）〔破阵子〕又名〔十拍子〕，全词恰十句。

（二）《碧鸡漫志》（四卷一页）谓："今越调〔兰陵王〕凡三段二十四拍。"今《清真集》越调〔兰陵王〕正三段二十四句。《词谱》分为二十八句，盖连词中"隋堤上""长亭路"二小句及"谁惜""凄恻"二句中韵而言。

唐宋词调，今可考见拍数者，若〔六么〕〔花十八〕前后十八拍，又四花拍，共二十二拍；〔文叙子〕有十拍；〔长命女令〕前七拍后九拍；皆见《碧鸡漫志》。《降黄龙花十六》，见《词源》，惜皆不传。传者惟前举二调最显著。唐君如能见此，足为其说张目。惟与《词源》"拍眼"节所说，终不尽合，先生神悟，当有以见诲也。

任中敏君解《词源》"引、近则用六均拍"为排句六拍，然按之"慢曲八均之拍"一语，则均字似不可作排句解，先生以为何如？

又：唐君认丁为打，𠃌为反，厂为拽，被诸管笛，不知能否成腔？兹录唐君所译一词，乞为决此疑。此词乐大问题，海内解人，惟一先生，倘不厌为屡渎乎？

《词源·讴曲旨要》"折拽悠悠带汉音"句"汉音"二字，郑氏《觱律》无达诂，亦乞明教。

临书不尽一一。敬承道安，不次。

《关于词曲研究的通信》

《文献》1980年第4期

七（一九三一年十二月六日）

瞿安先生道席：

奉廿六日手教，至感雅谊。以屮为尖勾、尖一为高一、尖五为高五，匡唐君之误，允为确当。谓姜谱有节拍流拍，引陈旸《乐书》及南北曲歌法为证，尤甚明晰。焘按《事林广记·遏云要诀》记唱赚之拍云："入赚头一字当一拍。"又云："尾声总十二拍，第一句四拍，第二句五拍，第三句三拍煞，此一定不踰之法。"当时唱赚之法如此，则歌慢词当亦相差不远，合之《词源》记大曲《降黄龙花十六》及来教所考以诘唐君一句一拍之说，其不可信已炳无疑义矣。惟犹有二事，承焘未能释然者。

（一）先生以有节拍流拍解〔兰陵王〕〔破阵子〕之疑，是《词源》论慢曲所谓"前九后十一内有四艳拍"者，当以节拍、底拍合计，故慢词不必皆二十句，然越调〔兰陵王〕廿四拍二十四句，〔破阵子〕十拍十句，何以止计底拍，与前者异。此疑不破，则《词源》与王灼《碧鸡漫志》终不能相通。晚生假定一说，以为宋词拍眼，不但引、近、慢、曲、三台、序子各种词体有各种不同之拍，即同为慢词，其拍亦各首不同，有止具底拍者，有兼有节拍者，故越调〔兰陵王〕〔破阵子〕之拍，与《词源》所记不同。《词源》所载，殆指普通者，不能尽宋词之各体，于其论拍号、小住不同白石旁谱可知也。此说无明据，特周旋《碧鸡漫志》与《词源》之间为此调停之论，先生以为何如？

（二）姜谱既备大小住打拽反折诸音谱，何以独于拍号而遗之？若云后人追写脱落，何以王骥德《曲律》载《乐府混成集》残谱亦无拍号？岂宋人词谱本无所用其拍号耶？并以承教于先生。（姜谱之力或作劦，即《词源》之小住力无疑。《词源》谓："大顿小住当韵住。"今案姜词〔淡黄柳〕"寂"字，〔暗香〕"国"字，〔疏影〕"北"字，是当韵住。其〔扬州慢〕"昏"字，〔淡黄柳〕"单"字，则不但非韵，且非句脚。）望先生终有以发其蒙也。

《事林广记·过云要诀》，承焘见《宋元戏曲史》引，原书何处可求，并乞示及。临书不尽系仰，肃颂著安！

《关于词曲研究的通信》

《文献》1980年第4期

八（一九三七年二月十一日）

瞿安先生道席：

奉片计承察及。关于白石歌曲旁谱，另有一事乞教者，许守白先生近出《中国音乐小史》一书，有云：

或谓白石旁谱，皆属一字一音，宋人唱词之法，当是如此。愚细绎之而疑不尽然也，尝考白石历史，素以通雅乐名，著有《大乐议》，宁宗庆元中上书乞正雅乐，其歌曲冠以所作〔越九歌〕十篇，每字旁注黄钟律吕等字，附所作词，注工尺简字，均是雅乐唱法，含有矫正时俗之意味，似非宋燕乐之唱法也。白石旁谱所注，疑用琴曲歌辞法，故为一字一音者。琴曲歌辞，晋、唐皆有之，宋初词亦有协琴曲者，如宋王辟之《渑水燕谈录》，谓东坡〔醉翁吟〕，崔闲以琴谱其声，遂为琴中绝妙是也。白石旁谱，当是有意矫俗而非随俗者，似不用宋燕乐法也。

词为琴声，近人刘凤叔曾有此说。凤叔谓："词为琴声，一字一音，惟前后节用两合音。曲为笛声，一字或八九音，以其声之曲折也，故曰曲。"刘子庚尝叹为真知音者。今按宋人以洞箫、笛、哑觱栗角和词，明见白石〔角招〕〔莺声绕红楼〕〔凄凉犯〕词序，谓用琴音似嫌未确。考白石论大乐，实反对一字一音。《宋史》载白石大乐曰:"乐曲知以七律为一调,而未知度曲之义;知以一律配一字,而未知永言之旨。"方仰松《词麈》谓此数语乃辟元丰间杨杰论大乐主"节其繁声以一律歌一言"之说,是白石论乐,乃不以一字一律为然者。

宋人歌词之必非一字一音,观刘贡父诗话所谓"近世乐府为繁声加重叠,谓之缠声,促数尤甚,固不容一唱三叹也"数语可知。

元丰三年,杨杰论大乐之失曰:"今歌者或咏一言,而滥及数律,或章句已阕而乐声未终,所谓乐不永言也"数语,北宋大乐尚如此,南宋燕乐可知。杨杰主"节其繁声,以一声歌一言",具见《宋史》。白石谱一字一音,欲以雅乐歌法矫俗乐,或即从杰之说。其《大乐议》所谓:"知以七律为一调,而未知度曲之义;知以一律配一字,而未知永言之旨。"正用杨语可见也。《词麈》(二)谓白石二语辟杨说似非。

许公复列其平生,发兹妙解,允足定千载之疑矣。惟谓姜谱用琴曲引辞法,则窃疑为未妥。其云前后节用两合音,既误认谱中沓字之拍号为工尺,周济《词调选隽序》亦谓姜谱皆一字一音,其有曼声,亦两音而止,同误。至〔越九歌〕及自度曲之不用琴曲歌法,即据白石集亦可考得数证:

(一)〔越九歌〕折字法:"篪笛有折字,金石弦匏无折字,取同声字代之。"是〔越九歌〕有折字是用篪笛,而非弦音也。

(二)〔徵招〕"再三推寻唐谱并琴弦法……然无清声,只可施之琴瑟,难入燕乐,故燕乐阙徵调。"〔越九歌〕及《词谱》皆用清声曲,是不可入琴瑟也。

(三)〔凄凉犯〕"琴有凄凉调,假以为名。"云假以为名,则非琴曲可知。

(四)〔湘月〕"予度此曲,即〔念奴娇〕之隔指声也,于双调中吹之。"云吹,知必箫管。

(五)〔角招〕"予每自度曲,吟洞箫。"

(六)〔凄凉犯〕"予归行都,以此曲示国工田正德,以哑觱栗角吹之,其韵极美。"

凡此皆明言为管声，而非琴声，刘、许二公似未注意。许书八十六页谓姜谱笔划稍多者疑不止一字，即如今日曲谱以数工尺唱一字也。此与前说矛盾，亦失检点。先生以为何如？闻许公在北大讲古乐学有年，此或其早日主张。先生能转致拙见，一询其近来议论耶？许公全书深入浅出，不尽倾佩。琐节献疑，亦由响往之诚，并祈代致此意为荷。唐兰君字立厂，近自辽宁入北平治龟甲文甚勤。月前芜函所论有当否？便中亦乞赐诲。临书不尽盼祷，敬承著安不次。

《关于词曲研究的通信》
《文献》1980年第4期

九（一九三七年二月廿一日）

瞿安先生史席：

囊奉一缄，质许守白先生论姜词数事，未承示复，至为企望。在杭晤陈斠玄君，知尊藏秘本庋商务印书馆者，皆罹沪劫，学林大厄，曷胜慨叹！兹有启者：晚生囊于梦窗词妄成年谱、后笺二种，自顾椠然，不敢示人。近日沪上词友谋刻彊村老定本吴词，榆生兄询及拙稿，方欲付邮，今晚接唐圭璋君书，知先生早有吴词校笺本，为之惊喜。先生声家南董，定多发人所未发，何不与朱笺并刻集后，衣被词人耶？拙稿二种，由榆生兄奉政，挂漏纰缪，计不满大方一笑。倘承不靳赐教，是正一一，并开大著眉目，俾快所未闻，尤感荷无量矣。晚生假中拟留散校度暑，如承教札，乞径寄杭州。

《关于词曲研究的通信》
《文献》1980年第4期

一〇（一九三七年九月二十日）

瞿安先生席前：

暑间奉拙作《旁谱辨》一册，计承察及。文中疏谬不少，旁谱表又多讹字，如勾作凸，与合混，凡作川，与掣混等，校对皆偶失察，幸先生督教之。兹复有一事就正者：宋词至元代何时始不可歌？

此问题苦无明文可稽。玉田《词源·讴曲旨要》载歌法甚详，知当时此学尚未失坠。又王恽《秋涧乐府》记歌词之例甚多，如云"赋某调以歌之"，云"放声自歌""放歌数阕"，〔鹧鸪天〕题云"制〔鹧鸪天〕付乐妓李兰英歌以侑觞"，亦足证元初尚行此学。秋涧以后各词集便少此等题目。惟秋涧集中有〔黑漆弩〕〔平湖乐〕〔绛都春〕〔乐府合欢曲〕四调，皆是元曲。其〔黑漆弩〕题云："词虽佳而曲名似未雅，倚其声歌之。"又一首题云："曲山（人名）亦作言怀一词，遂继韵戏赠。"〔绛都春〕题云："仍以乐府〔绛都春〕歌之。"似秋涧实以歌词法歌曲，其称曲为词，或由不知此是曲体，故嫌〔黑漆弩〕调名未雅，又〔南乡子〕题云："和干臣乐府〔南乡子〕南乐言怀"，以〔南乡子〕为南乐，似当时指词而言，以别于曲之北乐。据此，则元曲初起，实即用宋词唱法，故前人有以宋词为大乐。据此，则宋词唱法，至元蜕化为曲。可云蜕化，不可言失坠也。元曲歌法，至今失考。依此推之，仿佛可见其大略同《词源》所载矣。惟晚生曩作姜词斠律，于〔满江红〕词下采先生之说，定词曲歌法有悬殊之一点相矛盾。是否元曲前后唱法有异，抑鄙说二者必有一谬。倘承指诲，不胜感荷。附奉宣楮一张，乞书大什，以当瞻对。无厌之请，并祈鉴其向往不以为渎冒也。

《关于词曲研究的通信》

《文献》1980年第4期

一一（一九三七年十月□日）

瞿安先生道席：

接十三日手教，开示一一，快感无量。

词守旧谱，得公论定，可无疑义。尊函三证，益详畅矣。尚有一事请益者。晚生旧校白石〔满江红〕，既臆定词曲歌法悬殊，一用旧调而可融字声，一随字音而移音节。今读《秋涧乐府》，又据以定元曲初起间用宋词歌法，自疑二说相径庭，终难置信。如元曲歌法初同宋调，何以至后一反宋词？此其间过程如何，苦未得显证。且世皆言词乐失坠于元明，若设譬说而可信，则词乐实蜕化为元曲，而非失坠矣。此其究竟何似，亦治词曲者所不当忽。先生神识高见，当再有以见诲。天下能发此覆者，惟有先生，幸乞勿厌其屡渎而有所靳也。盼祷盼祷。惠书大作，昨已拜登，如获拱璧，铭感千万。肃谢，并颂著安。

《关于词曲研究的通信》

《文献》1980年第4期

致陈思（二通）

一（一九三〇年十一月三日）

慈首先生书记：

仰令闻久矣。曩于彊村老人许，闻先生曾作《白石歌曲注》。承煮年来亦曾从事于此，谬附同声，益切翘慕。又于番禺叶遐庵先生处，谛撰述甚富，不止姜词一种。以未悉从者行迹，无从承教。顷友人函告，谓曾见大著《稼轩年谱》于《东北丛刊》中，乃知天外冥鸿，仍在辽河、长白间，快慰无似。比惟振教多娱，造述益盛矣。拙作白石歌曲考证各稿粗定，兹奉叙例数纸乞教。雷门振鞉，忘其弇陋。如謦见皆尊著所已及者，当拉杂摧烧之。尊著创说定多，倘承赐告一二，快所未闻乎。拙作初依《声律通考》，译旁谱为俗乐工尺。旋见《舒艺室集·尺牍偶存》《答杜小舫书》，则以译谱为疑。尊见何如，极望明诲。拙著另有词人年谱十种，飞卿、端己、子野、萧闲诸种，已具洁本。惟稼轩一种，以友人龙榆生君已有成作，不复属笔。龙君顷印其乡人辛启泰所刻《稼轩集》，于辛词用力甚勤。大著承煮及龙君皆未寓目。如承先施，尤感荷不尽也。大著已刻、未刻者共几种，并乞写目见示。文字恋嫪，幸恕冒昧。江云北迈，积念与俱。敬承撰安。

《天风阁学词日记》

（浙江教育出版社、浙江古籍出版社1997年版）

二（一九三一年二月十九日）

慈首先生侍者：

承廿三日手教，发函欢笑，如接清尘。《稼轩年谱》，精审详赡，得未曾有。是正辛启泰谱数事，皆友人龙君所未及者。倾企无已。"石帚"二字，先生既考定为扫帚坞白石堂名，则拙辨千余言，皆为赘辞。惟检《杭州志》《西湖志》，棲霞岭、石帚坞皆不载白石行迹，宋元野记过目四五百种，亦无此说。尚乞快示明据，一发千载之疑。拙作白石年谱，稍详于姜虬绿之作而已，必不足望尊著。曩于《石湖诗集》得王政之琵琶四曲，定白石绍熙二年见石湖为初面，疑《醉吟商小品》序谓识范在识诚斋前者为偶误。据姜忠肃祠堂抄本白石集，定白石洞天在苍弁，不在武康。据《履斋诗余》《吹剑录外集》，定梦窗从游在绍定初年。凡此一愚之得，与传说稍异者，眼当一一写出就正。拙作白石歌曲考证，笔墨苦繁，至今未定洁本。去年求得灵鹣阁旧藏姜抄诗词集及张啸山歌曲校律初稿，皆年来寤寐思存者。搪埴所得，间发正戴长庚、江郑堂、戈顺卿、郑大鹤之误，（大鹤谈乐律，历诋顺卿、方成培诸家，而认旁谱结拍为寄杀，实戈、方二家之谬。郑堂说自度曲尤多野言。张氏初稿，亦有未尽然处。）特详于斠律而疏于征考。全书人地尚缺十数事。（田几道、张达可、黄庆长、胡德华、赵君猷、杨声伯、赵卽中、赵景鲁、景望及作梅花八咏之吏部、张仲远见华阳长短句，张彦功、刘去非见龙洲词，萧时父兄弟止据白石寄语千岩与阿灰之句，定为千岩子侄，皆未详其仕履。合路、定香寺、新安溪亦未详。）先生博览，幸不靳见教。

尊考白石生卒年月，白石卒时，萧夫人尚健在。小红嫁后，又有一妾，及临安水磨头、扫帚坞居寄年代，皆闻所未闻，极感兴趣。〔拙稿亦定杭州舍毁在嘉泰四年，有四据：（一）据《宋史·宁宗纪》是年三月临安大火，迫太庙。时令与词语"吴惟芳草"句合。（二）宋太庙近白石词中之三茅观（此说未定）。（三）此年寄张岩诗有"谁念无枝夜飞雀"之句，与词"绕枝三匝"句同。（四）歌曲结集在嘉泰壬戌。此词在外集，必壬戌后数年，与尊考有相符者否。玉田不及见白石，尊考谓玉田曾为张平甫上客，当是笔误。〕便乞嘱写官录示一一。若承慨允邮示全稿，使款启小生，有所启发，则尤铭感无似矣。（挂号邮递，必无遗失。）拙稿襞绩累岁，承彊村、瞿安、映庵、周癸叔、赵叔雍诸先生函札匡益。心仪先生，不自今日。冒昧干渎，倘不嫌为唐突乎。闻陈匪石有辛（弃疾）周（邦彦）词笺，未见。大著《清真年谱》当于静安事辑之外，别有发明，何不与白石年谱，早日刊布，以慰喁望。

常州钱名山先生，与承焘通讯有年。昨来一词，嘱为平骘。顷约其与金鹤望同来看超山梅花。闻钱公与先生有姻谊，夏间倘得奉手湖上，当约其同游，俾承焘亲二贤謦咳。天风海水，伫望移情矣。

昨阅《蕙风词话》得稼轩一轶闻，乃尊著及龙君谱所未载者，别纸写似，并乞垂察。复颂著安。

夏承焘拜

藏姜词之楼敬思，是否即康熙四十八年诏修词谱之楼敬思？名偁，一作云间，一作义乌，籍贯不同。

《天风阁学词日记》
（浙江教育出版社、浙江古籍出版社1997年版）

致金天羽（一九三一年五月七日）

松岑先生史席：

手教诵悉。大什窈然而深，樊榭嗣音，至佩至佩。承询凌次仲律学，晚生何足知此。谫见所及，清人论词律之书，啸山、次仲最精，叔问虽不免野言，犹高戈顺卿、江郑堂辈数等。其《词源斠律》，自谓曾七校白石旁谱，历诋啸山、仰松诸家，而所说时沿顺卿之误，甚不可解。妄论如此，先生以为何如。大集极望早日付刊。嘱为辞赞，且感且愧，俟下月当奉一篇乞正。日来方阅大著文言及诗稿，嗫不敢发一语也。

《天风阁学词日记》
（浙江教育出版社、浙江古籍出版社1997年版）

【按】金天羽（1873—1947），又名天翮，字松岑，号壮游、鹤望，自署天放楼主人。江苏吴江（今属苏州）人。著有《天放楼诗集》《天放楼文言》《词林撷隽》等。

中国古典词学
新辑词学珍稀文献丛刊

致任讷（一九三一年八月十六日）

二北先生著席：

承十三日手教，蒙寄尊校《花草粹编》十二厚册，感仰雅谊，倍切驰想。此书弟止一见《四库》本，于文澜阁明本、金本，皆未寓目。拟俟湖上图书馆开馆后，携尊藏一校库本。如互有异同，当另为校记一本，以答盛意。叔雍君谓秋凉来杭检书，或俟其来面交，免邮寄易损，暂存弟处一二月，知无碍否。尊编分人目录，极有用。略翻一过，发见数处可补各家汇刻词之遗，不但便于检查而已。（惟卢次夔词十余首，尊编署名《蒲江》，与蒲宗孟同编，须改正。）开学后拟就敝校文学系组一词学会，集同志十余人，就湖上图书馆辑宋元佚词，并编一词选集，专集总目，列分人、分调二种。选集自《花间》《草堂》，下迄《历代诗余》。专集就毛、王、朱、吴各刻，旁及宋元别集、各家笔记、地志等。每词于卷数、页数外，并撮首尾四字，加注目下，俾可不检原词，能校各家互见之作。此书若成，则分人一目，可补各家汇刻词及刘子庚《六十家词辑》之阙。分调一目，可补《历代诗余》之遗，为尊拟《全宋词》及校订词谱之初步工作。及事之未举，先生倘有何见教，俾资遵循乎。瞿安先生，翘企已久。春间过苏州抠诣不值。日前承其费数日之力，细校芜编《白石歌曲斠律》，心感无似。承约吴门之行极欲一亲先生及瞿公雅教。以校中招生阅卷，不及脱身，至为怅望。秋凉拟重为石城之游，当与先生把晤金焦，一倾积愫耳。冀野先生，曩见其《元曲别裁集》，晤时并乞代致怀想。复谢，敬承著安，不次。

尊编写官用朱笔，句读间嫌未精，若付影印，有何法补救否。

《四库》本《花草粹编》，用曹秀先家藏本，卷首亦如金本，有延祐四年陈良弼序。《提要》谓是坊贾得陈耀文旧版，伪托元版，说极可信。《粹编》出自耀文，以弟见到有数确证。一、耀文撰《天中记》，今在《四库》类书类。《粹编》序有"顾以纪辑《天中》，因循有未果者""邑侯太初谓《天中》百卷，未便刻成。此帙无多，宜先付梓"之语。二、耀文万历庚戌进士，见《四库》《经

◎ 历代词学书札汇编

典稽疑》提要，与《粹编》序后"庚戌进士"印章合。三、《粹编》谓曾从淮阴吴承恩假书，乃耀文同时人。四、书中引沈雄《古今词话》多条，必非出自元人之手。此皆浅而易见者，而坊贾不知改。钱竹汀据延祐伪序，以入《元史·艺文志》，实千虑一失。尊跋亦以此致疑此书出于元时之良弼，书成未梓行，二百六十余年后，陈耀文攘为己有，似与竹汀同误。（付印时此节须斟酌）敢质所疑，以承明教，倘不斥为狂耶。

《天风阁学词日记》

（浙江教育出版社、浙江古籍出版社1997年版）

致张尔田（二通）

一

孟劬先生撰席：

　　顷者夹泃之间，五荷手教，两诵尊制。并承诲彊村翁词尚寄托，以碧山为骨，非梦窗所能囿。惟桓谭为能识子云，笑君卿而轻论迁史。片言居要，五体投地。窃以为词深于末造，碧山身丁桑海，故与彊老旷世相感，非如觉翁，羌无高抱。承蓁襄尝妄言，以为时流谓朱出于吴，实犹粟里之于休琏，得聆明论，益坚私说矣。月前读《乐府补题》，于碧山赋白莲曰："铜仙铅泪如洗，叹盘去远，难贮清露。"吕同老赋蟹曰："如今漫有江山兴，问谁怜草泥踪迹。"合之周止庵、王刚斋之言，颇信《补题》全编皆为杨琏真伽发陵而作。顷稍稍翻弰杂书，并得数证，足补南都词事，敬以求教于先生，幸一一是正之。《癸辛杂识》别集记胡僧发陵，以理宗含珠有夜明，倒悬其尸树间，沥取水银。如此三日也，竟失其首。此当即《补题》赋龙涎香"骊宫夜采铅水""骊宫玉唾谁捣"之本事。《杂识》又记村翁得孟后髻，发长六尺，其色绀碧，谢翱为作《古钗叹》，此当即赋蝉十词九用鬟鬓字之本事。此其一。至元廿四年丁亥，后发陵之九载，草窗得王献之《保母帖》，作诗云："却怪玉匣书，反累昭陵土。"王理得题云："简编无端发汲冢，陵谷有时沉岘碑。"碧山云："陶土或若此，何为殉玉鱼。"（皆见知不足斋刊《四朝闻见录》后）草窗、二王即赋《补题》之人，诗意亦与《补题》相发。此其二。据陈旅《安雅堂集》陈行之（恕可）《墓志》，行之固始人，而流寓于越。孔行素《至正直记》，亦谓其闲居会稽。碧山、玉潜及王理得皆越产，《补题》集会之地，若天柱山房、宛委山房、紫云山房，皆以越山为名。玉潜又为手植冬青之人。《补题》作于越中，此无可疑。冬青之役，不仅玉潜、霁山二人，全谢山考之已详，沈季友《檇李诗系》及张丁孔希普《冬青引》注跋，皆谓山阴王修竹英孙实主其事。玉潜、霁山皆修竹之馆客，修竹亦与草窗交好。（尝跋草窗《保母帖》，又为草窗自铭填讳，见朱存理《铁网珊瑚》卷五。）冬青义举，发自士夫，谋及恶少，阴移默运于其间者，安知无《补题》中人。此其三。发陵年代，前人考定为至元戊寅，合之诸词人行实，亦各无违牾，草窗时年四十七，正当弁阳破家之后，定居杭州之前。（据牟氏《陵阳集》《剡源集》《齐东野语》）张炎三十一岁，犹未北行。（据《山中白云》）碧山、理得、修竹至元中来往杭越，方与周、张交游。（据《剡源集》《保母帖跋》《山中白云》）陈行之年二十一，殆犹居越未出仕。仇山村最少，才十八岁，至元间亦已奉手于碧山、草窗诸名胜。（《剡源集》）据此互推，《补题》之作，殆即在至元发陵之时，诸词人闻见较切，故隐痛倍深。此其四。以词语度之，大抵龙涎香、蕈、蟹以托宋帝，故赋香而屡曰骊宫、惊蛰，赋蕈而屡曰秦宫、髯影，此玉潜《冬青行》所谓"六合忽怪事，蜕龙挂茅屋"也。蝉与白莲以喻后妃，故赋蝉叠用齐姬、故宫，赋莲亦沓称霓裳、太液，此皋羽《古钗叹》所谓"刑徒鬼火去飘忽，息妇堆前殡齐发"也。凡此琐琐矍矱，不敢自以为当，兼有数人未详行实，未能写为专篇。自喜管窥，偶符尊论，故疏似梗概如此。先生淹通，脱荷不靳垂诲，于以发词苑千秋之秘，补谢山六陵之议，亦艺林一快事，不第承煮受赐已也。承惠玉照，快同瞻对，敬谢敬谢！别纸小词，勉和高唱，并求教正千万。

晚生夏承焘顿首

《词学季刊》第三卷第二号

（1936年6月）

二

孟劬先生道席：

　　承三日手教，伏诵感愧，永嘉学术非驽劣所能任，偶发此妄想耳。

　　兹有启者：友人常州谢君玉岑（觐虞）治词功力极深，所作在稚圭、樊榭间，顷久卧病，属代求书一笺，以当枚生之发。谢君于先生向往綦切，志在必得，万弗有所谦靳，转失云霓之望。文字恋嫪，计先生能推爱见惠，不以疏远为嫌也。

　　下期《词刊》登拙作《正中谱》，文字极冗，并请督诲一一，无任感祷。

　　专恳，并承著安。

晚承焘顿首
沈迦编撰《夏承焘致谢玉岑手札笺释》
（国家图书馆出版社 2011 年版）

【按】上二札第一札原题为《与张孟劬论乐府补题》，第二札录自沈迦编撰《夏承焘致谢玉岑手札笺释》附录。

致厉鼎煃

星槎先生大鉴：

　　坊间握手，至慰翘仰，归读赠报，具知治学淹博，兼综中外，令人惊叹。方欲修书请益，乃承先施，尤感雅谊。李君所刻易安词，焘无其书，并未尝见。私意斐云、主璋两君所辑，当已完具，无劳旁求。译词为前人未有之业，非先生无能胜任者，极盼早日观成，衣被艺林。连日与友人论理初易安事辑，各有小文，学生持去，滥见校刊，俟印成当以求教。匆匆奉报，并承祝安。

小弟夏承焘顿首
十二月二十日

　　编者谨按：译词之意，发自张师叔明。《漱玉词》之移译，即由张夫人韩湘眉师执笔，而鄙人为之拟考证注释初稿云尔。译本行且杀青付印，嗜倚声者，谅必人手一编，先睹为快也。

《国学通讯》第三辑
（1940 年 12 月）

【按】此札原题为《夏瞿禅先生论易安词书》。厉鼎煃（1907—？），字筱通（小通、啸桐），号星槎，笔名蠖生、忆梅、阿通等。江苏仪征（今属扬州）人。1923年考入国立东南大学，毕业后任中学教师多年。曾与卢前、范存忠等人创办狄鞮社，介绍西洋文化。1933年，应聘南京国立编译馆编译，参与翻译《莎士比亚全集》，并接触契丹小字文献，走上契丹文字研究之路。后又任教扬州国学专修学校。抗战期间，先后创办芜城文理学院、中华国学会，刊印有《国学通讯》《集成》杂志。其后历任江苏省高等法院书记官、上海吴淞中学教师等。著有《契丹国书新说》、《莎士比亚考信录》（译著）、《绛帏痕影录》等，另有《幽忧吟》《忆梅词》《星槎词话》等。

致蒋礼鸿（四通）

一

云从如晤：

得四月十六日书，并读佳篇。久不见云从诗，孟晋如是，真可畏佩。承询考据、词章之业，鄙言无碍兼治，吾弟锲而不舍，可望为陈兰甫，凌氏《梅边吹笛谱》不足拟也。于吾弟不为谀词，惟心叔能会此耳。前旬去书招心叔南来，迄今消息杳然，不知已在途否？钟山先生昨来一书，谓暑中将来严州运藏书。闻乡人管绕溪君亦在中大，弟识其否？晤朴山先生均候。叔谠先生请代致意。即承起居，不次。

承焘手具

玉楼春

龙泉学舍，生计日艰。

筇枝拄起偏思睡，酒盏覆空难得醉。已惊明日是余春，未信初心如逝水。　年年错料芳菲事，一夜平芜千万里。终怜高处夕阳多，不悔危栏轻命倚。

好事近

岁尽日瓶梅始吐，和声越、养痾。

唤起忍寒人，当面数峰玉立。商略几番风雪，做一枝春色。　西湖东阁莫传笺，心事北山北。自有暗香一阕，够十年吹笛。

蝶恋花

留别沪上讲友生，酒间诵陈苍虬来去堂堂之句。

留得尊前相见面，且尽离杯，莫问愁深浅。来去堂堂非聚散。北风心事南飞雁。　我有家山东海岸。八表归来，奇翼林间满。辛苦路长兼日短，天涯愧汝随阳伴。（自注：惟滇蜀友人）

里词写似云从仁弟笑政。

承焘未定稿

洞仙歌

沪市见卖盘梅，掩抑可怜，念西湖红萼，有天末故人之感也。

灯唇酒眼，唤芳魂不起。犹忆前游隔烟水。笑初归金屋，便改冰姿，浑不管、容易东风换世。　湖山香影曲，谱入红箫，不是玉人旧宫徵。仙羽欲何归，黄月楼台，但夜夜、暗尘哀吹。莫问我天涯岁寒心，忍满面风霜，与春回避。

此首尚自憙，便中一示圭璋先生，以为如何？

承焘俶稿

《词学》第四十二辑 （华东师范大学出版社2020年版）

二

万里涉江来，传唱采秋新曲。留盖翠鸳风日，忆小窗横幅。（自注：旧戏作芙蕖小轴，题句云："不辞风日炙，留取盖鸳鸯。"为云从索去。）　明年归去住西湖，黄月满梅屋。和我旧山双曲，添一枝横竹。（自注：云从在永嘉时，尝和予〔暗香〕词。相约重到杭州时，补填〔疏影〕。）

〔好事近〕小词，写似云从、发青贤伉俪粲政。

夏承焘

《词学》第四十二辑 （华东师范大学出版社2020年版）

三

好事近

万里涉江来，传唱采秋新曲。留盖翠鸳风日，忆小窗横幅。（自注：往年戏作扶藁小轴，题句云："不辞风日炙，留取盖鸳鸯。"为云从索去。今成佳兆矣。）　明年归去住西湖，黄月满梅屋。和我补填〔疏影〕，添一枝横竹。（自注：云从在永嘉时，尝和予〔暗香〕梅词。约重到杭州，再为〔疏影〕。他日当邀弢青共和也。）

里词写似云从、弢青贤伉俪粲正。

夏承焘

《词学》第四十二辑

（华东师范大学出版社2020年版）

四

洞仙歌

题《中州集》。与声越、心叔谈金源遗事，靖康、建炎间，北方遗老当有抱首阳之操者，遗山书中竟无一字。感慨近事，寄孟劬翁北平。

扶风歌断，数孤亭野史。千载幽并几奇士。看琼花艮岳，自换斜晖，都不管、栗里山中甲子。　宝岩清梦了，一老闲闲，来领英游阅朝市。回首西山鹃，啼过青城，还艳说、洛阳花事。更谁念、江南老龟堂，正盼凤招麟，几番横啼。（自注：放翁《北哀》诗"何当拥黄旗，径涉白马津。穷追殄犬羊，旁招出凤麟"，为北土左衽作也。）

弢青、云从伉俪正之。

承焘初稿

《词学》第四十二辑

（华东师范大学出版社2020年版）

【按】以上书札录自楼培《夏承焘致蒋礼鸿书札辑考》。蒋礼鸿（1916—1995），字云从，浙江嘉兴人。语言学家、敦煌学家，曾任杭州大学教授。著有《商君书锥指》《敦煌变文字义通释》《义府续貂》《怀任斋文集》等。

黄孝纾

黄孝纾（1900—1964），字公渚，号匑庵、匑厂，别号霜腴、沤社词客等。福建闽侯（今属福州）人。主持刘承幹嘉业堂多年，并与况周颐、朱祖谋等词坛宿将交往。后长期执教于山东大学。长于骈文、诗词。著有《匑厂文稿》《匑厂词乙稿》《崂山集》等。

致冒广生

鹤亭世先生著席：

白下槊亭，叨惠嘉畴。情盘景遽，弥伤易别。属觅《素兰集》已函岛寓，尚未得复。大集昨日始由伯葵兄处取回，先此□寄呈。集中十四卷十页后半四行“小云楼”，“楼”字似“棲”字之误，复印时可改正也。白下游踪，以后湖樱桃花为最。曾纪以小词，容改定后再呈粲政。本月沤社社集，彊丈有〔瑞鹤仙〕一首极佳。下期词牌为〔三姝媚〕，未知能否惠贶佳章，以为吾党张目否？玉甫先生近为庚款事，闻赴南京合议，想已晤面。病丈正月已只身返川扫墓，蜀道艰难，寇盗如麻，殊可虑耳。余续布不一。专复，即请道安。

世愚弟期黄孝纾顿首

上海博物馆图书馆编《冒广生友朋书札》

（上海书画出版社2009年版）

致夏敬观

吷庵先生社长左右：

久疏音敬，驰系良深。……纾历年为生徒讲授词学，略有创获，觉世人但知宋有江西派诗，而不知两宋词流亦有江西派存焉。拟仿江西诗派图例，以晏元献为开山大师，奉冯正中为始祖。（正中知抚州最久，宋代词学盛乎江右，此公与有莫大关系。）王荆公、欧阳文忠为羽翼，而以苏门四学士及南宋姜白石诸人为支裔。业嘱门人起草，约可五六万字，此遂游戏之作，但可为我公江西人张目，附闻以博一笑。……祇请著安。

黄孝纾顿首

赐函请寄东堂子胡同内务总署参事厅为盼。

《夏敬观家藏尺牍》
（复旦大学出版社2021年版）

曾今可

曾今可（1901—1971），名国珍，江西泰和（今属吉安）人。早年留学日本，归国后参加北伐。抗战期间，曾任成都中央军校上校政治教官，战后赴台湾。20世纪20年代末至30年代初，在上海从事文学活动，主编《新时代月刊》，1933年在《新时代月刊》提倡"解放词"，刊出"词的解放运动专号"，在文坛引起较大反响。

致胡适

适之先生：

在荣会曾一聆教益，之后久未函候为歉。《新时代月刊》明年二月号拟出"词的解放运动"专号，已有柳亚子、林庚白、章衣萍、邵洵美、张凤、张资平多人之稿，拟请先生发表高见，赐以伟论，是盼！学术是大家的，应该大家去讨论，这不是个人的事。高明以谓如何？附呈在《时事新报》"学灯"栏发表之拙文一篇，敬乞指示！聆示复！

"词的解放运动专号""中国文坛印象记"，以上二书眉拟函大笔一挥，想不至惜墨如金也。专此，敬请道安。

后学曾今可
十二月十五日

耿云志主编《胡适遗稿及秘藏书信》
（黄山书社1992年影印本）

致赵景深

景深吾兄：

自笔会停开，久不见了。又因为一个杂志绊住了我，许久也没有来看你。

"词的解放运动"是偶然发生的，其初不过是和柳亚子先生在辣斐德路上一面走一面随便谈谈，后来文艺茶话会在世界学院开了一个词会，于是产生了柳亚子先生的"词的我见"。正好这时候，刘海粟先生要我替美专二十周年纪念刊写一篇"二十年来的诗词"，因为该纪念刊须半年后方能出版，所以我就把那篇文章分成两篇给《星期学灯》和《时代文艺》发表了，即《词的解放运动》和《诗与诗人》。后来引起了张凤先生等多人的兴趣，对这问题加以讨论，我才预备出这么一个专号。事先便料想到一定会被人攻击的，现在，果然是被大报小报骂够了！不过还没有谁在这问题的本身去讨论，都只是瞎骂。无论一种什么运动，只是一种开始，不是一种结果。开始以后得大家去研究、讨论，才会有结果。如果不加以研究和讨论，只一味瞎骂，（如《自由谈》及各小报）便永远不会有结果。

你唯一的一首词很想拜读，请抄给我，好吗？

旧诗我在二十岁以前写过很多，曾编为《天真集》，虽未"废去"，也只好藏着。

关于用韵自然是照国音好，用别的土音是不行的。"词的解放"问题让大家去研究、讨论、决定吧，我不想再说什么，因为我已经说出了我所要说的话了。而且这也不是个人的问题。说词需要解放的也不只我一人。专号上的文章也不完全是主张解放的。我的主张听便人去自由批评，或讨论（就是瞎骂我也不争辩）好了，如果有人说出词可以作废或不必要解放的理由，我决不争执。我的主张随时可以放弃。我又不靠"词的解放运动"吃饭。至于个人作品那又是一件事情。"国家事，管他娘"和"打打麻将"两句，我却有话可辩，然而我不辩。如果一定说，大家天天实行打麻将不要紧，我说一句打麻将就有罪，我也愿意把我那首词取消。——我不愿以此而被人误解"词的解放运动"，虽然这是完全与"词的解放"的理论无关的。

弟今可 二日

《新时代月刊》1933年第4卷第3期

【按】此札原称《"词"的通信》。

唐圭璋

唐圭璋（1901—1990），字季特，江苏南京人。师从词曲家吴梅。曾任教于中央大学、金陵大学、东北师范大学、南京师范大学等校。终其一生，专治词学，成就巨大。编著有《全宋词》《全金元词》《词话丛编》，著有《宋词三百首笺注》《南唐二主词汇笺》《宋词四考》《唐宋词简释》《词学论丛》《梦桐词》等。

致赵尊岳

叔雍先生有道：

收到《倚声集》及《百名家词钞》，大喜过望，频年搜访，欲求其一而不可得，今竟得并置案头，幸何如之！然此非先生古道热诚不到此。《倚声集》顺治刊本，王阮亭司理扬州时，与邹程村合选，所收明清人词达数千首，诚大观也。似此罕有珍籍，最好先付排印，流播人间。《百名家词钞》，聂先、曾王孙合纂，盖继《倚声》而作，书共廿册，人各一集，共收词一百十家，网罗浩博，亦一代巨著也。细阅此书，乃两种合为一种，内分甲集与初集。甲集四十家，共八册，前有聂序，及聂氏所定之凡例，而无曾序。初集六十家，共十册，前有曾序，而无聂序。夫既曰甲集，又曰初集，是二人欲分踞词坛，各有千古之意甚明。《四库》所收天一阁藏本无卷数，共三十家，首为吴梅村词，盖初集之残本也。《提要》云：考卷首曾王孙序，称《百名家词》，与集中所载之数不符。又云：卷端无例言，似非完书。不知合甲集、初集言之，正合百家之数。而今本甲集，赫然有例言在焉。据此，则是书未登天府，诚有如先生所云者矣。其名贵当与《倚声集》同，惟其间亦有可疑者，爰举以奉达台端。检甲集四十家，初集六十家，皆与内容不符。甲集内实收四十一家词，内有万树《香胆词》一种，目录中失载。初集内实收六十二家词，内有华胥《画余谱》，吴之登《粤游词》二种，目录中失载。故名曰百家，实不止百家。特举其成数而言之耳。又尊藏钞本名家词钞二册，共七家词，既无序跋，目又不见甲集、初集，不悉何自钞得，其间缺页、错简，不一而足。考甲集中有吴棠桢《凤车词》，吴秉仁《摄闲词》，今七家中复有棠桢《吹香词》，秉仁《慎庵词》，则此钞本词为续辑刊行可知，惟未注明乙集、二集。今人不辨为聂辑抑曾辑也。又前月弟在吴门，见吴先生所藏名家词钞残本。（刊本与尊同，惟纸稍洁白）中有张锡怿《树滋堂诗余》一种，为甲集、初集及钞本所无，此亦今人迷惘不解者，究不知名家词钞当日共刊若干集，共刊若干家，目录既不可凭，钞本又无端倪可寻，全书湮没，良可浩叹。今拟代补《树滋堂》一种，亦欲弥尊藏之缺憾云。前承惠借明刊本《渚山堂词话》《花笺录词话》《卧庐词话》及论词绝句诸种，并已用过，不日乞秋岳先生转呈。至于明人评《草堂诗余》诸种，弟拟俟还清后，再恳借阅。屡荷慨助，盛情心藏，摺痕甲痕，自当格外留神，使勿伤毫末。匆此率陈，并请著安。

弟唐圭璋顿首

十一月五日

《词学季刊》第一卷第三号

（1933年12月）

【按】 上札原题为《与赵尊岳论百名家词书》。

致朱居易

居易先生：

前适寄上一函，旋即奉读，大示敬悉一是。毛校本六十家词尚无影印之议，此恐冀野造谣也。弟曩日系就藏家移录，别无副本，其要点已见《全宋词》跋尾矣。遐公购得精抄本宋元人词，大可惊异，望赐一目见示为感。大鹤校本底本用毛刻，先失价值，而所校亦未尽当，弟见黄季刚、汪旭初诸先生均有驳正及重校处（杨易霖又有《周词订律》)。与其勉而滋纷，莫衷一是，曷恭存旧本面目，供仁智之抉择。四印斋本，即陈注底本，言善本恐无过于此。先生谓补遗一卷尤为精审，此意与弟适相反。补遗一卷，盖无一是处。饮虹簃书价亦太贵矣。泳先补词亦有误处，如柳永一首乃贺方回（见《乐府雅词》），清真两首，一乃东坡，一乃晏词，大抵据《花草粹编》以补，鲜有不误者。因此颇有重校印《花草粹编》之意。以吴伯宛、曹君直诸者，亦皆据此解词，每多误也。如有高见，并盼惠示。新作已十一集，附近作一首乞正。匆颂著安。弟圭璋顿首，五月九日。

红林檎近　圭璋呈

春老莺声懒，烟闲花事稀。翠色漾帘影，竹风动涟漪。猛惊江城画里，换了万绿凄迷。弄笛映水亭西。犹想旧游时。　景物都似昔，心迹已全非。云笺待写，金炉香灭成灰。但凭阑无语，晴檐昼永，肠断一日空九回。

《中国书画家》2015年第5期

【按】上札录自唐吉慧《唐圭璋致朱居易信札》。朱居易（1908—1967），本名朱衣。江西上饶人。毕业于上海暨南大学，曾在《清词钞》编纂处及《词学季刊》从事编辑工作，后任职于南昌中正大学、南昌大学。著有《宋六十家词勘误》《元杂剧俗语方言例释》等。

致陈乃乾

□□□□史席：

拜读三日……敬悉一是。兹寄上《词丛》一部廿四册，乞检收。价依预约拾陆圆外加邮八百四分。斤斤计校，颇觉惭报，惟资助寒微，想先生当能谅之也。阅尊辑《清名家词总目》，诚蔚然大观，惟吴中七子，一子都无，似宜酌选一二，以易目中非当行作家。此外，如《东海渔歌》为蕙风所称，《瓶隐山房》为莼客所称，月坡、海秋亦一时宗匠，似并宜在初集中刊出。又目中性德《通志堂词》一种，（璋）所汇辑者，共三百四十七首，不知与校本有异否？盖璋自陈淏《国朝诗余》辑得二首，《词苑丛谈》中辑得一首，《曝书亭集》中辑得一首，并诸刻所无也（榆园本亦无之），将来如需要，当钞奉也。曩者闻友人任中敏言，先生亦有考订《曲录》之意，现不知已有成稿否？后知赵万里、郑西谛诸先生亦有合编《曲志》之议，自中敏抛荒旧业，成议久寝，璋意际兹时会，《曲志》亦大可重编。自王静安后，中敏续补颇多，璋亦有补人补目之稿。今姚梅伯稿发现，领域更广。今汇集诸种，并非甚难之事，先生亦有此意乎？……

芜词一首不足入大雅之目，弃之可耳。

唐圭璋上，七月六日
《共度楼存札——陈乃乾友朋书信》
（嘉德四季第四十二期拍卖会，2015年6月）

【按】原札有为水浸渍处，故以□代之。

致厉鼎煃

星槎兄：

来示敬悉，通讯亦拜读。冀野、雨廷不在一处，不常晤。《全宋词》讹脱定多，乞指教。《词丛》无书矣，无以应贵友命，至歉。只是稚子遥隔，日夕苦忆之。太太在沪否？并念。匆此敬复，并候撰安。

弟唐圭璋顿首
一月三十日

编者谨按：《词丛》即圭璋兄所编《词话丛编》，凡六十种，二十四厚册，曩尝为文介绍，揭之《国立武汉大学文哲季刊》。比有一友人托为代觅一部，不料烽火之余，更无存书。会当商之唐君，改由本院校印，再版问世也。

《国学通讯》第五辑
（1941年2月）

【按】此札原题为《唐圭璋先生论词学书》。

致中田勇次郎（二通）

一

中田勇次郎先生大鉴：

拜读大示，欣慰之至。所指陆敦信、莫少虚、陆永仲、李长庚四则，尤感高谊。陆敦信见《花庵词选》，莫少虚见《梅苑》，向皆不知其名。今得先生发明，亦大快事也。惟据《洞霄图志》云："陆凝之，字永仲，号石室，余杭人。"似可与《咸淳临安志》互订也。又李长庚，字子西。但据陶梁《词综补遗》云："李子酉，号冰壶。"尚不知孰误。弟辑《全宋词草目》，罅漏颇多。尚望先生不吝赐教。兹有询者教事：

①贵国贞亨初（当我国清康熙初）所刻《事林广记》（宋陈元靓编）内有宋人佚词。吾国无此书，便乞先生代查一过赐寄可乎？吾国《蕙风簃随笔》中录得五首，度其他必仍有也。

②吾国明人之《喻世明言》，惟贵国有之。其间或仍有宋人佚词，亦仰望先生见示。

③吾国曹元忠云：汲古阁所景《梅苑》，归诸贵国岩崎氏。不知视今李祖年刻本《梅苑》为何如？先生亦得见此书否？

琐费清神，感荷无极。天涯比邻，幸希不弃。

此请著安

弟唐圭璋上
七月十九

《南京师范大学文学院学报》2002年第4期

二

中田勇次郎先生雅鉴：

读八月五日手示，快慰无似。多累代钞《事林广记》中之词，亦至感歉。陈元靓为宋末元初人，可信也。惟《十万卷楼丛书》所刊《岁时广记》为四十卷，作四卷，盖误也。所钞九词，《东坡判词》，于《西湖志余》（灵京寺作灵隐寺，当从《志余》为是）曾见之。《张魁判词》，《中吴纪闻》谓是仲殊词，究未知孰是也。吾友赵万里辑仲殊《宝月词》引之。惟谓《事林广记》不注撰人。则非是也。《判僧奸情》"江南竹"一首，《留青日札》载之，惟作方国珍词。其僧名竺月华，亦非法聪也。先生所举九词见癸集卷十二、卷十三，但吾华况蕙风《餐樱庑词话》引其戊集亦有〔满庭芳〕〔鹧鸪天〕等词，先生可勿须钞也。又谓卷八未注明干支有《音乐举要》，论谱字颇详。又谓卷二《文艺类》有言宫拍，与白石词颇可印证，则此书信可宝矣。李祖年《梅苑》系自印分送者。现渠已死，无从问得。坊间如有发见，当购奉台端。《静嘉堂书影》已见过，惟无《梅苑》耳。赵万里以二百金，自贵国写真，可以假弟。则此本可以见到，至快意也。又《皕宋楼藏书志》卷一百二十载宋陈经国《龟峰词》一卷。（有注云：案陈经国，字伯大，小字定父。潮州海阳县人。宝祐四年进士。见《登科录》。其书《四库》未收，各家书目罕见著录。）又载陈人杰《龟峰词》一卷。（有陈容跋语及陈合一绝。陆氏谓：陈人杰，仕履无考，与经国显系二人。）后者，《四印斋所刻词》已印出，惟前者则无从得见也。令师有一知己在静嘉堂，务恳托之钞得。钞值若干，当寄奉也。闻诸桥辙次为静嘉堂文库代表者，或径托渠可乎？贵国专究词学者（或文艺者），尚乞见示地址。此次分笔画《词目》即成，将再乞贵国学人指教也。弟仅知盐谷温在帝大，他不知也。匆此教上，并请著安。

弟唐圭璋上
八月廿日

【按】 上二札录自日本学者芳村弘道、萩原正树《从唐圭璋先生的两封信看〈全宋词〉的编纂过程》一文。唐先生二札写于1935年，原件现藏于日本立命馆大学词学文库。中田勇次郎（1905—1998），1935年毕业于京都帝国大学中国语言文学科，毕业论文为《两宋词人姓氏考》，1947年任京都大学教授，后曾任该校校长。研究专长为中国古典诗词，中国古代书画，著有《中田勇次郎著作集》。词学方面著作有《读词丛考》，编有《词选》《宋代的词》《历代名词选》等。

赵景深

赵景深（1902—1985），笔名邹啸，四川宜宾人。青年时期积极提倡新文学，1927年任开明书店编辑，主编《文学周报》；1930年任北新书局总编辑，并任复旦大学教授。后从事古代戏曲小说研究，著有《宋元戏曲本事》《小说戏曲新考》《元人杂剧钩沉》《明清曲谈》《元明南戏考略》《曲论初探》等。

致曾今可

今可吾兄：

前承来书嘱为"词的解放运动专号"写点意见，我因为不愿与人辩论，所以踌躇着延迟下来了。

我只写过一首词，在今天以前；旧诗却在十五六岁时写过二三十首。——这些我都已废去。我是主张只看旧词，不写旧词的。推而至于古诗、古文和一切古的东西。不过我怕人家嘲笑我反对旧词（非指解放后的词）是为了自己不会做，（自然我是有这短处的）所以终于不曾说，现在只对你谈谈。因为我觉得接得你的信许久，无论如何是应该覆一封信的，虽然我不曾为"词的解放运动专号"写文章。

今年上半年，我想把西洋文学搁一搁，多看一点词，说不定还想替北新编一点宋人词集。

关于用韵，我主张用国音的韵，倘若是作新词。

弟景深 三月一日

《新时代月刊》1933 年第 4 卷第 3 期

【按】此札原称《"词"的通信》。

龙榆生

龙榆生（1902—1966），名沐勋，晚年以字行，号忍寒公、忍寒居士、风雨龙吟室主人。江西万载人。先后创办《词学季刊》（1933）、《同声月刊》（1940），联结新老词家，极大地推动了现代词学研究。著有《东坡乐府笺》《中国韵文史》《词曲概论》《词学十讲》《唐宋词格律》《风雨龙吟室词》《忍寒庐词》《龙榆生词学论文集》等，编有《彊村遗书》《唐宋名家词选》《近三百年名家词选》等。

致张尔田（二通）

一

孟劬仁丈大人道席：

　　两承手诲，并纠正《词刊》所载某君记彊村丈词事诸端，且感且愧。江君记彊丈在法政学堂任内情形，大致近是，原拟截取一节，藉为他日参证之资，适以《词刊》亟须补白，匆遽间忘将其首尾乙去，致贻笑柄，悔之无及，幸得公与闿老辞而辟之，下期谨当更正，且志吾过。至〔鹧鸪天〕原为移宫作，姚君竹轩、黄君公渚，顷亦曾为勋言之。谢君与彊丈有往还，不知何以误解如此。勋所以欲求诸老辈，将彊丈词中确有本事可纪者，多所指示，以便汇为一编者，亦虑依附之徒，造为疑似，妄自撰述，以迷误方来耳。且词中本事，不及时诠释，更百十年后，安知不如玉溪《锦瑟》一诗，聚讼纷如，翻滋疑窦乎？勋感知心切，他日生事稍裕，思博考清季史实，藉证所闻，为撰小笺。然此事当要之皓首，亦冀公之常垂启迪，幸甚！受砚图卷，已寄闿老乞题，即将转至公处，幸赐题句，藉资策励而纪因缘，感且不朽。

后学龙沐勋顿首

《词学季刊》第一卷第四号

（1934年4月）

二

孟劬先生道席：

　　两承手诲，并示雅词，浣诵至快。勋之持论，时人毁誉参半，而皆不中肯綮之言，能指斥其非，而匡益吾不逮者，惟公耳。苏、辛之不易学，由其性情、襟抱、学问蕴蓄之久，自然流露，此境诚非才弱如勋者所能梦见。然常读二家之作，觉逸怀浩气，恒缭绕于心胸，熏染既深，益以砥砺节操，培植根柢，虽不能至，心向往之。词外求词，亦望世之治斯学者，勿徒以粉泽雕饰为工，敦品积学，以振雅音于风靡波颓之际，非叫嚣伧俗者所可与言也。彊丈之翼四明，能入能出，晚岁于坡公，尤为笃嗜，梦窗佳境，岂俗子所知。浮藻游词，玩之空无所有。强托周、吴以自矜声价，其病亦复与伧俗相同。尊论二十年来，词风之坏，乃人为之，最为中肯。散原丈为勋题《授砚图》，有侍郎词与其风节行谊相表里之语，而勋勋探本求之。与公之所以督教不才者，亦复契若针芥。正惟世风日坏，士气先馁，故颇思以苏、辛一派之清雄磊落，与后进以渐染涵泳，期收效于万一。非敢貌主苏、辛，而相率入于叫嚣伧俗一途，如世之自负为民族张目者比也。年来饱更忧患，益当砥砺志节，时或不免偏激之言，近作亦聊写胸怀，于湖、后村，犹未几及，何敢望无咎，但自信未入于伪耳。承示三词，乃在稼轩、遗山之间，沉痛之极，惟〔水龙吟〕结句似皆当作四字句，末句上一下三，尊作末二句皆三字，与上半阕结尾相同，不知别有所本否？晦闻先生新刊诗集，已于金陵得之。开学事繁，余容续报。匆书奉复，敬颂道安。

沐勋顿首
《词学季刊》第二卷第三号
（1935年4月）

【按】上二札第一札原题为《报张孟劬先生书》；第二札原题为《答张孟劬先生》。

致夏敬观（六通）

一

映庵老伯大人尊鉴：

新年得亲教诲，喜慰如何。比想起居胜常为颂。《词刊》四期付印，一年已满，民智要求续约，二卷一期又须集稿矣。尊撰《词话》尚恳早日赐寄，以便誊录。拙词数首乞斧正，采录一二。侄近颇喜苏、辛，以歌注失传，严律亦徒自苦，转不如二家之逸怀浩气，足以开拓胸襟也。老伯以为何如？刘君麟生颇拟邀入《词刊》社，便中乞为致意并示通讯处。前求定老画上《彊村授砚图》，不知已蒙渲染否？并希代为敦促，不胜感幸。此间已上课，风波犹未全平也。肃上，敬颂道安。

侄沐勋顿首

三月三日

《夏敬观家藏尺牍》

（复旦大学出版社2021年版）

二

映老世伯大人尊鉴：

前承枉驾，礼意未周。重辱雅词，弥深惭悚。后阕"兵尘未了"以下激越苍凉，冶周、贺于一炉，字字精警，令人百读不厌。勉成一阕，乞赐指点。此间国文系诸生极思一亲教泽，拟如往例奉迓尊驾来游。（座谈不讲演）如承俞允，当候荼蘼开后约期，派专车奉迎，并约定之。公渚何如？维扬归来，尘务坌集，不及趋谒为愧。《词刊》不日可出，本年四期拟改托开明书店承办，在磋商合约中。匆书报谢。敬仰道安。

侄龙沐勋顿首

五月四日

《夏敬观家藏尺牍》

（复旦大学出版社2021年版）

三

映翁老伯大人尊鉴：

社集匆匆，承教未罄所怀。归读尊制《遁庵乐府序》定稿，精深雅健，持论亦极警辟，信乎佳文，亦待好题乃相得益彰也。已抄寄孟劬翁，手迹则当什袭珍藏矣。顷得陈斠玄兄成都来信，哈佛大学燕京社在华所办之国学研究所（附设齐鲁大学内）决聘侄为名誉编辑，特约撰著《唐宋词学史》及《清代词学史》二书，稿费尚优，可以分期支领。决将校课摆脱一部分（复旦已辞，暨南亦请人暂代

中国古典词学
新辑词学珍稀文献丛刊

矣），藉得余力著书。惟他日求教之处甚多，尚冀不吝指点也。……肃颂道安。

侄沐勋顿首

十月廿八日

《夏敬观家藏尺牍》

（复旦大学出版社2021年版）

四

贞白贻我《清真集》一册，呈求评点，庶度金针，使侄等得以共扬"清真教"也。吕碧城寄到新刊《晓珠词》，附上一册，乞查收为幸。敬颂映翁老伯大人道安。

侄沐勋顿首

一月三十日

《夏敬观家藏尺牍》

（复旦大学出版社2021年版）

五

映翁老伯大人尊鉴：

顷闻饫聆清诲，欢幸不可言。拙词返寓后即加涂改，仍有未妥处，敬求削正为感。侄自岭表北归，备遭压抑。又以迫于家累，不得不低首下心乞虎狼之余以苟延残喘。终朝忙迫，旧业尽荒，每思老伯教诲之殷与提携之厚，恒欲及时自奋，而终为事势所不许。既感且惭，以视贞白、瞿禅（家累甚轻，故得专力），惟有钦羡耳。肃此，敬颂道安。

侄沐勋顿首

九月二日

前谈乞秘。

《夏敬观家藏尺牍》

（复旦大学出版社2021年版）

六

映公老伯大人赐鉴：

日前畅聆清诲，至为快慰。今晨抽暇，勉成社课，字句仍多未妥，乞老伯不吝斧削，并转致孟超兄付印为幸。尊词细读，真无懈可击，孟劬翁所赞非阿好也。词序谢启仍乞寄下抄副，以备留入《词刊》，原稿缴呈。肃叩道安。

侄沐勋顿首

十月初九日

《夏敬观家藏尺牍》

（复旦大学出版社2021年版）

致廖恩焘

尊词丽密之中潜气内转，用能运动无数丽字，一一飞舞，异乎世之以晦涩求梦窗者。鄙意学梦窗者贵乎能入能出，而于苏、辛一派，势不能无所沾染。彊翁从梦窗入，从东坡出。公词则从稼轩入，从梦窗出，固宜其异曲同工矣。

晚生龙沐勋上

二月十二日

《忏庵词续稿》

（民国刻本）

【按】上札为《忏庵词续稿·题识》。

致叶恭绰（六通）

一

遐公词丈：

日前邮奉一笺，计承詧入。昨晤叔雍，商榷《季刊》事。据称此事不难于搜集资料，而难于发行推销，欲长远维持，必须设法由书局承印。当作一函介见董授经先生，托与大东接洽。董亦该局股东之一，且在彼印刷出版之书籍甚多，如有赞助，则一切皆较便利。勋本拟即日往谒，适时晏，又为足疾所苦，遂不果行。窃思叔雍所言至关重要，拟更乞公另函授老（寄勋面致），略言《季刊》旨趣，或并约彼为发起人，庶大东方面易于接受。出版发行之责果能由书局代负，则会计亦可不必觅人。每期由勋将稿件汇齐，送往付印。一切条件徐与商谈可也。如尊意以为然，即希示覆，以便专调授老，藉利进行。叔雍对副理事长一席谦辞不就，并乞公为劝驾，不胜感祷。彊翁有与夏瞿禅论校词短札，不知图书馆刊合用否？并希示及。祗颂撰安。

沐勋敬上

八月卅夕

丁小明、梁颖编《上海图书馆藏叶恭绰友朋尺牍》

（上海辞书出版社2022年版）

二

遐公词丈撰席：

顷承还诲，仰见忧国之忱，兼征笃旧之谊，生丁末季，维护斯文，非公更谁属耶？彊丈《遗书》决先将《语业》卷三及《诗集》刻出也。由勋手录清本寄金陵写样。昨晤叔雍，面致尊札，允为赞助，约可筹集千金。顷经言定者有林子有、吴湖帆、沈慈护各一百，连尊处及叔雍已七百元。周湘舲二百、林铁尊一百，叔雍即往接洽，料必不至推辞。此外不复与他人道及矣。勋与叔雍商酌，集款或交叔雍保管，或存子有银行，《遗书》刻出即可陆续拨付。叔雍意除《语业》《诗集》及《沧海遗音》外，如有余款，即将彊丈手校足本《云谣集》、定本《梦窗词》同时付刊，藉酬未了之愿。要当视财力如何再行决定耳。词学杂志颇思及早进行，伫候尊从北还指示体例。此间所有资料当先加整理，大抵一二十期不虞缺乏也。暨大在租界开学，月发生活费四成，（约百金。音专三十余元）。事畜之资，取给于此。且效东坡居黄州时法。每出安步当车，稍以习劳，尚无所苦。又于音专得一斗室，容膝易安。窗外颇有园亭，弦歌之声不绝于耳。暇辄为彊丈理遗稿，（丈手自圈读名家词甚精审，不下三十四种，拟录出为《彊村所选名家词》一书，于诸选家外别树一帜。）亦足稍遣烦忧。但一念托命外人立足之地，都非吾土，未免肝肠欲绝耳。罗浮之游果否？去国之吟料应不废，亦望赐读以豁心胸。祇候起居，不一一。

沐勋敬上

四月六日

《上海图书馆藏叶恭绰友朋尺牍》

（上海辞书出版社2022年版）

三

遐庵先生撰席：

日前大驾枉临，藉得畅聆清论。又承以先德词集见赐，欢幸可言耶！别后为胃疾所苦，《清词钞》事亦久稽报命。犹幸所任不及十家，每家亦仅能选三四阕以至十阕。瞬届暑假，既遭乱无家可归，当趁此时选录。寄上词人小传及评语，当就见闻所及附著于篇。近得永嘉友人夏瘿禅来书，谓其同里梅冷生雨清藏清词数百种，意其中必有稀见之本，已托夏君转求其目，可否即请梅君担任分纂，以免周折。即希示及，以利进行。又闻往时徐又铮藏清词几备，不知身后仍可踪迹否？勋拟草《最近五十年之词坛概况》一文，求复堂、半塘、大鹤、蕙风诸老遗照不得，公能为我代致否？培老遗照闻大厂已在宝记取得一帧送上，癸叔词稿已再函催，不知到未？匆上。敬颂撰安。

沐勋敬上

五月二十九日

《上海图书馆藏叶恭绰友朋尺牍》

（上海辞书出版社2022年版）

四

遐公词丈撰席：

自在子有处得承清诲，课事牵率，不获趋候时用，怅然。两得叔雍书，大东主事者因故他适，授老亦往南京典法官试。《季刊》发行印刷尚待旬日后方能接洽进行。每期至少百页，总在十万字以上，当先期征稿，所缺仍为新著一类。勖意最少须有通论三四篇，（勖及夏瞿禅当各撰一篇。）公对清词网罗最富，或就已选定各种稍加综纂，为《清词概说》（题乞公自酌定）一文，俾想望风声者得先窥词钞之旨要，亦大快事，又不独为《季刊》增光彩而已。稿为一探何如？顷又颇为胃疾所苦，彊翁著述及刊藏词集表稍迟当草就求教，并遗像寄登图书馆月刊。尊处如有《季刊》稿件，亦祈赐下，以便誊录。匆上，敬候起居。

沐勋敬上

九月廿三日

《上海图书馆藏叶恭绰友朋尺牍》

（上海辞书出版社2022年版）

五

遐公词丈：

两番趋谒，不遇为怅。《词刊》三期已于上月底付印，惟词录一类尚未送往，俟理出当送鉴定，以此排在最后，不须亟亟也。普通社员有缴纳社费者，屡承公许以经济上之援助。拟乞拨下百金作为特别捐，（不必每期分拨。）于银行立一存折，与其他社费同存一处。编辑可不需费，惟外来稿件有多索赠书（《词刊》）为酬者，又有寄书求交换者。百册不敷分配，前两期勋已自买三四十册补充矣。行销颇广。四期出竟，拟别订合同，或向其他书局接洽。次公近对此颇热心，数有稿来，并向北平方面宣传，意殊可感。严既澄原为研究新文学之人，教授北平各大学，顷自来信，于《词刊》极表同情。似此，事尚有可为也。严氏诗词一册邮奉采览。情所苦仍为校对方面。勋虽自校二三遍（有事不能得代劳者，以学生程度仍不足也），书局常不遵改，至堪怅恨。《彊村遗书》行将印出，当按捐分配，（每百元十部，黄白纸各半。）惟印刷每次五十部（木板不能多印），不能一次全寄耳。社费一层，叔雍意旨如何，允为代询。勋本期课事特繁，又大为胃疾所苦，加以环境恶劣，（校内情形复杂）郁郁寡欢。近为商务编《中国文学小史》，促促鲜暇。公渚交来焦里堂词卷不知有无刻本，勋已录副，共三十余叶，下星期三当可将原卷送上。乞命朱生向《清词钞》内一查何如？敝戚邵莲士闻曾托杨云谷先生有所陈说，不知公能为设法否？便希示及，肃候起居。

沐勋敬上

十一月十日

《上海图书馆藏叶恭绰友朋尺牍》

（上海辞书出版社2022年版）

六

遐公先生道席：

违教经旬，曷胜企慕。值邦国多难之秋，我公毅然出膺艰巨，热忱毅力，薄海同钦。兹有请者，自彊翁下世，绝学待传。往时半塘老人所刻词不三十年已鲜传本，彊翁所辑允为词林巨观，（《彊村丛书》前后所印不及三百部）板片过多，残损尤易，又诗词遗稿，（翁临卒前二日交勋手整理）并待校刊。商诸同人，拟徂刊印，"彊村先生遗书会"即由勋草拟简章数则，所冀先贤遗著得广流布而垂久远，其关系吾国文学至为重大，非仅尽旧好之情而已。素仰我公扶持风雅，又与彊翁彊翁以《清词钞》事往还尤密，对于斯举定有同心。谨将简章寄呈另寄，即希指教，并盼慨予捐助，以为之倡，登高一呼，众山皆应。（捐簿乞挂号寄下，都中朋好凡与彊村有旧者并盼征集同意。）念彊村之尽瘁词学，知此举之易成矣。肃颂勋安。

龙沐勋顿首

一月九日

《上海图书馆藏叶恭绰友朋尺牍》

（上海辞书出版社2022年版）

致吴则虞

藕庼词长撰席：

前荷寄示尊著《花外集斠笺》，困于赢病，未暇细读为愧。至其

考核之精审，数易稿而后定，使碧山心事，历数百年，犹能与读者
精爽相接，其有功词苑，又岂待短拙之仰赞耶？碧山生天水末造，
躬雁亡国之惨，举其幽洁芳悱、凄凉怨慕之怀，一托之于咏物，危
弦自咽，欲吐还茹。集中如〔齐天乐〕之咏蝉、咏萤，〔眉妩〕之咏
新月，〔疏影〕之咏梅，〔庆春宫〕之咏水仙，〔天香〕之咏龙涎香，
皆词外别有事在。试一详其身世，有不为之低徊往复，临风掩涕，
而深叹其无涯之戚，故有难于自已者乎。在当时朋辈中，如周公谨、
张叔夏，已深气类之感，叔夏且赞其琢语峭拔，有白石意度，其可
言者如此。其在彼时有绝不能言者，则有待于陵谷迁变后之知人论
世，于嘲风雪、弄花草之中，故自猿啸鹃啼，泪尽而继之以血，此
亦历来选家所不敢明言，至晚清周止庵、谭复堂辈，乃稍稍逗露消
息耳。碧山词见采于公谨《绝妙好词》者十首、朱竹垞《词综》者
三十一首，二氏故已心知其意，至武进张氏茗柯《词选》，以比兴言
词，始标举碧山咏新月、咏蝉、咏梅、咏榴花四阕，而各缀以识语，
使读者得知其用心之所在。周止庵《宋四家词选》，则迳取碧山与清
真、稼轩、梦窗并列，而又为之说云："清真，集大成者也。稼轩敛
雄心，抗高调，变温婉，成悲凉。碧山餍心切理，言近旨远，声容
调度，一一可循。梦窗奇思壮采，腾天潜渊，返南宋之清泚，为北
宋之秾挚。是为四家，领袖一代。"又云："问途碧山，历稼轩梦窗
以还清真之浑化。余所望于世之为词人者，盖如此。"自周《选》一
出，碧山乃大为世重，《花外》一集，既于沉霾数百年后，由鲍氏知
不足斋、王氏四印斋次第刊行，一时作者如端木子畴、王佑霞、况
夔笙辈，几无不染指于碧山，有如《薇省同声集》《庚子秋词》《春
蛰吟》等，更唱叠和之作，亦骎骎乎《乐府补题》之嗣响。盖自甲
午以来，外侮频仍，国变不国，有心之士，故不能莫然无动于中，
一事一物，引而申之，以写其幽忧愤悱之情，以结一代词坛之局，
碧山词所以特盛于清季，殆不仅因其隶事处以意贯穿，浑化无痕，
为有矩度可循也。彊村先生序《半塘定稿》，且赞其与止庵周氏之
说，契若鍼芥，至其晚岁，始稍稍欲脱常州羁绊，以东坡之清雄，

运梦窗之绵密，卓然有以自树。弟曾以周《选》叩诸先生，先生谓以碧山侪诸周、辛、吴之列，微嫌未称，盖由其格局较小耳。拉杂书此，质之左右，以为何如？幸有以教之。

一九五六年九月，弟龙元亮谨上

《龙榆生词学论文集》

（上海古籍出版社1997年版）

【按】 上札原题《与吴则虞论碧山词书》。

龚 逸

龚逸，字粲真。湖南长沙人。著有《庚午秋词》。

致龙榆生

榆生先生史席：

一昨展诵先生主编之《词学季刊》，昌明绝学，阐发幽光，使黯黮之词坛，放一异彩。甚盛，甚盛。仆湘陬下士，弇陋不文，惟于倚声之学，夙所酷好，只以地居荒僻，亲炙无人，遂至闭户造车，终难适辙耳。吾湘湘绮王氏有言，湘人质实，宜不能词，故旷观古今，绝鲜作者。近代惟长沙张氏、汉寿易氏、宁乡程氏，蜚声词苑，卓尔名家。自张、易不作，十发亦已云徂，流风余韵，遂成绝响矣。彊村老人持躬刚健，大节凛然，乐府寓声，弥复凄厉，曩闻羽化，感怆靡既。仆曾为朱彊村先生一文，揭登本市日报，聊志倾慕之忱。惟于老人毕生之遭际功业，愧未能道其万一也。比闻先生于今春辑刻老人遗书，业已竣事，嘉惠后学，岂其有涯。仆拟定购一部，藉资启迪愚蒙，书值几何，还乞惠示，随当奉寄。附呈近作〔夏初临〕一阕，〔虞美人〕一阕，言乖意短，谬妄百出，倘承进而教之，尤为感纫也。此上，敬叩著安。

长沙后学龚逸粲真拜启

五月二十三日

《词学季刊》第一卷第二号

（1933年8月）

【按】 上札原题为《与龙榆生言湘人词书》。

查猛济

查猛济（1902—1966），字太爻、宽之，别号寂翁。浙江海宁人。编著有《唐宋散文选》《中国诗史》《猛济文存》等。

致龙榆生

榆生先生史席：

　　顷承沪上门弟惠寄《词学季刊》，获诵鸿制，藉知作客真如。繁弦自理，灯辉素壁，古调独弹，于大雅沉寂之余，复见调宫协律之盛，闻之喜慰无量。弟叠经世变，忧患交乘。自先师江山刘先生去世以后，元龟既失，指南无托，倚声之学，不问久矣。海内词家，知弟与刘师最密，屡以师之年谱传记相征。身世之感，握管便停。曩岁与友人浦江曹聚仁兄校刊先师遗著《词史》，聚仁属为长叙，详述先师生平，卒以人事倥偬，未暇探讨，仅撰《江山先生遗著目录叙》一文，以冠其端。幽光淹没，负疚何似！先师之词，音律与意境无不兼顾，其辑佚之劳，与纠谬之功，尤为百年之所罕见，不特填谱之精审，述造之幽妙而已。此海内词坛之公论，非因师弟之谊而私之也。《唐五代辽金元名家词集》一书，志在辑佚，是以网罗放缺，有美必搜。贵刊介绍敝乡赵万里君所校辑《宋金元人词》中，病其真赝杂糅，似有未当，尚乞重加品题。刘师尚有《词话》未刊，遗在燕邸，倘贵刊欲得此稿，请直接函询沈尹默、钱稻孙两君可也。礼坏乐崩，扶轮谁属，戛玉敲金，愿附骥尾。跧伏海滨，颇思补撰刘师两大佚稿。（《词学斠注》《词律斠注》）挈要以飨词林。盖此二稿者，价值当倍于《词史》，而板已毁于辛亥。时师方作令秦中，仓皇出境，微服而行，致未收拾，实为先师生平最重大损失。然欲知先师词学之所在，不可不知此二著之梗概。隐而不彰，弟之罪也。追报师恩，倘未晚乎？聚仁久无消息，想尚在暨大，与足下当必相熟。匆匆致意，不尽觑缕。专此，即颂撰祺。

弟查猛济顿首

九月十五日

《词学季刊》第一卷第三号

（1933年12月）

【按】 上札原题为《与龙榆生言刘子庚先生遗著书》。

致夏承焘（二通）

一

瞿禅先生史席：

　　顷奉还毕，并尊著两册，当分别转递邱、万二君，特为代谢。先师斠注词律之稿，弟未见其全，故《词刊》所载《词通》是否即其遗著，亦未敢妄断，兹就信疑参半各点，拉杂陈之。先师早年著书，皆系四言小叙于卷端，而此稿无之，此其一也。先师称引他说，必加按字，而此文中不多见，此其二也。先师北上以前，未见古老所辑词，此其三也。《词通》文体与《词史》相近，此其四也。先师每稿名称屡易，如《词话》之改为《词心雕龙》，在北师大所讲之《诗学》，后改《诗心雕龙》，则笺椠或系斠注之原名，此其五也。斠注次第，悉依红友《词律》，而《词通》适亦如之，此其六也。先师生平不作行书，尤善蝇头小楷，体制与弟略相似，而工整远过之，誊录素不顾写手，惟在浙中所著稿，由弟缮校者居多，此其七也。最好能将此稿移一单页寄弟审览，则是否先师手泽，过眼即辨矣。倘单页未便割裂，邮寄又恐不妥，则公或榆生兄不妨携此瑰宝，驾临鄙乡，乘便亦可与垂死之人，了却会晤之愿。苟先师佚稿，果得发露于小子之身，则其快心当不仅潮音同听，江光共赏而已也。榆生兄久无消息，不知《季刊》二期何时可以出版，宁湘陈秀玄与弟虽同隶刘门，未得通问，早年闻曾在松江女中讲业，最近知已他往，未识刻在何处，便希示知。余不一一。专复，并候讲绥。

弟查猛济顿首

九日

《词学季刊》第一卷第三号

（1933年12月）

二

朣禅先生左右：

前函辨先师遗稿之真伪，想已达览。《词律笺榷》之稿，纵非《词律斠注》之副本，亦必与刘门有关，或系江山先生之父泖生先生之遗著，亦未可据。缘十年以前，师遭家变，其姬人谋焚其善本书。师恐，悉取其先人未刻本以付弟，中有论词学之抄本，计十余册，据云未入《古红梅阁全集》，亦即两种斠注之重要蓝本。时弟方从师治丙部学，于丁部之籍不甚注意，故并其书名亦不能全记矣。嗣后师即北上，未及携去。弟嘱同门□□□（时钱能训氏招师任内务部秘书，此人亦在部中供小职，不著姓名者，为师门隐也。）带往北京，不意其抵燕后，诡称此稿途中被窃，师大怒，盖知其诈也。其人惧，遂襆被南还，杜门不敢出。师复函弟，命必穷究。弟既遇其人，严诘之，始知在天津与某遗老博雀戏，负四百金，无以偿。此老为沪上寓公，因慕梅兰芳到津，颇通音律，知其篋中有此稿，遂迫其出以为质，必备相当代价，方得赎还。弟无可如何，遂依实以报师，师与此老为同年，得报，立贻书商之，久未报闻。迨弟至沪上，而此老已没，其子皆不能守父业，钟彝古玩，散失殆尽，此稿想亦早归书贾，赵君所得，或即此物欤？倘确系此稿，弟犹能认其字迹也。关于此稿，龙君处兹不另函，便希有以转告之。匆匆不多及。专此，顺颂著祺。

弟查猛济顿首

十月十二日

《词学季刊》第一卷第三号

（1933 年 12 月）

【按】上二札原题分别为《与夏朣禅言刘子庚先生遗著书》《与夏朣禅言刘子庚先生遗著第二书》。

陈彦畴

陈彦畴，生平不详。

致龙榆生

榆生先生著席：

前诵复示，敬悉。《词刊》第三号赵君叔雍《惜阴堂汇刊明词提要》，陈洪绶《宝纶堂词》一卷，凡二十九首。案：《宝纶堂集》，康熙原刻十卷本未见，光绪间，会稽董金鉴重刊活字本，无卷数，有词三十三首。集首载会稽孟远所撰传，称洪绶挟策入国学。毛西河《老莲别传》，谓崇祯末，愍皇帝命供奉，不拜。《朱竹垞传》，则谓崇祯壬午，入资为国子监生。今《提要》所举，首数不符。又称崇祯中，召为中书舍人，想赵君别有所据。敝箧旧藏老莲手写词稿十九首，篇幅稍多，拟摄影未果，其中九首，刻本所无，别纸录上，或转致赵君，或登入《词刊》，俾此佚稿，不至湮没，祈大雅裁定为幸。再《提要》谓"异国老夫难适意"句，家国之思，见诸言表。案"难"字乃"虽"字之误。墨迹此词全首云："异国老夫虽适意，只依老友归来是。三十六封书，书书意思殊。　湖山留不住，真个成归去。异国有人亲，终为沦落人。"（〔菩萨蛮〕《将归》）鄙意此词似是由杭返里时之作。"异国"犹云"异乡"，亦江山信美非吾土之意。刻本首句"虽"字不误，而第四句作"书书意不殊"，亦依墨迹作"意思殊"为佳。祗颂台绥。

陈彦畴谨上

《词学季刊》第二卷第三号

（1935年4月）

【按】 上札原题为《与龙榆生言陈老莲词事》。

施则敬

施则敬，生卒不详。诗人、书画家。曾与龙榆生一同任教于中央大学，为该校艺术系教授。

新辑词学珍稀文献丛刊
中国古典词学

致龙榆生

榆生吾兄道席：

屡承惠诒《同声月刊》，祗领谢谢。历览诸期，字皆珠玉，文尽鸾龙，洵足为词家之准则，声学之津梁已。弟曩阅宋人方千里、杨泽民、陈西麓、吴梦窗诸家之作，声依清真，一步一趋，惟恐或失。晚清大家若王半塘、朱彊村诸公，亦皆断断不敢自放，悉根宋元旧谱，四声相依，一字不易。以为在昔词人，制腔造谱，八音克谐。今虽谱律失传，而字格俱在，恪守四声，庶符旧律。当时即怪其迂拘特甚，不惟无关声旨，抑且汨没性灵。虽以梦窗、彊村之才，犹或意为辞晦，字以声乖，况他人乎？民十七年春，以此质之吴瞿安先生，先生亦抗心希古，严于声律，告以古人之作，自具深心，吾人必依其声，方为合格，不然，难免不为红友所诮也。弟以先生精习词曲，妙解宫商，遂嘿然焉。近读吾兄论词之作，及吴眉孙、夏瞿禅、张孟劬诸公往来论四声书数通，所见与弟向之所疑者宛尔合符，历载疑团，一朝冰释，诚快事也。今弟再广其说，就正吾兄。盖四声之实，起于秦汉以后，秦汉前但具平入二声，无所谓四声也。（本蕲春黄先生《音略略例》）魏晋以降，音韵大行，四声之辨始晰，第当时以宫商命字，尚无入声之名。下迄有晋，四声肇造。《隋书·经籍志》：晋有张谅撰《四声韵略》二十卷；《南史·陆厥传》云，约等皆用宫商相宣，将平上去入四声，以之制韵，沈约作《宋书·谢灵运传》，论之甚详。厥乃为书辨之，以为历代众贤，未必都谙此也，此约前已有四声之证。与约同时者，周颙有《四声切韵》，刘善经有《四声指归》，夏侯咏有《四声韵略》，王斌有《四声论》，若四声果创自沈约，诸家或未能皆降心相从也。（本赵翼《陔余丛考》中四声不起于沈约说）韵书之作，本以审音，兼便文藻。陆法言《切韵序》云："欲广文路，自可清浊皆通；若赏知音，即须轻重有异。"是知声韵之辨本甚严，施之诗文则较宽。沈约之书，殆亦韵书之属，非为诗文而作。清纪昀《沈氏四声考序》，谓隋唐韵书实据沈书而成，永明时撰韵书者，多以四声名。

陆法言《切韵序》，以夏侯咏之《四声韵略》，与吕静《韵集》，阳休之《韵略》诸书同例。夏侯咏与约同时，又同以四声名其书，可知约书亦当为韵书也。再观约所自作《冠子祝辞》，读化为平；《高士赞》读缁为去；《正阳堂宴劳凯旋诗》，读传为上，是知约之作，并不拘于自作《四声谱》。独考其有韵之文，平声得四十一部，不合《切韵》者仅一二，而仄声七十五部，悉同《切韵》，（本纪昀《沈氏四声考序》）是又得一明证。王静安谓约谱为属文而作，本非韵书，失之武断。夏君瘫禅反其说曰，永明《四声谱》只是韵书，无关诗文，其矫枉过正之言乎？吴君眉孙疑四声五音数目参差，今以四配五，舍分上平下平外，更无他法。是说弟亦未敢苟同，夫上下平之分，实缘平声字多之故。敦煌所出唐写本陆法言《切韵》，平声分上下，此分卷者也。魏鹤山《吴彩鸾〈唐韵〉》，于二十八删二十九山之后，继以三十先三十一仙，此不分卷者也。分之则为二，合之仍为一，上平下平云者，取便称说耳，必欲别平声为二，亦当就音理分析之。陆氏书一韵之中，兼包阴阳，如东中忡嵩诸类之字为阴声，同虫戎冯诸类之字为阳声，区分阴阳，别以上下，准之音理而当，验诸唇吻而调，斯乃可耳。然陆氏书，一韵之包阴阳，不仅限于平韵，今平韵以分阴阳，厘为二卷矣，则将何辞以解上去入三声韵乎？王静安先生据吴彩鸾《唐韵》，已得平声不分卷之证，后见敦煌所出唐写本陆法言《切韵》，平声又分上下，无以自解前说，遂创部叙之论，以调停之，入而复出，可为一叹。陆书之分五卷，溯厥本原，殆滥觞于李登《声类》。封演《闻见记》曰：李登《声类》以五声命字，吕静《韵集》仿之，宫商角徵羽各为一篇。（《魏书·江式传》）陆氏书一仍旧贯，分为五卷，论声固当为四也。孙愐《唐韵序后》论云，《切韵》者，本乎四声。此孙愐明言《切韵》分四声之证，后人不察，既惑于宫商之名，又不解陆氏书分上下平之故，昧于音理，穿凿傅会，遂莫能明矣。古无平上去入四声之名，借宫商角徵羽五声以名之，其分配至为凌乱。《宋书·范蔚宗传》云"性别宫商识清浊"，谢灵运云"欲使宫商相变，低昂错节"。《隋书·潘徽传》云，李登《声类》，吕静《韵集》，始判清浊，继分宫羽。《南齐书·陆厥传》云，前英早已识宫调，又云两句之内，角徵不同，此言宫商宫羽宫徵角徵云者，殆即平仄之谓，用字犹未画一。若段安节《琵琶录》，以羽角宫商徵，配平上去入上平。（此谓上平殆指阳平）《玉海》载徐景安《乐书》，以宫商徵羽角，配上平下平上去入。凌次仲《燕乐考原》谓其任意分配，不足为典要，此言似得之，然犹未明四声与五音之辨。善哉，戴东原《声韵考》之言曰，古之所为五声宫商角徵羽者，非以定文字音读也，字字可宫可商，以为高下之叙，后人胶于一字谬配宫商，此古义所以流失其本欤？戴君深明音理，故能片言折狱也。弟尝阅邹汉勋《五音论》，惑于五音之说，请益于蕲春黄先生，先生亦以戴君之言为告，方悟四声者，音读之事也，五音者，音调之事也。词本为文学与音乐相合而成，音读、音调不可偏废，惟是宫商律吕既失传，歌法又失传，词已脱离音乐之域，而为纯文学之产品矣。吾人既无以复知宫商律吕及歌法，则亦只有退而以文学论文学耳。诚如吾兄论词所云，所尚惟在意格，而声律次之。彼长短不葺之诗，在宋贤引为讥议者，而生乎宋元之后，惟赖前贤遗制，以推究其声调之美，藉达作者心胸所蕴之情耳，此真拨云雾而见青天之论。夫既了然四声五音为二事矣，则吾人填词，于四声究应依前贤成作否乎？弟意但于平仄之中，斟酌声调之美，取便讽诵，斯亦可矣。同于古人，只是偶合，异于成作，亦非故违，一以吾之声情为主。试观唐王翰、王昌龄之绝句，其声调之美，岂故炼之哉？亦出之自然耳。居今日而言词，直长短句之诗。（此指声言）似不必枉抛心力，冀复声乐之旧，更不必迷于四声，自甘桎梏。（即依《声调谱》之为，亦嫌迂拘，古人无《声调谱》，所作声调若是和谐者，将何以释之耶？譬之不谙平仄者，操觚时始检字之平仄，宜其所作牵率难工也。）夏君瞿禅谓"不破词体，不诬词体"，吴君眉孙益以"不蔑词理，不断词气"，弟更拈"不违声律，不失词心"八字明之。词道复振，实利赖焉。弟不敏，偶阅尊编《同声月刊》中吴、夏、张诸君讨论四声之作，切理餍心，益病彼笃守四声，汩没性灵，而犹自谓知言者，为可叹也。因不揣谫陋，拉杂成辞，幸垂教焉。并请撰安。

弟施则敬顿首
九月二十五日

【按】 此札原题为《与龙榆生论四声书》。

徐 英

徐英（1902—1980），字澄宇，湖北汉川（今属孝感）人。早年在北京大学受业于林损、黄侃等人，后任教于安徽大学、中央大学、复旦大学等校。著有《诗经学纂要》《诗话学发凡》等。徐英与妻陈家庆（1904—1970）俱擅诗词，著有《天风阁集》（徐著）、《碧湘阁集》（陈著）、《孤愤集》（合著）等，今人又新辑二人诗词编为《澄碧草堂集》。

致潘元宪

发手书，文采茂密，甚慰，甚慰。承询词非诗余之说，议论驰骋，颇多可观，然非鄙人之意也。词非诗余之说，不自近人始。清初朱彝尊撰《词综》，汪森为之序，即大昌词非诗余之议。彭孙遹之徒，并谓词之长短错落，发源于三百篇。王昶以为词出于乐府，成肇麐和之，其说本之王应麟，而意旨未畅。至汪、彭之说，尤非通论。足下合二说以立论，又谓诗文皆曰作，而词独曰填，明此体之句读声韵，一依曲拍为准云云。以为词非诗余之证。（按曲亦有一定之句读声韵，不曰填，而曰作，则填词云者，亦习俗语耳。）英尤未敢苟同。按乐府所收之歌，本亦诗也。乐府之立，始自汉初。乐府者，官署之名，非文体之异称也。乐府所收之诗，谓之乐府诗。故郭茂倩撰《乐府诗集》，不曰"乐府集"也。后人省诗字，专称乐府，已不可通。王昶谓词所以续乐府之后，而非诗之余，纰缪甚矣。

汉武既设乐府，宰府者即协律都尉，所以主朝会燕乐，亦有春秋时之太师，《左传》晋师旷之类是也。当时盟会所赋，乐师所歌，皆"三百篇"之辞也。"三百篇"孔子皆弦歌之，以上合《韶》《武》雅颂之音。雅颂云亡，而后骚辨代兴；骚辨失律，而后乐府继起。自两汉以迄隋唐，郊庙乐章，鼓吹杂歌，凡被于管弦者，皆以乐府名之。唐三百年，以五七言绝句为乐府。宋以词为乐府，元以曲为乐府。乐府者，后世入乐歌诗之总名也。源流正变，不可不知，递嬗之迹，尤难遽问。足下谓词为乐府之一体是也，谓非诗余则误矣。且既谓词为乐府之一体，而又谓非诗之余，已自相抵牾。若谓乐府非诗，则骚辨亦非诗之变，《虞兮》《大风歌》《秋风》之辞皆非诗，五言、七言皆非诗，必"三百篇"而后可，天下宁有是理。故谓词非诗余者，必贻诮于通人矣。昔楚有施氏者，妻妾甚多，子女盈前。有子曰薔，薔有嬖人之子曰稚，稺以庶孽，奉施氏之宗甚谨。其后世以王父之名为姓，别为稚氏。稚氏子孙乃曰，我自为稚氏，非施氏之余也。足下闻之，必斥之数典而忘祖矣。今谓词非诗余，宁异稚氏子孙之愚妄耶？至于词不曰作而曰填，乃词格之悲而词事之拙也。前人为诗，无不谐和音律，自"三百篇"以至唐人之为之，皆可入乐，晋氏以后，虽分入乐与不入乐为二途，（入乐之诗即乐府诗是也）然唐人不入乐之诗，亦往往间协声韵，为乐工所歌。王维《送元二使安西》本不为乐府作。而唐乐府收之为《渭城曲》。王昌龄《送辛渐》，本不为乐府作，而旗亭倡伎，附节而歌。杜甫《赠花卿》，本不为乐府作，而唐乐府收入《入破》第二。高适《哭单父梁九少府》五古一首，本不为乐府作，而唐乐府截其首四句为《凉州歌》第三。韩翃《赠李翼》，本不为乐府作，而唐乐府收入《水调歌》第三。其他类此者，不暇枚举。是古人之诗，不必局束谱词，而自协声韵也。乐府取之，杂以衬字，（沈括谓之和声，朱熹谓之泛声。）以合弦管。其后作者以实字易衬字，遂为长短句诗，而易其名曰词。唐人所作，蜕迹宛在。自唐氏亡，风流绝歌。宋人为诗，不解宫商，于是习长短句者，遂集古来词之格调，示其程式，谓之词谱，而按谱填词矣。亦犹唐人取齐梁诗律，按其程式而整齐之，以为近体诗也。近体诗有格律，而不必有谱，词则必按谱而填字，此正词格之卑而词事之拙也。恶可以证其非诗之余哉。夫词之有谱，犹近体诗之有格律，若谓其有格律可寻，而谓其不出于齐梁，何异童骏之妄语。足下素习词学，于兹所述，宜所通晓。而不辞觍缕者，恐足下不及深察，有辱雅命也。约略指陈，未暇多谈。海上多名士，然匙可与论学者。如足下辈，已不可多得。尚希为学珍重，不宣。

徐英顿首白

《安徽大学月刊》

（1933年第六期）

【按】　上札原题为《复潘生元宪论词为诗余书》。潘元宪，生平不详。

詹安泰

詹安泰（1902—1967），字祝南，号无庵。广东饶平（今属潮州）人。生前任教于中山大学。能诗词，一生着力研究古典诗词，著作甚丰，后汇为《詹安泰文集》，词学论著有《无庵词》《宋词散论》《花外集笺注》《碧山词笺注》《姜词笺解》《詹安泰词学论稿》等。

致龙榆生（二通）

一

榆生尊兄先生词席：

　　伏诵九月廿日手毕，至为快慰。弟暑中为舍弟天泰赴广州谋职事，几经波折，然后有成。在省党部工作。前后居留二十日。不特所费不赀，益增贫困，而奔走权门，精神上亦受莫大之损失。刻虽复返韩师，尚觉无心问学也。未动身前曾寄去拙稿一来，由东山而沪上，均不得达，最近始由沪上邮回。兹再奉呈左右，权作《词刊》或社刊补白之资。《论寄托》篇殊太顽执，以拟作之题不少，此为第一章，专论寄托之不可忽视。故不觉其言之褊狭也。容有所得，当

中国古典词学
新辑词学珍稀文献丛刊

再录奉。《词刊》九期为友人索去。此间无从购得，倘有余，希赐一本。匆此，敬承著安，不次。

弟安泰顿首
九月廿六日

瞿禅兄暑中仅自温州寄来一函，下期不知仍居杭州否？
尊体素弱，尚希节啬精力，千万珍重。

弟泰又及
《近代词人手札墨迹》
（台湾"中央研究院"中国文哲研究所2005年编印）

二

榆生尊兄先生著席：

前寄拙稿一束计达。属笔仓遽，纰缪必多，删阔是幸。友人饶宗颐君，妙龄劬学，顷录所作《龟峰词跋》见示，颇可观。兹为转寄，或可以实《词刊》也。弟稿多因题旨太宽，未能卷。刻先整理《花外集小笺》，脱成一部分，即行录奉。近作一首，附呈乞教。敬承撰安，不次。

弟安泰顿首
十月廿九日
《近代词人手札墨迹》
（台湾"中央研究院"中国文哲研究所2005年编印）

【按】 上二札录自《忍寒庐劫后所存词人书札》（下），龙榆生旧藏，张寿平辑释，见台湾"中央研究院"中国文哲研究所编印《近代词人手札墨迹》中册。

缪 钺

缪钺（1904—1995），字彦威，江苏溧阳（今属常州）人。早年就读于北京大学，亲炙于张尔田。先后任教于河南大学、浙江大学、四川大学等校，从事文史研究。著有《冰茧庵诗词稿》《诗词散论》《元遗山年谱汇纂》《杜牧传》《灵溪词说》（合著）等。

致龙榆生

榆生吾兄史席：

去冬曾上一函，谅尘清览。数月来久阙声问，时在念中。弟近读唐人集，兼治唐史，诗史互证，时有新获。撰次《杜牧之年谱》，补笺《樊川诗文集》，粗就骈栝，尚未杀青。日前在《国闻周报》中得读大作和元遗山韵〔鹧鸪天〕词三首，深婉醇至，殆伤感不匮室主人之作耶？弟因近日从事于辑录考订之业，性灵滞塞，作诗甚稀，七律一首附呈教正。如有佳什，惠示为盼。专候著祺。

弟钺顿首

五月五日

《近代词人手札墨迹》

（台湾"中央研究院"中国文哲研究所2005年编印）

【按】 此札录自《忍寒庐劫后所存词人书札》（下），龙榆生旧藏，张寿平辑释，见台湾"中央研究院"中国文哲研究所编印《近代词人手札墨迹》中册。

致刘永济（三通）

一

弘度长兄道席：

前承惠书并大词〔浣溪沙〕二首，近又从洽兄处拜读〔月下笛〕〔念奴娇〕〔鹊踏枝〕诸新作，钦佩无已。兄词皆发于哀乐之深，称心而言，风格道上，有掉臂游行之乐，使读者吟玩讽味，如见其伤时怨生、悲往追来之感。又词中凄艳与沉健，鲜能兼美，兄独浑合为一，此皆古人所难者。〔鹊踏枝〕于正中、永叔之外，自辟境界；〔念奴娇〕咏燕，苍凉悲咽，怆怀身世，与梅溪异曲同工。弟尤爱"电络灯竿"三句，运用新材料，别有意味。弟近年来教学相长，于此事弥谙甘苦，惟自愧才弱，不足以发之，故每诵兄作，弥深钦慰也。此间于十月十三日开课，弟授"词选""中国文学史"及"各体文习作"（指导学生五人），尚不甚累。秋凉夜永，灯火可亲，觑缕书此，聊当晤语。近作三首，附呈教正。肃此，敬承著祺。

弟钺顿首（一九四一年）十月廿九日

《冰茧庵论学书札》

（商务印书馆2014年版）

二

弘度长兄有道：

奉到手示及大词〔浣溪沙〕六阕，幽忆怨断，自成馨逸，敬佩
无已。武大成立文史研究所，由吾兄主持风气，甚盛甚盛。军兴以
还，学风荒落，人美贾鬻，士好游谈。吾等今日应培养真正读书种
子，庶几数千年学术文章有所寄托。（研究生入院考试、平日督责、
毕业考试均应严格。）高明谅以为然也。茅生于美明夏卒业，此君两
年以来于词颇致力，兹嘱其录近作十余首，附呈尊察，并乞不吝赐
教为幸。……肃覆，敬颂教祺。

弟钺拜上（一九四二年）七月十九日

《冰茧庵论学书札》

（商务印书馆2014年版）

三

弘度长兄史席：

四月中奉惠示及大作五古一首，稽迟未覆，至歉。顷又奉手毕
并大词，三复浣诵，快同觌面。尊词蓄艳其外，醇至其内，极往复
低佪、掩抑零乱之致，而其苦衷之万不得已，大都流露于不自知。
常与洽兄谭论，自彊村、夔笙诸老辈凋谢，并世词人，惟吾兄沉健
深挚，独树一帜，远非雕绘满眼者所能及。此乃称心之言，非阿好
之语也。尊论考订文人行年一事，弟亦旧有此意。抗战前一二年，
弟曾立一志愿，凡古之诗人已有年谱者，其详核者采用之，不详核
者补正之。无年谱者为之撰年谱。事迹简略不能成谱者，为之撰年
表。然后择其精要，依年写录，为历代诗人系年。系年等于各谱表
之目录，每条皆精核有据，大可为读诗考史之助。惟兹事体大，非
一人之力所能为，望能有同志数人，通力合作。弟意先致力于唐宋

两代，故作《元遗山年谱汇纂》，又撰《杜牧之年谱》。《杜谱》甫写定，而抗战军兴，数载以还，流离万里，求书亟难，文史考订之业，遂无从致力矣。石帚是否白石？弟久蓄疑，吾兄就吴履斋词中与白石及梦窗往还之迹，证明姜、吴二人年代相及，可谓拨云雾而见青天。弟嗣后读书，如有可以证成尊说者，当即奉告。……近作数首，附呈教正。肃覆，敬承撰祺。

弟钺顿首（一九四三年）七月廿六日

《冰茧庵论学书札》

（商务印书馆2014年版）

【按】刘永济（1887—1966），字弘度，号诵帚，晚年号知秋翁，室名微睇室、诵帚庵。湖南省新宁县人。早年就读于清华大学，旅居上海期间，曾从况周颐、朱祖谋研习词学，历任东北大学、武汉大学等校教授。在屈赋、《文心雕龙》及词学研究领域颇有成就。著有《文学论》《十四朝文学要略》《屈赋通笺》《文心雕龙校释》《唐五代两宋词简析》《宋代歌舞剧曲录要》《微睇室说词》《宋词声律探源》《诵帚词》等。

潘承厚

潘承厚（1904—1943），字温甫，号博山、蓬庵。江苏吴县（今属苏州）人。与弟潘承弼（景郑）以藏书著名，曾任故宫博物院顾问，工书画，精鉴赏，擅长山水花卉。有《毛子晋年谱》《文征仲年谱》《蓬庵遗墨》等。

致赵尊岳

叔雍仁兄惠鉴：

手书祗悉。承惠大著《和小山词》及况翁《证壁集》，浣薇庄诵，感谢莫名。《词苑英华》例目影抄呈政。小令目后原有结数，中调、长调总结是弟为之，庸或谬误，幸覆核为要。中调〔七娘子〕，长调〔喜朝天〕，集中并无其词，是后人用朱笔添写书眉，故不计。卷端称《词苑英华》副本，字迹类毛子晋手笔，集中改称《词海评

林》，全书中间有"评注""评林"之称，似乎不当。每卷有"海虞
毛晋子晋图书记""汲古阁藏"诸印记，此书必是毛氏草创未就之
稿，故涂改添注随随皆是。即其体裁亦殊紊乱，如〔贺新郎〕外复
立〔金缕曲〕一调，六一居士三异其称，诸如此类，不一而足。尤
可怪者，元明两朝采录不少，南宋大家遗漏滋多。流传垂三百载无
有一人为之刊行者，谅以此也。杨氏二十家词因舍亲外出，尚未假
到。一俟到手，当即录呈。寒斋藏有《浙西六家词》及吴县蒋子宣
重光辑选《昭代词选》刊本，不知已经采入否？又无锡丁杏舲绍仪
所辑《国朝词综》补稿，友人处也有副本，如未入录，望函示，当
摘呈也。拉杂布覆，顺颂著祺。

弟潘承厚顿首

《赵凤昌藏札》

（国家图书馆出版社2009年版）

赵万里

赵万里（1905—1980），字斐云，别号芸庵、舜庵。浙江海宁
（今属嘉兴）人。曾任职于清华大学、国立北平图书馆。精于版本、
目录、校勘、辑佚之学，主编《中国版刻图录》《北平图书馆善本书
目》《海宁王静安遗书》等，辑校《校辑宋金元人词》《元一统志》，
另著有《汉魏南北朝墓志集释》等。

致唐圭璋（二通）

一

圭璋我兄：

一别数载，想念为劳。忽奉朵云，欣慰莫名。弟学殖荒落，愧
无以告。故人所询元刊《乐章集》及述《东堂》《东山词》二卷本，
迄未发见，殆已佚之矣。汪中本《山中白云词》亦未见，度内容未
必佳。弟尝据《大典》订张炎词，以校近刻《山中白云》，文字多
异，知《大典》本与今本非一系也。《万历镇江府志》引《丹阳集·

陈朝清墓志》，俟觅得全文后再告。弟近年见《大典》较前增多数十册，所得宋人词亦时有出尊辑外者。他日相见，当尽出以供采择。现时邮递迟缓，恕不能抄寄，千乞谅之。弟暑中因家事来沪，不日即拟北。近如蒙赐函，请寄上海夏瞿禅先生收转为安。又今日至商务，见大著现已出版，洋洋洒洒，共装三十册。弟已致函商务方面，请以兄之名义赠弟一帙，以快先睹，想不难办到也。先此致谢，不尽万一。匆匆，即请道安。

弟里再拜，九月十四日

《文献》2018年第3期

二

圭璋道兄左右：

多年前曾奉惠函，以道远兼以形势扞格，未能裁复，至今耿耿。胜利后，曾托胡厚宣兄带上一书，未知到否。近维起居佳胜，著述日弘，定符下颂。大著《全宋词》出版后，弟年来浏览所及，颇有订补。他日再版时，当出以供兄参考也。冀野曾来函嘱抄散曲资料，以无处通函，至今未复。便请将通信地（报载渠赴迪化，确否）见示为幸。王仲闻兄现在何处供职，亦请示知。匆匆，即请著安。

弟万里再拜，七月廿三日

《文献》2018年第3期

【按】上二札录自周翔整理《唐圭璋友朋书札七通考释》。

卢 前

卢前（1905—1951），字冀野，自号饮虹。江苏南京人。东南大学国文系毕业，师从吴梅、王伯沆、柳诒徵等，曾在金陵大学、河南大学等校执教。历任《中央日报》副刊《泱泱》主编、国民政府国民参政会参议员、国立福建音乐专科学校校长、南京通志馆馆长等。致力于戏曲研究及诗、词、曲创作，著有《明清戏曲史》《读曲小识》《八股文小史》《词曲研究》《饮虹五种》《楚凤烈》《中兴鼓吹》等。

致厉鼎煃

小通吾兄道右：

一别数年，流亡万里，江东故人，久不通只字。得手书，并所刊《国学通讯》，快何如也。只以所事粜六，月一至中大讲说，典籍长荒，丹铅都废，视兄之孟晋不已，未尝不艳美也。羁旅之情，万言难尽。（中略）此间友生蜂集，有山东郭君大告，昔留学牛津，颇著声誉，曾译词选行世，文笔甚流畅，不在语堂之下，惜不得兄一评骘也。前所辑金元杂剧，因乱中得大批新料，臧晋叔辈所未梦见。以印刷恶劣，至今未得杀青，而奔走烽火之中，讫无校勘之暇，视昔滥竽上庠，得失殊不可论。吾兄若知我之年中事，必为之失笑也。西蜀再来，曾刊词集曰《中兴鼓吹》，及所为曲数卷，另有传奇一种，曰《楚风烈》，亦以不得兄之评论为憾。万绪千言，不知何从说起，平日几无执笔之时，今夕为庚辰除夕，宿舍弟处，始得奉书左右，深愿今年有聚首之日，一切容再面罄。匆问双安。

卢前顿首

一月二十六日

《国学通讯》1941年第6期

【按】此札原题《卢饮虹先生论词曲学书》，"中略"，原札如是。

恽毓珂

恽毓珂，生卒不详。字瑾叔，号醇庵。江苏武进人。宣统年间官温处道兼盐局督办等职。有《兰窗瘦梦词》。

致赵尊岳

叔雍先生惠鉴：

日前捧读手笺，并承赐蕙风先生《词话》及尊著《和小山词》。再三循诵，蕙风《词话》固无庸再赞。大集以悱恻芬芳之笔，写回曲隐轸之思，托兴闺禕，言近旨远，五代宗风，于焉未坠，不胜佩服之至，晤时当再求指教也。耑布，敬请吟安。

世小弟恽毓珂顿首

《赵凤昌藏札》

（国家图书馆出版社2009年版）

周泳先

周泳先（1911—1987），原名周曾永，字泳先。云南大理人。早年青睐新诗，参加云波文学社，主编《社会新报》文艺副刊《谷音》。1928年考入上海暨南大学，从龙榆生问学。后任教于暨南大学、云南大学、大姚中学。中华人民共和国成立后，任职于云南省图书馆，担任典藏部、善本部主任，曾主持南诏国、大理国古本经卷的整理鉴定工作。辑有《唐宋金元词钩沉》四十八卷，著有《云南地方志目录综述》《云南省图书馆善本书目》等。

致夏承焘

瞿禅先生著席：

　　船子和尚生平，日来据《至元嘉禾志》《大藏经景德传灯录》《续藏禅林类聚》《佛果击节录》《空谷集》《五灯会元》等书，搜集材料不少，所得结论，殊出前之所料。泳前作《金奁集后渔父词十五首之作者考》时，据黄山谷、吴师道两跋，断船子为宋初人。圭璋辑《全宋词》据《蕙风簃随笔》引《法苑春秋》一首，亦以为宋人。今乃知皆大误。船子生卒虽已不可详，但其师惟俨与同门圆智、昙晟生卒年月，皆可考知。惟俨生于唐肃宗乾元二年，卒于唐文宗太和二年。圆智生于大历四年，卒于太和九年。昙晟生于建昌三年，卒于会昌元年。又船子弟子善会卒于中和元年。船子之卒，据诸书盖早于圆智、昙晟，则必大历、元和间人也。其词除《金奁集》后十五首外，《五灯会元》另有《渔父》三首，与绝句偈语三首，蕙风据《法苑春秋》引一首，亦在其中。始悟吴礼部跋中所谓"船子和尚夜静水寒之偈亦以乐府歌之"者，盖据此三首。现拟整理所得材料撰《唐词人船子德诚禅师考》一文，船子在词史中之地位，恐不亚于张志和也。先生以为何如？匆匆，敬颂著安。

周泳先上

《词学季刊》第三卷第一号

（1936年3月）

【按】上札原题为《与夏瞿禅言船子和尚书》。

董每戡

董每戡（1907—1980），名董华，笔名每戡。浙江温州人。戏剧家、戏曲史研究专家，先后任教于南京金陵女子文理学院、上海大厦大学、中山大学等校。并有《中国戏剧简史》《琵琶记简说》《三国演义试论》等，诗词作品见《董每戡文集》。

致柳亚子

亚子先生：

昨得畅谈，谬承奖饰，愧怍弗胜！先生对于拙作《永嘉长短句》所提出的许多疑问，真使我佩服你对于治学的仔细之处！过去我不曾把填词当作一件大事看待，只一味胡弄毫不用心地去干，况且词又不是我所专学的，在这一种情形之下，当然免不了有许多未妥和谬误之处，这正可显示出我的"少年浮躁"的性情来。

关于如"永嘉之什""江户之什"等的"什"字的疑问，前次郁达夫先生也曾提出过，当时我曾找到不少证据来证明"什"字不妨就这么用法，所以依然不改易。昨天在府上我因为一时又忘记了从前所找到的那些证据，致未明白答复；出了府上，一路思索，返寓后再找找书籍，竟又找到了几条可作佐证的材料来，现略说之如下："什"字初见于三百篇，诗注：《鹿鸣》之什十篇，《雅颂》无诸国别，故以十篇为一卷，而谓之什，犹军法以十人为什也。此乃"什"之原义。但至魏晋以后，辗转承用，原义遂失，"什"可作诗篇解，如《晋书·乐志》："三祖纷论，咸工篇什。"南史《柳恽传》："少工篇什。"《宋史·张洎传》:"或赐近臣诗什。"元稹诗:"裁什情何厚?"江总《皇太子讲学碑》:"高观华池,远跨魏王之什。"王逢诗:"正冠试诵《蓼莪》什。"可见篇什是篇章之意,诗什即指诗歌。且《魏王》之诗,不止十篇,《蓼莪》之诗,并无十章,然而也可称为什。此外还有一个最大的证据,就是《诗经·大雅·荡之什》,其中竟有十一章诗,可谓自破其例。这么看来,"什"字现在的意义已较原义广泛了一些,便不妨当篇章或诗歌的意思用着了。

拙作第五十页的〔卜算子〕"一捻楚腰肢,体态娇无那;这个人儿忒可憎,年纪才瓜破。约鬓两眉长,春锁樱桃颗,每一逢时粉颈低,背地横波溜"。末句之"溜"字确实出韵了,"溜"字本属第十二部,我竟将它叫第九部的了,这是一个大大的错误!然而使我犯这错误的,第一果然是不用心,第二案是乡音"溜"与"破"差近之故。现拟将此句改为:"教我如何可。"与上句勉强还联得上。第五十一页之〔生查子〕:"暑退晓风微,云抹遥山岭。闲鸥冲碧波,搅碎楼台影。 湖畔有扁舟,招我游诗境。兴至谱新词,得句饶清警。""闲鸥冲碧波"句平仄也失粘,现拟改为"鸥鹭漾轻波",但是已失却清警了!这些地方也就可证明牵就平仄的坏处。

你昨给我看的你在文艺茶话会里讲词的原稿,我觉得你对于词的见解和我差不多,我也以为唐五代词比北宋的好些,像李后主那样悱恻缠绵的词,南宋人连梦不会梦到的,北宋只是沿袭着唐五代的路径,稍稍掉转过来罢了。迨南宋,词的范围虽广大起来,却已失去自然,况词在渡江以后便成为羔雁之具,酬酢与咏物的作品日多,这就使词受了致命伤。我也与你一样不欢喜吴梦窗一派作品,确是"七宝楼台,眩人耳目,拆碎下来,不成片段"的,到了玉田、白石,词便走向乐律的樊笼中去,使词整个死去了。宋征璧说"词至南宋而繁,亦至南宋而弊",这话我极赞成!

你的《会宾楼的一夕》新诗,我颇欢喜读,拿回家里还读几次,新体诗必须如此做,就是词若能毫无雕琢地做去,也就不失为好词。在会宾楼那天晚上确是1932的第一次狂欢之夜,我今年在上海也只有那一夜最狂欢!

中国古典词学
新辑词学珍稀文献丛刊

话说多了，下次再谈。祝近安！

董每戡上

十一月三日

《文艺茶话》一卷四期（1932年11月）

【按】上札原题为《与柳亚子论词书》。

致曾今可

今可先生：

你的"词的解放运动"中的三个意见，与我所主张大致相同，我没有什么反对，不过我想在你这三个主张之外补充一些：我觉得"依谱填词"这一着，在每个学填词的人是必须遵守的，但是可活用"死律"，依我个人的意见，现代人填词，至少须守着以下几个条件：

一　不使事（绝对的）

二　不讲对仗（相对的）

三　要以新事物、新情感入词

四　活用"死律"

五　不凑韵

六　自由选用现代语

一、二、三、五、六各条的理由极明显，用不着我再加解释；第四条可稍加说明。所谓"死律"仅指词的抑扬谱及句读而言，词调虽然均经名家制定，字句音节，恰到好处，然也不可呆板按律，致有削足就履之讥，例如作二二读之四言句，么三平仄可不论，四三读之七言句，么三五可不论。有时三四读径可改作四三或二三二。在词谱中大概都已有这种倾向，还不能说是我的特别解放的主张；我现在拟要特别提出的，就是有时我们可仅填全阕之半片，不必强凑成全阕，或删其音律不佳处而和别一调的佳处混合起来，另成一词，改易原有之词牌名，我以为这在于我们是应该提倡的。例如〔燕山亭〕一词，下半阕音节极佳，而上片则不易上口，那末我们便可不填，或自由改易，下半片则须不易一字。为了要明白起见，把宋道君皇帝的北上见杏花作的〔燕山亭〕词照抄如下：

裁剪冰绡，轻叠数重，冷淡胭脂匀注。新样靓妆，艳溢香融，羞煞蕊珠宫女。易得凋零，更多少无情风雨？愁苦！闻院落凄凉，几番春莫。　凭寄离恨重重，这双燕何曾，会人言语？天遥地远，万水千山，知他故宫何处！怎不思量，除梦里有时曾去。无据！和梦也新来不做。

此调的起首处的音调并不好，与下片一比差得很远，我以为不妨把"平仄平平，平仄仄平，平仄平仄平仄"改为"仄（平）仄平平，平（仄）平仄（平）仄（韵），仄（平）仄平（仄）平仄（平）仄（叶）"，亦可改为"平仄平平，平仄平平，仄仄仄平平平仄"，或改为"仄仄平平，仄平平仄仄，仄仄平平平仄仄，仄仄平平仄仄"。总之，在无特别谐妙处，皆可变易。在宋时东坡诸人尚能任意挥笔，不为死律所束缚，我们在乐府丧亡淘汰的现在，何得牺牲真感情而牵就词律致为古人所笑呢？

你说平可不分阴阳，仄又不分上去入，我绝对同意！在乐亡的现在，只要不会把字之平仄弄错就行，在平仄这一种束缚之外再加那么麻烦的区别，我认为并不必要。至于你说，在《看月楼词》里，有些地方是没有注意到平仄的，这是衣萍的一种大无畏的"尝试"精神，有人对他说过不调平仄是要不得的，他回答得很"幽默"："用我们徽州的口音去读起来是对的。"关于这，我未敢赞同，当我站在北新书局的柜台边翻读《看月楼词》时，已觉颇多读不顺口处，徽州口音决不是中国言语的标准音，衣萍先生的本意想也不是要《看月楼词》专给他的老乡读的。而且各地方言虽略不同，字之平仄各处都相同，如果偶有一二字例外，这在于并不是"文盲"的我们是不应该从俗的。一句之中有一字平仄失粘，而该字不易改易，或改易了便使整句的意味牵强或失色，那末就任它失粘也可；但这是偶一为之则可，老是这样便大不可，所以"不调平仄"并非是"金科玉律"。衣萍先生的"幽默"的答复，我以为并不"幽默"。

我记得今年上期《时事新报》"青光栏"上曾载衣萍先生的一阕〔蝶恋花〕词。竟在那么一阕短短的词中，连用了好几部不相通的脚韵，就是照国音读起来韵与叶的声音差得十万八千里，那样做法我总觉得不十分好。

　　总之，现代人如要自作新词，最好不堂而皇之地把原有的词牌名加上，以免混淆。我的友人夏瞢禅君曾做了许多不依旧谱的词，他径称自己的词为"自由词"，并不加词牌名，自然，他是想免去"挂羊头卖狗肉"之诮。在近人的词中，使我佩服的确只有夏君的词，先生如买一部况蕙风所辑的"近人词选"来看，那就会看见他初期的作品，近来呢，他却更进步了。

　　本想再写下去，但是纵多说也无用，始终是极其浅薄的话，为藏拙起见，还是少说为妙。

　　祝撰安。

董每戡上
十二月二十五日
《新时代月刊》第四卷第一期（1933年2月）

【按】　上札原题为《与曾今可论词书》。

萧莫寒

萧莫寒，生平不详。

致陈柱

柱尊导师大鉴：

　　学生萧莫寒上。生对于国学，颇有兴趣，素仰吾师渊博，而于诗学一门，更有独造之诣，本拟早日请教，多加指导，苦无机会，今且亲为吾导师矣。聆教之时，自属较多。然吾师在校之时候甚少，纵于下课之后，幸能就教于导师，而时间短促，有志莫能达，故敢以书闻。生幼时喜作诗词，然两年以来，惟有欣赏之兴趣，而常感创作之困难，其故何哉？原夫诗词之源，本为一种歌咏之词调，诗承古乐府之蝉变，词为诗进一步之开展，故诗者古乐府之嫡子，词者一贯之正统也。乐府既衰，则诗继之，诗至唐代则为登峰造极之时也。自唐以后，则诗之发展几成绝望，此为大多数学者所共认，而吾师之意何如？

考词之初作本甚简单，迨盛行之后，始有格律，是则古人创词者，其本志不拘拘于字句之多寡，而后之学词者自封其步也。生在中学时代，尝询国文教师以作词之法，彼云：作词有一定之格式，即字句多寡及字声之应用，必有定格，作词者则照厥格式，按其字数填之可也。在生之意则不然，盖某调云者，为一种歌咏时合某词谱之名称也。而在此种名称未有之先，作此谱者复凭谁之格式乎？此如〔菩萨蛮〕词，在未有〔菩萨蛮〕谱以前，首先创〔菩萨蛮〕谱调者，复凭何人之格式，按何人之字句乎？如无前人之词谱，则吾人将永不能创作乎？为何后人则必如此固执前规以缩小词之范围耶？原夫词之产生，正欲解诗之束缚，缘何吾人复以铁链加于词耶？由斯观之，可知古人作词，并不拘于字句之多寡，乃贵乎能表达情意，及音韵之和谐为原则，而吾人亦不必拘于古人格式也明矣。

考后人所规定词律五十八字内为小令，五十九字至九十字为中调，九十字以上为长调，此种无聊之规则，吾不晓其用意如何？若有人谓作词者必须按此词律，吾必大骂之曰：不通之论也。吾尝庆词学之发展如斯，而吊后人自寻拘束，而不能上进也。呜呼，词学自创格律，则其生命断丧无余矣。吾师之意以为何如？

又今之所谓白话诗者，大抵咸不注重音韵，吟咏之时，枯涩万分，若作小品文读之，复断断续续，不特无一贯之文势，且未必有深长之寄意。夫诗乃歌咏者也，歌咏者必有悠扬之音节，换言之，歌咏有音韵之文字乃容易发生感情，惟音韵亦不宜过于机械式，此说吾认为至当之论，亦为吾对白话诗素来所持之态度也，未卜高明以为如何？祈有以教之！幸甚！

《大夏》

（1934年，第1期第七卷）

【按】上札原题为《上陈柱尊导师论诗词书》。

翁漫栖

翁漫栖（1912—2008），又名翁克庶、翁文楷。广东潮安（今属潮州）人。1937年毕业于上海江南大学。著有《波罗蜜》《推窗谈》《戊寅韵钞》等。

致《新园地》主笔

《新园地》主笔：

阅日前贵刊"词的解放运动专号"，使我甚觉喜慰，喜慰我们岭东对于"词"的解放亦能够响应。鄙人对于词方面虽不甚深刻的研究，但自己亦极好玩弄，现在对于改善的工作，亦极喜欢去干。可是我的改善很不像曾今可先生那样只解放小部分的一小部分（只把阴阳的平仄解放而已）。我以为这种解放脚而不解放乳的解放，似乎太于无聊。所以我自己的改善却是把词谱完全解放。因我觉得词是意内言外的一种柔情的淡描，若照谱去填，未免太过把心内的心情埋没。并且改善词的最大原因，便是求其畅所欲言，使心内的情感易于扬出，所以才有这一举的主张。在一般改善于小部分的人之主张，谅可知其与我的主张不同，所以无须我详细去决断，总之，个人有个人的意见，故我自己主张把谱改善的解放，似乎比那些高呼解放而解放小部分的人来得痛快，而且不会将旧词的谱加以一种沾辱。因自己工作创谱亦与老词绝无影响。其实改善的词又有什么谱可言，然，我又要一句声明，重立一体的词格，另创一格的声律便是谱。但是我这个谱不喜欢人来照填，我仍在希望人们照着我的精神去创谱而作词，不要把自己的创作天才埋没，而切不应照着老古董的格式去填。因这是一种破坏旧词的精彩的工作呢？

关于词解放这个名词，传到人们的耳朵可以说是很久，但是各处对此项的解放工作似乎不甚热闹，这因为了一般人对这工作提起不满而加以论骂的缘故。自《新时代月刊》的"词解放运动专号"后，词解放的工作仍然如是的寥若晨星，只是在每一期的《新时代月刊》中，可以见到一两封词解放的谈话信件而已。这觉得很痛心！

当汕头未有薰陶到词解放的气色，以及岭东《民国日报》的贵刊——新园地，未经"词解放运动"之先，鄙人的拙作先以在《市民日报》的乐园络续的发表了，因为词很先便给我存心于改善而创作了。现在新园地既然亦要努力此项工作，鄙人则藉端将旧作先选五阕付上，以便刊登，并望继续以领导地位来扬此项的工作成功。这是我的最希望者。

一九三三，五，三，于苔岑社漫音

《波罗蜜》第二辑

（上海群英书社1935年6月版）

【按】 上札原题为《词改善的意见》。

乔雅邠

乔雅邠，生平不详。在《唯美》杂志持续发表《红薇词近稿》。

致《唯美》杂志

词的谱虽失传，可是他的格调还在，爱好艺术化文字的人，对于词，当然还有欣赏的价值。近几年里，我最爱填词，有了余闲，就胡乱地填一下。不过拙作以消遣为宗旨，不喜过分去讲求声律，可是旧谱已失，还是空费时间，和文字的实质上，没有什么帮助呢。这层管见，你看对吗？上期贵刊里，拙作"算聚散无凭据"一句，漏去"散"字，请更正，可以吗？

雅邠

六，二三

《唯美》

（1935年第五期）

【按】 此札原题为《乔雅邠君论词》。

附编一
中华人民共和国
成立以来
词学书札选编

叶恭绰

致柳亚子

亚子先生：

前日示悉藏眉子砚者乃一伧父，当时亦未询其名，仅由友人转介拙作，亦借浇自己块垒耳。元礼误记可愧，近年记性锐减，此亦一征。此首已改如下："全家玉树簇临风，韵事虹桥记阿戎。惆怅吴游飞片羽，芦墟谒墓竟无从。"不必另向湖州老儿打交道矣。弟亦向不守官韵，所作出韵极多也。常厘卿好学而根柢未深厚，人则纯直，昔助弟编《清词钞》，近在文化局。至《清词钞》成书已数年，计廿六大册，无法付印。此事计费十八载心血，耗费亦越数万元，并无副本，将来难免湮没。弟平生枉费心力之事无数，此只其一耳。文史馆事，弟一向未过问，昨始知梗概。窃意此馆之设，当局用意全在养老尊贤。其负责馆务者，等于招待员，说好听些，或似翰林院之掌院（然尚不类）。吾辈似应为政府筹计招待这一班人，其个人计画则须相机行事。今一切已有眉目，仍以早日开幕为第一义，其他可置后图，庶免一班耆旧日有延颈跂踵之苦。至所司之态度及琐屑末节，皆无足校者。吾辈虽不必高自位置，然"于人何所不容"及"先立乎其大者"两句旧话，亦不妨玩味，此非世故深浅之谓，盖办事自有其窍要也。直言乞谅。即致

敬礼

弟恭绰上 十二月五日

张明观《柳亚子史料札记二集》

（上海人民出版社2014年版）

【按】 此札录自张明观《柳亚子史料札记二集》《叶恭绰的一封信》一文，据张文此札藏苏州博物馆，落款时间为"十二月五日"，未署年份，然据信封上北京邮戳"1950年12月5日"知其作于1950年12月5日。

致龙榆生（三通）

一 （一九五二年）

十日示悉。旬月来同人不断研究，又竟访得唐代笙谱、笛谱，且前此西安亦曾访得宋词谱，文艺界因此殊形兴奋，且因此不久将特设一民族音乐研究所（由国立音乐学院之古代音乐及民间音乐两研究室合并扩充而成），规模颇大，将设研究员至六十人。现方极力访求人与物之可供研究者，如有所知，望特别介绍为盼。温州与元曲极有关系，不知有无特殊资料，请一询瞿禅兄为幸。至京音乐原谱如钞一份，大约工料约十六万元，且须有人细校。如沪上有人能深入研究，弟则牺牲此款以供众览，亦无不可。《事林广记》弟已觅得，可不必寄。《词调溯源》须向烂摊寻觅，转觉为难，如兄有之，望寄我一部何如？朱居易现在南昌任南昌大学副教授，已将尊寓地址告之矣，承示研究步骤，兄及瞿禅似均不会唱曲（从前大岸自命能唱，亦系诳语），则关于乐谱乐器一方面似难深入，或者且打通词曲递嬗均系有一定音律而无一定字句字数等等概要与凭证。兄看过音乐学院报告后，不知有何感想，亦盼示悉。此间研究者有王希琴（君九之弟）、俞平伯、唐兰等数人，亦仅系初步耳。幸均不太忙，易有成绩。此复榆生兄。

绰

五月十七夕

《近代词人手札墨迹》

（台湾"中央研究院"中国文哲研究所2005年编印）

二 （一九五七年）

榆生兄：

八日来示，稽复为歉，亦缘展转觅钞新词未得也。今《诗刊》已出版，各报亦有登载，计均寓目矣。此间有韵文学会之设，范围太广，难得主持综揽人才，不至沪上可另起炉灶否？昨文怀沙在此间电台试播吟诵诗词，此亦酝酿已久者。似乎廿年前我所持声乐合一之主张，渐有实现之望。不知兄如何看法也。承示旧体诗词，因主持乏人，不见精采。其实症结恐尚有所在，缘一般把持者仍不欲放手。且旧者战斗力不强，又无组织，势难取胜。余老矣，一般有承先启后之责者，不可不积极努力也。承询《清词钞》事，因出版社无人真正负责，形同束阁。现全稿已移往古籍出版社，仍无下文，真有"河清难俟"之感！有人云该社尚畏批评，如由社会知名之人函询该社因何不出版，似可起些作用。不知兄可否联合三数人，分头函问该社，以期促进，是所深感。该社地址系北京东单东总布胡同十号。专复，即颂春安。

弟恭绰

一月卅一

《近代词人手札墨迹》

（台湾"中央研究院"中国文哲研究所2005年编印）

三 （一九六二年）

元亮先生：

前得惠书，稽复为歉。……近日各报，颇望愚有所述作，但老拙实苦为难，不得已，姑写一论词之文，兹寄上稿一分，祈阅。此虽临时之作，但数十年蕴蓄，亦颇藉以发抒，惟坐言起行，当非易事。目下词流涌现，然若不善于引导，恐将趋向分歧，区区所言，实具苦心，非敢云先识也。然怀之数十年，几无可语者。执事当有其条件，故亟以奉寄，望详加绳检，加以引申，或可为教课之一助。近日赵朴初作词曲不少，顾称同志，不知曾见之否？愚则自作不能如朴初之明快，有类初放之缠足，尚待格外努力。君何不试为之，以开风气？想校中钱仁康诸君均可谈及此也。愚不能作谱，是一遗憾。但今能作谱者不少，何不倡导为之？至打破诗、词、曲、歌之界限，似时机已到，亦亟宜从事矣。愚年太老，病太多，事太杂，故亟盼能多得同志，阐扬此举，以应时需，了无他故。此文尚须续做，如有卓见，亦亟希详示，以资养料。余容再布，即颂时祺。

退翁上

七月卅一日

《近代词人手札墨迹》

（台湾"中央研究院"中国文哲研究所2005年编印）

【按】　此三札录自《忍寒庐劫后所存词人书札》（上），龙榆生旧藏，张寿平辑释，见台湾"中央研究院"中国文哲研究所编印《近代词人手札墨迹》上册。

张东荪

张东荪（1886—1973），字圣心，张尔田之弟。浙江杭州人。曾留学日本，研究哲学。历任《大共和日报》《大中华杂志》《庸言杂志》主笔及《时事新报》总编。先后任教于光华大学、东北大学、北京大学。晚年学词。著有《哲学与科学》《新哲学论丛》等。

致龙榆生（四通）

一（一九五四年）

榆生吾兄：

日前得复书，慰甚，慰甚！闲中颇多杂想，兹为陈之。（一）来书谓将修订旧辑宋词选，此乃盛事。弟有臆见，可否一供参考。原书三百余页，即增至六百页亦不为过多。一也。每一人似可仿胡选之例，增加公历纪元之生卒年月。二也。不必限于词家，如岳武穆之〔满江红〕，王荆公之〔桂枝香〕似宜选入。二人虽非词家而词亦绝作。三也。女性作家之朱淑真宜选数阕。四也。重刻时似词之本文可用较大之字模，而注及其他皆用较小字。五也。于比较最为初学不易解之典，宜仿笺注《东坡乐府》之例，略加注释，但不必过多。六也。所选之词仍可略加增益，如辛词所选似偏于沉痛一路，他如"不恨古人吾不见，恨古人不见吾狂耳"之旷达一路，似可再增一二阕。七也。（二）关于比兴之说。公既与弟所见相同，弟以为此事只能承认其有而止，却不可刻舟求剑，硬指其为某人某事。否则，诚如尊论即流于穿凿附会矣。弟近来读辛启泰之《稼轩年谱》，发见尊辑词选中一七四页所录王湘绮云辛词〔摸鱼儿〕"算只有"三句是指张浚、秦桧一班人云云，显然错误。请详言之。弟以为非指秦者仅有消极证据，至于非指张则有积极证据。弟又以为凡比兴虽无法严格指出，然却有一原则曰：其所暗指之事或人必须在作此词时尚存在，或过去未久，其影响尚存在。准此以言，先言秦桧。按秦死于绍兴二十七年，秦死后其政大部分已推翻。而稼轩归宋则在绍兴三十二年，不仅距秦死有六七年之久，且此词作于淳熙六年，更距秦死有二十余年，则秦事之影响已淡，显然可见也。其后主和者另有汤思退等人，倘系暗指主和之人，然亦恐非秦桧。倘谓统指所有主和者，纵使秦可包括在内，而张浚亦决不在内。请即言张，按张之死在隆兴二年，距辛作此词时已十五年，其人影响已褪自不待言。虽然，时间之远距其次也。辛于其所著之《乾道乙酉美芹十论》中明明提及张浚处凡三。一则曰符离小败不可动摇恢复之定谋。二则曰用人宜久任，其言如下："顷者张浚虽未有大捷，亦未至大败。符离一挫，召还挫路，遂以罪去。恐非越勾践、汉高帝、唐宪宗所以任宰相之道。用兀术之言，谓张、韩、刘、岳皆已习兵，不可轻敌。"按此所谓张，当指张浚。因吴玠、吴璘皆由张提拔也。是辛对张不特无恶感，乃竟有褒辞。况张之可议处止在杀曲端一事，其他未闻激起清议。曲端事，终宋明论者极少，至清王渔洋为诗讯之竟有人认为与杀岳飞相类。（渔洋诗有"三十年来几丧师"之句，实则辛则谓事非十全，似辛固不以败责张明甚。至于张之是非，自当另论，第辛无责张之意则甚为显明。他人责张则有之，不可谓辛亦然。）弟则以为张与曲之争，是主战派内部稳进与冒进之争。张主冒进固其失也，然与和战之争性质不同，故不可与杀岳飞并论。此事证以稼轩《美芹十论》，固已早恕之矣。（曲事在符离败之前，对符离败尚恕之，则可推知。）张为不得志之人，屡起屡仆，自非清议所指之目的物，更为显然。王湘绮大抵狃于曲端一事而为此言，实则大谬而特谬也。知人论世真亦难矣。故弟以为公书修订时似宜将湘绮语删去。至于辛词"蛛网惹飞絮"等句是何所指，弟亦拟有一说，自信较为妥当。弟以为是指当时谏台动辄胡乱弹劾，试以孝宗隆兴、乾道、淳熙十七八年间事证之，几于每年易相，中枢宰辅未有任事二年以上者，则谏台之猖獗可见。此乃南渡以后仍存北宋之遗风，不外朋党之轧轹而已。又证以辛词换头引用《长门赋》，谓"蛾眉曾有人妒"，更为显然。乃指当时事，决不能指十余年或二十余年以前之事也。（弟以为辛氏此词宜统观全文，似统指恢复之计受种种阻挠不能行，遂致慨叹耳。）弟以为稼轩由湖北漕移湖南漕，在彼本人或认为不得志，或者即以为转入内地反离疆场为远，则与攻金之素志更有距离。其词中有"准拟佳期又误"一句，似可为证。总之，比兴之说本难确指，但求其无大病即可姑存之，敢以质诸高明。（三）弟之所以欲看清词，实因近始知清人确有超过宋人处。以古微论，即高过梦窗。弟因希望公能余暇再续辑一《清词选》，以朱之《词荄》太简略，而谭之《箧中》又太单调。（《艺蘅馆词选》弟从未见过）不知公其有意乎否？此事恐非公莫属也。半塘之词只能略近于湖而不逮稼轩远甚，此言不知公亦首肯否？此间仍连日阴雨闷人，北方恐亦将为南中之继也，可叹。余不多及，即请大安。

弟东叩

十九日

　　王、胡虽有偏见，然亦有绝精到处，似不可一笔抹煞。想公亦谓然。又王对先兄之言恐专指时流利用一点，至于根本主张恐仍未必轻弃。盖其亦有至理，正不必完全弃之也。

《近代词人手札墨迹》

（台湾"中央研究院"中国文哲研究所2005年编印）

二（一九六四年五月二十一日）

榆生吾兄惠览：

久不得书，方正驰念。……亦曾拟汇集旧作，奈每有检阅，辄作改窜，改后亦不恰意，有时又复改回，如是迄无定稿，奈何，奈何！好在他日存留与否，本非所计耳！近数年来益感诗之难工，因是于诗独少，即偶尔动兴，亦只词而已。爰录数阕，为公病中消遣之助。倘蒙删正，固所愿也。此请大安。

东叩

廿二

八声甘州

记倭氛、腥染遍幽燕，血喋雨花台。恨长城不倚，掷戈折戟，几处闻唉。且喜请缨子弟，跋涉越江淮。我掬新亭泪，客里难谐。　　回首金瓯无恙，看朱旗拂地，一扫飞埃。对重华开路，薄海有同怀。且随君、观梅东阁，更休提、共感贼中来。惊魂定，齐声啸月，遥想吟斋。

得读新制，勉为步韵。聊藉旧事，且舒胸臆，亦遵来示勿尚雕琢之旨耳。幸为指正！弟东叩。

病仍未愈，家人告诫。以后亦不敢再扰公也。又及。

《近代词人手札墨迹》
（台湾"中央研究院"中国文哲研究所2005年编印）

三（一九六四年六月三日）

甘州

甚西风、吹透几疏窗，篆香散余烟。望盘雕没处，迷离难认，虎踞龙蟠。残霸山河冷夜，乍听角声阑。谁念微茫际，涨海回澜。　　却笑低头臣甫，只麻鞋竹杖，依旧清寒。把吟鞭遥指，极北失长安。有纷纷猿惊鹤怨，步枫林，游目极东偏。期他日，举杯同酌，看月中天。

前寄和章但涉旧事，与大作原旨不符。兹再补作，亦略取所谓饿鸥之意，特以婉转出之。盖弟以为词宜深婉，敢以质诸高明。

东叩

《近代词人手札墨迹》

（台湾"中央研究院"中国文哲研究所2005年编印）

【按】上三札录自《忍寒庐劫后所存词人书札》（上），龙榆生旧藏，张寿平辑释，见台湾"中央研究院"中国文哲研究所编印《近代词人手札墨迹》上册。

四（一九五五年六月二十四日）

榆生吾兄：

项接得寄来大著，较旧刊大不相同，有功艺林非浅。《近三百年词选》何日可成，尤盼快睹。小词一阕录呈，乞为教正。

临江仙

塔影湖光花外路，相离一水溅溅。连朝怕是恼人天。日高飘柳絮，风定落榆钱。　　睡起深深庭院静，隔林杜宇休喧。雨余新竹亦孤竿。含香清似水，穿月淡于烟。

弟东叩　端阳日

《文献》2001年第4期

【按】上札录自张晖《张东荪论词书札》。

汪　东

致龙榆生（二通）

一

榆生吾兄足下：

奉大作，如此长调而运转自如，且不失时代性，是真能以旧瓶装新酒者，曷胜佩服！东仅作〔双韵子〕一首，不足取。因承先示，遂录以请教。

东顿首

十月七日

双韵子

朱旂电爥广场洞，迎群喧初定。阵穿九曲珠还，看曼衍、鱼龙迥。　烟霏净，铙歌竞。涌素魄、山河动影。太平此日同欢，拌醉杀、秋宵永。

《近代词人手札墨迹》
（台湾"中央研究院"中国文哲研究所2005年编印）

【按】札中汪氏所评为龙榆生〔大酺〕（1952年国庆前夕上海市文物管理委员会同人宴集人民广场大厦。柳翼谋丈诒徵属倚此曲，兼邀沈尹默、汪旭初东两翁同赋）一词。

二

榆生吾兄左右：

赐书具悉。词家黄、秦并称，而后世无解者。东初亦不憭，迨病作歌乐山日，取而细读之，始讶其劲折遒峭，为各家未有之境。故钞十八家时不敢废也。承示方校订《山谷词》，以嘉靖本为主，而以各本参校，极是。宋本虽贵，阙误滋多。朱刻于所据本外亦未多加搜辑。盖山谷俳体本是难读，遂弃之如鸡肋耳。他日尊校行世，必足为山谷词生色矣。东手边仅有朱本，所问一条不见，记与"女边着子""门里挑心"似是一首。大抵宋词中所用俗语，或名词，或形容词，若仅一二字在句中者，可推上下文义知之。如"恶"作"极"解，犹近古训。其余如"压一""九百""闻早""嚛早"之类，亦非难说。若整句整首，等于廋词谜语，则无从强索解人矣。密不容针，自是当时一句成语，未容以意率对。散居在乌鲁木齐中路二八〇弄十二号，弄口即菜市，上午车不通行，下午则多外出。词虽间作，顾鲜惬意者。倘承先倡，即不敢不和也。专复，顺颂著席。

汪东顿首
九月十五日

《近代词人手札墨迹》
（台湾"中央研究院"中国文哲研究所2005年编印）

【按】此札录自《忍寒庐劫后所存词人书札》（下），龙榆生旧藏，张寿平辑释，见台湾"中央研究院"中国文哲研究所编印《近代词人手札墨迹》中册。

叶圣陶

叶圣陶（1894—1988），原名叶绍钧，字秉臣、圣陶。江苏苏州人。作家、教育家、出版家、政治活动家，1949年以后历任出版总署副署长、教育部副部长兼人民教育出版社社长、中央文史研究馆馆长、全国政协副主席等职。著有小说《隔膜》《线下》《倪焕之》，散文集《脚步集》《西川集》，童话集《稻草人》等，另有《叶圣陶教育文集》等语文教育论著多种。

致俞平伯（六通）
一（1974年11月7日）

平伯兄赐鉴：

      …………

今日无事，乃与兄写信。"郑评"尚未阅毕，缓日拟向次园借其誊清本再观之。弟不复抄录，兄言"再为校对"，似可取次园之本为之。

因观"郑评"，引起久蓄于心之疑问，试略陈之。词之所谓律，一为句式，又一为韵脚，再一为某处必平必仄与某处可平可仄，其尤细者则于仄声复须严上、去与入。从前和清真词之诸家于四声完全遵照，致语句隐晦不通者，即所谓尤细者也。弟于此生疑问，如此之律，吟诵之律乎，抑歌唱之律乎？若周若姜，皆能度曲作谱，自当为歌唱之律。不知和周之诸家皆能歌唱作谱乎？近如郑氏，亦能歌唱作谱乎？如其不能，则其所守之律实与周、姜异，乃吟诵之律耳。其所为词，苟起周、姜而请歌之，恐未必能全邀周、姜首肯。缘此字与彼字四声虽同，而声音之事不仅限于四声，于歌唱之际，此平声字合式而彼平声字不宣于歌唱者，殆必有之。此是弟之妄揣，兄与嫂夫人能度曲作谱，乞断其言之合否。

因有以上之想，弟乃以为凡诸种词律、词谱所明者，乃属吟诵

中国古典词学
新辑词学珍稀文献丛刊

之律。有兴作词者，无非自甘钻入此格式（亦可云圈套），宁愿放弃其自由，而于拘束之中求得自由。高明者于此得佳作，马虎者可以全不成样子。至于大字报之但依字数，不管其他，你一首〔沁园春〕，我一首〔水调歌头〕，弟每以为此辈既要自由，还管什么字数，管什么〔沁园春〕与〔水调歌头〕。竟作自由诗岂不甚好！而〔沁园春〕与〔水调歌头〕假令有知，必然大叫冤枉，亦自无可置疑。复次，弟以为如郑氏之所云某处必须入声，以及他家之严于上去，苟其确有会心，亦惟在吟诵之际．而此等处所严于四声，于吟诵方面有如何妙趣，则作评之人皆所不说也。

就吟诵而言，似可分句之拗或否与用韵二事。请言其浅极之理解。四字句，仄仄平平为非拗，平平仄仄亦非拗，违之则拗。五字句，仄仄平平仄，平平仄仄平为非拗，平平平仄仄，仄仄仄平平亦非拗，违之则拗。六字句，仄仄平平仄仄，平平仄仄平平为非拗，仄仄仄仄平平，平平平平仄仄之类则拗。七字句准五字句推之。所云违者，主要在第二、第四、第六字，单数字可以通融。早期短调之词，绝大部分为非拗句（所谓律句），于此似可证词与近体诗之源流关系。其后中调、长调继出，拗句似亦少于非拗句。而用拗句之处，吟诵之往往有挺拔、倔强、峻峭之趣，与非拗句之谐和圆润有别。次言用韵。伤春悲秋，闺思别恨，虽未统计，古来似以用语、虞、御、遇等韵者为多，仿佛此等韵之字颇合此种情绪。（某类韵宜于某种情绪，以前有言及者。）又如〔满江红〕〔兰陵王〕二调似皆以用入声韵为宜，用上声、去声仿佛不甚合式，此或者受岳词、周词之影响。（言及周之〔兰陵王〕，觉其中拗句皆佳句。"拂水飘绵送行色"，"应折柔条过千尺"，"回头迢递便数驿"。"望人在天北"，吟之味皆至永。）——以上浅见，从未写出，今日书之，求教于兄，请观于吟诵之律有些儿说对否。

…………

请止于此，不尽欲言。即请刻安。

弟圣陶上　十一月七日下午四点

叶至善等编《暮年上娱：叶圣陶俞平伯通信集》

（花山文艺出版社2002年版）

◎ 历代词学书札汇编

二（1974年11月12日）

平伯兄：

项接赐覆长书，自喜抛砖之丰获。弟于词谱未尝措意，论词之书亦少观，所见悉凭空想。今兄导之以实际知识，深为感慰。学一句时髦话，容徐徐消化之，再来商论。杨荫浏君相识，其宋词实际上只是平仄调之说则为初闻，此言甚确。由此以观，则诸家之和周自是正当途径，而绝大多数之作词者只不过较大字报派略胜一筹，能顾到句式与平仄而已。

…………

弟圣陶 上 十一月十二日上午

《暮年上娱：叶圣陶俞平伯通信集》

（花山文艺出版社2002年版）

三（1974年12月23日）

平伯兄：

上午接读手书及近稿。承纠正误漏，感甚喜甚。

近又查清真若干长调，亦见韵脚前多用去声之例。此其故殆由唱调与文情之配合，今不能唱而徒为吟诵，乃不克通晓。兄以唱昆曲之经验说明之，自可信服。手头有一部《湖海楼词》，查其与清真同用之长调，于此等处往往不管。而郑叔问与朱古微则守之甚谨。郑、朱恐亦不习歌唱，惟遵周律耳。兄评周止庵之评二则，循览数遍，完全同感。

〔兰陵王〕三片经兄如此说明（预愁去程之速，登舟则觉其行徐徐，此似矛盾，而实则皆本于情），更无可疑。弟本亦朦胧，今乃豁然。"愁"字妙，"渐"字尤妙，有运动之感觉，引出舟行缓缓，一路所见景物，而情在言外。弟向所不满者，惟"恨堆积"一句，以为恨固无体，何言堆积。即改作"恨山积"为比喻句，亦嫌强凑。妄见乞正之。

尊稿即率还，料其不致遗失，故不挂号。

前日元善兄来共谈，对坐二小时许，谓彼此尚健，可以为慰。

即请近安。

弟圣陶上 十二月廿三日下午四点

《暮年上娱：叶圣陶俞平伯通信集》

（花山文艺出版社2002年版）

四（1975年1月3日）

平伯吾兄赐鉴：

年前接覆书，诵"忆及佩弦在杭第一师范所作新诗耳"之语，怀旧之感顿发而不可遏，必欲有所作以宣之。缘近与兄商讨〔兰陵王〕，决意用此调。思之思之，排之不可，致损睡眠。念佩弦逝世后，尚未作一韵文伤之，今于二十余年之后补作，亦聊尽我心。今录草稿于他纸，乞兄严格推敲，或提示，或改易，均所乐承，总望此作较为像样。赐覆尽可缓，万勿如弟之损及睡眠。

间接闻知学部之事，春节前可告一段落。想春节之后，可不须每日到所矣。即颂年安。

弟圣陶上 一月三日上午

兰陵王

猛悲切。怀往纷纭电掣。西湖路、曾见恳招，击桨联床共曦月。相逢屡间阔。常惜。深谈易歇。明灯坐，杯劝互敦，君辄沉沉醉凝睫。 离愁自堪敪。便讲舍多勤，瀛海遥涉。鸿鱼犹与传书札。乍八表尘垒，万流腾涌，蓉城重复馨欵接。是何等欣悦。 凄绝。怕言说。记同访江楼，凭眺天末。今生到此成长别。念挟病修稿，拒粮题帖。斯人先谢，世运转，未暂瞥。

《暮年上娱：叶圣陶俞平伯通信集》

（花山文艺出版社2002年版）

五（1975年1月4日）

平伯尊兄赐鉴：

惠书傍晚到，而昨亦有一书寄上，两书当在邮程中摩肩而过。兄改〔兰陵王〕之解析写于弟之抄本上，是极为欣愿之事，前忘奉答，实为疏简。

十余日前，伯翁处假得从前开明所出之《周词订律》（雪村精校，甚为可贵，而其纸版早已遭劫矣），系龙榆生介绍来者，以前未细看，今觉其书至精密，言词律者殆鲜出其右。于周氏〔兰陵王〕之下，附录宋人填此调者十一首以相比较。从知所谓严守周律者，至少亦有五六字之出入，全同者绝无。兄或前见此书，倘欲观览，当呈上。其附录中有一首系为一位老太太祝寿，即此题目，已可断言作者选调选韵甚为不合。周氏言韵与情调之关系甚佳，惜其简略，然要说清楚，或将流于玄虚。

弟昨寄之稿，兄观之以为如何？不敢催迫，静俟指点与评论。昨夕睡较畅，以后亦不敢动脑筋作何题目矣。偶有所萌，将如流行语所谓"扼杀于摇篮中"耳（不思作什么，睡眠固一向酣畅也）。

久欲访佩弦夫人于清华，而至今未往，亦甚疚心。仅四九年初来时一度往访耳。即请冬安。

弟圣陶上 一月四日夜八点
《暮年上娱：叶圣陶俞平伯通信集》
（花山文艺出版社2002年版）

六（1975年2月24日）

平伯吾兄惠鉴：

手书上午接读，喜甚。承评拙作，得之实为至乐。所称构思意图，抄一句流行语，真说到心坎上了，其乐有逾于此者乎？惟后面跋语，恕弟实说，尚为溢美。再者，篇首三字必与小序一起看乃可，否则将谓何以二十余年不怀念，忽然大感悲切欤？得此三字之前，《乔醋》中之"顿心惊"一语自然阑入意识，于是立即得"猛悲切"三字，觉甚为适当，不须再考虑。此亦可资闲谈也。而用此"悲切"，又缘先自预定，此首决用"月"字、"别"字、"帖"字为韵脚之故。

…………

弟圣陶上 二月廿四日下午
《暮年上娱：叶圣陶俞平伯通信集》
（花山文艺出版社2002年版）

中国古典词学
新辑词学珍稀文献丛刊

周宗琦

周宗琦（1896—1988），字景韩，别号桥下客。浙江湖州人。曾任上海同德医院教授。能以白话填词。

致施议对

议对同志：

您好！我想同您谈两个问题：（一）何谓"要非本色"？

苏词虽工，要非本色。这句话含糊不清，有两种讲：

第一种讲法，要非本色的词。词字在本色之后。首先肯定他是词，但非本色，可知还有一种本色的词。于是词有两种格式。是本色者，必须严守协律，姑称之为守律式。非本色者，不须严守协律，姑称之为自由式（当然，是有纪律的自由，即夏承焘之所谓不破）。照传统的看法，是符合第一种讲法的。因为，东坡乐府不得不称之为词。

第二种讲法，要非词的本色。词字在本色之前。这是说他不是词了。比如说，流氓虽也会做诗，要非书生本色。既否定他是书生，同时肯定了他是流氓。如果苏词不是词，是什么呢？易安肯定了他是诗。但与一般的诗毕竟有所不同，于是加上一顶帽子，称为"句读不葺之诗"。易安认为词只有一式，守律式。这是她的看法，所以有"别是一家"的提法。其实，"别是一家"是夸大的说法。词本来，对诗、歌、赋并列，是别是一家，而她的新看法，应为别是一格。发展的规律是由合而分，越分越细。词有两种格式是发展的结果。每种格式各有他发展的方向，也是必然的趋势。按易安的说法，看出协律苗的是柳永，集大成的是周邦彦。这个发展过程是清楚的。但这是守律式的发展，其方向很明确——合乐。自由式也在发展，其方向也很明确——畅所欲言。这两种格式，已是客观存在，所以"词"字是合的名称，而守律与自由是分的格式。因此：

东坡对易安说：居士的词要非自由本色。易安对东坡说：翰林的词要非守律本色。大家都服帖。谁也不能说，要非词的本色。当然，这是我作为一个当代中国人的说法，易安自可在天上保留她的看法。

（二）诗与词的分别何在？

按照生物学的分类方法，首先是形态学，然后解剖学、生理学。形态学是基本的，可说是不可动摇的，无足争论的。解剖、生理方面，是有争论的，而且有至今还不能解决的。例如按形态来分，动物与植物的分别，一望而知。按解剖与生理来分，到了微生物的阶段，就分不清了。但无论如何争论，决不动摇形态学。诗与词的分别，按形态学来分，也是一望而知的。词，一首之中有长短句。诗，一首之中无长短句。这是基本的，无可动摇的。或许有人说，词中有的似七绝，有的似七律，形态的区分仍不严格。这类例子是极少数，名曰"例外"。例外在科技方面是新苗，在词方面可能是陈迹。例外不能推倒全局。若从形态之外来分，就有争论。

①诗言志，词言情。以志与情来分。其实，言志可同时言情，言情也可以同时言志，此论不争自息。

②以协律来分。协律者词，不协律者诗。此论有一辩之必要：无论以志、情分，或以协律分，都犯了原则性的错误——无视形态学。至于说诗不协律，是不尽然的。我在蜀时，犹得见少数民族的铜鼓蛮歌，可能是原始的合乐形式。有了律吕，有了歌诗，既能合乐，怎能不协律。我认为，诗之协律，古已有之，但在当时是自在的，粗草的。到了柳永，是自为的，精细的。进入自由阶段后，则越来越完善，于是周邦彦集大成。所以这整个发展过程，不是由不协律而协，乃是由自在到自为的过程。因此，以协分是站不住的。诗与词都是工具，就同锄头与钉耙是工具一样。形态决定功能。有的题材和内容宜诗，有的宜词。姑以词为例：《宋词选》第三五七页史达祖〔双双燕〕（过春社了），及《李清照集》第四二页〔点绛唇〕（蹴罢秋千），这样活灵活现的描写，只有用长短句才能表达。如欲把这些内容写成诗，即使李、杜复生，也得回避三舍。——协律不协律，在所不计，词总是词。

我对以上两个问题所讲的废话，是科技式的，不是诗词式的，不免贻笑大方。阁下巧塑易安体，自另有高明看法。幸不吝赐教。

即祝起居嘉胜。

宗琦书

上海，一九八五年七月十七日

附：施议对致周宗琦函

周老著席：

七月十七日及八月十八日，惠函奉悉。因忙着写一篇论文——《宋词的奠基人——柳永》，刚完稿，未能及时奉覆，时在念中。惠函论及"要非本色"及诗词分界两个问题，均为词学理论中尖端问题，拜读颇多获益。

晚以为，词史上本色论者之否定苏词，除了协律，可能还有其他因素，如特质、作风等等。即认为：苏词不仅因为不协律而不像词，认真解剖下去，就其生理构成看，也不像词。因此，苏词之非本色，恐偏重于第二种说法，"要非词的本色"。

易安之所谓"句读不葺诗"，即不承认苏词之为词。不仅仅谓其"非守律本色"，而是全盘否定。晚以为：易安意见失之偏激。应当承认，苏词仍然为词，不过为词中之另一体。前人称之为"别体"，为"变调"，晚称之为"词中之独立抒情诗体"（见拙著《词与音乐关系研究》）。形态决定功能，这是客观真理，但认清诗词分别问题似当将形态与功能结合在一起考虑。即除了看其形态，尚须看其功能。本色之词必合乐应歌；非本色之词，直接言情述志，未必为合乐应歌。苏词属于后一种。从形态、功能诸方面加以考察，对于吾翁所提出两个尖端问题，似可有所了解，但仍然很不容易表述，尚须进一步学习思考。望多赐教。子臧先生接奉惠函，十分高兴。

奉上小词二首，乞斧正。耑此，敬颂吟安。

晚施议对上

八月二十四日

（一九八五年）

《词学》第四十一辑

（华东师范大学出版社2019年版）

【按】以上录自施志咏辑录《周宗琦与施议对论词书札》。施议对（1940— ），台湾彰化人。师从夏承焘、吴世昌。先后任职于中国社会科学院文学研究所、澳门大学。著有《词与音乐关系研究》《施议对词学论集》《施议对论学四种》《施议对论词四种》等，编有《当代词综》。

顾 随

致周汝昌（一八通）
一（一九五二年）

鹧鸪天（十月十八日）

朝气新生漫古城。高楼一夕起峥嵘。（注：和平宾馆在金鱼胡同，为北京最高最大之新建筑。）翩翩白鸽飞千队，飙飙红旗带五星。　　临白露，似清明。百花映日倍含情。忽然人海潮音作，汹涌和平万岁声。（"和平"拟改"山呼"如何？）

浣溪沙（同日）

炉火熊熊罙起烟（罙，音导，灶突也），大田多稼又丰年。健儿勋业在辽边。　　漭瀁神州春似海，辉煌汉运日行天。一星北极耀人寰。

清平乐（同日）

睡余饭饱，窗下临章草。学习毛书文件了，（注：比读《毛泽东选集》，又逐字细看各国和平代表发表文字、谈话、报告及俄共党代表大会诸文件。）又理野狐禅稿。　　前贤着意区分，新诗信口胡云。忙个一天到晚，这番真是闲人。

诗词稿俱已录副了，不必寄还。

述堂　十月廿五日上午

《顾随致周汝昌书信集》

（中华书局2021年版）

二（一九五三年三月二十一日）

最高楼

廿五日写致家六吉书竟，复媵以此词。

吾衰矣，耳顺欠三年。病起鬓毛斑。如今不是东篱下，何须采菊见南山。莫休休，休莫莫，似前贤。　　七十岁，叫天身段巧。六十岁，小楼工力好。犹打棍，且安天。细思吾弟年方壮，那能斗室坐偏安。一壶茶，三顿饭，两支菸。

"菸"当为"烟"。"打棍"者，《琼林宴》；"安天"者，《安天会》也。

玉言一笑。希得和章。

述堂呈草　卅一日灯下
《顾随致周汝昌书信集》
（中华书局2021年版）

三（一九五四年四月十一日至十二日）

···········

踏莎行　病中坐雨作

雾霭烟霏，蜂喧蝶舞。垂杨展尽黄金缕。早蛙声里麦扬旗，斜阳蓑笠迷平楚。　　隐隐将来，明明过去。今生去来相逢处。但教风雨有花开，花开莫怨多风雨。（故乡谚曰：虾蟆吹鼻儿，麦子挑旗儿。）

玉言兄吟政。

述堂呈草　四月十一日下午

日昨写〔踏莎行〕词示敏如，曾有小跋，兹复录一过：

王静安先生论词有"隔"与"不隔"之说，斯诚千古不刊之论，且又匪直唯词而已。王先生之所谓"不隔"，兹姑置之，若其所谓"隔"，私意可分为两类。一者，义浅而语深，南宋作家最多此弊，而梦窗为甚尤。譬之质本嫫母，浓妆艳抹，益增其丑。此在文事，只居最下。二者，义深而语不足以达之，弊不在语不妙，而在见不真，苟见其真，语未有不妙者也。顾小词不足以达深义，而词家立义又每每不深，是以此弊犯者殊鲜。譬之无足之人不患足痛，政不须以此傲彼病足。今余此作隔矣，其隔不属于前者，而属于后者。

语之不妙欤？见之不真欤？然而意境进矣。

《顾随致周汝昌书信集》

（中华书局2021年版）

四（一九五五年十二月二十五日至二十六日）

玉楼春

　　再赋全国棉粮增产，用旧所谓俳体。

河流让路山低首。人力胜天凭战斗。涝时排水旱田浇，天没良心人有手。　　最高纪录真非偶。堆积棉粮高北斗。一年高了一年高，有史以来从未有。

《稼轩长短句》收〔玉楼春〕十七首，胡莱菔就烧酒，干脆之外更无余味，不如《六一词》中"春山""尊前"与翁"雪云"诸阕之沉着痛快兼而有之也。今兹不佞步武辛老子，自当更下一等耳。

浣溪沙

　　病后体软，慨然有作。

唯物唯心岂一如，病来久废读新书。填词枉是学辛苏。　　垂老江郎才已尽，入山飞将气犹粗。阵前立马尚能无。

小资产阶级知识分子个人英雄主义残余意识，在八识田中根深蒂固，佛家所谓"劫火烧之不尽"者，稍一走做，便露马脚，思想改造工夫何可放松也。

"劫火烧之不尽"，殊不妥，大似宿命论者之言。此当云"野火烧不尽，春风吹又生"耳。

右小词二章，皆廿四日上午所作。〔玉楼春〕真所谓"俳体"，虚飘飘几如灯草，更无分量，反不如〔浣溪沙〕之沉实。予以知虽有正确之思想而无伟大之情感，譬如秋鹰，纵然细筋入骨，而无健翮劲羽，不能高举远翥也。言兄以为尔不？

述堂　廿五日灯下

同日又记

《顾随致周汝昌书信集》

（中华书局2021年版）

五（一九五五年十二月二十六日）

木兰花慢

病中几于日日理稼轩词，感题。

义旗南指处，突北骑，上江船。甚抚剑登楼，翻成游子，拍遍阑干。词编。一十二卷，是南山，射虎响惊弦。落地得辛为姓，居家以稼名轩。　　　村边。黄犊十分闲，恰对夕阳眠。更一片蛙声，中天风露，半夜鸣蝉。堪怜。此翁不见，有丰收，记录达空前。更要层楼更上。明年高似今年。

稼轩〔永遇乐〕词：《戏赋辛字送茂嘉十二弟赴调》有云"千载家谱，得姓何年"云云。"高似"犹言"高于"，凡言"大似""强似""胜似"等，准此。"似"，上声，读若"死"。辛老子以"稼"名"轩"，因自以为号，盖始于定居江西时。心折渊明归田躬耕，亦其一端。然集中词如〔鹧鸪天〕之"却将万字平戎策，换得东家种树书"，〔行香子〕之"却休惆酒，也莫论文。把相牛经，种鱼法，教儿孙"，尚不免出于愤慨；〔临江仙〕之"花飞蝴蝶乱，桑嫩野蚕生"，〔鹧鸪天〕之"陌上柔桑破嫩芽。东邻蚕种已生些。平冈细草鸣黄犊，斜日寒林点暮鸦"，又"千章云木钩辀叫，十里溪风稏稏香"等等，亦止于客观佳句；至若〔满江红〕之"春雨满，秧新谷。闲日永，眠黄犊。看云连麦垄，雪堆蚕簇"，〔鹊桥仙〕之"酿成千顷稻花香，夜夜费、一天风露"，〔西江月〕之"稻花香里说丰年，听取蛙声一片"，虽与农民未能同甘苦，而能共忧喜，不能以"子非鱼，安知鱼之乐"难之。千古诗人惟陶公之"平畴交远风，良苗亦怀新"，"侵晨理荒秽，带月荷锄归"高居上头。所以者何？实践胜空想故，参加胜旁观故。少陵生丁乱世，满目疮痍，戎马生郊，农村凋敝，绝叫一"千村万落生荆杞""禾生陇亩无东西"，不能有此田家乐也。时代所局，诗圣于此，不得不让词英独步。顾为不为与能不能之间，又不可以不辨耳。

一九五五年十二月廿六日　述堂又识

《顾随致周汝昌书信集》

（中华书局2021年版）

六（一九五六年一月三日至四日）

乳燕飞

　　　吾有两女在津，三女居京。除夕元旦有两女自京来津，
其最少者已于去岁被吸收入党，于其行也，赋此词以送之。
古有誉儿者，吾今乃誉女。

　　五十余年事。算何曾、胸罗万卷，路行万里。三客津沽身已老，
旧学从头重理。愧伏枥、长嘶病骥。日日出门成西笑，望赤云天际
峥嵘起。歌一遍，情难已。　　　暮有弱女非男子。慰情怀、一堂聚
首，年头岁尾。最小偏怜偏进步，加入工人队里。全压倒、老夫意
气。战斗精神知何限，共春花国运韶光里。搔白首，悲回喜。

　　此章上午谱就，灯下重录一过。至歇拍六字，乃觉大有悖乎社
会主义现实主义文学之旨，其当改作"真个也，令公喜"乎？然又
与前此风格不类，会当别拟。小词真易作也。

　　　　　　　　　　　　　一九五六年一月三日　顾随自记

"气"字韵先作"平添了、先生意气"，亦以原句为佳。又记

改句实实要不得，不如仍旧贯也。四日上午记

"还""回"本同义字，然词曲中之"还"多为"还又"字，其
在现代语中犹然。为避混淆，改易为"回"，实不如"还"字发调。
四日下午

南歌子

荒漠乌金溢，高炉铁水翻。凿穿爆破复钻探。试看车行飞过万
重山。　　故国三千岁，浮生六十年。无人热火不朝天。敢惜镜中
霜鬓与华颠。（苏联人谓原油为乌金。）

南乡子

　　　题《人民日报》所载四川郫县某农业生产合作社七十
一岁老农民像。老人犹能参加劳动，且请人为记工分也。
岂止笑颜温，炯炯双眸更有神。试看七十零一岁，工分。犹自辛

勤不让人。　　　谁道老残筋，子子孙孙孙有孙。填海移山无尽业，人民。永世金刚不坏身。

今日枕上口占〔南歌子〕一章。起床后见天色如墨，点心茗饮后甚无意趣。女子辈已于前日各就岗位，独坐窗下，颇寂寞，复吟成〔南乡子〕一章，写奉言兄一看。

一九五六元月四日　顾随

"试看"七字拟改"七十高龄心力壮"。

【按】〔乳燕飞〕词"旧学从头重理。愧伏枥、长嘶病骥"数句，原为"负却当年壮志。纵长嘶、犹愁病骥"。〔南歌子〕词"无人热火不朝天"句，原为"人民热火正朝天"。

《顾随致周汝昌书信集》
（中华书局2021年版）

七（一九五六年一月九日）

抒情诗之作，诗人所以抒写个人之喜怒哀乐，然决不能脱离叙事、写景，甚至说理。屈子《离骚》、杜老《北征》其显例也。此外，即不含有说理部分之抒情诗，亦无不有其说理之成分。所以者何？理者思想，而诗人不能无思想故。玉言自了，无烦举例。粤在古昔，悲怆、怨慕、愤激、慷慨之作，最足以引起读者之共鸣。所以者何？不合理底社会制度之下，大多数被压迫、被剥削之群众，无不有其悲怆、怨慕、愤激、慷慨故。洎乎现代，且不必说经济基础既已改易，上层建筑必然变更，即如人民当朝，治理天下，则所谓悲怆、怨慕者，举已乌有；即其愤激、慷慨，亦别有原因，别有对象，大异乎旧时。抒情诗人苟其不能深入群众，感群众之所感，言群众之所言，则固已自外于时代，自异乎人群，其所作将复成为何等作品乎哉！于此，更不须举社会主义现实主义之原理以绳之也。词属于抒情诗，表现作风、创作途径，自当无以异乎上所云云。

不佞一病，身心两方损失匪轻，惟于作词，小有进益，或可谓为塞翁失马。至于词之形式是否宜乎今之创作，又别一事矣。此上，玉言吾兄史席。

顾随拜手 一月九日上午

《顾随致周汝昌书信集》

（中华书局2021年版）

八（一九五六年一月十五日）

最高楼

读宗子度《到拉萨去》，因题（一月九日）。

车行处，迤逦入高原。翻看雀儿山。雁飞不到猿难度，下临无地手扪天。透云层，穿雪壁，绕冰川。　　一队队、牛羊青草里。几处处、城乡平地起。添气象，布人烟。大家庭内多民族，自从解放得团栾。看仙虹，天外起，落人间。（藏族谓"虹"为"仙虹"，且以之为幸福象征。）

无实际生活经验，而第二手材料又不足启发灵感，譬之冷饭化粥，饭已自不佳，粥更难得有味也。

金缕曲

寒天尘霾中水仙怒放，因赋（十四日）。

何处昭君里。望荆门、群山万壑，平沙远水。脂粉嫌它污颜色，眉捧宫黄额际。浑难认、仙矾是弟。零落夫容秋江外，更香销菌苔西风起。开不到，雪天里。　　明珰翠羽参差是。问何堪、黄云堆雪，风沙未已。江北江南无消息，今夕魂归环珮。漫相看、香侵衣袂。白祫青裙倘依旧，共斑斑尘颗浪浪泪。花与我，两无睡。

言兄过目。

顾随未定稿 十五日所录

《顾随致周汝昌书信集》

（中华书局2021年版）

九（一九五六年一月十五日至十六日）

玉言吾兄史席：

前昨两日，接奉两札，甚慰悬想。〔采桑子〕前片"年"字、

"前"字、"鲜"字三韵，脱口而出，情景宛然，此是填词最高艺术手腕。过片不独有做作痕迹，而且只有技巧不见情思。"嫁女婚男"似亦不切合主题，是不出奇制胜。

老槽落后，良然，良然。至云手忙脚乱、白眉赤眼，即殊不尔。若云玉言之成就，即不佞之欢喜，此尚就两人交谊言之耳。"超师之作"，嫌于禅家常语；"后生可畏"亦是儒门馊话，（何必畏，畏个甚底？）惟有后来居上，乃是历史唯物论放诸四海而皆准底规律，若不如此，不独无进步、无进化，即人类之灭绝亦已久矣。（不佞于此忽然使出登台说法伎俩，言兄前何必如此？所谓习与性成乎？）

然不佞之所以不赋公私合营，此则自有其主观底原因。生长农村，虽为地主，不无心肝，亦自能略知农民之甘苦忧喜。稍长学诗，便知爱好陶公及王、孟诸家田园之什耳，因所习易于接收故也。解放后见苏联作家所作描写集体农庄之小说，每每不能释手，而思想则所谓"鲁一变，至于道"，不复能与旧时同日而语矣。五五年秋后，中国农村掀起社会主义高潮，继又见主席农业合作化报告，前因后果，旧情新思，机缘凑拍，写之以词，遂乃一再再三，此在辩证唯物所谓有其必然性者也。若夫商业，则素所不会，故亦不喜。忆舍下旧时亦于城中、乡下开设三数商号，顾每一涉足其间，便觉如鱼上陆地，不独举动不得自如，即呼吸亦觉困难。及长，每与戚串中经营贸易者会晤，未尝不觉其语言无味、面目可憎、居心卑鄙、宅情刻薄，即不能驱之门外，亦决不能与之周旋一室。今之商业社会主义化，自不宜与向日情况相提并论，然其不能激发述堂之创作欲，固无或改也。当否，自当别论；愿否，则决不愿。然则此时此际，放吾玉言走在前头，亦固其所矣。

复次，即使是伟人，亦不能行尽世间好事；即便是天才，亦不能说尽天下好语，况夫述堂既非伟人，又非天才。祖国事业，日新月异，风起云涌，自身纵不甘居于驽骀，固亦早类乎病骥。急起直追，有心无力，难乎哉，难乎哉！若再举例以实吾言，（十五日上午写至此。今日点心前后，连续写两页，亦如来书所云，至此精力已尽矣。）苏联当年文坛亦不免有此现象。斯大林生时曾于会上发言谓，有些作家正在计划落后于现实多少才不算太落后。此乃"一揾一掌血，一鞭一条痕"底言语，而出之以和煦隽永，尔时在座作家闻之，亦不能不失笑也。今吾国作家知此诚矣，顾事业则超轶绝伦，而作品则瞠乎其后，是又中山先生所谓"同志仍须努力"者矣。不佞少小好为文章，老而弥笃，以语"文学教师"即不敢过谦，谓为"作家"绝不肯承当，禅家所谓"不入这保社"者，可以不在话下；况夫词之为体，又非面向大众之文学形式也耶？长语姑止是。

至大作〔木兰花慢〕一章，则过片为佳，前片为语言所累，不能运掉自如。然过片中亦有下字不当私意者："万畦"之"畦""泼黄云"之"泼"是也。又，"春台更报阳春"，亦觉文不逮意。不识言兄以为尔否？篇末署"痛棒"，谦之太过。持近作两词以较刚公前作，实大过之。此由衷之言，非面誉也。

比已上课一星期，三日六节，虽能支持，总少余力。今日已写得三页纸，且阁笔。十五日灯下

辩证唯物论者认宇宙一切物质在运动、在变化、在进步。社会主义现实主义文学家正依斯旨而创作，是故"去""来""今"际，最重者"来"，至"去"与"今"之意义，要在作家掌握二者之规律，以写来日之进步而已。不佞去岁杪两月中，于词最努力，较之以往，亦不得谓之无长进，然去社会主义现实主义之旨，尚大远在。

十六日晨

今日天阴，顿觉骨痛，明日有课，心存戒惕，即以此一纸为限——此未写信前所立私约也。

比思以词为讽刺作品，类若旧时所谓俳体，而意义之重大则远过之。新社会中种种落后分子可取作题材无论已，即如艾森豪威尔之咨文、杜勒斯之演说，皆绝妙底讽刺对象。世间居然有此等人作此等语，此等人又居然站在领导国家底地位，此等语又居然公开地说向世界人民，旧话谓之"不可思议"，今兹只能说是资本主义社会制度底必然现象矣。《人民日报》每每载观察家评论之文，尚嫌其不够犀利，然写之以词则尤属不易。形式之局限尚是次要，问题最难者风格，一不可滑稽，二不可谩骂。前者易失之油滑，后者每成为

粗野。一油滑，一粗野，便完全失掉讽刺文学之摧毁与揭穿底力量，亦遂丧失讽刺文学之意义与其作用。其在作者则须才华洋溢、天机骏发，缺一于此，鲜能有济。老糟既老且糟，言兄其有意乎？欲言者尚多，限于精力，只此而止。即颂健康。

顾随拜手 一月十六日上午

《顾随致周汝昌书信集》

（中华书局2021年版）

一〇（一九五七年二月二十五日）

踏莎行

　　今春沽上风雪间作，寒甚。今冬忆得十余年前困居北京时，曾有断句，兹足成之，歇拍两句是也。

　　昔日填词，时常叹老。如今看去真堪笑。江山别换主人公，自然白发成年少。　　柳柳梅梅，花花草草。眼前几日风光好。耐他霰雪耐他寒，纵寒也是春寒了。

水调歌头　晨兴见树稼有感作

　　桥下卫河水，此际未消融。试灯早过，惊蛰将近尚冰封。前日晴天霏雪，纷似梨花飘坠，掩映夕阳红。昨夕结珠霰，瑟瑟落长空。　　幂朝烟，拖宿雾，更迷蒙。一番浪子心计，枉自号天工。俯仰琼楼玉宇，远近琼林玉树，人在玉壶中。桃李各沉默，无语待东风。

　　第一首是日前发书后所得，第二首则今日午睡起来写成者也。两词皆略有疏宕之致，不太似述堂平时手笔。言兄以为何如？但〔水调歌头〕之歇拍，人见之不将谓有所讽耶？不佞自评，如不是趁韵，充其量亦不过写实而已。

随 廿五日夕

…………

　　和词具见之爱，愧不敢当；至就词论词，稍嫌有字障，此不需评说，兄自能会意。前寄拙作五章，兄不喜〔木兰花慢〕，具眼哉！外行人见之，多谓是合作矣。又，此章已由此间《新晚报》登出，想令受白未之见，如见又当录寄也。说主席词甚有当，何书之谦之甚也？不佞初亦疑"旄头"谓"昴星"，以下"苍龙"亦廿八宿中之东七宿故（东七宿为"苍龙"，后来多说"青龙"），兹依兄说，不复附会矣。臂楚，草草。即颂玉言吾兄著祺。

顾随顿 廿五日夕

适间并拙作写得两页纸，内子来告饭熟，遂草草作结。此刻是夜间九时，觉尚有余力，因再作此纸。

来书谓读主席词必于作时作地即革命史十分清楚乃可，知言哉，知言哉！（居然有人敢和主席词，金圣叹所谓"向释迦牟尼呵呵大笑"者也。）去秋曾置得何幹之所编《中国革命史讲义》，虽能卒读，毕竟不满。太史公《史记》写项王本纪何等笔力，千载下人读之，觉重瞳公凛凛如生。今兹奈何以瘦笔来写巨人与大业耶？为之慨叹不已。再三吟诵"我劝天公重抖擞，不拘一格降人才"之句。比说主席词又数数，取何书做参考，其情聊胜无欤？抑饥者之易为食欤？又不禁再三慨叹也。

…………

老糟 廿五日灯下
《顾随致周汝昌书信集》
（中华书局2021年版）

一一（一九五七年三月三日至七日）

满江红

　　女子子见予〔水调歌头〕而笑之曰：河坼已久，爸不出户，顾未之知耳。因复赋此阕以自解。

桥下长河，冰暗坼、流渐冲击。凝望眼、叫草芽未绿，岸泥溶湿。桃李无言应有待，垂杨泄漏春消息。甚飘飘、譬霰雪下长空，犹如织。　　凭积重，存余势。惟变量，能成质。漫和平难保，风云尚急。兄弟国家兄弟党，新生气象新生力。看旧时、社会旧残余，已无日。

十日前于报端见"兄弟国家兄弟党"七字，意甚喜之，欲以之人词，而久久不能成篇。连日阴云不开，霰雪交飞，病骨作楚，意兴全乖，偃息之余，乃得此解。前片多词家常语，后片大类教条，虽有合于格律，恐无当于情文，然述堂才力尽于此矣。射鱼吾兄下棒。

折臂翁呈稿　三月三日

清平乐　拟农业合作社中人语
　　　说来可气。就是前年事。人叫我们穷棒子，说话不三不四。　　　如今喜笑颜开。更加信心安排。旱涝总教增产，英雄不怕天灾。

今日下午到卫生室注射药针，护士以针头尚未消毒告，坐候良久，甚无聊，因填词自谴，此章即尔时所得——塞翁又一次失马矣。归来录出，言兄见之不知将列入何等。前日所作〔满江红〕，昨日正刚来，看过之后，颇有贬词，尤不满于歇拍十一字，谓音节不好，上两句已用重字了，此处不合再用，而且用意亦不免死于句下；而荫甫则大赞赏，以为精力弥漫。"三人行，必有我师"，兹只争言兄下语矣。"文章千古事，得失寸心知"，亦殊不易说耳。

糟　五日灯下

说来可气。起首非容易。人笑我们穷棒子。成得什么大事。英雄不怕天灾。丰收全仗安排。一点养猪事业，也劳主席关怀。

六日上午改稿。"一点"再改"谁想"，"也劳"再改"直教"。

试日本制貂毫，荫甫所贻也。

平生于黄山谷诗，短时期间亦曾下过一段工夫，亦不能说无所得，于炼字、锻句上尤受益不浅。然终不能喜其诗，以为文胜于情，自成一家则有之，与老杜争胜大远在。不意不佞填词，比来乃大似涪翁作诗，瘦硬而不通神，倔强而又无力，才之短欤？气之衰而竭欤？正恐兼而有之。每读稼轩词与马雅可夫斯基诗，未尝不感慨系之。兰苕翡翠，鲸鱼碧海，或可并存，若夫骅骝开道，驽骀恋栈，此岂可同日而语？

当代新诗人，四十年来只许冯至一人，此或半是交情半是私。比于《诗刊》见其新作，高出侪辈则不无，云霄一羽则尚未。鱼兄于意云何？社会主义建设事业之伟大，史无前例，乃竟无人焉写为诗歌以播四海而传后世，岂非作家之羞？糟堂衰朽，何足道哉！六日复写得此纸。

《顾随致周汝昌书信集》
（中华书局2021年版）

一二（一九五七年六月十六日）

沁园春　五一节献词为津市广播电台作

灼灼金星，赫赫红旗，飘舞半空。况百家鸣后，云蒸霞蔚，众香国里，万紫千红。异派同归，江淮河汉，滚滚百川流向东。春深处，更光天化日，细雨和风。　　道行天下为公。正文教昌明国运隆。看和平事业，光辉万丈，工人运动，丽日方中。玉带桥边，天安门上，泰岳峰头峙两松。齐肩立，是人民领袖，反帝英雄。

清平乐　诗人节献词

荷衣琼珮，襟上浪浪泪。辛苦滋兰还树蕙，九死其犹未悔。昆仑可是高丘，美人要眇宜修。千古无穷遗恨，大江日夜东流。

两章一长一短，皆急就篇，首章只"异派"十五字颇道着些甚么，余皆不能佳。又，重字太多，是大病也。玉言吾兄下棒。

顾随呈稿　六月十六日下午
《顾随致周汝昌书信集》
（中华书局2021年版）

一三（一九五七年九月二十七日）

言兄座下：

适奉本月廿五日手札，所云久不通音问，系念无已时，殆彼此同之矣。知石湖诗注已杀青，喜慰之极。兄比来精力意兴均何似？

中国古典词学
新辑词学珍稀文献丛刊

此后更拟修何种胜业？俱在念中。所谓院刊拙作句法不妥，容当细酌，此刻只依稀记得，释子语录中有如是句法耳。三个月来，写得反右词近廿首，然急就篇居三之一，自亦不能满意。津市同志间或相传颂，则以其政治性，非必以其艺术性也。八月份《诗刊》曾刊登〔木兰花慢〕及〔八声甘州〕各一章，似稍佳，顾通篇亦不能相称，不识兄曾见之否？近作〔贺新凉〕及〔沁园春〕，另纸录呈一看，并祈赐棒。余不及一一抄奉，且亦无此必要耳。……

顾随拜手 九月廿日午刻

【按】顾随此札中提及的〔木兰花慢〕〔八声甘州〕发表于《诗刊》第八期（1957年8月25日），此期有"反右"特辑，作者有袁水拍、阮章竞、柯仲平、林庚、公刘、李瑛等。顾随二词如下。〔木兰花慢〕："纵江山易改，旧意识，最难消。怎乱'放'胡'鸣'，痴心妄想、反党高潮。鸥鹣大睁白眼，认乾坤朗朗作深宵；更把和平建设，说成风雨飘摇。 兴妖作怪总徒劳，'倒算'枉牢骚。甚地主身家、官僚资本、封建王朝——今朝洗心革命，要首先立地放屠刀。搽粉不如洗澡；低头莫耍花招。"〔八声甘州〕（三宝太监）："是强龙也是地头蛇，云南建王朝。有铜山、金穴，明珠、钻石，那算腰包？流毒粉红骇绿，遍地种烟苗。宝马驮运处，五里'香'飘。 往事从头细数，——是仇如海阔，恨比山高。记累累血债，抢杀更焚烧。纵人民胸怀宽大，这多年陈账怎勾销?! 分明甚，一条条在，又一条条。"〔八声甘州〕有注数条如下：

①云南十五位少数民族代表联合发言："在抗战时期，黄金、美钞、鸦片是所谓的'三宝'，而龙云是这'三宝'的大户，人民称之为'三宝太监'。"见七月十三日《人民日报》。

②龙云又有"土皇帝"之称。

③"粉红骇绿"见柳宗元的"袁家渴记"。这里借用，指罂粟。

④旧日商家对联，有"宝马驮来千倍利"之句。

⑤朱家璧代表说："龙云是鸦片烟的老板。……（他）明目张胆地派军队大批大批地运烟，有一次用四百匹马运，五里路外都能闻到烟味。"见七月七日《人民日报》。

《顾随致周汝昌书信集》
（中华书局2021年版）

◎ 历代词学书札汇编

一四（一九五九年九月四日）

言兄座下：

月之一日得大札及新词，喜慰不可言。当晚得小词一章：

南乡子

蒜酪要推陈。一曲高歌倍有神。老我今宵应无寐，欢欣。杨柳东风见俊人。　　不得怨衰身。是处郊原浩荡春。人物江山超往古，芳芬。万紫千红日日新。

词不佳，聊记当时激动心情，令言兄知之。不佞暑假中几于无日不有所述作，上月杪迄今等于以填词为业，（所得近卅首矣。）客观需要，不能自已，所恨才尽体弱，劣作未称此大时代。年来常常感到，词之为体，短小局促，与当前局势事业未能相当；和其声以鸣国家之盛，古典韵文形式中，曲尚矣。顾业务与精力所限，不暇及此，亦不能及此，时一念及，恨恨无极。今得言兄新作，焉得不为之喜而不寐乎？另纸抄录一过，并遵嘱评改，未必有当，谨供参考。书不能悉意。敬颂

秋祺

顾随拜手　九月四日午

《顾随致周汝昌书信集》

（中华书局2021年版）

一五（一九五九年十二月八日）

减字木兰花

工人阶级，挽日回天无尽力。大会群英，献宝同时又取经。　　独行无伴，一朵花开春有限。结对成群，万紫千红浩荡春。

鹊桥仙

东风万里，沧波无际，海上群龙戏水。八方震地响春雷，看天骄、腾空飞起。　　冲天壮志，凌云豪气，用尽千方百计。相携跨进六零年，要胜利接连胜利。

农村水利颂（短句四韵）

农村新面貌，地上建天堂。引水翻山岭，拦河洗碱荒。天寒心更热，日短力加长。旱涝丰收定，千仓复万箱。

木兰花慢

　　农业部最近在郑州召开会议，决在两三年内使黄河故道千八百万亩荒滩成为果园。非总路线、大跃进、人民公社不能办此也。

大河常改道，最不忍，话从前。记背井离乡，抛妻弃子，颠沛流连。狂澜。溃堤决岸，坏千余万亩农田。风起黄沙蔽日，水来白浪滔天。　　荒滩。植树变林园。只要两三年。看地上茏葱，枝头繁茂，蝶乱蜂喧。连绵。数千里内，自郑州直达海东边。从此天长地久，教它锦簇花团。

西江月　病中见落叶有感作

试看回天转日，不消鬼使神差。人工人力有安排。海晏河清现在。　　败叶无风自落，寒梅斗雪犹开。烂下去与好起来。两个不同世界。（毛泽东同志曰："敌人一天天烂下去，我们一天天好起来。""下"与"起"在口语中，北人皆作平读。）

玉楼春

短松半尺栽盆内。卷石青苔生雅致。明窗净几布阳光，温室红炉春意味。　　长林老树无边际。霜干龙鳞拔地起。万牛回首栋梁材，屹立漫天风雪里。

　　右十一月间所作诗词六章，皆成于庭际徘徊、床上偃息之时，非经意之作也。今日偷闲休业，因手录一通。指腕撑拒，又笔不中书，字画劣甚。鱼兄两政。

顾随　五九年十二月八日

《顾随致周汝昌书信集》

（中华书局2021年版）

一六 （一九五九年十二月十三日）

兄所点定拙词两句，皆不佞于心不安处。〔鹊桥仙〕一句之"用尽"曾作"想出"，〔木兰花慢〕一句曾作"坏千余万亩好农田"，写寄广州某报刊时即如此定稿。〔木兰花慢〕通首皆不佳，尽可不必理会，若〔鹊桥仙〕之一句，私意病不在于两字，而在于全句之只有概念而无形象，"用尽""想出"固不妥，即代拟之"献出"亦不能为全首添彩，势非抹去另拟不可，然而生活思想两俱贫乏，乃至无从着手。此亦不能以江郎才尽为藉口，兄以为尔不？

…………

随 十三日午

近顷又得长句四韵、慢词一章写寄一看：

迎新长句为人民公社作

三百六十有五日，壁上新历从头翻。舜尧人物超千古，龙虎风云又一年。大漠治沙围锦带，平川无雨出甘泉。人民公社威风大，不是回天是胜天。

木兰花慢

旧时庄稼汉，问甚日，得欢欣。算三百多天，无情现实，何限悲辛。柴门。一年尽处，贴春联漫写吉祥文。爆竹一声除旧，桃符万户更新。　　如今。水旱斗龙神。胜利属人民。看公社家家，粮棉似海，牲畜成群。飞奔。上天有路（谓共产主义是天堂，人民公社是桥梁），保一年春胜一年春。出色舜尧人物，得时龙虎风云。

一周来天气沉阴而既不成雨，又不下雪，中有两日大雾漫天，痼疾发动，至不可耐。欹枕拥衾，信口吟哦，得诗词各一章，亦由此间报刊催索，非尽由于排闷自怡也。若其不佳，则固然已。唯鱼兄下喝。

古贝人述堂录稿　十三日灯下
《顾随致周汝昌书信集》
（中华书局2021年版）

一七 （一九五九年十二月三十一日）

岁暮又谱得小词四章，写寄一看：

浪淘沙

　　　南宋周晋仙〔浪淘沙〕曾云："一事最奇君听取，明日新年。"细思之，年年有个"明日新年"，此有何奇？若夫当代英雄成千上万，纷纷提前完成计划，跨进一九六零年，新年反而姗姗来迟，此乃亘古未有之奇耳。

风雪搅成团，莫道严寒。花开不是一枝妍。姹紫嫣红齐放了，万万千千。　快马又加鞭，捷报频传。完成计划早提前。一九六零来得慢，明日新年。

西江月　为建明公社作

寄语右倾分子，何妨前去瞧瞧。人间天国假如糟。试问怎么才好。　眼下农村四亿，当年驴腿三条。有谁再敢笑鸡毛。先笑不如后笑。

"谁说鸡毛不能上天"见《中国农村的社会主义高潮》。苏联谚语：谁笑得最后，谁笑得最好。

临江仙　读《人民日报》社论《猪为六畜之首》

六畜旧时排次，惟猪最不称强。敬陪末座脸无光。上头鸡犬在，更上马牛羊。　今日重排席位，首先推让猪王。积肥打得满仓粮。浑身都是宝，不但肉生香。

小桃红　灾年丰收颂

群力培田垅。加意勤浇种。水旱虫风，自然灾害，纵然严重。把老天抗得也低头，把瘟神葬送。　高唱丰收颂。云际鸣丹凤（指农民诗人）。一派谰言，说糟说早，痴人说梦。只人民公社稳如山，任撼摇不动。

　　右凡为小令四章，〔西江月〕稍可看，余皆非称物遂意之作。最近一期《文艺报》载，苏联爱伦堡氏之谈话中有云：有许多人虽然写诗技巧很高，却忽视诗的特性，他们用诗来描绘那些本来可以用散文描绘得更好的东西。私意颇不谓然。爱氏所谓诗之特性不知何所指，至于所云散文所描绘诗不能为力，此适足证明爱氏之非诗人而已。散文所描绘者，诗举能描绘之；若夫好诗所描绘者，虽好的散文亦当敛手退避三舍。惜乎拙词不足语此。

五九年除日

《顾随致周汝昌书信集》

（中华书局2021年版）

一八（一九六〇年一月二十二日）

得玉言来书慨然有作

万里江山入画图，群星北拱绕雄都。试看六亿舜尧在，那得八方风雨珠。蟠屈苍松饶古意，玄黄病马畏长途。邓林余迹寄身后，不似移山抵死愚。

迎春

光芒万丈接朝晖，六亿人民心似葵。得水蛟龙非泛泛，因风杨柳更依依。三山压顶成已事，五岳低头看此时。遍地花开真火炽，映天十丈树红旗。

玉楼春

许多厂矿提前完成头十天计划（《人民日报》新闻标题）志喜

革新革命（谓技术革新与技术革命）风云起。到处提高生产率。十天计划早完成，向党鸣锣来报喜。　　六十年代刚开始。万里扶摇鹏展翅。开门日日满堂红，一串红时红到底。（上海各工厂凡各工序均衡跃进，谓之一串红。）

近作韵语凡三章，大寒中写寄玉言一看。

古贝述堂未是草　元月廿二日晨兴

《迎春》七律与此〔玉楼春〕词，皆非不佞极为"意称物，文逮意"之作，然皆足以为不佞之代表，才力、学力、格调、气韵，只能达到此种限度无论已，最要者是能表现不佞于诗词两种不同韵文形式之用心致力处也。言兄谓然乎？不然乎？

来书劝不佞多事休息，勿运文思，玉言爱我哉！又上次手札中谓，不佞五七言诗胜于长短句，此则知我者之言，此中甘苦不足为外人道也。至讶不佞多为词而不为诗，则视我过高、期我太殷矣。窃尝谓：诗之为体，一者浑厚，二者摇曳；又昭明赞陶公诗"抑扬爽朗，跌荡昭彰"，凡此皆词所不能及，亦缘此故，为词较易于为诗。不佞才短力弱，加之年长气衰，故复舍难就易。复次，词之旋律，古人当家已安排妥贴，随手取用，步趋规矩，无事更张。若夫诗之写来，泠泠悦耳，大弦春温，小弦廉折，是非具师旷之聪，操伯牙之琴者不能办，述堂何足以语此。以上尚是就学古而言，至于今用，则古近体诗又远弗如词。老舍同志曾说：现代语词入诗，便有打油气，吾常叹为知言，词则庶乎可免此患。解放前，不佞上堂，每谓写新意境，诗不如词，词不如曲，但会意者无多耳。顾曲之难于词，较诗更甚。去岁曾奉一书，略露此意，兹不再三。指腕僵直，书不能尽意，如何，如何！

古贝述堂　廿二日午

《顾随致周汝昌书信集》

（中华书局2021年版）

任 讷

致龙榆生（二通）

一

榆生学长兄道席：

上月半手教拜读已久，迟迟其报，实缘冗迫，有罪有罪！弟半年来在此参加集体工作，作《苏轼诗文词评述汇编》稿，初集卅万字，已缴卷，但无片善可陈，可愧！工余弄盆玩而已。间或增补旧稿，并写《唐戏补证》新稿，究不知何时有就。往年作《教坊记笺订》稿，为上海中华索去，大半年无消息，亦懒追问。弟于宋词、元曲抛荒已久，却于唐代音乐文艺研究中藏拙，乃讨巧躲懒而已。若于音律，更始终站在门外，于我兄盛业，实不能有丝毫补，奈何！"引子""过曲"应是套曲的起承部分，无板或板疏；慢词应是套曲的主要部分，进入一板三眼之细唱。北曲套数中，以急曲为主要部分，而南曲迨相反。北套曲实沿于唐宋大曲之制，若南套曲之源，应在福建的"南乐"，亦始于唐，而迄未昌明于世。近年如潘怀素等人至闽南调查后，方渐有介绍。（潘君于"统战"方面，似未处得好，对外可勿提及其人。）"慢"显然由唐代"慢曲子"（详敦煌曲谱）来，"近"似起于宋，体制介乎令、慢之间，或近于令曲，或近于慢曲，似乎非独立之创调。地方戏曲牌，无非于明清两代，取材于昆、弋诸腔，而变化之。弟于川戏，从不感兴趣，从不入川戏场有所欣赏，勾幸无累。惟丑副确有造诣，可贵！北曲字句可增损者，谱列十四章，不详其说，实际恐不止此。霜厓先生已有说，弟则了无记忆，恍若隔世，可叹！兄胃溃疡宜早日作根除，内子亦患此，出过一次血，目前日日防其出血。伊因他病尚多，患不止此，康复为难，惟有拖耳。弟幸粗健，而脑力暴退，几乎废人，奈何！此敬著安。

弟敏拜

六月廿一日

《近代词人手札墨迹》

（台湾"中央研究院"中国文哲研究所2005年编印）

二

元亮学长尊兄道席：

五日手教并大章拜读。欣悉吾兄有去瘤之快，"延颈受刃"，惊人极矣！而患去心宽，正是一切"更新"之始，曷云其他？唐乐之日本关系，唐乐之朝鲜关系，无可否认。难得有此类旁证，我之史实赖以新著，实可幸可慰之事。惟对邻邦资料，宜审慎接受。盖有与我似是而非者，亦有变化太大，离异独立者，倘胶柱以求，势必附会成说而已，不符史实。弟于《唐戏弄》稿内，虽就〔兰陵王〕〔钵头〕诸伎，力陈二国所有之异，以矫他方面持论之枉。比其同者，举世已大有人在，若严别其异，似尚无之，势不容一面倒耳。日本所传唐五弦琵琶，甚可信，足与我敦煌琵琶谱相媲美。前谱中见"换头""第二换头"等，后谱中见"重头""重尾""第二遍"等，大有意味。弟愧不能洞悉其详。照我国旧时看法，唐宋词上下阕无异者，为重头；起韵章句相异者，为换头。向不知有"重尾"事，亦尚无"换尾"各目。又向以为"重头""换头"乃乐曲之事，非舞尽之事。辞与乐比，故重头、换头均见于辞。小川环树君谓："换头之说，即一曲既终，而舞犹未止，重奏前曲。"抑有文献依据否？照我国词乐情况，舞亦与乐比，曲终舞必终。岂是曲终舞犹未止者？舞在第几遍作，视乐曲而异，始不一，终必齐。若谓一曲既终，而辞意犹未尽，遂有多首联章，乃常事也。此间所编《苏轼诗文词评述汇编》，人多手杂，不专体例，殊无足取。即使印行，亦无多价值，目前尚在修订中。原不取清以后材料，中华书局要扩展到解放以前，于是《词学季刊》所有涉东坡者，已尽数抄入，于吾兄高论，只字不遗。借重太多，理应感谢。……

弟中敏上

十月廿九日

《近代词人手札墨迹》

（台湾"中央研究院"中国文哲研究所2005年编印）

【按】此札录自《忍寒庐劫后所存词人书札》（下），龙榆生旧藏，张寿平辑释，见台湾"中央研究院"中国文哲研究所编印《近代词人手札墨迹》中册。

致唐圭璋（七通）

一

圭璋兄：

前函种种谅达。兹看到一段日人那波利贞于一九四〇年写的《苏莫遮考》，详细极了！内有一段关于琴曲的，摘录如下：

《武林旧事》三载〔风入松〕，一名〔风入松慢〕。早在晋代，它就是琴曲。唐释皎然依之制"风入松歌"（敏编《唐杂言》总集已收入）。《宋史·乐志》中此曲属林钟商。元高栻词注称"北曲"，属仙吕调或双调曲。《钦定词谱》十七，录此调四体。相传苏轼作有《秋江夜泊》，是微调商音，清宫调（敏按：此名很生）有《长安一片月》，相传唐作（敏尚不详），宫调有《汉宫秋》等等，皆琴曲。

所说大半实在，可考。看来琴曲与"词"的关系甩不脱，《全宋词》不能排拒琴曲。《宋史·乐志》所示，除雅乐、庙中享神者外，似应全盘接受。那考有乱说处，行文也好用问句，表示作者自己无信心。日人一般写作内爱好为此。自己且无信心，何必向人多说？法儒戴密微写《敦煌曲》一书，自己不知打过多少"？"符号，作用与日人爱用问句一样。中国文学不是好搞的。外国人于此勇气有余，灼见不够。弄些错误出来，正不胜正，不正又将被混淆国际视听，奈何！

新出土三代甲骨文字万片！静安死早了，我如向上帝处报到，定居下来，我一定先去访静安，告诉他清华园的环境大清除，大美好！甲骨又发现万片！地球是旧游之地，何不从上帝处办"退休"或办出差，回来看看？我要劝他：今后专搞甲骨，莫再搞"唐词"、宋元戏曲史等等，说些外行话，害人！老兄如有信给他，我替你捎去。

瞿禅介绍一位湘友来，我无精力陪他逛，请他吃了一次点心，握手告别了。赐书已接。〔穆护砂〕是隋曲说，已补登，谢谢！候安！

敏上十·七日夕

杨广、王胄、牛弘等人，代表一个时代。是以说明杂言曲子在此时代之前的民间，已有。民间歌唱，多用口语。口语本身，必然是长短句，断无五言或七言之理，杂言曲子之先出民间，甚确。

《词学》第四十一辑

（华东师范大学出版社2019年版）

圭璋兄：

前页写而未发，兹加一页，论阴文得失。弟写了两个钟头才写成，颇多内容，兄是否在研究中？研究完了，务盼复我数字。

当年兄惠我《同声月刊》若干册，对我颇有作用。但原物我久占，至今尚未"千万"，我死必散失。兄处有传人否？妥善可靠否？如有，弟仍愿主动将《同声月刊》"千万"到兄处，入传人（或接班人）之手。顷知赵叔雍著《冒校〈云谣集〉识疑》，载在新加坡所印行之《东方学报》第二期。此期学报，南京能借阅到否？乞注及。

告兄一事，大可参考。唐高宗时，恶劣文人许敬宗曾著六言八句的"恩光曲"，上呈御览。自解云：六言少为大家采用，其俗可知。转加"兮"字，聊为游俗。（大意如此，非原话。）在阴文内曾引到。兄等谓宋词中有见"兮"字者，是别体，不采。据初唐人所干的事看来，兄可将宋词中见"兮"者，代为涂去"兮"字，依然照用；或存其"兮"字照收，惟将许敬宗语附见于后，如何？稼轩作中，似有用"兮"者，兄岂非照收？惟此乃水月庵八二老尼见解，亦宜慎耳。

还有寻找词之起源者，另有一路人马，即阐明唐五代歌辞内齐、杂言间之关系者。隋唐五代齐、杂言同时并存，并非杂出于齐，或齐亡杂兴。因此，这一路人马所为往往将探讨词源、谓词出于诗者所为，陷于窘境。故此事（词之起源）情况复杂，若立而不破，不足以坚读者之信；若对似是而非之说，逐一破除，则费力很大。兄在《全宋词》序言中，只好扼要谈谈，立而不破。阴说要破，弟拟补在《教坊记笺订》内，接于破郑振铎说之后。

波多野太郎赠南扬兄《敦煌五十年》一书，弟已预约，首先借读，以充拙稿。现在要写《敦煌八十年》了（一九○○——一九七八）。国人无具此魄力者，若写个《敦煌歌辞八十年》，弟可毛遂。问安。

敏上 十·七

《词学》第四十一辑
（华东师范大学出版社2019年版）

三

圭璋兄道席：

…………

昨接杨冠珊兄寄来伊同乡饶宗颐作《词籍考》，自唐迄元，于词专集（标为"某代词集解题"）大致罗列，于选集、总集、词话、词谱、词韵等均阙如，难夸为"词籍考"之全也。金元方面收：

辽京后、吴激（金）、蔡松年、王喆、马钰、刘处玄、谭处瑞、王处一、王寂、李俊民、耶律履、王庭筠、元好问、段克己、段成己、丘处机（元）、杨宏道、尹志平、王丹桂、姬翼、刘秉忠、张弘范、许衡、耶律铸、王旭、刘因、张之翰、魏初、胡祗遹、白朴、李道纯、张伯淳、王恽、安熙、姚燧、萧斠、刘敏中、程矩夫、卢挚、李庭、王义山、赵文、刘壎、王奕、仇远、詹玉、刘将孙、黎廷瑞、吴存、蒲道源、张埜、赵孟頫、吴澄、朱晞颜、曹伯启、胡炳文、陈栎、王结、许谦、周权、赵雍、陆文圭、朱思本、洪希文、虞集、李孝光、刘诜、吴镇、吴景奎、欧阳玄、张雨、许有壬、宋褧、萨都剌、张翥、赵汸、高明、倪瓒、舒頔、舒逊、袁士元、题奕、沈禧、谢应芳、梁寅、邵亨贞、陶宗仪，不知其中有一二少见的否？饶君编印《敦煌曲》，去年十一月曾在北京法国工艺展览会内展览。印刷、纸张、装订、图版极佳！而内容颇多浅薄讹误处。拙稿内拟予逐一订正，苦于问题太多，将搞得无了无休，成为包袱矣。《道藏》中确有不少金元人词，不知兄已彻底过目、过手否？顷在乱稿中检到往年查《大正藏》时，随手记下的一条，约二十点。惜无条理，未必有何用处，附呈聊供一粲。日本有《群书类从》一种，内有《经国集》，曾载嵯峨天皇及其妹等人所作〔渔歌子〕，和张志和仅有一首，引在范文澜《中国通史简编》中。饶宗颐《词籍考》亦曾引及。至少尚有九首未布（兄妹二人所作应有十首），不知何处可以借抄得到。南京有地方可以看到日本《群书类从》否？乞示及。饶书前八面考正是谈唐五代部分。弟希望从其中得到珍闻，偏偏失望。原书是詹安泰所藏。詹遗书散失，冠珊仅得其一种。想来广州、汕头、潮州三地，是饶君在国内时常到之地，或可再得一部全者，予以补足。弟已托杨君代谋，不知有结果否。杨、饶、詹三人是同乡同学，早年关系颇多。后来饶向香港、星家坡等地售其所学，遂独秀矣！饶君近已完全成了资产阶级文人，正蜚声英法两京，漫游欧陆未尝倦。人已成百万富翁，如词籍、敦煌曲等，恐已非其所屑顾矣。据杨来函，此人在欧时曾以著述称扬英女皇，邀赐奖金七十五万港币云。杨谓得兄书，知二师兄翰青亦复去世，为之诧异！此是何时事？弟于一九六四年在申时，尚亲见其人，作一夕话。身体似不差，何以中年遽殒？师母将何以为怀！南青在职尚平顺否？项接南扬兄书，以修《辞海》为职志，亦是科研一种。赵景深来书，所任此事，量倍于南扬。伊先后有两文在《考古》，颇能伸眉。弟则日日望还乡，在俦辈中最苦。倘今秋能赴京，饱看敦煌卷子，或可绕道，一访宁、扬、苏、沪诸亲故。倘得定居扬州，诚善，但失却看书身份，又大闷损。瞿禅、宛春诸君处，久不通讯。瞿禅衰年丧偶，难以遣怀，不知《词林传闻》尚在发展否。伊对《云谣集》用韵，误认有四声通叶，实无其事。此章解决问题，合两章为一章，然后觉其韵杂；若从内容，析〔喜秋天〕为四首两组，则首各为韵，无复通叶嫌疑，云雾可消散矣。因来书及之，故略申鄙见。草草不成书启，幸老友谅之。即叩著安！

弟敏拜。三·十一

《词学》第四十一辑

（华东师范大学出版社2019年版）

四

圭璋兄：

三月五日手教已读。所还剪稿两份也收到。自得兄代借十三册佛学辞典到达后，随即复了一函，以免挂怀，想已收到。来教可复应复之处甚多，今天不及全复，则要奉答几项：（一）《兵要望江南》内容，有真有伪。"真"指五代之作，若按"唐押衙易静"原编，恐仍然要别出一些属于伪。但这些恐是宋人所作治伪，说不到金元；不然，弟早已寄奉，且协助考索时代了。弟因易静乃中晚唐人，是很可信的，故想收入所编《隋唐五代杂言歌辞》。搞了很久仍然不敢完全收入，仅收了七十余首（理由前已经述及）。兹将手边所有《李卫公望江南集》草本一册另邮寄奉，以供睡余饭后之消遣。明年弟如仍活着，打算用若干唐五代占卜文书彻底解决此事，看能再多收一些否。原草本内红笔最坏，一遇水就不见了，乞兄注意及此。

（二）《化生儿》的名字弟仍然"另眼看待"。弟觉《化生子》可信是初盛唐就有的，百分之百佛家色彩，先创于佛曲。《化生儿》也继承了这种佛曲的本性，可惜"始辞"看不到了。《双雁儿》会由《化生儿》换个名字变成功，至于《化生儿》，不会由《双雁儿》换了名字而变成。今兄示我以马丹阳在《化生儿》名下的杂言格调，使我重得估计：唐辞《化生子》，不一定是七言四句，可能就是元辞所传的杂言，或先后有两体。而《化生儿》咏化生童子，合乎这一调名本意的始辞，可惜不见了。五代李珣等人所作的《巫山一段云》，和初盛唐间佛曲《太子赞》（廿七首，依调填词）的格调全同，惟一作单片，一作双叠罢了。《太子赞》写卷的背面写《大日经》，内有十七个武周造字，不得不信在其正面的《太子赞》等是初盛唐作品。兄前后所提校《云谣》，校其他敦煌词的高见，弟已逐条考虑，并编入拙稿矣。此颂著绥。

弟敏上　五·八

"化生童子"齐言十首，见《变文集》四八五页，"化生"的正解，赖《佛学大辞典》表明。

《词学》第四十一辑
（华东师范大学出版社2019年版）

【按】以上四札均录自程希考释《任中敏致唐圭璋遗札十通考释》。

五

圭璋兄：

最近奉上两函：一附《长安词》摹本，请代转吕秋逸先生，因不知其最近住址；一附〔还京乐〕摹本，请兄指示如何校订为宜。两函想均递达。次函内奉复《词集考》及《填词史话》都已收到，后者十日后可璧还，谅邀青及。弟数月来，因于对《敦煌曲校录》重编稿打歼灭战，弄得紧张太过，亟于废寝减食。许多函札搁置未报，不成话！现决每天写一封信，逐渐清理。翻翻旧账，吾兄三月底一函（附抄日本作者的〔渔歌子〕十二首）内曾垂询许多问题，此函尚未答复，用拨号提前写上先复：

（一）词和曲的分界在编总集时应如何决定？鄙意兄业是个人的努力，隋（树森）业是向单位负责的工作，二者在上述分界方面能统一更好，否则可能各行其事。隋业在前，尊辑在后，认为隋有不对的，兄可自由掌握，不蹈覆辙。至于光景调凡双叠的可认为词，双叠之调而只填半片的可认为曲，是一把"快刀"，即可用斩"乱麻"，不过注意南曲有"前腔"，它会在实质上等于双叠，甚至联章。如张可久等作品，标明"北曲联乐府"，不至于阑入南曲。兄搞金元词，对此问题似还不尽。如敦煌曲里，这一单片调或双叠调的问题，比较严重。我说《云谣》卅三首，多出三首，正因对〔天仙子〕〔破阵子〕〔喜秋天〕等调的单双片的认识不统一，瞿禅把单片的〔喜秋天〕误认为双叠，从而搞出错误的发展，说它们在一首之中平仄通叶。它们依声不是一首，叶韵不同，怎好强勉它们同韵部呢？

有两件事情可供启颜：李一氓校《花间集》，因为每卷要还它五十首，不能参差，便把韦庄同调异韵的单片〔荷叶杯〕四首合并为两首双叠体，对温庭筠、顾夐所作同调异韵的〔荷叶杯〕，因在卷内没有超出五十首的妨碍，就作单片分别了。《全宋词》对黄机的〔虞美人〕，明明是单片的，却被加上二十九个空格，不许该调有单片体，弟觉敦煌曲内的〔虞美人〕就有是单片的可能，因为它们异韵又异体，（其中一片称"奴"是代言说唱体）。李煜有两首单片〔临江仙〕，幸而尚无人加以否认。（黄机的〔虞美人〕被处理为双叠，不知是兄原稿如此，还是徐调孚的主张）。这是"章句学"，章解学。搞《诗经》要弄清章句，搞乐府要弄清"章解"。饶宗颐君所编《敦煌曲》内弄出许多破句，失了韵，又弄错一些单片调，双叠词的安排应以为戒。

（二）如吕洞宾的伪词，都是宋人伪造的（赵构于此有痛快分析），但若认为北宋无名氏的作品，就是真货，不伪。徐知训的乩词，也是北宋人干的，也应归于《全宋词》无名氏范围。如杨广的双叠〔望江南〕，弟认为可能出于晚唐韩偓等人干的，在拙编《隋唐五代杂言歌辞》内，没有摔掉湖上〔望江南〕八首，而是暂时承认它们出于晚唐文人的假托。最近听说山东某地宅院内（不是坟墓内或墙壁内），发现西汉窖藏的竹简，内容是《孙子兵法》《晏子春秋》和孙膑的××（我记不清了）。过去都说是六朝人搞的伪书，现已证明不伪，教人大为称快。像胡元瑞一声炮响，否定李白的〔菩萨蛮〕是伪作，几百年来的知识分子，谁也不敢替李白平反，实在可叹！如徐本《全宋词》内，首先否认寇准的《江南春》是歌辞（词），徐调孚有一把利器，其名曰"乃而非，具体说""乃诗而非词"，我为之慨然！徐君就没有看《宋史·乐志》里面载有太宗时所制曲名，内有《汀州绿》，明明就是《江南春》。而徐氏曰："乃诗而非词"，把它打在"存目词"内，理由是"见《忠愍公诗集》卷上"。但是《东坡集》内的《阳关》三首，《栾城集》（苏辙的）内的《调笑》几首，何以不用"乃而非"的武器打掉它们呢？弟查了徐本《全宋词》内，列了七绝、七律等体三十多首，怎好不求统一，而在同一书内制造矛盾呢？兄在《全金元词》稿内，倘用"乃曲而非词"一句话时，务祈郑重其事。弟爱说笑话：认为"乃"形是钩子，"而"形是梳子，"非"形是篦子，经过先钩、再梳、又篦之下，许多北宋的好词、好歌辞，被淘汰了，很可惜！此事仲闻先生身在幕中，而不能力争，徐调孚的责任就更大了。

（三）……

（四）承示《日本填词史话》，盛情厚惠，感激不尽！三家杂言《渔歌》十二首，已补入拙编《隋唐五代杂言歌辞》。里面原收了一首朝鲜女儿（盛唐郭元振之姬）薛瑶的《返俗谣》，今得日本女儿七首《渔歌》，正好协调。饶君书内仅举嵯峨的一首而已。弟正托人将神田喜书内有关嵯峨和公主某某等三人的史实译下来，各编几句传略，载入稿内。约月之廿一日下午，可将原璧邮奉，并深致谢忱。……

（五）来教内曾提到将来修词谱，是大好事！弟到时将贡献一种《隋唐五代杂言格调数序》，即依各调句数、字数、韵数，编成的一种工具书，对修词谱大有帮助。

匆匆，即颂遐福。

盛业名山，期颐乐地，条件大好，珍重珍重！

弟敏百拜

七三、五、十七夕

六

圭璋兄：

示敬读。张默生君已于春间由济南回成都，通信处——成都新南门民主路七号川大宿舍。省博物馆是否藏有陆游石刻，已托人去调查，俟复到，即奉告。弟准于月之十一日，携老伴赴京，从此觉得精神痛快些！工作是普查敦煌卷子内失调名的杂言佚辞。亦得到的，有四调，辞六十四首。每调至少二首，多则四十余首，绝对的倚声填辞。想至少积累到二十个调子，三百首辞，就增广了发言权了！弟的目的，在揭露唐代民间歌辞的活泼浩汗、多种多样的气象，不入王静安所谓温、韦的极诣。它建立了"唐曲子"的气派，为宋词开辟了局面，但为宋代文人所不能接受。宋代民间必有继承，惜不传。唐歌辞宜与唐小说、唐变文、唐书画、唐雕塑、唐陶铸……众艺媲美。王静安展以温、韦的极致圈套它，格格不入。弟所为文，七万字，已于上月底寄给前途。泼辣中不免狂妄之弊，《大公报》怕不能用，结果将寄还，弟不悔，亦不怨。

…………

候安。

敏拜

五、三

七

圭璋兄：

⋯⋯⋯⋯⋯⋯

弟来此一年，仅写了四篇论文，查了敦煌卷子近千，将所辑《敦煌歌辞集》扩到一二〇〇首左右，别无建树。四文内有两篇同宗旨，归还唐五代歌辞入历史本位，即由"唐词意识"挽出来，归入唐曲子、唐大曲，在总集和文学史方面，求做到"历史主义"，理性的、科学的。其他文人爱好，诗人词人曲家皆奢命其所作曰"乐府"，曰"风雅遗音"，听之可也。"词曲"二字，因唐五代历史本位，将扩为"曲词曲"。凡曲、曲子所列，民间性、音乐性强，词章入民间性了；凡词所列，词章性强，民间性、音乐性弱。因此，唐曲子与唐变文接近，不与唐词接近。敦煌写本文献，证实如此。要化（编者按：此字疑误）温庭筠花间派以前，有初盛、中唐民间性的歌辞的存在。在所编一二〇〇首歌辞集印行后，贡献给文学史家，端正起来。

弟明年今日返扬争得四间屋子终老，成都绝不去。可能与卞孝萱及秦老同入扬州师院。附件乞察。又《全宋词》校正一个字。

候安。

弟上

四、廿四

《词学》第四十四辑

（华东师范大学出版社2020年版）

【按】以上三札均录自程希《新见任中敏致唐圭璋信札六通考释》，分别作于1973年5月17日、1978年5月3日、1979年4月24日。

八

圭璋兄：

两示敬读，《词话》也收到。《词话》编得好！《云谣》伯希和确有一本寄给罗振玉，法京人因伯未有副本交给他们，否认有此本。其实伯搞的卷子很多，并未全部缴公。《云谣·柳青娘》有"伴小娘"三章，连《彊村丛书》也用的罗氏《零拾》补足，不过未注明出处，不合。弟在稿内，列全辞，分析数十处，有罗虽欲改而改不出的，如"伴小娘"便是。弟稿列社会辞五百余首，宗教辞六百余首，合千二百首。惟校订太繁。打算割前列腺后，到岁终时，交给北京中华付印。明年年底，不知能出版否？江苏新办《江淮月刊》，明年一月开始出版，硬要弟投稿，弟所投甚长，主张国内敦煌学开第三时期，王重民等所为，可以作第二时期，结束吧。弟开刀在本月底，恐年内尚恢复不了体力。开刀能正常过关，便幸事矣！此间各事难言，病入膏肓。弟以"群众监督"从旁大声疾呼，无能为力。明年有文稿，拟投南师学报，能收用否？施蛰存嫌我火气太重，我行我素。明年如有体力，决计写一文斥叶德均之辱我师门及昆腔。新居可贺！敬祝百事胜常。

弟中敏拜
十、十七

《词学》第四十七辑
（华东师范大学出版社2022年版）

九

圭璋兄：

来书两纸，并封背附言，均读。谨条答如下：——①台湾有王德毅者，编《王国维年谱》，于书内纪一九一九年"八月，法人伯希和教授寄敦煌所出古写卷子本（原文如此）至，罗振玉等乃有《敦煌石室遗书》之辑"。应即伯希和寄给罗以资料，罗印《敦煌零拾》一事之由来。（惟所印书名，仅及《沙州图经》，未举出《云谣》。）②《尊前集》虽被顾梧方（记不清）糟得不成模样！但它确是一部选集，而《花间集》不成选本，好比今天开会后之发言记录，限于一地、一时，若干从黄巢发难，在长安大屠杀中幸而逃出性命，入蜀后又十之几乎？"官复原职"在乐不可支情形中，狂欢自庆，玩弄女伎，恣意轻薄的曲子记录本子而已。其拉进温作数十首，乃借作冠冕，以壮观瞻而已，实实在在不是什么选本。从这一点看去，《尊前集》绝非一时一地一群人之作品记录，不可能产生于《花间》以后，且将明皇之〔好时光〕列在集前，是一件具有"冲力"之大胆行动！历经明代最善疑乱猜、哗众取宠的混乱时代，也从未有一人疑此词是伪词。我于是相信此集的气魄大！是真选集。虽后面装上许多"李王"的作品，不足以抵销它前面的规模与性质。何况这首〔好时光〕本身，充满了唐曲子的韵味，比李白〔菩萨蛮〕等还要新颖活跃，硬是嵌在帽子上的一块宝玉！光彩显赫。只能发生在东南地区，不会是西蜀后小朝廷的产物。可恨此集的初本，未经明人插手搞乱的原始善本，终未发现。③弟的"敲锣卖糖"已精简范围，为八种：半旧编，半新编，总名曰《唐艺发微》，详目如后。恨我精力已衰，从本年九月份起，得一助手，一书手，连我三人，在两间窗明几净的屋内，埋头苦干，或可干出点成绩来。惟望天假我年，到八十九岁，庶几粗粗卒业。④弟还有一方面的消耗体力，兄必极不赞成的，乃我于此别名"扬州老乡"，努力捍卫扬州的"全国二十四文化名城"的荣誉之地位。常和此间一班非扬州人，糟蹋扬州声名文物的坏人坏事作斗争！……我毫不客气的以魏征自命，要一些李世民认错、改错。因此得罪了许多人，我毫不介意。我发誓当魏征到底，常常喊"府里不见局里见！""府"指省政府，"局"指高教局。……必须有错即纠！——这方面，我耗费了不少气力，奈何奈何！身体过得去，设法再活四年。兄如怕暖，何妨办一电风扇吹吹。祝好！

敏拜

一九八二、七、廿二

《唐艺发微》八种：

唐戏弄——增出四五万言，已附录四五种，如蒋星煜发现明人方某七古诗，咏唐人勾栏园，其中已有杂剧，打破南宋临安瓦社为我国戏剧摇篮之保守看法。

唐声诗——已付排印，年内准可出书，弟于此颇自豪！创造性很强。

唐大曲——要写。

唐短歌——上卷选李靖《兵要望江南》，下卷选唐诗中的短歌。

唐著辞（酒筵小歌唱辞）——要写，资料甚丰。

教坊记笺订——修补一番。

敦煌曲研究考辨——取消《敦煌曲初探》而另主此书。

敦煌歌辞总编——录唐曲子一千二百首，经过十年的惨淡经营，稿已交给出版社，一快！"总编"原对《敦煌变文实录》一稿而言，精力不济，变文决计不搞了。

《词学》第四十七辑

（华东师范大学出版社2022年版）

一〇

圭璋兄：

示读。王灼、张炎皆称《尊前》为"唐本"。弟前函又称《尊前》有冲力，敢独传盛唐李隆基的〔好时光〕，都不受束缚，不作任何倚傍，那得不在《花间》前？弟月来苦苦校古籍出版社排版《唐声诗》校样，因体力不济，躁甚！而所校之排样，错得又太幼稚！出版社不自校，却累老年知识分子为他们年轻人服务，真可恨！此稿争在年内出版。"敲锣卖糖"，糖质硬朗，其正为唐艺生了色，创造性很明显。顶出一干前人未戴之天，铺出一块前人未踏之地，文学史不能不买账。弟自信自慰如此。兄之厚贶，弟无以为报，拟买一扬州玩具给你顽顽，祝你返老还童。有便人当即带来。匆匆不尽，即颂健康长寿！弟想再活三年半，弄成《唐艺发微》的八稿之后再死。

敏上

廿七

《词学》第四十七辑

（华东师范大学出版社2022年版）

一一

圭璋兄：

手书敬读，弟虽朽病兼至，知"返老还童"是没有的事，但天天清理信债，从不间断，何独不能复兄之信！兄如信到，尽可放言，弟必有报，不以为苦也。惟耳聋眼花，记忆力发表力都锐减，不能畅所欲吐耳。王明孝是何人？已想不起。大作《读词三记》已读，所见谨严细密。有一惊人消息，兄已知否？上月廿三日，上海《文汇报》载：开封大相国寺发现宋代乐谱并辞的抄本。辞见〔菩萨蛮〕〔望江南〕〔驻云飞〕〔凉州词〕，近五百首，佛曲居多，其足补《全宋词》者，必不在少处，兄可要求学院具公函、派专人去开封复制，务求由头到尾，一页不漏，一字不缺。复制回来后，兄务必掌握到手，一面就函告弟，弟当奋力前来过目，抄录有关唐乐唐辞部分。据北京来人云：报上发表太迟，东西发现则在去年，不知果否。此事非常重要！兄意如何行动，务必随时见告。李清照史迹，曾有人编为电视剧，弟曾看过，并无歪曲侮慢处，其结局是清照晚年，策杖临江，哭祭明诚，惜已不记电视月日，不知其剧本是何人所编，可托京友设法调查。弟处工作繁重，朽病之躯，实在不胜负担！弟私人科研八种，目前专攻"唐著辞"，拟明春完成专著，交齐鲁书社在济南，出书快。印行。上海所印《唐声诗》，乃六十年代在成都旧稿，却丰满尽致，须八三年一月半出书。彼时弟当痛饮三杯，此种开怀，一生难得几次也。此函务望快复。即颂清健长寿。

弟敏草

十二、十二

一二

圭璋兄：

　　来教已读，率复如下：（一）罗本《云谣》得自伯希和，是可信的。全部异文四十多条，初不止"伴小娘"一条，罗不会作伪作出四十多条之理。兹已将四十多条列为一表，共三页，奉上，希察。惜复制糊涂，看来费力。（二）上海马茂元及南师文史资料编者，先后要我表态：究竟瞿师对词曲的造诣何在，我不能不交卷。兹先写了一份"回忆"，特附此函内，望兄代我"字斟句酌"一番寄回，由我誊清后，向南师交卷。（三）另附叶德均文一篇，希细看，恶毒狂悖已极！我已另草一篇，和他针锋相对地干了一场，俟脱稿后，再寄上。兹先附叶的原文，希察，该如何驳为是？盼即复，当遵办。我的脑力已竭，体力也没了，头晕不止，恐不久了！少陪了！南扬是否吴门弟子？我不了解，盼告。李一平将瞿师搬到大姚，送了终，又将遗体盘回苏州，实在可敬！王季思也是同门，见诸文字，思想还正，要承认他。候安。

敏上

六、六

《词学》第四十七辑

（华东师范大学出版社2022年版）

一三

圭璋兄：

顷接日本友人波多野太郎寄赠该国印行的专册，题曰：《先圣司马温公翰墨真迹神品》，内列司马光手书长短句一首，既非光自作，亦非光同时几个北宋词人所作。弟于宋词不熟，特寄给兄看，请指出是何人作之长短句？何以《全宋词》内不收？是否国内已经发表过、谈论过，为弟所不知？兄是寝馈于此者，当一看便知作者何人，或补入光集，或另辟无名氏容之。惟日人信为光词，而不敢深论，亦应批评。日人另出《追怀司马温公专册》，列年谱甚详，兄如须看，当寄奉。匆匆不尽，候示到再论。藉颂著安。

敏

七、七

《词学》第四十七辑

（华东师范大学出版社2022年版）

【按】以上六札均录自程希《任中敏致唐圭璋词学书札十通考释》，分别作于1981年10月17日、1982年7月22日、1982年8月27日、1982年12月12日、1983年6月6日、1983年7月7日。

致波多野太郎（三通）

一

波多野太郎先生文席：

六月十一日奉五日手教，谦冲太过，使敏难当，悚愧无似！承许邮惠大著，惊幸莫名！爰缓复以俟。七月廿日，果由邮使，奉大宗卷帙，检识甚详，计有《中国方志所录方言汇编》一至九册，《子弟书集》一册，《寻夫曲校证》一册，《子弟书螃蟹段儿》三册，《杭州四季风俗图考》一册：共一十五册。煌煌巨制，满室生辉，荣宠之至！近滇蜀间地震情势已展，而测报时张时弛，文物掩护，煞费周章，心绪不宁。致稽驰谢，恐劳企竚，死罪死罪！从敝国省县志书中，衰集方言，会通口语，用释隋唐以来述作中之词汇，此路前人所未蹈；而于盛业之中，首先创获，乃一奇迹！张君相（献之）、蒋君礼鸿（云从）瞠乎后矣！顾古今方志数量可观，他日采撷周详，贯通远近，其为用之宏，将不可限量。宜有较大组合，群策而众擎，庶能即世观成，不致久旷。未卜高瞻硕画为如何耳。敏于近三年中，因得法京友人之助，重编《敦煌曲校录》，为与《敦煌变文集》比眉连鬶，已改名《敦煌歌辞集》。收辞千一百余首，适举旧编五百首者倍之。其中方言口语情况，远出张、蒋两家所举之外。张未见大宗唐五代民间辞例，蒋于拙稿所增益者，亦未触及。姑援小例，以博大雅一粲："夫婿"一词，敦煌曲中屡用，蒋释另见。"儿婿"可取；张释阙失，殆以为空泛。倘使见法保罗·戴密微著法文《敦煌曲》（与饶宗颐之著合编。先生既见饶著，必见戴著。）译"夫婿"竟曰："丈夫夫婿"，当知"夫婿"条在张释中，有补列必要，有以启法儒如戴者之闭塞，并不空泛也。及睹先生《寻夫曲校证》（一〇六页）"夫婿"条之笺注，从乐府《陌上桑》至杜甫、王维诗备焉，时执牛耳以愧饶、戴。戴治此学，全无根底，胆大妄为而已。近以阰陷其师戴，远以蒙蔽国际视听。敏齿已耄，虽于此阅历较深，亦应对人宽恕，今斥饶、戴，何至如此之激！盖有故焉。试看尊著《寻夫曲校证》6页引伯利三七一八"曲子名目第四首"，饶订曰："长城下，哭成忧，敢淹长成一朵摧。里半酒楼千万个，十万兽骨不空回。"拙稿曰："长城下，哭声哀，感得长城一垛摧。里畔髑髅千万个，十万骸骨不教回。"其中"髑髅"本《孟姜女》变文，人人得而政之，毫不足矜。而饶订为"酒楼"，敢问古今社会建设，果有安置酒楼于长城腹中，至于千万个之多欤？无论敝国于汉于唐两代，又岂有千万亿酒徒，探长城腹，而登楼痛饮？即今日各国地下都市之豪华场景中，亦不容有此幻妄之举也。在饶氏订"滔"为"酒"时，对唐代作者，今代读者，均不在眼下，而皆以可拈玩于伊掌中，无丝毫责任感可言，岂不可骇！顾戴编于自序中，意扬誉其徒饶曰："具备研究词史的有利条件，深通古文字学，善于校订的行家"等等，岂非笑端乎？戴氏本人对于敦煌曲〔捣练子〕咏孟姜女一戏之前四章，次序颠倒：将孟姜送寒衣列在前，将杞梁别亲赴边列在后，造成更大之笑端。尊辑《寻夫曲》（5页）录伯利二八〇九号内所见。"孟姜女"及"长城路"乃后二首也，其前二首载在伯利同号及三九一一号。尊辑失之，可惜！王重民辑《敦煌曲子词集》，拙辑《敦煌曲校录》，饶氏《敦煌曲》于此均收。戴氏竟误指"长城路"一首之后二句"吃酒"云云，是公婆所唱，劝媳旅途中少吃酒，早还归，完全不合身份。因各辞前后原有说白，敦煌曲内照例不载，致使辞旨不明。此辞在说白中，由孟姜婉谏公婆戒酒，在辞句中，由公婆答称吃酒原为治病，非贪杯，并祝愿其媳送衣以后，早日还归，戴氏未得辞旨。再查尊辑索引（515页）有"烧张钱纸"条，敏未能查出此条是《寻夫曲》何处之原文。但在尊辑6页右边第三、四行，各有"月尽日校管黄至前"句，即谓"月尽日交管黄纸钱"也。《太平广记》三八"裴龄条，引《广异记》谓冥司'求金银钱'之金钱者，是世间黄纸钱。"同书三三二唐暄条，引《河东记》："暄妻之鬼魂云：'必有相飨，但于月尽日黄昏时，于野田中，或于河畔，呼名字儿尽得。'"说明敏校订"月尽日交管黄纸钱"，恰得原作之辞旨，无误，而饶、戴均置不校。——以上不离《寻夫曲》，琐琐陈情，正为先生有高论曰："孟姜女的故事线索，大概是早已在唐代成了定型"；而敏近年所致力者，正在敦煌曲，故本其所真知者，联类表现数点，均有异于饶、戴，不敢苟同，以就政于大雅耳。至于《同贤记》中，由仲姿作孟姜化身，拙稿亦谨慎评议：期之以为不能混者：仲姿乃富家女，而孟姜乃贫女。仲姿既与杞良匹配，本可凭家财以免杞良之徭役，或遣僮仆代劳送寒衣，全部故事都可不成立。《同贤记》所以仍照贫女身份演仲姿者，显然不合阶级规律，未卜先生以为如何？敏于中年治宋词元曲，仅于金元散曲一体，为敝国文学史树新标格。有《散曲丛刊》十余种，及《新曲苑》三十余种。中华人民共和国期间，始改治"唐代'音乐文艺'之全面"。除已印行有关敦煌曲者两种外，兼有《教坊记笺订》及《唐戏弄》二书。后者成就较著。恨目前已无余帙堪呈郢政；他日此书重印，定不妄邮奉，微施芜报。自此以后，倘读大著，有所心得，或有所请益，当不揣谫陋，陆续奉闻。贵国田中谦二先生，曾从敦煌写本伯利二一一五等《五脏论》内，发现"唱颂"体歌辞，论文载京都一九六四年印《东方研究学报》第35期，蜀中久访此书未得，倘荷赐借此册一用，（乞赐挂号之邮，以免遗失。）当于半月期间挂号邮还不误。此间宿舍，在水井街79号，非"水平街"，并闻。敬颂道安。

任中敏上

一九七六年八月十五日（时年八十）

程希《任中敏致波多野太郎遗札三通辑释》

（《敦煌研究》2020年第2期）

二

敏在四川时，曾写《正视六十年来国内外敦煌歌辞的研究》。来京后，又写《敦煌歌辞向何处去》，均属批判性的，甚至带严厉谴责。因国内如王重民编《敦煌曲子词集》，范文澜编《中国通史简编》"唐文苑、唐诗苑、唐词苑"一章，均将唐五代三四二年的歌辞，原称"曲子"和"大曲"的，一概改称"唐词"，用宋代的"词"兼并唐代的"曲子"，消灭"曲子"名目，历史不许可。国外饶宗颐亦王、范一派，名之曰"唐词派"。宋以来即有此派，积重难返。饶氏《敦煌曲》内第一章第一节，即以宋画喻宋词，以宋词喻

"唐词",他并用清代的词韵,部勒唐代带西北方音的敦煌曲,当然格格不入。饶氏因此幻想出一个"大五代文化",把初唐、盛唐、中唐的歌辞,统改为晚唐五代所有。文学史面对这样的纷乱,无法编下去,饶君至今不察。拙文《敦煌歌辞向何处去》倘能发表,可能掀起较大争论。

程希《任中敏致波多野太郎遗札三通辑释》
(《敦煌研究》2020年第2期)

【按】以上二通书札原附录于波多野太郎《任、饶两大家围绕敦煌歌辞的论争》一文,分别作于1976年8月15日和1979年3月9日,载于昭和五十四年(1979)日本道教学会编《东方宗教》第53号。波多野太郎(1912—2003),日本神奈川县人,自称湘南老人。汉学家,中国古代戏曲史研究家,日本中国语学会会长,曾任东洋大学文学部教授。著有《老子王注校正》《中国小说戏曲词汇研究辞典》《关汉卿现存杂剧研究》《宋词评释》《中国文学史研究——小说戏曲论考》等。

三

波多野太郎教授大鉴:

承列题曰:"两家论争",使读者无枯燥之感,不妨多集资料,以资谈助:

(一)孟姜女辞内"髑髅"二字的肯定,从《孟姜女变文》内五见"髑髅",可以无疑。二字不定,其失小,校歌辞忘却变文,或拒绝变文,其失大!将敦煌曲子强改为唐词,不知唐歌辞和唐变文是孪生姊妹,万万不能拆开,其失更大!此点宜三思。

(二)饶书(29页)"熊""态"不分,改《温泉赋》"熊踏胸兮豹挐背"之"熊踏"为"态踏",谓与赵宋之"传踏"相涉(30页),真毫厘千里矣!

(三)误僧官名"都僧统"为"僧都统"(12页、37页等)。

(四)"红烛长流云榭"(54页),"流"是"留"之讹。

(五)"白马驮经即寺林"(55页)乃"白马驮经即自临"之讹。

(六)"辉脸"乃"莲脸"之讹(68页)。

（七）"诸芳情"（79页）乃"惜芳情"之讹。

（八）"复菓琴言"乃"服裹琴书"之讹（74页）。

（九）"如若伤蛇"（77页）乃"遇药伤蛇"之讹。

（十）"书见十年功积"，"见"乃"剑"之讹（80页）。

（十一）"鸟惊缦断"（89页）"鸟"乃"马"之讹。

（十二）"龙请"（90页）乃"龙众请"之讹。

（十三）"歌枕"（95页）乃"歆枕"之讹。

（十四）"遥兮净"（108页）乃"妖雾靖"之讹。

（十五）"武用文章"（122页）乃"武略文章"之讹。

（十六）"大海芦花白"（122页）乃"天暮芦花白"之讹。唐书手原作"大每"云云。"大"乃形讹，"每""暮"乃音变。

（十七）"为睹金鍼争百草"乃"为赌金钱争百草"之讹（131页）。

（十八）"塞原征战"（108页）乃"塞北征战"之讹。"北"，唐书手讹为"元"，饶君改为"原"。

（十九）"驮焉未解从师教"，"驮焉"乃"驱乌"之讹（135页）。沙弥初出家，任驱乌小役。场上晒谷，防乌群来啄耳，难云"驱焉"。

（二十）歌辞写孟姜女"声声懊恼小秦王"，而饶书（58页）误为"生生掬脑小臣王"，注云："脑言'坠肝脑。'"——类此失校处，饶书中常见，兹举三分一而已。法国保尔·戴密微序其书称："这是一部语言学著作，作者是一位深通古文字学，又善于校订的行家。"惟愿饶氏重印其书，痛切正讹，不负良师益友的期许。饶书自序说："任二北重加校录，惜未接触原卷，每沿前人（指王重民编《敦煌曲子词集》）之误，去真象尚远。"所论极是！我应诚恳认错，曾建议设立"认错奖金"，不是讽刺，而是真心实话。即虽发于得奖金的贪心，才被动认错，也比始终以不认错而受褒谀者为佳。既认错，则读者免受"谬种流传"之害，乃第一大功德！饶氏追求"真象"，极合科学精神。真象真理面前，人人平等。不容特殊化。不管地位再高，资格再老，功劳再大，真象真理面前，人人平等。失校错字而外，不合真象的地方，饶书内仍很多。如：

（一）斯一四九七所载"小少黄宫养"一套，乃"少小皇宫养"

之讹，乃戏辞，演须大挐太子度儿女给人为奴。饶书（55页）跟着错，认为是攒，不顾"真象"。

（二）《五更转》"喜秋天"说求偶女郎对织女星"发却千般愿"。饶书（55页）说：同在一小册内，前有"十五愿"，可说明与下文"千般愿"的关系。他未查清那"十五愿"是佛徒求登"正觉"之愿，与女郎求偶的"千般愿"何干？恰恰是不明真象，云中架桥。

（三）《归依三宝赞》云："速须达取，蕏彼岸"。"蕏"乃"菩提"二字省写，饶氏不知，改为"藐"字，又妄加一"三"字（60页），曰："'三藐'即'三藐三菩提'也。"有权加字，有权曲解，"真象"何在？

（四）〔南歌子〕"翠柳眉间绿，桃花脸上红。薄罗衫子掩酥胸。一段风流难比，像白莲出水。"真象是"水"下脱一"中"字，韵顺、调圆，毫无遗憾。饶书（73页）硬创〔南歌子〕有叶仄韵之体，以"水"叶"比"，指任加"中"是臆。于是任指饶臆，饶指任臆，以臆攻臆，似乎难断。实则验诸所有〔南歌子〕古作品，可有平仄兼叶者否？真象究竟何在？立时可解。——类此乖违，远离真象处，饶书内不一而足，纸短不能尽宣。"真象"目标外，饶氏更依仗自己曾"接触原卷"，是一优越条件，高居上游，万无一失。实则唐代书手除对佛经而外，每每任意涂抹，讹火燎原！虽操原卷在手，依然难得真象。接触原卷，固属第一要求，而既接触原卷，并非万事大吉，照常摘埴索涂，冥行面墙，又去真象甚远。故凡接触原卷者，不必骄人，但应虚心谨慎，实事求是，不辜负原卷耳。拙见褊啬，幸太郎教之！祗颂著祺。

半塘敬肃

一九七九年七月二日在北京

程希《任中敏致波多野太郎遗札三通辑释》

（《敦煌研究》2020年第2期）

【按】此札作于1979年7月2日，原载波多野太郎《任半塘教授的"敦煌曲"批判》一文（昭和五十四年（1979）《东方宗教》第54号）。

赵尊岳

致关志雄（三通）

一

志雄学弟如晤：

一别四年，旅中岑寂，每致念港中友好不置。间得希颖、存仁两君来书，知同学多所淬励，深为欣慰。颇忆在港同学中吾弟与罗球庆、林瑞祺两君，好填词，时以见示，得发愚忱，而别后鱼雁都稀，如在梦幻泡影中矣。比展大函及新作盈册，不弃下问，特穷旬日之力，将尊撰细读，且逐字为之推敲，喜其进业之猛，撰作之富，遂不欲以敷泛浮词相酬答，而一一于原稿上具为改订。惟老病侵寻，兴会日减，诚恐未足有以厌好学深思如吾弟者耳。所改订者，具详原稿，不再赘。兹特综述一二，以答雅意，条列于左：

（一）词章之优美，在文字句读若离若续间，其冥眇幽细之处，决非标点所能胜任。且前贤于承上启下之处，或以逗句托住上文，或以之启导新义，错综离合，不可方物，故无论如何，万不可用新式西洋标点，使其潜气内转之处截然断截。至于浅学者或不能句读，则听之可耳，作者岂能为俗人说法而自破其完璞耶？故请删一切标点，不必好骛新奇，乱其体例。

（一）就大作读来，知得力于《清真》《乐章》者特多，此本北宋法乳，为近人所罕渐深入者。吾弟以力学得之。已奠锱基，且颇见运用精思于妙笔之处，循是以求，必更孟晋以达大成之境地，故务当仍就此两家朝夕寝馈。然南宋若玉田之疏俊，稼轩之开朗，□足启发心胸，扩我词域，且兼此则赋题更广，不必限于离情羁思；至东坡天才，虽非学力所易至；白石挺峻，当就作者之性情以铨衡，不妨兼收并蓄；若草窗、碧山，不过描头画角，尽可浏览，殊不必奉为师法矣；至明清人词，以"不入眼""不染手"为要。

（一）大作起处往往有笔力，足以达纤徐之情，叙事宛转，又足以曲传情绪，明眼人自能知其以清真之骨，敷乐章为肉，交相为用。苟再求精、求浑成，则大成去人不远，可断言也。

（一）大作于小转折处间有疏脱，且不免阑入一二俗字俗句。此则疏于磨洗之故。此则于撰成后，当假以余时，再事改订。旬日往复，求其至善至当之句字，与求雅求浑成，不尚尖新，不尚小慧，而仍使能抒至情，能状物态，功候所及，从容图进，俾底大成。

（一）长调平仄声字，必当致意。今姑不先严辨去上，然平仄不当夺误，即如入声代平，同属通例，然谛辨音节，有可以入代平者，亦有不当以入代平者：浮声切响，熟读自能领悟。至于以平声字代入声字，则为必不当者。大作偶有此失，已经点出。至改订之字，未必尽佳，仍冀作者再三斟酌。盖得失寸心，绝难以他人代述心曲，所谓授人不过规矩而已，试再端详改订之。

希颖先生，词中能手，而沧海楼刘璞翁更极矜慎，亦希翁至好。窃以为吾弟不特能词，且已能作如许长调，若更多求嘤鸣，则切磋多益，曷不请希颖先生介见璞翁。此翁年逾七秩，好事奖掖，必能剖晰毫芒，使学者事半而功倍。曩在港时，夙与接谈，深为钦倒，故愿弟之一承其风仪，必胜我十倍也。

此间天气酷暑，独居无俚，同学中间有一二试作小令，尚无着手长调者，故尚待陶甄。得大作，正似空谷之足音，故不惜耗旬日之光阴，博取一粲，亦知南荒迁客之未尝忘情也。

贺君一册，已转去并闻，脱有新作，并盼随时写示，珍切珍切。匆复，顺颂

吟礼

尊岳顿首　卅日

尊撰诸词中惟〔莺啼序〕一首殊嫌破碎，且缕述献奏各节，转嫌淆乱，似不如就题中"有感"二字专以发抒所感为主。今列之丛稿中，颇见捉襟之弊，曷试重撰，毋使珠玭同篚？此词虽二百四十字，而格谐律缓，撰作颇可发扬情致，惟"傍柳系马"四字均仄声，去上去上较难，但终不患无法顿置之也。

中华书局近出《蕙风词话》《人间词话》合定本，必购读之，大有益。

《赵尊岳集》
（凤凰出版社2016年版）

二

志雄学弟如晤：

日前展读词翰，是见向学精进，所作日工，为之欣慰。粤中文风素盛，名家叠出，颇冀益阐宗风，扢扬风雅，幸甚慰甚。假期得希翁介晤璞翁，必能面谈得益。盖词心周求敏慧，词笔更求灵逸，往往一二字之不安，全首即为减色。而此一二字有时又可信手拈来，有时又复踏破铁鞋，无处可觅。则在平日读时之力求深潜体味，作时之一字不轻放过，假以时日，自可即于大成矣。大作颇见词心，珍重委宛，非常流所可冀及。今所求益者，端在文字之组织，与一二字机括之所在。此则通函千万，不如一语道破，惜相去千里，不克倾吐，希多与璞翁、希翁觌面，均属斫轮老手，必有以奉告，胜愚百倍也。大作已细加审订，所有改处，略具意见，俾供研讨。凡不可用不必用之字面，多为提出，举一反三，则此后可以自知，选字之道，造句之要，求浑成求深入矣！上海出版之《蕙风词话》《人间词话》合本，香港不难购至。盖先师蕙风先生精心之作，试取读之，必更足启发灵源也。

匆复，顺颂吟礼。

尊岳手具 八日

《赵尊岳集》

（凤凰出版社2016年版）

三

志雄吾弟如晤：

前日读大札，欣然色喜。盖词本五代两宋词人合行歌、撰作、嘌唱为一事之成就，初不可以强分。迨后人昧于音律，只求工于文字，遂视乐律为别一途。浅人之论，固不足责，而词之全遂以浸微矣！弟凤持此论，虽知乐律失传，然研治斯道者，必当探索以求复之。故不特一再写作词话，力主其说，亦且身体而力行之，于撰作外而兼治词乐。即为文商同学讲词，亦必略述旋宫合律之法度，俾有志者略涉门径，此吾弟之亲见亲闻也。惟是世人好作一二词调者尚有其人，爱言词乐者绝少，因之几同绝学，而弟孜孜不已，幸得姚莘农（名克，留美习戏剧，兼工词乐，甚当行，现任联合书院中文教授）、饶宗颐两君（饶对词业研治有素）同好，七年前曾以三人之微力，合刻三人关于词乐之撰述，为《词乐丛刊》一巨册，其书向由南风书店经售，港市应可购取，或由饶、姚二君求得之。弟所有刊本率以赠人无余，不能餍吾弟之欲，甚愧。倘得此书观之，自必益可启发，务往求之。此地无人可言，独学乏友，搁置有时矣。吾弟在港，必易往访两君，与相探讨，定能孟晋，一日千里。因详读大函，于新旧诸家撰述多已涉猎，既有根柢，自易进取，此中妙造，剧不能于短短函札中详之，且无根柢者即函述亦无自领略也。平仄为一事，词乐为一事。凡合于乐协于唱者，即不必拘守平仄。盖平仄为协唱之工具，而协唱为作词之目的，能达目的即不必问其工具，是以前人往往于同调中具其平仄，或作可平可仄耳。惟前人以昧于音律，不知目的之所在，于是只能循平仄以为之。即弟又何尝知目的，故亦不敢僭越平仄四声之定例，然已知所谓目的者，瞑思晨索，以求复之，一旦豁然贯通，则平仄四声，不索自解，比正殷殷于此，犹待贯通之有日焉。至于入手求贯通之道，是当首知于律，再纵观古今言词乐之撰述，以及各词家之所作（限于通乐，如柳、周、张玉田父子、姜白石等，此外均不知乐，不论）排比而探对之。又取敦煌舞曲，由舞以合之词，现方撰舞谱笺，不日刊成，当寄奉一粲。吾弟知于撰作外兼言词乐，斯诚能探其本，吾道不孤，企以伫之矣。又何宫应用何调，应合何题，此则治曲者最为谨严。词则南宋已不凛守。盖曲为演剧之用，声容有相通之道，故当谨守。词则唐宋多即席嘌唱小令，略加手势，见筵边尊畔，不比氍毹声容之关系略小，是以不须谨严耳。近代四大词人，舍樵风于《白石旁谱》及《词源》略有研求外，均不了了。彊村翁只知守律而已。等而下之，遂有导人专治文字，不求词乐者，所以自掩其短，固无足深责也。为治学计，吾弟大可于词乐有所见，即立笔之于书，或长篇万千言，或札记百数十字，积而久之，由以冀其贯通。惟后世言词乐者往往与曲乐并论，其中不但时代风会之不同，抑且乐律消息之各异，若为牵扯，治丝益棼，故当先端其始，肯于少数材料中，钻悟精思，万不可博及曲乐（当然可借迳于曲乐以上求词乐，惟不当视曲乐为同乐，一并混合言之），旁骛更远，一俟写记有得，愿以相示，当再贡愚一二。所论宗派均文字间事，甚当。言宗派者，古今各家差备，自当以本人之主观定夺之，视词乐之远绍旁求者，易有成就矣！大作数首，弥见造境，已加注记。附言璞翁醇然儒者，高年继兴，接席清芬，粤中老辈无几，此固可谈之人。吾往曾请益之，彼必乐予指点也。

匆复，顺颂吟绥。

尊岳顿首 十七日

《赵尊岳集》

（凤凰出版社2016年版）

【按】上三札录自陈水云、黎晓莲整理《赵尊岳集》第三册《书信》，原称《与关志雄论词书》。

陆维钊

陆维钊（1899—1980），字微昭，晚年自署劭翁。浙江平湖（今属嘉兴）人。毕业于南京高等师范文史地部，1925年曾任清华大学国学研究院王国维助教，先后任教于上海圣约翰大学、杭州大学、浙江美术学院等。致力于汉魏六朝文学研究，又曾辅助叶恭绰编《全清词钞》，长于书画艺术，为书坛名家。著有《书法述要》《陆维钊书法选》《陆维钊书画集》《陆维钊诗词选》等。

致施蛰存

蛰存吾兄：

…………

弟在杭州一直留心旧家出售拓本等，以杭人少藏家，故迄未得以如愿。近有一家，乃系开旧书铺者，大部分好东西在"文化大革命"中都被别人抄去，所剩无几，奇货可居，殊怕问讯。碑帖拓本有少见者，书籍如明版插图《西厢记》《红梨记》《吴骚合编》续集等皆少见也。家中书札甚多，若崔永安、潘飞声、吴士鉴、周庆云等约数百通，前欲售，近不知如何。其人又有影印屏八张，弟看是十六金符斋故物，甚可贵也。惟金文拓本不多，未必能符吾兄所望耳。

关于前清词钞，当时弟所见词家约五千种，以其中有太幼稚者，故入选之词约居三分之二，其他不得已而割爱。初稿一百七十余册，惜太平洋事起，香港沦陷，遂致不可复问。当时有非清人不录，生存人不录等例，故能词者有遗珠之憾。弟今拟为前清词钞续编，以补此憾。从今以后，字音改变者甚多，而作家也少，或真可告一段落矣。（兄及友人之能词者可抄示若干）同时，弟拟写一文名《前清词钞成书记》，以为纪念。其他叶退庵曾与弟书也可整理。（"文化大革命"曾烧去部分）姑俟到沪时面商。当时在沪商讨词钞者有廖忏庵、夏剑丞、吴梅生、林子有、仇述庵诸丈，或系面谈，或系通信，及今思之，恍然如梦矣。当时藏词之人以林子有为最富，弟所见者大部为林氏所藏，惟林丈故后，逐渐散失，今不知下落。林丈有词辑甚富，其稿藏上海图书馆，惜为原始材料，未加核对，恐错误不少，今想亦无人过问矣。

企罗此次北去后，自谓将隔一时再来，不知近况如何。弟托其致函向达夫人□□未有消息。

有一事不知兄记得否？即辛亥革命左右，上海出一本杂志，其"艺文"一栏为松江雷补桐（缙）所担任总编辑。其时普照寺新修二陆草堂，由耿伯齐主持，堂成耿伯齐为诗纪念，大批松江名人都有唱和，其时我的祖父（陆勋，号少云）也和七律四首，皆登在这本杂志上。如果兄有办法借到这本杂志，可以看见当时松江文坛的情况。（这本杂志像《玉梨魂》这样大小，是我亲见亲读过的，所以不会记错）这是病中忽然想到的事，怕过便忘，聊记于此。专此，叩问俪安。

弟 维钊
9 月 11 日
《书与画》2014 年第 5 期

【按】上札录自汪涤《陆维钊与施蛰存的艺文交往》一文。

俞平伯

俞平伯（1900—1990），原名俞铭衡，字平伯。浙江德清（今属湖州）人。中国白话新诗先驱、红学家。曾任教于北京大学、清华大学，1949年后任中国社科院文学研究所研究员。著有《红楼梦研究》《古槐书屋词》《读词偶得》《清真词释》《唐宋词选释》等。

致人民文学出版社古典文学编辑部（一九六四年七月九日）

人民文学出版社古典编辑部负责同志鉴：

七月八日承杜、周两同志惠临，携来拙编《唐宋词选》二校清样，附带签注若干条宝贵的意见，感谢，感谢！

我看了这些意见，主要的为了青年或不易了解，或会发生副作用等等，所见极是，却因此想到一个比较折衷的问题。此书编成于六二年，先在所内请人审查，于六三年第三季度交给你社，又经过审查修订，方始付印。距成稿之初已整整三年。其间国内外情形，跃进变化甚巨。现在是否还适宜印行，颇成问题。

我当初选词的对象是爱好文艺者和对诗词较有修养的人。其供一般学生、青年人阅读者，刊行之《唐宋词选》《宋词选》已不少了，似无重复之必要。今若将此选供大众阅读，诚如您社的考虑，未必适宜。不仅选材有副作用，文词比较深，注解不够浅等等，即用旧体字排形式上亦未为适当，即照你们所提意见一一照改，恐亦未必能免上述诸病，或者稍好一点罢。

因此我想到是否将此选本缓印，或竟不印，请与文学研究所商量决定后赐示。我毫无成见，当遵命办理。

稿件清样暂留我处。暇时拟采用签注进行修改。惟篇目却不拟更动。如刘过的〔贺新郎〕，如将注一"赠妓之词"四字删去，作为一般言情之词来阅读，亦未为不可。龙洲词多荒率，如通行之〔沁园春〕"斗酒彘肩"一首，前人评为见鬼之作，我亦认为不佳，〔贺

新郎〕一章，旧日选本如张惠言《词选》、《艺蘅馆词选》均录此首，在龙洲词为较佳之作，故不拟更动也。匆上，致敬礼

俞平伯　七月九日
《俞平伯全集》第八卷
（花山文艺出版社1997年版）

致邓云乡（1981年7月13日）

云乡兄：

　　承手书，藉谂上海近况。

　　大著完功，为慰且佩。蛰存房屋问题初不知。《词学》创刊号尚未得见，估计前途困难不少，以此道衰微，视昔尤甚。若报刊所载，每安一词牌名，而内容"浑不似"也。若论词之作，拘泥缴绕者多，惬心贵当者少。我亦自病其多而寡要。蛰存为第二期集稿，只以旧作未入词集者一首搪塞之，实亦无奈也。李易安〔声声慢〕"守着窗儿独自，怎生得黑"，评家有谓"黑"字不许第二人押者。近修改旧诗，偶尔想到此乃暗用《老子》"知其白，守其黑"而分为两句，口语流美，令人不觉耳。我前编"词选"亦未想到。附书博笑。颖南来京，匆匆四日，回新后寄来照片多张，想沪上亦有之。文驾月底回京，盼得晤谈。不想要买什么，承询及为感。即颂文安。

平伯　七月十三日
《俞平伯全集》第八卷
（花山文艺出版社1997年版）

【按】邓云乡（1924—1999），山西灵丘（今属大同）人。红学家，曾任上海电力学院教授。著有《红楼风俗谭》《红楼识小录》《红楼梦忆》《燕京乡土记》《北京的风土》等，著作结集为《邓云乡集》出版。

致叶圣陶（一九通）

一（1934年6月25日）

圣兄：

　　…………

　　《读词偶得》尚差一篇，成后上卷即可出。请与开明接洽排印

事，为荷。原文用仿宋字，释文用四号字。（不知四五之间尚有一种铅字否？）《词学季刊》近由龙榆生君赠阅，故得全读其四期，内容瑕瑜互见，观念亦稍旧一点，但颇实在，总算不差。以后在开明出，其办法如何耶？

…………

弟平伯 六月二十五日

《俞平伯全集》第八卷

（花山文艺出版社1997年版）

二（1974年10月31日）

圣陶兄惠鉴：

两承手教至欣且歉。陈君件已为转寄，渠得之必甚欣荷。新诗至佳。远游未知能遂愿乎？前书迟答，以牵冗俗，亦缘近拟为兄写些小品，如录方秋崖，原作〔沁园春〕，又有些近作小诗词呈教，迄未能濡毫，缓当另呈。前妄题伯翁《遣兴丛钞》，不期为兄所见，其后半多率意之笔。顷诵尊作〔踏莎行〕，语圆意真，尤觉愧耳。王作《临河》《兰亭》两序，问题固难猝解，以私意揣之《兰亭》或乘兴挥洒，而《临河》叙乃定本欤，其删定之意或即如吾侪所云云欤。郑评清真词本，陈君已送递，惟原以钢笔乱涂在铅印本《六十家词》上，几不可辨识，次园细心过录，极可佩，兄如拟抄出，或可以陈本作底，再参考弟所抄，若需原本，可送呈。曙辉尚在此未行也。灯下草，不尽。敬候近安。

弟平伯 十月卅一日夕

《俞平伯全集》第八卷

（花山文艺出版社1997年版）

三（1974年11月4日）

圣陶吾兄惠鉴：

两示先后敬承。夜游宫词善状青年勇往神情，文如其人。绪芳似未见过，迟日当与伯翁谈及之。词之初起原有广阔之天地，观敦煌唐人词无所不写可知，后乃局趣于脂粉风月。《花间》《尊前》以来，技巧转精，而真亦渐隐矣。尊作大都远承坠绪，近辟新宇，每诵辄有此感，不仅老当益壮而已。此非泛语也。前寄伯翁书有云："吾辈同在城东，晚岁犹有文字切磋之益，朋友嘤哦之乐，良可喜也。"想必印可也。

前者草涂周词中郑评，书亦故敝，字迹纤小，潦草，黯淡，乃承垂览细察，不胜愧荷。参以陈君录本，当较易辨。兄如异日写讫，乞借一观，弟拟再为校对，以赎前失，如何？铅印《六十家词》本来不全。项只剩此一册，恰有过录郑评在内，次园既借抄，又言之于吾兄，盖大有缘法。其评固多佳胜，而校律过细，亦有钻牛角尖处，其间得失，并可解颜与？

…………

弟平伯启 十一月四日晚

《俞平伯全集》第八卷

（花山文艺出版社1997年版）

四（1974年11月11日）

圣陶吾兄惠鉴：

三复尊示，探得论文之乐，谨简略奉答，未知有当否。词谱是吟诵之律，而歌唱之律寓焉，盖即从歌唱转化者也。吾国诗歌之传统为四五七言，由古诗而律诗，词曲并以长短句（齐言较少）拗句与之交错，遂呈繁复之观。词中亦分两部分：其一拗句多，可称专门的词；其一拗句少或竟无之，可称类诗的词。后者普及，影响亦大，而多讨论者却是前一种。

中国五七言的传统是坚强的，却受胡乐东来之影响而变。亦有语言的关系，有一点强迫的意味。中唐人还想用五七言诗作为乐章来对付一气，后来实在不成了，乃依"声曲折"写之，史称温飞卿"能逐弦吹之声"是也。北宋柳永扩为慢词，其流益大。

当词调未亡时原无所谓词谱，音律即其谱也，句逗依之。乐音之高下抑扬则以字音平仄协之而已。若析及四声（将仄声又加分析，主要的为分去、上）还从吟诵而来，当亦参考到歌唱；以词可歌，同时亦可诵也。周美成是个主要的人，即使不说从他开始。昔人评清真"创调之才多，创意之才少"，而清真之功正在创调方面。方、杨、陈和词亦步亦趋。来书云"隐晦不通"，诚然。却可看作清真体的四声谱，为治调律者的一种参考。

自是美成的特殊造诣，有如老杜之"晚节渐于诗律细"，其情况有点像六朝人之谈"声病"，若"前有浮声，后须切响"等等，却亦为后人钻入牛角尖者作俑，本是从吟哦中发展而来的，却认为应音律之上需要，便是一种误会，把这问题搞得复杂了。

宋词实际上只是平仄调而非四声调。近人杨荫浏研究白石自度曲的旁谱有此结论，大致是对的。又如来书提到的〔满江红〕，兄云此调宜用入声韵脚是也，以入可作平，故可改为平韵。清真此调结句"无心扑"，白石云"心"字不协，融入去声方协，遂作平韵〔满江红〕。其上段末句曰"闻佩环"，"佩"字去声，合矣。其下片结句却云"帘影间"，"影"字非上声乎。白石在此处不过用了一个仄声字而已，固未尝分别上去也。专家之理论每首实际有距离，若斯之类是也。

原很简单，平仄调是音歌的需要，四声调乃吟诵的加工。但清真与南宋诸家分析四声时，词之音律尚在，其中当然有一种关连，二者遂相纠缠而引起后人之误会，纵非走入歧途，亦已是窄径。文士慕古好奇，耻为平人而愿自附于专家，亦往往有之。来书云，"用拗句之处，吟诵之往往有挺拔、倔强、峻峭之感"，弟于四声调亦有此感，认为并非全无好处，却只可供极少数人无益之娱耳，今日若要作词，能平仄不差，押韵可听，使〔沁园春〕不失之为〔沁园春〕，〔水调歌头〕不失为〔水调歌头〕，也就可以了。书中"竟作自由诗"之说，窃有同感。云郑叔问评，所得只在吟诵之际，未必真懂得词之音律，弟完全同意。词之音律久已亡佚，后人何从而知之耶！

后起之曲进了一步，南曲中之昆腔磨调更比北曲进一步。昆曲中之佳谱方始与四声相合（入声在北曲分叶三声，在南曲同平声，实只三声耳）。其制谱之法又是原则性与灵活性相结合的，在中国乐府的发展史上，实为空前未有者。——或者由于我爱好昆曲乎？一笑。

此外诸端，书不能详，承惠约长谈，洵上娱也，至盼其实现。弟近日上午到所，下午总是闲的，依兄方便，何日均可，盼续云知。

…………

弟平顿首 十一月十一日下午

《俞平伯全集》第八卷

（花山文艺出版社1997年版）

五（1974年11月27日）

圣兄惠鉴：

昨午归，奉廿五日书，欣诵。拙笔承粘在巨册题写，兴味颇有之，而增惭汗前已言之。弟前从周叔弢处假得郑评清真词乃《西泠词萃》本，亦系过录；郑评原本闻在傅沅叔处，今恐不可求矣。弟只遥写周庄本之一部分耳。所询两端均是"迥"字。汲古阁无善本可勘，但"红窗迥"不误。清真〔西平乐〕第三句"川迥未觉春赊"见彊村本《片玉集》卷二。梦窗之〔西平乐慢〕见同书"梦窗词"卷三，（十页下）"岸压邮亭，路歌华表，堤树旧色依依"。（此字似亦不分上去）知尊抄已讫，视弟之草率乱涂远胜，他日愿得拜观，更为校对之。日前答陈次园书亦谈及词律，语尚明简，今以抄本呈阅正。近偶翻出五十年前"霜枫"本之《浮生六记》一册，弟之原叙不知何故割去，乃以旧作七律补之。尊斋不知尚存是书否？学部各所虽曰全日上班，弟尚可逃学，不每天去，兄如有谈兴仍拟趋前，俾不孤凤约耳。匆匆，复候起居。

弟平伯 十一月廿七日

《俞平伯全集》第八卷

（花山文艺出版社1997年版）

六（1974年12月11日）

圣兄惠鉴：

日前承招欢饮，难得之会也。是夕实当吟诵老杜《赠卫八处士》诗。所谓"今夕复何夕，共此灯烛光。少壮能几时，鬓发各已苍"

者最为贴切耳。弟近趋走颇忙，得暇仍为兄校《清真词》。觉郑评佳胜良多，昔年匆匆涂抹，未及细会，若非我兄与次园耐心遥录，此本将弃同敝屣，家中人自更无能领会者矣，亦可惜也。弟处尚有夏闰枝评清真词，拟为并写于尊册上，可成双璧，唯不免缴卷迟迟耳。

敬候近安。

弟平伯 十二月一一日

《俞平伯全集》第八卷

（花山文艺出版社1997年版）

七（1974年12月22日）

圣陶吾兄：

手示敬诵。细读新著后在原稿上妄涂，又写校记一页并请核正。〔兰陵王〕词仄声多于平，去入多于上，去声广用，入为韵脚，其特点为情调高亢，后段声尤激越，如载记所言。词谱沦佚，少可印证者。如妄拟以昆曲，去声固最响亮，《八阳》中之带怨长，见高工；《赏秋》中之丹桂，见高六，在昆腔中达最高峰。弟近阅《宋四家词选》，发见其评亦有"缠夹"者，关于〔兰陵王〕亦当写成小文，约适与足下写作同时，若有同心，亦可喜也。即呈教正，阅后希掷还，尽可从容。匆叩炉安。

弟平冬至日

《俞平伯全集》第八卷

（花山文艺出版社1997年版）

八（1974年12月28日）

圣兄惠鉴：

近缘文学所有些文债，顷始交出，来示迟答为怅为歉。尊论清真词"恨堆积"似未安，极是。长调易有累句，守律严则尤甚，虽名家亦不免也，然〔兰陵王〕实佳，于明清中见沉郁，此美成长技，殆度越诸家也。论"愁""渐"领起诸句，其状疾徐若相反而同归于情，甚妙甚妙！已录入短篇注中，以志相与论文之乐。他日或将此文改写即附在尊抄郑评周词册子之最后，未知可否？人事倥偬，瞬将改岁发新，黎旦烛下作此书，忆及佩弦在杭第一师范所作新诗耳。不尽，复候冬安。

弟平伯上 一九七四年十二月廿八早

《俞平伯全集》第八卷

（花山文艺出版社1997年版）

九（1975年1月6日）

圣陶吾兄：

二、四日先后两函、新词一章俱得浣诵，欣慰之至。不意弟之一言触君思旧之怀，闻之既喜且惊，喜得文心针芥之契；惊者，致损我兄几夕之眠。顷审动定已一是如常矣，为慰为歉。老年人不宜于寝时多费心，将初念打断，斯诚良法也。然枕上每易于构思，弟亦能言而不能行者，摄卫之方宜共勉之。若新篇则巨制也。 携手河梁之诗，闻笛山阳之赋，虽是佳作，不为美谈，以今视昔，宁无稍进耶！知人论世，将不以鄙言为河汉也。已僭加圈。其中密圈之一句可谓神似。昏灯残酒，如见其人，然其人已千古矣，读竟泫然。拟改辞句另列一表，未必皆有用，可供酌取耳。其中移动处亦有尚惬意者，览之自知。如更来书商榷，则尤有切磋之乐。迟日以定本见惠，幸甚。《校律》一书为清真词之四声谱，极细微，弟昔有之。他日如须参考时当再向兄或伯翁借读。和清真词，于四声分别，主要者固须遵守，却亦不必拘泥，诚如尊言，顷参读彊村词正复如此。佩弦夫人住西郊，弟拟探谒，总未能往。俟明春或可偕行乎？匆复不尽欲言，敬候冬好。

弟平顿首 一月六日午

《俞平伯全集》第八卷

（花山文艺出版社1997年版）

一〇（1975年1月11日）

圣兄赐鉴：

九日手教诵悉。尊作得朴初同阅，有集思之益，渠当有新见，窃所乐闻。他日面谈，尤欣。以次园借抄郑评因缘，得重读《清真集》词，觉其工力至深，词人宗仰非偶然也。前以吾兄介绍在开明印行《词释》，曲而欠醒，繁而无当，既有愧前贤，更恐误来者，愧怍如何！校增尊册将毕，不能无感焉。更有两琐事：其一有马士良者，乃满洲绍英之幼子，与弟昔寓老君堂为比邻，近作《燕山十老歌》，列叙居京相识者，自九十八岁至八十（弟尚无此资格，一笑），吾兄亦在其内。其诗想已尘览。彼喜搜罗文献，关心老辈，熟悉京师坊巷掌故。其二为湖州笔店费在山，以售笔赠送为缘时常通信，言及兄曾为彼书近作，裁纸样来，亦嘱我涂鸦配成一对。弟惮于酬应，顷又恐笔墨流传贻诮，而人意殷勤，又属难却。二君殆皆好事之徒哉。拉杂附书以代茗话。草此，即颂近安。

弟平顿首　一月十一日
《俞平伯全集》第八卷
（花山文艺出版社1997年版）

一一（1975年1月26日）

圣陶我兄赐鉴：

昨往汽车制造厂参观，归后同时奉到廿三、廿四日手书，至为欣慰。校写词册窃所乐为，重读清真词又得益，但缮写或不免差池，乃荷灯下披阅直到眠时，为幸。更拟赠诗以纪事摅情，尤为切感。唯作诗颇费心力，只可以之遣兴，兴到书之，不必放在心上或致减眠。若来示所言自极善，私意正复相同。惟以珍摄起居为第一，兄必察之。洛诵〔兰陵王〕词，各问已条对，未卜能及格否？风格骏上，表情醇至，尊作均然，此篇尤为突出，决非阿其所好。原草宜存其真，若弟之涂抹聊备葑菲之采耳。如何定夺，伫盼续示。弟亦拟写数份，分贻友生，稍广其传，可乎？

…………

弟平　顿首　一月廿六午刻
《俞平伯全集》第八卷
（花山文艺出版社1997年版）

中国古典词学
新辑词学珍稀文献丛刊

一二（1975年1月30日）

圣兄赐鉴：

廿七获手教诵悉。兹定于下月二日十时前趋诣，一切面谈。拟携呈三件：其一为无名氏闺秀诗百首自叙生平。其二为昔癸亥甲子海上诸友写赠诗笺。兄惠书〔浣溪沙〕词尚在，据湜华言本集未收，渠已抄出。若佩公手写其小品文，细字密行，盖仅见之作也。以上两件均新从伯翁处还来者。其三为谭《词辨》，中有清真词九首。前为吾兄抄词册时，每以无仲修氏评未为全璧。以为此书已亡佚，颇为惋惜。顷在书丛中发见之，先携奉披览。其如何补写入册，容俟面商。知容翁索阅并拟手抄，极嘤鸣之乐。请嘱其下开名篇行列宜宽，稍留空白，以便他日补录谭评也。匆复。即叩近安。

弟平伯 一月卅日

《词辨》中之清真词：〔兰陵王〕、〔齐天乐〕、〔六丑〕、〔大酺〕、〔满庭芳〕、〔少年游〕（并刀）、〔尉迟杯〕、〔花犯〕、〔浪淘沙慢〕。

《俞平伯全集》第八卷

（花山文艺出版社1997年版）

一三（1975年1月31日）

圣兄赐鉴：

昨函谅已缴览，顷又想得二字急以奉告：（一）"拨"弱，"打"显得粗些，当是"击"。击桨或击棹均可，"击桨"与周词"拂水"正同。（二）"还惬"前已拟改"惬"为"豁"。但"还豁"仍觉不顺，字音亦不好听。推其故，殆由于与下文"犹与"之"犹"相犯，还亦犹也。故拟改为"堪豁"，言其尚可排遣，与前次来书所云之意相合矣。即先告知，不及俟星期日。余容晤谈，不一。即候

刻安

弟平 一月卅一日

《暮年上娱：叶圣陶俞平伯通信集》

（花山文艺出版社2002年版）

一四（1975年2月28日）

圣兄赐鉴：

　　手书敬悉。尊词起句得势，劈空而下，前晤容翁，他说"闸生头里来个"，可见同有斯感也。若犹病其突然，移跋冠首即可。弟却另有一想法：序文用至"永怀"止，添"其辞曰"三字，下接本文，则直捷紧凑，仿佛剧曲中之叫板，如尊引《乔醋》中之"顿心惊"即如此。跋文后半可删可存。备见虚怀之美，推许之盛，而弟意殊愧之。若拟保留，稍修改即可，（例如作《勉成此解》）一文两用之，格式亦新颖，未知谓然乎？谬评承许为心知，诚为宠遇，喜悦非泛言能达者。若夫"溢美"，兄意弟所深知，平素不乐虚誉，然亦有宜分析者。清真创调之才美不可及已，若此以外，弟言均为事实，跋文中本另有"岂前修之未密，乃后起之转精"（呈伯翁稿中即有之），稍稍斡旋，忘未写入。弟上学时即喜读清真词，其后多作评论讲解，繁而无当。昨岁有缘，重理故书，颇悔其少作一味推崇之非，且前贤纵好，若继起无述，亦何益之有哉。此所以深感于兄之新篇，不辞僭妄而评之也。至于"古为今用""批判接受"诚有至理，而似犹未落实，弟亦有晚节自效之忱，其奈力短心长，望洋兴叹，斯意亦唯吾兄知之耳。文学所已成立"总支"及各支部，当可进行较速。弟虽云每日上班，有时亦可逃学，不至过劳。春和偕游，再图晤叙。言不尽意，而纸已罄。敬候动定。

弟平顿首　二月廿八日

《俞平伯全集》第八卷
（花山文艺出版社1997年版）

一五（1975年3月28日）

圣兄赐鉴：

　　洛诵长笺，忻同晤对。用成句，其得失确如所云。用典稍别，情形亦相似。二者用之得当，则语简意长弥觉浑厚，骤栝且甚经济。若诗中之杜陵，词中之清真，皆其中之巨擘也，如不能融化，未免有饾饤之病。下同文抄公，更不足言矣。小文从故书中录出，未有副稿，希便中寄还，不忙在一时也。闻次园已返，曾得晤否？来书又详述与佩兄生平之交谊，有弟尚未及知者，为感且怅。思旧情深，可作前词之长笺自注读，以诒来者。弟谨什装藏之。

．．．．．．．．．．．．

弟平顿首　三月廿八日

《俞平伯全集》第八卷

（花山文艺出版社1997年版）

一六（1978年5月9日）

圣兄尊鉴：

手示敬诵。《词释》公开发行似无大碍，尊意甚是。却总觉得其内容外表都非时世装，未免"突出"，而出版方面或正欲其如此，奈何。以注释有必须添改者，进行不能很快，例如李白〔忆秦娥〕之"西风残照，汉家陵阙"，原注"以汉喻唐"亦不甚错，而故汉未央宫至唐贞观时尚在，太宗且为其父置酒则亦有写实成分，非全然虚构也。又读《通鉴》卷二一六记唐府兵制，胡注："人具弓一，矢三十胡禄"，"胡禄"，箭袋，稼轩词中即有之，而今点作"人具弓一，矢三十"，以胡禄连下为"胡禄横刀"！即不知胡禄之义，一兵三十支箭，岂能够用？此尚非知识局限，而是常识问题。现在读古书，标点不能无，犹如拄杖之不能或缺。若用之失当则有蹉跌之虞，亦可惜也。立夏气暖，兄此次巡游视去年稍晚，蜀中物候当近江南梅雨矣。草上，不一。即叩颐安。

弟平顿首　五月九日夕

《俞平伯全集》第八卷

（花山文艺出版社1997年版）

一七（1979年5月16日）

圣陶兄大鉴：

．．．．．．．．．．．．

近有以旧抄宋元人词卅家嘱题者（李一珉君未识面，有人介绍），诗做不出，写了一篇小文，附奉求正。（此集清彭元瑞故物，后归镇海李氏，一九二七在厂肆烧焦重装，后仁和邵伯絅收得加题，近在李一氓处。附题跋中熟人颇多，如郭绍虞、顾起潜等。）又偶想及有个文题，曰《孔丘惜故人，庄子爱其妻》。以出版社又以《词选》校样来缠，大有催租败兴之意，竟不就。匆叩道安。

弟平顿首 五月十六日

李一氓藏知圣道斋烬余词跋语

词曰诗余者，非剩余义，盖扩充之谓也。《文心·诠赋》篇云："六义附庸，蔚成大国"，可借以说词。其于诗也，为新邦而非附庸，尤非六义之附庸。尚不能与之代兴者，时势为之。唯英雄能造时势，今则可矣。一氓先生革命前辈，关心文献，其收藏烬余词集，真可称物得其所，良为胜缘。己未初夏。

因只写两页，限于篇幅，结尾不畅。圣兄哂教。

弟平 附书
《俞平伯全集》第八卷
（花山文艺出版社1997年版）

一八（1979年6月24日）

圣兄赐鉴：

廿日会殊适，不做编委尤惬意，一如兄言。是团结之会前所未有者，而此"学"甚难得成绩，胜利未易言也。吃饭时，我坐在李、蓝之间盖有意安排，亦颇融洽。蓝翎并倩我写字，亦漫诺之。来书并件均敬领，小文荷同意为快，此文于是日赴会前匆写，欠周到，后面加上一句："然于他处（指《词选》）求深过细，或仍不免钻牛角尖，盖著述之难也。"带些自我批评口气，兼遵用来书言，或较妥帖，如何？

用"新途"字颇妙。忌重韵诚然，于短诗尤甚，若文同义异者，即古人亦不避。诗余之"余"，尊解盖是本义，弟释为扩大则是新义，所谓"新"，定名时未必然，而依文学发展之途径看，又何必然之谓也。其"非六义之附庸"，则尽反张惠言（《词选·叙》）之说及清代诸先辈之路线，实属妄论，弟初不敢自信。"此说能成立否？"即抄来书语，祈赐驳正。得无过左乎？一笑。

评清真、梦窗词句是一极好的，也是颇不易答的问题——自不敢说能对策问，姑妄言之。"深至浅薄"诚然也，却有未尽者。清真浑厚，梦窗纤巧，一似玉与水晶，若此抑扬固旧说也。若采弟之近解，则有沿旧创新之别。老实说，梦窗此语毛病极多，而其不避庸俗以至近衰，正是创新之妙处，读之似不甚惬怀，却非常过瘾。亦有同感否？不觉已尽三纸，即叩近安。

弟平拜启 六，廿四
《俞平伯全集》第八卷
（花山文艺出版社1997年版）

一九（1982年8月13日）

圣陶兄尊鉴：

　　…………

张伯驹、黄君坦合编之《清词选》弟得到一本。二君皆词人，而此编亦颇有问题。如不收王静安的《人间词》，以吴梅村之〔贺新郎〕"万事催华发"一首引旧说谓为绝命词，似皆可商，已告之矣。兄如想看，当寄上。但恐不宜以费目力也。又俞振飞之曲谱闻已出版，上有吾兄题字等等，却尚未见。都译为简谱，得之亦不能按节而歌。以上写好，以无甚关系，恐累兄目力未寄。即已写了，弃之亦可惜，姑奉上，备暇时之消遣。

弟平 八月十三日晨六时
《俞平伯全集》第八卷
（花山文艺出版社1997年版）

致陈次园（三通）

一（1974年11月22日）

次园吾兄：

近日趋公较忙，得手书如挹清风，为快。知与圣翁谈词且承下询鄙见，亦论文一乐也。我辈之意关于平仄及四声者当分别言之，词之分四声，因缘律吕，却未必密合于七音，主要还由于吟诵之必然。其一般词牌与五七言诗之谐和相若者，只分平仄而已足，如〔望江南〕〔浣溪沙〕等自来不别四声是也。及慢词兴起，遂多拗句，只分平仄便觉不够，信如来示所云"总难免拗口"。今之吴语上去入三声区分甚明，其"严别上去""重视入声"自有必要。词家先辈若彊村、大鹤诸公之论不可废也。姑以清真词中显著之例明之。〔兰陵王〕结句六仄，其"似梦里，泪暗滴"，言言允惬，锤炼工深，若乱用仄声不拘，即难免拗口矣。其连用数平声者，须分阴阳，理由同上。因以应吟诵之需而溯其来源仍在音律也，且分析三声，昔诗家已然，杜云"晚节渐于诗律细"，玩一"细"字固不止仅分平仄可知，评杜诸家亦已具体言之。人道词中之清真，犹诗中之老杜，亦有见地也。灯前草草，书不尽意，余俟他日面谈不一。即候著祺。

弟平顿首 廿二日夕

《俞平伯全集》第九卷

（花山文艺出版社1997年版）

二（1974年12月30日）

次园吾兄：

廿四晚手书早到，以忙冗羁答为怅。〔兰陵王〕诸家之词恐与清真互有出入，未知然否。"谁识京华倦客"，鄙见仍当为六字句，"识"暗叶否？宜以他作参订之。前读周济《宋四家词选》得校记二条，即奉吟正，并可留存不须还我也。草复，即颂

新年多福

平伯 一九七四年除日

《俞平伯全集》第九卷

（花山文艺出版社1997年版）

三（1975年4月22日）

次园吾兄惠鉴：

大札欣诵，湜华已携拙稿来，殊无足观，猥蒙录存为愧荷。《清真词释》雕虫纤琐，悔其少作，不谓已历卅载。足下重读后发现纰

缪，最盼指正。昨日携斯册来寓商量，信可乐也。草复，颂

文安

平伯启 四月二十二日日

《俞平伯全集》第九卷

（花山文艺出版社1997年版）

【按】陈次园（1917—1990），名中辅，字次园，以字行。江苏昆山人。曾任外文出版局编审，翻译家、诗人和书法家。著有《倾盖集》《朝彻楼诗词稿》《书法艺术》等。

致施蛰存（1982年5月8日）

蛰存兄：

手书及惠赠刊物，次第收到。

大作洛诵欣佩。词之初起，盖未定名。"诗余"之称，良多歧义。诗集之余欤？抑诗体之余？而"余"之一字，复易引起与诗有正闰、高下、雅俗之误会。因之群言淆乱。今得斯篇，引证源流，明辨以析，令人心悦。何不刊诸《词学》？想必改定旧稿，在编辑创刊号之后欤？

兼示以吴君《三家词法》一文，亦甚精细恰当，或与今日风尚有异。若乐笑翁所提周、姜四家，良无闲然，素所服膺也。只梦窗微嫌其晦耳。其佳者自不可及。妄谈如此。

拙作佚词一首，未入集中，今抄奉备览。赐和歌行，内子移录本，以病中腕劣未署名，今补钤小印，复印附上存念。复颂著安。

平伯 五月八日

《俞平伯全集》第九卷

（花山文艺出版社1997年版）

夏承焘

致唐圭璋

圭璋先生：

前旬于《语文教学》去年十二月号中得读大作《论苏轼〔念奴

娇〕词里的"羽扇纶巾"》一文，以《太平御览》所引晋裴秀《语林》及《孟达与诸葛亮书》，断定"羽扇纶巾"是指诸葛亮。此皆近人论此事者未引之佳证，亦可谓即解决此问题之坚证。

弟早年读此词讲此词，从未发生此句指瑜、亮之疑问，以为属瑜、属亮于读此词无大关系。今既选入中学课本，则对中学生必须讲明白。往年有人以此见询，鄙意以为此词上片结句云"一时多少豪杰"，则下片开头应以兼指瑜、亮为是。且小说中诸葛"羽扇纶巾"之形象，可能在宋代已成定型。但仅是依文猜测，苦无确据。读大作征引广博，适合鄙见，甚快心意。

昨日翻检旧作札记，偶得一条，初颇惊喜，以为可为尊说之佐证，旋悟为不可信，兹奉告如下：

张德瀛所著《词徵》谓苏轼《赤壁怀古》"乱石排空，惊涛拍岸"二句实是诸葛武侯《黄陵庙记》中语（此拙作旧札记原文）。此说如可信，则以"羽扇纶巾"属诸葛可多一旁证。然颇疑此文题不类亮作，取严可均《全上古秦汉三国六朝隋文》检之，果有此文在卷五十九页八，文中亦果有此二句，与苏词全同。然全篇辞气，极不类汉人文字。严可均于其后注"案此文疑依托"一语，而未注其出处。以意测之，当采自地志。兹录其开头数行如下：

仆躬耕南阳之亩，遂蒙刘氏顾草庐，势不可却，计善事之。于是情好日密，相拉总师。趋蜀道，履黄牛，因睹江山崔巍巑岏，列作三峰，平治绛水，顺遵其道，非神扶助于禹，人力奚能致此耶。……

其中"势不可却……相拉总师"数语，幼稚鄙拙，读之令人发笑。武侯"名士"，何致有此！且武侯为黄陵庙作碑记，何必引刘备顾草庐之事作开头，揆之情理，亦不可通。回忆早年读俞曲园某一著作（似是《春在堂随笔》），记一书伪托武侯者，开头亦从三顾草庐说起，曲园即据此决其为伪书，正与此文同一笑柄。（伪托李陵《答苏武书》："昔先帝授陵步卒五千，出征绝域，五将失道，陵独遇战。……"一段，亦同此例。）

苏轼此词"灰飞烟灭"句，是偶用《楞严经》成语，此可理解。

若"乱石排空"二句亦用诸葛成语，便不可理解，因苏词不至有此。

此伪作《黄陵庙记》原文，今人不易得见，而张德瀛《词徵》往年曾载于《词学季刊》，或有人翻到，若引此以助证先生"羽扇纶巾"属诸葛之说，则反滋葛藤，淆乱事实。故奉此函，预为廓清，不仅"聊资谈助"而已。

又苏轼在黄州贬所为此词时，年四十有七（元丰五年），词云"多情应笑我，早生华发"，盖美周郎少年立破敌功，自伤老大沦落。或谓此点是此词主要情感，盖咏怀之作，不仅"怀古"而已，若然，则"羽扇纶巾"句指周瑜近是。弟谓不然，案建安十三年（二〇八）赤壁之战，周瑜年二十四，固明见《三国志·吴志》，不知诸葛此时亦才二十八岁（生灵帝光和四年，公元一八一年），盖初出草庐之次年。今定此词兼指瑜、亮二人，实亦符此词主题。今人或以戏台上诸葛挂长须，遂疑亮年倍长于瑜耳，并书此以发一笑。

一九五七年一月四日，承焘启

《词学论札》

（浙江教育出版社、浙江古籍出版社1997年版）

【按】上札原题《关于苏轼〔念奴娇〕词"羽扇纶巾"之疑问——致唐圭璋先生信》，原载《语文教学》1957年2月号，后收入《夏承焘集》第八册《词学论札》。

致龙榆生（二通）

一

榆兄如晤：

顷以旬余日力，选了南宋词，写目奉上。各词家专集外，惟参《绝妙好词》《宋词三百首》、凤林书院《草堂诗余》《全宋词》及兄选《唐宋名家词选》，共得二百四十余首。似太多，请兄删汰。其名作未录入者，幸兄代为增入。（此点更重要，宁可伤滥，不可有遗。）唐五代北宋词选目写成，请早示我，以便着手工作。商务本《唐五代宋词选》拜登，谢谢！《导言》一篇甚好，但再深入一层作政治经济之分析，即可移冠新编矣。

承示选词标准，甚是。思想性、艺术性之分析，自当仅就若干有代表为之，不必首首皆然。弟曩讲宋词，于北宋注意封建文士思想与市民思想之争持推衍（苏、柳二家代表此二种思想外，欧之《琴趣外编》极可注意），于南宋则重视民族矛盾，尊意以为然否？

又注释详略，须以大学初级生及中学生程度为准，尤须释全首作意及某些句意（如"山深闻鹧鸪"等），初读词者每于此不了了也。

南宋词所选原文，弟已倩人钞成，俟弟作笺释后呈教。北宋五代词容检油印本（百首左右）寄上，或可作剪贴之用（需要否请示及）。项任心叔君过谈，谓书名《唐宋词选》，须注意系统性：每阶段有其特殊风格，后阶段如何继承、如何发展。此等代表作不当遗，其后阶段摹仿前阶段作品无发展者、必不及前者，可不必选云云。奉告兄作参考。

大杰先生已有信来，亦及文学史事，顷已有函复之。匆匆，顺承著安。

弟承焘

《新宋学》第五辑

（复旦大学出版社2016年版）

二

榆兄如晤：

旬来忙于期终总结，至今未毕。邮局汇款今日方取到，兹汇奉百万元。新文艺出版社合同请兄签名盖章后连收据即寄去。试作辛词注释两首奉上，请多多指正掷还。讲义已检得一份，明日奉上。专此，敬承著安。

弟承焘上 七月十日

《破阵子》（为陈同甫赋壮词以寄）

先注解？或先释全词大意？孰妥？

陈同甫：名亮，浙江永康人，有《龙川文集》。自负其文"推倒一世之豪杰，拓开万古之心胸"。平日议论抵抗侵略，主张恢复中原，是稼轩的好友和同宪。

中国古典词学
新辑词学珍稀文献丛刊

麾下炙："麾"音〔ㄏㄨㄟ〕，是旌旗，"麾下"犹言"部下"。"炙"音〔ㄓ〕，烤肉。这句说军中会宴，"八百里"极言连营之远。

五十弦："弦"指筝琵之类，苏轼诗："紫衫玉带两部全，琵琶一抹四十弦。""五十""四十"都是极言其多，当是好几部乐器的合奏。

的卢：顽劣矫健的马！

霹雳：弓弦声。《南史·曹景宗传》："昔在乡里，骑快马如龙，拓弓弦作霹雳声，箭如饿鸱叫。"

"醉里""梦回"两句，一看一听，写军中夜晚和早晨的生活情景。"八百里"三句写军中宴会奏乐的雄豪的场面。下片首二句写投入战斗，次二句写希望，末句写失望。这首词依谱式应在"沙场秋点兵"句分片，依文义则"可怜白发生"之前九句为一段，末句五字另为一段。前九句写雄心，写希望，夸大地写他自己过去轰轰烈烈的生活，末句则写现在失意的情况。末尾一句，完全否定了前面的九句。把前九句写得酣恣淋漓，正为加重结尾失望之情。稼轩作小令，也能豪放奇变，在宋词里是少见的。由于他的思想情感，真实如此，壮心幽愤喷吐而出，便打破了词的旧格式。

《水龙吟》（登建康赏心亭）

这是稼轩三十岁左右官建康时之作，写他自己忧国忧民的心事。稼轩词集里〔念奴娇〕一词，题目是"登建康赏心亭呈史留守致道"。据《宋史》本传，稼轩乾道四年至六年通判建康府，可证这首《水龙吟》词是这两三年间作。稼轩二十三岁（高宗绍兴三十年）自山东举义归南宋，次年（孝宗隆兴元年）南宋张浚大举伐金，大败于符离。稼轩那时任江阴签判。不曾参与这回战役。后两年（乾道元年）二十六岁，进《美芹十论》，论恢复大计，"以讲和方定，议不行"（《宋史》本传语）。再后三四年，作这首词，算是归南来后的第六七年。陆游诗："诸君尚守和戎策，志士虚捐少壮年。"与稼轩这词感慨相同。

上片大段是写景语，由远景到近景，由无情到有情。"落日"比喻南宋的国势，"断鸿"比喻他自己的飘零身世。"看吴钩"自伤壮志，"拍栏杆"（唱歌）自遣豪情。结尾以"无人会，登临意"引起下片。

下段九句分四层，伸说上结的"登临意"。首二层反诘："我岂是效思乡的张翰，我岂是图个人温饱的许汜？"这两层是宾。"可惜流年"三句是正意，是主：我所忧惧的只是国势飘摇，流光不反，辜负我平生的长图大念而已。结句叹无知己，仿佛有《离骚》求女之意。又，英雄之泪当洒之沙场，今乃揾以翠袖，这是现实矛盾的苦闷而不是"醇酒妇人"颓丧的情感。"红巾翠袖"，映带上文的"玉簪螺髻"。

建康：现在的南京。

楚天：古时的楚国，拥有现在湘鄂、江浙之地，在这里作为"南方"的代称。

目：看。

玉簪螺髻：比喻山的形态。螺髻是用罗帛装成的高髻，《东坡乐府》有调名《皂罗特髻》。

吴钩：刀名。吴王阖闾既成莫邪之剑，复命国人作金钩，见《吴越春秋》。

看了：任铭善先生说："是尽情地看的意思。尽情看吴钩，表示雄心壮志。'看了'对下文'拍遍'，'了'字是副词，非语助词。"

鲈鱼、季鹰：晋朝张翰字季鹰，在京城洛阳作官。秋风起，想到他江南家乡的莼羹鲈鱼脍，便弃官而归。

尽："尽教"的省文，犹言"任令怎样"。

求田问舍：《三国志》：许汜见陈登，陈登自己上大床睡觉，叫汜卧下床。后来许汜把这事告诉刘备，刘备对他说："你这人求田问舍，语言无味。你若来看我，我要自己卧在百尺楼上，叫你卧在地上。陈登对你还算是客气的呢！"刘郎，指刘备。

树犹如此：晋朝桓温见旧种的柳树都已经十抱来大，叹息说："木犹如此，人何以堪！"

《新宋学》第五辑

（复旦大学出版社2016年版）

【按】以上两札录自《忍寒庐友朋书札夏承焘先生论词书札两通》。1954年6月，刘大杰请夏承焘、龙榆生二人合作编选《唐宋词选》，上二札均为编选此词选而作。

黄君坦

黄君坦（1901—1986），字孝平，号叔明。福建闽侯（今属福州）人。精诗词，参加过秹园、蛰园、瓶花簃诗社、词社等活动。曾与张伯驹共选《清词选》，著有《清词纪事词》《词林纪事补》《校勘绝妙好词笺》等。

致龙榆生（二通）
一（一九五五年）

榆生吾兄左右：

久未承教，又半年矣。比维兴居曼悦，遥祝遥祝。近日有无著作，闻出版社亦时有书籍借重纂辑。书丛埋首，藉以自娱，亦颐光养性之善计也。昨接家兄书来，闻刘翰怡先生仍居沪上，旧宅已迁移。兄时与往还，回忆况蕙风《词人考略》一书，系代嘉业堂所编者。嗣后家兄携至岛上，继续编纂。七七事变将起，恐燹火波及，曾将原稿寄回翰怡先生保藏。不知此稿仍否存在，有佚散否？弟两岁以来为人作嫁，整理词集，搜集材料，迄无善本。若《词人考略》一稿尚存，弟甚愿为之补苴完成。得有机会，介绍出版社出版，较他书有兴趣多矣。兄便中晤翰怡先生时，乞与一谈。倘得行世，足以增辉嘉业丛刊，想亦翰怡先生所心慰也。遐厂《清词钞》业与此间古籍刊行社订约，明年即可出版。首创此议，兄与有力。迟至十余年，幸免劫灰，公诸同好，庶几不废负编辑之劳耳。并告专上，敬颂撰祺。

弟黄君坦顿　十一、廿

《近代词人手札墨迹》

（台湾"中央研究院"中国文哲研究所2005年编印）

二 （一九六一年）

榇生吾兄左右：

奉手教，敬审兴居多吉，良慰所怀。……承询伯驹近况，头巾仍未卸却，终日为哺啜而劳，酒楼饼肆，朝夕营营，亦聊以忘忧耳。此君才华有余，修养不足，其于词曲颇有妙解，然使之潜研深究，渠亦不耐，以贵介公子而兼江湖名士，颇慕渌水亭雅，与语金风亭长也。渠亦恒钦慕台端，甚美《词学季刊》之赡博，如欲与之问难切磋，可作函致之。弟不时晤及，可代转达也。吴则虞兄频频晤谈，填词天分极高，清新缜密，较丛碧为胜。不谓古调销沉之际，有此新兴俊逸之才，可佩可美！……耑上，复颂著安。

弟君坦顿首

腊八前一日

《近代词人手札墨迹》

（台湾"中央研究院"中国文哲研究所2005年编印）

【按】 上二札录自《忍寒庐劫后所存词人书札》（下），龙榆生旧藏，张寿平辑释，见台湾"中央研究院"中国文哲研究所编印《近代词人手札墨迹》中册。

王仲闻

王仲闻（1901—1969），名高明，字仲闻，笔名王学初、王幼安。浙江海宁（今属嘉兴）人，王国维次子。新中国成立后曾供职于北京地安门邮局，后任中华书局临时编辑。精熟唐宋文献，长于词学，与唐圭璋合作增订《全宋词》。著有《李清照集校注》、《唐五代词新编》（佚）、《南唐二主词校订》、《读词识小》（佚）等。

致唐圭璋

圭璋先生：

《全宋词》所据善本词籍，拟全部详细复核，尽量保证文字不误，兹将所引善本列表，请注明原在何处，现在何处，以便设法。

其现在南京图书馆者，请就近复校一过，并将应行改正之处示知，以便在稿内改正。

其不在南京者，请说明原在何处所见，现在何处。其踪迹不明者，亦请提供线索，以便设法追寻下落。其实未见过，只见于他书所引者，亦请注明其来源。

明刻本《风雅遗音》，景宋钞本《姚舍人文集》现在南京，已另请复校。又陆敕先、毛斧季校《宋六十名家词》，先生所见郦衡叔藏过录本已无可踪迹，好在原校本在北京图书馆，可由此间复核。《全宋》稿内秦观词部分系用叶遐庵影印两种宋本，但其中抄补之叶很多。抄补之叶，前先生来示中亦称为宋本（例如〔迎春乐〕词"香香"作"花香"，先生云"宋本如此"），未知曾据何本校过，是否毛斧季、黄子鸿校本（此本三卷均以宋本校过），请便中一并示及。

《全宋词》稿内已引，而表内漏列之善本，并请添入为荷。

此致

敬礼

王仲闻撰、唐圭璋批注《全宋词审稿笔记》附录

（中华书局2009年版）

致中华书局文学组

文学组：

前日依照电话来局并照你们提出的办法，将经办东西交代。觉得当时手续过于简单。如"文化大革命"运动结束后，万一其中有一种仍可考虑出版，则新接手之人不明经过，工作不免要麻烦一些。我想将各种稿件情况说明一下，请不要嫌我啰嗦：

…………

（五）《唐五代词》：原来在编引用书目，没有完成。目录也没有确定。内容取舍，我想从严，把一些伪作以及后人依托之神仙词，或虽是词而不能算作文学作品者，一律不收。今年学习紧张，没有能够提出来在组内讨论。原稿还需要加工（主要是复核作品之出

处，原稿有错误），最好以《唐音统签》参考，出自《全唐诗》者可以改为《唐音统签》。原来我私人编了一张《唐五代词人年表》，记得放在稿内供词人小传参考（生年、卒年、登第年大都可凭此表，不必另行搜罗），前日没有见到。我手边并没有。小传还没有全部注明来源。

我还有一些自己的废稿，一部分是《兵要望江南》里的词，没有抄过。因为想整个不收。现在也寄给你们。如其没有什么用处，将来退还我好了。

　　致

敬礼

王仲闻　66.9.25

王仲闻撰、唐圭璋批注《全宋词审稿笔记》附录

（中华书局2009年版）

【按】此札录自徐俊《王仲闻———一位不应被忘却的学者》一文。

唐圭璋

致龙榆生（二通）

一（一九六一年年九月一日）

榆生兄：

　　读六月十八日午后手示，知脱产学习，身体转佳，至为欣慰。……《全宋词》弟亦无力整理，去年交与北京中华书局修订，编辑部托王仲闻整理，费尽他九牛二虎之力。彻底修订，修改小传（本来只是沿袭朱、厉之书），增补遗词，删去错误，校对原书，重排目次，改分卷数，在在需时。现闻已大致就绪，不过出书恐又在明年矣。沈培老的《菌阁琐谈》，《词话丛编》中所收错字很多，不知何处有本校对。如兄记得，望赐示告知。《全宋词》与《词话丛编》，前皆由北京中华书局来人通过学校整理，学校虽派助手协助，但进程仍是很慢，弟亦无精力积极为之。弟未教课已两年，学校希望做点科学研究，但似此病体

又不易有多少成绩。瞿禅闻去上海，亦久未通信矣。此颂大安。

弟圭璋顿首

九月一日

《近代词人手札墨迹》

（台湾"中央研究院"中国文哲研究所2005年编印）

二（一九六四年四月二十五日）

榆生兄：

奉读三月十九日晨手示，倏已经月。……瞿禅、中敏俱很少通讯，前年他们都来过南京，瞿禅我见过，身体精神很好。中敏来时，弟正在汤山休养，未见，闻精神也很健旺，他们的学术工作迈进无已，至为钦羡。自顾蹉跎日久，谅不能做若何深入研究了。《全宋词》由北京中华请王仲闻订补，他所费的劳动至巨，闻今年可以出书，其中改订词人生卒及事迹，不沿朱、历以及张宗橚等人旧说，用力最勤，用处较大。魏注《断肠集》，其中竟有两百多首宋人断句，皆非僻书，可见宋词散佚之多。新出《大典》中每有宋人不经见之词，为昔日万里所未见者。可以设想，如果《大典》续有发现，将仍会有遗佚出现。《知不足斋丛书》本《范石湖词》后附有一词，谓辑自《图书集成》，但《彊村丛书》即未收，亦不知古老何所见而不收。尝阅李调元《雨村词话》，其中有李之仪姑溪佚词，他本亦无，不知何据。《花草粹编》中尚有叶石林词为今本《石林词》（包括毛本及叶廷绾、叶德辉各刊本）所无，亦不知何本，或竟为他人之作亦未可知。昔杨铁夫亦云，清初尚有梦窗佚词，今亦无从踪迹。小石先生并无哲嗣陈君在南大任教，不知步曾先生如何传闻之误。崔庆芗先生常于途中相晤，盖学校宿舍，住处极近，朝夕即会碰头。学校古典课程，一时嫌多，一时嫌少，改来改去，举棋不定，我们也随之浮沉。致敬礼。

弟圭璋上

四月廿五日

《近代词人手札墨迹》

（台湾"中央研究院"中国文哲研究所2005年编印）

【按】 此札录自《忍寒庐劫后所存词人书札》（下），龙榆生旧藏，张寿平辑释，见台湾"中央研究院"中国文哲研究所编印《近代词人手札墨迹》中册。

致宛敏灏（五通）

一

书城兄：

弟病不能兴，等于废人。研究生无人讲词，拟请兄来讲一下，即就兄对研究生所讲的，来我系复讲一次，亦省另起炉灶，如何？如蒙惠允，当再由我系公函敦聘。时间、题目一概不拘，都随兄定。瞿禅未通函，但他的诗、词及论词绝句都能看到，不日《月轮楼说词》也要印出。大概他不回杭大，就在北京定居了。闻身体精神尚好，曾遨游承德、洛阳、桂林，想见意气甚豪。闻文学研究所聘为顾问，不知有何具体工作。弟辑《全金元词》，孤陋寡闻，所辑缺略定多，姑出版再说，不日想可出来，已经三校，共两册，今年可出。金词幸有《中州乐府》，此外主要搜辑《道藏》中七真道士词，实际以词传道，完全非词之本色，辑以供研究。当年朱彝尊《词综》见过，他是不要的。他连魏了翁都不要，其它传道之词更屏弃了。

邓编《稼轩》，夏编《白石》，大致完备。故弟激望兄速速完成《于湖》。

……近日秋凉，想已返校，能否赐示，惠允为六位研究生帮助弟讲一番，给他们一些知识，无任感荷。兄身体想好，望为国珍重，为四化贡献力量。弟不能有为，尚望兄大有为。匆此，敬上并祝佳乐。

弟圭璋上

九月九日

《纪念唐圭璋先生诞辰一百二十周年词学国际学术研讨会论文集》

（2021年）

【按】 此札作于1979年。

中国古典词学
新辑词学珍稀文献丛刊

二

书城兄：

……夏老处我也未通信，他送我的书都是托人带来，文学研究所胡念贻同志，□他编《大百科全书》，我曾有信托胡转去，告诉他合肥事及兄住处，请赠大著，可能夏老忘记了。既然购得那也很好。他的地址我也不知。听说他住的是他爱人无闻家中，楼上屋很小，研究所拟为他迁屋，亦不知迁成否。好在他诗、词、论著、年谱，都已问世，扬休国际，亦一乐也。

施蛰存先生心雄志壮，久拟谋复季刊，我实以身体不好，无能为力，我极力请他以夏老为主最好，我如有途径当奉告介绍。前刊多夏老年谱，兄之《张孝祥年谱新稿》，务望给之，以赠光彩。我系曹济平同志也写了一篇《张元干及其词》给之。二张可谓辛之前驱人物，影响不小。近见《李清照集校注》，材料甚详备，惜其多引明人，未免有泥沙俱下之感，谓清照远在柳、周之上，又似有入主出奴之见。近见《南开学报》一二期，文字过长，论梦窗，我不理解这种现代观，现代人论前人总是现代观，还是别的什么现代观？且实际分析不过《禹庙》与〔八声甘州〕，后期只是空论贾似道与吴潜关系。前周后吴，自有渊源，现代帽子、外国帽子，大可不必戴在梦窗头上。叶先生女同志，大概从台湾到加拿大教书。去年来南大讲，看书多，书也很熟，听说在南大讲三小时，无讲稿，听者动容，自然可佩，后闻去南开、北大讲曹操、陶诗、杜诗、义山诗、宋词、清照、梦窗，后又往西南、西北，归国（编注：指回加拿大）。在南师来见过一面，略谈一二时，她已在《大公报》卅周年纪念会上写过王碧山长文。我有这本书还未看，故她提到，我还不知。近有函寄《迦陵论词集》，不知国外或台湾印过否？听说她进过辅仁，赵万里教过她，具体情况我也不详。有诗词寄来，看来少时很苦，如此专攻诗词，今日女界也是难能可贵的。因此，我想到，胡云翼的《宋词选》固然看不到梦窗胜处，但叶君论梦窗词，何不多举一些例子启发启发。就拿〔祝英台近〕来说吧，"自怜两鬓清霜，一年寒食，又身在云山深处""有情花影阑干，莺声门径，解留我、霎时凝仁"，这种深厚宛转处，情韵兼胜，何减周、秦。她之所谓现代观，或者与我辈守旧传统不同耶？兄究竟比我强多了，还望多做识途老将。听说夏老说话往往重复，可见记忆力也差了。我不能单独行路，不能多看、多用脑、多说话，力不从心。甚望兄多注意千金之躯。二晏也有人论，小晏精力尤胜，宋人小令以小晏为极则，恐不为过分。柯山序有"清壮顿挫"语，但有作"精壮顿挫"，不知是否版本问题。鄙意"精"比"清"胜，苦无左证，尚望兄教！此祝近安。

弟圭璋上
四月十四日

中敏精神甚好，可是问题搞得太泛，难以收拾。本说五月回扬州师院，恐要推迟了。巴黎开国际敦煌学会，有"中华民国"饶宗颐、潘重规参加，真令人啼笑皆非。

《纪念唐圭璋先生诞辰一百二十周年词学国际学术研讨会论文集》
（2021年）

【按】此札作于1980年。"《南开学报》一二期"，指《南开学报》1980年第一期和第二期刊载叶嘉莹先生《拆碎七宝楼台——谈梦窗词的现代观》。

三

书城兄：

……施蛰存先生以出版社无着，恐要到明年才能实现复刊计划。《全宋词》收于湖词，但未用有宫调本校，以至于湖词缺少宫调。记得当年夏敬观著《词调溯源》也未及于湖词的宫调，那时双照楼已印出，不知夏老何以视而不见？

于湖兴酣着笔，颇以向往东坡为领帅，自在稼轩之前，颇盼为完成《于湖词编年笺校》而尽快进行。

任中敏于五月廿八日过宁回扬师，以路上劳顿，身体不好，弟亦未能谋面，可能带了北京敦煌资料回扬整理。四月日本波多野过此，晤谈甚快，他们条件太好，印刷精美，他寄来分类《宋词评释》，考证颇详。去年去北京、昆明、成都，今年过沪、杭、宁，对我国内研究语言文学很熟习，也很热忱，供给我们数据，中青学者

中国古典词学
新辑词学珍稀文献丛刊

正应乘年富力强之时，急起直追，不然就落后于外人。

匆上，并颂近安。

弟圭璋

六·一

《纪念唐圭璋先生诞辰一百二十周年词学国际学术研讨会论文集》

（2021年）

【按】此札作于1980年。

四

书城兄：

…………

钱仲联《后村词笺注》已由上海古籍出版社出版，非熟于史部、集部无能为力。虽后村词在稼轩词之后，并不太高，但有典必注出，亦于学者大为有益。偶阅〔贺新郎〕一首，"向车中，闭置如新妇"，胡适《词选》及胡云翼《宋词选》俱未能注出，钱注引《梁书》注，诚欲快心浮白。吾兄心沉于湖词已久，其词飘飘有凌云之气，苏后辛前要人，诚不可不亟为问世，以益读者。弟屡以为请，时光如水，弟可不能，尚盼能者如兄为四化献智献力。《全宋词》遗落于湖词宫调，未能以两宋本校刊，是一憾事。夏敬观《词调溯源》不会不见到于湖词宫调，不知何以未采及。时地人想已理清，用典似不如辛、刘之多；如果以复印加注，似亦不太难，兄何不急图之？究竟兄较为年轻，注意保养，防病于未然，尚可多做贡献。万里已过世，夏老今已思乱无序，中敏本来很好，最近回到扬州，闻病尚未复原，弟亦未敢干扰。敦煌治者人少，向达、王重民均去世，亦欲他带研究生搞一搞这方面东西，巴黎开敦煌学会，只有欧、美、日本、台湾、香港学者参加……可为浩叹。匆谢，并颂撰安。

弟圭璋上

十月廿九日

《纪念唐圭璋先生诞辰一百二十周年词学国际学术研讨会论文集》

（2021年）

【按】此札作于1980年。

五

顷阅 1983 年第二期《复旦学报》，其中有白石卒年考一文，颇有新见。瞿禅谓白石约卒于嘉定十四年，年六十七，卒于西湖。复旦文谓卒于嘉定二年，比瞿禅说早十二年，言之似亦有理。谓白石诗词无嘉定后事，《吴履斋诗余别集》有〔暗香〕……复旦文谓吴潜与姜夔交游，纯属子虚乌有，此序是吴潜编造的谎言，弟颇疑吴履斋何为要造此谎言呢？复旦文又以为吴潜自己的词作不高，他图藉白石的声名来提高自己的词誉。弟以为吴氏弟兄都能作词，且地位很高，吴梦窗词序称"奉陪"履斋，履斋何致于要藉白石以造谎言呢？记得兄写《安徽词人小传》时曾提过吴潜，对履斋此序可有高见？是否是造谎言，是否是履斋记忆有误？白石卒年究在何年？不知兄曾考过否？瞿禅曾考白石非石帚，白石与梦窗时代不相及。白石时代既与梦窗不相及，则与履斋时代不相及自属事实。索居无力，不能阅书，聊抒所疑请教。

《纪念唐圭璋先生诞辰一百二十周年词学国际学术研讨会论文集》
（2021年）

【按】此札作于1984年。以上五札均录自胡传志《新见唐圭璋与宛敏灏往来书札十三通考释》。《复旦学报》"白石卒年考一文"指陈尚君《姜夔卒年考》。

致葛渭君（九通）
一（一九八一年八月十五日）

渭君同志：

    …………

夏敬观是映庵，我见过。他的笔迹我也有过。如果《彊村丛书》是他原批，不是过录，那也可贵。老辈中他逝世最晚，不知此书为何买数百元之巨，这情况请您告我，是否因为夏批之故。

扬州木板尚在，也要数百元。这里只有卖给外国人。国内以前不过廿元，是书不知为何散失，公家图书馆为何未收。如果是夏老原书，您藏之也很好。不敢违劳存问，是否您挂号寄第一册，我看一看，我再谈谈我的意见。

您们平湖作诗的近人很多。已故陆维钊、胡宛春都是平湖人。上海师大徐生越（震堮）也是平湖。他们的词都作得很好。我们都是吴梅先生门人。匆颂，近安。

唐圭璋复 八月十五日

《词学》第四十六辑

（华东师范大学出版社2021年版）

二（一九八一年十月十八日）

渭君同志：

收到《彊村丛书》一册。经我细阅，原书的确是夏敬观（号映庵）的。不过辗转过程尚不清楚。

①封面字不是夏敬观写的。不知是何人写的？

②新线装订，不知何时重装。

③内中除夏老眉批外，有两处汪东眉批。可见此本汪东看过。

④龙沐勋《唐宋名家词选》引夏批不实，存割裂处。看来夏书先是龙沐勋阅过，借阅时间当在抗战前，不会在汪伪时。

汪东何时何处借得，则不得而知。可能夏死后，从别人看到此书。如果是向夏老借阅的书，他不会加眉批的。汪死后是否又被卖出，此中曲折就不得而知了。您从何处购得，而且购价如此之昂，令人吃惊。在老成凋谢之后，保存此书，自尔可贵。不知存批的共有几册？是否将有批的挂号寄我一阅？若不能寄，可否将批抄寄我亦可。因为我有《彊村丛书》，您将批寄我，我过录一下亦可启发我，使我得到益处。汪批夏老断句有误。确是不错。寄我一册，我录后即挂号寄还。此书有两印章，不知何人？但决非夏老印章。当系得夏老此书者之印章。匆此，即颂近安。

唐圭璋 十八日

《词学》第四十六辑

（华东师范大学出版社2021年版）

三（一九八一年十二月二十三日）

渭君同志：

我三次写信给上海吕贞白先生，征求他发表夏批的意见。他都无回信。可见他以为独得之秘不欲示人。我也不拟再与他信，致讨没趣。好在书为您所藏，也不必说明来由。

您问起我的《词话丛编》，现交与中华书局印。标点、校对，很费事。书局初步校完。今年先发排一部分，不知明年能出书否？估计尚无把握。原书六十种，后增二十五种。夏映庵《忍古楼词话》，我已增入。若果《映庵词论》（即夏批见于《彊村丛书》者）能补入，亦大佳事。不知您可同意钞赐？我不提吕贞白一字，只在总目上注一句"葛渭君藏本"，不知以为如何？校记我全不要，只要评语。题跋也不要。我本等吕先生有回信现复您，可是他一直无复。只好不征求他的意见，复您几句。匆此，即询近安。

唐圭璋奉书 十一月二三日
《词学》第四十六辑
（华东师范大学出版社2021年版）

四（一九八二年三月二十五日）

渭君同志：

…………

一般词选从朱彝尊《词综》开始都选到金元为止，不选明清人词。明清人自制，不足为法。词以唐宋为主，金元为辅。明清不合规格。晚清词学丛书也一概不收明词。《花草粹编》是明人陈耀文编的，他也不收明词。

《词学季刊》香港有影印本，上海不知能影印否？北京开了一周古籍整理会，规模很大。可惜我不能应邀前往。匆此，即颂近安。

唐圭璋拜 三月廿五日
《词学》第四十六辑
（华东师范大学出版社2021年版）

五（一九八二年十月十五日）

渭君同志：

…………

您做的两件事，我告诉您一些情况，供参考。

①汇辑零星宋人词话。以前汪伪时期，龙榆生办过《同声》杂志，其中收过夏敬观汇辑的宋人词话。现在台湾也把它影印出来了。张宗橚《词林纪事》收过唐宋金元词话，不过名曰"词林纪事"，实际事多，词话并不多。我的《词话丛编》是整部的，零碎的我都不收。最近（可能阴历年底）我的旧稿《宋词纪事》要出书，主要是以宋证宋，不用明清人资料。明清人记宋人事最不可靠。因为明清人往往是第二手、第三手资料。明清人词评假托的多，其价值不高。不知有多少《草堂诗余》商人牟利，假托名人、巧立名目，语多庸陋。陈眉公、汤显祖、杨升庵都未必是他们的评语。

②淮海词。龙榆生有过《苏门四学士词》，其中淮海词也有各种附录。我知道过去也有人注过印过，以前北京有王运辉注过，现在也有人作为科研工作。

有人问过我"合数松儿"，我亦不知出处。我不能出门，不能阅书，不能多用脑，形同废人。你们精力充沛，可以多阅书，找出实证，尤在逢源，自有创获，自能成材。我无研究，亦不能有发言权，多可帮助。匆复，近好。

唐圭璋　十月十五日

《词学》第四十六辑

（华东师范大学出版社2021年版）

六（一九八三年九月十七日）

渭君同志：

…………

文研所拟继近三百年名家之词，入选当代词。当代作此日少，如我一辈所作大都幼稚，远非前辈可比。即如夏敬观虽过世很晚，但也只能作为晚清词人了。至于王、郑、朱、况等人也不能作为近代了。此事要与全清词负责划分。

郭则沄《清词玉屑》我看过，但未收入《词话丛编》。三十八元太贵。有看就在图书馆看看，不必收购了。匆复，即颂近好。

唐圭璋拜　九月十七日

《词学》第四十六辑

（华东师范大学出版社2021年版）

七 （一九八四年五月三日）

渭君同志：

来函敬悉。

旧本《词苑英华》如不印出，恐购不到。这里可在图书馆中查阅。赵、吴旧钞不知为何缺失，好在《全金元词》我已收过，不要就算了。不过夏承焘为此辑写过一序，不知此序有无，我许也没有了。

近日有人以为秦少游〔千秋岁〕是在衡阳作的，而不是在秦瀛所记在处州作的。但我已无力阅书，无法考证了。"合数松儿"，至今已找得什么玩艺。至少在他以前社会已有这样的社会风气。可能唐人已有。但找不出证据，也就不能乱说了。……匆复，即问近好。

圭璋拜　五月三日

《词学》第四十六辑

（华东师范大学出版社2021年版）

八 （一九八七年四月二十八日）

渭君同志：

四月廿日大札敬悉。谢谢黄先生对《全宋词简编》勘误。我查《全宋词》无一有误，《简编》未经认真校对，以致有误。

《全宋词》中东坡词部分系据中华影印元祐本，四印斋臆改，面目全非。惟刘过《龙洲词》中〔六州歌头〕一首，多一"郁"字（……郁绸缪），不知何据，请示。

厉鹗又《绝妙好词笺》，《阳春白雪》也应该笺。

匆此，复谢。并颂安好及夫人康复。

圭璋拜 一九八七年四月十八日

《词学》第四十六辑

（华东师范大学出版社2021年版）

九（一九八七年九月二十八日）

渭君同志：

体弱未复，望谅。

兹寄《全宋词简编》，请指正。

《阳春白雪》笺注好多人在作，多作多得可也。淮海也还可作。问题在于质量。

上海古籍根据龙榆生错编了淮海二十六首，以讹传讹，不看赵万里的书，以致如此。

匆复，并问近好。

唐圭璋拜 九月廿八日

《词学》第四十六辑

（华东师范大学出版社2021年版）

【按】以上均录自袁晓聪辑录《唐圭璋致葛渭君信札三十二通》。葛渭君（1937—2018），浙江平湖（今属嘉兴）人。整理编纂有《词话丛编补编》《阳春白雪》等。

致秦惠民（六通）

一

《宋金元词》皆抗战前旧稿，错误遗漏甚多，自知阅书少，根底薄，不足入知者之目，但聊供参考而已，《选编》（秦按：上海古籍出版社约先生编《全宋词选编》）无时动手，虽催也无法。《宋词纪事》寄回，已提意见嘱修改，今无法想，搁着再说。《词话丛编》只校来两本，数月杳无消息，我亦无心去问。

北京已有重印本《全宋词》，南京尚未见。

……校词之事，赵万里《校辑宋金元词》七十三卷，王仲闻《南唐二主词校订》甚谨严，可以为校冯词取法。冯（延巳）、李

（煜）实不相同，冯犹"花间"，李则白描清高，开宋词先声。（1981年6月12日）

《文学遗产》

2006年第3期

二

词源于隋，尚指民间，炀帝过早，《纪辽东》龙沐勋主张，仍从龙说，我以为仍是古体诗。今日争鸣可以各抒己见，我也不能说了算。

孙人和，号蜀丞，盐城人，从前在北师大教词，有校本《花外集》（《全宋词》用之），1950年在苏州同学习政治院，后回北京，论辈数比我大，教过隋树森，我看过他教课讲义，是专究词学的。《阳春集校证》，我未见过，当有可凭。

冯词色彩浓，还受温的影响，后主则一空依傍。……（1981年9月24日）

《文学遗产》

2006年第3期

三

以前詹安泰也不同意任老（任中敏）《纪辽东》之说，我想最早提出还是龙沐勋在《词学季刊》上提出的，任老不过同意他的说法。吴讷时间早，虽然几经传抄（秦按：指天津人民图书馆所藏吴讷辑《百家词》钞本），原本还是吴讷的辑本，天津是天一阁原本，天一阁原本也未必是吴讷原本。北图钞自天津（秦按：指北京图书馆所藏梁启超钞本《百家词》），闻北大也有钞本，不知钞自北图，还是钞自天津。隋树森是孙人和的学生，不知他可知道孙人和的校本（秦按：指孙人和《阳春集校证》），我当函问他。孙字蜀臣，做过暨大文学院长，解放后他在苏州学习，我也在苏州学习，晤谈过，但不久即照顾他回北京去了。扬师（秦按：指扬州师范学院）领导孙达伍，听说他们是一家。以前天津师院高熙曾是他女婿，我和他通过信，可惜他已逝世，无从问讯了。

赵辑宁想在吴讷后，可知赵也是从吴讷钞本校的（秦按：指赵辑宁校本《阳春集》)。

我看过《中国藏书家考略》。赵既是藏书家,当有记载。还有《藏书纪事诗》,不知有否赵的经历。……赵辑宁校书还不止一两种哩!得晓可查乾隆以来藏书记,如黄丕烈、顾千里以及"南瞿北杨"等定可获得更多知识。(1981年10月6日)

《文学遗产》

2006年第3期

四

人有刚柔,文有刚柔,先天后天无法强求。东坡固豪固大,然亦不能抹杀他人。连得意门生秦学士也无法纳入轨范,何况他人。明清人话最好不用沈谦。……宋人评及李易安总不免主观片面,不能一分为二。过诋《花间》我不赞成。《诗经》不是淫奔吗?"子尾"不是一派言情吗?杜牧之不是扬州浪子,与柳永有何分别?李白吴姬压酒,山谷堕地狱,稼轩不是妻妾满堂、红巾翠袖吗?东坡韵事也很多,白石、梦窗、清真,谁不与恋人有关,何独责《花间》?(1982年8月13日)

《文学遗产》

2006年第3期

五

最近黄冈地区宣传部送我两袋东坡论文稿,并要为东坡纪念馆题词,我写了一首〔如梦令〕,寄你先阅,如有意见望提出修改,然后我再写好寄与宣传部。……坡公才大如海,无从下笔,我也无精力构思作长调,只能于无眠之夜,写小阕以奉。近日我习惯写〔如梦令〕,便于应酬,省市刊物我都写〔如梦令〕,聊以歌颂四化。

如梦令

伫立层楼凝望,依旧千堆雪浪。永忆老仙翁,杰作无人嗣响。横放,横放,付与铜琶高唱。

构思过程：

因为我未到过黄州，这次会议（秦按：指1982年秋在黄州召开的苏轼学术研讨会）我又未参加，所以不能即景赋词，只能想象为之。先想做"凭槛临风怅望"，"凭槛"用"历历数西州更点"语，"临风"用"随风直到夜郎西"语，"怅望"因为我未去。

第二句原作"天外千堆雪浪"。"千堆雪"，东坡原句，"天外"也出于我未去。

第三句"老仙翁"，是东坡称欧阳修"十年不见老仙翁"，我以之称东坡。

第四句"杰作无人嗣响"，"杰作"我原作"千载"，但应保留"千堆雪"故改。

第五句第六叠句"横放"，是宋人贺东坡语，我觉比豪放有据而横空盘硬语，"横"字有力。

第七句"付与铜琶高唱"，这是俞文豹《吹剑录》的话，但也只说"铁板"，平仄都不合。这里我请你帮我推敲的："凝望"也是凝神遥望，与"怅望"同，依旧出于想象，"江山犹是昔人非"意。我觉得"天外千堆"都可，但为了保留它因而把原来"千载无人嗣响"改为"杰作无人嗣响"。"杰作"我觉得不好，想改为"高咏"，但"高咏"又与末句"高唱"的"高"字重复，如何妥帖有力，你帮我决定一下！

我以为"凭槛临风""千载无人嗣响""高唱"好，但避免字句重复，总改不好，我想听听你的意见。……（1982年12月4日）

《文学遗产》
2006年第3期

六

他（秦按：指周紫芝）崇拜小晏，不知他与小晏能接上头。小晏比东坡小十五岁，长于周邦彦、贺方回，可能卒于政和，离大晟不久，可见也是北宋末期人物。陈匪石《宋词举》，江苏人民已出书，陈氏以小晏为最后小令一大家，可谓有识。《宋词三百首》也举他（秦按：指周紫芝）的词，我常忘不了他的词"如今风雨西楼夜，不听清歌也泪垂"（〔鹧鸪天〕）；"明朝便做莫思量，如何过得今宵去"（〔踏莎行〕），多么沉痛，多么深刻，多么明白，不用典，不用词藻，直抒胸臆，神似小晏，可贵之至。（1984年5月26日）

《文学遗产》

2006年第3期

【按】以上书札录自秦惠民、施议对辑《唐圭璋论词书札》。秦惠民（1934—　），湖北浠水（今属黄冈）人。曾任华中理工大学教授。著有《历代小令选》《阳春集校笺》《中国古代诗体通论》等。

致施议对（五通）

一

解放后，可以说，基本上我未作词。偶有，只为应酬书报，也未留稿，故无以奉呈。《南云小稿》即往时是抗战期（间）所作，大抵国破家亡，哀伤居多。当代自有贤达，旧稿勿收也可。

附呈近作三首，望考虑，不用也可。现在各省市多搞近人词选，不是重复吗？恐要先出为快。

承赐《文学研究动态》（1983年第7期），谢谢。

叶恭绰曾辑《广箧中词》收近人词较多，不知您见过否？作为断限，不知是否以五四以来为准，然前辈卒于五四时尚多。如以为今人则较少，观夏敬观《忍古楼词话》所收大抵近人为多。作为选本，一人几首即可，不必过多（《近三百年名家词选》，每人也不过选几首）。

夏瞿老不知近日身体如何？并念。选本最好请夏老过目。我则衰老不能出门、写文矣。

最近上海古籍出版社出版了《胡小石文录》，后面附有胡先生词，如胡先生这一辈词人还不少。如邵次公、乔大壮、陈匪石、向仲坚、陈彦通、吴瞿安、黄季刚、汪旭初、王伯沆、叶恭绰。小他（们）一辈，在近三百年名家之后，也还有不少。台湾、港、澳，我不知道，恐还有不少词学老辈作词的。您收的体例情况不知如何？

若从五四数起，抗战以前作的人也不少。我看瞿秋白作为文人，词作的也不错。汪伪时期也有人作词，如龙榆生、赵尊岳、钱仲联他们也作词，是否今天都不排除了。不过年轻人有好多作得不好，也要从严吧。（1983年8月22日）

《文学遗产》

2006年第3期

二

前函觅赵尊岳词，特寄上《珍重阁》，想已收到。叶恭绰先生曾编过《广箧中词》，近人尚不少，想您已看到。敝意如我一辈之词少选为宜，即如我的，其实一二首即可，聊备一格可也，不能与前辈比。

晚清庚子以来，朱、况、王、郑、文五大家可算第一辈，吴瞿安、邵次公、乔大壮、汪旭初、陈匪石、向仲坚、孙浚源可算第二辈，龙、夏、仲联、季思和我可算第三辈，吴调公、霍松林则是后起之秀了。我的意见人数可多，首数宜少，《广箧中词》可以为例。

拙、重、大是主要倾向，《风》《骚》以来无不如此。这笔不等于抹杀一切日常见闻、清新俊逸的作品。杜甫有"数行秦树直，万点蜀山尖"，多么深刻、形象、重大；但"细雨鱼儿出，微风燕子斜"，又何等轻灵细致。颜鲁公书力透纸背就是拙、重、大，出于至诚不假雕饰就是拙、重、大。因此，真挚就是拙，笔力千钧就是重，气象开阔就是大。"为君憔悴尽，百花时""不如从嫁与，作鸳鸯""除却天边月，没人知""觉来知是梦，不胜悲"，都是真情郁勃，都是拙重大。

听说夏老身体好，很为高兴，可是我却寸步难行了。（1983年9月23日）

《文学遗产》

2006年第3期

三

收到您2月23日函并大作《建国以来词学研究述评》，至为欣感。

....

今日见报，民族音乐家杨荫浏先生过世，无任悼念。彼精研各种民族音乐，今日亦翩凤矣。

鄙意豪放、婉约是事实，一刀切成两派，我每不同意。"归时休放烛花红，待踏马蹄得夜月。"谭复堂评云"豪宕"，这也不能谓为豪放派；龙川、龙洲、后村、辰翁、文山，皆时世使然并非辛派；白石"但暗忆江南江北"（《酒边词》分《江南》《江北》），梦窗"后不如今今非昔"皆必有所指，必非无的放矢。"靖康耻，犹未雪"，直到宋亡仍是未雪，并非时间隔久，人已淡忘的。（1984年3月10日）

《文学遗产》
2006年第3期

四

承赐大著两篇，供我学习，欣感无似。

后记拟带一笔，只增附骥光宠，何为不允。旧著还是40年代产物，略述浅见，以后也懒得修改。今日春城无处不飞花，我也好多刊物看不到，真成孤陋寡闻知识分子，惟望余暇赐教，惮广闻见。《复旦学报》曾有姜夔卒年问题论文，谓吴潜欲借白石抬高自己，吴潜似不至于如此。现在词人生卒，好多都成问题。至于词篇真伪，好多人还是不辨，可为浩叹。（1984年10月10日）

《文学遗产》
2006年第3期

五

远辱惠顾，易胜感激。由于虚弱，未能及时阴命书签，至为惭歉。

今得锡九函告，即勉题奉寄。莲芬先生所作，甚觉"挥洒自如，功力狠深"。词中"相映红"，"红"韵借叶，是否挪移，不必用借韵，还盼裁酌。"文章千古事，得失寸心知"，鄙意何能改动，记得张炎与《蕙风词话》都有改之又改的说法，亦即精益求精之意，唐人每有"吟安一个字，捻断数茎须"之诗，正励我辈创作宜力求有一唱三叹之韵致。李白诗、东坡词一片神行，又难以寻章摘句来衡量，自知此乃保守、落后、一孔之见，聊以供参考而已。匆此，寄上挂号原件，乞恕稽复之愆。（1986年4月1日）

《文学遗产》

2006年第3期

【按】以上书札录自秦惠民、施议对辑《唐圭璋论词书札》。

致许总（三通）

一

……实际，我作词很少，不过一百首，大概分为三期：1.抗战前长调依四声；2.抗战期间小令；3.解放后多未存稿。前年《大公报·艺林》发表我抗战期间小令《南云小稿》，您看可不可以写一篇评《南云小稿》？《南云小稿》不过三十三首，最早发表在《雍园词钞》内。内容大体抒写破国（南京将沦陷）、亡家、悼亡、怀乡、怀人之哀。我是随军校入蜀，教中国历史课，一路与学生同住、同食、同做、同学，住过庐山、德安、南昌、武昌，入川住过铜梁、新都、成都（40年转重庆中央大学任教）。自宁至成都西征这一段沿途所见所闻所感，无非悲愤交集。杜甫《北征》有"山果多琐细，或红如丹砂，或黑如点漆"景色，我在西征途中，也见过庐山秀峰寺云海，听过庐山白鹿洞溪声，日夜潺潺不断，入川住过新都桂湖，尽览杨升庵遗迹，到重庆后住过白沙黑石山，住过北碚公园，正是"人间别久不成悲"，但又无时无地不怀念白发慈亲和无母孤儿。宋赵崇璠有《白云小稿》，我因乱离中怀念南京，故这一段题作《南云小稿》。白居易诗，试图老妪都解，我作的也只是老妪都解的白话词；杨万里讲性灵，袁子才也讲性灵，我也想直写性灵。读书少，不会用典；功力薄，不会用华丽辞藻。即景抒情，一直用的赋体白描，不尚比兴。（1984年9月20日）

《词学的辉煌——文学文献学家唐圭璋》

（南京大学出版社2001年版）

中国古典词学
新辑词学珍稀文献丛刊

二

辱荷评《词释》，增光无限，惟觉浅薄，有负盛意耳。词作通俗，可谓白话词，实不足与前贤相比，由于我身世凄凉——少无父母，中年丧偶，晚年丧女——所写每聊记梦痕而已。今略述经历，以供参考。（1984年12月2日）

《词学的辉煌——文学文献学家唐圭璋》

（南京大学出版社2001年版）

三

研究杜诗，大有可为，千家注杜，今日更可写赏析文章。一般称"诗圣"，梁启超称"情圣"。李白无法学，杜甫有法学。我在东南大学时，听过李审言、王伯沆、胡小石三家讲杜，各不相同，可见刚柔兼备，上祖风骚，中采齐梁，下启词曲，都不能一刀切。"读书破万卷，下笔如有神"，正是夫子自道。"香雾云鬟湿，清辉玉臂寒""银烛秋光冷画屏，轻罗小扇扑流萤""宝帘闲挂小银钩"——这不是侧艳小慧，而是真景真情，而是爱情。况蕙风云"真字是词骨"，第一要重，第二要拙，第三要大。词不是轻、小、狭、艳，您以为如何？我坚决反对韵文翻译，韵味全失，不独无益，而且有害，既诬前贤，又误后学。（1989年4月24日）

《词学的辉煌——文学文献学家唐圭璋》

（南京大学出版社2001年版）

【按】上三札录自许总《唐圭璋先生给我的22封来信》一文。许总（1954—　），江苏南京人。著有《唐诗史》《宋诗史》等。

缪　钺

致刘永济（二通）

一

弘度吾兄先生史席：

奉到惠赐大作〔沁园春〕一首，骕栝《招魂》，浑融自然，足见老手斫轮之妙，拜读甚佩。弟近数年中，作诗甚少，去年春间，游杜工部草堂，偶成一律，又曾为友人周君题翔凤砚一绝，并写奉郢正。近作论杜牧文抽印本，寄千帆先生处，转呈吾兄，亦乞严加纠弹，以便改进。肃覆，敬颂吟祉。

弟缪钺敬白　一九五七年元旦

《冰茧庵论学书札》

（商务印书馆2014年版）

二

弘度长兄道席：

赐寄大著《宋代歌舞剧曲录要》及新词两阕，均收到，谢谢。大著搜采详博，考释精细，拜读甚佩。〔定风波〕〔卜算子〕两词，皆以新事物写入旧格律中，雄浑苍劲。此间校中庆祝十月革命四十周年时，弟亦勉成〔水调歌头〕一首，录博一粲。旧作《魏收年谱》，近修改写定，刊载于《川大学报》中，另封寄上抽印本一册，敬乞教正。肃覆，敬颂著祉。

弟缪钺谨上（一九五七年）十一月十九日

《冰茧庵论学书札》

（商务印书馆2014年版）

致夏承焘（二通）

一

瞿禅先生史席：

惠函及赐寄大著《瞿髯词》均已收到，谢谢。

尊词奇情壮采，风格道上，才华功力两造其极。解放后诸作，推陈出新，境界益进，而平生志节怀抱亦寓于其中，又非徒文采之美而已。反复吟诵，使人神旺。当珍藏箧中，时时欣赏。

…………

专此奉覆，即颂著祉。

弟缪钺启（一九七七年）三月廿七日

《冰茧庵论学书札》

（商务印书馆2014年版）

二

瞿禅先生史席：

惠赐大作词集，能兼古人数家之长，陶冶熔铸，自创风格，运用旧词体写新事物、新情思，境宇恢宏，而仍保存词体固有之特美，遵守精严之韵律，三复拜读，甚佩，甚佩。近日报刊所载诸词，除极少数较佳者外，多是信笔直书，无所谓格律、意境、韵味，殊可叹息。读先生之作，真如于众籁吹万中而聆钧天广乐之音矣。近日校中放假，略可小休，偶作七古一首，附函呈正。专此，敬颂著祉。

缪钺拜上（一九八一年）七月廿七日

《冰茧庵论学书札》

（商务印书馆2014年版）

致杨联陞、缪鉁书

一

莲生弟、七妹如晤：

…………

我近来对于常州派词论家提出的"用无厚入有间"一语论词艺，颇有触悟。董晋卿与周济都提到此语，董氏无有阐释，周氏《宋四家词选目录序论》中略有阐述，谭献亦提到过。我想，借用庄子庖丁解牛"以无厚入有间"一语论词艺，大概是指的词人创作时，透过复杂错综的情势，婉转曲折，以表达其幽微的寄托之思，如庖丁解牛那样。如姜白石之〔暗香〕〔疏影〕，庶几近之。清末蒋敦复其在《芬陀利室词话》中又提出"以有厚入无间"之说，与董、周之说相反。我仔细研寻，蒋氏之说是故弄玄虚，并无意义也。

此颂俪祉。

兄钺拜上（1987年）12月2日

《冰茧庵论学书札》

（商务印书馆2014年版）

【按】杨联陞（1914—1990），字莲生，原籍浙江绍兴，生于河北保定。

生前任教于哈佛大学历史系。著有《晋书食货志译注》《中国货币与信贷简史》《中国制度史研究》等。缪鉁，字宛君，杨联陞夫人，缪钺之妹。

致叶嘉莹（三通）

一

嘉莹吾弟：

…………

我近来考虑一个问题。清人论词，有借用《庄子·养生主》篇"以无厚入有间"之语以论词艺者，但都是略点一下，未曾详说。据蒋敦复《芬陀利室词话》，汤雨生曾说，董晋卿曾用"以无厚入有间"论词，而蒋与汤论词时，又提出"以有厚入无间"之说，与董说不同。汤雨生谓董说指出南宋金元人妙处，而蒋说指出唐五代北宋人不传之秘。蒋氏在另一则中又提出他所谓"以有厚入无间"之说，认为，南宋词人中，只有辛、吴等少数几家能臻此境。（具见《芬陀利室词话》，在《历代词话》中，请你查看一下。）谭献《词辨》亦有"以无厚入有间"之语评周清真〔浪淘沙慢〕（晓阴重）词。

诸家之说都未曾详细阐发，使人迷闷。但是我想他们是有心得的，可惜未尽说出。用"以无厚入有间"论词，颇有哲理意味。（本来老庄哲理中多与美学理论相通者。）我想探索一下。请你暇时考虑，研治此问题如何深入。

…………

此颂教祉。

钺拜上（1987年）8月30日
《冰茧庵论学书札》
（商务印书馆2014年版）

二

嘉莹弟：

…………

清人论词，时有模糊影响之谈，诚如来函所论。"以无厚入有间"之说，周济用之，据汤雨生所谈，董晋卿亦用之。周、董二人交谊密切，可能同有此意见，你的《论词丛稿》中阐述已明。蒋氏"有厚入无间"之说，亦可能是故作惊人之论。

…………

此颂著祉。

钱拜上（1987年）10月4日

《冰茧庵论学书札》

（商务印书馆2014年版）

三

嘉莹弟：

…………

我正想写一篇论词中浑厚之境的文章。所谓"浑厚"，就是浑融自然，而回味醇厚。譬如吃水果，我认为，荔枝之味是浑厚的，置于口中，不必用力咀嚼而自然融化，甘芳四溢，立即感觉，吃过之后，仍然余甘满口。梨之味是爽脆的，苹果之味是松绵的，但均不够"浑厚"。浑厚应是词中最高境界，无论是豪放或婉约、清空或丽密、小令或慢词，都以能达到浑厚者为最高境。仁兴之作、神来之笔，大多是浑厚的，如苏的〔水调歌头〕（明月几时有），但是思索安排之作有时亦可进入浑厚之境，如周清真〔满庭芳〕（风老莺雏）。白描者可以浑厚，多用典故者有时亦可以进入浑厚之境，如辛稼轩〔贺新郎〕（绿树鸠），但是其〔永遇乐〕（千古江山）一词，用事多，有用力的斧凿痕，不够浑融。王沂孙的词，如〔天香〕（孤峤蟠烟）等，虽然思笔双绝，但读起来吃力，不够浑厚，如〔摸鱼儿〕（洗芳林夜来风雨）、〔摸鱼儿〕（玉帘寒）下片"江湖兴、昨夜西风又起……余恨渺烟水"，〔长亭怨〕（泛孤艇）下片"水远，怎知流水外，却是乱山尤远。……犹识西园凄惋"。都是能达到浑成之境，让人百读不厌者。我有一种感觉，凡是浑厚之作，吸引力强，很容易背过，以后也经常记得住。以上略抒所想，此中问题尚多，希望你给我启发。拉杂书此，究不如面晤之能详尽畅谈也。

此颂教祉。

钱拜上（1988年）4月10日

《冰茧庵论学书札》

（商务印书馆2014年版）

【按】叶嘉莹（1924—　），号迦陵。生于北京，毕业于辅仁大学国文系，受教于顾随。曾任教于台湾大学、哈佛大学、密歇根大学、加拿大不列颠哥伦比亚大学等，加拿大皇家学会院士。晚年归国，任教于南开大学，担任南开大学中华古典文化研究所所长、中央文史研究馆馆员等。主要著作有《迦陵论诗丛稿》《迦陵论词丛稿》《王国维及其文学批评》《灵溪词说》《唐宋词名家论稿》《唐宋词十七讲》等数十种。

致钱鸿瑛（八通）

一

鸿瑛同志：

奉到一月廿九日手书，读后甚为感动。你对于古典诗词有真知灼见，不惑于流俗，确是难能可贵的。

词这种文学体裁，有其特质与特美。前人论词，谓“词之为体，要眇宜修”（王静安语），词最适宜于“道贤人君子幽约怨悱不能自言之情，低徊要眇，以喻其致”（张惠言语），词的境界是“天光云影，摇荡绿波，抚玩无斁，追寻已远”（周济语），均是极精粹之言。懂得这些，才能理解、欣赏词。但是词的特长也同时蕴含着它的局限性。它篇幅短，韵律严，有些东西难以容纳，亦即所谓“词能言诗之所不能言，而不能尽言诗之所能言”也。

来函所谓，近代论词者往往与词相隔甚远，确是切中时弊。我想，可能是由近三十年来，在极左思潮影响下，论古代词作时，设下许多框框。譬如重思想内容（要反映现实，直接关系国计民生）而忽视艺术风格；重豪放而轻婉约；重情调高昂而轻低沉等等。这样一来，唐、五代、两宋以至清代，在词作中许多绚烂多彩的名篇佳什，均受到冷遇甚至贬责，而被称颂者只有苏、辛。实际上，对于苏、辛词的论述也往往是肤浅的、片面的，鲜能理解苏、辛词的精髓。（周济、刘熙载、夏敬观论苏、辛词甚有见地。）在此种风气之下，即对于词有相当高深的造诣者亦难以畅所欲言，且不免偶作趋时之论，稍差一点的更不必说了。近数年中，风气有所好转，论词者可以独抒己见，不受旧框框的拘束，出现了不少佳作。

文学作品应反映社会现实是对的，但是所谓"反映社会现实"，并不能机械地理解为要直接写国计民生。一个文学作家生活在现实社会之中，他有所观察与感受，他的抒怀言志、写景赏物之作，都也可以隐微曲折地反映社会现实，并不一定都是明显地陈述民生疾苦，弹劾时政腐败。屈原的作品，不但是《离骚》以美人香草之辞抒发政治上的感愤，即便是祭神的《九歌》的灵思遐想、幽韵凄馨，也同样可以从中嗅出楚国当时的时代气息。我常认为，诗词等文学作品之所以可贵，即在其作者有高怀卓识，观察细微，感受敏锐，而又能出以高妙之艺术，造成幽美之意象，对读者有感发兴起之作用。否则，如果是大言、假话、粗疏浅薄，虽然句句说到国计民生，也是无有价值的。

解放以前，我在各大学教书，都是在中文系，授中国文学史、诗选、词选、杜诗、六朝文等课，解放后三十年，则任历史系课程，因为我治学向来主张文史结合的。（中华书局出版的《文史知识》八二年九期中有拙撰《治学琐言》一文，请参看。）我虽在历史系任教，但仍然给研究生、本科生等讲授古典诗词，亦偶写研治古典文学的专著与文章。

最近，我与友人加拿大不列颠哥伦比亚大学叶嘉莹教授学术合作，共撰《灵谿词说》一书。（叶教授精研古典诗词，能融会中西，创发新义，其专著已出版者五种，其中《迦陵论词丛稿》一九八〇年上海古籍出版社印行，想你已见到。）书的内容是纵论唐宋至清历代词人，述其流变，评其得失；书的体例是，每树一义，先以七言绝句撮述要旨，作为提纲，然后附以较详细之说明，希望能略具论词绝句、词话、词史诸种体例而融汇为一。在作法上，是两人分别撰写，时常交换意见，待全稿成后，再进行排比、修订，成为专著。我与叶先生写成的一部分，已在八二年川大学报中刊登了三期，八三年学报中当能陆续刊载。兹将八二年四期川大学报另封寄上一册，其中有拙稿《灵溪词说》，请指正。其余两期，不知编辑部尚有存本否？等我去问一下。

蒙你喜读拙著《诗词散论》，兹题款寄一册，请存为纪念。[你所提到的《论词》一文，英国汉学家闵福德（J.minford）曾译成英文，发表于香港中文大学出版的《译丛》（一九八〇）中。]

我久患目疾，视力很差，拉杂写此，以酬盛意。专此，即颂著祉。

缪钺拜上
《词学》第三十九辑
（华东师范大学出版社2018年版）

二

鸿瑛同志：

来函收悉。

叶先生来蓉已匝月，她写了《词说》（论南唐中主李璟词），约九千字，将在川大学报第三期中刊出。学报第二期已出版，其中我所撰《词说》，兹寄奉一册，请惠正。

你问我对清真词的意见。我认为，清真善写人情物态，富艳精工，但乏高远之意境。此覆，即颂撰安。

缪钺启
七月四日
《词学》第三十九辑
（华东师范大学出版社2018年版）

三

鸿瑛同志：

来函奉悉。校注词集是一项颇费时间精力的工作。"校"还简单，尤其是流传版本不多的书。至于"注"，则很费事，尤其是你将校注的《惜香乐府》，无有凭藉，一切都须从头做起。不过既然承诺，亦难以辞却，只好长时间积累。

你准备撰写《清真词研究》，你对于诗词欣赏，具有灵思锐感，我想你是可以胜任愉快的。周清真在宋词发展上有承先启后之功，他与苏东坡都是对南宋词很有影响的作家，不过所影响者不同。论清真词不可以过多地强调他与当时新旧党争的关系，如许君那样，那就走入歧途了。（如〔瑞龙吟〕，本是怀旧的情词，而许君也用新旧党争的观点去解释。）

…………

此颂著祉。

缪钺启

二月廿二日

《词学》第三十九辑

（华东师范大学出版社2018年版）

四

鸿瑛吾弟：

…………

近作〔鹊踏枝〕词一首，附上。此词有感时之意，用笔亦有沉郁顿挫之致。鸿瑛以为如何？

学术著作，出版较迟，这是近日普遍情况，不必介意。巴蜀书社拟印之"中国古典文学赏析丛书"，今只印出一册《柳永词赏析集》，其余尚无消息。

天气转暖，你是怕热的，希望注意珍摄。此颂撰祺。

缪钺启

四月十九日

鹊踏枝

一九八八年春　春分已过，春寒尤厉。

谁识兰成心独苦。哀罢江南，又复哀枯树。花信几番方细数。

浓阴莫碍春来路。 天下澄清空自许。不读《离骚》,且上高楼去。依约黛痕相媚妩。西山近日无风雨。

鸿瑛吾弟清览 钺寄

《词学》第三十九辑

（华东师范大学出版社2018年版）

五

鸿瑛吾弟:

来函奉悉。

梦窗词"愁草瘗花铭"句。我认为,"瘗"仍应作埋葬解,"瘗花"即是葬花;"草"字作动词用,即是起草、撰写。这样解释,文义较顺。

…………

缪钺启

二月二十八日

《词学》第三十九辑

（华东师范大学出版社2018年版）

【按】以上四札录自耿志《缪钺致钱鸿瑛论词书札二十二通考释》。

六

鸿瑛同志:

六月二十日来函及新作"秦观〔踏莎行〕辨析"文稿,均已奉悉。

你以为,秦词中的"桃源",并非政治上之"桃源",而是爱情上的"桃源",就此立论,别具慧解,证明此词是"爱情离别之词"。按秦词中言爱情者甚多,涉及政治者较少,（只有〔千秋岁〕一词明显与政治有关）所以你的看法也能言之成理。不过,秦观贬黜郴州,是政治上的重大挫折,他不能无动于中,因此,向往陶渊明所记"桃源"以求避世,也是他当时可能发生的感想。古人作词,本来是四照玲珑,你在文稿的结尾处补出这点意见,还是必要的（可以再多说几句）。原稿附还。

…………

缪钺启

6月25日

《新宋学》第七辑

（复旦大学出版社2019年版）

七

鸿瑛吾弟：

……在《周》著出版后，望你继续写《秦》著。少游词作清澄无滓，前人认为最能得"词心"者。还有，少游是"苏门四学士"之一，深受东坡知赏，但是他作词独不步东坡后尘，仍承《花间》、南唐遗韵而又有所创新，这是可贵的。东坡虽有开拓词境之功，然亦不免流弊（元遗山即指出）。近人惑于胡寅之论，（吴世昌先生认为胡寅之论是"胡说"）对坡词不能正确理解，妄以"豪放"推之。《文学遗产》今年第3期载吴世昌先生《罗音室词札》，其中论东坡、清真，甚有见地。我近来重读《周》著，更感到其中推勘深细之处。你如写出《秦》著，一定更精彩。我还可以给你写一篇序。

近作词二首、诗一首，另纸录奉。我近来所作令词，在淮海、小山幽婉馨逸之基础上，更转入清真浑涵沉挚之境。鸿瑛以为何如？

天气渐凉，诸希眠食珍摄。此颂秋安。

缪钺启

10月14日

浣溪沙

一载凄凄梦似疑，梦回霜露尚沾衣。朝霞难散雨霏（微）。　　语念前情莺有恨，云迷凤约燕归迟。海天凝望立多时。

虞美人　庚午中秋

嫦娥曾悔偷灵药，碧海恩波隔。如今仙药已无灵，试问东皇何计惜娉婷。　　琼楼玉宇高难住，空诵东坡句。阶前伫待月华开，却怕轻云薄雾逐人来。

《新宋学》第七辑

（复旦大学出版社2019年版）

八

鸿瑛吾弟：

2月8日来函收悉。你的《秦》著定稿后，将在上海付印，很方便。你的《周》著、《秦》著等相继出版，可使世人深知你在词学上的才情学识，而清真、少游地下有知，亦将许你为后世扬子云。同时，也不负我当年卞和抱璞之苦心也。

来函询及温词"小山重叠金明灭"句"小山"一辞应作何解。释"小山"为"眉"，是错误的。因为画眉一向用黛，从来无有用金的。如果用金黄重叠画眉，岂不象个妖怪？另外，还有的解释为"山枕"，或解释为"插梳"，都不对。正确的解释应是"山屏"。指屏风折叠成山形"ⅧⅧ"这个山屏不是放在大厅中的大屏风，而是在床头的（床头有个板子高起来，现的床还有此式的，英文说board）。温庭筠另一首词"无言匀睡脸，枕上屏山掩"，即是指床头的屏山。

《新宋学》第七辑

（复旦大学出版社2019年版）

【按】以上三札录自《缪钺致钱鸿瑛论词书札四通》。钱鸿瑛（1930—　），浙江宁波人。曾任教于上海外国语学院，又任上海社科院文学研究所研究员。著有《周邦彦研究》《词的艺术世界》《梦窗词研究》等。

致陈邦炎

邦炎先生史席：

顷奉8月25日手书及惠寄大作《癸亥删存稿》《从时与地看草窗词》《关于词的素质、风貌、容量的思考》等，拜领感谢。

……尊著《思考》一文，所阐论者，确是词学上一个大问题，值得深入讨论。我反复阅读，甚佩其中之崇论闳议，但亦有个别问题尚可商榷者。略陈鄙见如下：

一、尊文谓前人所说词的婉媚要眇之特质，仅适用于晚唐五代词，其后词之演变，即大大超出了这个界限。这话是有见地的，也是符合事实的。不过，如果不仅看表面，而从更深一层观察，则可感觉到，即便是南宋的爱国壮词，在慷慨激昂中仍隐含婉媚要眇之美，而不同于同类的诗作，兹举壮词泰斗辛稼轩词为例。辛词〔摸鱼儿〕（更能消）词，发抒其忧时、抗金、怀才不遇之感，可谓豪荡激昂，但吟讽之余，仍会感觉到其中所隐含的要眇宜修之韵味，与陆放翁发抒壮怀之诗作，如《夜登千峰榭》《书愤》等，其质素、容貌究竟不同。即以苏东坡而论，苏词是被称为能"一洗绮罗香泽之态"者，但是经后世名家评定，苏词佳处仍然是"清丽舒徐"（张炎语）、"韶秀"（周济语）、"春花散空，不着迹象"（夏敬观语）等等，也就是仍能保持词之特质者。至于苏词中之过于散文化者，如〔沁园春〕："当时共客长安。似二陆初来俱少年。有笔头千字，胸中万卷，致君尧舜，此事何难。用舍由时，行藏在我，袖手何妨闲处看。身长健，但优游卒岁，且斗尊前。"虽一向推尊苏、辛之元遗山，且认为此词"其鄙俚浅近，叫呼衒鬻，殆市驵之雄，醉饱而后发之，虽鲁直家婢仆且羞道，而谓东坡作者，误矣。"（《东坡乐府集选引》）可见词体虽不断变化，而其特质还是要保持在一定限度之内的。李易安作《词论》，提出词"别是一家"之说，殆亦有见于此。至于两宋词风貌质素之繁变，非婉媚要眇所能概括，这也是应当考虑的。我以前曾提出"深美闳约"四字概括词之特质，似较为妥当。

二、尊文谓词之容量广阔，并不亚于诗，因此不同意王静安"诗之境阔"之说。按，尊文曾谓："不同的容体各有其适于容受之物。"这话是对的。因此，词体所适于容受之物较诗为少，这也是事实。在诗中，如杜甫之"三吏""三别"，白居易之《秦中吟》《新乐府》，又如杜甫之《赴奉先咏怀》《北征》，韩愈之《南山》，白居易之《长恨歌》《琵琶行》等等，其内容绝非词体所能容纳，这是显而易见的。即以同一兼长诗词之作者而论，其词之内涵也往往较诗为少。如宋代之苏东坡、黄山谷、陆放翁，以至于清代之王渔洋、朱竹垞、龚定庵等，莫不如是。苏东坡是运用词体表达情思能力最强的人。刘熙载曾说，苏词"无意不可入，无事不可言"。其实不然。试取苏诗与苏词比较观之，其诗之内涵较词更为广阔。即以我自己的创作经验而论，有不少情思，可以用诗写，而难以用词写，但是如发抒所谓"幽约怨悱不能自言之情"，则词又较诗为适宜也。

尊文论词，注重通变，这确是通识之论。正因为词体随时演变更新，它才能有较强之生命力。昔年与叶嘉莹教授论词，共认为，一千年来，词凡四变：一、柳耆卿（创慢词铺叙之体，拓大容量）；二、苏东坡（诗化，提高境界）；三、周清真（辞赋化，浑厚精工）；四、王静安。王氏以西方哲理、美学融入词中，开前人未有之境，可惜他后来治学方向转移，故未能多致力于词的创作。五四以来的新诗作者，也想借鉴西方诗歌之意境、格律，别启新途，可是因脱离传统，故所作远未成熟。

以上所陈读尊著后之零碎感想，谅多不当之处，请先生进而教之。……

专此奉覆，即颂著祉。

缪钺拜上（1990年）9月14日

《冰茧庵论学书札》

（商务印书馆2014年版）

【按】陈邦炎（1920—2016），字蕴之，浙江杭州人。曾任上海古籍出版社编辑室主任。著有《清词名家论集》（与叶嘉莹合撰）、《临浦楼论诗词存稿》、《说词百篇》等。

致施议对（四通）

一

议对同志：

奉到五月十一日手书及大作〔金缕曲〕词，拜读甚慰。

来函说，希望我在"小传"中再补充治词师承关系、词学观点、治词门径、经历等。兹遵嘱重写"小传"一篇，补入词学师承、论词大旨及填词门径诸项,附函寄上(前寄"小传"作废)。

大作〔金缕曲〕词,疏快宕折,甚有情致,惟其中个别字句,似尚可斟酌。"不了晴丝柳飘带"句,依词律,五六两字应作平仄(亦偶有平平者,不过第五字总应是平声),似可改为"飘柳带",即叶律矣。"烟雨画船应依旧"句,"依"字当作仄声,可改为"似"。"便几度月宫折桂"句,"月"字应作平声,可改作"蟾"。"华苑晓来闻莺语"句,"闻莺语"三字似可改为"莺乱语",似较浑融,不提"闻"字而闻之意自在其中矣。管窥之见,未必有当,尚乞卓裁。

叶嘉莹教授今夏回祖国后,先应复旦大学之聘,作短期讲学,然后来蓉。待到蓉后,当转达尊意。

专此奉覆,即颂撰祺。

缪钺 拜上

(一九八三年)五月廿九日

文稿收到后,请示覆为荷。

缪钺小传(修订版)

缪钺字彦威,江苏溧阳县人。生于清光绪三十年甲辰(公元一九〇四年)。曾在北京大学肄业,后因父殁辍学,一直从事教育与科研工作。解放前,曾任河南大学、浙江大学、华西大学诸校中文系教授,四川大学历史系教授。解放后,一九五二年院系调整,任四川大学历史系教授至今。

主要专著已刊行者,有《元遗山年谱汇纂》《诗词散论》《读史存稿》中之二十五篇外,尚有若干篇,已选录二十七篇(皆是论述中国古代史与古典诗词者),编为《冰茧庵丛稿》,交付上海古籍出版社刊印。生平所作诗词,录存《冰茧庵诗词稿》三册,藏置箧中。

生平学词,深得诸师友之助,而张孟劬先生(尔田)之教益尤为深切。孟劬先生研精群经、诸子、史学、佛典,辨章学术,考镜源流,著述宏富,士林推重;对于词之评赏与创作,亦均有精诣,著《遁庵乐府》二卷。先生对余,无论面试或通信,均诲谕殷勤,启迪深邃，使余铭感不忘。而读王静安先生《人间词话》，惊喜其识解新颖创辟，突破前人，因悟取西方哲学、美学观点以评论词作，将更可借他山之助以开拓眼界，扩新领域，此亦余所窃愿从事者焉。

凡是一种文学艺术，皆有其产生之特殊条件，从而形成此种文学艺术之特质，而其长短得失亦寓于其中。今词之特质果何在乎？王静安先生谓："词之为体，要眇宜修，能言诗之所不能言，而不能尽言诗之所能言；诗之境阔，词之言长。"（《人间词话》）斯言得之。词兴于中晚唐而滋衍于五代，当时词人，于歌筵酒席之间，按拍填词，娱宾遣兴，寄怀写物，取资目前。因当时唱词者多是少年歌女，故词中亦多写男女间之幽怨闲情，其风格则是婉约馨逸，有一种女性美，亦即王静安所谓"要眇宜修"者也。《花间》作者，多属此类。南唐冯延巳、李后主之作，扩大堂庑，提高意境。两宋以还，名家辈出，在内涵与风格两方面皆有新发展，苏东坡、辛稼轩贡献尤大。此时之词，可以咏史，可以吊古，可以镕铸群言，可以独抒伟抱，可以发扬抗敌爱国之壮怀，可以描述农村人民之生活，风格亦变为豪放激壮，不复囿于《花间》之藩篱矣。虽然，在内涵与作法上，词仍有不同于诗之处。词是长短句，其曲调之低昂，节拍之缓急，足以尽唱叹之致，又因篇幅之局限，要求言简意丰，浑融酝藉，故词体最适合于"道贤人君子幽约怨悱不能自言之情，低徊要眇，以喻其致"。（张惠言《词选序》）而可以造成"天光云影，摇荡绿波，抚玩无斁，追寻已远"（周济语，见《介存斋论词杂著》）之境界，此诗体所不能及者。但在内涵方面仍不免有其局限。因作词须按调填写，严守韵律，故虽自苏、辛扩大词体内涵，树立楷模，但仍有不能容纳者。譬如杜甫之"三吏""三别"，白居易之《秦中吟》《新乐府》诸诗，陈述民生疾苦、弹劾时政腐败之内容，即难以用词体表达；又如杜甫《八哀》诗、白居易《长恨歌》《琵琶行》等之长篇叙事，词体亦无能为役。王静安所云，词"能言诗之所不能言，而不能尽言诗之所能言"，盖谓此也。

词体初兴，形成婉约之风格，其后虽不断发展演变，然浅露、直率、粗犷、叫嚣，终非词体所宜。东坡词之豪放旷逸，稼轩词之悲壮激宕，世所共推，但苏、辛词之佳作仍归于深美闳约。周济谓："韶秀是东坡佳处，粗豪则病也。"（《介存斋论词杂著》）刘熙载谓：苏、辛词"潇洒卓荦，悉出于温柔敦厚。"（《艺概》）夏敬观谓："东坡词如春花散空，不着迹象，此其上乘也。若夫激昂排宕不可一世之概，乃其第二乘也。"（《映庵手批东坡词》）诸人之论，可谓知言。近之论词者，或推尊豪放而贬低婉约，不免囿于一隅之见，未能圆照博观矣。

或曰：信如君所论述，然则反映历史现实，歌咏国计民生，将非词体之所长欤？曰：是固不可一概而论也。南宋偏安，士怀恢复，其时词人，发抒抗金卫国之心，抨击苟且偷安之辈，激壮豪宕，名作如林；及蒙元南下，宗社丘墟，故老遗民，痛伤亡国，亦不乏悲咽凄断之作，是固不得不谓之为反映历史现实者矣。此外，词人佳作，虽发之于一己之观感，而往往可藉以窥见世道之隆污。善乎友人刘弘度先生（永济）之言曰："词人抒情，其为术至广，技亦至巧。或大声疾呼，或呻吟宛转，或径情质言，或旁见侧出，或掩抑零乱，迷离惝恍，或言在此而意在彼，然而苟其情果真且深，其词果出肺腑之奥，又果具有民胞物与之怀，则虽一己通塞之言，游目骋怀之作，未尝不可以窥见其世之隆污，是在读者之善逆其志而已。"（《诵帚庵词自序》）细绎弘度先生之论，则于词体如何反映历史现实，可以深得其解矣。自古词人，感物造端，引申触类，虽取资于草木禽鱼、闺帏儿女，而身世之感，家国之念，卓识高情，沉忧隐痛，往往寓于其中，此亦即所谓有"寄托"者。评赏词作时，应知人论世，心知其意，而不可拘于皮相之谈，刻舟之见也。

余平生论词，大旨如此。

余少喜读古名家词，沉酣既久，时有会心，感兴之来，偶尔试作。虽不愿专事摹拟，然亦不免有所薪向。譬如佳肴纷陈，必择适口者食之，始易滋营养。自度才性所近，受晏小山、姜白石沾溉者为多，然亦不欲以此自限也。

解放前，余在河南大学、浙江大学、华西大学中文系，皆曾讲授

"词选"课，解放后在四川大学历史系亦屡次讲授"唐宋词"专题。关于论词之作，以前仅撰写单篇文章发表，未写专著。最近正与加拿大不列颠哥伦比亚大学亚洲学系叶嘉莹教授合作，拟综理平日治词心得，写成专书，名曰《灵溪词说》（为何取名"灵溪"，详叶教授所撰《灵溪词说前言》中）。其内容则是纵论唐宋至明清历代词人，评其长短得失，兼及词体之发展流变以及对词中个别问题之讨论。其体例则是别创一格，每树一义，先以七言绝句撮述要旨，再附以较详细之散文说明，力求爽洁，无取繁琐，希望能将论词绝句、词话、词论、词史诸种体裁之性质融合为一；其作法则是，每人先就自己心得分别撰写，不拘时代先后，在撰写过程中，互相商讨，交换意见，或面商，或函商，待诸篇写毕，再按时代编次修订，删润成书。吾二人所写之《灵溪词说》初稿，自一九八二年起，即先在《四川大学学报》中按期陆续刊出，编成专书后，上海古籍出版社约定惠予刊印。

一九八三年五月写于四川大学历史系

【按】上札见《冰茧庵论学书札》，《小传》录自邓菀莛辑录《缪钺与施议对论词书》，见《词学》第三十四辑（华东师范大学出版社2015年版）。

二

议对同志：

…………

吴世昌先生论苏词文，我以前曾读过。其中论苏词之影响在北宋末甚微，认为"北宋根本没有豪放派"，足以驳斥近年来"左倾"的谬论。我很赞同这个意见，去年我在《词学浅谈答客问》中曾征引吴先生之言。当胡（云翼）说尚在流传之时，端须赖此中流砥柱之论也。

…………

缪钺 启

（1985年）5月19日

《冰茧庵论学书札》

（商务印书馆2014年版）

三

议对同志：

…………

大作《论稼轩体》一文，甚为精彩，将辛词分为英雄语、妩媚语、闲适语三类，并论析各类词中不同的表现手法，指出其总的特长是能将刚与柔、动与静、大与小、严肃与滑稽等等对立面统一起来，构成绚烂多采、仪态万方的局面。这种对辛词的论法是一种开创，足以破除一般论者的拘墟之见。我一直有一种看法，认为在宋代词人中，有济世忧民之怀，平生专精填词，而其才亦足以抒发其所怀者，首推辛稼轩。（欧阳修以余事填词，其词只言情而不言志；苏东坡虽有高材伟抱，但是他作词并不十分用力；陆游有爱国热情，专精作诗，造诣很高，但是他对于词体的特质理解不深，故所作未臻高境。）我曾将词中之辛稼轩比拟唐诗中之杜甫。

…………

缪钺 启

（1987年）2月28日

《冰茧庵论学书札》

（商务印书馆2014年版）

四

议对同志：

月前曾收读惠书及大作，顷又奉手札及大作《百年词通论》，甚以为慰。

《通论》一文，取材详赡，持论公允，展望词体发展之前途，亦颇有远识。惟有一事应特记者，即是接受西方哲学美学、文艺理论的新观点，即词的研究与创作方面开辟新领域。

在清朝末年，王静安融会康德、叔本华之哲学美学观点，作《人间词话》《人间词》，在王、朱、郑、况诸老之外，另辟途径，使人耳目一新。这是中国千年词史中第四次突破（其余三次是柳永、苏轼、周邦彦。叶先生与我论词时提出此意见）。但是王氏后来治学方向转入古文字、古器物、古史方面，未在词学上延续探索。最近叶嘉莹先生继承王氏遗绪，她久居国外，博览西方文论书籍，吸收融会现象学、诠释学、符号学、接受美学等种种观点，对于中国古人词论与词作，进行反思与观照，遂能多所创获，发前人之所未发。

············

缪钺 启

（1989 年）11 月

《冰茧庵论学书札》

（商务印书馆 2014 年版）

致曾大兴

大兴同志：

············

　　来函询及我治学所受张孟劬与王静安二位先生之影响情况。张先生，我很熟，亲承音旨，书札往还，他兼通文、史、哲，治学兼有浙东宏通与浙西博雅两派之长，不过，方法、态度还是继承乾嘉。缺乏新的开拓，如西方影响。我从张先生处所受益者是史学与辨章学术、考镜源流之学。至于王静安先生，我并未亲炙，只是读其著作。王先生与陈寅恪先生是我在近代学者中最崇敬的两位。他们二人都能融贯中西，开拓学术中的新领域、新方法，并提出精辟的创见，对学界有很大启发。至于学词，我受《人间词话》之影响很深（叶先生亦如是）。我与叶先生论词，认为，唐宋至清，词之大变有四：一、柳永，二、苏轼，三、周邦彦，四、王静安。王氏用西方哲学、美学观点论词、作词，实能别开新境，异于前辈词学朱、王、况、郑等。

············

缪钺 启

6 月 26 日

《古代文学理论研究》第三十五辑

（华东师范大学出版社 2013 年版）

【按】此札作于1990年6月26日，录自曾大兴《〈缪钺先生与曾大兴论词书〉及有关说明》。"叶先生"指叶嘉莹先生。曾大兴（1958— ），湖北赤壁人。广州大学教授。著有《柳永和他的词》《词学的星空》《20世纪词学名家研究》等。

施蛰存

施蛰存（1905—2003），原名施德普，字蛰存。浙江杭州人。早年从事小说创作，为中国最早的"新感觉派"代表作家，1949年后任华东师范大学教授。博学多才，在文学创作和古典文学研究等方面均有建树。晚年创办《词学》刊物，著有《施蛰存文集》。词学著述有《词籍序跋萃编》《词学名词释义》《宋元词话》《北山楼词话》等。

致周楞伽（二通）

一

楞伽先生道席：

三月八日手示敬承。《词学季刊》为实现已故龙榆生先生遗志而动议，经营已六七个月，最大的困难是"古籍"不能承受出版，至今未有出版处；至文稿编集，则粗有眉目。老辈虽若晨星，五六十岁尚有健者，不办此刊物，无以助其成就，故弟所注意者亦当兼及下一代，中国之大，岂无人哉？（中略）

足下有大文见惠，甚表欢迎！婉约、豪放，作为词家派别，弟有疑义，弟以为此是作品风格，而风格之造成，在词人之思想感情：燕闲之作，不能豪放；民族革命激昂之作，不能婉约。稼轩有婉约，有豪放，其豪放之作，多民族革命情绪；东坡亦有婉约，有豪放，其豪放之作，皆政治上之愤慨。如果要把词人截然分为两派，而以豪放为正宗，此即极"左"之论，如以婉约为正宗，即不许壮烈意志阑入文学。此二者，皆一隅之见也。阁下以为何如？（宋人论词，亦未尝分此二派。）

阁下博览方志，大可获得许多副产品，有佚词及词人传记资料，不妨录出，《词学季刊》亦欢迎也。手此，即请撰安。

弟施蛰存顿首 一九八〇·三·一四

《西北大学学报》1980年第3期

【按】此札录自施蛰存、周楞伽《词的"派"与"体"之争》，原题《施蛰存致周楞伽》。

二

楞伽先生：

手书敬承。弟与足下之距离，在一个"派"字的认识，婉约豪放是风格，在宋词中未成"派"，在唐诗中亦未成"派"，李白之诗，可谓豪放，李白不成派也；杜诗不得谓之婉约，不必论。"西昆"，体也，"花间"，亦体也，皆不成派。宋词惟"西江"成"派"，"江湖"成"派"，因有许多人向同一风格写作，蔚成风气，故得成为一个流派。东坡、稼轩，才情、面目不同，岂得谓之同派？北宋词只有"侧艳"与"雅词"二种风格：东坡，雅词也，晏、欧，侧艳也。至南宋而有稼轩、龙洲，此则由于词的题材境界扩大，对社会现实的反映，成为词料，词与诗之作用及内容皆无别矣。论南宋词，稼轩是突出人物，然未尝成"派"，足下能开列一个稼轩词的宗派图否？倒是吴文英却有不少徒众，隐然成一派，然而亦未便说梦窗为婉约派。

弟不反对诗词有婉约、豪放二种风格（或曰体），但此二者不是对立面，尚有既不豪放亦不婉约者在。诗三百以下，各种文学作品都有此二种或种种风格，然不能说曹孟德是豪放派，陶渊明是婉约派也。

弟涉猎词苑，始于一九六〇年代，初非此道权威。足下为文商榷，甚表欢迎，惟不敢蒙指名耳！匆匆即请撰安。

弟施蛰存顿首 三月十八日

弟之意见，以为如果写《词史》，不宜说宋词有豪放、婉约二派，此外与足下无异议也。"西昆"有《酬唱集》，勉强可以成派，但文学史上一般均称"体"也。又及。

《西北大学学报》1980年第3期

【按】此札录自施蛰存、周楞伽《词的"派"与"体"之争》，原题《施蛰存再致周楞伽》。

宛敏灏

宛敏灏（1906—1994），字书城，号晚晴。安徽省庐江人。曾任安徽师范大学教授、《词学》编委等。著有《二晏及其词》《词学概论》《张孝祥词笺校》等。

致唐圭璋（三通）

一

圭璋兄：

……夏老久未通信，其新著都未看到，不知何处可求！幸便中见告！日前在一个追悼会上偶遇戴岳同志（安徽省委宣传部副部长兼省文化局局长），询及夏老对白石词中所称"合肥赤阑桥"曾否考证，今在何处。据云应在今合肥市北郊的双岗，其地有生产队，尚名古城，并有古砖出土。

屡承督促早日完成《于湖词》研究，今夏在黄山疗养院较闲，曾考虑有关问题，初步肯定张同之生母李氏，系孝祥十余岁时在建康的情人。集中〔念奴娇〕（凤帆更起）及两首〔木兰花慢〕（"送归云去大雁"及"紫箫吹散后"）都是送别和怀念李氏之作。尚未见前人有作如此解释者，稍暇容将小文誊清寄呈教正。

……匆复，敬祝近安！

弟敏灏上

九月廿一日

《纪念唐圭璋先生诞辰一百二十周年词学国际学术研讨会论文集》

（2021年）

【按】此札作于1979年。

二

圭璋兄：

承惠赠《全金元词》昨奉到，拜领祗谢！吾兄以数十年时间，从事名山事业，先后成巨著多种，深佩雄心毅力。

……记前书提及"清壮顿挫"，或作"精壮顿挫"，是否版本不同。按此语见小山词山谷序（尊示作"柯山"，谅误记或笔误），《彊村丛书》小山词、《四部丛刊》影印宋乾道本《豫章黄先生文集》及清康熙间顾氏辟疆园刻本《宋文选·小山集序》俱作"清壮顿挫"，疑山谷采陆机《文赋》"箴顿挫而清壮"语而未用其意。

关于张于湖墓，芜湖及和县志俱无记载，当从《景定建康志》。安国当暑卒于芜湖舟中，似在江中入殓，后即舟载至建康安葬，或出自其父张祁主张，不仅由于安国曾任建康留守，而且渡江后在建康郊外原有住宅（十八岁从蔡清宇为学及前此与李氏同居都在建康），墓地可能就在附近。此不过猜想而已。至于芜湖住宅，近在城边，接连陶塘低洼之地，时金兵犹常逾淮南，势难归葬历阳祖茔（今在江浦县境）。张祁殆亦知不久于人世，故遣安国幼子依宣城诸父，此后惟张同之继室章氏曾归芜湖旧宅以终。安国尝自称"某有田在青山下""谢家屋十余间，下俯江流"，倘葬青山，或可与李白墓得保并存，奇怪张祁当时何以没有想到，或以建康为龙蟠虎踞胜地欤？……

八月十七日

《纪念唐圭璋先生诞辰一百二十周年词学国际学术研讨会论文集》

（2021年）

【按】录此札作于1980年。

三

圭璋兄：

月前奉手教敬悉。起居清胜，至深快慰。

承告两文俱未见，拟稍迟到图书馆查阅。吴潜生于庆元元年乙卯（1195），卒于景定三年壬戌（1262），自称"己卯、庚辰间（1219—1220）初识尧章于维扬"，其时应为二十五六岁，如谓白石卒于嘉定二年（1209），则履斋最早只能于丁卯戊辰间（1207—1208）相见，年甫十三四岁。潜成进士在嘉定十年丁丑（1217），十七年甲申（1224）丁父忧，通判嘉兴是服除以后事。就吴潜出处言，己丑确在嘉兴，故曩作《吴潜年谱》（载《合师学报》1963 年 1 期）仍据序系年，避免涉及白石卒年的争论。在我的印象中，吴潜有及见白石的可能，梦窗稍晚于潜，由于是四明人，潜久宦于此，互相唱和是事实，复旦文谓潜编造谎言以提高自己，不但没有必要，恐亦无此厚脸。四明人文荟萃，潜以丞相兼枢密使的经历去当沿海制置大使判庆元府，公然说谎，不怕交游如梦窗等冷齿吗？汤华泉在搞《履斋诗余编年笺注》，月初因公来芜，已嘱在翻检资料时注意这一问题，看有无新的发现。

（分析李易安词而扯到潘金莲，可谓无聊之至。）

············

《纪念唐圭璋先生诞辰一百二十周年词学国际学术研讨会论文集》

（2021 年）

【按】此札作于 1984 年。以上三札均录自胡传志《新见唐圭璋与宛敏灏往来书札十三通考释》。

吴世昌

吴世昌（1908—1986），浙江海宁（今属嘉兴）人。曾任职于中山大学、牛津大学、中国社科院文学所。著有《〈红楼梦〉探源》《中国文化与现代化问题》《诗词论丛》《词林新话》《文史杂谈》等。

致荒芜

荒芜兄：

我平时每两星期出门一次，您那天驾到，正好碰上这个黄道吉日宜出门，失迎为歉。

承送来两册《涉江诗词》，想系程千帆教授转来，已拜读，并作了校记，另纸录奉，请转呈程公以报厚贶。这位女词人确是大家，我深恨生与同时（比她大一岁），不但未相识，且未读过她的词，实在惭愧。从她的作品，可知她学词写词经过，有些与我相同之处，也是取径二晏，归于清真，所不同者我对稼轩下过不少功夫，对梦窗毫无兴趣。她对稼轩不甚措意，对梦窗、玉田似乎细大不蠲。请为我谢程公，略后当献题辞。近日太忙，不暇吟咏也。另外，我当然也该送一册拙作与程公为报，是否也请兄作殷洪乔？盼示及。

吴世昌

1980年1月22日

《吴世昌全集》第三卷《诗学杂论》

（河北教育出版社2003年版）

【按】荒芜（1916—1995），原名李乃仁。安徽凤台（今属淮南）人。1949年以后先后任职于国际新闻局、外文出版社、中国社会科学院文学研究所等。著有《纸壁斋集》《麻花堂集》《纸壁斋说诗》。

致张伯驹

丛碧前辈先生有道：

年前曹辛之先生转来承惠赐大作《丛碧词》，不胜欣感。尊集早经从友人处借读，极为钦佩。近时作家，率多崇梦窗、玉田，不失之晦涩，即流于轻滑。尊作独直追《花间》，出入南唐二晏堂庑。和清真之作，如"芳春有尽愁无极"，虽清真亦当心折。〔八声甘州〕咏武汉长江大桥，真乃熙朝雅颂，并世作者，鲜能臻此！所附诸家评语，足与大作互相发挥，然间亦有不尽恰当者，如〔鹧鸪天〕《西湖旅夜》，自是小晏风韵，而有评用王敦之典，强作解人，令人绝倒！

另邮寄呈拙作一册，此真小巫见大巫之比，幸赐吟正。此集存者不多，因在英国所编，散失颇多，回国以后从故书堆中偶有拾得者，容后稍暇再录呈请教。

专此，敬叩春节万福。

后学吴世昌敬启

1978年2月16日

《吴世昌全集》第三卷《诗学杂论》

（河北教育出版社2003年版）

【按】张伯驹（1898—1982），字家骐，号丛碧，别号游春主人。河南项城（今属周口）人。工诗词、精鉴赏、富收藏，精于京剧艺术，曾任吉林省博物馆副馆长、中央文史馆馆员。著有《丛碧词》《丛碧词话》《氍毹纪梦诗》《乱弹音韵辑要》《丛碧书画录》《素月楼联语》等。

致邓广铭（二通）

一

广铭先生：

　　刚才在四川饭店谈起稼轩的〔最高楼〕一本末三句作："呦豚奴，愁产业，岂佳儿！"此本即毛氏汲古阁六十家词本。他本作："便休休，更说甚，是和非。"今流传各本均依此改本。我想这是错的。因为：一，题下自注"赋此骂之"，末三句正是骂子之词，改为"更说甚，是和非"则不是"骂子"而是发挥他的老庄哲学了。二，上片末二句"陶县令，是吾师"为平仄仄，仄平平，"愁产业，岂佳儿"正与此合。改"更说甚"则成为仄仄仄。辛词格律素严，绝不如此失律。且上文已有"更茸个"，此又有"更"，半首之中，连用此同一意义之字，亦成敷笔矣。三，此首上下片全用四支韵，改为"是和非"，末韵变为五微，稼轩填词老斫轮，四支韵又极宽，何至出韵？故我以为此三句应依汲古阁本为是。其他本子不"骂子"而谈处世哲学，乃是后人妄改。有此三证，已可定谳。先生以为如何？幸进教之！此致

　　敬礼

吴世昌

1980年1月5日晚

《吴世昌全集》第三卷《诗学杂论》

（河北教育出版社2003年版）

二

广铭先生：

　　前承惠赠《稼轩词笺注》及《年谱》，并大札均收悉，不胜欣慰，谢谢！当即寄呈拙著诗词集一册，论文（近作）三篇，敬祈教

正。我另有有关《红楼梦》的油印本论文若干，因已收集交上海古籍印行，不久或可问世，故未寄上，准备出书后再将总集呈教也。

我对于稼轩词，自学生时代即爱好，但也很肤浅。大学二年时，曾写一辛稼轩传记，请顾颉刚先生评阅。他未看完，有一次徐志摩去他家吃饭，问起有何作品可付他所编的《新月》月刊，顾即以拙稿对。徐立索，一面吃饭一面看，饭后即将此稿塞进口袋。顾告我此事后我立即去信索回（因其中引书未注卷页），结果，徐不但未退回此稿，反寄我47元一张支票，说已寄上海排印。因此拙文在《新月》刊出时，许多引书卷页还是空白，成为笑话。

承询四卷本〔最高楼〕题下注"名了"二字，乃后人见末三句改后与"骂子"无关，故又妄改。实则此词不仅末三句为"骂子"之词，即开始三句亦是求退之意，与其子之求田问舍相抵触。盖先有妄人改末三句，后人又删题下原注，易以"名了"二字，其实不通，延误至今。汲古阁本宋词校他本为优，我别有跋李一氓藏《知圣道斋烬余词》评论之，暇当捡出呈教，匆匆稽答为罪。此致

敬礼

世昌手复

1980年1月22日

稼轩词骤看不易解者，如〔念奴娇〕"野棠花落"，实为一首感旧情歌。关键在上片"此地曾轻别"一句，故下接"楼空人去"。此"人"即上句所别者，亦即下句之"旧游"（小杜："一夕横塘是旧游"）。下片关键在"帘底纤纤月"，而此句歧解最误人。起因于龙沐勋误以为"弓弯"谓美人足。苏词"掩门间"甚不辞，何谓"门间"？此句应依《志林》作"掩门关"，"关"为名词。（且上句已用"水云间"，下句又用"间"字？前人"间""间"二字常不分，最易相混。至今日人门内入口处曰"玄关"。）既已"掩门关"，岂能见门内美人之足？语亦过亵。"弓弯"自指新月，所谓"露似珍珠月似弓"（白居易诗）也。去此魔障，可知辛词之"帘底纤纤月"，乃指美人，不指其足。前人诗中以月比美人者，如谢灵运《东阳溪中赠

答》，男赠："明月在云间，迢迢不可得。"女答："但问情若为，月就云中堕。"陶潜《拟古》："明明云间月，灼灼叶中花。"均比美人。沈约《丽人赋》："狭斜才女，铜街丽人，亭亭似月，嬿婉如春。" 梁徐悱妻诗"夜月方神女，朝露喻洛妃"，方，比也，与下句"喻"同意。《陈书》卷七："璧月夜夜满"，比张贵妃（丽华）。敦煌曲子〔别仙子〕："此时模样，算来是秋天月。"韦庄〔菩萨蛮〕："垆边人似月，（曹组〔小重山〕用此句为'帘边人似月'），皓腕凝霜雪。"蔡楠〔鹧鸪天〕："恨人西楼月敛眉"，凡此皆以月比美人。稼轩所谓"帘底纤纤月"，即指上片之"旧游"，"楼空人去"之"人"。绌绎全词，似为怀念其所遣之姬妾，"东流"即诀别之地也。榆生谓辛词疑从坡词脱化，若无真实事迹，岂能乱脱胡化？辛词可资研究者甚多，此其一例耳。

世昌又记

1980 年 1 月 23 日

《吴世昌全集》第三卷《诗学杂论》

（河北教育出版社 2003 年版）

【按】邓广铭（1907—1998），字恭三。山东临邑（今属德州）人。曾任北京大学教授，著名历史学家。著有《王安石》《岳飞传》《稼轩词编年笺注》《邓广铭治史丛稿》等。

致曾兆惠（四通）

一

兆惠同志：

久未晤面，亦无消息，正在念中，得手书甚喜。我于音韵亦无研究，平日填词多用诗韵或邻近相通之韵，以前人所通用者为限。入声韵比较麻烦。金元以后，在北方完全消失于平去二声中。在唐五代两宋大家，殆无以入作平去者，时代使然也。昔人以某些字（如叔、祝、逐等）作平，其他字（月、越、页）作去。此语音时代之变，若必推究其转变之条理，则大概古人入声韵读时收声为-k者，后人读时遗落-k声，渐变为平声。其收声为-t者，遗落声尾后语势未去，读时渐变为去声。近代语音学者如瑞典之高本汉、英之 W. Simon，加拿大之普雷朋克均治此学。我在英时虽亦识此数子，因未暇究心于此道，偶有涉猎，未尝深究，匆匆不尽，亦未必有当。吾国先贤著书中涉及此问题者，戈顺卿《词林正韵》"发凡"有关各条论之较详，《词律》"发凡"亦涉及，但未能究析其详，因万氏所重为律而非韵也。近来颇有吟咏不？专此布复，即问近好。

世昌手白

1981年3月14日

《吴世昌全集》第三卷《诗学杂论》

（河北教育出版社2003年版）

二

兆惠同志：

感谢您的信和贺片。

……《唐宋词赏析》，吾未见……此书是否香港出版？至其中荒诞之处，诚如来示所指出，不仅把"背西风"改为"迎西风"是点金成铁，且此"幡"释"旗"是以冷僻字解易懂习见之字，且"旗""幡"有别，不能互释。

苏轼〔江城子〕他也解错了。老夫乃自负之语，非谦词，尊论是也。词与时势有关，近人有论者。如吾所研究生刘扬忠分析向子諲《酒边词》中"江北旧词"与"江南新词"作风完全不同，前者为在汴梁所作，后者乃在南宋作品，故前者可称为"婉约"，后者可归入"豪放"，以时代情势评作品气概，亦与来函论苏词情调相似。刘君之文，乃就我平日议论加以发挥，并采用一家作品（《酒边词》）作具体分析，故颇有创解。你读书常有新见，我劝你及时写下，积多些可加整理，相机发表。关于李清照〔永遇乐〕我用《石林词》两首此调对勘，"暮云合璧"之"合"应作平，"怕见夜间出去"之"出"也应作平，连来文所举"几""重""济"共五字不协律，与其词论自相矛盾。你若有耐心把易安词校勘一番，举出其晚期不协律作品，亦前人所未作之工作，自有学术价值也。草草，即问近安。

世昌

1982年1月2日

《吴世昌全集》第三卷《诗学杂论》

（河北教育出版社2003年版）

三

兆惠同志：

很早以前就想寄你我的少作，不知为什么拖得这样久才寄出。当时想到你春节时也许有空翻翻，以博一哂。没想到贤伉俪对这本集子这样喜爱。你热情洋溢的信给我很大欣慰。但这毕竟是四五十年前的作品，即使把它当作古人的集子，也不为过。近来当然也写过些，情调趣味自然不同了。现在有一个出版社要我出一个增订本……如能印出，再请你们批评。文笔自必老练些，但也没有《存稿》那种焕发着少年时代的青春气息了。……

来示所指出集中你所喜爱的，我也觉得还可以。解放以后，"婉约"词为人所诟病，足下以"婉约"赞我，真知我者也。若沿用近人贴标签的名称，则《存稿》中也还勉强可指出若干"豪放"词，如香港某君曾引我〔满庭芳〕作其一书的结语，指为"寄慨遥深"。足下已指出〔沁园春〕为另一种风格，以下〔忆秦娥〕、〔浣溪沙〕"有感"、〔减兰〕均为"九一八"事变后所作，感慨多而绮语少，殆即时人所谓"豪放"者也。婉约词中各人所嗜亦不同。新加坡南洋大学教授赵叔雍（原名尊岳，况周颐弟子，《蕙风词话》即为赵笔录）1962年经香港时，独选五首交《大公报》发表：〔临江仙〕二首、〔少年游〕二首、〔鹧鸪天〕"桂林郊外"一首。

你说我爱用〔鹧鸪天〕，甚是。原因是我受晏小山、元遗山影响，《遗山乐府》中大概有三十多首〔鹧鸪天〕，小山有十九首，念熟了，自然就觉得此调顺口。……余不一，即问俪祺。

吴世昌

1982年3月2日

《吴世昌全集》第三卷《诗学杂论》

（河北教育出版社2003年版）

四

兆惠同志：

……你问我关于宋词中的问题，我想苏轼〔定风波〕的"萧瑟（一本作'潇洒'）处"指过去行经之处，不指回家的前程。那首〔江城子〕"老夫聊发少年狂"是硬作豪语，他那年只三十九岁，尚未到孔子所谓有闻无闻之年。"老夫"古人用得颇有点自负之意，非谦意也。李清照词中平仄不合之词，亦不足怪。白石、梦窗以精音律见称于世，我亦找出一些不合律之处。只有清真较严密，故至南宋末尚有沈梅娇、车秀卿歌其〔意难忘〕也。匆匆，不尽。祝

好。

吴世昌

1985年1月24日

《吴世昌全集》第三卷《诗学杂论》

（河北教育出版社2003年版）

【按】曾兆惠（1939—　），祖籍福建，生于香港。曾任教于中央戏剧学院。著有《唐诗译析》《海军世家》等。

致赵振铎

振铎同志：

　　…………

你问我编选旧诗词方针，我想必须坚持两点：即一，凡诗词不合格律者，乱押韵，不调平仄等，即使是皇帝老子的，也决不入选。二，选时只看艺术性及思想性，决不看诗作者的官衔或"名望"。这两条是铁律，决不能移动分毫。……只有在"凡例"中预先声明凡不合格律者一概不收，才不招忌恨。……否则变成昭代名人顺口溜

了。……其次关于入选诗词个别作者的数量，我以为只要看作品够标准与否来定，决不能用平均主义。张三的诗好，选百首不为多，李四的不行，一首也不选，没有对不起他！一个人的诗词有高下，亦可多选词少选诗，或反是，或两者均有多少。黄升的《花庵词选》选姜白石三十四首，几乎是当时流传白石词的全部。汲古阁本《白石词》即据此选，一首也不多，也不少。胡仔虽然编《苕溪渔隐丛话》，颇有影响，却只收一首。《花庵词选》之所以为后世所重，即因选者自有准则，不为流俗所左右也。晏氏父子父六首，子十二首，而范仲淹、苏舜钦则一二首即可，可见官高亦无用也。以上二点，是我想得到者，以后可能还有意见，再说。

吴世昌

1981 年 7 月 2 日

《吴世昌全集》第三卷《诗学杂论》

（河北教育出版社 2003 年版）

【按】赵振铎（1928— ），四川成都人。四川大学教授，语言学家。著有《〈集韵〉校本》等。

致徐匋

徐匋同志：

关于研究唐五代词或任何时代的词，我现在无法详谈，但可以告你一个总原则，即：读词必须研究词本身，千万别信那些索隐派的微言大义、寄托深远等等骗人的胡说。此风起于张惠言的《词选》序文，把温庭筠的美人起居词解为"感士不遇也"，此后常州派风行一时，周济、陈廷焯均此遗流。近世论词者亦不免……

匆匆，即问安好。

吴世昌

1983 年 3 月 15 日

《吴世昌全集》第三卷《诗学杂论》

（河北教育出版社 2003 年版）

致缪钺

彦威先生有道：

来教并大作及叶教授《灵溪说词》均收到，已全文拜读，欣感无既。大作谈及敦诚岳少保诗我曾举以为证，证时人有以语气定诗文作者之谬。先生指出汉族文化感化力之强，此点于今日尤为重要，至深钦佩。窃以为数千年来儒家"华夷"之辨，亦有影响。少数民族乐于自居于已进化之"华"族，不甘处于未开化之"夷"族。清初满人入关受华化教育后即自居于华人，以夷狄为可耻，其大别不在满汉，而在华夷。汉军旗人，只是政治地位之区别，种族观念已淡薄矣。

施议对君常来与我谈词，钦仰高风，并世无两。我于词实只浅尝，只在抗战初期在西北联大承乏教词一年，以后久未探讨。在英国十五年，未接词集，性复鲁钝，时时遗忘。唯性好思索，不尽信别人所言。如云东坡"一洗绮罗香泽之态"，我尝举《东坡乐府》三百多首一一核对，受此洗礼者竟寥寥无几。再查作此语之胡寅，竟无一首作品流传后世，此真外行领导内行之突出例子也。至于东坡评少游之词，竟谓秦词中之"绣毂雕鞍"，东坡只见"一个人骑马楼前过"。东坡在贬所虽害眼疾，亦不至"清盲""文盲"一至于此也。此我在文中已略言之。宋人笔记所记佚事多不可信，而论词者多信之不疑，诚不解何故。又我于宋人作品颇多不解，深望有以教之。柳之〔八声甘州〕上片之"潇潇暮雨"，何以下句有"残照当楼"？姜之〔长亭怨〕上片末句 "如此"之"此"失韵，下片"玉环分付"似应作"玉箫"，"韦郎去也"与 "玉环"何涉？（梅溪："算玉箫犹逢韦郎"。）吴梦窗〔思佳客〕咏半面女髑髅，梦窗所见殆为画像？次联云，"青春半面妆如画，细雨三更花欲飞"，"花"字应为仄声字。类此愚不能解，望先生能开茅塞。老眼昏花，字作蟹行，医云大脑动脉硬化，无可奈何也。此颂撰安。叶教授均此不另。

后学吴世昌
1985年7月
《吴世昌全集》第三卷《诗学杂论》
（河北教育出版社2003年版）

周楞伽

周楞伽（1911—1992），原名周剑箫、周华严。笔名苗埒、林逸君、杜惜冰、周夷等。江苏宜兴人。早年从事鸳鸯蝴蝶派文艺创作，后倾向于鲁迅的文学主张。上海沦陷后，坚持抗战文学，曾遭日伪诱捕，获释后仍积极宣传抗战。创作有《漩涡时代》《中国抗战史演义》等。1949年以后曾任中华书局上海编辑所编辑。勤于古籍整理，另作有《哪吒》《岳云》等长篇小说。

致施蛰存（二通）

一

蛰存先生道席：

三月十四日手教奉悉。先生于老成凋谢、词坛冷落之秋，积极谋恢复《词学季刊》，继大辂之椎轮，挽斯文于不坠，且谓"中国之大，岂无人哉"，豪言壮志，钦佩无已！第恐阳春白雪，曲高和寡。盖物极必反，十年浩劫，既造成人才之凋零，文化之低落，而思想禁锢之反激，又使一般人厌弃高头讲章，惟思借文化以苏息，此软性刊物之所以泛滥市面，而真正有价值之学术研究文章反不为时所重，言念及此，先生其亦有"黄钟毁弃"之叹乎！

惟来书谓婉约、豪放，是作家作品之风格而非流派，此则弟所不敢苟同。何则？作品风格固即人的表现，然非如人貌之各具一面，毫不雷同，而自有融会贯通之处。足下谓"风格之造成，在词人之思想感情"，似亦有语病，盖人之思想感情非劈空而起，自然发生，必婉转以附物，始怊怅而切情，此即古人所谓诗有六义之赋、比、兴，亦即今人所谓形象思维也。睹物起兴，触物兴情，但又不能无关于时序。汉魏风骨，气可凌云，江左齐梁，职竞新丽，惟时运之推移，斯质文之代变，是故"慷慨以任气，磊落以使才，造怀指事，不求纤密之巧，驱辞逐貌，唯取昭晰之能"者，皆豪放派之祖，而"俪采百字之偶，争价一句之奇，情必极貌以写物，辞必穷力而追新"者，皆婉约派之宗。所不同者，仅当时无婉约、豪放之名，而以"华""实"为区别之标准而已。

足下谓燕闲之作，不能豪放，激昂之作，不能婉约，此尽人皆知之理，盖一篇之内，不可能有两种不同风格存在也。至于同一人之作品，风格有婉约，有豪放，则当视其主导方面为何者而定，若东坡、稼轩，就其词作风格主导方面而论，固皆词家之豪放派也。足下对东坡、稼轩风格之评骘，似非笃论。稼轩词如"我见青山多妩媚，料青山见我应如是""不恨古人吾不见，恨古人不见吾狂耳"，此等语非不豪放，然又何关乎民族革命情绪？东坡词如"大江东去，浪淘尽，千古风流人物，故垒西边，人道是，三国周郎赤壁""明月几时有，把酒问青天：不知天上宫阙，今夕是何年"，此等语非不豪放，然又何关乎政治上之愤慨？李易安历评晏、柳、欧、苏诸公之词，皆少所许可，似过于苛求，迹近狂妄，然其主旨，要不外证成其"词别是一家"之说而已！所谓"词别是一家"云者，即词之风格体裁，宜于婉约，所谓"小红低唱我吹箫"者，庶几近之。故词易于婉约，而难于豪放，而其流传之广，亦惟婉约之词，此所以凡井水饮处，皆歌柳词，而少有歌苏词者也。惟其难于豪放，故豪放之词更弥足珍贵，即谓为词之正宗，又何不可？阁下谓"以豪放为正宗，此即极'左'之论"，未知何所据而云然，弟殊以为未安，岂"四人帮"之流，亦苏、辛词之崇拜者乎？即以婉约为正宗，亦未见得"即不许壮烈意志阑入文学"，如易安〔武陵春〕词："风住尘香花已尽，日晚倦梳头。物是人非事事休，欲语泪先流。闻说双溪春尚好，也拟泛轻舟。只恐双溪舴艋舟，载不动许多愁。"造语何等婉约，而家国之悲，兴亡之感，亦即隐寓于字里行间，又何尝不足以激发人之壮烈意志？岂必如放翁〔诉衷情〕词云"胡未灭，鬓先秋，泪空流。此生谁料，心在天山，身在沧洲"。造语不婉约者始得许壮烈意志阑入文学乎？然我恐以之为词之正宗，又成极"左"之论也。

阁下谓："宋人论词，未尝分此二派。"此亦未然。盖婉约、豪放，乃近人语，宋人初未尝以此名派，然名者实之宾，若循名责实，则宋人论词，又何尝未分此二派？独不见俞文豹《吹剑续录》中所载之故事乎？《续录》云："东坡在玉堂日，有幕士善歌，因问：我词何如柳七？对曰：柳郎中词，只合十七八女郎，执红牙板，歌杨柳岸晓风残月；学士词，须关西大汉，铜琵琶、铁绰板，唱大江东去。"此岂非婉约、豪放二派之区分乎？俞文豹固明明为宋人也。

鄙见如是，初未允当，阁下如有异议，望勿吝赐教。此复，即颂撰安。

弟周楞伽顿首 一九八〇·三·一四

《西北大学学报》1980年第3期

【按】此札录自施蛰存、周楞伽《词的"派"与"体"之争》，原题《周楞伽答施蛰存》。

二

蛰存先生：

三月十八日复函敬悉。弟与先生之差异，决不止于对一个"派"字的认识，或"派"与"体"二字的解说不同，看法各异。来书谓："婉约、豪放是风格（即先生所谓'体'），在宋词中未成'派'，在唐诗中亦未成'派'，李白之诗，可谓豪放，李白不成派也；杜诗不得谓之婉约，不必论。"弟则谓岂止宋词已成派，唐诗已成派，甚至上溯建安，下推江左，皆已成派，即汉赋亦如扬雄所云有"丽则""丽淫"之分，况等而下之哉？"邺下曹刘气尽豪"，此豪放派也，"江东诸谢韵尤高"，此婉约派也，惟当时无婉约、豪放之名称，故遗山论诗，仅云"若从'华''实'评诗品"而已！

先生所斤斤计较者，无非在结成诗社宗派，始得谓之"派"，故云"宋诗惟'江西'，（来书误作'西江'）成派，'江湖'成派，因有许多人向同一风格写作，蔚成风气，故得成为一个流派。"由此得出结论："'西昆'，体也，'花间'亦体也，皆不成派。"弟今请反问先生："花间"非亦有许多人向同一风格写作，蔚成风气乎？何以不能成派？先生因"西昆"有《酬唱集》，故先云"西昆"，体也。后又云"勉强可以成派，但文学史上一般均称体也。"就弟所见文学史而论，对"西昆"或称体，或称派，或派、体混称，对"花间"则一致称派，未见有称"花间体"者，此足以驳倒先生之说而有余矣。

先生亦承认"李白之诗，可谓豪放"，然"李白不成派"者，无非因李白一人而已，单丝不成线，独木不成林，故李白不成派也。然普天下皆公认李白诗歌为豪放派，非先生一手所能推翻。杜甫为现实主义大诗人，"实"与"华"相对，故先生谓"杜诗不得谓之婉约"，似亦振振有词，然"穿花蛱蝶深深见，点水蜻蜓款款飞""留连戏蝶时时舞，自在娇莺恰恰啼""繁枝容易纷纷落，嫩叶商量细细开"，此等句能不谓之婉约乎？杜甫之诗，有豪放，有婉约，自不能概以婉约名之，然元稹作子美墓志铭云："至于子美，盖所谓上薄风、骚，下该沈、宋，言夺苏、李，气吞曹、刘，掩颜、谢之孤高，杂徐、庾之流丽，尽得古今之体势。"试以文中除风、骚外所提诸家计之，"沈、宋""苏、李""徐、庾"，较之"曹、刘"，究竟华居多抑实居多？婉约居多抑豪放居多乎？是则杜诗之境界亦不难窥见矣。至于子美自己论诗，则既崇清新（豪放），亦尊华丽（婉约），故云："不薄今人爱古人，清词丽句必为邻。"清词与丽句并称，且皆必与为邻，此所以既"窃攀屈、宋宜方驾"，而又"颇学阴、何苦用心"也。然若执此以观，以为子美于清新（豪放）华丽（婉约）二者无所轩轻于其间，则亦未见允当，究竟子美之所心仪、所欲师法者，为阿谁乎？子美于清新刚健之豪放一派，赞扬则有之，推崇则有之，此即"清新庾开府，俊逸鲍参军""庾信文章老更成，凌云健笔意纵横"是，然我未见其有继承师法之意，惟于婉约华丽一派，一则云"窃攀屈、宋宜方驾"，再则曰"摇落深知宋玉悲，风流儒雅亦吾师"，三则曰"李陵、苏武是吾师"。两两相较，杜甫之欲师承婉约，已不待烦言而后明，何足下犹执意谓"杜诗不得谓之婉约"乎？

足下谓"东坡、稼轩，才情、面目不同，岂得谓之同派"，然世以苏、辛并称，由来已久，至有以《东坡乐府》《稼轩长短句》合刻者，此又何故？盖正如《辞源》"苏辛"条所云："填词家以二人并称。苏词跌宕排奡，一变唐五代之旧格，遂为辛弃疾一派开山，世称苏辛也。"弟才疏学浅，诚不能如唐张为之作《诗人主客图》，亦不能效宋吕居仁之作《江西诗社宗派图》，足下欲弟作《稼轩词宗派图》，弟殊愧未能应命，然若谓稼轩词未尝成派，则以足下之风格论即"有许多人向同一风格写作，故得成为一个流派"证之，亦殊未然，岳武穆、张元干、张孝祥、康与之、刘克庄、陆放翁、刘改之、杨西樵之词，非皆豪迈雄健，气夺曹、刘者乎？非皆词家豪放派乎？即以之列成《稼轩词宗派图》，又其谁谓为不可？足下谓"北宋词只有'侧艳'与'雅词'二种风格"，弟谓"侧艳"即"婉约"，"雅词"即"豪放"，实不必另起炉灶，另立名目。凡花样新翻，而又未能为世所公认者，弟以为皆野狐禅之流，无足道也！

足下不否认诗词有婉约、豪放二种风格，但又谓"尚有既不豪放亦不婉约者在"，此等第三种文学论殊不合于文学史之事实。"诗三百以下"，除骚体可接踵继轨外，何尝有《风》《骚》二种以外之"种种风格"？"凡以模经（《诗经》）为式者，自入典雅（豪放）之懿，效骚命篇者，必归艳逸（婉约）之华。"刘彦和初未尝作于此二种风格之外别有种种风格之论也，足下何所见而欲自我作古乎？若世人皆要求足下举此"种种风格"之实例，足下其将何词以对？渊明诗风格清新，固不得谓之婉约，但"说曹孟德是豪放派"，又何不可之有？"四言正体，则雅润为本；五言流调，则清丽居宗。"雅润即豪放，清丽即婉约也。观夫孟德之诗"月明星稀，乌鹊南飞；绕树三匝，无枝可依""慨当以慷，忧思难忘，何以解忧，惟有杜康"，此等句不谓之豪放其可得乎？彦和论诗，早谓"魏之三祖，气爽才丽""良以世积乱离，风衰俗怨，并志深而笔长，故慷慨而多气也"。元稹于子美墓志铭中亦谓"建安之后，天下之士，遭罹兵战，曹氏父子，鞍马之间，往往横槊赋诗，其遒壮抑扬，冤哀悲离之作，尤极于古"。建安文学，世有定评，足下于千余载之后，欲推翻之，岂力所能及耶！至谓"未便说梦窗为婉约派"，则白石、清真，皆不得列名婉约派矣，此又岂笃论乎？

弟之意见，以为如果写《词史》，必须大书特书宋词有豪放、婉约二派，豪放词以范希文为首唱，而以东坡、稼轩为教主，婉约词则以晏元献为首唱，而以屯田、清真、白石为教主。"前辈飞腾入，余波绮丽为"，则前者有永叔、少游、易安、方回、梅溪、梦窗，后者有王介甫、叶梦得、陆放翁、刘改之，不能尽述。纵与足下见相左，亦在所不惜也。

足下不欲指名，弟未敢故违，即以我济之争鸣，以《词的"派"与"体"之争》名之，刊诸学报，以候世之公论如何？此复，即颂撰安。

弟周楞伽顿首　一九八〇·三·二二

【按】此札录自施蛰存、周楞伽《词的"派"与"体"之争》，原题《周楞伽再答施蛰存》。

万云骏

万云骏（1910—1994），字西笑，别号网珠。江苏南汇（今属上海）人。师从吴梅。曾任教于光华大学、华东师范大学。著有《西笑诗词存稿》《古典诗词曲选析》《诗词曲论稿》等。

致施议对（二通）
一

大函奉悉。兹选得解放前后词十六首，奉上乞审阅。自〔梦江南〕以下八首是解放前所作，后面自〔浪淘沙〕以下四首是解放后作。我本有《西笑诗词存稿》，但为领导取去，至今索取不得。现只能就平日所熟记者，其中不少为吴梅先生所批改过的选录给你。现作些帮助于后。

（一）〔长亭怨慢〕"早凋尽兰荃词句"，吴瞿安师评云："吸白石、梦窗两家之长，已明疏密相间之理。"此词与〔莺啼序〕，曾被叶恭绰《广箧中词》继谭献《箧中词》后的近人词选所选录。叶并于〔长亭怨慢〕后评云"缭曲隐轸"。此一调，前依白石四声，后依梦窗四声。

（二）〔梦江南〕四首，聊记少一段姻缘，但其人已亡。词则感伤至极，为吴梅先生所亟赏。张惠衣师评云：绮梦成尘，凄咽欲绝，读之使人不能为怀。前人所云"情苟不深，语必不酷"者信矣。四首妙有次第，三、四对偶，寓挚情于写景、述事之中，均见精警。

（三）〔八归〕（读《彊村语业》）亦依白石四声。吴梅先生评云："虽依白石四声，而词极流利。上片'旧日京华'五句，下片'两潮哀语'三句能抉彊村词心。"

（四）〔浪淘沙〕（下嘉定农村打麦赋）"文革"前作，自然流利而已，曾载《文汇报》。

（五）〔减字木兰花〕是近作。〔浪淘沙〕游普陀山即景行怀首，一九八一年在舟山作。载《解放报》（《解放日报》）。第一首下片，海阔天空，为友人所赏（似有豪放意）。

（六）〔解连环〕之"怅漂花绮梦"三句，"倚断弦"三句，〔长亭怨慢〕"缥缈鹃声"二句，"楼台梦里"四句；〔莺啼序〕二段"甚楼台"三句；〔八归〕上片"旧日京华"以下五句，下片"两潮哀语"三句；以上吴梅先生均加密圈，此外双圈尚多，不复省记。吴梅先生批改诗词，密圈是不易得的。

此次奉上拙作，如有其他问题，敬请指教，需要时并当作覆。

另外，《学习与思考》载大作谈苏词一文，极有新意。《文汇报》介绍梗概，我们的研究生都看过了。

一九八一年四月二十二日
《词学》第二十七辑
（华东师范大学出版社2012年版）

二

…………

在旅途凑成打油诗二绝，拟呈你与缪、吴二老者，即乞斧政。

二绝句

予执教沪渎，言词寡有所合，虽非离群，而有索居之感。顷赴成都参加草堂杜诗讨论会，幸识缪钺先生，亲聆谈词，持论正大，欢喜雀跃，得未曾有。继至京师，又识吴世昌先生，力辟胡说（注），妙语解颐，深获我心。辄成二绝，录呈缪、吴二先生，兼呈施议对同志。言语之工拙，诗意之有无不遑计也。

草堂盛会挹清芬，抵掌谈词妙入神。原本风骚真脉在，衰年不复慨离群。

词坛树帜各称雄，梳凿清浑赖一公。一现昙花胡说派，江河不废水长东。

注：胡指三胡。近者胡适、胡云翼，远者宋代胡寅，俱有贵豪放而贱婉约之意。名之曰胡说派，以其不实事求是也。

《词学》第二十七辑

（华东师范大学出版社2012年版）

【按】上二札录自施议对辑录《万云骏先生论词书札十八则》。

程千帆

程千帆（1913—2000），名会昌，字伯昊，别号闲堂。湖南宁乡（今属长沙）人。历任武汉大学、南京大学教授。著有《闲堂诗文合钞》《校雠广义》《史通笺记》《文论十笺》《唐代进士行卷与文学》《古诗考索》《被开拓的诗世界》等。

致夏承焘

瞿禅先生左右：

久未奉候，伏维杖履安泰。顷承惠赐论词绝句，彊翁之后此其嗣音，而经涉广漠，剖析毫芒，则又过之。窃谓乃一部诗体写成之词史也。《涉江诗词》印就，邮奉二册想已收到。经营匪易，越岁始成，而款式印工终不如意为憾。先生海内宗匠，多识学界胜流，不审尚有何人应寄呈乞教。如荷便中属夫人开示名单，极所欣感。

专此布谢，祇颂道安。

会昌顿首

九月十五日（一九七九年）

《闲堂书简》

（上海古籍出版社2013年版）

致周退密

退密先生：

奉《和观堂长短句》两家，如空谷中闻人足音也。自鸾陂居士首唱，和家已七八家，妙在各抒所怀，谁也不管谁，实但借韵，非和韵也。若夫观堂原作，可谓至哉！窃谓其密旨深衷，乃对于宇宙人生之悲悯，乃叔本华哲学之韵文讲义。真纯儿女之情，或者仿佛近之，他皆未可相方也。颓龄今年八十有三，日益衰朽，看书甚艰，耳聩尤甚。友朋书问亦希。蛰庵久无音问。先生亦与过从否？冬寒，伏冀葆爱。敬颂吟安。

弟程千帆顿首96.1.6

《闲堂书简》

（上海古籍出版社2013年版）

【按】 周退密（1914—2020），号石窗，室名红豆宦、四明名宿。浙江宁波人。曾任教于哈尔滨外国语学院、上海外国语学院，上海文史研究馆馆员。工诗词翰墨，富收藏。著有《周退密诗文集》《墨池新咏》《退密楼诗词》《安亭草阁词》等。

吴则虞

吴则虞（1913—1977），字蒲颐，室名曼榆馆。安徽泾县（今属宣城）人。早岁师从陈衍、杨铁夫、章太炎，善诗词，精通音韵、训诂、校勘之学。先后任教于西南师范学院、中国科学院。有《曼榆馆词》，校辑《清真集》《山中白云词》《花外集》等，另编有《辛弃疾词选》。

致龙榆生

榆公：

奉大教，拙文见笑之至，何足挂齿。六年前颇无聊赖，以燕乐自娱。闲尝寻求南北曲与词调嬗变之迹，又寻求南戏声律之遗亡，颇有疏记。寻为诸生讲宋元文学，乃草此文。去年《文学遗产》欁令撰稿，以此塞责。末又有引《教坊记》考词调嬗变一章，临印时剪去。南戏声律与词有关，惜海盐、弋阳久成绝响，文字虽在而句度难知。川戏高腔出于弋阳，弋阳中尚留海盐之遗音。川戏牌调词牌甚多，锣鼓牌子且用唐词之调名，曾记录谱调十数支，今所用之笺，即当年记谱之余纸，旋复中辍。川剧研究会刊行之高腔谱即虞校订。嗣见半圈删改《还魂记》上有朱笔点板。细按之，非昆腔，乃海盐腔之板拍也。临川此曲本用高腔腔格，后人不知，妄以犯律相讥。得此书及虞说证之，可以大白。多歧亡羊，今则无暇及此矣。其中实有妙谛在，昔贤未及发之，故又不免见猎而心喜焉。（川剧艺人有蓝贞碧者，颇有慧心，今则不知奚似。此虞教外别传之弟子，亦我之教曲伎师也。）白石、玉田旁谱俱在人间，半字谱虽在，断不能据此以歌，拘泥以求。昔人多以此而误，致泛声全失。宋词之缠绵宛转之情荡然矣。此事即在毛西河亦往往有误，惜不能与公面究此旨。（白石之词，其逸在响；玉田之词，其哀在声。当时付雪儿者，断不似今所见之谱。此意自曲谱中悟出，在乐律中有声无字之声极关重要。音之雅郑亦以此分。）《辛词选》盼三月初能成全集，合同尚未发。此童蒙求我，不必以此为虑，想不致有变卦。即反汗，书成可交金公出版，请放心。匆复，即颂著安。

虞

十一日

《近代词人手札墨迹》

（台湾"中央研究院"中国文哲研究所2005年编印）

【按】 此札录自《忍寒庐劫后所存词人书札》（下），龙榆生旧藏，张寿平辑释，见台湾"中央研究院"中国文哲研究所编印《近代词人手札墨迹》中册。

汪世清

汪世清（1916—2003），安徽歙县潜口（今属黄山徽州）人。早年毕业于北京师范大学物理系，曾任职于中央教育科学研究所。酷嗜读书，关心徽州文献资料的搜集整理，潜心明清美术史和新安画派研究。著有《汪世清谈徽州文化》《汪世清谈艺书简》《汪世清艺苑查疑补证散考》等。

致夏承焘（四通）

一

读大著《姜白石词编年笺校》，获益良多。在版本方面，对姜词自宋以来的刻本和抄本缕述其条流源委，至为清晰，也给我以很大的帮助。兹就接触到的有关姜词的版本提出几点，以供参考。

一、乾隆间水云渔屋刊本即陆本。在北京图书馆普通阅览室有陆刊两种藏板，一为随月读书楼藏板，一为水云渔屋藏板。另善本室有李越缦藏姜词陆本，亦为水云渔屋藏板。

二、张奕枢本除沈曾植影印本一种外，有张应时重刻本，除有张奕枢序外，还有张应时序，序末注明系"嘉庆二十五年，岁次庚辰七月既望"的作序时日。此本与沈本字形相近，每页十一行，每行十九字。但有几处与张本、沈本皆不同。如〔好事近〕"金络一团"不作"围"，〔夜行船〕"流渐"不作"嘶"，〔石湖仙〕"纶巾敧羽"不作"雨"，等等。此本现北京图书馆藏有一本。

三、北京图书馆善本室还藏有抄本姜词一种，目录悉依陶抄分六卷，而内容则仅有令、慢、自度曲三部分，排列次序亦有变动。如令的排列次序如下：

〔小重山令〕 〔浣溪沙〕（著酒行行） 〔踏莎行〕 〔杏花天影〕 〔点绛唇〕（燕雁无心） 〔夜行船〕 〔浣溪沙〕（春点疏梅）〔鹧鸪天〕（京洛风流） 〔浣溪沙〕（钗燕宠云） 〔醉吟商小品〕〔玉梅令〕 〔莺声绕红楼〕 〔鹧鸪天〕（曾共君侯） 〔少年游〕〔忆王孙〕 〔鹧鸪天〕（柏绿椒红） 〔鹧鸪天〕（巷陌风光） 〔鹧鸪天〕（忆昨天街） 〔鹧鸪天〕（肥水东流） 〔鹧鸪天〕（辇路珠帘）〔阮郎归〕（红云低压） 〔阮郎归〕（旌阳宫殿） 〔江梅引〕 〔鬲溪梅令〕 〔浣溪沙〕（雁怯重云） 〔浣溪沙〕（花里春风） 〔浣溪沙〕（剪剪寒花） 〔诉衷情〕 〔点绛唇〕（金谷人归） 〔巫山十二峰〕

（摩挲紫盖）〔蓦山溪〕〔好事近〕〔巫山十二峰〕（西园曾为）

　　看来有些近于按创作年代作了以上排列。此本在目录最后一页的左下角有"项孔彰""易庵"两章，曾为蒋凤藻收藏，据蒋跋断为项易庵手抄。果尔则此便是明末清初抄本，当系楼敬思所藏之外另一陶抄姜词。（中节）此抄本可能的确早于陆本与张本。但是否项易庵手抄尚有可疑之处，如在〔石湖仙〕末句下加一小注"《词综》'雨'作'羽'"，考易庵殁于一六五八年，当年朱彝尊仅十八岁，当未及见《词综》问世，则从此小注可知不是出于易庵手抄。又此抄本卷一第一页的右下角有刘石庵的圆章，则此虽非项易庵手抄，其抄写年代可能在乾隆以前。另外，此抄本还有与其他刻本不同的一处，即在陶跋前还抄有《庆元会要》一则。因此抄本在大著中未见提及，故以相告。

　　四、我藏有一本《白石道人歌曲》分六卷而无别集，赵与峕跋在前而无陶跋，仿宋刻，其内容几与沈逊斋本相同，如〔念奴娇〕"争忍凌波去""争"字也脱，而在末句下补一字。但我另有沈本则系袖珍本（去年在杭州浙江图书馆见一本也是袖珍本），是否沈本有两种，一为大型本，一为袖珍本，若然则此当为沈本。又从纸墨上看，此本似较宣统（沈本刻于宣统庚戌）为早，不知是否即系沈本直接据以影印之本，识见浅陋，未敢肯定。尚希赐教。

　　我在工作之余，对姜词亦甚爱好，而对先生在姜词的研究方面所取得的成绩和实事求是的治学精神都非常敬佩，故不揣冒昧写此以告。

一九五八，九，十八日

《姜白石词编年笺校》

（上海古籍出版社1981年版）

二

　　（前略）近北京图书馆新藏王曾祥手抄本白石诗集一卷词集一卷，确系据樊抄手录。词后有跋："此同里王茨檐先生（曾祥）手钞本，旧藏高丈兰陔香草斋中，后归松窗家兄珍弄有年。兄每谓先生楷法乃以率更劲骨参以香光风韵者，况录成数万字而无一弱笔，尤可宝贵。至白石诗词则历山民'清妙秀远'四字尽之。道光六年丙戌春人日。成宪翰毕，还之侄孙大纶、大纲，时年七十有一。"

另有一跋叙述此本与陆本、张本同源，后有数语："传此书旧为高兰陔所藏，后归魏松窗家守之三世。余则在长沙得之何蝯叟后人者。……己未十月晦。更年。"末盖朱章"曼青"二字。

此抄本未知先生曾见过否？因匆匆寓目，未及详校，如先生欲知其详，当细加审阅，举以奉告。王茨檐杭县人，杭县志文苑有传。

一九五八，十二，十四日

《姜白石词编年笺校》

（上海古籍出版社1981年版）

三

近在北大图书馆看到清抄本《白石道人诗集》《词集》《大乐议》《续书谱》《禊帖偏旁考》《诗说》一册（见北京大学图书馆藏李氏书目下册第九十一页），前有柯崇朴序文，对白石词集版本考证颇有参考价值。不知先生曾见过否？兹抄上以供参考：

"右白石道人诗集一卷，系宋刻旧本，朱检讨竹垞向总宪徐立斋先生借抄得之，其长短句则竹垞自虞山毛氏所刻宋词《乐章集》，更旁采诸书合得五十八首为一卷，复以其所为《大乐议》《续书谱》《兰亭跋》《禊帖偏旁考》《诗说》并附其后。于是白石先生所著，衰然成集。呜呼，书缺有间矣，况自李献吉论诗谓唐以后书可勿读，唐以后事可勿使，学者耳食其说，将宋人诗集屏置不览而湮没，可胜道哉！近者天子右文，诸博雅好古之士争置宋元诸书，遗文始往往间出，然散逸既久，搜辑为难，今竹垞不独广为缮录，且汇萃成编，其有功于白石也大已！余既转写之，因述其始末如此。所惜拟宋铙歌曲十四篇未睹其详。复闻虞山钱子遵王藏有《补汉兵志》一卷、《绛帖评》二十卷，又从来言姜白石所未及者，乃知古今文字其不经见者多也。异日者冀得并购而合编之，则余之幸也夫！康熙乙丑孟秋下瀚，题于东鲁道中。"下有"柯印崇朴"与

"敬一"二章。

此本词集共收词五十八首，各词及其排列次序均与陈撰本完全相同。据柯序，此五十八首原为朱彝尊所辑，而柯序写于康熙二十四年，早于陈刻三十多年，则陈刻可能即据朱本或其传抄本。最近见丘琼荪先生所著《白石道人歌曲通考》，其版本考中列有白石词明钞本一种，并疑陈本或即据此明钞本而刻，看来对于陈刻来源一向还是不大明白的。今据柯序，这一问题似乎可以解决了。因未暇与陈本细校，其间异同，无从详告，殊以为歉。

一九五九，八，五日

《姜白石词编年笺校》

（上海古籍出版社1981年版）

四

（前略）北京图书馆善本室所藏几种白石词，均有名家批校，极为可贵。兹遵嘱将下列三种刻本的批校语抄上，以供参考。

（甲）鲍倚云批校姜白石诗词合集，是洪正治刻本，并非曾时灿原刻本。书末有鲍氏识语数则如下：

一、词集最后一阕〔庆春宫〕的阙文，下有小记："乾隆丁巳夏，客邗江，从冷红江君所借得全阕补注于下。"在补注后又云："'镜里春寒'误作'逢春'。庚申十一月朔日灯下改正。"盖从前次补注中"春寒"误作"逢春"，已改正了。按"冷红"为江炳炎号，"丁巳"为乾隆二年，恰为江炳炎从符药林借钞陶南村所书旧本白石词之后。则鲍氏所据以批校洪本者即为江炳炎钞本。

二、"旅夕无聊，一编自遣，借冷红点定白石集，丹黄一过。冷红于词学颇极研搜，近得白石词足本，此板讹处悉正脱失，小序补列其上，余阕当别录之为藏本也。诗校勘稍略，姑存其概，他日仍拟自加点定。乾隆庚申冬十月廿六日夜分，识于扬州桐香阁。"

三、"冷红所抄词集足本，圈点略别，此本校对，余亦间出己意。前跋书冷红点定者，不忍没其来由。顷复自赘，恐鱼目混珠光也。评语附缀，草草无当，则自列名以别之。"

中国古典词学
新辑词学珍稀文献丛刊

四、"足本开雕矣，为友人所误，因复中辍。余劝冷红何不自书付刻，卒苦牵率不克办。古籍之不易流传也如是！次日晨起，倚云又志。"

（乙）余集校跋姜白石诗词合刻，是曾时灿原刻本。有厉鹗跋四则：

一、"明瞿宗吉《归田诗话》云，'小山不能云，大山半为天'，造语奇特，此二句集中所无，盖逸其全矣。白石诗词为吾友陈君楞山刻于扬州，诗中奉天台祠禄、闲咏、负暄等，俱是丽水姜梅山特立之作，词中更窜入他作居多，余尝于北墅吴三丈志上家见宋临安府睦亲坊书肆陈起所刻原本，次第与此不同，特又有《诗说》一卷。使有好事者照宋椠本重镂版以存白石老仙之真面目，殊胜事也。樊榭山民厉鹗书。"

二、"余从《咸淳临安志》补入五绝二首、七绝一首，《砚北杂志》补入七绝一首，《澄怀录》补入词序二篇，白石作者甚少，无不高妙，此零珠断璧，宜亟收拾之。雍正七年岁次己酉，正月九日雪中，樊榭又书。"

三、"此本讹脱颇多，今照宋本一一刊定。己酉落灯夜雪中书。"

四、"词集校花庵《绝妙词选》所收，独多数首。己酉正月廿六日书。"

以上各跋，均为余集手抄，末署"己卯清和月松里余集校正"，下有"余集""蓉裳"二章。

（丙）周南跋之《白石道人歌曲》，确是张奕枢刻本。封面有吴梅题识云："张刻白石词，全一册。此书先后为鲍以文、卢文弨、周南、张鸣珂所藏，心渊表叔得之冷摊，乙亥季冬，举以见赠云。是岁除夕，霜厓记。"

其书前有周南跋："辛酉冬十月二十一日，玉珊词兄来铁沙宝重室，谈词论诗，相视莫逆，因以此词奉赠，忆己未冬仲获读尊著《秋风红豆楼词》，积慕已二载矣，获此快晤，何幸如之。荔轩周南记。"

跋后有吴梅按语："按玉珊为张鸣珂，嘉兴孝廉，寓居吴中，身后遗书星散，心渊遂以贱值得之，今既归余，为点珠细读一过。霜厓吴梅。"

书尾有小字一行:"戊寅正月晦,霜厓读一过,时客潭州。"

书中有吴梅朱批评语及史事等多条,兹不详录。

又该馆所藏有蒋凤藻跋之清抄本《白石道人歌曲》,据蒋跋为项易庵之手钞本。在"白石道人歌曲目录终"下有一行小字"此原本目录也,别集一卷不载",其下有"项孔彰""项易庵"二章。书后有蒋氏跋三则:

(一)"书之显晦不时,有前人所未见而今转易得之者,此白石词亦其一也。国初竹垞朱先生竟未及见,当日此本项氏钞之,宜如何珍重矣。闻汪阆原曾得旧刊本,照目录全,今藏吴平斋处,我甥曾见之,词旁有圈仄,想为音节起见云。"

(二)"此櫺李项易安旧钞也,项氏手藏甲于江浙,不少秘本,此盖易庵手录,尤足珍重云。小除夕,香生蒋凤藻志。"

(三)"宋词最著者姜夔、周密、张炎。汲古阁毛氏曾编刻《六十名家词》,白石词已刻入,此系名钞,据善本校勘者,卷目后有项易庵图记,故疑为手钞,以其字迹甚似耳。至卷后有俾他人抄录,故多误字云云。盖后十一年之跋,即至正十年之后十一年也,当据陶氏旧本附录,非易安自谓云。香生又志于沪上寓斋。"

此抄本别集后有赵与訔跋、《庆元会要》一则与陶宗仪二跋。其中〔念奴娇〕(闹红一舸)末句下有"'来时'《词综》作'年时'",〔石湖仙〕末句下有"'欹雨'《词综》作'欹羽'",〔翠楼吟〕末句下有"'词仙'《词综》作'神仙'"。按项易安为项圣谟号,圣谟卒于清顺治十五年(一六五八),当不及见《词综》问世,此是否项氏手钞,还属可疑。

最近曾以王茨檐抄本校张奕枢本(即有周南跋者),校记俟整理后,即可抄奉。

一九五九,八,十七晚

《姜白石词编年笺校》

(上海古籍出版社1981年版)

【按】以上录自夏承焘《姜白石词编年笺校》附录《承教录》。

周汝昌

致夏承焘（三通）

一

瞿老惠鉴：

复辱书，殷殷下问，感与愧并。顷来忙病相兼，奉复稽迟；此纸草草摘录管见，细碎尤甚，无关弘旨者，所以敢尘清览，聊报不弃末学之高谊，并幸进而教之也。词翰苟简，统望宽谅。不尽所怀。俟有微闻，尚当续启。

《辑传》有云："为诗初学黄庭坚，而不从江西派出，并不求于杨、范、萧、陆诸家合"，窃疑末语毋乃稍过。玩其诗集自序，大旨端在"奚以江西为"一点，凡先援尤梁溪之论，复证以千岩、诚斋、石湖三家之言，皆所以明己见不谬，诸老佥同，差足自信。此为主意。至下文继有云云，似无过藉表虚怀，不敢即此沾沾自喜，疑诸老谓同，或有奖掖后起，故为徇借之言耳。是以"合"为主，"不合"为宾，为衬。不应才引以证己见，又即所以证之者而斥之，并以为不屑与之合；斯二者，理无两存，义难并立。为文有为文之道，自有义法，有理路；使白石原意欲明所以不合，其序次措语，故当另有所出。梁溪与白石之交谊姑不论，至萧、杨、范三家，或懿亲，或先辈，皆于白石为特赏、为义交，所以助白石者殆不止文字齿牙远甚，皆白石所以深藏感激者，纵于其诗有所不然，其当于论江西之际而并加微词耶？殆不尔也。其末云："余又自嗒曰：余之诗，余之诗耳，穷居而野处，用是陶写寂寞则可；必欲其步武作者，以钓能诗声，不惟不可，亦不敢。"则恐世人讥其遍引名贤，标榜自图，故设语以解；"穷居野处""陶写寂寞"，以是为文，名不易立，谤则每来，旧时之恒情；语涉牢骚，故不难窥，而辞锋所向，在恒情而不在诸老，亦易见者。准是而言，窃疑尊论末语稍过。质之高明，以为是否？尊辑下文紧接以"一以精思独造，自拔于宋人之外"，引《四库提要》语以实之。然《提要》"故序中又述千岩、诚斋、石湖，咸以为与己合，而己不欲与合，其自命亦不凡矣""傲视诸家，有以也"诸语，疑失穿凿，恐非确论。先生精思灼见，当不苟同。《提要》殆欲以此而高白石，自今视之，此又实非所以高之之道矣。（又，序中虽尝因尤梁溪语一及放翁，主意实于此翁无涉。尊云"杨、范、萧、陆"，不如以"尤"易"陆"为得。）

　　一、尊校颇备，特重宋刻元钞一支，是也。旁涉他本，采及词谱诗话。独厚诟病洪正治本，除间一及之，藉发其误外（如论〔暗香〕"翠尊易泣"句洪本"泣"作"竭"之类），略不稍顾，殆同可弃。窃意莫少过否？尝试论之：钱刻陶钞虽可信，然流布未早，姜集既久稀觐，清初始赖此本稍还旧观，网罗放矢之功，未可轻没。一也。其本何出，虽不可知，殆非陈氏洪氏所得而妄篡者，亦非甚谬陋者所能办；先生《版本考》列之于（乙）项"花庵词选本"之下；或不免疑此出陈、洪等人撝拾宋明人选本总集如《花庵》《花草》之类以凑泊而成，复"意为删窜"（提要）"同一靡乱"（郑校），故无足取。实则不然。兹举一力证，如〔淡黄柳〕过片"正岑寂"三字，尊校云："《花庵词选》《花草粹编》及明钞《绝妙好词》，此三字皆属上片，误。"而洪本此三字属下不属上。是其非袭宋明诸选编可知。夫〔淡黄柳〕是白石自度曲，非有旧谱可按、众作可稽者比；然则洪本何以订其误耶？使洪氏而有此词学、具此特识，则岂当复以谬陋妄人观之。使洪氏而无此学此识，则必有所据，而其刻之非出撝拾凑泊也益明。二者必居其一，有一即足以为洪本重。二也。检尊校，凡宋明编选及清人《钦定词谱》之不足从而为先生抉出者，洪本往往不同其不足从而与佳本合，不止一处。三也。其独具之异文，有不得概斥为讹谬者，如〔鹧鸪天〕（京洛风流绝代人）下片云："红乍笑，绿长嚬。与谁同度可怜春。"洪本作"红半笑"。按词意，"绿长嚬"谓眉长蹙也，则红当指唇颊，故云笑。然则"半笑"与"长嚬"谓仗，非不可通也。如〔满江红〕"旌旗共乱云俱下，依约前山。"尊校云："后村诗话'共'作'与'，《钦定词谱》同。"而洪本独与后村引文合。复次，"却笑英雄无好手，一篙春水走曹瞒"，洪本作"应笑英雄无好手"，以词意论，"却""应"各有神情，难定优劣，遑论是非。此亦断非音似形近之讹，而洪氏果故意改窜，意何居乎？洪纵妄陋，恐不至是，转难办此。复次，原注"庙中列坐如夫人者十三人"，洪本作"十五人"。何者为是，似亦不妨并存待定。类是者时有之。四也。洪本颇有误字，然诸本所不免，大抵无过如张本历钞之"篷"误"蓬"、"歌"误"哥"、"咸"误"成"、"赢"误"赢"以及"流嘶""侯馆""青燉"之类，不应独为洪本病。五也。至如小序往往窜剪，他作时时屦乱，固是疵累，然定底本与校众文其义有分。选取底本，约其大齐，唯善是择，固当摒洪本于不齿之列；若视为别本而取校众文，则不妨广存歧异，一以辨鲁鱼，一以采片善。如尊校中凡清人避讳之妄改与夫笔记逞臆之庸言（如改"胡"为"吴"，疑"移"作"擸"之类，不无腾笑之资）尚且不惜品衡，予以地位，洪本顾并此地位而不得有，岂得谓平。此本久不为人知，几就湮灭。故愿先生量宜存旧，以备文献而资来修。

如先生所云："江、陆、张三本，同出于楼藏陶钞，江、陆二本且同传钞于符药林，三本写刻年代相去又皆止数年，而字句往往不同。"（《版本考》）"宋人词选若《阳春白雪》《花庵》、草窗皆录姜词，当时应据嘉泰原刻，而与陆、张、江三家又互有异同，所注宫调，亦往往为三家所无，疑莫能明。"（自跋校本）最足以说明问题。仅赖宋刊元钞以及同时选录，尚不能事如划一；犁然于怀，犹有所竢；而当时手稿流传，或后先不一，或纂辑不同，亦固其所；嘉泰一本之外，未必不有别录；时世既远，片羽足珍。如洪本者，倘亦不无可贵。惟先生更审论之。（此本诗集部分似尤有异文，不审先生于校诗集时尝一采撷否？兹以题外，不复觏缕。）

二、〔八归〕"问水面琵琶谁拨"，尊校云"历钞'拨'作'摘'，误。"按"摘"，有擸弹一义，字书虽不载，然往往见于实用，如山谷有听宋宗儒摘阮歌是也。琵琶既可曰擸（《通考》），疑亦可曰摘，（《辞源》引熊朋来赋"立擸卧摘"，亦可参证。）此字有义可寻，韵亦略可通借。莫不得即谓误否？

《姜白石词编年笺校》

（上海古籍出版社1981年版）

二

一、〔庆宫春〕（双桨莼波）详其词意：上来即点出"暮愁渐满"，"愁"字是眼，一篇皆写此也。所愁者何指？即下所云"明珰素袜如今安在"与夫"伤心重见，依约眉山黛痕"甚明。词中所凝想怅念之人，已若"盟鸥"，"背人"飞去。此不烦解说。然此所念究何人耶？尝谓"那回归去，荡云雪、孤舟夜发"与序中明言是辛亥除夕之事，正《研北杂志》所记"大雪载归过垂虹"，作"小红低唱我吹箫"时也。而此际重来，则"老子婆娑，自歌谁答"矣，明系针对。故"垂虹西望，飘然引去，此兴平生难遏"，所谓"愁"耳。窃意此白石追念小红之作。词序云云，皆诚如先生所云"故乱以他辞也"（〔长亭怨慢〕笺）。此例尤显。如所揣有合，则小红此时即已他适矣。（苏泂吊诗，乃词家之言，不妨云云，亦无拘必系白石卒前方嫁耳。）又，石湖所赠青衣，是否即真名小红，疑尚难定。小红乃唐人吹笙伎，见刘禹锡集。意白石或用之借称，不必拘看。陆友仁之说，每有可商之处，以其时略后，故常泾渭相混，不尽得实。（如先生所举误以白石题石湖像诗为自题像即是。）

二、同词　"垂虹"笺第引《吴郡图经》续志一条。按《东坡志林》卷一"记游松江"："……置酒垂虹亭上……此乐未尝忘也。今七年耳，子野、孝叔、令举皆为异物，而松江桥亭今岁七月九日海风架潮平地丈余，荡尽无复子遗矣！追思曩时，真一梦耳。元丰四年十二月十二日黄州临皋亭夜坐书。"然则垂虹建于公元一〇四八年，至一〇八一年为水荡毁。此不可不稍说明之，不尔则令读者谓至白石时所游桥亭犹是庆历八年故物也。

一、同词　"采香径"笺，引柳词"香径没"及吴词"箭径酸风射眼"二句以证字当作迳。按玉溪杏花诗："吴王采香迳，失路入烟村"，早于耆卿、梦窗甚远，亦作迳。又冯注引《吴地志》："香山，吴王遣美人采香于山，因以为名，故有采香迳。"惜其语欠明晰，不悉引文起讫及何者为冯自说。如所引无误，解说可靠，则似自有采香迳，与范《志》之采香径并存，一山路，一小溪，名同而实异复相乱耶？总之，词章中似作迳者多，恐非尽属讹误。

一、白石好用小杜事，词中或径以自况。至〔汉宫春〕（次韵稼轩）"扬州十年一梦，俯仰差殊"而益著。此固词家常语，然亦有可得而析论者。考"十年一觉扬州梦，赢得青楼薄幸名"一诗，殆牧之于开成二年（837）作。牧之大和二年（828）及第、登科、释褐弘文馆校书郎、试左武卫兵曹参军，是为仕宦之始。至开成二年，因弟颛居扬州禅智寺患眼疾，遂迎同州眼医石生，请假百日，东赴扬以视弟疾。唐制：职事官假满百日即合停解，故牧之居扬假满百日，即弃官焉（以上本诸缪钺先生年谱）。自释褐之年至此弃官之日，正满十年，情事券合。故拙见以为诗实作于既弃官、仍居扬州时。其云十年梦觉，实谓宦途至是已告段落，回视利名。不过如梦，而所得者何哉？青楼已著薄幸之名矣。此盖借言而深斥名场，自伤耿介，慨叹实长，用意甚苦。而自昔以来，不明此旨，凡诗话引为谈助，词家用为故事，莫不以此为口实，几成为冶游子、轻薄儿儇佻放荡之代表，毋亦少负诗人否。向日尝与缪钺先生论之，不知先生以为如何？稼轩原唱，虽才经起废，归兴已浓，同时诸作，举可覆按。今白石此词首曰"云日归欤，纵垂天曳曳，终返衡庐"，并非自指而系谓辛。然则接以"扬州十年一梦，俯仰差殊"，无论自指、指辛，岂谓二人"冶游老手"耶？必别有深意矣。白石诗人，其于樊川诗当有会心而非随俗滥用。先生幸一讨论之。

一、同词"年年雁飞波上，愁亦关予"，此虚词，似无可笺。然窃意笺者除分疏具体事迹之外，亦有发明微隐之义。南宋诗人凡言雁，此物自北来，故每涉故国之悲，抗敌之志，其例殆不胜举，稼轩"生怕见花开花落，朝来塞雁先还"，龙川"寂寞凭高念远，向南楼，一声归雁"，特其一二耳。白石此处则表其爱国忧时之夙志，与〔点绛唇〕"燕雁无心，太湖西畔随云去"，同一寓意。尊代序中亦只举"中原生聚，神京耆老，南望长淮金鼓"较浅露者，似可并论之也。（以平时留意所及，知人每不晓"燕雁"之义，更无论"燕"字之读平声与夫南宋人对"燕"地之感情何似。尤可骇怪者，近人《宋词三百首》笺注本竟作"雁燕"，几不令读者疑为"诗人老去莺莺在，公子归来燕燕忙"哉，初疑为"手民"之误（神州国光社版），及又见其新出中华书局版，"雁燕"依然，亦别无注语，知非偶然之事矣。兹义有关白石作品之思想性，故附及。

一、〔浣溪沙〕序"己酉岁客吴兴，收灯夜阒户无聊"依尊笺体例，"收灯夜"应入笺，盖此乃一代之习俗所关，非泛语也。向尝与友人细论宋人所谓收灯究指何日，乃知北宋殆指十八日（或指十九日）。盖三日元宵益以两日，而南宋每指十六日，然此或渡江之初，军马倥偬，诸事苟简，后虽略定，亦不能尽复北宋之旧。及至宴安既久，荒乐滋深，即又不止十六日，仍有延赏之迹。诸书所载不一，职是之故。先生必能详之矣。

一、〔齐天乐〕"先自"校"《阳春白雪》'先'字下注'去声'二字"，案洪本亦尔。

一、〔鬲溪梅令〕笺引陈疏"案寓意即前〔江梅引〕梦思者"。然玩诸词，与合肥人殆无"木兰双桨梦中云"之迹，其"漫向孤山山下觅盈盈"等语亦不甚合。窃疑此词不如与前〔庆宫春〕合看为更切也。

一、〔汉宫春〕二阕，笺后阕之秦山而不及前阕之秦碑。按《十道志》："秦始皇登秦望山，使李斯刻石，其碑尚存。"似可并入笺。

一、《版本考》（页一六六）"洪正治获白石集于真州，亦诗词合编，刻于乾隆辛卯。"按洪序题"雍正丁未"（1727），不应迟至一七七一始刊之，相距至五十余年之久。莫有误否？

《姜白石词编年笺校》
（上海古籍出版社1981年版）

三

〔霓裳中序第一〕，笺"作中序一阕"，说明霓裳全曲共分三大段落：一、散序，六遍；二、中序，遍数不详；三、破，十二遍。又说："白石词名《中序第一》，知中序不止一遍，是全曲至少二十遍。"这里推算并无错误，但似乎有些小混乱。首先，如前文各条笺语所指出，姜白石所见乐工故书中霓裳虚谱十八阕，并非唐时原曲，其出于冯定改本抑李后主详定本，亦不可考。如此，则实不应径据白石所见者牵入以证唐诗霓裳原曲情况，或者反过来径以霓裳原曲情况来推证白石所见虚谱。因为，假如可以互证，那么，白石已说明所见谱散序是两阕，则十八阕中减去散序二遍，破十二遍，当然剩下是中序四遍（包括"歌头"一遍），然则我们岂不可以径称"霓裳全曲至少有二十二遍"了吗？

其实，中序就是排遍（也称叠遍），开始有拍（故又称拍序），这是散序以后的正式曲腔了，顾名思义，以排叠为称，当然不会是"止于一遍"，如现存宋大曲，董颖〔道宫薄媚〕排遍尾数（即擷遍）是"第十"，曾布〔水调歌头〕排遍尾数是"第七"（都不计"歌头"一遍）；现存宋法曲曹勋《道情》连"歌头"带"擷遍"也共有五遍。照道理讲，正曲排遍实不应反少于引子散序。姜见谱散序两阕之外，排遍与破如何分配，并不可知，上文假设排遍三、破十二的比例，实际是不合乎情理的。至于唐霓裳原曲散序和破既已有六遍与十二遍之多，这显然是个规模很大的法曲，其排遍也绝不会形成蜂腰只有三四遍，最少亦不能少过散序六遍；但到底多少，无法确考了（如姑以"六遍"计，那全曲也就至少有二十四遍了）。

笺语又引王国维旧说"中序即歌头""宋之排遍亦称歌头"，别无附语订正。其实歌头只是散序完毕以后、排遍开始时的最前一阕，单称"歌头"，并不和排遍共计遍数。王氏径以"歌头"代称整个排遍，其说似不可从。

因此，笺〔霓裳中序第一〕时，似可说明这就是姜见谱霓裳全曲中的排遍的第一支曲，"中序第一"并非"歌头"，这样就清楚多了。

《姜白石词编年笺校》

（上海古籍出版社1981年版）

【按】以上录自夏承焘《姜白石词编年笺校》附录《承教录》。

刘永湝

刘永湝，生平暂不详。

致夏承焘

大著白石词笺谨拜领。此书弟早经读过。前致恭三先生函曾提及，谓对词的乐律的研究，作者致力最勤。弟于词律为门外汉，对作者最精彩处苦无领会，自叹负此好书。〔暗香〕〔疏影〕两词，说者纷纭，莫衷一是。尊笺对此词似仍主北庭后宫之说，而又疑亦与合肥别情有关，见仁见智，原不相妨。但谓于追悼后妃同时，念想爱侣，恐非昔人所敢承。不如系年所附〔暗香〕〔疏影〕说，认后妃北行于时相隔已久而专主思念合肥人为能自圆也。（下略）

《姜白石词编年笺校》

（上海古籍出版社1981年版）

【按】以上录自夏承焘《姜白石词编年笺校》附录《承教录》。

关志雄

关志雄（1937— ），字君风，号玉窗。广东开平（今属江门）人，幼时移居香港。能诗词，研修音乐文学，为赵尊岳弟子。著有《张炎〈词源·讴曲旨要〉考释》，有词集《玉窗词甲稿》《玉窗词乙稿》《吐绮集》等。

致赵尊岳

尊岳吾师讲右：

久疏音问，念甚。遥想福履康胜，为慰为颂。接奉手谕以来，于兹如月朝夕寝馈，惟词是求，自谓大成。古人为期尚远，然于古人心事，约略可知。见弃俗情，不恤时务，斯道虽苦，窃亦甘之。虽谓文学兴废，各有其时，复兴宋词，谈何容易？加之制度已变，风俗早迁，即能创造，其世路维艰，顾此乃吾家旧物，宜万世而不朽，何忍见其式微，更何忍任其湮没？况复广陵之散犹未云亡（《广陵散》即《广陵曲》，盖散者曲之一种也，见《卢氏杂说》《春渚纪闻》。又有闻此曲之考证，近人杨家骆、戴明扬、王世襄等均有重要发见），是则宋词之学岂合言绝？且夫摹情状物，工莫过于小词；释恨佐欢，奚多于俚曲？而抒写性灵，本不限乎中外；寄传心志，原无拘乎古今，何昔日之淮歌至今世而弗闻，独异域之莎诗遍天下而能诵？岂亦时势适然？实子孙之不肖耳。志雄不自重，力欲以个人之能，重振词曲之业，非敢追较前贤，固望使淳风俗，是故为词首重格调，盖温柔敦厚虽曰诗教，以之治词，可为准绳。尝谓东坡疏放，可救词质之纤弱；白石清婉，可正词格之精神；然而二家于词，气格虽高，情韵俱少，自是诗人本色，终非词手当行。词以痴挚为主，而以出入决绝为尤贵，情格并到，词境斯备，夫以《乐章》之情词尽至，当以缺少风骨，不免曲俗之訾。此无他，下笔间欠珍重而已。淮海之词风情之意多，而痴挚之语寡，何也？下笔过求珍重而已。惟清真为能兼擅众美，复以音节谐婉，情采深厚，不求立异，自能尊体。至于字面之用，篇句之构，亦为填词不可忽者。如临川、稼轩之洗练，二晏、欧阳之深秀，东山、梅溪之闳美，断肠、漱玉之凄惋，碧山、玉田之清俊，与乎《花间》、二主之秾至，俱可取裁，间能移用，而梦窗之广用故实，善铸新词，尤足以供写作之资。志雄不敏，固从事于斯矣。虽如是，犹未知治词之窍要也。（乃又取白石十七曲谱词而精研之，凡二年矣。）对于谱词律度，俱著心得。至于何字可上可去，何字可平可入，何字可高可低，何字可平可仄，皆尽异乎义父之见、红友之说。又何处宜纤缓行进，何处宜急转直下，何处宜排宕高出□，何处宜一意低回，于填词时亦渐知蓄势用力之法。虽如是，犹未尽治词之奥秘也。盖词之为物，乃音乐文字之结合，大不同诗。岂宜配衰飒之文字，商调凄怆，何当用闲雅之言？词而谱有犯，故音有变徵变羽。音有变徵变羽，于是歌词亦有变声变情。按声填词，岂第要知其平仄□当须晓其音律，然后方与音乐配合。（明人王骥德《方诸馆曲律》云，至调其清浊，协其高下，使律吕相宣，金石错应。此握管者之责，故作词第一吃紧义也。）明乎传腔递板之法，然后乃知填词用力之处。然而词之唱法，久已失传。（王骥德《曲律》云：唐之绝句，唐之曲也，而其法宋人不传；宋之词，宋之曲也，而其法元人不传，以致金元人之北词而其法今复不能悉传。）元明以降，乐谱散佚，剧曲替兴，渐有作者，多有不知词谱腔调，又不向谱词文理中探求，但求其谱词文字之平仄为填词之依据，于是宋词音乐之精神尽失矣！而元明两代之所以无作者者，即此故也。（明人沈宠绥《度曲须知》云，自元人以填词制科，而科设十二命题，惟是韵脚以及平平仄仄谱式，又隐厥牌名，俾举子以意揣合，而敷平配仄，填满词章，折凡有四，合则标□，否则外孙山矣！又云明兴虽词人间踵其辙，然世换声移，作者渐寡，歌者寥寥，风声所变，化北为南，而名人才子踵《琵琶》《拜月》之武，竞以传奇鸣，曲海词山，于今为烈。雄按：上述云之，皆言曲而不及词，词之无作者消息可知也。且北曲至明初歌之者已稀，自魏良辅点定《琵琶》，昆腔大盛，北曲遂成绝响。曲尚如此，词更不待言矣。且而魏良辅、王骥德等专家所论，亦仅限于曲，故亦无济于词之写作也。）有清一代，词人辈出，浙常两派，雄视词坛，或以气格标榜，或以寄托揭橥，而立论之精，取径之当，又以止庵为最。浙常之外，又有项莲生、蒋鹿谭、庄中白等奇军突出，各树一帜，俱以词鸣。庄词婉约似温、韦，而体貌略逊；蒋词警炼似玉田，而气象差胜；项词痌挚似欧、晏，而词情相若，可谓中兴之作者也。稍后又有王、郑、朱、况继起，精研词艺，号称四家。而论词之精，守谱之严，又如况夔笙为第一。然若辈虽工于词，殆因其善读古人名作，复所专志其技，久而久之，于文字神理中自与古人冥合，若谓已尽返唐宋之旧者，固谓不可，即以面目言之，犹有径庭也。何哉？以其尚未知谱词音乐之消息也。今姑不论五音六律，而清浊轻重之于字与字间所来应响之闻，信知者亦鲜。昔止庵谓读清真词，便觉他人所作都不甚经意。王国维亦云读清真之词，于文字之外更须味其音律，今其声虽亡，读其词者犹觉拗怒之中自饶和婉，曼声促节，繁会相宣，清浊抑扬，辘轳交往，两宋之间，一人而已。岂是已知此秘者邪？故同一谱调尽依前贤四声，要非难事，所难者何？并协阴阳，否则仍难尽致谐协，然斯道亦甚苦矣。窃以为不如就其字与字间之应响关系而定其阴阳平仄也。（万树《词律》仅辨四声，而讹误浅陋处亦多，其作用已几过去。）至王骥德平仄论云，单句不得连用四平四上，四去四入，又谓"庭前森森丹桂"五字连用平，不可唱矣。亦未尽然（虽言曲亦可作词观）。如清真〔瑞龙吟〕云"纤纤池塘飞雨"，何尝不连用五平，然则谓清真不解律邪？惟梦窗同调，用"楼前行云知后"，便觉其应响不甚佳矣，此不辨阴阳之过也。又清真〔兰陵王〕云："隋堤上，年去岁来，应折柔条过千尺。"句中四字，为平去去平，读时甚为调协。刘辰翁作"秋千外，芳草连天，谁遣风沙暗南浦"中四字则为平上平平，虽平仄不同，殊不觉其拗口。何邪？曰：应响佳也。张元干作"阑干外，烟柳弄晴，芳草侵阶映红叶"，四字为平上去平，亦同填一调，平仄虽合，反未见佳。又雄昔作该调云"轩窗外，才过清明，入晚依依自不息"，平仄多与清真原唱不合，然不惟不觉拗嗓，且伤感之音颇近清真，创调也。如一旦改为"寒食乍过"（读平），或"才过禁烟"，声反不佳。（缘第四字均为阴平，音突高出，不能径接下句放也。）而且时间亦稍离事实，由此可见，况、朱等力主严守四声五音，除有助于文字之精思与推敲外，对词句之自然音节，尚无济于事也。且如字之力遵，不稍假借，不许通融变化，又不知应响之妙用，则填词时何异多一梏桎哉？词意之天然浑成与平实，亦难以尽存矣。然而果欲重返清真之浑化，而又不兼治五音六律者可乎？曰：不可。盖清真之词，一以音律为准，且以此而定其应响也。（王阮亭曰：唐无词，所歌皆诗也。宋无曲，所歌皆词也。宋诸名家要皆妙解丝竹，精于抑扬抗坠之间，故能意在笔先，声调字表。）今人不解音律，毋论不能创调，即按谱填词，亦格格有心手不相赴之病，欲与古人较工拙于毫厘，难矣。白石自序其〔长亭怨慢〕亦云：予颇喜自制曲，初率意为长短句，然后协以律，故前后阕多不同。雄按，此盖指其部分自度曲，如〔长亭怨慢〕言耳。其〔暗香〕〔疏影〕，则仍与一般谱法同也。清真创调其多，料亦先作词然后配曲也。又从姜谱中发见同一腔调句字，有前用上而后用去，如〔暗香〕"何逊而今渐老"及"长记曾携手处"、〔疏影〕"昭君不惯胡沙远"及"还教一片随波去"，其中"渐老""手处""波去"等处，乐句相同而四声不同；亦有前用去而后用平，如〔疏影〕"无言自倚修竹"及"早与安排金屋"，乐句亦相同。而"自"与"安"却平仄四声俱异，此为万红友、沈义父及朱、况词翁所不许，而白石用之何也？丘琼荪《声律考索》云："更就十七曲旋律进行之曲线图看，其中〔暗香〕

〔疏影〕二阕，为千古传诵之作。白石亦自称音节谐婉。〔疏影〕词中上阕为"自客里相逢"至结，与下阕"莫似春风"至结，曲线完全相同，尤便比较。曲线全同，即音完全相同也。如果有绝对性，则上下阕之四声当完全相同，上下阕各有四十一字，除押韵三字，必须为入声外，实得三十八字，其中四声不同者几十五字，占百分之三十九点四七。约言之，有十分之四其四声不同。其比例不可谓不大。再者《乐府指迷》说，上声字最不可用去声字替，然而上阕之远字、但字，皆上声也。其在下阕则为去字，又字明明是用去声替也，上阕用佩字、化字，下阕为恁字、已字，则又用上声字以替去声字矣。其他，去声之用平声字替者，则又有自字与安字；去声字之用入声字替者，则有暗字与节字、夜字与觅字；以去声替平声者，则有言字与与字。以去声替入声者，则有忆字与怨字。其他不悉举。所谓最不可替者，白石竟替之，而且一替再替，至于三替四替，然则《指迷》之说宁有绝对性乎？四声与上下行之关系，宁有绝对性乎？观乎此，则谨守四声无敢或忒，如方、杨、朱、况之所为者，固何必哉？如以不守四声为守律，不严律之严不严，直接影响到声之协不协，然则白石此词严乎？否乎？如以上阕为协，则下阕必不协，以下阕为协，则上阕必不协矣，其音节何得而谐婉乎？倘使以为定须上阕如此，下阕如彼，始得谓之协律，此则非我所知矣！雄再观乎清真填前人谱调，竟亦有当平而用仄，不当用去而偏用去者，何耶？岂前人不可歌而后人可歌，后人不可歌而前人可歌乎？实应响各有音律以厘定之耳。韵律云何？曰清浊轻重之于字与字间之关系，及音之进行与乐句律度之关系也。前者曰阴阳，亦即所谓音也；后者曰律度，曰旋律，所谓宫商角徵羽变徵变羽之音程是也。前人释音律颇不相同，谓宫商角徵羽为五音，即简称音；又谓旋宫之后，五音之高度随之而变，是为律。然而音以何物为准则？云：丝不如竹，竹不如肉。肉者何？盖人声也。如何定人声之和谐？调协。此非四声阴阳者乎？故前人所谓五音与旋律，宜归为律，再益以四声阴阳为音，始合词之于阴阳。虽有论及，然非绝对，即白石、清真亦未尝尽守，惟其律度最重要，事关唱艺，不可不讲也。孟子云"不以六律，不能正五音"，元人燕南芝庵《唱论》云：

"歌节病有唱得困的……有乐官声、撒钱声、拽锯声、猫叫声，不入耳，不着人，不撒腔，不入调。"此何以致之？律度不佳之过也。雄又从《宋史·文苑传》及李清照词话得知，贺方回颇精于音乐文字，尤擅自度曲。今取贺、周二人之〔感皇恩〕一调熟观之，不惟句法各有径庭，字数稍有出入，且四声平仄亦不尽符合。凡沈义父及清人所谓忌用者，皆已犯之。守谱一例，清真已当如此，后人不通宋初音乐者，以为亦步亦趋，字字恪遵，便不失律，不知古人早已失律也。（一笑）或曰：词至元明，乐谱已云散佚，唱法亦称荡然，是则音律一事，何啻空谈？对曰：否。夫天运循环，无往不复，昔三代两汉之文，衰于魏晋六朝而兴于中唐，至北宋而大盛！其间一脉所系者，乃昌黎先生之遗稿也。今唐宋五代之词，亡于元明二代而复于逊清，洎今日而大成。其间一脉所系者，乃白石道人之旁谱也。（《白石旁谱》之最初版本，是清代宋刻之嘉泰本及卷四本。）然昌黎之遗稿，犹有欧阳总其成而阐扬光大之，惟白石之旁谱至今当未得其人焉。向之治姜谱者不寡矣，（方成培作《香研居词麈》、凌廷堪作《燕乐考原》、戈载作《七家词选》、戴长庚作《律话》、陈澧作《声律通考》、张文虎跋《舒艺室随笔》、郑文焯作《词源斠律》、童斐作《中乐寻源》，在燕乐字谱上咸著劳绩。）然而，或以浅见不通，或以考证欠周，故俱只辨谱字而不及于节拍，于是曲者自为昆曲，词者自为宋词，此词之所以未尽兴于清代之故也。比来由于治谱者之再接再厉，与晚近西安鼓乐社乐谱之发现，十七曲之节拍问题已近解决之势。（近人治《白石旁谱》者，有唐兰《白石道人歌曲旁谱考》、夏承焘《白石歌曲旁谱辨》、丘琼荪《白石道人歌曲通考》、杨荫浏《旁谱释》《旁谱辨》，尤以丘、杨二子于研究节拍一项难题最有独见。）惜乎可歌之词，亦仅此十七曲而已。（敦煌工尺谱虽亦是词乐中燕乐之一部分，然其价值则不如《白石道人旁谱》之重要，其故当再另书以讨论之。）安能更得宋词乐谱之遗，而尽知宋词之唱法乎？（宋词乐谱有《乐府浑成集》《白石道人歌曲》《古今乐律通谱》《行在谱》《南方词编》（一名《榷场谱》）、杨缵《自度曲》及张枢《寄闲集》，而以《乐府浑成集》收谱最多，最称完备。）然而细观其中规式，则宋词音乐之神貌，约又可知也。倘有精于文字音乐者，再循是而专研之，岂第于音律方面博有所得，且据此可以创造新词，刷新旧调，使宋词音乐并注生命，移风易俗，俱具作用，又胜于清人之徒词与一味摹古者多矣！（雄所谓精于文字音乐者，盖专指诗词及本国音乐，包括理论、歌唱及弦吹而言，苟能兼通西洋音乐者更佳，然一切须以本国风格为主。）然而知其道者其与行其道者，又其谓与？此复兴宋词、大成宋词之时也。然而迄今未有其人焉，志雄不自量力，而以是为己任，岂其果有通人之能也乎？抑亦时势适然天将以其为复兴宋词之乐之前驱乎？此则正志雄所知矣！（璞翁尝劝志雄放弃音乐改革，专志文字，清真、白石前无一人，雄期期以为不可，以为非此不足以拯宋词于汩没也。）偶忆吾师之言曾有勉乎此，先生于一九五三年为文圈著《唱词臆说》，其结段云，凡此一麟半爪得之于玉田诗中，而可取证于今日之南北曲及戏剧中者，分别拈来，庶亦可略见唱词之成规，平生虽雅好剧艺，而不工于音乐，故虽薄有所得，当不能据而发扬光大之。诸君子美才好学，又专词事，若能潜心从事，援今证古，必有一日可以贯通而启发之，愿拭目以相俟矣！乃敢举其所知乞再有以教之乎？专上，并颂讲安。

附呈著词四章，乞一并赐予斧正

受业志雄叩□ 六三年冬

《赵尊岳集》

（凤凰出版社2016年版）

【按】上札录自陈水云、黎晓莲整理《赵尊岳集》第三册《书信》，原称《关志雄与赵尊岳论词书》。

附编二 域外词学书札

林 椿

林椿，生卒年不详，字耆之、大年，号西河。醴泉（今韩国庆尚北道醴泉郡）人。林椿主要生活在高丽毅宗至明宗年间（1147—1197），屡试不第，贫困不得志，与李奎报、李仁老为好友，竹林高会成员，"海左七贤"之一，去世后作品由李仁老保存，编为《西河先生集》。

致皇甫沆

某启。昨于梁君之庐，得足下所撰乐章六篇，手披目睹，反覆成诵，且欣且庆，辄用叹服。非有厚也，诚公义之然也。仆观近古已来本朝制作之体，与皇宋相为甲乙，而未闻有以善为乐章名于世者，以为六律之不可辨，而疾舒长短清浊曲折之未能谐也。嗟乎！此亦当世秉笔为文者之一惑也。苟曰能晓音乐之节奏，然后乃得为此，则其必待师旷之瞽然后为耶？盖虞夏之歌，殷周之颂，皆被管弦，流金石，以动天地感鬼神者也。至后世作歌词调引，以合之律吕者皆是也。若李白之乐府，白居易之讽谕之类，非复有辨清浊、审疾徐、度长短曲折之异也，皆可以歌之，则何独疑于此乎？仆尝叹世无作者，屡欲为之，而力不暇久矣。足下负超卓之才，学博而识精，气清而词雅，今又于乐章推余刃而为之。正声谐韶濩，劲气沮金石，陶冶铿鋐，动人耳目，非若郑卫之青角激楚以鼓动妇女之心也。论者或谓淫辞艳语，非壮士雅人所为，然食物之有稻也粱也，美则美矣，固为常珍，至于退方怪产，然后乃得极天下之奇味，岂异于是哉？彼贫寻嗜琐者，言不足恤也。仆每为文，出而示乎人也，未尝喜怒于人之笑与誉者，以其犹有吾子之知之也。足下文章，诚尽善矣，其知而赏音者，亦自以为无出于仆矣。今辱见示副本，富我以琳琅圭璧之宝，亦足下博我之贶也。读其词而益知吾子之所用心将复有深于是者，庶几继以垂示，以慰牢落，将归绀岳，匆匆不宣。谨白。

《西河先生集》卷四

［朝鲜肃宗三十九年（1713）木版本］

【按】此札原名《与皇甫若水书》。皇甫沆，字若水，"海左七贤"之一，与林椿关系密切。

李万敷

李万敷（1664—1732），字仲舒，号息山。阎州（今朝鲜黄海南道延安郡）人。以孝行推荐为冰库别提，不赴。精研易学。著有《锡山先生文集》。

致李衡祥

歌词体。歌词始于宋人，是亦乐府之变也。然以今人论之，亦未尽其法，则第依其准则而已。贵录各体平仄多与古作不合，是可疑也。

《息山先生文集》卷四

［朝鲜纯祖十三年（1813）木版本］

【按】此札原名《答瓶窝》。李衡祥（1653—1733），字仲玉，号瓶窝。全州（今韩国全罗北道全州市）人。1680年及第，历官济州牧使、户曹参议、汉城府尹等。朝鲜时期著名学者。著述由后人整理为《瓶窝全书》。

南有容

南有容（1698—1773），字德哉，号雷渊。谥号文清。宜宁（今韩国庆尚南道宜宁郡）人。1740年及进士第。历官大提学、礼曹参判、大司宪等。著有《雷渊集》。

致吴瑗

词曲终近艳语，壮夫不为可也。欧、苏诸公平生喜为之，谓之诗余，又何也？东人不解调律，又其辞多见春词稗语，被之妓乐娼歌，则其浅且陋已甚矣，废而不为可也。夫人以文章自好，固求其美，则其流渐入于轻浮佻薄。文章之中，惟诗益荡人，诗之中词又甚。此秦少游之见罪于伊川者也。然则虽辨其调律，弃而不为可也。

《雷渊集》卷十五

［朝鲜正祖七年（1783）活字本］

【按】此札原名《答吴伯玉》。

吴 瑗

吴瑗（1700—1740），字伯玉，号月谷。谥号文穆。海州（今朝鲜黄海南道海州市）人。1728年状元及第。历官正言、校理、参赞官、工曹参判等。著有《月谷集》。

致南有容

德哉足下：昨投诗序，扬扢风雅，抒写情兴尽矣。山亭一游，遂将为难朽之胜，喜甚喜甚！且吾曹酒后言诗，虽未必如波斯之等宝，然其曰大家者固东方之大家，曰名家者亦东方之名家也。若正宗者，统诗道而言也。非高古纯雅、不杂伯道者，不能居此。向所议陶隐、龟峰亦庶几之云耳。如无其人，虚位以俟可乎？然论古人易，而自知实难。吾曹虽抵掌高论，及其自运，则于正宗、于大家不及矣。由是言之，虽废而不作可也。如词曲之作，固亦一时游戏，而人或谓词所以叶乐谱也，东人不能知，使知而作之，亦无用也。

吾谓不惟词也，古人之诗，无非可以被管弦者。乐府古矣，如《阳关》之曲，旗亭之唱，皆唐人绝句，而律调声响，亦皆有宫商清浊之别。今吾东人之律绝，亦能别宫商之声，而可被诸弦管耶？其不知而无用一也。而于律绝为之不已，于词曲则不敢为者，耳目不习故也。其长短平仄，律令井然，因是而究之，固无不可通者。而吾独爱其长言短句，曲折往复，而情真意切，有写到骨髓者，此自是一种风味也。然吾曹以诗家正宗，让作虚位，而独惓惓于宋元之艳语，殆非所以自强也。此意亦不可忘。如何？日者又枉小札，而适小出未复，今始还纳诗卷，恕之。伯氏亦入城否？同览为望。

《月谷集》卷十一
［朝鲜英祖二十八年（1752）活字本］

【按】此札原称《与南德哉》。

洪敬谟

洪敬谟（1774—1851），字敬修，号冠岩，又号耘石逸民。谥号文贞。丰山（今朝鲜两江道金亨权郡）人，洪良浩孙。曾于1830年、1834年两次作为燕行使赴清，历任司宪府大司成、江原道观察使等。勤于著述，著有《冠岩全书》。

致李文远

一书之阻，居然经岁。岁且云暮，伊人之思。只有一抹终南之云卷且舒耳。忽者华墨远及，佳什以伴，拂读之次，稍写愿言。高斋永宵，静趣想当超然，顾安得披奉于炉火油窗间耶？回忆前游，星将四周矣。吾人晚契，何苦落落难合也。况岁色垂穷，愀然之怀有倍它时，固知聚散如此，而安得无耿结难斟者乎？教示诗余之体，专系于字之平仄、音之清浊，而东人则鲜有知者，岂声气之局而然耶？或音韵之变而然耶？弟亦画葫而终未之也。来诗走和，庶可寓千里相思否？

《冠岩全书》册十一
（首尔大学奎章阁韩国学研究院2010年版）

【按】此札原称《答李质甫文远》。李文远，生平暂未详。

金正喜

金正喜（1786—1856），字元春，号秋史、阮堂。礼山（今韩国忠清南道礼山郡）人。1809年科举及第。曾随父金鲁敬（1766—1840）出使清朝，与翁方纲等相交。历官成均馆大司成、兵曹参判等职，后被流放济州岛等地。金正喜为实学家，能诗，长于金石、书画。著有《覃研斋诗稿》《阮堂集》《实事求是说》等。

致赵冕镐

词之源，即自《诗》之比兴变风之义，楚骚《九歌》《九章》，感物而发，触类条畅，各有所归，非苟为雕琢曼辞而已。至唐之李白为首倡，温庭筠尤特出，其言深美闳约。五代以来，孟氏、李氏君臣为谑，竞作新调，词之杂流，由此起矣。至其工者，往往绝伦。宋之词家极盛，然苏轼、周邦彦、辛弃疾、姜夔、王沂孙、张炎，渊渊乎有其质焉。过此以往，皆未免流于放荡淫靡，殊非贤人君子缠绵徘恻之旨。试更以是一着，如何宝什，极有才思，但未及门径之裁定耳。

《阮堂先生全集》卷二《书牍》

（1934年活字本）

【按】此札原名《答赵怡堂》。赵冕镐（1803—1887），字藻卿，号玉垂。林川（今韩国忠清南道林川郡）人。金正喜甥侄婿。曾于1828年随作为燕行使书状官的季父赵基谦以子弟军官赴清朝。1837年登进士第。历官工曹参议、户部参判、知义禁府使。著有《玉垂集》。

郭钟锡

郭钟锡（1846—1919），字鸣远，号俛宇。玄风（今韩国庆尚北道玄风郡）人。以荫补授中枢院议官，历官秘书院丞、参赞侍读官。

日据之后，投身独立运动。著有《俯宇先生文集》。

致李爀明

　　方裁谢欲寄而琼缄续至。眷惠重复。殆不堪负荷。梅词二阕，声趣俱到，而但词家程格，森然有一定之式，不可以毫厘差。今盛作既自谓古调，而其平仄句叶类，皆摆脱程格，新出机轴，恐赏音者窃有所訾议也。望须更检词谱，一从〔梅花引〕程格，点化得今作，然后仍以见寄焉。则钟虽非子期，亦当会峨峨者之为美矣。古歌一篇，用意高妙，步骤清逸，决非管蠡所遽测者。最是绝句六章，精明剀切，理趣圆畅，尽可讽可咏而久不厌也。

《俯宇先生文集》卷二十四

（汉城图书1925年版）

【按】此札原称《答李舜闻》，李爀明，生平暂未详。

阮绵寊

　　阮绵寊（1820—1897），号苇野老人，越南阮朝明命皇帝之子，封绥理王。阮朝著名诗人。著有《苇野合集》。

致仲恭

　　闻君言子裕著词话，间及仆词，加以评语，极意赞叹，不觉面赤惭汗。词固不易佳，而仆于词实未有新解，亦不愿学之。方望溪治经之余，唯及古文，尝谓古来金邪之士，或有工于诗者，以其冥瞒于声色，缘情绮靡故也；至于古文家皆肖其为人。柳虽大节不甚正，细行亦无瑕疵；至欧、苏、王、曾、韩子者，皆其与道浅深高下可见其为人。盖文以载道，非诚于中者不形于外。故望溪不屑留心于诗，以为有害于道，况词乎哉？然望溪亦太拘已。予则谓诗与文不甚相远，而词亦不必不作。盖诗则学者经史之外，偶用消遣，自能陶淑情性，最佳传之来者，亦可表见。词则可以作，亦可以不作。又北人里巷，往往歌之，其音已熟，兴之所至，偶一拈毫，犹不甚费力。今我乃按字之平仄、句之长短以填，安得许多工夫也？而其辞又多寓于闺阁，故诚有如害道之言者。予偶于亲旧宴会、琴歌酒赋之顷，相与分题，重违其意，或一为之，殊不工。岂特无意求工，亦故不求工也。乃得此过誉，意子裕相怜，恐其无名于词，不忍，故稍加扬抑。顾门生儿辈等不察，以予为工于词，而致力焉。是重予之过也。故不得不详述其意以寄，并寄子裕。

《文学评论》2002 年第 5 期

【按】此札原称《与仲恭论填词书》，见《苇野合集》（越南嗣德二十八〈1875〉年刻本），上录自王小盾、何仟年《越南古代诗学述略》一文。仲恭，暂未详。

人名索引